제인 오스틴(1775~1817) 초상   언니 카산드라 오스틴(1773~1845)이 그린 초상화를 바탕으로 만든 채색화. 1873.

▲〈레딩의 여자기숙학교(애비 하우스 스쿨)〉 1785년 언니 카산드라와 함께 입학했다.

◀햄프셔주 성공회 스티븐턴 교구교회(세인트 니콜라스 교회) 제인의 아버지 조지 오스틴이 교회 사제였다.

▼스티븐턴 사제관 교회에서 약 5.3km 떨어진 곳에 있으며 제인이 태어나 25년을 살았다.

▲켄트의 가드머셤 파크　셋째 오빠 에드워드 오스틴이 양자로 들어간 토머스 나이트 2세의 저택. 뒷날 거대한 영지를 상속받은 에드워드는 오스틴 가족에게 초턴 코티지를 제공한다.

▶제인 오스틴이 마지막 숨을 거둔 윈체스터의 집　1817년 5월 제인의 병이 갑자기 악화되어 초턴에서 이곳으로 옮겼으나 2개월 뒤 숨을 거두었다.

▼초턴 코티지(오늘날 박물관)　1809년 이곳으로 이사온 제인은 세상을 떠나기 전까지 살았다.

EMMA:

A NOVEL.

IN THREE VOLUMES.

———◆———

BY THE

AUTHOR OF "PRIDE AND PREJUDICE,"

&c. &c.

———◆———

VOL. I.

═══════

LONDON:

PRINTED FOR JOHN MURRAY.

1816.

《에마》 초판본(1816) 속표지

세계문학전집101
Jane Austen
EMMA

에마

제인 오스틴/최순영 옮김

동서문화사

에마
차례

에마

1

에마 우드하우스는 아름답고 총명하며 밝고 낙천적인 성품에 유복한 집안에서 자라나, 세상에서 누릴 수 있는 모든 축복을 받고 사는 것처럼 보였다. 그렇게 스물한 해 가까이 살아오면서 그녀에게는 별다른 걱정거리나 힘들었던 기억은 전혀 없다시피 했다.

그녀는 자식을 지극히 아끼는 너그럽고 자애로운 아버지 밑에서 두 딸 중 막내로 태어났지만, 언니가 시집을 가자 어쩔 수 없이 어릴 때부터 집안의 안주인 노릇을 해오고 있었다. 오래전 돌아가신 어머니에 대한 기억은 아무리 떠올려 보아도 따뜻하게 어루만지는 손길이 스쳐간 듯한 어렴풋한 느낌이 고작이었다. 그 빈자리를 대신한 건 어머니 못지않은 지극한 사랑으로 보살펴준 훌륭한 가정교사였다.

지난 16년간 테일러 양은 우드하우스 씨 집에서 두 딸들에게 가정교사라기보다 친구 같은 존재였는데, 특히 에마를 아껴 각별한 애정으로 대해 주었다. 그들 사이에는 자매처럼 끈끈한 그 무엇이 존재했다. 테일러 양은 워낙 온순한 성품이어서 그녀의 역할이 공식적인 가정교사에 한정되었던 때에도 아이들에게 무엇이든 좀처럼 강요하는 법이 없었다. 그러다 윗사람이라는 권위를 일찌감치 버린 뒤부터 그녀와 에마는 친구, 그것도 아주 각별한 친구로 지냈고, 에마는 테일러 양의 의견을 존중하긴 했지만 타고난 성향대로 매사를 자기 뜻대로 결정했다.

사실 에마에게는 원하는 대로 할 수 있는 권한이 너무 많이 주어진 것이 문제였으며 가끔 자신감이 다소 지나친 면이 있었다. 그건 그녀가 가지고 있는 많은 장점에 위협이 될 수 있는 단점이었다. 다만 아직까지는 그 점이 그다지 눈에 띄지 않은 터라 에마는 그것이 자기 인생에 문제가 된다고 여기지 못했다.

어느 날, 슬픔이 조용히 찾아들었지만 그것은 전혀 나쁜 일로 의식될 만한 것은 아니었다. 테일러 양이 결혼을 하게 된 것이다. 테일러 양을 잃게 된다는 사실이 처음에는 에마에게 작은 슬픔을 안겨주었다. 테일러 양이 결혼하던 날 에마는 처음으로 우울한 상념에 빠져 넋 놓고 앉아 있었다. 결혼식이 끝나자 신부와 손님들이 떠나고, 긴긴밤을 기분 좋게 만들어줄 제3자가 방문할 기약도 없어 그녀는 아버지와 단둘이 저녁 식사를 하게 되었다. 아버지는 식사를 마치자 평상시처럼 잠자리에 들었고, 그녀는 홀로 남아 테일러 양의 빈자리를 바라보며 잃어버린 것에 대한 소중함을 새삼 곱씹어 보았다.

이번 일은 테일러 양의 인생에 모든 행복을 약속하기에 전혀 부족함이 없었다. 웨스턴 씨는 나무랄 데 없으며 붙임성 있는 성품에 재산도 넉넉했고 나이도 적당했다. 에마가 항상 소망하던, 자신을 앞세우지 않는 진실된 우정으로 생각해볼 때, 이번 결혼에 어느 정도의 만족감을 느낄 수 있었다.

하지만 에마 자신에게는 서서히 잿빛 구름이 드리울 것처럼 보였다. 테일러 양의 빈자리가 매일 매순간마다 느껴질 것이 분명했기 때문이다. 그녀는 테일러 양에게 그동안 받았던 친절, 지난 16년간 받았던 친절과 애정을 돌이켜보았다. 다섯 살의 어린아이였을 때부터 테일러 양이 어떻게 그녀를 가르치고 그녀와 함께 놀아줬는지, 건강할 때는 옆을 지키면서 즐거움을 주려고 얼마나 노력했는지, 아플 때는 또 얼마나 정성껏 간호해주었는지 당시의 기억들이 하나씩 그녀의 눈앞을 스쳐갔다. 그것만으로도 큰 빚을 지고 있다는 생각이 들었다. 하지만 언니 이사벨라가 결혼한 뒤 둘만 남은 가운데 대등한 자격과 스스럼 없는 솔직함 속에 이어진 지난 7년간의 사귐은 더욱 소중하고 각별한 추억을 남겼다.

테일러 양은 흔히 가질 수 없는 친구이자 말벗이었다. 지적이고 상황을 잘 이해해 도움을 줄 수 있고, 온화한 성품에 가정의 대소사를 속속들이 알아가정 일에 대한 관심, 특히 에마에 대해, 그녀가 어떤 걸 좋아하는지 어떤 생각을 하고 있는지 진심 어린 관심을 보이고, 결코 어떤 것도 결점으로 보지 않을 정도로 지극한 애정을 지닌 그런 테일러 양이었기에 에마는 무엇이건 다 털어놓을 수 있었다.

이제 에마는 이 변화된 상황을 어떻게 견뎌낼 것인가? 서로 반 마일 정도 떨어진 곳에 살게 되겠지만, 에마는 겨우 반 마일 떨어진 곳에 살게 될 웨스턴 부인과 자기 집에 함께 있었던 테일러 양 사이에는 엄청난 차이가 있다는 사실을 알고 있었다. 여러 가지 타고난 장점이나 유복한 가정 형편과는 상관없이 에마는 앞으로 지적인 고독으로 힘겨워할 상황에 놓이게 된 것이다. 그녀는 아버지를 깊이 사랑하지만 그렇다고 해서 아버지가 말벗이 될 수는 없었다. 토론이건 농담이건 깊이 있는 대화를 나눌 수 있는 분은 아니기 때문이다.

부녀간의 실제 나이 차(게다가 우드하우스 씨가 결혼한 건 결코 젊은 나이가 아니었다)가 주는 문제는 아버지가 지닌 성품과 습관으로 인해 결코 메워질 수 없을 정도가 되었다. 아버지는 평생 건강에 신경 쓰며 별다른 심신의 활동 없이 조심조심 살아온 터라 실제보다 훨씬 더 나이 든 노인 같았다. 언제나 친근한 태도와 상냥한 성품으로 어디에서나 사랑을 받지만, 아버지에게는 눈에 띌 만한 별다른 재능이 없었다.

결혼으로 안겨준 상실감이 상대적으로 그리 크지는 않았던 그녀의 언니는 16마일 떨어진 런던에 살고 있었지만 자주 만나기는 힘든 형편이었다. 크리스마스를 맞아 언니와 형부가 어린 조카들을 데려와 집이 다시 떠들썩한 웃음소리로 채워질 때까지 하트필드의 기나긴 10월과 11월의 저녁 시간은 별수 없이 우울하게 보내야만 했다.

하이버리는 인구로 따지자면 도시라고도 할 수 있을 정도로 큰 마을이었다. 하트필드는 하이버리와는 별개의 이름을 가졌고, 이에 속한 공원과 숲이 있었지만, 엄연히 하이버리에 속해 있었다. 그럼에도 그곳에서는 에마에게 어울릴 만한 사람을 찾을 수가 없었다. 무엇보다 우드하우스 집안은 그곳에서 가장 지체 높은 가문이었다. 모두가 그들을 우러러보았다. 어디서나 점잖은 아버지 덕분에 그녀는 여기저기 알고 지내는 이들이 많았지만, 테일러 양을 반나절이라도 대신할 수 있는 사람은 이곳에 단 한 명도 없었다.

그건 마음을 심란하게 만드는 변화였다. 저도 모르게 한숨을 내쉬며 불가능한 일들을 소원하던 에마는 아버지가 잠에서 깨는 바람에 갑자기 서둘러 밝은 기색을 지으려 애썼다. 나이 든 아버지에게는 위로가 필요했다. 아버지는 예민한 성품으로 쉽게 우울해지고, 익숙한 사람이라면 모두 깊이 아끼고 그들과 떨어지는 걸 몹시 싫어하며, 변화라면 어떤 종류이든 꺼리는 분이었다. 무엇보다 변화의 시작이라고도 할 수 있는 결혼에 대해서는 언제나 내키지 않아 하는 아버지는 아직 큰딸의 결혼도 받아들이지 못한 상태로, 사랑으로 맺어진 결혼이었는데도 딸에 대해 이야기할 때면 늘 불쌍해하는 표정이 얼굴에 가득했다. 그런데 이제 테일러 양과도 헤어지게 된 것이다. 그는 평소의 그 온건한 이기주의적인 습성, 그리고 남들이 자기와 생각이 다를 수도 있다는 사실을 결코 받아들이지 못하는 사고방식에 따라, 테일러 양이 그들에게는 물론 그녀 자신에게도 몹쓸 짓을 했으며, 그녀가 하트필드에서 평생을 보내는 게 훨씬 행복했을 거라고 생각했다. 아버지가 그런 생각에 계속 빠져 있지 못하도록 에마는 애써 명랑하게 웃고 떠들었다. 하지만 차를 내왔을 때 아버지는 저녁 식사 때 한 말을 또다시 고스란히 되풀이했다.

"불쌍한 테일러 양! 다시 여기로 온다면 좋을 텐데. 웨스턴 씨가 애초에 그녀에게 마음을 둔 게 잘못이지."

"아버지, 그 말씀에 저는 찬성할 수 없어요. 아버지도 아시잖아요. 웨스턴 씨가 얼마나 훌륭하고 좋은 분인지 말이에요. 그분은 좋은 아내를 맞이하기에 전혀 부족함이 없는 분이에요. 아버지도 테일러 양이 자기 가정을 꾸릴 기회를 마다하고 제 별난 성격을 참으면서 우리와 한평생 사는 걸 원하지는 않으실 거예요."

"자기 가정이라고! 테일러 양이 자기 집을 갖는다고 해서 좋은 게 뭔지 모르겠구나! 이 집이 거기보다는 세 배나 큰데 말이다. 그리고 얘야, 너는 전혀 별난 성격이 아니란다."

"우리가 자주 그 집을 방문하고 그분들도 우릴 자주 보러 올 거고요. 언제나 서로 만나면서 지내면 되죠. 우리가 먼저 시작해야겠어요. 결혼 축하도 할 겸 빠른 시일 내에 한번 방문하기로 해요."

"얘야, 그렇게 먼 곳까지 내가 어떻게 간단 말이냐? 랜덜스는 너무 멀단다. 거기까지 걷는 건 무리야."

"아니에요, 아버지, 아무도 걸어간다고는 안 했어요. 당연히 마차를 타고 가야죠."

"마차라고! 하지만 제임스가 말을 몰고 그런 짧은 거리를 가고 싶어할 것 같지는 않구나. 또 우리가 머무는 동안 가엾은 말들은 어디에 둔단 말이냐?"

"말이야 웨스턴 씨 마구간에 두면 되죠. 그 이야기는 이미 끝났잖아요. 이건 어젯밤 웨스턴 씨와 모두 한 이야기예요. 그리고 제임스 말인데, 제임스야 딸이 랜덜스에 하녀로 있으니 언제라도 가고 싶어할 거예요. 오히려 앞으로는 그곳이 아닌 다른 곳으로 우릴 데려가고 싶어할지 모르겠네요. 게다가 아버지 덕분이잖아요. 해나에게 좋은 일자리를 마련해주신 거니까요. 아버지가 해나를 떠올리기 전까지는 아무도 그 아이를 보낼 생각을 못했는데 말이에요. 제임스가 그 일로 아버지에게 얼마나 고마워하고 있다고요."

"내가 그 아이를 생각해내서 다행이지 뭐니. 불쌍한 제임스가 어떤 식으로든 마음 상할 일이 없길 바랐는데 운이 아주 좋았지. 그 아이는 분명 맡은 일을 아주 잘할 게야. 예의 바르고 말투도 상냥하더구나. 훌륭한 아이지. 날 볼 때마다 항상 머리 숙여 인사하면서, 어떻게 지내는지 묻곤 했지. 그것도 아주 어여쁜 태도로 말이다. 일전에 네가 그 아이를 데려다 바느질을 시킬 때 보니까 문손잡이를 언제나 바르게 돌려서 한 번도 쾅하고 큰 소리를 내며 닫는 일이 없더구나. 그 아이는 분명 뛰어난 하녀가 될 게다. 가엾은 테일러 양에게도 낯익은 누군가가 옆에 있다는 건 큰 위안이 되겠지. 제임스가 딸을 만나러 갈 때마다 우리 소식을 듣게 되지 않겠니. 그가 우리 소식을 다 전해줄 게야."

에마는 아버지가 한결 밝은 표정으로 이런저런 생각을 늘어놓는 걸 막지 않은 채, 함께 백개먼[1] 놀이를 하면서 아버지가 오늘 저녁을 별 탈 없이 보내고 자신 또한 다른 걱정거리에 시달리는 일이 없기를 빌었다. 백개먼 놀이를 하기 위해 탁자에 모든 세팅을 마쳤지만, 얼마 안 있어 방문객이 찾아와 결국 그것은 필요가 없게 되었다.

그는 나이틀리 씨였다. 37, 8세쯤 된 점잖은 신사 나이틀리 씨는 오래전부터 이 집안과 막역한 사이였을 뿐 아니라, 이사벨라의 남편의 형으로 우드하우스 집안과는 인척 사이이기도 했다. 하이버리에서 1마일가량 떨어진 곳에 살면서 종종 들르곤 하는 그는 언제나 환영을 받았지만, 오늘은 런던에 사는 이사벨라를 만나고 돌아오는 길이었던지라 더욱 반가운 손님이었다. 며칠간의 방문을 끝내고 돌아와 늦은 저녁 식사를 마친 그는, 이제 하트필드로 와서 브런즈윅 스퀘어의 가족들 모두가 잘 지내고 있다고 전할 참이었다. 이런 반가운 소식에 우드하우스 씨는 어느 정도 원기를 되찾는 모습이었다. 나이틀리 씨의 쾌활한 태도는 언제나 아버지에게 좋은 영향을 주었고, '가엾은 이사벨라'와 아이들에 관한 많은 질문에 대한 답도 매우 만족스러웠다.

이런저런 이야기를 마친 뒤 우드하우스 씨는 감사를 표했다.

"나이틀리 군, 이렇게 늦은 시간에 일부러 들러주다니 그 친절에 정말 감사하네. 도보로 오는 길이 쉽지 않았을 텐데 말이야."

"별말씀을요. 달이 아주 아름답게 뜬 데다 날도 따뜻해서 여기 들어와서는 멋진 벽난로에서 멀찌감치 떨어져 앉아야 할 정도입니다."

"하지만 길이 축축하고 더러웠을 텐데. 감기에 걸리지 않아야 할 텐데 말이야."

"더럽다니요! 제 신발을 좀 보세요. 흙 한 점 묻지 않았잖습니까."

"여긴 비가 꽤 많이 왔는데 그것 참 놀라운 일이구면. 아침 식사를 하는데

---

1) 메소포타미아와 페르시아 지역에서 거의 5천년 전부터 있었던 것으로 추정되는 유사 이래 가장 오래된 보드 게임 중 하나로, 주사위와 전용 판, 그리고 각각 15개의 흑과 적(또는 흑과 백)의 말로 이루어진 2인용 보드 게임.

14

30분 정도 엄청나게 쏟아 부었지. 실은 비 때문에 그들의 결혼식이 연기되길 바랐는데."

"그건 그렇고 아직 축하 인사를 안 드렸군요. 두 분 다 어떤 기분이실지 짐작했기 때문에 축하 인사를 서두르지 않았습니다. 하지만 결혼식은 대체로 무사히 치러졌을 거라 생각합니다. 어떠셨습니까? 누가 눈물을 가장 많이 흘렸나요?"

"아! 가엾은 테일러 양! 정말 안된 일이야."

"우드하우스 씨, 그리고 우드하우스 양, 두 분께서 많이 섭섭해 하고 계시리라는 것은 짐작하지만, 저는 차마 '가엾은 테일러 양'이라는 표현은 쓸 수가 없을 것 같네요. 제가 물론 우드하우스 씨와 에마에 대해 깊은 존경심을 갖고 있긴 하지만, 결혼을 하고 안 하고를 떠나서 아무래도 돌볼 사람이 둘보다는 하나인 게 낫지 않겠습니까?"

"특히 둘 중 하나가 별나고 탈 많은 존재라면 더욱 그렇겠죠!"

에마는 장난스레 응수했다.

"속으로는 그렇게 생각하고 계신 줄 알고 있답니다. 아버지가 여기 안 계셨다면 분명히 그렇게 말씀하셨을 텐데."

"정말 맞는 말이네."

우드하우스 씨는 풀 죽은 한숨을 쉬며 말했다.

"가끔 나 스스로도 아주 별스럽고 탈 많은 노인네라는 생각을 하곤 한다네."

"아버지! 설마 저나 나이틀리 씨가 아버지를 염두에 두고 얘기를 하고 있다고 생각하는 건 아니시겠죠. 그건 당치 않아요! 말도 안 되죠! 전 제 얘기를 한 거라고요. 나이틀리 씨는 제 단점을 끄집어내서 놀려대길 좋아하시잖아요. 모두 농담이지만요. 저희는 서로에게 하고 싶은 말을 항상 거리낌 없이 하니까요."

사실 나이틀리 씨는 에마 우드하우스의 결점을 꿰뚫어 볼 수 있는 몇 안되는 사람 중 하나였고, 그걸 본인에게 대놓고 지적하는 유일한 사람이었다.

그런 지적에 대해 에마 자신도 특별히 동의하는 건 아니지만, 아버지로서는 더더구나 수긍할 수 없는 말이며, 모든 사람들이 에마를 완벽하게 여기지 않는다는 상황 같은 건 추호도 믿지 못할 분이라는 걸 그녀는 잘 알고 있었다.

"에마는 제가 좀처럼 비위를 맞추는 말을 안 한다는 걸 알고 있답니다."

나이틀리 씨가 말했다.

"하지만 이번엔 누굴 염두에 두고 한 말은 아니었습니다. 테일러 양은 두 분을 돌보는 일에 익숙해져 있었는데, 이젠 한 명뿐인 셈이잖습니까. 그녀에겐 아무래도 더 나은 상황일 거라는 얘기였어요."

"아 참."

에마는 이쯤 해야겠다고 생각했다.

"좀 전에 오늘 결혼식에 대해 궁금해 하셨죠. 다행히도 우리 모두 품위 있게 행동했답니다. 모두가 시간에 맞춰 와 주었을 뿐 아니라 모두들 아주 말쑥한 차림들이었죠. 눈물을 흘리기는커녕 침울한 기색조차도 전혀 찾아볼 수 없었는걸요. 서로 반 마일도 안 되는 거리에 사니까 앞으로 매일같이 만날 텐데요. 뭘."

"우리 에마는 모든 걸 아주 잘 견디고 있다네."

아버지가 말했다.

"하지만 나이틀리 군, 우리 애는 가엾은 테일러 양을 떠나보내고 깊이 가슴 아파하고 있어. 그리고 앞으로는 지금보다 더 보고 싶어할 거야."

에마는 눈물과 미소가 복잡하게 섞인 얼굴을 재빨리 다른 쪽으로 돌렸다.

"에마가 그토록 절친한 벗을 그리워하지 않을 수는 없죠."

나이틀리 씨는 사려 깊게 말했다.

"그렇기 때문에 다들 에마를 좋아하는 거고요. 하지만 에마는 이번 결혼이 테일러 양에게 얼마나 잘된 일인지 잘 알고 있을 겁니다. 테일러 양이 이 시점에 가정을 가지게 된 게 얼마나 다행한 일이고, 또 넉넉한 살림살이를 꾸려가게 된 것이 얼마나 중요하고 잘된 일인지 알기 때문에 기쁨보다 슬픔을 앞세울 수 없는 거겠죠. 테일러 양의 친구라면 누구나 그녀의 이런 행복한 결혼을 기뻐할 겁니다."

"제게 또 한 가지 기뻐할 이유가 있다는 걸 잊으셨군요."

에마가 말했다.

"아주 큰 이유인데, 이 결혼을 제가 성사시켰다는 것 말이에요. 아시겠지만, 지금부터 4년 전에 그 두 사람을 제가 서로 소개시켜주었거든요. 많은 분들이 웨스턴 씨가 다시는 결혼하지 않을 거라고 했지만, 기쁘게도 결국 제 생각이 옳았다는 게 증명된 셈이라, 그것도 저에게는 큰 위안이 돼요."

나이틀리 씨는 그녀를 보며 고개를 저었다. 그녀의 아버지가 애정 어린 목소리로 화답했다.

"얘야, 네가 말하는 건 이렇게 뭐든 다 이루어지니 앞으로는 그런 중매나 다른 사람의 앞일에 나서지 말았으면 좋겠구나. 제발 더 이상 누구를 서로 짝지어 주는 일은 그만하려무나."

"아버지, 저 자신을 위해서는 안 나서겠지만, 다른 분들을 위해서는 꼭 해야 할 일이에요. 이건 세상에서 가장 큰 즐거움인걸요! 더군다나 아시다시피 결과가 얼마나 좋았어요? 모두들 웨스턴 씨가 다시 결혼할 리 없을 거라고 했어요. '오, 재혼이라니, 그럴 리가요! 웨스턴 씨는 그토록 오래 혼자 지내면서도 늘 시내에서 사업에 몰두하거나 여기 친구들과 어울려 지냈고, 또 언제나 유쾌한 성품이라 어딜 가든 환영을 받으니 아내가 없어도 행복하게만 보이는걸요. 웨스턴 씨는 자신이 원하지 않는다면 하루 저녁도 혼자 지낼 필요가 없는 분이에요. 그럼요! 그러니 웨스턴 씨는 분명 재혼 생각이 없어요.' 심지어 그분이 아내의 임종 때 한 약속이 있어서 그럴 거라는 사람들도 있었고, 또 그분 아들과 외삼촌이 반대한다고 하는 사람들도 있었죠. 그렇게 말도 안 되는 온갖 심각한 소문들이 나돌았지만, 전 어떤 말도 믿지 않았답니다.

지금부터 4년 전쯤, 그러니까 테일러 양과 제가 브로드웨이가(街)에서 그분과 처음 마주쳤을 때 빗방울이 막 떨어지기 시작하자, 그분은 정말 친절하게도 파머 미첼 상점까지 부리나케 달려가더니 우리를 위해 우산 두 개를 빌려오셨죠. 그날, 전 이 일에 대해 마음을 정했어요. 바로 그 순간 둘을 맺어줘야겠다는 계획을 세운 거예요. 그 일이 이렇게 성공적인 결실을 맺었는데, 아버지, 설마 제가 더 이상 중매에 나서서는 안 된다고 생각하지는 않으시겠죠."

"왜 그걸 '성공'이라고 말하는지 이해가 안 되는군요."

나이틀리 씨가 나섰다.

"성공에는 노력이 들어가는 법입니다. 만약 에마가 지난 4년간 이 결혼을 성사시키기 위해 노력을 기울였다면 조심스러운 계획을 짜면서 어느 정도의 시간을 들였겠죠. 그런 거라면 어린 숙녀 치고는 상당히 공을 들인 셈이에요. 하지만 제가 생각하듯 당신이 말하는 그 중매가 단지 계획만을 얘기하는 거라면, 어느 한가한 오후 당신이 '웨스턴 씨가 테일러 양과 결혼한다면 그녀에게 아주 좋을 텐데'라고 문득 생각하고 가끔 되뇐다고 해서, 그걸 성공이라 부를 수 있을까요? 당신이 무슨 일을 했죠? 어떤 부분에 대해 자랑스러운 건가요? 운 좋게 당신 생각이 들어맞은 것, 그뿐이죠."

"운 좋게 뭔가를 맞혔을 때의 기쁨과 승리감을 설마 모르시는 건가요? 참 안된 일이군요. 당신이 그보다는 더 현명할 거라 생각했는데요. 운 좋게 뭔가를 맞힌 건 절대로 단순한 운이 아니랍니다. 그 안에는 언제나 어떤 재능이 숨어 있기 마련이죠. 당신이 공격한 죄 없는 제 '성공'이라는 단어를 제가 사용할 권한이 전혀 없다고는 생각하지 않아요. 방금 당신은 두 가지 그럴 듯한 그림을 그려 보이셨는데, 전 아무 일도 하지 않은 것과 모든 일을 한 것—그 둘 사이 어딘가에 세 번째 그림이 있다고 생각해요. 웨스턴 씨가 여기 자주 들르도록 부추기는 말을 제가 중간에서 하지 않았더라면, 그리고 사소한 문제들을 중간에서 원만하게 다듬어주지 않았더라면, 어떤 결실도 보지 못했을 거예요. 제 말을 이해하시려면 여기 하트필드 사정을 좀 더 파악하셔야 할 것 같네요."

"솔직하고 개방적인 웨스턴 씨 같은 분과 테일러 양처럼 분별력 있고 주관 있는 여성이라면 가만 놔둬도 자기들 일을 스스로 처리해갈 수 있었을 겁니다. 당신이 중간에 끼어들었다면 그들에게 도움이 되기보다는 오히려 스스로에게 해가 되었을 것 같은데요."

"에마는 다른 사람들에게 도움이 될 수만 있다면 저렇게 통 자기 걱정을 안 한다네."

나이틀리의 말을 제대로 이해하지 못한 우드하우스 씨가 다시 끼어들었다.

"그렇지만 얘야, 더 이상 중매 서는 일에는 나서지 말았으면 좋겠구나. 그건 쓸데없는 짓인 데다 가족들을 가슴 아프게 갈라놓는 일이란다."

"한 번만 더요, 아버지. 엘턴 씨만요. 가엾은 엘턴 씨! 아버지도 엘턴 씨를 좋아하시잖아요. 그분을 위해 제가 아내감을 찾아드려야 하거든요. 하이버리에는 그분에게 적당한 여자가 한 명도 없는데, 그분은 여기서 꼬박 1년을 지내면서 집을 아주 편안하게 꾸며 놨어요. 그런데도 그분이 더 이상 독신으로 지내는 건 정말 유감스러운 일이에요. 게다가 오늘 주례를 서실 때, 그분 얼굴에 자신도 그런 예식을 간절히 원하는 것 같은 표정이 스쳤는걸요! 엘턴 씨는 아주 좋은 분이고, 이 일이 제가 그분에게 도움이 될 수 있는 유일한 길이라고요."

"분명 엘턴 씨는 썩 잘생긴 아주 훌륭한 젊은이이고, 나도 그 친구를 높이 평가한단다. 하지만 네가 그 친구를 정 돕고 싶다면, 언제 우리 집에 초대해서 함께 저녁 식사를 하자꾸나. 그게 훨씬 나을 게다. 아마 나이틀리 씨도 그 자리에 와줄 게야."

"그럼요, 언제라도 기꺼이 그렇게 하겠습니다."

나이틀리 씨가 웃으며 답했다.

"전적으로 맞는 말씀입니다. 그렇게 하는 게 훨씬 좋지요, 에마, 그분을 저녁 식사에 초대해 특제 생선과 닭요리를 대접하되 자기 아내는 직접 고르게 해요. 스물예닐곱 쯤 된 남자라면 그 정도 앞가림은 자기가 알아서 잘할 테니 말입니다."

2

웨스턴 씨는 하이버리에서 나고 자랐으며, 지난 두어 세대에 걸쳐 부와 지위를 갖춘 명문으로 부상한 존경받는 집안 출신이었다. 상당한 교육을 받았지만 비교적 이른 나이에 독립할 형편이 된 탓인지, 그는 다른 형제들처럼 가정을 꾸리는 데는 별 관심이 없었다. 대신 활동적이고 유쾌한 자신의 성격과 사교적인 기질에 맞게 군대에 입대했다.

웨스턴 대위는 어딜 가나 인기가 많았다. 그가 군복무 중에 요크셔 명문가의 아가씨인 처칠 양을 소개받아 처칠 양이 그와 사랑에 빠졌을 때도, 그녀의 오빠와 올케를 제외하고는 어느 누구도 놀라지 않았다. 그들은 그를 한 번도 만나보지 못한 데다가 가문에 대한 자부심으로 가득 차 있어 그들의 관계를 못마땅하게 여겼기 때문이다.

하지만 나이가 어느 정도 찬 처칠 양은 가족 영지는 전혀 물려받지 못했더라도, 자신의 상속 재산을 자기 뜻대로 사용할 수 있는 권한이 있어 결혼에 대한 뜻을 굽히지 않았다. 그녀는 결국 결혼을 감행해 오빠 내외에게 엄청난 수치심을 안겨주었고, 오빠 내외는 필요한 예의만을 갖춰 그녀를 가문에서 제외시켰다. 그들은 어울리지 않는 결합이었고 그 때문에 많은 행복을 일구지는 못했다. 온정 있고 상냥한 웨스턴 씨는 자기를 사랑해준 아내가 감수해야 했던 크나큰 희생에 대한 보답으로 매사를 아내에게 맞춰주었기에 웨스턴 부인은 결혼 생활에서 더 많은 행복을 느껴야 마땅했다.

그러나 그녀의 성품은 장점은 있어도 최상의 것은 아니었다. 오빠의 반대를 무릅쓰고 자기 뜻을 관철시킬 수 있는 의지는 있었으나, 오빠의 비이성적인 분노에 대한 깊은 서운함이나 예전 집에서 누리던 안락함에 대한 그리움을 억누를 수 있을 만큼 굳건하지는 못했다. 그들의 생활수준은 벌어들이는 것 이상이었지만, 엔스컴에서 그녀가 누리던 생활에 비해서는 너무 볼품없었다. 남편에 대한 사랑이 식은 건 아니었으나, 그녀는 웨스턴 대위의 아내인 동시에 여전히 엔스컴에 사는 처칠 양이고 싶었다.

웨스턴 대위는 엄청나게 운 좋은 결혼을 했다는 취급을 받았다. 특히 처칠 집안에서 보기에는 그랬다. 하지만 시간이 지나자 실상은 오히려 그 반대였다는 것이 드러났다. 결혼 3년 만에 아내가 세상을 떠났을 때 그의 재산은 이전보다 줄어 있었고, 그의 곁에는 돌봐야 할 자식까지 남겨졌기 때문이었다. 그러나 자녀 양육비에 대한 부담은 곧 덜게 되었다. 아내의 오랜 투병 생활과 아들의 존재가 처칠 집안과의 관계에서 일종의 화해의 매개체가 되었고, 자식이나 가까운 친척 중 데려다 키울 만한 아이가 없던 처칠 내외가 어린 프랭크를 대신 돌봐주겠다고 제의한 것이다. 웨스턴 대위는 홀아비이자 미혼부로서 다소간의 가책이나 주저하는 마음을 느꼈지만 이런저런 상황을 고려해 곧 극복되었고, 아이는 처칠 집안의 부와 보호의 그늘 아래로 넘겨졌다. 이제 그에게는 최대한 자신의 안위를 되찾고 형편을 향상시키는 데 신경 쓰는 일만 남은 것이었다.

그의 삶에 전면적인 변화가 필요한 상황이었다. 그는 군생활을 그만두고 런던에서 이미 탄탄하게 자리를 잡고 있던 형제들의 도움으로 비교적 수월하게 사업을 시작했다. 그가 딱 적당히 신경을 쏟을 수 있는 정도의 일이었다. 그는 여전히 하이버리에 자그마한 집을 갖고 있었고 쉬는 날에는 주로 그 근방에서 보냈다. 쓸모 있되 고되지 않은 일과 유쾌한 사교 생활을 오가는 가운데 18년인가 20년의 세월이 기분 좋게 흘러갔다. 이 무렵 그는 평생 꿈꾸던 대로 하이버리 옆 작은 땅을 사서 테일러 양처럼 지참금 없는 여성과 결혼하더라도, 사람 좋아하고 사교적인 자신의 성격대로 살 수 있을 만큼 넉넉히 재산을 불리게 되었다.

그의 계획에 테일러 양이 영향력을 미치기 시작한 이래 상당한 시간이 흘렀다. 하지만 그건 젊은이들 간에 벌어지는 폭풍 같은 감정이 아니었기에, 랜덜스를 사기 전까지 결코 정착하지 않으리라는 결심에는 흔들림이 없었다. 랜덜스에 땅을 갖기까지는 오랜 시간이 걸렸으나, 그는 그 결심을 이룰 때까지 관심을 갖고 꾸준히 기다렸다. 마침내 그는 상당한 재산을 모았고 집을 샀으며 아내를 얻어, 이전보다 훨씬 큰 행복을 꿈꾸며 인생의 새로운 전기를 시작했다. 지금까지도 그는 결코 불행한 사람은 아니었다. 타고난 기질 덕분에 첫 번째 결혼 생활에서조차도 불행을 느끼지는 않았지만, 두 번째 결혼이야말로 현명하고 사랑스러운 여성이 그에게 얼마나 큰 기쁨이 되는지 보여줄 것이고, 선택받는 것보다 선택하는 것, 고마움을 느끼기보다는 상대방에게 고마움을 불러일으키며 사는 게 훨씬 더 나은 삶이라는 것을 알게 될 것임이 분명했다.

이제 그는 살면서 뭐든지 원하는 대로 결정할 수 있는 입장이 되었다. 그동안 모은 재산은 온전히 그의 것이었다. 그리고 프랭크에 관해서라면, 외삼촌의 상속자로 양육되고 있어 성인이 되면 그를 입양해 처칠 집안의 성을 주겠다는 공언까지 한 상태였다. 그러므로 프랭크가 장차 혹시라도 아버지의 도움을 바랄 가능성은 거의 없었다. 웨스턴 씨는 그런 염려는 전혀 하지 않았다. 프랭크의 외숙모는 변덕스러운 성격으로 남편을 자기 뜻대로 주물러 댔지만, 그런 순간적인 기분의 변화가 여러모로 사랑받아 마땅하다고 여겨지는 누군가에게 영향을 미칠 만큼 심하리라고는 생각하지 않았다. 그런 일을 상상하는 것은 웨스턴 씨의 성정에도 맞지 않았다.

그는 매년 런던에 있는 아들을 만났고, 그 아들을 매우 자랑스럽게 여겼다. 아들을 매우 준수한 청년으로 묘사하는 그의 애정 넘치는 설명을 들으며, 하이버리 주민들도 프랭크에게 일종의 자부심을 느꼈다. 프랭크가 가진 이런저런 장점과 유망한 장래가 모두의 관심사가 될 만큼 그는 이 지역 사람처럼 여겨졌다.

그리하여 프랭크 처칠 군은 하이버리의 큰 자랑거리가 되었다. 그가 지금껏 하이버리에 발을 들여놓은 적이 한 번도 없었던 만큼 그런 찬사는 일방적인 것이지만, 그에 대한 강렬한 호기심은 이곳 주민들 사이에는 이미 널리 퍼져 있었다. 아버지를 보러 올 거라는 얘기가 이따금 돌았으나 그 방문이 실제로 이루어진 적은 아직 한 번도 없었다.

이제 아버지의 결혼을 맞아 그가 지극히 당연한 예의로 이곳을 찾을 것이라는 이야기가 떠돌았다. 페리 부인이 찾아와 베이츠 모녀와 함께 차를 마시거나, 베이츠 모녀가 다시 페리 부인을 방문했을 때도 이 문제에 대해 이견이 없었다. 드디어 프랭크 처칠이 그들을 찾아올 때가 된 것이었다. 무엇보다 프랭크가 이 일에 관해 새어머니에게 편지를 썼다는 사실이 알려지자 그런 기대감은 더욱 부풀어 올랐다. 그 뒤 한동안 하이버리에서는 아침에 누군가를 만날 때마다, 웨스턴 부인이 받았다는 근사한 편지에 대한 이야기가 대화에서 빠진 적이 없을 정도였다.

"프랭크 처칠 씨가 웨스턴 부인에게 보낸 근사한 편지 이야기 들으셨어요? 우드하우스 씨가 그러는데 정말로 멋지게 쓴 편지라던데요. 우드하우스 씨가 편지를 직접 봤는데, 평생 그렇게 잘 쓴 편지는 처음 봤다더군요."

그 편지는 하이버리에서 실로 굉장한 반향을 불러일으켰다. 물론 웨스턴 부인은 예전부터 프랭크를 아주 좋게 보고 있었고, 그렇게 예의 바르게 관심을 담은 편지는 그의 훌륭한 품성에 대한 부인할 수 없는 증거였으며, 그녀의 결혼에 대한 사람들의 축하 인사에 더해 또 하나의 반가운 축하 선물이 되었다. 웨스턴 부인은 자기가 참으로 운이 좋다고 생각했다. 유일한 아쉬움이라 해봐야 시간이 지나도 결코 식지 않는 우정을 나누었고 자신과의 이별을 두고 슬퍼할 사람들에게서 다소 멀어진다는 것뿐, 이런 행운에 대해 다들 부러워할 거라는 걸 충분히 알 만한 나이였다.

웨스턴 부인은 자신의 부재가 때때로 그리움을 불러일으킬 거라는 걸 알고 있었다. 무엇보다 에마가 유일한 즐거움을 잃어버리게 되었고, 말벗 없이 지루한 시간을 견뎌내야 할 거라는 사실이 떠오를 때마다 솔직히 마음이 아파왔다. 하지만 에마는 연약한 성격과는 거리가 멀었다. 여느 아가씨들보다 상황에 잘 대처할 줄 알고 있으며, 크고 작은 어려움과 외로움을 헤쳐나갈 수 있는 지각과 힘, 정신력을 갖추고 있었다. 하트필드에서 랜덜스까지는 여자 혼자서도 쉽게 오갈 수 있을 만큼 아주 가까운 거리에 있다는 사실도 큰 위안이 되었다. 게다가 웨스턴 씨의 성품이나 상황을 생각해보면, 다가오는 추운 계절에도 매주 서너 차례 함께 저녁 시간을 보내는 데 아무런 문제가 될 것이 없었다.

한마디로 그녀는 웨스턴 부인이 된 것에 대한 감사가 몇 시간이라면, 아쉬움은 고작 몇 순간에 지나지 않는 상황에 있었다. 또 그녀가 만족 그 이상의 깊은 만족감과 행복을 느끼고 있다는 게 확연했기 때문에, 에마로서는 온갖 가정적인 안락함의 중심이라고 해도 좋은 랜덜스를 나서거나 상냥한 남편과 함께 마차 쪽으로 사라져가는 그녀를 배웅할 때, 아무리 아버지라 해도 여전히 '가엾은 테일러 양'이라고 말하며 불쌍히 여긴다는 사실에 가끔 놀랄 정도였다. 어쨌건 우드하우스 씨는 테일러 양이 눈앞에서 사라질 때마다 들릴 듯 말 듯 한숨을 내쉬며 "아, 가엾은 테일러 양! 얼마나 우리와 함께 있고 싶어할까'라며 한탄하곤 했다.

테일러 양을 되찾을 가능성은 없었지만, 그렇다고 해서 우드하우스 씨가 그녀에 대한 동정을 거둘 가능성도 없어 보였다. 하지만 몇 주가 지나면서 우드하우스 씨의 마음도 다소 가라앉았다. 이웃들의 축하 인사도 서서히 뜸해졌고, 그토록 슬픈 사건에 대해 기뻐하는 기색을 보이기 위해 더 이상 애쓰지 않아도 되었다. 게다가 우드하우스 씨를 힘들게 했던 웨딩 케이크도 모두 먹어 치웠다. 그는 기름진 음식이라곤 전혀 소화할 수 없었기에 다른 사람들이 그와 다를 수 있다고는 전혀 생각해본 적이 없었다. 자신의 건강에 안 좋은 것이라면 우드하우스 씨는 모두에게도 해로울 거라고 생각했다. 따라서 집에 오는 모두에게 웨딩 케이크를 먹지 말라고 간곡히 설득했으나, 그게 소용없다는 걸 알게 되자 아무도 케이크에 입을 못 대게 하려고 이런저런 방법을 다 동원했다. 급기야는 약제사 페리 씨에게마저 이 문제에 대해 조언을 구하기까지 했다. 페리 씨는 지적이고 신사다운 사람으로, 그의 빈번한 방문은 우드하우스 씨의 생활에 상당한 위안이 되었다.

웨딩 케이크를 적당히 먹지 않으면 많은 사람들, 아마 대부분의 사람들에게 해롭지 않겠느냐는 우드하우스 씨의 질문에 페리 씨는 자신의 생각과는 다르긴 했지만 할 수 없이 고개를 끄덕일 수밖에 없었다. 우드하우스 씨는 자신의 생각에 힘을 실어주는 그런 의견을 듣고, 결혼을 축하하러 온 모든 방문객에게 이 사실을 알려야겠다고 생각했다. 하지만 케이크는 여전히 조금씩 줄어들고 있었고, 케이크가 완전히 사라질 때까지 우드하우스 씨가 다른 사람들을 걱정하는 마음은 도무지 멈추지 않았다.

하이버리에서는 페리 씨네 아이들이 저마다 웨스턴 부인의 웨딩 케이크를 한 조각씩 손에 들고 다니더라는 이상한 소문이 나돌았다. 하지만 우드하우스 씨는 그것은 말도 안 된다고 생각하고 전혀 믿지 않았다.

3

우드하우스 씨는 나름대로 사람들과 어울리는 걸 좋아했다. 그래서 친구들이 자신을 만나러 집에 오는 걸 매우 반겼다. 하트필드에 워낙 오래 산 데다, 그가 가진 선량한 성품이나 상당한 재산과 집, 딸 에마 등 이런저런 이유로 우드하우스 씨는 적은 숫자나마 원하는 사람들과의 교제를 원하는 방식대로 즐길 수 있었다. 대신 그들 외에 다른 사람들과는 그다지 교류가 많지 않았다. 늦은 시간까지 깨어 있거나 거창한 저녁 만찬 파티를 질색하는 탓에, 그가 정한 기준대로 찾아오는 이들이 아니라면 사귀지 않았던 것이다. 다행스럽게도 같은 교구인 랜들스를 포함한 하이버리와, 나이틀리 씨가 속한 근처 교구의 던웰 애비도 그런 점을 많이 이해해주었다. 가끔 딸 에마의 설득으로 몇몇 수준 있는 사람들과 저녁 식사를 하곤 했지만, 그가 더 좋아하는 건 단순한 저녁 모임이었다. 우드하우스 씨가 함께한 사람들이 자신과 어울리지 않는다고 여기지 않는 한, 에마는 주중 거의 매일같이 아버지를 위해 카드놀이 자리를 마련하곤 했다.

웨스턴 부부와 나이틀리 씨는 우드하우스 집안과는 진실된 오랜 우정을 쌓아온 이들이고, 엘턴 씨의 경우에는 자기가 원하는 바는 아니지만 아직까지는 독신이기 때문에, 고독한 저녁 시간을 보내는 것보다는 우드하우스 댁 응접실에서 품위 있는 사교 모임과 그 집 어여쁜 딸의 미소를 즐길 수 있는 기회를 마다할 이유가 전혀 없었다.

그다음으로 부담 없이 초대할 수 있는 손님들은 베이츠 모녀와 고더드 부인으로 이들 세 숙녀는 하트필드의 초대에 거의 매번 응하는 편이었다. 마차를 보내 이들을 직접 모셔오는 일도 허다했지만, 우드하우스 씨는 그게 제임스나 말들에게 귀찮은 일이라는 생각을 추호도 하지 않았다. 그런 경우가 일년에 한 번만 있다면 그게 오히려 슬퍼할 일일 것이다.

하이버리의 이전 교구 목사였던 남편과 사별한 베이츠 부인은 차 마시기와 카드놀이가 거의 유일한 관심사인 노부인이었다. 그녀는 미혼인 딸과 둘이서 궁핍하게 살고 있었지만, 그런 어려운 형편 가운데서도 남에게 해를 입히지 않는 노부인으로 존중받았다. 베이츠 부인의 딸은 어리거나 예쁘장하거나 부유하지도 않고 결혼조차 하지 않은 여성이지만, 사람들에게서 매우 보기 드물게 호감을 얻고 있었다. 베이츠 양은 여러모로 사람들의 호감을 살 수 없는 형편에 있었다. 남에게 그녀 자신을 이해시키거나 그녀를 싫어하는 사람들에게 존경심을 불러일으킬 만한 지성을 전혀 갖추지 못했고, 평생 아름다움이나 똑똑함으로 두각을 나타낸 적도 없었다. 젊은 시절은 특별한 인상을 남기지 못한 채 흘러갔고, 중년에 접어들어서는 노쇠한 어머니를 돌보고 얼마 안 되는 벌이를 최대한 알뜰하게 쓰느라 다른 데 신경 쏠 여유가 전혀 없었다. 그러나 베이츠 양은 행복했다. 사람들은 항상 호의를 가지고 그녀를 거론하곤 했다. 그런 일이 가능했던 건 베이츠 양의 타고난 선하고 느긋한 성품 덕분이었다. 그녀는 모든 이들을 사랑해 그들의 행복에 무한한 관심을 쏟았고, 무엇보다 사람들의 장점을 재빨리 알아보는 재주가 있었다. 또 스스로를 더할 수 없이 복 받은 피조물이라고 생각하면서, 훌륭한 어머니와 부족함 없는 보금자리, 게다가 주변에 좋은 이웃과 친구까지 있으니 큰 행운이라고 생각했다. 이렇게 소박하고 유쾌한 성격, 느긋하고 매사에 감사하는 마음이 모두에게 좋은 인상을 주었을 뿐 아니라, 베이츠 양 자신에게도 끊임없는 행복의 원천이 되었다. 그녀는 사소한 일도 재미있게 말하는 재주를 지녔기에, 별다른 악의 없는 뒷이야기와 수다 떠는 것을 즐기는 우드하우스 씨에게 꼭 맞는 말벗이라 할 만했다.

고더드 부인은 학교 교장이었다. 그 학교는 새로운 원칙과 제도 위에서 숭고한 도덕성을 깊이 있는 학식과 연결하겠다는 따위의 고상하고 난해한 이야기를 장황하게 늘어놓는 신학교나 교육기관이 아니었다. 또한 터무니없이 높은 학비를 낸 어린 숙녀들을 건강한 생활로부터 떼어내 허영으로 밀어넣는 곳도 아니었다. 소박하고 꾸밈없는 전통적 기숙학교, 적당한 비용에 양질의 지식을 제공하며 학생들을 기이한 천재로 만들기보다는 어느 정도의 자율성을 제공하며 다양하면서도 소소한 교양을 경험하게 하는 학교였다. 고더드 부인의 학교는 높은 신망을 얻고 있었는데, 이는 터무니없는 명성이 아니었다.

그리고 여기에는 하이버리 지역 자체가 건강에 도움이 되는 곳이라고 인정을 받는다는 사실도 많은 도움이 되었다. 고더드 부인의 학교에는 널찍한 집과 정원이 있어 학생들에게 건강식을 충분히 먹일 수 있었고, 여름에는 마음껏 뛰어놀게 했으며 겨울에는 동상이 걸린 아이들이 있으면 그녀가 손수 싸매주었다. 그러니 스무 명의 어린 학생들이 그녀 뒤에 길게 줄지어 교회에 가는 모습은 전혀 이상할 것 없는 광경이었다. 그녀는 평범하고 어머니같이 자애로운 사람으로, 자기 자신에 대해 젊은 시절에 열심히 일했으니 이제는 가끔 쉬는 날 가까운 이들과 차를 마시는 즐거움 정도는 누릴 만하다고 생각했다. 그리고 오래전부터 우드하우스 씨에게 많은 신세를 진 만큼, 그의 초대가 있을 때마다 자수 장식이 걸려 있는 그녀의 단정한 응접실을 지체 없이 떠나 우드하우스 댁 난롯가에 앉아 카드놀이를 즐기면서 동전 몇 닢을 따거나 잃어주는 것이 당연한 의무라 생각했다.

이들이 바로 에마가 빈번하게 부담 없이 불러 모을 수 있는 여성들이었고, 아버지를 생각했을 때 그럴 수 있어 다행이라고 느꼈다. 하지만 에마의 입장에서는 그런 모임은 웨스턴 부인의 부재를 조금도 대신해주지 못했다. 그녀는 아버지가 편안해 하는 모습을 보면 기뻤고, 자신이 여러 가지 일을 꽤 잘 처리하고 있는 것 같아 뿌듯한 기분이 들었다. 그러나 에마는 이 세 여성들이 나누는 단조로운 이야기를 듣다 보면, 그런 식으로 보내는 저녁이야말로 그녀가 그처럼 두려워하던 길고 지루한 저녁이라는 생각이 울컥 치밀어 올라 도저히 견딜 수 없었다.

여느 때와 다를 바 없는 저녁을 보내게 될 거라고 생각하던 어느 날 아침, 고더드 부인으로부터 매우 공손한 어조로 스미스 양과 함께 가도 좋겠느냐는 전갈을 받았다. 참으로 반가운 요청이었다. 스미스 양은 에마가 얼굴을 몇 차례 본 적이 있는 열일곱 살짜리 어린 아가씨로 상당히 예쁘장한 얼굴이라 에마도 오래전부터 관심을 갖고 있던 참이었다. 기꺼이 초대하겠다는 회답을 보냈고, 우드하우스 댁의 아름다운 여주인은 더 이상 그날 저녁은 지루하지 않게 보낼 수 있게 되었다.

해리엇 스미스는 누군가의 사생아로 태어났다. 그 누군가는 몇 해 전 딸을 고더드 부인의 학교에 입학시키고, 최근에는 딸을 일반 학생에서 교장 관저에서 지내는 특별 기숙생으로 옮겨놓았다. 그녀에 대해 알려진 것이라고는 이게 전부였다. 그녀에게는 하이버리에서 사귄 이들 말고는 별다른 친구가 없었고, 함께 학교에 다녔던 옛 친구들을 방문하기 위해 시골로 긴 여행을 떠났다가 바로 얼마 전에 돌아온 참이었다.

그녀는 아주 예쁘장한 아가씨였는데, 에마가 특히 높이 평가하는 외모이기도 했다. 아담한 키에 통통한 체구였으며 홍조 띤 볼과 푸른 눈, 금발에 단정한 이목구비가 아름답고 아주 사랑스러웠다. 그날 저녁이 지나기 전, 에마는 그녀의 외모만큼이나 그녀가 풍기는 분위기에도 크게 만족해서 앞으로도 교유(交遊)를 계속 나누어야겠다고 결심했다.

에마는 스미스 양과의 대화에서 그녀가 특별히 영리하다고 여길 만한 점은 발견하지 못했지만, 아주 매력적이라고 느꼈다. 함께 있기 불편할 만큼 수줍어 하지도 않고 대화를 곧잘 하면서도 잘난 척하는 것과는 거리가 멀었다. 적절한 몸가짐을 보이면서도 하트필드 댁에 초대된 데 대해 눈에 띄게 기뻐하고 감사하는 모습이었다. 그리고 그동안 접하지 못한 세련된 것들을 볼 때마다 감동받은 마음을 꾸밈없이 그대로 표현하는 걸 보니, 양식을 갖추고 있는 것을 알 수 있었다. 앞으로 도움을 좀 주는 것도 좋겠다고 생각했다. 아니, 도움을 주어야 마땅했다. 그 상냥한 푸른 눈과 타고난 기품이 하이버리의 하류 계층과 그런 사람들 사이에 파묻혀 버린다면 아까운 일이었다. 지금까지 그녀가 맺어온 인간관계는 그녀에게 걸맞지 않았다. 얼마 전 만나고 왔다는 친구들은 선량한 사람들이긴 하겠지만, 그녀에게 좋은 영향을 끼치고 있는 것 같지 않았다. 그들은 마틴이라는 성을 쓰는 가족으로, 나이틀리 씨의 큰 농장을 임대해 쓰면서 던웰 교구에 살고 있었다. 에마도 이름은 익히 들어 알고 있었다. 나이틀리 씨가 그 가족을 높이 평가하는 걸 보면, 믿을 수 있는 사람들인 건 분명했다. 그러나 거칠고 투박할 게 확실한 이 사람들은, 약간의 소양과 기품만 더하면 제법 완벽해질 수 있는 숙녀가 가깝게 지내기에는 전혀 어울리지 않았다. 그래서 앞으로는 에마 자신이 그녀에게 관심을 주고, 그녀를 발전시켜, 별 도움이 안 되는 그들에게서 떼어내 수준 높은 사회로 인도할 것이며, 가치관과 몸가짐을 다듬어줄 요량이었다. 그건 흥미롭기도 하거니와 분명 커다란 친절을 베푸는 일이었으며, 현재 에마 자신이 삶에서 처한 상황과 그녀의 여가 시간, 영향력에도 딱 들어맞을 작업이었다.

이렇게 에마가 스미스 양의 사랑스러운 푸른 눈에 감탄하며 대화를 나누고 머릿속에서 이런저런 계획을 짜다 보니, 그날 저녁은 평소와 달리 시간이 어떻게 간지도 모르게 훌쩍 지나가버렸다. 그래서 항상 이런 모임을 마무리하는 순서로 에마가 시계를 쳐다보며 지루하게 기다리곤 하던 저녁 식탁이 어느새 준비가 다 되어 불가로 자리를 옮겼다. 여러 생각으로 한껏 들뜬 에마는 평소에도 일처리가 깔끔하고 배려심 있다는 칭찬을 받곤 하는 그녀치고도 이례적일 만큼 민첩하게 일어나 식사 준비를 도맡았다. 그러면서 비교적 이른 시각이기는 했으나 손님들의 마음을 불편하게 하지 않는 선에서 얇게 저민 닭과 굴요리를 연신 권했다.

그럴 때마다 불쌍한 우드하우스 씨의 마음속에서는 참담한 갈등이 생겼다. 젊을 때 유행했던 방식으로 식탁보를 까는 건 좋아했지만, 저녁 식사가 건강에 해롭다는 신념을 가진 그로서는 식탁보 위에 뭔가 음식이 올려지는 걸 보면 마음이 편치 않았다. 손님들을 융숭하게 대접하고 싶은 우드하우스 씨의 마음 한편에서는 손님들에게 뭐든 맛있게 먹이고 싶은 반면, 건강을 생각하면 그들이 뭔가를 먹는 것이 너무 걱정스러웠다.

사실 우드하우스 씨가 마음 편히 권할 수 있는 음식이라곤 그가 먹고 있는 것 같은 묽은 오트밀 한 그릇이 전부였지만, 숙녀들이 좀 더 맛있는 요리들을 먹어치우는 동안 그는 애써 이렇게 권하곤 했다.

"베이츠 부인, 이 달걀을 하나 들어보시지요. 부드럽게 익힌 달걀은 건강에 그다지 해롭지 않답니다. 우리 집 하인 썰이 달걀 삶는 법 하나는 그 누구보다 잘 알거든요. 다른 사람이 삶은 달걀이라면 권하지도 않을 겁니다. 걱정하지 마세요, 보시다시피 아주 작잖습니까. 조그만 달걀 하나 먹는다고 건강에 해롭지는 않을 거예요.

　베이츠 양, 에마가 건네주는 타르트 한 조각 먹어봐요, 딱 한 입만 말이죠. 우리 집에서 내놓는 타르트에는 사과만 들어간답니다. 몸에 해로운 설탕 절임 같은 건 조금도 안 넣었으니 걱정 말아요. 커스터드는 별로 권하고 싶지 않군요. 고더드 부인, 와인 반 잔 어떻습니까? 아주 작은 잔으로 반 잔만 따라서 물과 섞어 드시는 게 어때요? 그 정도면 무리가 안 될 것 같은데 말입니다."

　에마는 아버지가 이야기하도록 놔둔 채 손님들을 훨씬 더 만족스러운 방식으로 접대했고, 특별히 오늘 저녁에는 그분들이 기분 좋게 집에 돌아가게 하는 데서 유난히 큰 보람을 느꼈다. 스미스 양이 즐거워 하는 모습은 에마가 의도한 대로였다. 우드하우스 양은 하이버리에서 유명인사나 다름없었기 때문에, 그런 숙녀를 소개받게 된다고 생각하자 기쁨 못지않게 두려움도 컸을 것이다. 그러나 이 겸손하고 순박한 어린 아가씨는 우드하우스 양이 저녁 내내 상냥하게 대해준 데다 헤어질 때는 악수까지 청했다는 사실에 크게 만족하며 집으로 향했다.

4

　얼마 안 가 하트필드에서 해리엇 스미스와의 친분은 자연스러운 일이 되었다. 한번 마음먹은 일이라면 기민하게 행동으로 옮기는 에마답게 첫 번째 만남 뒤에 지체 없이 해리엇을 초대했고, 그 후로도 자주 들르라고 얘기하고 권유했다. 두 사람의 친분이 쌓여갈수록 서로에 대한 만족감 역시 커갔다. 에마는 일찍부터 해리엇 스미스가 산책 상대로 얼마나 쓸모가 있는지 알아보았다. 그런 면에서 웨스턴 부인의 빈자리가 각별히 크게 느껴지던 참이었다. 에마의 아버지는 산책이라 해봐야 집 앞 관목 숲 너머로 나가는 일이 없었으며, 해가 바뀔수록 산책길은 더욱 짧아졌다. 그러다 보니 웨스턴 부인이 결혼한 후로 에마의 산책은 크게 줄어들었다. 한번은 혼자 랜덜스까지 걸어가 보기도 했지만, 그다지 유쾌한 일은 아니었다. 이제부터는 어느 때나 함께 산책하자고 불러낼 수 있는 해리엇 스미스가 에마에게는 긴요한 존재가 될 것이었다. 그것 말고도 그녀를 만나볼수록 모든 면에서 그녀가 마음에 들었고, 에마 자신의 사려 깊은 계획에 대한 확신도 굳어갔다.

해리엇은 분명 영리하지는 않았지만, 사랑스럽고 유순하면서 감사할 줄 아는 성격으로, 자기 주관이 전혀 서 있지 않아 그저 존경하는 누군가가 모든 걸 이끌어주길 바랄 뿐이었다. 아직 서로 안 지 얼마 안 된 에마에게 보이는 그녀의 애착은 매우 사랑스러웠고, 수준 높은 지성을 기대할 수는 없더라도 훌륭한 친구를 만나고 싶어 하고 고상하고 똑똑한 것에 감탄하는 점으로 미루어보아 흠잡을 데 없는 취향을 가진 게 분명했다. 여러 가지를 고려할 때 에마는 해리엇 스미스야말로 자신이 바라던 어린 친구이자, 바로 자신의 일상에서 필요한 존재라고 확신했다. 이제 웨스턴 부인 같은 친구를 기대할 수는 없었다. 살아가면서 그런 사람이 두 명이나 있을 수는 없는 일이었다. 에마는 그런 친구를 또 한 명 원하지는 않았다. 그것은 좀 다른, 별개의 감정이었다. 웨스턴 부인이 감사와 존경을 바탕으로 한 대등한 상대라면, 해리엇은 그녀가 도움을 주고 애정을 베풀 수 있는 대상이었던 것이다. 웨스턴 부인에게는 아무것도 해줄 필요가 없었지만, 해리엇에게는 모든 걸 해줘야만 했다.

도움을 주려는 에마의 첫 시도는 해리엇의 부모를 찾아주려는 것에서부터 시작되었지만, 해리엇은 이 사안에 대해 에마에게 해줄 수 있는 말이 전혀 없었다. 알고 있는 모든 걸 털어놓을 준비야 되어 있었지만, 이 문제에 관해서는 아는 바가 전혀 없었기에 질문을 해 봐야 나올 만한 게 없었다. 할 수 없이 에마는 제멋대로 상상을 해보기야 했지만, 만약 자기가 그런 상황에 처했더라면 이미 진실을 밝혀내고도 남았을 거라는 생각이 들었다. 해리엇에게는 사물을 꿰뚫어보는 통찰력이 전혀 없었다. 고더드 부인의 말을 아무 의심 없이 그대로 받아들이면서, 더 이상 알아보려는 노력을 하지 않았던 것이다.

자연히 고더드 부인과 다른 교사들, 그리고 여학생들과 학교에서 벌어지는 이런저런 일들이 해리엇이 하는 이야기의 대부분이었으며, 그 밖에는 애비 밀 농장의 마틴 씨 가족과의 교유가 거의 화제의 전부였다. 특히 해리엇의 머릿속에는 마틴 씨 가족에 대한 생각이 상당한 자리를 차지하고 있었다. 그 집에서 아주 행복한 두 달을 보내고 난 해리엇은 즐거운 추억을 들려주면서, 그곳이 얼마나 편안하고 좋은 곳이었는지 에마에게 자세히 이야기하고 싶어했다. 아직 어린아이 같은 단순함으로 해리엇은 애비 밀에 관한 이런저런 이야기를 쏟아놓았다. 이를테면 마틴 부인에게는 응접실, 그것도 아주 멋진 응접실이 **두 개나** 있는데 그중 하나는 고더드 부인의 거실만큼이나 크고, 그 집안에는 한 수석 하녀를 25년 동안 거느리고 있다는 것이라든가, 여덟 마리나 되는 암소 중 두 마리는 올더니 종, 그리고 마틴 부인이 특별히 아껴서 '우리 아가'라고까지 부르는 한 마리는 자그마한 웨일즈 종이라는 것, 또 정원에는 아주 근사한 여름 별채가 있어 내년에 다 같이 거기서 차를 마시자고 했는데, 거긴 열 명쯤은 넉넉히 들어갈 만큼 크다는 등의 이야기였다. 에마는 대화에 새로운 인물들이 등장하는 것이 반갑기도 했고, 해리엇이 흥분해서 이야기를 쏟아내는 모습이 자못 재미있다고 생각하면서 이런 식의 수다를 고개를 끄덕이며 들어주었다.

별생각 없이 그런 이야기를 듣고 있던 에마는 얼마간은 즐거웠다. 그러나 마틴 집의 사정을 좀 더 파악하게 되면서 다른 감정들이 생겼다. 마틴 일가가 모녀와 아들, 며느리로 이루어져 있다고 생각한 것은 그녀의 착각이었다. 선량한 성품에 대한 찬사가 항상 따라오며 이야기에 종종 등장하던 마틴 씨가 실은 미혼이며, 젊은 마틴 부인이 존재하지 않는다는 사실을 알게 된 것이다. 그러자 에마에게는 그 집의 모든 환대와 친절이 자신의 가엾은 어린 친구에게 잠재적 위험이며, 그녀를 제때 돌보아주지 않으면 낮은 신분으로 영원히 가라앉게 될지도 모른다는 걱정거리가 생겼.

이런 새로운 정보를 알게 된 후부터 에마는 질문의 빈도와 강도를 점점 더 높여 갔고, 해리엇에게 특히 마틴 씨의 이야기를 좀 더 하도록 유도했는데, 해리엇은 이를 전혀 신경 쓰지 않는 눈치였다. 해리엇은 두 사람이 달빛 아래서 걸었던 일이며, 저녁 시간에 함께 재미난 게임을 즐겼던 일 따위를 기다렸다는 듯 들려주었고, 그의 심성이 얼마나 훌륭하고 친절한지에 대해 지루할 정도로 늘어놓았다. 그리고 그녀가 호두를 좋아한다는 이야기를 듣고, 하루는 호두를 선물하기 위해 왕복 3마일의 먼 거리를 다녀오는 등, 그는 꽤나 자상한 성품의 사람으로 보였다. 어느 날 밤인가는 그녀에게 노래를 들려주기 위해 양치기의 아들을 일부러 응접실에 데려온 적도 있었다. 그녀는 노래를 아주 좋아했고, 그도 노래 솜씨가 제법 있었다. 그녀는 그가 아주 똑똑하고 모르는 게 없다고 생각했다. 그리고 그가 키우는 양들은 품종이 아주 훌륭해서 그녀가 머무는 동안 그 지역에서 가장 비싼 값을 받고 양털을 팔기도 했다는 것이었다. 그녀는 모든 사람들이 그를 좋게 본다고 생각했다. 마틴 씨의 어머니와 누이들도 그를 지극히 아꼈다. 어느 날 마틴 부인은 상기된 얼굴로 세상의 어느 누구도 그만큼 훌륭한 아들일 수 없으며, 그게 언제이건 결혼만 하면 나무랄 데 없는 남편이 될 게 분명하다고 말했다. 그렇다고 아들이 당장 결혼하기를 바라는 건 아니었다. 마틴 부인은 전혀 서두를 생각이 없다고 했다.

'잘했어요, 마틴 부인!' 에마는 속으로 외쳤다. '뭘 좀 아는 분이군요.'

"게다가 제가 떠나올 때 마틴 부인은 친절하게도 고더드 부인에게 살찐 거위 한 마리를 보냈지 뭐예요. 고더드 부인이 본 것 중 가장 잘 길러진 거위였대요. 고더드 부인은 일요일에 그걸 요리해서는 내시 양, 프린스 양, 리처드슨 양, 이렇게 선생님 세 분을 모두 저녁 식사에 초대했답니다."

"내 생각에 마틴 씨는 자기가 하는 일 말고는 별로 아는 게 없을 것 같은데, 독서는 안 하지?"

"오, 그렇죠! 그러니까 제 말은, 아니요, 그건 저도 잘 모르겠어요. 하지만 제가 보기엔 책을 꽤 많이 읽는 것 같았어요. 다만 언니가 생각하는 그런 책은 아니에요. 그분은 《농업 보고서》라든지 창가 의자에 올려놓은 책들을 읽지만, 우리에게 들려주는 건 아니고, 그냥 혼자 읽어요. 하지만 저녁 시간에 카드놀이를 하기 전에 《명문 모음집》 중 몇 구절을 소리 내어 읽어준 적은 있었는데, 무척 좋았어요. 아, 그리고 《웨이크필드의 목사》도 읽은 걸로 알고 있어요. 하지만 《숲속의 로맨스》나 《수도원의 아이들》은 안 읽었더군요. 제가 말하기 전까지는 제목도 들은 적이 없대요. 하지만 이제 알았으니 가능한 한 빨리 그

책들을 구해서 읽어 보겠다고 했어요."

에마는 곧이어 다음 질문을 던졌다.

"마틴 씨는 어떻게 생긴 사람이지?"

"오, 잘생기진 않았어요. 잘생긴 것과는 좀 거리가 멀어요. 처음엔 그저 평범하게 봤는걸요. 그렇지만 이젠 그렇게 생각하지 않아요. 시간이 지나면 그런 건 생각을 안 하게 되잖아요. 그런데 언니는 그분을 한 번도 본 적이 없으세요? 하이버리에 가끔 들른다던데. 말을 타고 킹스턴에 가는 길에도 항상 여길 지나간다고 했거든요. 지나가면서 언니를 자주 봤다고 했어요."

"그랬을지도 모르지, 그를 수십 번은 봤을 수도 있어. 그가 누군지 전혀 모른 채 말이야. 그러나 말을 탔건 걸어가건 간에 젊은 농부는 내 호기심을 불러일으키는 대상이 아니야. 농부들은 그야말로 나와는 아무런 상관없는 부류로 느껴지거든. 물론 나보다 한두 단계 낮은 부류라도 신뢰가 가는 외모였다면 아마 관심을 가졌겠지. 그런 집안에는 어떤 식으로든 도움이 되고 싶다는 생각을 했을 거야. 하지만 농부가 내 도움을 필요로 할 리는 없고, 그러니까 그런 사람들은 어떤 면에서는 수준이 낮지만, 다른 면에서는 내 시야를 훨씬 웃도는 사람이기도 하지."

"물론이에요. 그렇고말고요! 언니가 그를 주목해서 봤어야 한다는 뜻은 아니었어요. 하지만 그분은 언니를 아주 잘 알고 있어요. 언니의 얼굴을 말이에요."

"그가 아주 괜찮은 청년일 거라는 건 의심하지 않아. 지금도 그렇고 또 앞으로도 잘 되었으면 좋겠어. 그런데 나이는 어느 정도 된 것 같아?"

"지난 6월 8일로 스물네 살이 됐어요. 제 생일이 23일이니까. 2주 하고도 하루밖에 차이가 안 나는 셈이에요. 참 신기한 일이죠!"

"아직 스물네 살밖에 안 되었다니 가정을 꾸려서 정착하기에는 너무 어린 나이네. 그 사람 어머니가 결혼을 서두르지 않는 것도 당연해. 그분들은 지금 그대로가 편안해 보이는데, 어머니가 굳이 나서서 아들을 결혼시킨다 해도 아마 후회하게 될 거야. 앞으로 6년 정도 돈을 좀 더 모아서 같은 부류의 괜찮은 아가씨를 만나는 게 가장 바람직하겠어."

"앞으로 6년이라고요! 어머나, 우드하우스 양, 그때가 되면 그분은 서른 살이 되는걸요!"

"아무튼 상속받을 재산이 없는 대부분의 남자들은 적어도 그만한 나이가 돼야 결혼 준비가 되는 법이야. 내 생각에 마틴 씨는 가진 것 없이 바닥부터 시작해야 할 것 같은데, 부친이 물려준 얼마 안 되는 돈이나 자기 몫의 땅은 가축 따위를 사는 데 썼으니 거의 남은 게 없다고 봐야지. 물론 성실하게 일하고 운이 좀 따른다면 언젠가는 부유해질 수도 있겠지만, 가까운 시일 안에 부자가 되기는 거의 불가능에 가까운 일이야."

"물론이에요, 정말 맞는 얘기예요. 하지만 그분들은 아주 편안하게 지내는걸요. 일꾼이 없다는 것 말고는 바랄 게 없거든요. 그래서 마틴 부인은 내년쯤에는 그런 일을 봐줄 사내아이를 하나 들일까 생각 중이라고 했어요."

"해리엇, 난 네가 어려움에 빠지는 일이 없으면 해. 그분이 언제 결혼하건 그러니까 내 말은, 장차 그 사람의 부인 될 사람과 알고 지내는 것 말이야, 누이들이야 교육도 꽤 받았으니까 그들과 친분을 유지하는 걸 덮어놓고 반대할 일은 아니지만, 그 사람이 너한테 어울리는 여자와 결혼할 거라는 보장은 없으니까, 너는 불운하게 태어난 만큼 누군가와 친분을 맺을 때는 각별히 조심해야 해. 네가 괜찮은 집안 출신이라는 건 분명하지만, 그 자리를 지키기 위해서 할 수 있는 모든 걸 다해야 할 거야. 안 그러면 다들 앞다투어 널 깎아내리려 할 테니까."

"네, 물론이에요, 저도 그럴 거라고 생각해요. 하지만 여기 하트필드를 찾을 때마다 언니가 제게 너무 잘해주니까, 다른 사람이 무슨 짓을 하건 저는 두렵지 않아요."

"해리엇, 넌 영향력이라는 게 얼마나 중요한지 잘 알고 있구나. 하지만 난 네가 하트필드와 나라는 사람의 도움 없이도 상류사회에서 자리를 확고하게 잡도록 해주고 싶어. 네가 오래도록 좋은 사람들과 친분을 쌓는 걸 보고 싶고. 그러려면 어울리지 않는 사람들과는 가능한 한 만나지 않는 게 좋겠다고 지금 말하고 있는 거야. 그래서 만약 마틴 씨가 결혼을 하더라도 누이들과의 친분 때문에 그 집안사람들과 계속 어울리면서, 혹시나 미천한 농부의 딸로 제대로 교육도 못 받았을지도 모르는 마틴 씨 부인과 사귀는 일은 없어야 한다는 거지."

"네, 물론이에요. 그렇다고 마틴 씨가 비천한 집안에서 교육도 못 받은 여자와 결혼할 거라고 생각하지는 않아요. 하지만 언니 의견에 반대할 생각은 없고, 그분 부인과 친분을 만들겠다는 생각을 하지는 않겠어요. 그렇지만 마틴 자매, 특히 엘리자베스에 대한 제 존경심은 변치 않을 거고, 저 못지않게 많은 교육을 받은 분들인 만큼 앞으로 못 만나게 되면 저로서도 무척 서운할 것 같아요. 하지만 마틴 씨가 무식하고 품위 없는 여자와 결혼한다면 그런 분은 안 만나는 게 좋겠죠."

에마는 해리엇이 장황하게 말을 이어가는 동안 그녀에게서 혹시 어떤 감정의 동요가 드러나지 않는지 관찰했지만, 특별히 걱정할 만한 사랑의 징조는 없어 보였다. 마틴이라는 젊은이가 해리엇에게 다가선 최초의 구애자일지는 몰라도 더 이상 진전될 일은 없을 듯했고, 에마가 준비한 우정 어린 계획을 해리엇 편에서 반대한다든지 하는 심각한 문제는 없을 게 분명했다.

바로 다음 날, 이들은 던웰 길을 걷다가 마틴 씨와 마주쳤다. 그는 길을 걷다가 에마에게 공손한 시선을 건네고 나서, 그녀의 동행을 바라보며 반가운 기색을 감추지 않았다. 에마는 이렇게 가까이에서 살펴볼 수 있는 기회를 갖게 되어 차라리 잘됐다고 생각하면서, 두 사람이 이야기를 나누는 사이 앞으로 몇 발자국 걸어 나가면서 로버트 마틴 씨를 재빨리 살펴보았다. 그는 상당히 깔끔한 외모에 분별 있는 젊은이로 보였지만, 그것 말고는 별다른 장점이 있는 것 같지는 않았다. 여느 신사와 비교한다 해도 해리엇이 관심을 가졌던 그의 몇 가지 장점들이 전혀 맥을 못 출 게 분명했다. 해리엇은 품격을 무시하는 아가씨가 아니었다. 일찍이 에마 부친의 신사다운 태도를 알아보고 놀라움과 찬탄을 표하지 않았던가. 하지만 마틴 씨는 기품이 뭔지는 잘 모르는 사람 같았다.

우드하우스 양을 오래 기다리게 해서는 안 됐기 때문에 두 사람은 고작 몇 분 동안 이야기를 나누고 헤어졌다. 해리엇은 환한 웃음을 지으며 에마에게 달려왔는데, 좀처럼 흥분을 가라앉히지 못하는 모습에 우드하우스 양은 그녀가 빨리 좀 진정하길 바랐다.

"이렇게 우연히 그분을 만나다니요! 정말 신기한 일이에요! 그분도 오늘 랜들스 쪽을 통과해서 가지 않은 게 우연이라고 했어요. 우리가 이 길을 지나다닐 거라고는 상상도 못했대요. 주로 랜들스 쪽으로 다닐 거라고 생각했다더라고요. 《숲속의 로맨스》는 아직 구하지 못했다고 했어요. 바로 얼마 전 킹스턴에 갔을 때 너무 바빠서 깜빡했는데, 내일 다시 갈 거래요. 이렇게 마주치다니 정말로 기막힌 우연이에요. 저, 우드하우스 양, 그분이 언니가 생각했던 대로인가요? 어떤 것 같아요? 너무 평범해 보여요?"

"확실히 너무 평범해 보였어. 놀랄 정도로 평범해. 하지만 그런 점이야 그 사람에게 신사다운 기품이 전혀 없어 보이는 것에 비하면 아무것도 아니야. 많은 걸 기대할 이유가 없었고 그렇게 기대했던 것도 아니지만, 그 정도로 고상함이라고는 조금도 찾아볼 수 없을 만큼 촌스러울 줄은 정말 몰랐어. 솔직히 말해 그 사람이 조금은 더 기품이 있기를 기대했었지."

"물론이에요."

해리엇이 당황해하는 목소리로 말했다.

"진짜 신사들만큼 고상한 분은 아닐 거예요."

"해리엇, 우리와 알고 지낸 후로 너는 정말 신사분들을 꽤 접해왔으니까, 이젠 마틴 씨가 그런 분들과 다르다는 걸 알아챘으리라고 생각해. 넌 하트필드에서 아주 학식 있고 가문 좋은 남자들을 만나봤잖아. 그런데 그런 분들을 만나고 나서도 마틴 씨가 하류계층 사람이라는 걸 깨닫지 못하거나, 예전엔 어떻게 마틴 씨 같은 사람을 괜찮다고 여겼을까 하는 의구심도 전혀 없이 그와 변함없이 어울린다면 난 정말 놀랄 수밖에 없을 거야. 이제 그런 점들이 서서히 느껴지지 않니? 충격 받지 않았어? 난 네가 마틴 씨의 초라한 외모며 부자연스러운 행동거지, 그리고 내가 여기 서서 듣는 내내 전혀 변화가 없었던 투박한 목소리에 분명 깜짝 놀랐을 거라고 생각해."

"마틴 씨는 확실히 나이틀리 씨 같은 분은 아니에요. 나이틀리 씨처럼 세련되거나 점잖은 걸음걸이도 아니고요. 그런 차이는 저도 충분히 느껴요. 하지만 나이틀리 씨는 워낙에 기품 있는 신사분이잖아요."

"나이틀리 씨처럼 훌륭한 기품을 갖춘 신사와 비교한다는 건 마틴 씨에게는 너무 불공평한 일이지. 나이틀리 씨같이 얼굴에 신사다움이 적혀 있는 신사는 아마도 백 명 중 한 명도 없을 거야. 하지만 넌 요즘 그분 말고도 여러 신사분들을 접하고 있잖니. 웨스턴 씨나 엘턴 씨 같은 분 말이야. 마틴 씨를 그런 분들과 한번 비교해봐. 그분들의 고상한 몸가짐이나 걸음걸이, 또 대화를 나누다가 때론 침묵을 지킬 줄 안다든지, 이런 것들과 한번 비교해보라는 거야. 그러면 분명 그 차이를 느낄 수 있을 거야."

"네, 맞아요. 큰 차이가 있어요. 그렇지만 웨스턴 씨는 거의 노인이나 다름없잖아요. 웨스턴 씨 나이는 마흔에서 쉰, 그 중간 어디쯤이지 않나요."

"그렇기 때문에 그분의 기품이 더욱 귀한 거야. 해리엇, 사람이란 나이를 먹을수록 품위를 지켜야 해. 시끄럽거나 투박하고 서투른 언행은 나이가 들수록 더 눈에 거슬리고 꼴불견이 되거든. 젊을 때는 그럭저럭 넘어가던 점들이 나이가 들면 혐오스럽게 느껴지는 법이니까. 마틴 씨는 벌써부터 저렇게 서투르고 촌스러운데, 나중에 웨스턴 씨 연배가 되면 어떻게 될 것 같아?"

"그걸 지금 어떻게 미리 알 수 있겠어요."

해리엇은 정색을 하면서 답했다.

"하지만 어느 정도 추측이야 해볼 수 있지. 그 사람은 외모에는 전혀 신경조차 안 쓰면서 손익만 따지는 말할 수 없이 천하고 투박한 농부가 될 거야."

"정말 그럴까요? 그건 너무 안 좋은 일이잖아요."

"그 사람이 자기 일에 지금 얼마나 푹 빠져 있는지는 네가 추천한 책을 사는 걸 깜빡했다는 이야기만 들어도 알 수 있어. 돈 벌 생각만으로 머리가 꽉 차서 다른 건 머리에 들어올 틈이 없는 거라고. 뭐, 이제 막 돈을 모으기 시작하는 남자에겐 당연한 일이지만. 그런 사람이 책은 읽어서 무엇 하겠어? 물론 앞으로는 형편이 좀 좋아져서 언젠가 부자가 되기야 하겠지. 어쨌든 그 사람이 무식한 데다 촌스럽다고 해서 우리가 걱정할 일은 아니지."

"그 책을 깜빡하다니 정말 이상하긴 했어요."

간신히 이렇게 대답하고는 입을 닫은 해리엇의 목소리가 너무 풀 죽어 있어서 에마는 이쯤에서 잠시 내버려두는 게 좋겠다고 생각했다. 그래서 잠시 침묵을 지킨 뒤 에마는 다시 말을 이었다.

"어떻게 보면 신사다운 기품으로는 엘턴 씨가 나이틀리 씨나 웨스턴 씨보다 훨씬 나을 수도 있어. 더 부드러운 면이 있거든. 다른 사람들의 본보기가 되기에도 더 적당할 것 같아. 웨스턴 씨의 경우에는 거침없이 솔직해서 당황스러울 수도 있는데, 다행히 쾌활해서 모두들 그분을 좋아하는 거야. 하지만 그걸 섣불리 따라 해서는 안 되지. 나이틀리 씨의 직설적이고 단호한 위엄도 마찬가지야. 그분의 외모나 체격, 여건에는 충분히 어울리지만, 여느 젊은이들이 그걸 흉내 내려고 했다가는 꼴불견이 될 수도 있으니까. 하지만 엘턴 씨 같은 분이라면 많은 젊은이들에게 본보기로 삼으라고 마음 놓고 권할 수 있을 것 같아. 엘턴 씨는 선량하고 유쾌하고 친절하면서 부드러운 분이지. 특히 요즘 들어 부쩍 더 온유해지신 것 같아. 그분이 특별히 상냥한 행동으로 우리 둘 중 누군가에게 환심을 사기 위해 일부러 노력하는 건지는 몰라도, 해리엇, 정말이지 그분이 예전보다 한결 부드러워졌다는 생각이 들었어. 그분에게 어떤 의도가 있다면, 그건 분명 너를 기쁘게 하려는 걸 거야. 지난번에 그분이 너에 대해 뭐라고 했는지 내가 얘기했었던가?"

그런 다음 에마는 엘턴 씨에게서 이끌어낸 해리엇에 대한 칭찬을 몇 가지 들려주었는데, 이번에는 효과가 있었는지 해리엇은 금세 얼굴을 붉히며 미소를 지었고, 엘턴 씨를 처음 볼 때부터 훌륭한 분이라고 생각했다고 말했다.

에마가 생각하기에, 엘턴 씨야말로 해리엇의 마음에서 그 젊은 농부를 몰아내줄 사람이었다. 둘은 아주 잘 어울리는 짝이었고, 에마가 처음 생각해냈다고 공을 내세울 수 없을 만큼 어디로 보나 바람직하고 당연하며 성사될 가능성이 높은 계획이었다. 에마는 다른 사람들도 머릿속으로 이런 생각이나 예상을 똑같이 하고 있을까 봐 적잖게 불안했다. 하지만 계획을 세운 시점에 있어서만큼은 해리엇이 하트필드에 온 첫날 저녁 에마의 머리에 떠올랐으니, 그녀를 앞설 사람이 있을 것 같지는 않았다. 곰곰이 생각하면 생각할수록 상당히 괜찮은 계획이라는 생각이 들었다. 엘턴 씨의 여건은 여러모로 완벽했다. 그는 사람 자체만 봐도 훌륭한 신사인 데다 집안도 나쁘지 않았으며, 그렇다고 해리엇의 불확실한 출생에 대해 의심을 품을 가족도 딱히 없었다. 그뿐만 아니라 엘턴 씨에게는 편히 지낼 수 있는 집도 있었고, 에마가 생각하기에 하이버리 교구가 그리 크진 않았지만 자기 소유 땅이 좀 있다고 하니 수입도 꽤 넉넉할 것 같았다. 에마는 선량하고 유순한 데다 세상 물정에도 어둡지는 않은 훌륭한 사람으로 엘턴 씨를 높이 평가했다.

그녀는 엘턴 씨가 해리엇을 아름다운 아가씨로 여긴다는 사실에 이미 흡족해하고 있었고, 하트필드에서 자주 만나는 만큼 엘턴 씨 입장에서도 그 정도면 인연을 시작할 충분한 기반이 될 수 있을 거라고 확신했다. 해리엇 편에서도 그런 분이 자기에게 호감을 갖고 있다는 걸 알게 되면 자연히 마음이 움직일 게 분명했다. 엘턴 씨는 정말이지 아주 호감형의 청년으로, 까다롭지 않은 여성이라면 누구나 좋아할 만했다. 상당히 말쑥한 외모에 대부분의 사람들이 그에게 탄복했지만 에마의 개인적인 취향으로는 우아함이 다소 부족해 보였는데, 그건 에마가 절대로 포기할 수 없는 부분이기도 했다. 하지만 호두를 선물하겠다고 시골까지 말을 달렸던 로버트 마틴에게 감동한 아가씨라면, 엘턴 씨가 호감을 표시하면 더욱 쉽게 넘어갈 것이었다.

5

"웨스턴 부인, 부인은 어떻게 생각하실지 모르겠습니다만."

나이틀리 씨가 말을 꺼냈다.

"에마와 해리엇 스미스 양의 사이가 급속하게 가까워진 게 전 그다지 좋은 일이 아니라고 생각합니다."

"좋은 일이 아니라니요! 정말 그렇게 생각하세요? 어째서요?"

"두 사람에게 서로 아무런 도움이 안 된다고 보거든요."

"의외의 말씀이네요. 에마는 분명 해리엇에게 도움이 되고 있을 테고, 에마가 마음 쓸 새로운 상대가 되어주고 있다는 점에서 해리엇도 에마에게 도움이 된다고 할 수 있지 않을까요. 전 두 사람이 가깝게 지내는 걸 보며 아주 기뻐하고 있었는걸요. 저와는 생각이 많이 다르시군요. 서로에게 아무런 도움이 안 될 거라 생각하시다니. 나이틀리 씨, 이건 분명 에마를 놓고 우리가 앞으로 벌일 치열한 논쟁의 시작이 되겠는걸요."

"부인과 논쟁하기 위해 제가 일부러 여기까지 찾아왔다고 생각하시는군요. 웨스턴 씨가 외출하셨으니, 어쨌거나 저를 혼자 상대하실 수밖에 없을 거란 걸 알고 말입니다."

"웨스턴 씨가 여기 있었다면, 분명 제 편을 들어주었을 거예요. 남편은 이 일에 대해 저와 생각이 같으니까요. 안 그래도 우리 둘이 어제 그런 이야기를 나누면서 말동무 삼을 수 있는 그런 아가씨가 하이버리에 있어서 에마에게 얼마나 다행이냐며 무척 기뻐했는걸요. 나이틀리 씨, 전 당신이 이런 일에 공정한 판단을 내릴 수 있는 입장이 아니라고 생각해요. 당신은 독신 생활에 너무 익숙해져서 친구의 가치를 잘 모르시는 것 같아요. 게다가 오랫동안 가깝게 지낸 여자들이 서로에게서 느끼는 각별한 위안에 대해서는 아마 어떤 남자라도 제대로 이해하지 못할 거예요. 해리엇 스미스 양을 마땅찮게 여기는 건 이해해요. 에마가 친구로 삼기에는 그다지 훌륭한 아가씨는 아니니까요. 하지만 이렇게 한번 생각해보세요. 에마는 이 아가씨가 소양을 더 쌓길 원하고 있으니 그게 에마에게도 동기 유발이 돼서 책을 더 가까이하지 않을까요? 앞으로는 두 사람이 같이 책을 읽을 거예요. 에마의 결심이 아주 확고해 보였다고요."

"에마는 열두 살 이후로 줄곧 책을 더 많이 읽겠다고 말해왔지요. 앞으로 꾸준히 읽어갈 도서 목록이라면서 보여준 것만 해도 헤아릴 수 없을 정도랍니다. 아주 잘 만들어진 목록이더군요. 좋은 책들로만 잘 고른 데다, 알파벳 순서라든지 그때그때 다른 기준을 사용해서 깔끔하게 배열되어 있었죠. 에마가 겨우 열네 살이었을 때 만든 목록을 보고 정말 영특하다고 생각해서 얼마간 그걸 보관했던 기억이 나는군요. 아마 이번에도 흠잡을 데 없는 목록을 만들었을 거예요. 하지만 에마가 꾸준히 독서를 할 거라는 기대는 이제 접었답니다. 에마는 근면과 인내를 요하는 일은 앞으로도 절대 안 할 것이고, 지성을 닦기 위해 공상하는 즐거움을 포기하는 일도 절대 없을 겁니다. 테일러양이 그런 면을 깨우는 데 성공하지 못했다면, 해리엇 스미스는 아무것도 못할 거라고 확신해도 좋을 것 같은데요. 부인은 자신이 원하는 반만큼도 에마를 독서로 이끌지 못하셨잖아요. 부인도 그것만은 억지로 안 된다는 걸 아셨을 테지만요."

웨스턴 부인은 미소를 지으며 말했다.

"그때는 그렇게 생각했던 것 같기도 해요. 하지만 이렇게 떨어져 있고 보니 에마가 한 번이라도 제가 원하는 걸 게을리한 적이 있었는지 그런 기억은 전혀 떠오르지가 않아요."

"그런 기억을 굳이 떠올리라고 말씀드리는 건 아닙니다."

나이틀리 씨는 다소 감정적인 어조로 말했다. 둘 사이에는 잠시 침묵이 흘렀다. 그러다 그가 이렇게 덧붙였다.

"하지만 이성을 덮어버릴 만큼 감성이 풍부하지 않은 저로서는 보고 들은 것만 기억할 수밖에 없답니다. 가족 중에서 가장 똑똑하다는 사실이 에마의 버릇을 망쳐놨어요. 불행히도 에마는 열 살 때 이미 열일곱 살인 언니가 풀지 못하는 질문들에 답할 수 있었지요. 에마는 언제나 재빠르고 막힘이 없는 반면에, 이사벨라는 느리고 늘 자신감이 부족했어요. 게다가 에마는 열두 살 이후로 집안과 모든 식구를 거느리는 여주인 역할을 해왔지요. 어머니를 잃으면서 에마는 그녀를 제대로 다룰 수 있는 유일한 분을 잃은 셈입니다. 에마는 어머니의 재능을 물려받았고, 어머니의 다스림 아래 있었어야만 했어요."

"나이틀리 씨, 제가 이렇게 우드하우스 댁의 일을 그만두고 다른 삶을 택한 상황이 되니 애초에 당신이 절 추천하셨던 일에 대해 미안하게 생각해요. 당신은 저에 대해 좋게 생각할 리가 없을 거예요. 게다가 제가 맡았던 일에 제가 그다지 맞지 않는다고 여기셨다는 것도 알고 있어요."

"맞습니다."

그는 빙그레 웃었다.

"부인은 이곳에 더 잘 어울려요. 타고난 현모양처이지만, 가정교사로는 전혀 아니거든요. 하지만 부인은 하트필드에서 지내는 동안 장차 더 훌륭한 아내가 되기 위한 준비를 했었던 셈입니다. 주어진 권한을 사용해서 에마에게 완전한 교육을 시키지는 못했더라도 실제 결혼 생활에서 부닥치게 되는, 자기 의지를 꺾고 상대방이 바라는 대로 해주는 부분에 대해 에마에게서 매우 값진 교육을 받았던 거죠. 웨스턴 씨가 제게 아내감을 추천해달라고 부탁했다면, 분명히 테일러 양이라고 답했을 겁니다."

"고마운 말씀이네요. 웨스턴 씨 같은 분에게야 제가 좋은 아내감이 된다고 해서 크게 자랑스러워할 일은 아니지만요."

"웬걸요, 사실 말이지 제가 보기엔 안타깝게도 부인의 자질이 제대로 사용되지 못하는 것 같습니다. 모든 걸 다 참는다는 건, 도리어 더 이상 참을 게 없어질 거라는 뜻이기도 하니까요. 하지만 실망하지 마십시오. 안락함에 따르는 방종으로 웨스턴 씨가 성격이 나빠지거나, 어쩌면 아들이 찾아와서 웨스턴 씨를 속 썩일 수도 있으니까요."

"그래선 안 되죠. 그럴 일은 없을 거예요. 안 돼요, 나이틀리 씨, 프랭크에 대해 안 좋은 상상은 미리 하지 마세요."

"그런 건 아닙니다. 전 그저 가능성을 말하는 거예요. 에마처럼 앞일을 내다보고 다 알고 있다는 듯이 추측하는 그런 능력을 흉내 낼 생각은 없어요. 전 그 청년이 인격으로는 웨스턴 씨의 성품을, 재력으로는 처칠 집안의 부를 물려받은 그런 사람이기를 진심으로 바랍니다. 하지만 해리엇 스미스 양 그 아가씨에 관해서라면 하고 싶은 말을 반도 못했어요. 전 그 아가씨 같은 부류가 에마가 가질 수 있는 최악의 친구라고 생각합니다. 자신은 아무것도 모르면서도 에마를 마치 모든 걸 다 아는 사람인 양 떠받들잖아요. 그런 모든 언행이 다 아첨인데, 더 나쁜 건 일부러 그러는 게 아니라는 점입니다. 그녀의 무지함

자체가 곧 아첨인 셈이죠. 해리엇이 그렇게 기막힐 정도로 열등함을 드러내는데 어떻게 에마가 배울 게 있다고 생각할 수 있지요? 게다가 해리엇의 경우에도 이 관계에서 얻을 게 없다고 감히 말하고 싶습니다. 하트필드는 그녀가 자신이 속한 세계의 다른 모든 것에 대해 갖고 있던 자부심을 사라지게 할 뿐이에요. 세련됨을 익혀갈수록 자신의 출신 배경이나 환경이 불편해지겠죠. 아무리 봐도 에마의 가르침으로 해리엇이 보다 강인한 정신을 갖게 되거나, 인생의 여러 상황에 이성적으로 대처할 수 있게 될 거라는 생각은 들지 않네요. 해리엇이 얻는 건 기껏해야 조금 다듬어지는 것, 그게 다일 겁니다."

"에마는 나이틀리 씨가 생각하시는 것보다는 지각이 있는 아이랍니다. 혹 그렇지 않다고 해도, 지금 당장 에마가 행복하게 지내기를 바라는 저로서는 둘 사이의 친분을 한탄할 수가 없던걸요. 어젯밤엔 에마의 얼굴이 얼마나 좋아보이던지요."

"아! 에마의 내면보다는 겉모습에 대해 이야기하고 싶으신 건가요? 좋아요. 저도 에마가 예쁘다는 걸 부인할 생각은 없습니다."

"예쁘다는 것보다는 아름답다는 말이 더 어울리죠. 에마보다 더 완벽하게 아름다운 여성을 상상할 수 있으세요? 얼굴이나 전체적인 모습을 놓고 봤을 때."

"제가 뭘 상상할 수 있을지 그런 건 잘 모르겠습니다만, 사실 에마보다 더 아름다운 여성을 본 적은 거의 없었던 것 같군요. 하지만 저야 객관적일 수 없는 오랜 친구이니까요."

"그 아름다운 눈! 반짝거리는 짙은 다갈색 눈 말이에요. 단정한 이목구비, 맑은 피부에 환한 안색! 그리고 건강미가 넘치는 홍조, 사랑스러운 체격과 흐트러짐 없이 꼿꼿한 자세! 외모뿐만이 아니라 분위기나 정신, 그리고 시선에서도 싱그러운 건강미가 흐르죠. 가끔 아이들에 대해 '건강함의 표본'이라고 하는 경우가 있는데, 에마를 볼 때마다 성숙한 건강함의 표본이라는 말이 떠올라요. 그녀는 사랑스러움 그 자체예요. 나이틀리 씨, 그렇지 않나요?"

"에마의 외모는 흠잡을 데가 전혀 없어요."

나이틀리는 대답했다.

"부인이 말한 그대로라고 생각합니다. 저도 에마를 바라보면서 감탄하곤 하죠. 한 가지 덧붙여 말씀드리자면, 전 에마에게 외적인 허영기가 있다고 생각하지는 않습니다. 자신의 출중한 외모에 대해서는 그다지 신경을 쓰지 않는 것 같으니까요. 에마의 허영은 다른 데에 있습니다. 웨스턴 부인, 아무튼 해리엇 스미스 양에 대한 저의 부정적인 시각이나 둘 사이의 친분이 그 두 사람 모두에게 해가 될 것이라는 제 생각을 무슨 말로도 돌리실 수는 없습니다."

"그렇다면 나이틀리 씨, 저 역시 그 관계가 서로에게 전혀 해가 될 게 없다는 확신에 흔들림이 없습니다. 소소한 결점이 있긴 하지만, 우리 에마는 훌륭한 아가씨예요. 에마보다 더 훌륭한 딸이나 더 친절한 자매, 더 진실한 친구가 어디 있겠어요? 없죠, 없답니다. 에마는 신뢰할 수 있는 자질을 지녔고, 누구든 잘못된 길로 이끄는 일은 결코 하지 않을 거예요. 또 심각한 실수를 저지르지도 않을 겁니다. 한 번쯤 실수한다고 해도 나머지 백 번 정도는 올바르게 처신하니까요."

"잘 알겠습니다. 이제 더 이상 부인을 괴롭히지 않기로 하죠. 에마는 천사라 치고, 제 염려는 크리스마스에 존과 이사벨라가 올 때까지 혼자 간직하겠습니다. 존은 이성을 갖고 에마를 아끼는 만큼 그녀를 눈먼 애정으로 대하지 않고, 이사벨라는 남편이 아이들을 충분히 애지중지 여기지 않는다고 불평할 때를 빼고는 언제나 남편의 생각을 따르니까요. 그들은 분명 저와 같은 생각일 겁니다."

"에마를 무척 아끼시니까 공정치 못하거나 무정하게 행동하지는 않으실 거라 생각해요. 하지만 말이죠, 나이틀리 씨, 제가 감히 말하건대(아시겠지만, 제겐 에마의 어머니에 비견해 발언할 권리가 어느 정도는 있다고 생각해요), 해리엇 스미스와의 친분이 에마에게 어떤 영향을 미칠지 당신들 사이에서 이러쿵저러쿵 할 일은 아니라고 말씀드리고 싶어요. 이렇게 말씀드려 죄송하지만 둘 사이의 관계가 어떤 해를 미친다고 해도 그게 에마에게 즐거움을 주고 있는 한, 지금 전혀 반대하지 않고 계신 에마의 아버지를 제외하고는 아무도 에마에게 그 아가씨를 그만 만나라고 할 수는 없는 거예요. 나이틀리 씨, 조언을 해주는 일에 워낙 오래 종사하였다 보니, 가정교사로서의 습관을 아직 다 떨치지 못했다는 점을 이해해주세요."

"별말씀을요."

나이틀리가 말했다.

"고마운 말씀이십니다. 아주 유익한 충고였고, 저는 앞으로도 부인의 충고를 충실히 받아들일 생각이니 그간 에마에게 충고하셨을 때와는 다른 좋은 결과가 있을 겁니다."

"존 나이틀리 부인은 쉽게 놀라시는 분이라서 동생에 대해 크게 걱정할 수도 있어요."

"걱정 마십시오."

그가 안심시켰다.

"이 일로 혼란을 일으키지는 않을 테니까요. 제 언짢은 심경은 속에 담고 있겠습니다. 전 에마가 잘되길 진심으로 바랍니다. 사실 이사벨라는 에마만큼 제 친누이같이 여겨지거나 큰 관심을 불러일으킨 적은 없는 것 같습니다. 에마에 대해서는 불안과 함께 궁금증을 느껴요. 에마가 앞으로 어떻게 될지 저는 정말 궁금합니다!"

"저도 그래요."

웨스턴 부인은 부드럽게 말했다.

"아주 많이 궁금하지요."

"에마는 자신은 절대 결혼하지 않을 거라고 공공연하게 말하고 있죠. 물론 지금 그렇게 말한다 해도 그건 아무 의미는 없지만요. 그렇지만 에마가 지금까지 마음에 드는 남자를 만난 적이 있었는지 전혀 모르겠습니다. 적당한 상대만 있다면 사랑에 깊이 빠져보는 것도 에마에게 나쁜 일은 아닐 텐데요. 에마가 자신의 사랑을 돌려받을 수 있을지 확신할 수 없는 상대와 사랑에 빠지는 걸 보고 싶군요. 에마에게는 큰 도움이 될 겁니다. 하지만 이 근방에는 에마에게 연결시켜줄 만한 사람이 없는 데다, 그녀 자신도 집 근처를 벗어나는 일이 많지 않으니까요."

"사실 지금으로서는 에마가 그 결심을 깰 만큼 끌리는 남자가 없는 것 같아요."

웨스턴 부인은 고개를 끄덕이며 말을 이어갔다.

"앞으로 그럴 가능성은 충분히 있지만요. 저로서는 에마가 하트필드에서 행복하게 지내는 한, 불쌍한 우드하우스 씨에게 커다란 아픔이 될 그런 관계를 만들기 바라지 않아요. 지금 당장은 에마에게 결혼을 권하지는 않겠어요. 그렇다고 제가 결혼 자체를 하찮게 여긴다는 말은 결코 아니지만요."

그녀가 이렇게 말한 건 그녀와 웨스턴 씨가 이 문제에 대해 바라고 있는 계획을 가능한 한 숨기기 위해서였다. 그들 내외는 에마의 앞으로의 운명에 대해 어떤 바람이 있었지만, 그걸 다른 누군가가 눈치채게 하는 건 시기상조였다. 그리고 나이틀리 씨가 어느 순간 "웨스턴 씨는 날씨가 어떨 것 같다고 하던가요? 비가 올까요?"라면서 화제를 자연스럽게 바꾸는 걸 보고, 그가 하트필드에 대해 더 이상 할 말이나 추측하는 바가 없을 거라고 생각했다.

6

에마는 자신이 해리엇의 상상력을 올바른 방향으로 자극했고, 그녀의 설익은 허영심을 아주 바람직한 목적으로 인도했다는 것에 대해 아무런 의심도 품지 않았다. 해리엇이 예전보다 엘턴 씨의 훌륭한 매너나 준수한 외모에 관심을 기울이는 걸 발견했기 때문이었다. 이어 에마는 엘턴 씨로부터 몇 가지 긍정적인 암시를 파악해 그도 역시 애정을 갖고 있다는 사실을 재빨리 확인했고, 해리엇의 마음에도 그 정도의 호감을 만들어낼 수 있다는 자신을 가졌다. 엘턴 씨가 이미 사랑에 빠져 있지 않다면 머지않아 사랑에 빠질 거라는 게 분명해 보였다. 그것에 대해서는 의심의 여지가 없었다. 해리엇에 대해 이야기하고, 또 아주 따뜻한 어조로 그녀를 칭찬하는 엘턴 씨를 보면 이런 확신을 갖기에 부족할 게 없어 보였고, 또 있다 해도 시간이 조금 더 흐르면 해결될 문제였다. 해리엇이 하트필드에 처음 오던 날 이후로 몰라보게 품위가 있어 보인다는 지적만 해도 그의 애정이 날로 커가고 있다고 믿을 만한 증거였다.

"에마 양, 당신이 스미스 양에게 모든 필요한 것을 준 겁니다."

엘턴 씨가 말했다.

"당신이 그녀를 우아하고 세련되게 만든 거지요. 물론 여기에 처음 왔을 때도 아름다운 아가씨였지만, 제가 보기엔 당신이 가꾸어 준 매력들이 그녀가 타고난 아름다움보다 훨씬 더 빛을 발하는 것 같습니다."

"제가 해리엇에게 도움이 되었다고 생각하신다니 기쁘네요. 하지만 해리엇은 잠재된 자질을 끌어내기만 하면 되는 상황이었고, 몇 가지 사소한, 아주 사소한 도움이 필요할 뿐이었죠. 사랑스러운 성품과 자연스러움이 주는 타고난 우아함을 이미 다 갖고 있었는걸요. 제가 한 일은 거의 없답니다."

"숙녀분이 한 이야기를 부정해도 괜찮을지 모르겠습니다만……."

엘턴 씨가 정중하게 입을 열었다.

"모르긴 해도 해리엇이 품성을 좀 더 가다듬고, 예전에 접해보지 못한 일들에 대해 생각하도록 제가 도움을 준 것 같기는 해요."

"바로 그겁니다. 저도 바로 그 점을 느꼈지요. 품성이 아주 놀랄 만큼 많이 다듬어졌어요. 그게 다 숙련된 당신의 도움을 받은 덕분이지요."

"제게도 즐거운 일이었답니다. 그처럼 사랑스러운 성품은 접해 보지 못했으니까요."

"물론 그럴 거라 생각합니다."

이 말을 할 때 엘턴 씨는 사랑에 빠진 연인처럼 행복한 한숨을 내쉬었다. 또 언젠가는 해리엇의 초상화를 갖고 싶다는 에마의 말에, 엘턴이 갑자기 동조하고 나서서 에마를 아주 기쁘게 한 일도 있었다.

"해리엇, 네 초상화를 가져본 적 있니?"

에마가 물었다.

"네 모습을 누군가가 그려준 적 있어?"

방을 막 나서려던 해리엇은 이 질문에 순진무구한 표정으로 답했다.

"오! 세상에, 아니요, 한 번도요."

그녀가 사라지자마자 에마는 이렇게 외쳤다.

"해리엇이 자기 초상화를 갖게 되면 얼마나 좋아할까. 그리고 얼마나 훌륭한 작품이 될지 생각해보세요! 값이 얼마건 상관없을 거예요. 실은 제가 직접 그녀를 그려보고 싶은 생각도 있는걸요. 아마 모르시겠지만 2, 3년 전만 해도 초상화에 심취해 친구들을 몇 번 그려준 적이 있었는데, 꽤 괜찮은 실력이라는 소리를 듣곤 했답니다. 하지만 이런저런 이유로 싫증이 나 결국 포기했죠. 그렇지만 해리엇이 동의한다면 그녀의 초상화를 그리는 건 아주 즐거운 일일 것 같아요."

"제발 그렇게 해주십시오!"

엘턴 씨가 외쳤다.

"정말 즐거운 일일 거예요. 우드하우스 양, 친구를 위해 그처럼 뛰어난 재능을 꼭 발휘하시길 제가 간청합니다. 당신의 그림 솜씨는 진작부터 알고 있었어요. 어떻게 제가 모른다고 생각하실 수 있죠? 이 방만 해도 당신이 그린 풍경화와 정물화로 가득 차 있지 않습니까? 랜덜스에 있는 웨스턴 부인의 응접실에도 당신이 그린 독창적인 인물화가 몇 점 걸려 있고요."

'그래, 잘하고 있어요, 엘턴 씨!'

에마는 속으로 생각했다. '하지만 그런 게 초상화와 대체 무슨 상관이람? 그림에 대해 아무것도 모르면서, 내 그림에 대해 열광하는 척할 것까지는 없어요. 해리엇의 얼굴에나 계속 열광하시라고요.'

"엘턴 씨, 그렇게까지 친절히 말씀해주시니 제가 할 수 있는지 한번 시도해 봐야 할 것 같은데요. 해리엇의 생김새는 아주 섬세해서 초상화로 그리기가 쉽진 않겠지만, 그래도 눈매나 입매에는 결코 놓칠 수 없는 독특함이 있어요."

"바로 그겁니다. 눈매와 입매 말이죠. 분명 성공적인 작품이 될 거예요. 제발 시도해 주세요. 그럼 그 작품은 우드하우스 양 당신의 표현대로 아주 훌륭한 작품이 될 겁니다."

"하지만 엘턴 씨, 과연 해리엇이 허락할지 모르겠어요. 자신의 아름다움을 워낙 별것 아니라고 여기거든요. 아까 저한테 대답할 때 표정을 못 보셨어요? '제 초상화를 왜 그려요?'라고 말하는 듯한 얼굴이었잖아요."

"오! 물론 봤죠. 저도 그 부분은 놓치지 않았습니다. 하지만 해리엇 양을 설득하는 게 불가능할 거라고는 생각하지 않아요."

마침 다시 방에 돌아온 해리엇에게 이를 제안하자, 해리엇은 두 사람의 간절한 요청 앞에 별다른 저항을 보이지 않고 곧 동의했다. 곧바로 작업을 시작하고 싶어진 에마는 지금껏 단 하나도 완성한 작품이 없긴 했지만, 해리엇에게 가장 적당한 크기를 함께 결정하기 위해 예전에 그리다 그만둔 미완성 초상화들을 잔뜩 꺼내 왔다.

에마가 한때 시도했던 많은 그림들이 눈앞에 펼쳐졌다. 세밀화, 반신화, 전신화부터 연필, 크레용, 수채 물감을 사용한 것까지 이것저것 시도하지 않은 게 없었다. 언제나 에마는 모든 걸 다 해보고 싶어했고, 얼마 안 되는 노력만 기울이고도 다른 사람보다 훨씬 더 나은 그림이나 음악 실력을 보이곤 했다. 에마는 악기 연주와 노래, 그림 등에서 무궁무진한 자질을 보였으나 끈기가 언제나 부족했고, 그 어떤 분야에서도 자기가 원하는 만큼 중간에 포기하지 않아야 다다를 수 있는 숙련된 경지에는 도달하지 못했다. 에마는 자기 실력이 예술가나 음악가에 못 미친다는 걸 잘 알고 있었지만, 다른 사람들이 그녀를 그 정도로 과대평가하거나 그녀의 작품 활동을 치켜세우는 걸 들어도 굳이 부정하지는 않았다.

그녀의 그림은 그림마다 장점이 있었는데 거의 시작만 하다 그친 그림의 경우에 특히 그 장점이 도드라졌다. 에마의 개성이 묻어나는 화풍이었지만, 혹여 그에 못 미치거나 열 배쯤 더 인상적이었다 해도 두 친구가 느꼈을 기쁨과 찬탄은 같았을 것이다. 둘 다 그녀의 그림에 도취되어 있었다. 초상화라는 게 워낙 사람들의 흥미를 끄는 데다, 우드하우스 양의 그림이라면 뛰어난 솜씨일 게 분명했다.

"인물들이 다양하지는 않아요."

에마가 설명했다.

"연습할 대상이 가족밖에 없었거든요. 이건 아버지를 그린 거고, 저 그림도 아버지를 그린 건데, 초상화 모델로 앉아 있는 게 너무 불안하다고 하셔서 몰래 그릴 수밖에 없었답니다. 그래서 그런지 두 그림 다 아버지와 별로 비슷하지는 않아요. 그다음부터는 보시다시피 거의 웨스턴 부인 그림이에요. 아, 웨스턴 부인은 언제나 제게 가장 친절한 친구였지요. 부탁할 때마다 기꺼이 그림 모델이 되어주곤 했답니다. 이건 제 언니군요. 자그마하고 우아한 모습이라든지, 얼굴이 제법 실물과 비슷하죠? 그런데 언니가 좀 더 오래 앉아 있었더라면 더 잘 그릴 수 있었겠지만, 저한테 네 명의 조카들을 그려달라면서 좀처럼 가만 있지를 못했어요. 자, 이번에는 네 조카 중 세 아이들이랍니다. 여기 있네요, 이쪽 끝부터 차례로 헨리, 존, 그리고 벨라예요. 서로 구별하기 힘들 만큼 닮았지요. 언니가 아이들 그림을 너무 간절히 원해서 차마 거절할 수 없었지만, 서너 살 된 아이들을 가만히 앉아 있게 하기란 거의 불가능한 일인 데다 눈에 띌 만큼 특이한 생김새로 태어나지 않은 이상, 어린아이의 사랑스러운 느낌과 혈색 이상의 것을 그리는 것은 쉬운 일이 아니에요. 이건 갓 태어난 넷째 조카 그림이에요. 소파에 눕혀놓고 자는 사이에 그렸는데, 꽃 모양 모자 장식이 잘 표현되었죠. 아기의 고개 위치가 아주 적당했거든요. 아주 잘 그려진 그림이에요. 어린 조지에 대해서는 저도 남다른 애정이 있답니다. 여기 소파 귀퉁이도 아주 근사하게 그려졌죠. 다음이 제 마지막 그림이네요."

한 신사의 전체 모습을 그린 자그마한 초상화를 보여주면서 에마가 말을 이었다.

"가장 마지막이자 가장 잘 그려진 형부 존 나이틀리 씨의 그림이에요. 너무 짜증이 나 다시는 초상화를 그리지 않겠다고 맹세하면서 그리다가 치워버렸기 때문에 완성되지 않은 상태예요. 그렇게 정성을 들였고, 아주 그럴 듯한 그림이었는데(웨스턴 부인과 저는 실물과 꼭 닮았다는 데 의견을 같이했죠) 물론 실물보다 더 잘 그리긴 했지만, 그거야 좋은 일이잖아요. 그런데 이사벨라 언니는 '그래, 좀 닮긴 했구나, 하지만 아무리 봐도 실물에는 못 미치는걸.' 이러면서 냉정한 평을 내리더라고요. 사실 처음엔 형부를 모델로 앉히느라 엄청나게 애를 먹었죠. 간곡히 부탁을 해야 했거든요. 나중엔 저도 결국 참기 힘들어져서 브런즈윅 스퀘어에 들르는 모든 손님들에게 그림이 실물만 못하다는 사과나 늘어놓아야 하느니 그림을 끝내지 않겠다고 마음먹었죠. 그러고는 아까 말한 대로 앞으로는 누구의 초상화도 그리지 않겠노라고 맹세했죠. 그렇지만 해리엇을 위해서라면, 또 어느 정도는 제 자신을 위해서 이번 경우엔 그 결심을 번복할 수도 있을 것 같아요. 아무래도 이래라 저래라 할 남편들이나 아내들이 없으니까요."

엘턴 씨는 이 말에 놀라면서도 기뻐하는 기색이었다.

"말씀하셨다시피, 지금은 남편도 아내도 없죠. 맞습니다. 남편도 아내도 없다마다요."

이렇게 몇 번이나 되풀이해서 말했다. 갑자기 흥미로운 분위기를 감지한 에마는 지금 바로 두 사람만을 남겨두고 자리를 비켜줘야 하지 않을까 생각했다. 하지만 바로 그림을 그리고 싶었기 때문에 그런 배려는 좀 더 나중으로 미루기로 했다.

에마는 곧 초상화의 크기와 종류를 골랐다. 존 나이틀리를 그릴 때처럼 전신을 수채화로 그리고 만족스러운 작품이 나올 경우 벽난로 위 명예로운 위치에 걸기로 했다.

곧 작업이 시작되었다. 수줍은 미소를 얼굴 가득 지은 해리엇은 꼿꼿하고 침착하게 앉아 있을 수 있을지 걱정이라 했지만, 예술가의 차분한 시선 앞에서 매우 사랑스럽고 풋풋한 모습을 보였다. 그런데 에마는 엘턴 씨가 자기 바로 뒤에서 안절부절못하며 붓놀림을 하나라도 놓칠세라 들여다보는 통에 도무지 집중을 할 수 없었다. 에마는 엘턴 씨에게 계속 지켜볼 수 있는 곳에 편하게 자리를 잡으라고 말했지만, 결국 더는 참지 못할 지경이라 다른 곳으로 비켜달라고 청할 참이었다. 바로 그 순간 그에게 책을 읽어달라고 부탁해야겠다는 생각이 문득 떠올랐다.

"엘턴 씨가 저희에게 책을 읽어준다면 정말 고마운 일일 거예요. 앉아 있는 스미스 양도 한결 편해질 테고 지루함을 덜 수도 있을 테니까요."

엘턴 씨는 매우 기뻐했다. 해리엇은 조용히 귀를 기울였고, 에마는 평화롭게 그림을 그려나갔다. 그래도 엘턴 씨는 수시로 다가와서 그림을 들여다보곤 했는데, 그건 사랑에 빠진 사람에게는 당연한 행동이기도 했다. 그는 에마가 연필을 잠시 놓을 때마다 부리나케 자리에서 일어나 그림에 얼마나 진전이 있는지 확인하면서 감탄하곤 했다. 엘턴 씨처럼 칭찬을 잘하는 사람에 대해 불쾌하게 생각할 이유는 없었다. 그의 찬사는 그림이 아직 자리를 잡아가기도 전부터 실물과 닮은 구석을 찾아낼 정도였다. 에마는 엘턴 씨의 눈을 신뢰할 수 없었지만, 그 애정과 친절만큼은 부인할 수 없었다.

작업은 대체로 매우 만족스러웠다. 첫날의 스케치는 다음 날도 작업을 계속하고 싶다는 생각이 들 만큼 순조로웠다. 실물과 비교해도 전혀 부족함이 없는 그림이었다. 전체적인 분위기가 만족스러운 가운데 키를 약간 늘리고 우아함을 더한다면, 모든 면에서 아름다운 그림이 나올 게 분명했다. 또 마음먹은 장소에 걸었을 때 이 그림은 많은 훌륭한 지인들 사이에서 살아 있는 미의 상징인 한 명과 재능 있는 다른 한 명, 그리고 둘의 우정에 대해 큰 찬사를 불러일으킬 것이다. 동시에 엘턴 씨의 애정이 한층 더해지는 계기가 될 것이라 확신했다.

해리엇은 다음 날도 모델이 되어주기로 했고, 엘턴 씨는 예상한 대로 그 자리에 참석해 책을 읽어줘도 괜찮은지 물어왔다.

"물론이에요. 우리 그룹의 일원으로 기꺼이 모실게요."

다음 날도 이와 비슷하게 정중하고 호의적인 분위기 속에서 성공과 만족이 이어졌고, 그림은 신속하고 즐겁게 완성되었다. 그림을 본 사람들은 누구나 감탄했지만, 엘턴 씨는 유독 감탄사를 쏟아내며 누군가 비판이라도 하려들면 자기 일처럼 감싸고 들었다.

"우드하우스 양은 친구의 아름다움을 자기가 좋아하는 식으로만 표현한 것 같아요."

엘턴 씨가 사랑에 빠져 있다고는 꿈에도 생각지 못한 웨스턴 부인이 지적했다.

"눈은 그래도 정확히 그렸지만, 저건 스미스 양의 눈썹과 속눈썹이 아니에요. 해리엇 스미스 양의 생김새에서 그것이 아쉬운 부분이기도 하지만요."

"그렇게 생각하십니까?"

엘턴 씨가 답했다.

"저는 그 말에 동의할 수 없는데요. 전 이 그림이 모든 면에서 완벽하다고 봐요. 제 평생 저렇게 실물과 똑같은 그림은 본 적이 없습니다. 아시겠지만, 그늘이 져서 어둡게 표현된 것 정도는 감안해야 합니다."

"에마, 해리엇의 키가 실제보다 너무 커 보이는군요."

나이틀리 씨가 말했다.

에마는 사실 맞는 말이라는 걸 알면서도 그걸 인정하고 싶지 않았다. 그때 엘턴 씨가 또 친절하게 거들며 나섰다.

"오, 그렇지 않습니다! 절대로 커 보이지 않아요. 전혀 크지 않죠. 생각해보십시오, 해리엇 양이 앉아 있다 보니 실제와 달라 보이는 건 당연하지요. 그렇기 때문에 그런 느낌이 드는 겁니다. 그림에서는 전체의 비율을 맞춰야 하잖습니까. 비율, 원근법 말입니다. 오, 아니에요! 이 그림이야말로 스미스 양의 실제 키를 정확히 알 수 있게 해주는걸요. 그렇고말고요!"

"아주 사랑스러운 그림이구나."

우드하우스 씨가 말했다.

"아주 예쁘게 그렸어. 네가 그린 다른 그림들처럼 말이다, 얘야. 나는 지금까지 너보다 그림 솜씨가 있는 사람은 보지 못했단다. 한 가지 만족스럽지 않은 부분을 굳이 든다면, 해리엇 양이 어깨에 얇은 숄만 두르고 야외에 앉아 있는 것 같아 보인다는 점이지. 해리엇 양이 혹시 감기라도 걸릴까 걱정스럽구나."

"하지만, 아버지, 이건 여름 풍경인걸요. 햇살이 따스한 여름날이라고요. 나무를 좀 보세요."

"얘야, 그렇더라도 바깥에 그렇게 앉아 있는 건 위험하단다."

"우드하우스 씨, 물론 그렇게 보실 수도 있겠습니다만……"

엘턴 씨가 또 참견했다.

"하지만 저로서는 스미스 양이 앉아 있는 배경을 야외로 그린 것이야말로 가장 멋진 생각이었다고 봅니다. 나무에서 아무도 흉내 내지 못할 개성이 느껴지지 않습니까! 다른 배경이었다면 이처럼 독창적이지 못했을 겁니다. 여기에 스미스 양의 순수한 분위기라든지…… 전체적으로 정말 놀라운 그림이에요. 정말 눈을 뗄 수가 없군요. 이렇게 실물과 꼭 닮은 그림은 처음입니다."

그다음으로 그림에 맞는 액자를 주문하는 일이 남았는데, 여기에는 몇 가지 어려움이 있었다. 주문은 누군가가 런던까지 가서 직접 해야 하는데, 그것도 믿을 만한 취향을 가진 사람이어야 했다. 이런 일을 도맡곤 했던 이사벨라에게 이번에는 도움을 청할 수 없었다. 마침 12월이었고, 우드하우스 씨로서는 딸이 12월의 찬바람을 가르며 집 밖을 나서는 걸 상상도 할 수 없었기 때문이었다. 하지만 이런 고충이 있다는 것을 엘턴 씨가 알게 되자마자 곧 문제가 해결되었다. 그는 언제나 도움을 줄 만반의 준비가 되어 있었다. 그는 이번 임무를 맡게 된다면 얼마나 큰 기쁨을 느낄지 모르겠다고 말했다. 그리고 자기는 언제라도 런던까지 말을 타고 갈 수 있고, 그런 임무가 맡겨졌다는 것이 말로 다할 수 없이 감격스럽다고 거듭 강조했다.

'너무 훌륭한 분이시네!'

에마는 절로 그런 생각이 들었다. 엘턴 씨가 거듭 간청하면서 괜찮다고 안심시키지 않았던들, 어떤 경우에도 그에게 그런 성가신 일을 떠맡길 생각은 없었다. 하지만 몇 분 지나지 않아 이 일은 매듭지어졌다.

엘턴 씨가 그림을 런던에 가져가 액자를 고르고 이런저런 지시를 내리기로 했다. 에마는 엘턴 씨에게 더 이상 폐를 끼치지 않기 위해 그림을 안전하게 싸는 일은 자기가 직접 해야겠다고 생각했지만, 엘턴 씨는 충분한 도움이 못 될까 봐 도리어 걱정하는 모습이었다.

"얼마나 귀중한 작품인지요!"

그는 부드럽게 한숨을 내쉬며 그림을 받아들었다.

'이분은 사랑에 빠졌다고 하기에는 너무 정중한걸.'

그러면서 에마는 생각했다.

'이런 생각이 좀 들긴 하지만, 사랑에 빠지는 데에도 뭐, 수백 가지 다른 방식이 있겠지. 엘턴 씨는 훌륭한 청년이고 해리엇에게 잘 어울릴 거야. 엘턴 씨의 말버릇처럼 '정말 그렇고말고.' 그나저나 그는 너무 한숨을 자주 내쉬고 괴로워 보이는 데다, 필요 이상으로 칭찬거리를 찾는 것 같단 말이지. 나야 객관적인 위치에 있어서 이렇게 얘기하지만, 중요한 건 그분이 해리엇에게 그 정도의 호감을 갖고 있다는 것 아니겠어?'

7

엘턴 씨가 런던에 간 날, 에마가 그녀의 친구에게 새로운 도움을 줄 일이 생겼다. 해리엇은 이날 여느 때처럼 아침 식사 후 하트필드에 잠깐 들렀다가 저녁을 먹고 다시 오기로 하고 집으로 갔다. 그녀는 생각보다 일찍 돌아왔는데, 어딘가 모르게 들뜨고 다급한 기색으로 뭔가 특별한 일이 생겨 그 얘기를 빨리 해주고 싶었다고 털어놓았다. 이야기를 마치는 데에는 채 일 분도 걸리지 않았다. 고더드 부인의 집에 돌아간 그녀는 마틴 씨가 한 시간쯤 전에 찾아왔는데, 해리엇이 외출 중이라는 걸 알고는 누이가 전해주라고 했다면서 작은 꾸러미를 두고 갔다는 말을 들었다. 그 꾸러미 속에는 해리엇이 전에 엘리자베스한테 빌려주었던 악보 두 장과 편지 한 장이 들어 있었다. 편지는 다름 아닌 마틴 씨가 쓴 것이었는데, 직접적으로 청혼하는 내용이 담겨 있었다. "누가 생각이나 했겠어요?"

해리엇은 너무 놀라 어찌할 바를 몰랐다. 그렇다, 다름 아닌 청혼의 내용을 담은, 아주 멋진 편지였다. 적어도 해리엇은 그렇다고 생각했다. 그 편지 내용으로 보니 마틴 씨는 그녀를 깊이 사랑하는 것 같았다. 하지만 그녀는 어찌해야 좋을지 몰랐고, 그래서 곧바로 우드하우스 양에게 달려와 묻기로 한 것이다. 에마는 그 정도로 기뻐하고 혼란스러워 보이는 친구가 부끄럽기까지 했다.

에마는 단호하게 말했다.

"내가 장담하는데, 이 청년은 결혼하자는 말을 아꼈다가 기회를 놓치지는 않을 작정인 거야. 할 수만 있으면 자기한테 이로운 인연을 맺으려는 거겠지.”

“이 편지를 읽어봐 주시겠어요?”

해리엇이 외쳤다.

“부탁이에요. 언니가 한번 봐주면 좋겠어요.”

에마도 바라던 바였다. 그녀는 편지를 읽으면서 실로 놀라움을 느꼈다. 생각했던 것보다 훨씬 훌륭한 편지였다. 문법상의 오류가 전혀 눈에 띄지 않았을 뿐만 아니라 어떤 신사가 썼다고 해도 믿을 만한 문장력에, 문체는 다소 평범하긴 했지만 힘차고 진솔했으며, 글쓴이의 감정을 충실히 담아내고 있었다. 짤막한 글 속에 지각 있고 따스한 애정, 아량, 겸손, 섬세한 감정들이 자연스레 녹아 있었다. 에마가 편지를 자세히 살펴보는 사이 해리엇은 에마가 뭐라고 할지 기다리면서 초조하게 서 있다가 결국 참지 못하고 물었다.

“괜찮은 편지인가요? 아니면 너무 짧은가요?”

“그래, 정말로, 아주 괜찮은 편지라는 생각이 들어.”

에마는 되도록 천천히 답했다.

“해리엇, 실은 너무 잘 쓴 편지라서 모든 점들을 고려해 본다면, 마틴 씨의 누이 중 한 명이 도와준 게 틀림없다는 생각이 들어. 지난번 너랑 이야기를 나누던 그 청년이 혼자서 이만큼 자기 생각을 잘 표현할 수 있었다고는 도저히 믿기 힘든걸. 하지만 그렇다고 해서 여성스러운 문체는 아니야. 절대 아니지. 그러기엔 너무 힘차고 간결하거든. 여자들이 흔히 쓰는 것처럼 장황하지 않아. 그가 양식 있는 청년이라는 건 분명하고, 어쩌면 명확하고 분명하게 생각하는 능력을 타고나서 펜을 들면 적당한 단어가 저절로 떠오르는 건지도 모르지. 왜, 그런 사람들 있잖아. 그래, 나는 그런 사람들을 이해해. 강인하고 결단력 있으면서 어느 정도 감수성도 있고 거칠지 않은 사람들 말이야. 그래, 내 예상보다는 훨씬 잘 쓴 편지야.”

에마는 편지를 돌려주었다.

“자, 이제 그럼…….”

아직 뭔가 기다리는 표정으로 해리엇이 말했다.

"그럼, 이제 전 어떻게 하면 될까요?"

"어떻게 하면 되냐고? 어떤 면에서 말이야? 이 편지에 대해서 묻는 거야?"

"네."

"뭘 주저하는 거야? 당연히 그 편지에 대해 답을 해야지. 그것도 될 수 있으면 빠르게."

"네. 하지만 뭐라고 말해야 하죠? 우드하우스 양, 저는 언니의 충고가 필요해요."

"오, 아니, 아니야! 편지는 네가 직접 쓰는 게 나을 거야. 너도 분명히 네 생각을 아주 공손하게 표현할 수 있을 거야. 너한테 그 정도의 판단력은 있다고 생각해. 불확실함이나 주저함 없이 네 의사를 분명히 전달하되, 그 사람에게 끼칠 아픔에 대한 우려나 이 마음에 대한 감사의 표현은 예의에 어긋나지 않도록 어느 정도 표시해도 좋겠지. 그렇지만 그의 실망에 대해 안타까운 마음을 애써 드러낼 필요는 없어."

"그럼, 언니는 제가 그분을 거절해야 한다고 생각하는군요."

해리엇은 자기 발끝을 쳐다보며 천천히 말했다.

"거절해야 한다고 생각하느냐니! 해리엇, 그게 무슨 말이지? 거기에 대해 확신이 없단 말이야? 나는 말이지…… 미안한 말이지만 내가 어쩌면 잘못 생각하고 있었던 것 같네. 네가 뭐라 대답해야 할지 모르겠다고 한다면, 그동안 내가 널 오해하고 있었던 게 분명해. 난 네가 그저 단어 선택에 대해 도움을 청하는 거라고 생각했어."

해리엇은 아무 말이 없었다. 그러자 다소 누그러진 어조로 에마가 계속 말했다.

"넌 긍정적인 답변을 생각하고 있었던 모양이구나."

"아니, 꼭 그렇지는 않아요. 무슨 말인가 하면, 그럴 생각은 아니었어요. 어떻게 해야 하죠? 제가 어떻게 하는 게 좋을까요? 우드하우스 양, 어떻게 해야 하는지 제발 알려주세요."

"해리엇, 그런 충고는 안 할래. 난 이번 일에 끼어들지 않겠어. 이제 네 감정을 스스로 정리해야 할 시점이야."

"저는 그분이 이 정도로 저를 좋아하는 줄은 꿈에도 몰랐어요."

편지를 들여다보며 해리엇이 말했다. 에마는 잠시 침묵을 지켰지만, 이 편지가 해리엇의 마음을 너무나 강하게 뒤흔들어 놓았다는 생각이 들자, 한 가지는 확실히 해두는 게 좋겠다고 생각했다.

"해리엇, 일반적인 규칙을 하나 알려주자면, 어떤 남자를 받아들여야 할지 말지 확신이 안 선다면 당연히 그를 거절해야 해. '네'라는 말이 입에서 바로 안 떨어진다면, '아니요'라고 답해야 한다는 거지. 이건 불확실한 마음으로 결정할 일이 아니거든. 친구이자 너보다 연장자로서 이 정도는 의무라고 생각해서 말했지만, 그렇다고 네 결정을 내 마음대로 움직일 생각은 추호도 없다는 걸 알아줘."

"오, 아니에요! 그러기엔 언니가 너무 좋은 분이라는 걸 잘 알아요. 그렇지만 제가 어떻게 하는 게 가장 좋을지 일러준다면, 아니, 아니에요, 그런 말은 아니고요. 언니가 말한 것처럼 결정은 내 스스로 내려야 하니까요. 주저해선 안 되죠. 이건 아주 중대한 문제예요. '아니요'라고 하는 게 더 안전할 것 같다는 생각이 들어요. 언니가 보기에도 '아니요'라고 하는 게 더 나을까요?"

"나는 이래라 저래라 충고는 하지 않겠어."

에마는 상냥하게 미소 지었다.

"네 행복을 가장 잘 결정할 수 있는 사람은 바로 너야. 다른 누구보다도 마틴 씨가 마음에 든다면, 네가 만나본 남자 중 마틴 씨가 가장 훌륭하다고 생각한다면 주저할 이유가 어디 있겠어? 이런, 얼굴이 빨개지는구나, 해리엇. 내 말을 들으면서 지금 누군가가 떠오른 거니? 해리엇, 해리엇, 너 자신을 속이지 마. 감사와 동정으로 섣부르게 결정하지 말라는 거야. 지금 누굴 생각하고 있는 거야?"

해리엇에게서 나타난 변화는 상당히 고무적이었다. 뭐라 대답하는 대신, 해리엇은 혼란스러운 표정을 지으며 몸을 돌리더니 난롯가 옆에 서서 골똘히 생각에 잠겼다. 편지는 여전히 그녀의 손에 들려 있었지만, 어느새 꾸깃꾸깃해져 있었다. 에마는 강한 희망을 느끼면서도 초조하게 대답을 기다렸다. 마침내 해리엇이 주저하며 입을 열었다.

"언니의 의견을 말하지 않겠다고 하시니, 저 스스로 결정을 내려야겠죠. 이제 어느 정도 결심이 섰고 거의 마음을 정했어요. 마틴 씨를 거절하기로요. 그런데 제가 옳은 선택을 했다고 생각하세요?"

"물론이지, 아주 완벽하게 옳은 결정이야, 해리엇. 넌 마땅히 해야 할 일을 하고 있는 거야. 네가 주저하고 있는 동안에는 나도 잠자코 있었지만, 이제 네가 결정을 내린 이상, 거리낌 없이 찬성의 뜻을 밝히는 거야. 해리엇, 너무 기쁘구나. 네가 마틴 씨와 결혼한다면 우리 사이도 멀어질 수밖에 없을 테고, 그건 내게 너무 슬픈 일일 거야. 네가 망설이고 있을 때만 해도 영향을 미치지 않으려고 아무 말도 안 했지만, 내겐 친구를 하나 잃는 것과 다름없을 거야. 내가 애비 밀 농장의 로버트 마틴 부인을 방문할 수는 없는 일이잖아. 이젠 나의 친구를 영원히 잃지 않아도 되겠구나."

그런 위험은 미처 생각하지 못했던 해리엇은, 에마의 그 말에 커다란 충격을 받았다.

"절 방문할 수 없을 거라고요!"

해리엇은 너무 놀라서 크게 외쳤다.

"아니, 당연히 그러긴 힘들 텐데. 하지만 전 그런 생각을 한 번도 해 보지 않았어요. 그렇게 되면 너무 끔찍할 거예요. 정말 다행이네요. 우드하우스 양, 언니와 가까이 지낼 수 있는 기쁨과 영광은 이 세상의 그 무엇과도 바꾸지 않을 거예요."

"해리엇, 정말이지 나도 너를 잃는 게 커다란 슬픔이겠지만 어쩔 수 없었을 거야. 네가 너 스스로를 고상한 사회로부터 멀어지도록 내던진 셈이니까. 나도 너를 포기할 수밖에 없었겠지."

"세상에! 제가 그걸 어떻게 견딜 수 있겠어요! 하트필드에 다시 오지 못하게 된다면 전 죽고 싶을 거예요."

"가엾은 해리엇. 애비 밀 농장에 시집가서 평생 무식하고 천한 사람들 사이에 갇혀 살 뻔했지. 마틴 씨는 어쩜 너한테 청혼을 할 만큼 염치가 없을까. 자기가 꽤 잘났다고 생각하는 게 틀림없어.”

“마틴 씨는 그렇게 잘난 척하는 분 같지는 않았어요.”

해리엇의 양심은 에마의 그런 비난에만큼은 미묘한 반감을 표했다.

“적어도 그분은 아주 선량하고, 전 그분에 대해 항상 고마운 마음과 존경심을 갖고 있는걸요. 하지만 그건 상당히 다른 문제긴 하죠. 마틴 씨가 절 좋아할지는 몰라도, 그렇다고 제가 그분의 청혼을 반드시 승낙할 수는 없죠. 아무튼 전 분명 여기에 오고 나서 많은 분들을 만났고, 마틴 씨를 그분들과 비교해본다면 됨됨이나 교양으로 보아 전혀 비교가 안 되죠. 모두 아주 잘생긴 외모에 훌륭한 분들이니까요. 하지만 마틴 씨에 대해서는 진심으로 아주 좋은 청년이라는 생각이 들고, 높이 평가하고 있어요. 게다가 저한테 그렇게 큰 호감을 갖고 있었다니, 그리고 이런 편지를 다 써주다니 말이에요. 하지만 언니와 관계가 멀어진다면, 어떤 경우라도 그런 일은 하고 싶지 않아요.”

“고마워, 고마워. 내 사랑스러운 친구 해리엇. 우리가 멀어지는 일은 없을 거야. 누군가가 청혼했다고 해서, 아니면 좋아한다고 고백하거나 그럴 듯한 편지를 보냈다고 해서 여자가 꼭 그 남자와 결혼해야 하는 건 아니야.”

“오, 물론 아니죠. 게다가 그다지 길지도 않은 편지였는걸요.”

순간 에마는 해리엇의 안목이 형편없다는 생각이 들었지만, 일단 넘어가기로 했다.

“정말 맞는 말이야. 하루의 매 순간마다 부인을 불쾌하게 할 수도 있는 촌스러운 행동거지를 한다고 생각하면, 남편이 이렇게 괜찮은 편지를 쓸 수 있다는 사실이 부인한테 뭐 그리 큰 위안이 되겠어.”

“오! 맞아요. 정말 그래요. 누가 편지 같은 것에 신경을 쓰겠어요. 중요한 건 기분 좋은 사람들과 같이 있으면서 행복하게 지내는 거죠. 이제 그분의 청혼을 거절하기로 어느 정도 결심이 섰어요. 그렇지만 어떻게 하면 되죠? 뭐라고 해야 하죠?”

에마가 답장 쓰는 건 전혀 어렵지 않을 거라면서 그냥 간결하고 명료하게 쓰라고 충고하자, 해리엇은 도와준다면 그렇게 할 수 있을 것 같다며 고개를 끄덕였다. 에마는 몇 번이나 도움을 주는 걸 거절했지만, 결국엔 에마가 문장 하나하나를 다 불러주는 꼴이 되었다. 답장을 쓰기 위해 마틴 씨가 쓴 편지를 다시 살펴보니, 어느 새 해리엇의 마음이 약해지는 것 같아 몇 가지 단호한 표현으로 그녀의 마음을 굳게 잡아주어야만 했다. 또한 마틴 씨의 마음이 상할까, 어머니와 누이들은 뭐라 생각할까, 자신에 대해 은혜를 모른다고 하면 어쩌나, 이런 염려를 하며 해리엇이 영 안절부절못하는 통에, 에마는 마틴 씨가 지금이라도 여기 나타난다면 해리엇이 당장 달려가 승낙할 게 분명하다는 생각이 들 정도였다.

어쨌든 그들은 답장을 완성했고, 단단히 봉한 다음 보냈다. 임무가 완수되었고 이제 해리엇은 안전했다. 해리엇은 저녁 내내 좀 우울해 보였지만 에마는 그 정도의 온건한 아쉬움은 받아들일 수 있었기 때문에, 자신의 애정을 표현해 주기도 하고 엘턴 씨에 대한 이야기를 꺼내면서 그녀의 기분을 풀어주려고 애썼다.

"이제 다시는 애비 밀에 초대받지 못할 거예요."

해리엇은 슬픔이 묻어나는 어조로 말했다.

"네가 거기 가버린다면 난 어떻게 지내야 할지 막막해, 해리엇. 애비 밀에 묻어두기에 너는 하트필드에서 너무나 소중한 존재야."

"저도 앞으로는 그곳에 가고 싶다는 생각일랑 말아야겠죠. 진정한 행복을 느낄 수 있는 곳은 하트필드뿐이니까요."

얼마 후엔 또 이런 얘기를 꺼내기도 했다.

"이 일을 알면 고더드 부인이 많이 놀랄 거예요. 내시 양은 물론이고요. 내시 양은 자기 언니가 직물 상인에게 시집간 걸 보고도 결혼을 아주 잘했다고 얘기 했거든요."

"해리엇, 한 학교의 교사로서 너무 자부심 강하거나 세련된 척하는 것은 그다지 좋은 게 아냐. 내시 양은 너에게 이렇게 결혼할 기회가 찾아왔다는 걸 알면 몹시 부러워할 거야. 그녀가 보기엔 이 정도만 해도 굉장한 일로 보일 테니까. 너에 비하면 그녀는 내세울 게 없는 형편이지. 어떤 사람이 호감을 표현했다고 해서 그게 하이버리 전체의 이야깃거리가 될 필요는 없어. 마틴 씨의 심중을 알고 있는 사람은 너와 나 둘뿐일 거라고 생각해."

해리엇은 수줍은 미소를 지으며 사람들이 자기에게 왜 그처럼 호감을 보이는지 모르겠다는 식의 말을 했다. 엘턴 씨에 대한 이야기를 들으니 확실히 기분이 나아지는 것 같았다. 그렇지만 시간이 지나고 거절당한 마틴 씨에게 생각이 미치자, 해리엇은 또다시 마음이 아려왔다.

"지금쯤 제 편지를 받았겠네요."

해리엇은 조심스럽게 말했다.

"다들 어떠신지 궁금해요. 마틴 씨의 누이들은 이 일을 다 알고 있는지, 마틴 씨가 얼마나 상심했는지, 아마 모두들 마음이 상했겠죠. 마틴 씨가 이번일에 너무 마음 쓰지 않았으면 좋겠는데……."

"자, 이제 여기에 없는 유쾌한 우리 친구들에 관한 이야기를 하는 게 어때!" 에마가 외쳤다.

"아마 지금쯤 엘턴 씨는 네 초상화를 자기 어머니와 누이들에게 보여주고 있을 거야. 실물이 얼마나 훨씬 더 아름다운지 얘기해주면서 말이야. 그러고는 대여섯 번쯤은 조르게 한 끝에 네 이름, 네 사랑스러운 이름을 알려주고 있겠지."

"제 초상화요? 하지만 엘턴 씨는 제 그림을 본드 거리의 상점에 맡겼어요."

"그랬단 말이야? 그렇다면 내가 엘턴 씨에 대해선 아는 게 없었다는 얘기네. 아니야, 사랑스러운 해리엇, 초상화는 내일 그가 말을 탄 다음에야 본드거리의 상점에 도착하게 될 거야. 오늘 저녁 내내 네 그림이 엘턴 씨 곁을 지키면서 그에게 위안과 기쁨이 되어줄 거라고. 또 그의 계획을 가족에게 알리고 너를 소개하면서 그들 사이에 인간 본성의 가장 기분 좋은 감정과 간절한호기심, 그리고 따뜻한 호감을 퍼뜨려주겠지. 지금쯤 그들의 머릿속에서는 얼마나 유쾌하고 생생하면서 호기심을 품은 생각들이 바삐 움직이고 있을까."

해리엇은 다시 살짝 미소 지었고, 그 미소는 더 선명히 입가로 퍼져갔다.

8

그날 해리엇은 하트필드에서 하룻밤을 묵었다. 지난 몇 주 동안 이미 하루 의 반 이상을 거기서 보낸 터라, 이제는 해리엇이 자는 방도 정해진 참이었다. 에마도 이런 때일수록 해리엇을 가능한 한 가까이 두는 게 모든 면에서 가장 안전하고 사려 깊은 방법이라고 판단했다. 다음 날 아침 해리엇은 고더드 부 인 댁에 한두 시간 가 있어야 했는데, 그때 해리엇이 다시 하트필드에 돌아오 면 며칠씩 묵고 갈 수 있도록 서로 얘기가 되었다.

해리엇이 고더드 부인 댁에 가 있는 동안, 나이틀리 씨가 하트필드에 방문 해 우드하우스 씨와 에마와 함께 잠시 담소를 나누게 되었다. 그러다 그가 오 기 전부터 산책을 나가려고 마음먹고 있었던 우드하우스 씨는 지체하지 말라 는 딸의 설득에, 또 나이틀리 씨까지 덩달아 간곡히 청하자 예의에 벗어난다 는 생각에 주저하면서도 결국 나이틀리 씨를 남겨두고 밖으로 나서기로 했 다. 어떤 종류의 인사치레와도 거리가 먼 나이틀리 씨의 짧고도 단호한 답변 은, 우드하우스 씨의 장황한 사죄나 공손하기 이를 데 없는 주저하는 모습과 는 매우 재미있는 대조를 보여주었다.

"저기 나이틀리 군, 괜찮다면 말이지. 자네가 날 너무 무례하다고 여기지 않 는다면, 에마의 충고대로 15분 정도 산책하러 가야 할 것 같은데, 해가 났으 니 이 참에 세 바퀴 정도 돌고 오는 게 좋을 것 같아서 말일세. 나이틀리 군, 손님 대접을 제대로 못하는 것 같아 미안하네. 우리 같은 노인네는 이렇게 자 기 위주로 행동한단 말이지."

"우드하우스 씨, 저를 그렇게 어려운 손님처럼 대하지 않으셔도 됩니다."

"대신 내 딸아이에게 부탁하고 가겠네. 에마가 기꺼이 자네 말상대가 되어 줄 거야. 그럼 날 이해하리라 믿고, 겨울 산책을 하고 오겠네."

"잘 생각하셨습니다."

"나이틀리 군, 실은 함께 걷자고 청하고 싶지만, 내가 워낙 걸음이 느려서 내 속도가 자네에겐 아마 갑갑할 걸세. 게다가 자네는 이따가 던웰 애비까지 긴 거리를 걸어가야 할 테니까."

"고맙습니다, 우드하우스 씨. 저도 금방 일어날 겁니다. 우드하우스 씨도 빨리 나서시는 게 좋을 것 같은데요. 제가 우드하우스 씨의 코트를 가져와서 정원 문을 열어드리지요."

마침내 우드하우스 씨가 집을 나섰지만, 나이틀리 씨는 곧바로 떠나지 않고 에마와 뭔가 더 이야기를 나누고 싶은 듯 다시 자리에 앉았다. 그는 해리엇에 대한 이야기를 꺼냈는데, 예전과는 달리 해리엇에 대해 자발적인 칭찬을 하는 것이었다.

"해리엇의 아름다움에 대해서는 에마 양이 보는 것만큼 후한 점수를 주지는 못하겠습니다만, 사랑스럽고 성품도 아주 괜찮은 것 같다는 생각이 듭니다. 누구와 함께 있느냐에 따라 성격이 좌우되는 듯하지만, 좋은 손에 맡겨지면 훌륭한 여성으로 자라날 겁니다."

"그렇게 생각하신다니 기쁘네요. 해리엇이 그런 좋은 사람을 꼭 만나야 할 텐데요."

"이것 봐요, 에마 양."

나이틀리 씨가 말했다.

"지금 칭찬을 듣고 싶은 거로군요. 그렇다면 에마 양 당신이 해리엇을 나아지게 했다고 기꺼이 말씀드리죠. 당신은 해리엇이 여학생처럼 철없이 웃는 버릇을 고쳐놓았어요. 그건 전적으로 당신의 공이죠."

"고마워요. 저도 제가 그 아이에게 아무런 도움이 되지 않는다는 생각이 들었으면 견디기 힘들었을 거예요. 하지만 칭찬받을 만한 일이라도 모든 이들이 칭찬을 해주는 건 아니더라고요. 나이틀리 씨 **당신도** 제게 칭찬을 자주 하지는 않잖아요."

"해리엇이 오늘 오전 중에 다시 들르겠다고 했나요?"

"금방 올 거예요. 벌써 온다고 한 지 한 시간이 지났는걸요."

"무슨 일이 생겨 늦어지나 봅니다. 손님이 왔을 수도 있고요."

"하이버리의 수다쟁이들이겠죠! 정말 성가신 사람들이에요."

"해리엇은 당신처럼 모든 사람들을 성가시다고 생각하지는 않을 것 같은데요."

에마는 어떻게든 항변하고 싶었지만 틀린 말이 아니란 걸 알았기 때문에 잠자코 있었다, 나이틀리 씨는 미소를 지으며 재빨리 덧붙였다.

"시간과 장소를 확정할 수는 없지만, 머지않아 당신의 친구가 뭔가 좋은 소식을 듣게 될 거요."

"정말요! 어떻게요? 어떤 소식인데요?"

"분명한 건, 아주 심각한 소식이라는 겁니다."

그는 여전히 미소 짓고 있었다.

"아주 심각하다고요? 한 가지밖에 생각할 수 없는걸요. 누가 해리엇을 좋아한다고 해요? 누가 당신에게 비밀을 털어놓던가요?"

엘턴 씨가 그런 암시를 했을 거라는 기대감으로 에마의 가슴은 이미 반쯤 부풀어 올랐다. 나이틀리 씨는 누구라도 격의 없이 지내면서 조언을 구할 수 있는 사람이었고, 엘턴 씨가 그런 그를 존경한다는 건 에마도 이미 잘 알고 있었다.

나이틀리 씨는 말을 이었다.

"해리엇 스미스가 곧 청혼을 받을 거라고 생각할 만한 일이 있었어요. 그것도 흠잡을 데 없는 사람에게서 말입니다. 바로 로버트 마틴이에요. 지난여름 해리엇이 애비 밀에서 지내는 동안 그런 감정이 싹튼 모양이더군요. 그 친구는 지금 열렬한 사랑에 빠져서 해리엇과 결혼하고 싶어해요."

"마틴 씨는 아주 친절한 사람이긴 하죠. 그렇지만 해리엇이 자기와 결혼할 거라고 확신하던가요?"

"글쎄요, 그렇기 때문에 일단 청혼을 하겠다는 겁니다. 그거면 되겠습니까? 이틀 전 마틴 씨가 나를 찾아와 이 문제에 대해 상담을 청하더군요. 마틴 씨는 자기와 자기 가족에게 내가 호감을 갖고 있다는 걸 익히 알고 있었고, 또 날 믿을 만한 친구 중 하나로 여겼던 것 같아요. 자기가 아직 어린 나이라 가정을 꾸리는 게 성급하지 않은지, 해리엇이 너무 어리지는 않은지, 다시 말해 자기 생각에 대해 내가 어떻게 생각하는지를 묻더군요. 특히 해리엇이 당신을 통해 부쩍 다듬어지면서 자기보다 수준 높은 사회에 속하게 되었다는 생각 때문에 염려가 좀 되는 모양입니다. 난 그 친구가 하는 말에 크게 만족했어요. 로버트 마틴 씨보다 더 지각 있는 사람은 아직 본 적이 없어요. 말의 의도가 분명하고 솔직하면서 거침없고 판단력도 아주 뛰어나거든요. 현재 상황부터 앞으로의 계획까지, 결혼할 때는 어떤 걸 물려받게 되는지, 그런 모든 걸 다 얘기하더군요. 그는 아들로서나 오빠로서도 흠잡을 데 없는 매우 훌륭한 청년입니다. 그래서 그에게 결혼을 권하는 데 있어 전혀 망설이는 마음이 안 들었지요. 그 친구는 결혼할 준비가 되어 있다는 사실을 내게 입증해 보였고, 가장의 역할도 훌륭히 해낼 수 있을 게 분명해요. 그래서 어여쁜 해리엇에 대한 좋은 얘기도 좀 해줬죠. 집으로 돌아가는 그의 표정이 매우 밝았답니다. 설령 그 친구가 지금까지 내 의견을 귀담아들은 적이 한 번도 없었다고 해도, 이번 일로 인해 날 신뢰하게 되었을 거라는 생각이 들었고, 아마 모르긴 몰라도 우리 집을 나서면서는 날 가장 가까운 친구이자 상담자로 여기게 되었을 겁니다. 이게 바로 엊그제 밤에 일어난 일이랍니다. 짐작컨대, 그가 해리엇에게 이야기를 꺼낼 때까지 그다지 오랜 시간을 끌지는 않을 것 같은데, 어제 말을 안 한 것 같으니 오늘은 아마 고더드 부인 댁에 갔을 테고, 그래서 해리엇이 전혀 성가실 리 없는 이 손님과 즐겁게 얘기하다 보니 좀 늦어지는 것 같군요.”

그 이야기를 들으면서 몇 번이나 속으로 웃으며 에마는 이렇게 말했다.

“그런데 나이틀리 씨, 어떤 근거로 마틴 씨가 어제 이야기를 안 꺼냈다고 생각하세요?”

“그거야…….”

그가 놀란 표정으로 답했다.

“확실히는 모르지만, 그렇게 짐작을 한 거지요. 해리엇은 어제 종일 당신과 함께 있지 않았던가요?”

“자, 저한테 이런 이야기를 해주셨으니 저도 한 가지 알려드릴게요. 마틴 씨는 어제 해리엇에게 청혼을 했답니다. 편지로 말이에요. 그리고 거절당했지요.”

나이틀리 씨가 이 말을 절대 믿으려 들지 않았기 때문에 에마는 되풀이해서 말해야 했고, 나이틀리 씨는 순간 놀라움과 언짢음으로 얼굴까지 붉어져서 자리에서 벌떡 일어났다.

　"그렇다면 해리엇은 내가 생각한 것보다 훨씬 더 멍청하군요. 대체 이 바보 같은 아가씨는 무슨 생각을 하고 있는 겁니까?"

　"오! 남자들이란 여자가 청혼을 거절하는 걸 도무지 이해할 수 없어 하죠. 누가 청혼을 하건 여자는 기꺼이 승낙해야 한다고 생각하니까요."

　"말도 안 돼요! 그런 식으로 생각하는 남자는 없어요. 그건 그렇고 이건 도대체 무슨 일입니까? 해리엇 스미스가 로버트 마틴을 거절했다니요? 제정신이 아니군요. 당신이 오해했길 바랄 뿐이오."

　"해리엇의 답장을 보았는걸요! 아주 분명한 거절의 글이었어요."

　"당신이 해리엇의 답장을 보았다고요? 아, 당신이 해리엇의 답장을 써준 거로군요. 에마, 당신이 한 짓이군요. 당신이 해리엇을 설득해서 마틴 씨의 청혼을 거절하게 했어요."

　"제가 그런 게 아닐뿐더러, 만약 제가 했다고 해도 크게 잘못했다고는 생각하지 않아요. 마틴 씨가 꽤 괜찮은 젊은이지만, 그렇다고 해리엇에게 꼭 어울리는 상대라고 볼 수는 없죠. 그가 감히 해리엇에게 청혼했다고 하길래 실은 약간 놀랐어요. 나이틀리 씨 얘기를 듣고 보니, 그가 어느 정도 망설이긴 한 것 같네요. 결국엔 그런 망설임을 무시한 게 그로서는 안된 일이죠."

　"해리엇의 상대로 어울리지 않는다고요?"

　나이틀리 씨는 너무 어이없다는 듯 외쳤다. 그리고 잠시 후 어느 정도 평정을 되찾자 무뚝뚝한 어조로 덧붙였다.

　"그렇죠. 말 그대로 마틴 씨는 해리엇 양에게 어울리는 상대가 아니긴 하죠. 지각으로나 여건으로나 그가 훨씬 우위에 있으니까. 에마, 그 아가씨에 대한 애착이 당신 눈을 멀게 했군요. 출생부터 성품, 학벌, 인맥까지, 도대체 해리엇 스미스가 로버트 마틴보다 나은 점이 뭔가요? 누군지도 모르는 자의 사생아로 태어나 상속 재산은 물론, 괜찮은 친척도 없지요. 그저 평범한 학교의 학생이라는 것 말고 알려진 게 뭐가 있나요. 분별력 있는 아가씨도 아니고 지식이 출중하지도 않아요. 유용한 지식이라고는 별로 없고 스스로 뭔가 깨우치기엔 너무 어리고 단순해요. 아직까지 아무런 경험도 쌓지 못했고 별다른 기지도 없어요. 장차 자기한테 유익할 무언가를 익혀 나갈 거라고 보기도 힘들죠. 예쁘장하고 온순하긴 하지만, 그게 다예요. 내가 조금이라도 망설였다면, 그건 오로지 마틴 씨에게 아까운 결혼이 아닌가 하는 생각이 들었기 때문이었소. 마틴 씨는 경제적으로 충분히 더 나은 선택을 할 수 있을 테고, 말이 통하는 벗이나 유익한 배우자로서는 최악의 결정을 내린 것이니까요. 하지만 사랑에 빠진 남자를 그런 말로 설득할 수는 없었고, 해리엇이 특별히 해를 끼칠 여자는 아니고 또 그녀의 성격으로 보아 마틴 씨같이 훌륭한 손에 맡겨지기만 하면 올바르게 이끌어져 훌륭한 남자에게 걸맞는 여성이 될 수도 있겠다고 생각한 겁니다. 난 이 결혼이 모든 면에서 해리엇 양에게 더할 나위 없이 유익하다 생각했고, 해리엇 양의 놀라운 행운에 다들 부러움의 탄성을 지를 것이라는 데 대해서 조금의 의심도 품지 않았어요. 그건 지금도 같은 생각이오. 난 에마, 당신까지도 만족할 거라고 확신했죠. 해리엇이 그처럼 좋은 결혼을 한다고 하면 친구가 하이버리를 떠나더라도 당신이 아쉬워하지 않을 거라는 생각을 한 겁니다. '아무리 해리엇을 편애하는 에마라 해도 이런 결혼이라면 만족스럽게 여기겠지.' 이렇게 생각했다고요."

"그런 생각을 할 정도로 절 모르셨다니, 정말 놀라지 않을 수가 없네요. 양식 있고 이런저런 장점이 있다고는 해도 일개 농부인 마틴 씨가 제 절친한 친구에게 좋은 짝이라니요! 절대로 제가 지인으로 인정할 수 없는 사람과 결혼하려고 해리엇이 하이버리를 떠난다는데, 제가 아쉬워하지 않을 거라고요? 어떻게 제가 그런 마음을 가질 거라고 생각할 수 있으세요. 분명히 말씀드리지만, 제 생각은 당신과는 전혀 달라요. 지금 하신 말씀은 부당하기 짝이 없다고요. 나이틀리 씨, 당신이 해리엇에 대해 말한 주장들은 전혀 공정하지 않아요. 거기에 대해서는 저뿐만 아니라 다른 사람들도 아마 공감할 거예요. 마틴 씨가 둘 중에서는 형편이 좀 더 나을지 몰라도, 사회적 신분으로 따지자면 해리엇보다 한참 아래라고요. 해리엇이 속한 세상은 그보다 훨씬 위에 있어요. 둘이 결혼한다면 해리엇의 신분이 격하되는 거죠."

"알 수 없는 출신에 학식 없는 여자가, 훌륭하고 지적인 신사다운 농부와 결혼하는 게 신분이 격하되는 거라고요?"

"해리엇의 출생에 관해서라면, 법적으로는 보잘것없을지 몰라도 상식적으로는 그런 얘기가 안 통해요. 함께 자라난 사람들의 수준에 못 미친다는 식으로 남들에게 비난받을 이유가 없다고요. 해리엇의 아버지가 신사, 그것도 상당한 재력을 갖춘 신사라는 데에는 의심할 여지가 없어요. 용돈도 넉넉한 데다 해리엇이 좀 더 편안하고 나은 환경에서 지낼 수 있도록 어떤 것도 아끼지 않았으니까요. 그녀가 신사의 딸이며 좋은 가문의 딸들과 어울린다는 건 어느 누구도 부인하지 못할 거예요. 분명 해리엇은 로버트 마틴 씨보다 더 나은 위치에 있어요."

나이틀리 씨는 여전히 지지 않고 응수했다.

"해리엇의 부모가 어떤 사람들이었던 간에, 그녀의 보호자였던 분들은 당신이 말하는 그 상류 사회에 해리엇을 소개할 계획이 전혀 없었던 것 같은데요. 별다른 교육도 시키지 않은 채 해리엇을 자기 힘으로 살아가도록 고더드 부인의 손에 떠넘겼으니 말입니다. 고더드 부인의 테두리 안에서 고더드 부인의 지인들과 교류하도록 말이죠. 해리엇의 친구들은 이 정도로도 그녀에게는 충분하다고 생각한 게 분명하고, 실제로 충분하기도 했어요. 그녀 자신이 더 나은 무언가를 바라지 않았으니까요. 당신이 그녀를 친구로 삼겠다고 작정하기 전까지만 해도 해리엇에게는 자기 처지에 대한 불만이나 그 이상의 야망 따위는 전혀 없었어요. 해리엇은 지난여름 마틴 씨 집에서 더할 수 없이 행복했어요. 그때는 우월감 같은 건 전혀 없었으니까요. 해리엇에게 지금 우월감이 생겼다면, 그건 당신이 불어넣은 거예요. 에마, 당신은 해리엇 스미스 양에게 그저 말뿐인 친구예요. 해리엇이 마틴 씨에게 호감을 표시하지 않았더라면, 그가 이 정도로 일을 발전시키지는 않았을 거예요. 난 마틴 씨가 어떤 사람인지 잘 압니다. 자기중심적인 열정에 사로잡혀 덮어놓고 청혼하기에는 너무 현실적인 청년이거든요. 공상에 빠지는 걸로 치자면, 내가 아는 남자들 중 그럴 가능성이 가장 낮은 사람입니다. 분명 해리엇 쪽에서도 호감을 내비쳤을 거라고요."

이런 얘기에는 직접적으로 대꾸를 하지 않는 게 낫다고 생각했다. 에마는 화제를 돌려 다시 설명하기로 했다.

"당신은 마틴 씨에겐 참 따뜻한 친구이지만, 제가 말했듯이 해리엇에게는 불공평하기만 하네요. 결혼을 생각할 때 해리엇의 여건이 지금 말씀하신 것처럼 그렇게 형편없는 수준은 아니랍니다. 해리엇은 총명하지는 않지만 말씀하신 것보다는 생각 있는 아가씨인데다, 아무것도 모른다는 소리를 들어야 할 정도는 아니라고요. 당신이 말씀하신 대로 해리엇이 그저 예쁘장하고 순한 아가씨일 뿐이라고 해도, 세상 사람들 눈에는 그게 절대로 사소한 장점이 아니라고 말씀드리고 싶군요. 왜냐하면 실제로 해리엇은 아름다운 아가씨이고, 백 명 중에 아흔아홉 명은 그렇게 생각할 게 분명해요. 일반적으로 남자들이 생각하는 것보다 아름다움이라는 주제에 대해 훨씬 더 깊이 고민하거나, 보기 좋은 얼굴 대신 똑똑한 여성과의 사랑을 선택하기 전까지는, 해리엇처럼 사랑스러움을 지닌 아가씨가 확실히 더 많은 찬사와 애정을 받게 되고, 많은 남자들 중에서 자기 마음대로 고를 수 있는 선택권을 갖고 결과적으로 훌륭한 신붓감이라는 소리를 듣기 마련이라고요. 해리엇의 착한 성품 역시 가볍게 보아 넘길 사소한 장점만이 아니랍니다. 그녀는 이해심 많고 사랑스러운 성품인 데다 몸가짐이 소박하고 자신에 대해 무척 겸손하고 남의 이야기를 언제나 즐겁게 들어주죠. 당신 같은 남성분들이 그런 아름다움과 성품을 보고 여자가 가질 수 있는 최고의 덕목이라고 생각하지 않는다면, 저로선 무척 의외인데요."

"정말이지, 에마 양. 당신이 가진 그 뛰어난 이성을 그렇게 제멋대로 사용하는 걸 듣고 있노라니 나까지 그 말에 넘어갈 지경이군요. 당신처럼 이성을 잘못 쓰느니 아예 무식한 게 낫겠다는 생각이 드네요."

"바로 그거예요!"

그녀는 장난스럽게 소리쳤다.

"그게 바로 남자들의 심리라니까요. 전 해리엇 같은 숙녀야말로 모든 남자들이 기쁨을 느낄 수 있는 여성이라는 걸 알고 있었답니다. 남자들의 눈을 만족시키는 동시에, 남자들이 자신의 이성에 마음 놓고 도취할 수 있도록 해주는 여자 말이에요. 오! 해리엇은 자기가 원하는 어떤 남자든 선택할 수 있을 거예요. 당신이 만약 결혼을 한다면 해리엇이 더할 나위 없이 딱 맞겠네요. 열일곱 살, 이제 막 성인이 되어 자신을 드러내기 시작한 시기에 처음 받은 청혼을 물리쳤다고 해서 사람들이 갸우뚱할 것 같나요? 그렇지 않아요. 제발이지, 해리엇이 자기 주변을 둘러볼 시간을 좀 주자고요."

나이틀리 씨는 곧바로 대꾸했다.

"뭐라 말은 안 했지만, 둘 사이의 우정이 어리석은 짓이라는 생각은 줄곧 하고 있었어요. 하지만 이제 보니, 해리엇에게는 커다란 불행이기도 하군요. 당신은 해리엇의 머릿속에 자기 외모라든지 장점이라든지 하는 것들에 대해 잔뜩 바람을 넣었고, 이제 얼마 안 있으면 그녀 손에 닿는 범위에서는 어울릴 만한 남자가 없다고 생각하겠군요. 연약한 머리에 파고든 허영심은 온갖 종류의 해악을 낳는 법이니까요. 기대치를 지나치게 높이는 것만큼이나 어린 숙녀들이 저지르기 쉬운 잘못은 없어요. 해리엇 스미스 양이 매우 예쁜 아가씨긴 하지만, 생각하는 것만큼 청혼이 밀려드는 일은 절대 없을 겁니다. 당신은 뭐라 할지 몰라도, 지각 있는 남자라면 어리석은 아내를 원하지 않아요. 괜찮은 가문의 남자라면 출신이 불분명한 아가씨와 굳이 인연을 맺고 싶어하지 않을 것이고, 신중한 남자라면 그 출생의 비밀이 벗겨질 때 혹시라도 맞닥뜨릴 수 있는 불편함과 치욕을 두려워할 겁니다. 그러니까 해리엇이 로버트 마틴과 결혼하도록 놔둬요. 그럼 그녀는 평생 안전하게, 존중받으면서 행복하게 살아갈 수 있어요. 하지만 당신이 해리엇에게 거창한 결혼에 대한 기대감을 불어넣고 재산과 지위를 다 갖춘 남자 외에는 만족하지 말라고 가르친다면, 해리엇은 고더드 부인 댁 하숙생으로 여생을 보내게 될지도 몰라요. 아니면 해리엇 스미스 양 같은 경우는 그래도 누군가하고는 결혼할 게 분명하니까, 점점 절박해진 나머지 늙은 작문 선생 아들이라도 기쁘게 붙잡을지 모르겠네요."

"나이틀리 씨, 이번 일에 대해 우리의 생각이 이렇게 판이하게 다르니 더 이상 얘기해봐야 소용이 없을 것 같네요. 얘기를 하면 할수록 서로 화만 더 돋울 뿐이에요. 하지만 로버트 마틴 씨와 결혼하도록 놔두는 문제에 관해서라면, 그건 불가능해요. 해리엇은 이미 그의 청혼을 거절했고, 그것도 두 번 다시 같은 얘기가 나오지 못하도록 아주 단호하게 한 것 같아요. 그를 거절했으니 그 결정에 어떤 불운이 따르든 감수해야겠죠. 그리고 청혼을 거절한 것 말인데, 제가 해리엇에게 어떤 영향력도 끼치지 않았다고 말하지는 않겠어요. 하지만 제가, 아니 다른 어떤 사람도 뭘 굳이 할 필요가 없었다는 점은 말씀드릴 수 있어요. 마틴 씨의 외모만 보아도 얼마나 하찮은 사람인지 짐작할 수 있는 데다 예의범절도 형편없던걸요. 해리엇이 한때 그에게 호감을 품었는지는 모르지만, 아무튼 지금은 아니에요. 해리엇이 수준 높은 사람들을 접하기 전까지는 아마도 마틴 씨를 견딜 수 있었을 거라고 봐요. 마틴 씨는 해리엇 친구들의 오빠인 데다, 어떻게든 해리엇을 즐겁게 하려고 애썼을 것 아니에요. 그러니, 예전에 더 나은 사람들을 보지 못했던 해리엇으로서는 애비 밀에서 지내는 동안 마틴 씨가 괜찮게 여겨졌을 수도 있었겠죠. 하지만 이젠 상황이 완전히 바뀌었어요. 해리엇은 이제 신사가 어떤 분들인지도 알게 되었고, 학벌부터 품위까지 신사가 아니고서는 절대 해리엇의 짝이 될 수 없어요."

"말도 안 됩니다. 정말 터무니없는 얘기군요!"

나이틀리 씨는 고개를 저었다.

"로버트 마틴은 합리적이고 진실하며 온화한 품위가 있는 사람입니다. 그리고 해리엇 스미스 양이 이해할 수 있는 것 이상의 참된 교양을 갖추고 있지요."

에마는 더 이상 아무런 대답도 하지 않고 별 상관없다는 듯이 밝은 얼굴을 지으려 애썼지만, 사실 속으로는 무척 불편한 기분이었고 이제 그만 나이틀리 씨가 빨리 떠나줬으면 하는 마음이 들기 시작했다. 에마는 자신이 한 일에 대해 후회하지는 않았다. 여성의 권리라든지 교양 같은 면에 대해 판단을 내리는 일만큼은 여전히 나이틀리 씨보다 자신이 더 적격이라고 생각했지만, 에마의 마음속에는 나이틀리 씨의 전반적인 판단력에 대한 습관적인 존중이 배어 있었기 때문에, 그의 견해가 그녀와 극명하게 대립된다든지 그가 화난 얼굴로 맞은편에 앉아 있는 걸 보고 있자니 몹시 우울해졌다. 몇 분간 불편한 침묵이 흐르는 가운데 에마가 한번은 날씨 얘기를 꺼내 분위기를 바꿔보려 했지만, 나이틀리 씨는 대답이 없었다. 그는 깊은 생각에 잠겨 있었고, 얼마 후 그 생각의 결과를 다음과 같은 말로 표현했다.

"로버트 마틴 씨 입장에서는 그가 생각만 돌이킨다면, 그다지 아쉬워할 것도 없습니다. 마음을 정리하는 데 오래 걸리지 않기를 바랄 뿐이죠. 해리엇에 대한 당신 생각이야 당신만이 알겠지만, 중매 서는 걸 좋아한다고 대놓고 말하는 당신이니만큼 이번 일에 대해 당신이 가지고 있는 견해나 계획에 대해서 짐작 가는 바가 없지는 않네요. 친구로서 일러두는 말인데, 혹시 엘턴 씨를 그 상대로 염두에 두고 있다면, 모두 헛수고일 겁니다."

에마는 웃으면서 고개를 저었지만, 그는 계속해서 말했다.

"내 말을 새겨 들어요, 엘턴 씨는 절대 그러지 않을 겁니다. 엘턴 씨는 아주 괜찮은 사람이고 하이버리의 존경할 만한 교구 목사이지만, 아무렇게나 결혼할 사람은 절대 아닙니다. 그리고 어느 누구 못지않게 돈벌이의 중요성을 잘 아는 사람이지요. 엘턴 씨가 간혹 감상적인 이야기를 한다고 해서 이성적이지 않은 행동을 할 거라고 생각해선 안 돼요. 당신이 해리엇의 장점에 대해 알고 있는 만큼, 그 역시 자기 장점을 잘 파악하고 있으니까. 자기 외모가 준수하다는 것도 알고 있고, 어딜 가든 많은 호감을 받다는 것도 잘 알고 있어요. 남자들끼리 있을 때 엘턴 씨가 편하게 얘기하는 걸 들어보면, 그는 무모한 상황에 자신을 내던질 사람이 아니라는 걸 분명히 알 수 있어요. 자기 여동생들과 친하게 지내는 대가족 집안의 어린 숙녀들 이야기를 하는 걸 들은 적이 있는데, 지참금이 한 사람당 2만 파운드씩이라고 흥분해서 얘기하더군요."

"이거 나이틀리 씨에게 감사할 일이네요."

에마는 다시 미소를 지어 보였다.

"엘턴 씨와 해리엇이 결혼하는 걸 제가 바라고 있었다면, 친절하게도 제 눈을 열어주신 셈이니까요. 그렇지만 지금 제가 원하는 건 해리엇을 가까이 두는 것뿐이랍니다. 실은 중매 서는 것도 이제는 그만두려 해요. 랜덜스에서 했던 것만큼 또다시 좋은 결과를 얻기는 힘들 것 같거든요. 박수 칠 때 떠나라는 말도 있잖아요."

"그럼 이만 가보겠소."

그는 불쑥 일어나더니 이 말을 하고는 나가버렸다. 나이틀리 씨는 참을 수 없는 짜증이 밀려왔다. 그 청년이 얼마나 실망할지 눈에 선했고, 자기가 그렇게 하라고 허락해서 그를 부추긴 꼴이 되었다는 것도 언짢았지만, 에마가 이 일에 관여한 게 분명하다는 점이 그를 가장 화나게 만들었다.

화가 난 건 에마도 마찬가지였지만, 그 원인은 나이틀리 씨보다 다소 불분명했다. 그녀는 나이틀리 씨만큼 언제나 자신에 대해 절대적으로 만족하거나, 자기 의견이 옳고 상대편은 틀리다는 전적인 확신에 차 있지는 않았다. 나이틀리 씨는 여기 올 때보다 더욱 완벽하게 자기 확신에 차서 떠났고, 그녀는 상대적으로 초라한 기분이 들었다. 그렇다고 에마의 우울함이 심각했던 건 아니었다. 시간이 좀 지나 해리엇이 돌아온 것이 확실한 회복제 역할을 했다. 해리엇의 긴 외출이 에마를 슬슬 불안하게 만들었던 것이다. 마틴 씨가 그날 아침 고더드 부인 댁에 들러, 해리엇에게 자기 입장을 재차 설명했을지 모른다는 생각이 들자 에마는 신경이 곤두섰다. 결국 모든 게 수포로 돌아갈지 모른다는 두려움으로 안절부절못하던 에마는, 해리엇이 한껏 기분 좋은 모습으로 별다른 이유가 있어 늦게 온 것이 아니라고 하자 안도의 한숨을 내쉬었다. 그리고 나이틀리 씨가 어떤 식으로 생각하고 말하건 상관하지 않을 거라 결심했고, 에마 자신은 여자끼리의 우정과 감정에 충실하게 행동했을 뿐이라고 스스로를 위로했다.

나이틀리 씨가 한 말은 엘턴 씨에 대해 경계심을 품도록 하긴 했지만, 그가 그녀만큼 깊은 관심과 관찰자로서의 숙련된 경험을 가지고 엘턴 씨를 지켜봤을 리는 없다는 생각과 함께 그가 화난 상태에서 성급하게 내뱉은 말이라는 데 생각이 미치자, 에마는 실제로 근거 있는 이야기라기보다는 나이틀리 씨 본인이 원하는 바를 말한 게 분명하다고 생각했다. 물론 엘턴 씨가 스스럼 없이 하는 말을 에마보다는 나이틀리 씨가 더 많이 접했을 수 있다. 그리고 엘턴 씨가 돈 문제에 있어 지극히 현실적이고 신중한 사람일 수도 있고, 에마와 해리엇에게만 각별히 친절하게 행동하는 것일 수도 있다. 하지만 나이틀리 씨는 누군가에 대한 거센 열정이 그 모든 현실적인 요인들과 치열한 갈등을 빚을 수 있다는 점을 고려하지 않았다. 나이틀리 씨는 열정이란 걸 한 번도 경험해보지 못했고, 그런 감정이 어떤 영향을 미칠 수 있는지는 전혀 생각하지도 않았을 것이다. 하지만 에마는 그런 감정을 많이 보아왔기 때문에, 처음에 이성적 분별력으로 망설여지는 것도 열정으로 모두 극복될 수 있다는 사실을 믿어 의심치 않았다. 에마는 엘턴 씨의 신중함이 합리적이고 적절한 선을 넘어서지는 못하리라고 확신하기에 이르렀다.

해리엇의 들뜬 표정과 태도는 에마의 기분을 바꿔주었다. 해리엇은 마틴 씨 생각 대신 엘턴 씨 이야기를 하며 안으로 들어섰다. 해리엇은 조금 전에 내시 양에게서 무슨 얘기를 들었다면서, 기쁨을 감추지 못하며 그 얘기를 그대로 전했다. 아픈 학생을 치료하러 고더드 부인 댁에 들른 페리 씨가 내시 양에게 말하기를, 어제 클레이튼 공원에서 돌아오는 길에 엘턴 씨와 마주쳤는데 엘턴 씨가 휘스트 카드 클럽 모임에 빠지고 런던에 가는 길이며 다음 날 아침에나 돌아올 거라고 했다는 것이었다. 엘턴 씨는 지금까지 그 모임에 단 한 번도 빠진 적이 없었다. 페리 씨는 최고의 선수인 엘턴 씨가 그 게임에 빠지는 건 예의가 아니라면서 일정을 하루 늦추라고 이런저런 말로 권유했으나, 소용없는 일이었다. 엘턴 씨는 아주 엄숙한 어조로 어떤 유혹이 있다고 해도 미룰 수 없는 일, 값진 뭔가를 전달하는 자랑스러운 임무를 수행하러 간다고 했다. 페리 씨는 엘턴 씨가 무슨 말을 하는 건지 잘 이해할 수 없었지만, 여자에 관련된 일이 분명하다는 확신이 들어 은근히 물어 보았더니, 엘턴 씨는 어색하게 웃어 보이고는 곧 기분 좋게 말을 돌려 떠나갔다는 것이다. 내시 양은 해리엇에게 이 모든 걸 전했고 엘턴 씨에 대해서도 더 많은 이야기를 했다. 그러고는 매우 의미심장하게 해리엇을 쳐다보면서 "무슨 볼일 때문인지는 몰라도 누구보다 훌륭한 외모와 조건을 갖춘 엘턴 씨가 좋아하는 여자라면, 그녀는 세상에서 가장 운이 좋다는 걸 알아야 할 것"이라고 말했다는 것이다.

9

나이틀리 씨가 에마와 다툴 수 있는지는 몰라도, 에마는 자기 자신과 결코 다툴 수 없는 사람이었다. 에마와의 언쟁으로 기분이 많이 상했던 나이틀리 씨는 평소보다 오랜 시간이 지난 뒤에야 하트필드를 다시 찾았고, 에마와 인사를 나누는 그의 엄숙한 표정으로 보아 여전히 화가 풀리지 않은 상태였다. 에마는 마음이 편치 않았지만 그렇다고 후회하지는 않았다. 오히려 그 후 며칠 동안 일어난 일의 상황으로 보면, 그녀의 계획과 행동은 시간이 지날수록 더욱 타당하고 그럴 듯하게 느껴졌다.

엘턴 씨가 런던에서 돌아오고 얼마 지나지 않아, 우아하게 액자로 잘 짜인 초상화가 무사히 도착해 응접실 벽난로 위에 걸렸다. 엘턴 씨는 자리에서 일어나 그림을 물끄러미 감상하면서 감탄사를 계속 내뱉으며 한숨을 내쉬곤 했다. 해리엇의 감정으로 말하자면, 그녀의 어린 나이와 단순한 기질에 걸맞게 강렬하고도 꾸준히 그 마음이 자리 잡아가고 있다는 게 확실해 보였다. 에마는 마틴 씨가 엘턴 씨와 비교해 크게 뒤처지는 사람으로 언급될 때 말고는 그들 사이에 그가 더 이상 언급되지 않는다는 사실에 더할 수 없는 만족감을 느꼈다.

유익한 독서와 대화를 통해 어린 친구의 지성을 개발해주겠다는 에마의 계획은 처음 몇 장(章)을 못 넘기고 번번이 무산되면서 다음 날로 미뤄지곤 했다. 공부보다는 이야기를 나누는 편이 훨씬 쉬웠고, 상상력을 동원해 해리엇의 앞날을 요모조모 그려보는 게 해리엇의 식견을 넓히거나 딱딱한 시사적인 문제들을 외우게 하는 일보다 훨씬 더 즐거웠다. 해리엇이 최근 몰두해 있는 유일한 문학적인 훈련이자 저녁 시간을 보내는 지적 활동은 온갖 종류의 수수께끼를 수집해, 그녀의 친구가 머리글자들과 이런저런 장식을 넣어 꾸며 준 고온압착된 얇은 4절지에 베껴 적는 것이었다.

이 문학의 시대에는 방대한 규모로 이런 모음집을 만드는 게 그다지 드문 일은 아니었다. 고더드 부인 학교에서 수석 교사로 있는 내시 양은 최소한 300가지 정도를 베껴 적었고, 내시 양에게서 처음 이것을 알게 된 해리엇은 우드하우스 양의 도움을 받아 그 숫자를 훨씬 더 넘기기를 바라고 있었다. 에마의 창작력과 기억력과 세련된 감각에 해리엇의 깔끔한 필체가 더해지면, 양뿐 아니라 질에 있어서도 최고의 모음집이 될 가능성이 높았다.

우드하우스 씨는 두 아가씨만큼이나 이 일에 지대한 관심을 보였고, 모음집에 넣을 만한 괜찮은 뭔가를 생각해내려고 애썼다.

"내가 젊었을 때는 기막힌 수수께끼가 수도 없이 많았는데 말이다. 지금은 잘 떠오르지 않는다만, 시간이 지나면 뭔가 기억이 나지 않을까."

하지만 뭔가 떠올리려는 우드하우스 씨의 노력은 언제나 "키티, 아름답지만 얼음장 같은 여자." 그 이상을 넘어서지 못했다.

우드하우스 씨는 절친한 친구 페리 씨에게도 물었지만, 그 역시 당장 떠오르는 수수께끼가 없었다. 하지만 우드하우스 씨는 혹시 떠오르는 게 있는지 계속 생각해달라고 청했고, 페리 씨가 직업상 돌아다니면서 사람들을 많이 만나는 만큼 혹시 듣는 게 있을지 모른다고 생각했다.

그러나 불특정한 하이버리 사람들에게 수수께끼에 대해 물어봐 달라고 부탁하는 것은 에마가 바라는 바가 아니었다. 에마가 도움을 청한 사람은 엘턴 씨가 유일했다. 엘턴 씨는 에마에게 기억나는 멋진 수수께끼 시나 단어 게임, 재치문답을 들려 달라는 부탁을 받고 그녀의 집을 방문했고, 에마는 엘턴 씨가 뭔가 그럴 듯한 걸 기억해내려고 사력을 다해 애쓰는 모습을 재미있게 관찰하는 한편, 신사답지 못하거나 여성에 대한 찬미가 들어가지 않는 문장은 단 하나도 입 밖에 내지 않으려고 극도로 신중을 기하는 모습도 확인할 수 있었다. 덕분에 두세 개의 가장 정중한 수수께끼가 추가되었다. 마침내 그가 뭔가 좋은 게 기억났다며 기쁨과 환희에 가득 차서 다소 감상적으로 낭송한 것은 잘 알려진 다음의 수수께끼였는데, 안타깝게도 그것은 이미 옮겨 적은 뒤였다.

그 첫 번째는 고통이 시사하고,
그 두 번째는 느껴질 운명이노라.
그리고 그 전체는 최고의 해독제로,
고통이 완화되고 치유되리라.

"저희를 위해 하나 직접 써 주시지 않겠어요, 엘턴 씨?"

에마가 청했다.

"그렇게 되면 정말 새로운 뭔가가 만들어질 것 같아요. 엘턴 씨에게는 전혀 어렵지 않은 일일 테니까요."

"오, 아닙니다! 전 그런 걸 지어본 적이 없는걸요. 그런 것은 평생 창작해본 적이 거의 없답니다. 정말 바보 같지요! 우드하우스 양이나……."

여기서 그는 잠시 말을 멈췄다.

"스미스 양이라 해도 저에게 영감을 주지는 못할 겁니다."

그러나 실은 그가 설득되었다는 증거가 바로 다음 날 나타났다. 엘턴 씨는 잠깐 들러서, 그의 친구가 어린 숙녀를 마음에 두고 썼다는 수수께끼가 적힌 종이 한 장을 테이블 위에 두고 갔다. 하지만 에마는 엘턴 씨의 태도로 보아 그가 직접 쓴 게 분명하다고 결론지었다.

"스미스 양의 모음집에 넣어달라고 가져온 건 아닙니다."

그가 말했다.

"제 친구가 쓴 걸 다른 사람들에게 내보일 권리는 저한테 없거든요. 하지만 두 분께서 읽어보는 것 정도는 괜찮을 거라고 생각합니다."

이 말을 하면서 엘턴 씨는 해리엇보다는 에마를 바라봤는데, 에마는 그 마음을 충분히 이해할 수 있었다. 엘턴 씨는 뭔가 굉장히 수줍어 하는 기색이었고, 해리엇보다는 에마와 눈을 마주치는 걸 더 편안해 하는 것 같았다. 그는 다시금 주저하더니, 곧 떠났다.

"자, 받아."

에마는 웃으며 해리엇에게 종이를 내밀었다.

"네 거야. 어서 받으렴."

그러나 해리엇이 너무 긴장했는지 몸을 떨면서 선뜻 손을 내밀지 못하자, 뭐든 주저하는 법이 없는 에마가 먼저 종이를 펼쳐 읽기 시작했다.

　　　_____양에게

　　　수수께끼.
　　　첫 번째가 나타내는 것은 왕의 재물과 행렬,
　　　이 땅의 주인! 그 호화로움과 안락함이로다.
　　　그에 대한 또 하나의 그림, 이게 바로 두 번째이니,
　　　저기 그를 보라. 바다의 군주여!

　　　아, 그러나 둘이 합해졌을 때, 어떤 역전이 생기는가!
　　　그의 잘난 힘과 자유, 모든 것이 흘러가고
　　　이 땅과 바다의 주인, 그는 노예가 되어 몸을 숙이니,
　　　그리하여 여성, 사랑스러운 여성이 홀로 다스린다네

　　　당신의 민첩한 기지가 곧 답을 주리니
　　　허락의 뜻이 그 부드러운 눈 속에서 빛을 발하길!

에마는 다 읽고 나서 그 의미를 곰곰 생각해가며 글을 살피고 확신을 갖기 위해 다시 한번 읽어내려 간 다음, 해리엇에게 종이를 건네주고는 그녀가 무슨 의미인지 몰라 멍한 표정으로 글을 읽는 동안 마음속으로 이렇게 혼잣말을 했다. '아주 좋아요, 엘턴 씨, 이 정도면 정말 잘한 거예요. 이것보다 더 형

편없는 시를 본 적도 있답니다. 코트십(courtship) 흠, 구애라······ 아주 훌륭한 힌트예요. 괜찮은 생각이라 해두죠. 당신의 감정이 느껴지는걸요. 스미스 양, 제가 당신에게 청혼할 수 있도록 허락해 주십시오, 이렇게 아주 노골적으로 말하고 있는데요. 시와 더불어 당신의 계획도 허락해달라는 거겠죠.'

허락의 뜻이 그 부드러운 눈 속에서 빛을 발하길!

이건 바로 해리엇이지. 부드럽다는 말만큼 해리엇의 눈을 잘 표현하는 형용사가 어디 있겠어.

당신의 민첩한 기지가 곧 답을 주리니

흠, 해리엇의 민첩한 기지라고! 이건 더하잖아. 해리엇을 이렇게 표현하다니 이분은 정말 심각하게 사랑에 빠진 게 틀림없어. 아! 나이틀리 씨, 당신이 이 자리에 있어야 하는 건데요. 이걸 봤다면 당신도 뭐라고 말 못하겠죠. 평생 처음으로 당신이 잘못 생각했다는 걸 인정하게 됐을 텐데. 정말 훌륭한 수수께끼야! 게다가 목적에도 아주 잘 들어맞네. 이제 곧 무슨 일인가가 벌어지겠는걸!'

도무지 영문을 몰라 하는 해리엇이 간절한 어조로 질문을 쏟아내는 바람에, 에마는 가만두었으면 끝도 없이 이어졌을 이런 즐거운 생각을 잠시 접어야만 했다.

"이게 뭘 말하는 거예요, 우드하우스 양? 무슨 말이죠? 무슨 소린지 전혀 모르겠어요. 뭘 의미하는 건지 짐작도 못하겠어요. 언니가 좀 생각해봐 주세요. 도와줘요. 이렇게 어려운 시는 난생처음이에요. 이걸 썼다는 그 친구가 누군지 궁금해지네요. 그분이 사랑한다는 어린 숙녀는 누구일까요? 이게 좋은 시라고 생각하세요? 혹시 그 분은 여성일까요?

그리하여 여성, 사랑스러운 여성이 홀로 다스린다네

이건 바다의 신 넵튠을 말하는 건가요?

　　저기 그를 보라, 바다의 군주여!

　아니면 바다의 신이 가지고 다니는 삼지창이나 인어, 혹은 상어를 말하는 걸까요? 오, 아니에요! 상어는 겨우 한 음절이잖아요. 그렇게 쉬운 답이었다면, 여기 가져오지 않으셨겠죠. 오, 우드하우스 양. 우리가 과연 답을 알아낼 수 있을까요?"

　"인어와 상어라고! 말도 안 돼! 해리엇, 지금 무슨 생각을 하는 거니? 인어나 상어에 대한 수수께끼를 엘턴 씨가 뭐 하러 여기까지 가져와서 보여 주겠어? 그 종이를 내게 주고 들어봐.

　'＿＿＿＿양에게'는 잘 들으세요, '스미스 양'이라는 뜻이야.

　　첫 번째가 나타내는 것은 왕의 재물과 행렬,
　　이 땅의 주인! 그 호화로움과 안락함이로다.

여기까지가 궁정, 즉 court야.

　　그에 대한 또 하나의 그림, 이게 바로 두 번째이니,
　　저기 그를 보라, 바다의 군주여!

이건 바로 배, 즉 ship이지. 아주 간단하지? 자, 이제 중요한 부분이 나와.

　　아! 그러나 둘이 합해졌을 때 어떤 역전이 생기는가!

그의 잘난 힘과 자유, 모든 것이 흘러가고

이 땅과 바다의 주인, 그는 노예로 몸을 숙이니,

그리하여 여성, 사랑스러운 여성이 홀로 다스린다네

아주 적절한 찬사야! 해리엇. 네가 이해하기에 별로 어렵지 않을 거라 생각
해. 편안히 마음먹고 천천히 읊조려 봐. 의심할 여지없이 이건 너를 위해 쓴
거야."

에마의 기분 좋은 설득에 해리엇은 오래 저항할 수 없었다. 마지막 몇 줄을
다시 읽은 해리엇의 마음에 기쁨과 흥분이 차올랐다. 뭐라 말을 할 수 없었지
만, 굳이 말을 꺼내야 하는 상황도 아니었다. 해리엇이 이렇게 자기 감정에 북
받쳐 있는 동안, 에마가 그녀 대신 말을 이어갔다.

"이 찬사에는 엘턴 씨의 의도를 분명히 알 수 있는 아주 직접적이고 특별한
의미가 담겨 있어. 해리엇, 그분이 바로 널 대상으로 썼다는 거야. 그리고 넌
이에 대한 완성된 증거를 받게 될 거야. 분명히 그럴 거라 생각해. 예전에는
내가 넘겨짚는 것일 수도 있다고 생각했지만, 이젠 분명해졌어. 엘턴 씨의 마
음은 내가 널 알게 된 후로 이 문제에 대해 바라던 것만큼 분명하고도 확고
해. 그래, 해리엇, 나는 방금 일어난 일이 실제로 일어나길 얼마나 기다려왔는
지 몰라. 나는 너와 엘턴 씨가 서로에게 느끼는 감정이 바람직하다고 해야 하
나, 아니면 가장 자연스럽다고 해야 하나, 잘 알 수가 없었거든. 가능성과 바
람직함, 이 두 가지가 너무 팽팽할 정도로 완벽했으니까! 정말 기쁘구나. 진심
으로 축하해, 해리엇. 이만큼의 감정을 불러일으켰다니 여자로서 자부심을 느
껴야만 해. 이건 좋은 것밖에 기대할 수 없는 관계야. 이제 넌 경제적 여유와
독립, 안락한 보금자리까지, 네가 원하는 모든 걸 얻게 될 테고 나와 하트필드
가까이, 네 진정한 친구들의 중심에 흔들림 없이 자리 잡게 되면서 우리의 친
분도 영원히 보장될 거야. 해리엇, 이건 우리 둘 어느 누구도 얼굴을 붉힐 일
없는 결합이란다."

그 순간 해리엇의 입에서 나오는 말이라고는 에마를 얼싸안으며 "우드하우

스 양!" "오, 다정한 우드하우스 양!"이라는 감탄뿐이었다. 그러나 마음이 좀 진정되고 좀더 대화다운 대화를 나누면서, 해리엇이 에마가 생각한 대로 보았고 느꼈고 기대하고 있다는 게 분명해졌다. 엘턴 씨가 여러모로 우월하다는 걸 해리엇도 충분히 알고 있었다.

"언니가 말하는 건 항상 옳아요!"

해리엇은 외쳤다.

"그러니까 지금 언니가 말한 그대로를 가정하고 믿고 바랄게요. 하지만 언니가 아니었다면, 그런 생각을 하지 못했을 거예요. 제 분수에 너무나 넘치는 일이니까요. 마음만 먹으면 누구와도 결혼할 수 있는 엘턴 씨인데 말이에요. 그분에 대해서는 달리 할 말이 있을 수가 없죠. 모든 면에서 우월하시잖아요. '___양에게'라는 달콤한 구절이라니, 세상에 이 얼마나 근사한 일인지요! 그게 정말 저를 가리키는 말일까요?"

"그 점에 대해서는 의문의 여지가 없어. 확실한 사실이니까. 내 판단을 믿어. 이건 연극으로 따지면 서막, 책의 장으로 따지면 머리말이야. 이제 곧 마땅한 사실을 기술하는 산문이 뒤따라 나오게 되어 있는 셈이지."

"누구도 예상할 수 없었던 일이에요. 한 달 전만 해도 저는 전혀 생각하지 못했는걸요! 세상에 이렇게 놀라운 일도 생기는군요!"

"스미스 양과 엘턴 씨가 친분을 갖게 되었을 때 정말 놀라운 일이 생긴 거지. 그건 누가 보기에도 확연하고 바람직해서, 서로 연결되고 만나는 즉시 관계가 올바른 형태로 발전될 수밖에 없었던 일이야. 너와 엘턴 씨는 서로의 집안이 각각 다른 세상에 속해 있지만 결국 상황이 두 사람을 한데 불러모은 거야. 둘의 결혼은 랜덜스의 결혼에 비견될 정도일 거야. 하트필드에는 사랑의 화살을 올바른 방향으로 날아가게 하는 그 무언가가 있는 것 같아.

진실한 사랑의 행로는 순탄히 흐르는 법이 없다네

이렇게 표현한 셰익스피어의 작품을 하트필드 판으로 펴내려면 아마도 긴

주석이 붙어야 할걸."

"엘턴 씨가 그렇게 많고 많은 여자들 중에서 지난 성 미카엘 축일 때까지는 일면식도 없고 말 한 번 걸어보지도 않았던 저를 사랑하게 되었다니! 나이틀리 씨와 마찬가지로 출중한 외모에 모두가 우러러보는 엘턴 씨 같은 분이 말이에요! 다들 그분과 함께 있고 싶어하니 본인이 원하지 않는다면 한 끼도 혼자 먹을 필요가 없고, 한 주에 7일이 부족할 만큼 여기저기서 초대를 받는 분이잖아요. 교회에서는 또 얼마나 훌륭하신지요! 내시 양은 엘턴 씨가 하이버리에 와서 설교한 내용을 모두 다 받아 적었대요. 세상에! 그분을 처음 뵈었을 때가 생각나요. 그때만 해도 아무것도 몰랐는데! 그분이 지나간다는 얘기를 듣고는 애벗 씨 댁의 두 딸과 같이 방에 들어가 커튼 사이로 몰래 밖을 보고 있는데, 내시 양이 들어와서 우리를 내쫓고는 혼자 내다보는 거예요. 하지만 곧바로 저를 불러들여서는 함께 보게 해줘서 정말 착한 분이라고 생각했죠. 우리는 엘턴 씨가 정말 잘생겼다고 생각했어요. 그분은 콜 씨와 서로 팔짱을 끼고 걸어가고 있었지요."

"이건 널 아끼는 이라면 누구나, 적어도 그들에게 상식이 있다면 바람직하게 여길 결합이고, 상식이 없는 이들에게는 이런 일을 알릴 필요조차 없어. 그들이 너의 행복한 결혼을 원한다면, 엘턴 씨야 말로 그들을 모두 안심시킬 수 있는 훌륭한 성품을 갖춘 분이지. 네가 자기들과 같은 지역과 계층에 자리 잡길 원한다면 그 바람이 이루어지게 될 거고, 또 만약 그들이 원하는 게 단지 흔히들 말하는 성공적인 결혼이라고 해도, 넉넉한 재산에 여유로운 환경, 그리고 신분 상승이 그들을 충분히 만족시킬 거야."

"네, 정말 맞는 말이에요. 언니는 정말 멋지게 잘 설명을 해서 전 언니 얘기를 듣는 게 너무 즐거워요. 언니는 모르는 게 없어요. 언니와 엘턴 씨는 서로 누가 더 낫다고 할 수 없을 만큼 똑똑해요. 이 수수께끼만 해도 그렇죠! 전 일 년 내내 머리를 싸매고 연구한다 해도, 이런 건 절대 쓸 수 없을 거예요."

"나는 어제 엘턴 씨가 우리의 청을 거절하는 태도로 보아 본인의 기량을 연습 삼아 보여줄 셈이라고 짐작했어."

"전 이게 지금까지 제가 읽어본 것 중 최고의 수수께끼라고 생각해요."

"확실히 이것만큼 목적에 충실하게 쓴 것은 나도 본 적이 없는 것 같아."

"게다가 우리가 지금까지 모은 것들만큼 길이도 길어요."

"글쎄, 길이가 특별히 뛰어난 장점이라고는 생각하지 않는데. 어차피 이런 걸 너무 짧게 쓸 수는 없으니까."

해리엇은 시를 다시 들여다보느라 에마의 말을 다 듣지 못했다. 순간 해리엇의 머릿속에 아주 멋들어진 비유가 떠올랐다.

해리엇은 볼까지 발갛게 물들이면서 말했다.

"여느 사람들처럼 평범한 방식으로 상식을 지닌다는 것, 그러니까 할 말이 생겼을 때 편지를 써서 할 말을 간략히 적는 것과 이렇게 멋진 운문으로 수수께끼를 지어내는 것은 차원이 다른 것 같아요."

에마는 마틴 씨의 편지에 대해 해리엇이 이보다 더 확실한 거절의 뜻을 표현하는 것은 불가능할 거라는 생각이 들었다.

"이건 너무나 아름다운 시구예요!"

해리엇은 말을 이었다.

"특히 마지막 두 행이요! 하지만 이 종이를 돌려주면서 답을 알아냈다는 얘기를 어떻게 하죠? 오! 우드하우스 양, 어떻게 해야 할까요?"

"내게 맡겨. 넌 아무것도 안 해도 돼. 엘턴 씨는 분명히 오늘 저녁 들를 테니까 내가 그때 돌려드리도록 할게. 이런저런 말이 우리 사이에 오가는 동안 넌 끼어들지 마. 너의 부드러운 눈이 빛을 발할 순간은 따로 있을 테니까. 날 그냥 믿으렴."

"오! 우드하우스 양, 이렇게 아름다운 시로 쓴 수수께끼를 제 모음집에 옮겨 적을 수 없다니 너무 안타까워요. 이것의 반만큼이라도 훌륭한 것은 지금껏 없었는데 말이에요."

"마지막 두 줄만 빼놓는다면 네 모음집에 적지 못할 이유도 없지."

"오! 하지만 그 마지막 두 줄이야말로……."

"물론 가장 아름다운 구절이지. 그렇지만 개인적으로 감상하고 따로 보관하면 되는 거야. 그걸 분리했다고 해서 없어지는 것이 아니잖니. 이 시구 한 쌍의 존재가 사라지는 게 아니고, 의미가 변하는 것도 아니야. 그 두 줄만 빼고 나면, 모든 암시는 사라지고 아름다운 내용의 글만 남아 어떤 모음집에 집어넣더라도 아무 문제가 없게 되는 거지. 내 말 믿어. 엘턴 씨는 그의 애정은 물론이고 자기 시가 가볍게 취급되는 걸 좋아하지 않을 거야. 사랑에 빠진 시인을 대할 때는 그의 감정과 시, 이 둘을 함께 받아들이거나 함께 거절해야 하는 법이야. 자, 내가 옮겨 적을 테니 그 책을 이리 줘. 그럼 아무도 이 시가 너와 관련되었다고 생각하지 않을 거야.”

해리엇은 에마의 말에 순순히 따랐지만, 그녀의 마음속에서는 여전히 그 두 구절을 떼어내는 것이 불가능하여 행여 에마가 사랑 고백까지 옮겨 적는 것이 아닌가 하는 불안한 기분이 들었다. 아무리 일부라 해도 남에게 내보이기엔 너무나도 소중한 선물로 느껴졌기 때문이다.

“이 책을 손에서 내려놓으면 안 되겠어요.”

해리엇은 말했다.

“그러렴.”

에마가 답했다.

“그건 지극히 자연스러운 감정이고, 그런 감정이 오래 지속될수록 나도 더 기쁠 거야. 저기 우리 아버지가 오시는데 이 시를 읽어드려도 괜찮겠지? 이걸 들으면 매우 기뻐하실 거야. 아버지는 이런 걸 너무 좋아하시잖아. 특히 여성을 찬미하는 시 말이야. 아버지는 여자에게 특별히 부드럽고 신사다운 마음을 지닌 분이야. 이걸 읽어드리도록 허락해줘.”

해리엇은 뭔가 심각해 보였다.

“해리엇, 이런 시에 너무 신경을 많이 쓰거나 성급하게 군다든가, 지나치게 의미 부여를 하거나 모든 의미를 다 쏟아넣으려 하면, 네 감정이 적절치 못하게 드러나버리는 수가 있어. 이런 정도의 사소한 찬사에 너무 좋아할 필요는 없어. 엘턴 씨가 이 일을 비밀로 하길 원했다면, 내가 옆에 있는데 종이를 그대로 두고 가지는 않았을 거야. 그분은 너보다는 오히려 내 쪽으로 종이를 밀어놓았어. 이런 일로 너무 심각해지지는 말자. 이 시를 놓고 우리가 이렇게 힘 빼지 않더라도, 엘턴 씨는 일을 추진해갈 거야."

"아니에요. 저도 너무 대단하게 생각하고 싶지는 않아요. 언니 생각대로 해요."

이때 우드하우스 씨가 들어서면서 언제나 그렇듯

"자, 우리 숙녀들, 책은 어떻게 돼가고 있나? 뭔가 새로운 걸 찾았나?"

하고 물었기에 자연스레 시 이야기가 나오게 되었다.

"네, 아버지. 여기 아버지한테 읽어드릴 게 하나 있어요. 아주 새로운 시랍니다. 오늘 아침 테이블 위에서 밤사이 요정이 놓고 간 것 같은 종이 한 장을 발견했는데, 아주 멋진 시가 적혀 있더라고요. 방금 모음집에 옮겨 적으려던 참이었어요."

우드하우스 씨가 좋아하는 방식대로 에마는 시를 천천히 그리고 또박또박 낭송했다. 두세 번 반복하면서 구절마다 설명을 덧붙이는 걸 들으며 우드하우스 씨는 무척 즐거워했고, 에마의 예상대로 여성을 찬미하는 마지막 구절에서 특히 눈에 띄게 감동하는 모습이었다.

"아, 정말, 참으로 적절한 표현이구나. '여성, 사랑스러운 여성'이라니, 맞는 말이야, 그렇고 말고. 얘야, 네 말대로 이렇게 멋진 시를 가져다 놓았을 요정이 누구인지 나는 바로 알겠는걸. 에마, 너 말고 이렇게 근사한 시를 쓸 수 있는 사람은 아마 없을 게야."

에마는 말없이 미소를 머금었다. 잠시 생각에 잠겨 작게 한숨을 내쉰 우드하우스 씨는 입을 열었다.

"에마, 네가 누굴 닮았는지 누가 봐도 알 수 있을 게다. 네 어머니는 이런 일에 아주 재능이 뛰어났지. 내가 네 어머니만큼 기억력이 좋았다면 얼마나 좋았겠느냐마는, 지금은 기억나는 게 전혀 없구나. 내가 요전에 말했던 그 수수께끼가 그 뒤로도 계속 이어지는데, 첫 네 행밖에는 기억이 안 난다.

　　키티, 아름답지만 얼음장 같은 여자
　　아직 살아나지 않고 있는 불을 붙였다네

도움을 청하기 위해 부른, 모자로 눈 가린 소년이
　가까이 올수록 두려워지네
　내게 치명적 해를 입혔던 그이기에

　그게 내가 기억할 수 있는 전부인데, 전체적으로 보면 아주 기발한 시란다. 하지만 이미 책에 적었다고 했었지."
　"네, 아버지, 《우아한 명문 모음집》에서 보고 두 번째 페이지에 베껴놓았어요. 아시겠지만, 게릭의 시예요."
　"그래, 그렇고 말고. 좀 더 기억해낼 수 있다면 좋으련만.

　　키티, 아름답지만 얼음장 같은 여자

　이 이름을 들으면, 가엾은 이사벨라 생각이 난단다. 할머니 이름을 따서 세례명을 캐서린으로 지으려 했거든. 그 아이가 다음 주에 오면 좋겠는데 말이다. 얘야, 언니와 아이들한테 어떤 방을 쓰게 할지 생각해봤니?"
　"오! 그럼요. 물론 언니는 방을 혼자 써야죠, 항상 언니가 쓰던 방 말예요. 아이들은 언제나처럼 아이 방에 재우고요. 바꿀 필요가 전혀 없잖아요?"
　"글쎄다, 네 언니가 여기에 왔다 간 지 너무 오래돼서 말이야. 지난 부활절 이후로 못 봤잖니. 그것도 겨우 며칠 묵은 게 전부였지. 존이 변호사인 게 여간 불편한 게 아니야. 가엾은 이사벨라. 우리 모두에게서 이렇게 멀리 떨어져 지내야하다니! 게다가 이제는 여기 와도 테일러 양을 못 보게 됐으니 얼마나 마음이 아프겠니."
　"그렇게까지 놀라지는 않을 거예요, 아버지."
　"모르겠다, 얘야. 테일러 양에게서 결혼할 거라는 얘기를 처음 들었을 때, 난 얼마나 놀랐는지 모른다."
　"이사벨라 언니가 와 있는 동안에는 웨스턴 씨 내외도 저녁 식사에 초대해야겠어요."

"그러자꾸나, 시간이 허락한다면 말이다. 하지만 (아주 침통한 어조로) 이사벨라는 겨우 한 주 머물잖니. 뭘 하기에는 턱없이 부족한 시간이지."

"더 오래 머물 수 없다니 안타깝지만, 존 형부가 28일에는 다시 런던에 돌아가 일을 시작해야 한다니 어쩔 수 없는 것 같더라고요. 그래도 2, 3일 동안 던 웰 애비에 가 있지 않고 여기 있는 동안에는 내내 우리 집에서 지내게 되었다는 사실에 감사해야죠. 나이틀리 씨는 언니네 가족을 만난 게 우리보다 훨씬 오래됐는데도, 이번 크리스마스를 우리를 위해 기꺼이 양보했잖아요."

"얘야, 가엾은 이사벨라가 하트필드 말고 다른 곳에서 지내게 된다면 정말 견디기 힘들어 할 게다."

우드하우스 씨는 나이틀리 씨가 그의 동생을 보고 싶어한다거나, 우드하우스 씨 외에 다른 누가 이사벨라에 대해 우선 순위를 주장할 수 있다는 걸 좀처럼 받아들이지 못했다. 잠시 생각에 잠겨 있던 우드하우스 씨는 입을 열었다.

"남편이 돌아간다고 해서 왜 가엾은 이사벨라까지 그렇게 빨리 돌아가야 하는지 난 도무지 이해가 안 되는구나. 얘, 에마, 이사벨라를 설득해서 우리와 좀 더 오래 머무르게 해야겠다. 이사벨라와 아이들은 여기서도 잘 지내잖니."

"아버지, 지금까지 한 번도 그렇게 된 적이 없잖아요. 앞으로도 그럴 일은 없을 거라 생각해요. 언니는 남편과 떨어지는 걸 견디지 못하는 것 같아요."

그건 반박할 수 없는 정확한 지적이었다. 듣기 좋은 소리는 아니었지만, 우드하우스 씨는 에마의 말을 인정하는 듯 한숨을 내쉬고는 잠자코 있었다. 형부에 대한 언니의 애착을 떠올리며 아버지가 우울해 하는 걸 보고 에마는 서둘러 다른 이야기를 꺼냈다.

"언니 가족이 여기 와 있는 동안 해리엇도 가능하면 많은 시간을 함께하면 좋겠어요. 해리엇은 분명 아이들을 좋아할 거예요. 제 조카지만 아주 훌륭한 아이들이죠. 그렇지 않아요, 아버지? 해리엇은 누굴 더 잘생겼다고 할지 궁금해요. 헨리일까요, 존일까요?"

"그래, 나도 궁금하구나. 가엾은 것들. 여기 오게 되어 얼마나 기쁠까. 해리엇, 그 아이들은 하트필드에서 지내는 걸 몹시 좋아한다네."

"저도 그럴 거라고 생각해요. 하트필드에서 지내는 걸 좋아하지 않을 사람이 누가 있겠어요?"

"헨리는 훌륭한 아이지, 그런데 존은 엄마를 꼭 빼닮았어. 헨리가 첫째인데 내 이름을 따서 지었고 둘째 존은 그 애 아버지 이름을 따서 지었지. 그것에 대해 어떤 사람들은 이상하게 여기지만, 나는 이사벨라가 아주 잘한 일이라고 생각한단다. 게다가 헨리는 아주 똑똑한 아이야. 사실 둘 다 아주 똑똑하고 행동거지가 아주 사랑스럽지. 내게 달려와서는 '할아버지, 끈 좀 주세요.' 이렇게 조르기도 하고, 지난번에는 헨리가 칼을 달라고 했지만 칼은 할아버지들만 쓰는 거라고 말해줬지. 내 생각에는 애들 아버지가 가끔 애들을 너무 거칠게 데리고 노는 것 같더구나."

"아버지가 워낙 부드러우니까 형부가 거칠다고 느껴지는 거예요."

에마는 말했다.

"하지만 다른 아버지들과 비교해보면 그런 생각이 안 드실걸요. 형부는 아이들이 활동적이고 굳건하게 자라기를 바라기 때문에 잘못 행동하면 간혹 호되게 꾸짖기도 해요. 그래도 누구보다 자상한 아빠예요. 존 형부는 두말할 나위 없이 다정한 아빠예요. 아이들도 아빠를 얼마나 잘 따르는데요."

"그러고 나면 삼촌이 나타나서는 애들을 무섭게 천정으로 던지면서 놀잖니!"

"하지만 아이들이 까무러칠 정도로 좋아하는걸요, 아버지. 어떤 놀이보다도 더 좋아한다고요. 한 번씩 돌아가면서 해야 한다고 규칙을 정해주지 않으면 삼촌 품에서 절대로 내려오려 하지 않을 정도예요."

"글쎄다, 난 도무지 이해가 안 되는구나."

"그건 우리 인간들 모두가 겪는 문제죠, 아버지. 세상 사람들의 반은 나머지 반이 느끼는 기쁨을 좀처럼 이해하지 못하기 마련이니까요."

오전 느지막한 시간 에마와 해리엇이 여느 때처럼 네 시에 있을 저녁 식사 때 다시 만나기로 하고 잠시 따로 시간을 보내려던 참에, 그 독창적인 수수께끼 시를 쓴 주인공이 걸어 들어왔다. 해리엇은 황급히 고개를 돌렸으나, 에마는 여느 때 같은 미소로 엘턴 씨를 맞이하면서 그가 스스로 주사위를 던지는 위험을 감수했다는 사실을 꽤 의식하고 있다는 걸 알아차렸다. 그리고 그가 아마 그 결과를 보기 위해 들른 거라고 생각했다. 하지만 엘턴 씨는 표면적으로는 이따가 저녁에 있을 우드하우스 씨 댁 파티에 자기가 불참해도 괜찮은지, 아니면 자기가 조금이라도 필요한지 묻기 위해 들렀다고 얼버무렸다. 친구인 콜이 함께 저녁 식사를 하자고 몇 번이나 청하는 바람에 상황을 봐서 가겠노라고 약속한 상황이지만, 만약 하트필드에서 자기를 필요로 한다면 모든 걸 미룰 작정이라고 했다.

이에 대한 답으로 에마는 아버지는 실망하겠지만 자신들 때문에 친구분을 실망시킬 수는 없다는 뜻을 전하면서, 엘턴 씨에게 감사 인사를 했다. 엘턴 씨는 재차 괜찮겠냐고 물어왔고, 에마는 다시금 그를 안심시켰다. 그리고 에마는 테이블에서 종이를 집어 인사를 하고 떠나려는 엘턴 씨에게 돌려주었다.

"아, 당신이 친절하게도 저희에게 보라고 두고 가신 시예요. 감사히 잘 보았어요. 실은 우리 둘 다 너무 큰 감동을 받아 제가 스미스 양의 모음집에 이 시를 적어넣었답니다. 친구분이 마음 상하지 않으셨으면 좋겠어요. 물론 처음 여덟 줄까지만 적었어요."

엘턴 씨는 확실히 뭐라 말해야 할지 모르는 눈치였다. 그는 뭔가 미심쩍은 듯 혼란스러운 듯한 얼굴로 '영광'이라는 단어가 들어간 무슨 말을 하면서 처음에는 에마를, 그다음에는 해리엇을 쳐다보았다. 그러고는 해리엇의 모음집이 테이블 위에 펼쳐져 있는 걸 보고는 집어 들더니 매우 주의 깊게 살펴보았다. 그러자 어색한 분위기를 무마하기 위해 에마가 미소를 지으며 말을 건넸다.

"친구분에게 저 대신 사과의 말씀을 전해주세요. 하지만 이렇게 훌륭한 시를 한두 명만 보게 할 수는 없었어요. 친구분도 이렇게 근사한 시에 여성들이 하나같이 찬사를 보낼 거라 생각하고 안심하셔도 될 거예요."

"물론 그렇게 전달하겠습니다."

몹시 머뭇거리면서 엘턴 씨가 말을 이었다.

"곧바로 그렇게 얘기해주겠습니다. 적어도 제 친구가 지금 **저와** 같은 기분이라면 조금의 의심도 없이 말씀드리건대, 자기가 쓴 보잘것없는 시문(詩文)이 이렇게 명예롭게 다뤄지는 걸 지금 저처럼 보았다면, (모음집을 다시 바라본 후 테이블 위에 올려놓으며) 그 친구는 아마 지금이 자기 인생에서 가장 자랑스러운 순간이라고 생각할 겁니다."

이 말을 남긴 후 엘턴 씨는 몸을 휙 돌리더니 금세 사라졌다. 에마는 그가 떠난 게 내심 반가웠다. 왜냐하면 엘턴 씨가 비록 선하고 훌륭한 분이긴 하지만, 그가 말할 때 보이는 다소 과시적인 태도에는 에마에게 웃음이 터지게 하는 그 무언가가 있었다. 그녀는 달콤하고 숭고한 행복은 해리엇의 몫으로 남겨둔 채 황급히 자리를 피해 남몰래 마음껏 웃음을 터뜨렸다.

10

벌써 12월 중순이었지만, 규칙적 운동을 위한 어린 숙녀들의 외출을 막을 정도의 혹한은 아직 찾아오지 않았다. 그날 아침 에마는 하이버리에서 약간 떨어진 곳에 사는 병들고 가난한 가족을 위로하기 위해 방문했다.

이 외딴 오두막은 구불구불하긴 하지만 꽤 넓은 그 동네의 중심 거리에서 직각으로 뻗은, 목사관 길을 따라가서 있었다. 목사관 길이라는 명칭에서 미루어 짐작할 수 있듯이 길에는 바로 엘턴 씨의 축복받은 집이 자리하고 있었다. 목사관 길에 들어서서 초라한 집 서너 채를 지나 500미터쯤 걸어가자, 길 가까이에 바짝 붙어 세워진 낡고 외관이 화려하지 않은 집이 보였다. 원래 상태는 더 볼품없었겠지만 지금의 집주인이 상당히 말쑥하게 다듬어놓은 것 같았고, 그렇기 때문에 두 친구는 더욱 발걸음을 늦추고 찬찬히 관찰하지 않을 수 없었다. 에마가 먼저 말했다.

"저기네. 너와 네 수수께끼 모음집이 조만간 가게 될 곳이지."

해리엇은 감탄사를 계속 쏟아냈다.

"아, 정말 사랑스러운 집이네요! 정말 아름다워요! 저기 내시 양이 감탄해 마지않았던 노란색 커튼도 있네요."

에마는 걸음을 옮기며 말했다.

"이 길로는 원래 잘 다니지 않지만 이제 곧 자주 찾아올 이유가 생기겠구나. 그럼 하이버리 이쪽 동네의 울타리와 문, 연못과 숲에도 차츰 친숙해지겠지."

해리엇은 평생 한 번도 교구 목사관을 방문한 적이 없다면서 평범한 집의 외관이나 상황에 상관없이 간절히 실내를 보고 싶어했다. 에마는 이것이야말로 엘턴 씨가 해리엇에게서 민첩한 기지를 발견한 것과 마찬가지인 사랑의 증거라고밖에 생각할 수 없었다.

"뭔가 생각이 나면 좋겠지만, 안으로 들어갈 적당한 구실이 떠오르지 않네. 주인에 대해 뭔가 물어볼 하인도 없고, 우리 아버지가 뭘 전하라고 하신 것도 아니니."

에마는 이마를 찌푸리며 생각했지만, 아무것도 생각나지 않았다. 잠시 침묵이 흐른 뒤 해리엇이 갑자기 입을 열었다.

"우드하우스 양, 저는 언니가 어째서 아직 결혼을 안 했고, 또 할 생각이 없는지 궁금하다는 생각이 들었어요. 이렇게나 매력적인데 말이에요!"

에마는 웃음을 터뜨렸다.

"해리엇, 내가 매력적인 것만으로는 결혼하기에 충분치 않아. 내가 매력적으로 느끼는 상대를 적어도 한 명은 찾아야지. 사실 말이지, 난 지금 당장 결혼을 안 하는 것뿐 아니라, 앞으로도 결혼할 생각이 거의 없단다."

"언니는 그렇게 말을 하지만, 전 도저히 믿을 수 없어요."

"내가 누군가에게 끌리려면, 그 사람은 내가 지금까지 보아온 어느 누구보다 월등히 뛰어나야만 해. 엘턴 씨는 너도 알다시피 생각해 볼 대상이 아니야. 난 그런 사람을 만나고 싶은 생각이 전혀 없어. 난 차라리 누구에게도 끌리지 않았으면 싶어. 지금 지내는 것보다 상황이 더 좋아질 수 있을 것 같지 않거든. 혹시라도 결혼을 하게 된다면 후회할 게 분명해."

"어머나! 여자가 그런 식으로 말하는 걸 들으니 정말 이상해요."

"나는 보통 여자들처럼 결혼하고 싶어하는 마음이 도무지 들지 않아. 물론 내가 누군가를 사랑하게 된다면 얘기가 달라지겠지. 하지만 난 한 번도 사랑에 빠져본 적이 없어. 아무래도 내 방식이나 성격과는 안 맞지 싶어. 앞으로도 그럴 일이 있을 것 같지 않고. 사랑도 없이 지금 내가 누리는 생활을 바꾸는 건 바보나 하는 짓이지. 부족함 없는 재산에, 남부럽지 않은 지위, 끊이지 않는 소일거리까지 다 있는걸. 게다가 결혼한 여자들이 내가 지금 하트필드에서 누리는 반만큼이라도 남편 집에서 여주인 행세를 하며 살기는 쉽지 않을 거야. 그리고 난 지금보다 더 사랑받고 존중받으며 살 수는 없을 거라고 생각해. 우리 아버지 눈에는 내가 언제나 우선이고 항상 옳다고 비춰지잖아."

"그러나 결국에는 노처녀가 되는 거잖아요, 베이츠 양처럼요!"

"그거 꽤나 무시무시한 얘기로구나, 해리엇. 하지만 베이츠 양처럼 될지도 모른다는 생각을 단 한 번이라도 내가 했다면, 그러니까 내 말은 그렇게 실없고 좋은 게 좋은 거라는 듯이 노상 웃기만 하고 무미건조하고 평범한 데다 둥글둥글하기만 하고, 보는 사람마다 붙잡고 이야기하기 좋아하는 그런 여자 말이야. 그런 여자가 될 거라면 난 내일이라도 당장 결혼하겠어. 하지만 우리끼리 얘긴데, 결혼하지 않았다는 걸 제외하면 나는 베이츠 양과 닮은 부분이 전혀 없어."

"그래도 나이가 들면 어쩔 수 없이 노처녀가 되는 거잖아요. 그건 너무 끔찍해요."

"걱정 마, 해리엇. 가엾은 노처녀가 되지는 않을 테니. 사람들이 독신인 사람들을 불쌍하게 보는 건 가난 때문이야. 이렇다 할 돈벌이 없이 혼자 지내는 여자는 우스꽝스럽고 불쌍한 노처녀로 어린아이들의 놀림감이 되기 딱 좋은 대상이지. 하지만 형편이 넉넉한 독신녀는 사람들이 절대 우습게 보지 못하고, 누구 못지않게 지각 있고 유쾌하게 살 수 있어. 게다가 그 차이는 언뜻 생각하는 것만큼 세상에서 알고 있는 것과 그리 크게 다르지 않아. 돈에 쪼들리면서 살다 보면 마음이 편협해지고 성격까지 무뚝뚝해지는 경향이 있지. 근근이 살아가는 사람들, 그러니까 대체로 열등한 사회에 속한 사람들은 저속하고 비뚤어진 성격이 되기 쉽다고. 하지만 이건 베이츠 양에게는 해당되지 않는 얘기이긴 해. 그녀는 너무 선량하기만 하고 어수룩해서 나와는 전혀 맞지 않지만, 가난한 독신녀인데도 다들 그녀를 좋아하지. 확실히 베이츠 양은 가난한데도 불구하고 마음이 좁지 않아. 그녀 수중에 1실링밖에 없고, 또 거기서 6펜스를 누군가에게 줘버렸다고 해도 아무도 그녀가 찾아오는 걸 싫어하지 않을 거야. 그건 대단한 매력이지."

"세상에나! 하지만 언니는 어쩔 셈이에요? 나이 들어 무슨 일을 하며 지내려고요?"

"해리엇, 내가 생각하기에 난 말야, 활동적이고 부지런한 데다 풍부한 재능을 가진 사람이야. 그리고 마흔, 쉰이 되었다고 해서 스물한 살 때보다 할 일이 없을 거라고는 생각하지 않아. 여자로서 타고난 손과 머리를 사용할 기회가 지금과 같거나 별 차이 없이 내게 활짝 열려 있을 거고. 그림을 좀 덜 그린다면 책을 더 읽을 테고, 음악을 그만둔다면 카펫을 만들겠지. 관심과 애정을 기울일 대상이 없을 거라는 점에 대해선, 사실 이 부분이야말로 독신 생활의 큰 단점인데, 독신에서 피해야 할 최대의 난제라고 할 수 있어. 하지만 내게는 사랑하고 돌봐야 하는 조카들이 있으니 잘 지낼 수 있을 거야. 이 아이들이면 차츰 저물어가는 인생에 필요한 모든 종류의 기쁨을 맛보기에 충분해. 희망도 걱정도 충분히 느낄 테고, 그 누구에게도 묶이지 않았다는 점에서 부모와 비교할 바는 아니지만, 눈을 가린 따뜻함보다는 이런 편안함이 나한테는 더 잘 맞아. 게다가 내 조카들이 날 보러 자주 올 거고!"

"혹시 베이츠 양의 조카를 알아요? 물론 보기야 많이 봤겠지만, 알고 지내는 사이인가 해서요."

"오! 그럼. 그녀가 하이버리에 올 때마다 서로 인사를 나누라고 다들 성화인걸. 그런데 말이야, 조카 얘기로 다른 사람을 질리게 하는 건 이제 그만들 좀 했으면 좋겠어. 아니, 내가 우리 조카들 모두에 관해 하는 이야기를 다 합쳐도 제인 페어팩스에 대한 얘기의 반도 못 따라갈걸. 제인 페어팩스라는 이름만 들어도 이제는 신물이 난다니까. 제인 페어팩스에게서 오는 편지란 편지는 매번 40번쯤은 낭송되고, 또 자랑은 얼마나 끝도 없이 되풀이되는지! 이모한테 스토마커²)를 보내거나 할머니를 위해 양말대님이라도 짜주면, 그 이야기를 한 달 내내 듣고 있어야 하잖아. 제인 페어팩스에게 나쁜 감정은 없지만 지겨워 죽을 지경이라고."

그러는 사이 오두막집에 거의 도착했고, 이런저런 잡담은 중단되었다. 에마는 워낙 동정심 많은 성격이었고, 불쌍한 이들 가족은 에마의 지갑뿐 아니라 그녀가 보인 관심과 친절, 조언과 인내를 통해 많은 고통을 덜고 위안을 받았다.

에마는 그들의 사고방식을 이해했고, 그들의 무지와 어려움을 받아들일 수 있었으며, 제대로 교육받지 못한 이 사람들에게서 선한 무언가를 발견할 수 있을 거라는 낭만적 기대는 전혀 품지 않은 채, 동정심을 갖고 그들의 문제에 두 팔을 걷어붙이고 선의는 물론 지적인 면으로도 그들을 도왔다. 지금 방문한 집에는 병과 가난이 한데 얽혀 있었고, 가능한 모든 위로나 충고를 전달하고 집을 나서는 그녀의 가슴속에는 그 집에서 느낀 인상이 강렬하게 남아 있었다. 그 집에서 멀어지면서 에마는 해리엇에게 말했다.

"해리엇, 이런 게 바로 우리에게는 유익한 경험이야. 다른 문제들이 얼마나 사소하게 느껴지는지, 이제 오늘 남은 시간 동안에는 그 가엾은 가족 생각밖에 안 날 것 같아. 하지만 이 모든 게 내 마음속에서 얼마나 빨리 사라질지 누가 알 수 있겠어?"

"정말 그래요."

해리엇이 말했다.

"가엾은 사람들 때문에 저도 다른 건 생각할 수 없을 것 같아요."

"정말이지 이런 기분은 쉽게 사라지지 않을 것 같아."

에마는 낮은 울타리를 넘어가며 말하고는 오두막집 정원을 따라 난 미끄러운 좁은 길을 비틀거리는 발걸음으로 조심스레 내려가 큰길로 다시 들어섰다.

"기억에서 쉽게 사라지지 않을 거야."

---

2) 16~18세기에 사용되던, 드레스 가슴 부위에 다는 역삼각형 장식.

에마는 걸음을 멈추고 쓰러질 것 같은 오두막집을 다시 한번 돌아보며, 그 안의 비참한 광경을 다시금 떠올렸다.

"그러게요, 정말 불쌍해요."

해리엇이 말했다.

그들은 말없이 걸었다. 큰길이 약간 구부러지는 지점을 막 지났을 때, 저만치에서 갑자기 엘턴 씨의 모습이 나타났다. 그가 너무 가까운 거리에 서 있었기 때문에, 에마는 겨우 이 말만 할 수 있었다.

"아! 해리엇, 선한 생각에만 잠겨 있으려는 우리를 급작스럽게 시험에 들게 할 기회가 다가오는구나. 뭐, (미소지으며) 우리의 봉사가 고통당하는 분들에게 도움과 위안을 드렸다면 정말 중요한 일은 이미 다 끝났다고 할 수 있지 않을까. 긍휼히 여기는 마음으로 그 가족을 대했다면, 우리가 그들을 위해 할 수 있는 건 다 했다고 봐. 나머지는 공허한 동정이고, 다만 우리 기분을 우울하게 만들 뿐이지."

엘턴 씨가 가까이 다가서기 전에, 해리엇은 "오, 그럼요, 그렇고말고요."라는 말만 간신히 할 수 있었다. 하지만 바로 그 불쌍한 가족이 처한 고통과 필요가 그들 사이에 오간 대화의 첫 번째 주제였다. 엘턴 씨도 마침 그 집에 가는 길이었다면서 그 방문은 잠깐 미룬 채 불쌍한 가족을 어떻게 도울 수 있는지에 대해 서로 흥미로운 토론을 벌였다. 그러더니 엘턴 씨는 어느새 방향을 바꿔 그들과 함께 걷기 시작했다.

'이런 일을 하다가 서로 마주치다니.'

에마는 잠시 흐뭇한 생각에 잠겼다.

'이렇게 의미 있는 일을 하는 걸 서로 보게 되었으니 분명 서로에 대한 사랑을 부채질하는 계기가 될 거야. 이 일로 해서 본격적인 청혼이 이루어질 수도 있겠는걸. 나만 아니라면 여기서 바로 이루어질 수도 있었는데, 아, 내가 여기 말고 다른 곳에 있었어야 하는 건데!'

에마는 두 사람에게서 가능한 한 멀리 떨어져 걷기 위해, 그들을 큰길에 남겨두고 길 한쪽 옆에 약간 솟아 있는 좁은 길 쪽으로 비켜서서 따로 걷기 시작했다. 하지만 고작 2분도 안 되어 해리엇이 평소처럼 의존과 모방의 습관을 발휘해, 그 좁은 길에 자기도 올라서는 것이었다. 그러자 곧이어 셋이 모두 그 길을 따라 걷는 상황이 되었다. 이래서는 안 될 일이었다. 에마는 즉시 걸음을 멈추고는 몸을 숙여 구두끈을 열심히 고쳐 묶는 척하면서 그 길을 막고, 나머지 둘에게 금방 따라갈 테니 상관하지 말고 계속 가라고 말했다. 두 사람은 에마의 말에 따라 걸음을 옮겼고, 어느 정도 끈을 다 묶을 만한 시간이 흘렀다고 판단되자 에마는 자리에서 일어나 이제 원하는 만큼 더 멀리 뒤처져서 갈 수 있게 되었다. 그때 좀 전에 하트필드에 와서 수프를 얻어가라고 시켰던 그 오두막집의 어린 딸이 자기 쪽으로 걸어오는 걸 보게 되어 그 아이와 함께 걷게 되었다. 아이와 나란히 걸으면서 이야기를 나누고 질문을 던지는 건 이 상황에서 지극히 자연스러워 보였고, 에마에게 다른 꿍꿍이만 없었다면 실제로도 매우 자연스러운 일이었을 것이다. 덕분에 나머지 두 명은 에마를 기다릴 필요 없이 계속 앞서서 걸을 수 있을 것이었다. 그러나 아이의 걸음이 너무 빠른 반면, 해리엇과 엘턴 씨가 느릿느릿 걷는 바람에 얼마 못 가서 에마는 별수 없이 그들을 따라잡아 버렸다.

하지만 에마는 둘이 뭔가 흥미로운 대화에 열중해 있는 것 같아 신경이 쓰였다. 엘턴 씨는 신이 나서 이야기하고 있었고, 해리엇은 매우 즐거운 표정으로 주의 깊게 듣고 있었다. 아이를 앞서 보낸 에마가 다시 슬금슬금 뒤로 빠지려는데, 해리엇과 엘턴 씨가 동시에 주위를 휘둘러보며 그녀를 찾는 바람에 에마는 다시 그들과 나란히 걷게 되었다.

엘턴 씨는 몇 가지 재미난 사소한 일들을 들려주고 있었는데, 에마는 그가 아름다운 동행자에게 어제 자기 친구 콜의 집에서 있었던 모임 이야기를 하고 있다는 걸 알고는 약간의 실망감을 느꼈다. 에마가 합류했을 때, 그는 한창 스틸턴 치즈라든지 북 윌트셔 지역, 그리고 버터, 셀러리, 비트와 각종 디저트 이야기를 늘어놓고 있었다.

'분명 좀 더 중요한 이야기를 꺼내려던 참이었을 거야.'

에마는 이렇게 스스로를 위로했다.

'사랑하는 두 사람에 관련된 이야기, 서로의 마음을 좀 더 털어놓을 수 있는 이야기 말이야. 아, 내가 좀 더 떨어져 있기만 했었던들!'

한참을 조용히 걷던 에마는 저만치 교구 목사관이 보이자, 갑자기 최소한 해리엇에게 목사관 내부를 구경시켜줘야겠다는 결심이 섰고, 구두에 또 뭔가 문제가 생겼다는 구실을 대며 다시금 뒤로 처졌다. 홀로 남은 에마는 신발에서 끈을 재빨리 잡아 빼서는 도랑으로 휙 던졌다. 곧이어 에마는 둘에게 잠시 멈춰달라고 외치고는 이 신발을 신고는 집까지 걸어가기가 아무래도 힘들 것 같다면서 양해를 구했다.

"글쎄, 구두끈 하나가 없어졌지 뭐예요."

에마는 설명했다.

"어떻게 해야 할지 모르겠어요. 두 분에게 폐를 끼쳐 너무 죄송하지만, 이런 일이 벌어질 줄은 정말 몰랐답니다. 엘턴 씨, 혹시 댁에 잠깐 들러서 가는 리본이나 끈이라도 조금 얻을 수 있을까요. 구두를 조여 맬 수 있는 거라면 뭐든 좋을 것 같아요."

엘턴 씨는 이 제안을 듣고는 매우 행복한 표정이 되었다. 그리고 그는 두 숙녀를 자기 집으로 맞아들이면서 필요한 모든 편의를 제공하려는 놀라운 열의와 민첩함을 보였다. 그녀들이 안내받은 방은 엘턴 씨가 주로 지내는 곳이었다. 그 뒤에는 바로 통하는 방이 또 하나 있었고, 두 방 사이의 문은 열려 있었다. 에마는 언제라도 도울 준비를 갖추고 있는 가정부의 안내로 그 방에 들어섰다. 에마는 방문을 열어놓은 채로 뒀지만, 엘턴 씨가 곧 알아서 닫을 거라고 생각했다. 하지만 문은 닫히지 않았고 계속 열려 있었다. 그래서 에마는 가정부에게 끊임없이 이야기를 시켜, 엘턴 씨가 옆방에서 원하는 이야기를 꺼내기 편하도록 배려했다. 그러나 10분이 지나도록 옆방에서는 아무 소리도 들려오지 않았다. 더 이상 지체할 수 없는 상황이었다. 에마는 이제 신발을 수습하고, 마지못해 방 안으로 들어서야 했다.

두 연인은 창가에 나란히 서 있었다. 그 아름다운 광경에 에마는 아주 잠깐 동안 성공적으로 계획을 수행했다는 환희를 느꼈다. 하지만 아직은 아니었다. 엘턴 씨는 아직 중요한 이야기를 꺼내지 않고 있었다. 그는 아주 정중하고 친절한 태도로 해리엇에게 두 숙녀가 지나가는 걸 보고 의도적으로 그들을 좇아왔노라고 털어놓았다. 그 외에도 이런저런 암시와 은유를 남겼지만 심각한 이야기는 끝까지 꺼내지 않았다.

'신중하군, 매우 신중해.'

에마는 생각했다.

'엘턴 씨는 아주 조금씩 나아가면서 자기 확신이 서기 전까지는 아무런 위험도 감수하지 않을 셈이야.'

에마는 자기가 세운 정교한 계획이 아직 모든 결실을 맺은 건 아니지만, 오늘 일이 두 사람에게 좋은 계기가 되었을 것이고 분명 앞으로는 더 중요한 사건으로 이어질 거라고 스스로를 위안했다.

11

이제부터는 엘턴 씨가 자기 일을 알아서 처리하도록 내버려둬야 하는 상황이 되었다. 에마는 더 이상 엘턴 씨의 행복을 앞장서서 관리하거나 행동을 재촉할 수 있는 입장이 아니었다. 처음에는 기대감으로 마냥 고대하고만 있던 이사벨라 언니 가족의 방문이 이제 현실로 임박하면서 에마의 신경은 온통 그쪽에 쏠렸고, 언니네 가족이 하트필드에서 머무는 열흘 동안 에마는 그전처럼 필요할 때마다 두 연인에게 도움을 줄 수가 없는 처지가 되었으며, 또 그럴 생각도 없었다. 두 사람이 마음만 먹으면 관계는 급속히 발전되겠지만, 그전에 서로 그럴 마음이 있는지를 알아봐야 할 노릇이었다. 에마는 둘이 좀 더 서두르길 바리는 마음이었다. 세상에는 남이 알아서 해줄수록 더 나 몰라라 하고 맡겨버리는 사람들이 있기 때문이다.

여느 때보다 오랜만에 서리 지역에 찾아온 존 나이틀리 씨 부부는 그 어느 때보다 매우 흥분해 있었다. 이들 부부는 결혼하고 나서 올해 초까지 긴 휴가 때마다 꼬박꼬박 하트필드와 던웰 애비를 오가며 방문했는데, 이번 가을 휴가에는 물놀이를 할 수 있도록 아이들을 데리고 해변으로 가는 바람에 존 나이틀리 씨 가족과 우드하우스 씨는 서로 여러 달 만에 보는 셈이었다. 우드하우스 씨는 아무리 가엾은 이사벨라를 위해서라고 해도 런던까지 장거리 여행은 절대 나서지 않으려 했기 때문에, 딸 가족의 짧은 이번 방문을 매우 안타까워하면서도 들뜬 마음으로 기다렸다.

우드하우스 씨는 이 여행이 딸에게 너무 힘들 거라고 염려하면서, 그의 명령으로 오는 길 중간까지 딸 일행을 마중 나가게 된 말과 마부가 치르게 될 수고로움에 대해서는 조금도 신경 쓰지 않았다. 그러나 그것은 그의 기우였다. 존 나이틀리 씨 부부와 다섯 자녀, 그리고 여러 명의 보모들은 16마일 거리를 수월하게 여행해 하트필드에 모두 무사히 도착했다. 그들이 도착하면서부터 우드하우스 댁에는 커다란 소란과 기쁨, 시끌벅적한 대화와 인사가 오갔고 여러 사람들과 짐이 각 방으로 흩어지면서 다른 상황이었다면 우드하우스 씨의 예민한 신경이 결코 견디지 못했을, 그리고 이 상황에서도 그다지 오랫동안은 버티지 못할 정도의 큰 소음과 혼란이 일었다. 그러나 하트필드의 방식과 아버지의 기분을 잘 알고 이를 세심히 살피는 나이틀리 부인은, 비록 엄마의 입장에서는 아이들에게 즉시 자유를 주어 먹을 것과 마실 것을 얼마든지 먹고 자고 싶을 때 자고 원하는 대로 마음껏 뛰어놀라고 하고 싶었지만, 아버지가 피곤해 하시지 않도록 각별히 주의를 시켰다.

나이틀리 부인은 아담한 체구에 예쁘고 우아한 여성으로, 부드럽고 조용한 몸가짐에 다정다감하고 유난히 정이 많은 성격이었다. 그녀는 가정적이고 헌신적인 아내였으며 자녀에 대한 사랑이 지극했고, 지금 꾸리고 있는 가정이 아니었다면 더 이상의 사랑이 불가능해 보일 정도로 아버지와 여동생을 깊이 사랑했다. 그녀는 다른 사람에게서 단점을 좀처럼 발견하지 못하는 성격이었다. 그리고 뛰어난 이해력이나 순발력을 갖추지는 않았지만, 아버지의 외모와 기질을 닮아 몸이 약하고 아이들의 건강에 지나치리만큼 신경을 썼으며 여러 자잘한 걱정이 많고 쉽게 놀라는 편이었다. 또 아버지가 페리 씨를 신뢰하는 것처럼, 런던의 자기 집 근처에 있는 윙필드 씨의 말을 철석같이 믿고 따랐다. 이 부녀는 사람들에게 두루 친절한 성격이라든지 오랜 지인에게 특별한 애착을 보인다는 점에 있어서도 서로 비슷했다.

　존 나이틀리 씨는 훤칠한 키에 점잖고 매우 똑똑한 신사로, 직업이나 가정에서 남부러울 게 없는 데다 존경할 만한 성품이었지만, 무뚝뚝한 태도 때문에 사람들이 허물없이 다가서거나 쉽게 어울릴 수 있는 성격은 아니었다. 비난을 살 만큼 자주 이성을 잃거나 화를 내지는 않으니까 성격이 그리 나쁘다고 할 정도는 아니지만, 그렇다고 그런 성격이 그의 장점이라고는 할 수 없다. 다만 순종적인 아내를 두었기 때문에 원래 가지고 있는 단점이 더 크게 드러나지는 않았다. 그것은 부인의 지나치게 상냥한 성격이 그의 날 선 성격에 큰 영향을 주었음이 틀림없다. 존 나이틀리 씨는 부인이 우러러보는 명료하고 민첩한 지성을 부족함 없이 갖췄으나, 가끔 고마움을 모르는 사람처럼 행동하거나 심한 말을 내뱉곤 했다.

　존 나이틀리 씨는 아름다운 처제에게서 그다지 큰 호감을 사지는 못했다. 에마의 날카로운 눈은 그가 가진 단점을 빠짐없이 지켜보고 있었다. 이사벨라 자신은 느끼지 못하는 작은 상처까지 에마는 언니를 대신해서 예민하게 느끼곤 했다. 형부가 에마에게 좀 더 다정다감하게 대했다면 어느 정도까지는 관대하게 넘겼을 수도 있었겠지만, 그는 이유 없는 칭찬은 하지 않기에 언제나 처제를 냉정하게 거리를 두고 대했다. 하지만 아무리 기분 좋은 말을 한다 해도 에마의 눈에 종종 거슬리는 그의 가장 큰 단점, 다시 말해 장인어른에 대한 형부의 인내심 부족까지는 못 본 척할 수 없었다. 사실 그 부분에서 형부는 인내심의 한계를 드러내곤 했다. 그는 우드하우스 씨의 조금은 특이한 성격이라든지 안절부절못하는 습성에 가끔 참지 못하고 이성적으로 반박하거나 날카롭게 비판을 퍼부었다. 그런 일이 자주 있는 것은 아니었는데, 존 나이틀리 씨가 평상시에는 장인어른을 예의 바르게 대하면서 올바르게 처신하려고 노력했기 때문이었다. 하지만 서로 얼굴 붉히는 상황이 벌어지지는 않는다 해도, 그런 상황을 불안한 마음으로 지켜보고 있어야 하는 에마에게는 충분히 빈번한 일로 느껴졌다. 그렇지만 언니네 가족이 방문할 때마다 처음 며칠간은 바람직한 감정만 서로 오갔던 만큼, 이번처럼 일정이 짧다면 가족

간의 온정만 넘치는 가운데 시간이 지날 수도 있었다. 다들 자리를 잡고 앉자 이내 우드하우스 씨는 감상적으로 고개를 저으며 한숨을 내쉬더니, 이사벨라에게 그녀가 마지막으로 다녀간 후 하트필드에 생긴 변화를 떠올리게 했다.

"아, 가엾은 테일러 양, 정말 안된 일이야."

"맞아요, 아버지."

이사벨라는 기다렸다는 듯 동정 어린 목소리로 외쳤다.

"얼마나 보고 싶으시겠어요. 에마도 그렇고, 둘 다 정말 상심이 클 거예요. 저도 아버지와 에마에겐 정말 안타까운 일이라고 생각했어요. 테일러 양 없이 어떻게 지내실지 상상이 안 돼요. 정말 허전하시죠. 하지만 아버지, 테일러 양은 잘 지내고 있겠죠?"

"잘 지내고 있단다, 얘야. 그래야지. 그 집은 테일러 양이 그럭저럭 지낼 만할 거야."

여기서 존 나이틀리 씨는 에마를 향해 랜덜스 댁에 무슨 안 좋은 일이 있는지 조용히 물었다.

"오! 아니에요, 전혀 그렇지 않아요. 지금처럼 웨스턴 부인이 행복해 하는 모습은 본 적이 없는걸요. 아버지는 그저 아쉬운 마음에 저렇게 말씀하시는 거예요."

"그렇다면 두 분에게는 매우 다행이군요."

"그럼 아버지, 요즘 웨스턴 부인을 어느 정도 만나기는 하시는 거예요?"

애처롭게 여기는 이사벨라의 어조가 우드하우스 씨의 마음을 다소 위로해 주었다.

우드하우스 씨는 머뭇거리며 답했다.

"내가 바라는 것만큼 그다지 자주는 아닌 것 같구나, 얘야."

"아니, 아버지! 테일러 양이 결혼한 뒤로 단 하루를 제외하고는 매일같이 서로 만났잖아요. 언니, 우리는 딱 하루를 빼고는 매일 아침 아니면 저녁 시간에 웨스턴 씨나 웨스턴 부인, 대개는 두 사람 다 랜덜스와 여기를 오가면서 만났다고. 물론 그분들이 여기까지 오는 경우가 많았는데, 매번 얼마나 성의를 다하는지 몰라. 웨스턴 씨는 웨스턴 부인만큼이나 친절한 것 같아. 아버지, 그렇게 우울하게 말씀하시면 언니가 오해하잖아요. 우리가 옛날의 테일러 양을 그리워하는 건 어쩔 수 없는 일이지만, 확실히 웨스턴 씨 내외는 우리가 그녀를 곁에 둘 수 없는 상황에 대해 너무 힘들어 하지 않도록 최선을 다하고 있어요."

"그래야 마땅한 일이죠."

존 나이틀리 씨가 말했다.

"처제의 편지를 읽으면서 제가 생각한 대로군요. 웨스턴 부인은 분명 장인어른과 처제를 챙기고 싶어할 테고, 웨스턴 씨는 워낙 사교적이고 어디 매인 사람이 아니니까 상황이 한결 수월하겠네요. 여보, 당신이 염려하는 것처럼 하트필드에 커다란 변화가 생기지는 않을 거라고 내가 몇 번이나 말하지 않았소. 에마의 설명을 들었으니 당신도 이제 안심이 되겠지."

우드하우스 씨가 입을 열었다.

"물론 웨스턴 부인, 가엾은 웨스턴 부인이 우리를 꽤 자주 보러 온다는 걸 부인하진 않겠네. 하지만 이젠 언제나 다시 돌아가야 하는 몸이 되었잖은가."

"만약 돌아가지 않는다면 웨스턴 씨는 어떡하라고요, 아버지. 아버지는 불쌍한 웨스턴 씨 생각은 안 하시나 봐요."

"전 말이죠."

존 나이틀리는 유쾌하게 대꾸했다.

"웨스턴 씨에게 어느 정도 권리가 있다고 생각합니다. 에마 처제와 제가 나서서 불쌍한 남편을 대변해야겠는걸요. 저는 한 사람의 남편이고, 처제는 아직 부인이 안 되었으니 남자 입장에 대해 우리 둘이 동일하게 바라볼 수 있지 않을까요. 이사벨라만 해도 이제 꽤 결혼 생활을 오래 해서 아마 웨스턴 씨 같은 이 땅의 모든 남편들을 가능하면 옆으로 치워놓고 싶어할 겁니다."

"저 말인가요?"

이야기를 일부만 듣고 이해한 이사벨라가 목소리를 높였다.

"당신 지금 제 얘기를 하고 있는 거예요? 분명히 말하지만, 저만큼 결혼에 대해 찬성하는 사람은 없을걸요. 하트필드를 떠나게 되었다는 안타까운 사실만 빼면, 전 테일러 양이 세상에서 가장 운 좋은 여자라고 생각해요. 그리고 웨스턴 씨, 그 훌륭한 웨스턴 씨를 낮춰 보는 문제에 대해서라면, 전 그분이야말로 모든 좋은 것을 누릴 자격이 있다고 생각해요. 그분이 세상에서 가장 훌륭한 인격을 갖춘 신사라고 믿으니까요. 당신과 당신 형님을 빼면 웨스턴 씨만큼 훌륭한 분을 못 봤거든요. 웨스턴 씨가 지난 부활절, 바람이 아주 심하게 불던 날 우리 헨리를 위해 연을 날려줬던 걸 결코 잊지 못할 거예요. 지난 9월에, 저를 안심시키려고 코범에 성홍열이 돌고 있지 않다는 편지를 친절하게도 밤 12시에 써준 건 또 어떻고요. 그때 이후로 저는 그분만큼 따뜻한 마음씨를 가진 사람은 없다고 확신하게 되었죠. 그런 분과 어울릴 만한 여성이 테일러 양 말고 누가 있겠어요?"

"그분 아들은 어디 있습니까?"

존 나이틀리 씨가 물었다.

"결혼식 때 왔나요?"

"안 왔어요."

에마가 답했다.

"결혼식이 끝나고 곧 들를 거라고 다들 기대했는데 결국 오지 않았고, 최근에는 별다른 소식은 못 들었어요."

"하지만 얘야, 그 편지 얘기를 들려줘야지."

우드하우스 씨가 옆에서 끼어들었다.

"그 아이는 가엾은 웨스턴 부인에게 축하 편지를 보내왔는데, 내게도 보여줘서 알지만, 아주 공손하게 잘 쓴 편지였지. 그렇게 편지를 보내오다니 참 경우 바른 청년이야. 자기 혼자 생각인지는 모를 일이지만 말이다. 아직 나이가 어리니까 어쩌면 외삼촌이 써 준 건지도 모르지."

"아버지, 그는 이제 스물세 살이에요. 그동안 얼마나 시간이 흘렀는지 가끔 깜빡하시는 것 같아요."

"스물셋이라고! 벌써 그렇게 되었다니? 정말이지 그건 생각도 못했구나. 그 아이 어머니가 세상을 떴을 때, 겨우 두 살 된 아기였는데 말이다. 그러고 보면 세월이 얼마나 빠른지. 내 기억력도 형편없고 말이다. 어쨌거나 아주 뛰어나게 잘 쓴 그 편지가 웨스턴 내외에게 커다란 기쁨을 선사했단다. 내가 기억하는 건 그 편지가 웨이머스에서 9월 28일에 쓰였고, 서두가 '친애하는 새어머니' 이러면서 시작되더란 거지. 하지만 그다음엔 무슨 이야기가 있었는지 기억이 안 나는구나. 아, 그리고 마지막에는 'F.C. 웨스턴 처칠.' 이렇게 적혀 있었지. 그건 정확히 기억난다."

"공손하기도 해라."

마음 착한 나이틀리 부인이 외쳤다.

"확실히 아주 훌륭한 청년으로 자라났네요. 하지만 아버지와 떨어져 살아야 한다는 게 너무 안타까워요. 그렇게 어린아이를 부모와 자기가 태어난 집에서 떼어놓는다는 건 정말이지 믿을 수 없는 일이에요. 전 웨스턴 씨가 어떻게 아들과 떨어질 수 있었는지 도무지 이해가 안 돼요. 자기 자식을 그렇게 포기하다니요. 전 누군가에게 그런 제안을 하는 사람들에 대해서는 아무래도 좋은 생각이 안 들더라고요."

"아마 처칠 집안에 대해 좋게 생각하는 사람은 아무도 없을 거요."

존 나이틀리 씨가 냉정한 어투로 지적했다.

"하지만 웨스턴 씨가 당신이 혹여 헨리나 존을 보내야 하는 상황일 때 그럴 거라고 생각하는 것만큼 크게 괴로워했을 거라고 생각할 필요는 없을 듯하오. 웨스턴 씨는 깊은 감정을 지니고 있다기보다는 단순하고 유쾌한 남자에 가깝지. 매사를 눈에 보이는 대로 받아들이고 거기서 어떤 식으로든 즐거움을 찾는 사람이랄까. 가족 간의 애착이나 가정에서 얻을 수 있는 무언가보다는 자기가 좋아하는 사교 생활, 다시 말해 먹고 마시는 즐거움이나 친구들과 주마다 다섯 차례씩 모여 휘스트 카드놀이를 하는 일에서 기쁨을 찾을 거요."

에마는 형부가 웨스턴 씨를 그런 식으로 평가하는 게 마음에 들지 않았고 그걸 다 받아들일 마음도 없었지만, 꾹 참고 그냥 듣고 넘기기로 했다. 지금의 평화로운 분위기를 깨고 싶지 않다는 마음 때문이기도 했지만, 가정적인 습관이나 가정을 중시하기 때문에 일반적인 사교적 교류나 그런 것에 매달리는 이들을 마땅치 않게 여기는 형부의 말에는, 명예롭고 가치가 있는 그 무언가가 있었기 때문이다. 바로 그런 점 때문에 에마는 기꺼이 참을 수 있었다.

12

그날 저녁 나이틀리 씨가 식사를 하러 오기로 되어 있었다. 우드하우스 씨는 이사벨라가 온 첫날에는 누가 끼어드는 걸 탐탁치 않아 했지만, 에마는 두 형제를 배려했을 때 그렇게 하는 게 마땅하다고 여겨 결정을 내렸다. 그뿐만 아니라 에마는 나이틀리 씨와 지난번 있었던 언쟁 후 그와 동석할 적절한 구실을 찾던 중이라 이렇게 정중한 초대를 했다는 데 대해 특별한 기쁨을 느꼈다.

에마는 두 사람이 다시 친구 사이가 되기를 바랐고, 이제는 화해할 때가 되었다는 생각이 들었다. 사실 화해로는 충분치 않았다. 에마는 분명 잘못한 게 없었고, 나이틀리 씨는 절대로 자기 잘못을 인정하지 않을 것이다. 둘 중 어느 누구도 물러설 가능성은 없었지만 다퉜다는 사실 자체를 잊어버린 것처럼 행동해야 할 때가 되었고, 에마는 이번 초대가 서로의 우정을 회복하는 데 조금은 도움이 되지 않을까 생각했다. 나이틀리 씨가 방에 들어섰을 때 마침 에마의 품에는 태어난 지 8개월 된 가장 어린 조카이자, 이번에 처음으로 하트필드에 데려온 여자 아기가 포근히 안겨 있었다. 처음에는 엄숙한 표정으로 짤막한 질문만 던지던 나이틀리 씨가 곧 평상시처럼 서로에 대한 안부를 묻기 시작했고 급기야는 허물없이 친근한 태도로 에마에게서 아기를 받아 안았으니, 에마가 애초에 기대했던 대로 맞아떨어진 셈이었다. 에마는 둘이 다시 친구가 되었다는 생각에 처음에는 커다란 만족감을 느꼈지만, 이내 약간 샐쭉해져서 아기를 어르고 있는 나이틀리 씨를 향해 저도 모르게 이렇게 내뱉고 말았다.

"정말 얼마나 다행인지 모르겠네요. 우리가 조카들에 대해서만큼은 같은 생각을 갖고 있으니 말이에요. 남녀 문제에선 간혹 의견이 크게 엇갈리지만,

이 아이들을 대할 때만큼은 서로 반대할 게 없군요."

"당신이 남자나 여자를 평가할 때 아이들을 대하는 지금처럼만 본성에 귀 기울이고 공상이나 변덕에 휩쓸리지 않는다면, 우린 언제나 같은 생각을 할 수 있을 겁니다."

"물론 그렇겠죠. 우리 둘 사이의 불화는 언제나 어김없이 제 잘못에서 비롯 되니까요."

"맞아요."

나이틀리 씨는 웃으면서 말했다.

"그건 당연한 일이죠. 당신이 태어났을 때, 나는 이미 열여섯 살이었으니 말이오."

"뭐 그 당시에는 상당한 차이였죠."

에마가 대꾸했다.

"그 시점에는 분명히 당신의 판단력이 저보다 한참 위였겠죠. 하지만 21년이라는 세월이 흐르면서 그런 차이가 바짝 좁혀지지는 않았을까요?"

"그래요, 꽤 좁혀졌을 거요."

"하지만 우리가 계속 다르게 생각한다면, 제가 맞고 당신이 틀릴 가능성이 있는 정도는 아니란 얘기죠?"

"그도 그럴 것이 내겐 16년간 쌓인 경험 외에도 당신처럼 어여쁜 젊은 숙녀나 응석받이로 자라나지 않았다는 장점이 있으니 말입니다. 자, 에마. 이제 우리 서로 화해하고 그 얘기는 그만둡시다. 아가야, 에마 이모에게 이미 지나간 일로 새삼 섭섭해하지 말고 좀더 좋은 본보기를 보여달라고 하렴. 그리고 이모가 지난번에 잘못한 게 없었다 해도, 지금 계속 이렇게 말하고 있는 건 잘못이라고 말이야."

에마도 지지 않고 맞받아쳤다.

"아가야, 정말 맞는 말이구나. 우리 조카는 얼른 자라서 네 이모보다 더 나은 여성이 되거라. 누구보다 똑똑하고 누구에게도 휘둘리지 말아야 해. 나이틀리 씨, 한두 가지만 더 얘기하고 저도 그만할게요. 나쁜 의도가 아니었다는 점에서는 우리 둘 다 옳았다고 생각해요. 또 제 주장이 틀렸다는 증거에 대해서는 아직 입증된 게 없다는 사실은 분명히 해야겠어요. 전 다만 마틴 씨가 너무 크게, 심하게 상심하지는 않았는지 그걸 알고 싶군요."

"내가 보기에는 더 이상 상심할 수 없을 정도였소."

나이틀리 씨의 답변은 짤막했다.

"아, 정말 안된 일이에요. 자, 어서 우리 악수해요."

그들이 막 진심 어린 악수를 나누자마자 존 나이틀리 씨가 나타났고, 형제 사이에 "그간 잘 지냈어요, 조지 형님?", "존, 너는 잘 지냈니?"라는 전형적인 영국식 인사가 오갔다. 서로 무심해만 보이는 이러한 냉정함 속에는 두 형제 가운데 누군가에게 무슨 일이 생길 경우, 그 사람을 위해 어떤 희생이라도 치를 수 있는 깊은 믿음이 마음속에 자리 잡고 있었다.

우드하우스 씨가 카드놀이 대신 사랑하는 딸 이사벨라와 모처럼 편안한 대화를 하겠다고 선언하면서, 저녁 시간은 차분한 대화 위주의 분위기로 조용히 흘러갔다. 모인 사람들은 자연스레 두 그룹으로 나뉘었는데, 한쪽에는 우드하우스 씨와 이사벨라가, 다른 한쪽에는 나이틀리 형제가 앉아 두 그룹 사이에 서로 확연히 다르고 섞이기 힘든 주제를 가지고 이야기를 나누고 있었고, 에마는 양쪽을 오가며 그들의 대화에 참여했다.

두 형제는 저마다의 일과 이런저런 관심사에 대해 서로 말을 나눴지만, 대화에 능숙하고 언변이 뛰어난 형이 주로 대화를 이끌어갔다. 형은 치안판사로서 법적 문제에 대해 존의 견해를 듣고 싶어했고, 사실 이에 대해 들려줄 몇 가지 흥미로운 일화도 있었다. 또 던웰에서 직접 농장을 꾸려가는 농장주로서 내년에 뭘 거둘 것인지에 대해서도 할 말이 많았는데, 형과 마찬가지로 인생의 가장 긴 기간을 거기서 보내 농장에 대한 애착이 각별한 동생 역시 아주 시시콜콜한 정보까지 듣고 싶어했다. 배수구를 어떻게 만들고 울타리를 무엇으로 교체하며 나무를 벌채하거나 밀과 순무, 옥수수를 어디에 심을 것인지에 대한 계획을 형이 설명하는 동안, 존은 매우 놀라울 정도로 흥미롭게 귀 기울였다. 그러다가 형의 설명이 뭔가 미흡하다 생각되면 이에 대해 다시

캐어묻는 그의 어조에서는 간절함마저 느껴질 정도였다.

두 형제가 이렇게 대화에 몰두해 있는 동안, 우드하우스 씨는 큰딸을 바라보면서 행복과 안타까움, 그리고 착잡한 마음에 사로잡혀 있었다.

"가엾은 우리 이사벨라."

아이들을 챙기느라 분주하게 움직이던 딸의 손을 다정하게 붙잡으며 우드하우스 씨가 말했다.

"네가 여기 온 게 대체 얼마만인지 모르겠구나. 먼 길을 오느라 얼마나 지쳤을까. 오늘은 일찍 잠자리에 들려무나. 자기 전에 오트밀을 챙겨 먹는 게 좋겠다. 우리 둘 다 한 그릇씩 먹자꾸나. 얘, 에마, 그러지 말고 우리 모두들 죽을 조금씩 드는 게 어떻겠니."

에마는 오트밀을 먹고 싶은 생각이 전혀 없었고 나이틀리 형제도 같은 생각일 거라는 걸 알았기 때문에, 두 그릇만 준비하도록 했다. 죽이 맛있다는 칭찬과 함께 왜 다들 저녁마다 오트밀을 안 먹는지 모르겠다는 얘기를 한 끝에, 우드하우스 씨는 사뭇 진지한 표정으로 다시 입을 열었다.

"얘야, 네가 지난가을을 여기 말고 사우스 엔드에서 보낸 건 정말 잘못한 일이었단다. 바다 공기가 좋을 리 없잖니."

"윙필드 씨가 그렇게 강력하게 추천하지 않았으면 안 갔을 거예요, 아버지. 하지만 바다 공기와 해수욕이 아이들 모두에게, 특히 우리 벨라의 약한 기관지에 좋을 거라고 하셨거든요."

"아, 얘야, 하지만 페리 씨는 바다 공기에 정말 그런 효과가 있을지 의심스럽다고 하더구나. 나만 해도, 너한테는 한 번도 얘기 안 했을지 모르지만 바다가 우리 몸에 좋을 리 없다고 생각한단다. 난 예전에 바다 때문에 거의 죽을 뻔한 적도 있었단 말이다."

"자, 이제 그만."

이건 별로 안전하지 않은 주제라고 판단한 에마는 황급히 끼어들었다.

"부탁인데, 바다 얘기는 이제 제발 그만하세요. 바다 근처에도 가보지 못한 저로서는 너무 부럽고 비참하단 말이에요. 사우스 엔드 얘기는 하지 마시길 부탁드려요. 이사벨라 언니, 그러고 보니 페리 선생님 안부를 한 번도 물어보지 않네. 페리 선생님은 언제나 언니 얘기를 하는데 말야."

"어머나, 친절도 하셔라. 아버지, 정말 페리 씨는 요즘 어떠세요?"

"뭐 그럭저럭 지내지만 그다지 좋지는 않은 것 같더구나. 불쌍한 페리 씨는 장이 안 좋은데도 자기 몸을 돌볼 시간이 없으니 안타까운 일이지. 하지만 어쩌겠니. 여기저기서 오라고 부르는 데가 많으니. 아마 페리 씨만큼 실력 있는 의사가 없어서 그런 거겠지. 그만큼 똑똑한 이도 없고 말이야."

"페리 부인과 아이들은 어때요? 이제 아이들은 많이 컸지요? 페리 씨를 뵙고 싶은데, 조만간 들르셨으면 좋겠네요. 우리 애들을 보시면 아주 좋아하실 텐데."

"그렇잖아도 내 몸 상태에 대해 한두 가지 물어볼 게 있으니 내일쯤 왔으면 싶은데 말이다. 아, 그리고 얘야, 그분이 오거든 벨라의 목을 한번 봐달라고 하렴."

"아, 아버지, 우리 벨라의 목이 얼마나 좋아졌는지 요즘 한시름 덜었지 뭐예요. 아무래도 해수욕이 큰 도움이 되었거나, 윙필드 씨가 조제해준 약을 지난 8월 이후 꾸준히 먹인 덕분인 것 같아요."

"글쎄다. 해수욕 때문에 나아졌을 것 같지는 않구나. 얘야, 게다가 벨라에게 약이 필요한 줄 알았다면 내가 말해줄 수도 있었는데……."

"언니는 베이츠 모녀를 잊은 것 같네."

에마가 얼른 끼어들었다.

"그분들 안부를 전혀 안 물어보니 말야."

"오! 맞아. 베이츠 모녀에 대해 묻지도 않다니 나도 참! 하지만 네가 편지에서 자주 그분들 소식을 전해주곤 했잖니. 잘 지내고 계시지? 내일 아이들을 데리고 베이츠 부인을 뵈러 가야겠다. 우리 아이들을 볼 때마다 너무 좋아하셨거든. 베이츠 양도 얼마나 좋은 사람인지 몰라. 아버지, 그분들은 요즘 어떻게 지내세요?"

"별다른 일 없이 잘 지내고 있단다. 얘야. 하지만 불쌍한 베이츠 부인은 한 달쯤 전에 감기에 심하게 걸렸었지."

"어머, 정말 안됐네요. 하긴 이번 가을 감기는 유독 심했어요. 윙필드 씨 말로도 유행성 독감이 돌았을 때를 빼고는 이번처럼 심한 감기는 처음이라고 했어요."

"심하긴 했지만 얘야, 네가 얘기하는 정도는 아니란다. 페리 씨는 감기가 유행인 건 맞지만 11월 감기치고 아주 심한 건 아니라고 했어. 아무튼 페리 씨는 이번 가을에는 특별히 심한 환자가 많지는 않다고 했단다."

"그러게요, 저도 윙필드 씨가 심한 환자가 많다고 생각하시는지 아닌지는 잘 모르겠어요."

"아! 가엾은 우리 아가, 런던은 일 년 내내 질병이 도는 곳이지. 런던에 사는 어느 누가 건강할 수 있겠니. 그건 불가능한 일이야. 그런 곳에서 네가 살아야 하다니. 그렇게 멀리 떨어진 곳에서 말이다. 게다가 공기는 또 얼마나 안 좋은지."

"아니에요, 아버지. 공기가 안 좋다니요. **우리가** 사는 곳은 런던의 다른 지역에 비해 훨씬 나아요. 런던이 어디나 다 똑같다고 생각하시면 안 돼요, 아버지. 브런즈윅 스퀘어는 런던의 다른 곳들과는 아주 달라요. 우리 동네는 아주 쾌적해요. 아이들을 키우기에 그보다 더 적당한 곳은 없다고 생각할 만큼 저는 지금 사는 동네에 아주 만족하는걸요. 정말 놀라울 만큼 쾌적한 동네예요. 윙필드 씨도 공기만큼은 브런즈윅 스퀘어 부근이 단연 최고라고 인정할 정도예요."

"얘야, 그렇지만 하트필드 같지는 않잖니. 그곳이 그중에서야 가장 나을지 몰라도 하트필드에서 한 주 지내고 나면 완전히 새사람이 된 것 같은 기분이 들 만큼 달라질 게다. 지금으로서는 너희들 모두 안색이 그다지 좋아 보이지 않는구나."

"그렇게 생각하신다니 죄송해요. 하지만 아버지, 제가 어디 있든 만성적으로 달고 사는 두통이나 가슴이 두근거리는 증상을 빼면 전 건강한걸요. 그리고 잠자리에 들기 전에 아이들 혈색이 안 좋아 보였다면, 그건 먼 길을 온 데다 여기 온다는 생각에 들떠 있어 평소보다 피곤했기 때문일 거예요. 내일은 아버지가 보시기에 아이들 안색이 좀 나아 보였으면 좋겠네요. 윙필드 씨는 저희 가족 모두가 아주 건강한 상태라고 하셨거든요. 그래도 아버지, 존은 나빠 보이지 않죠?"

이사벨라는 남편을 애정 어린 염려가 담긴 눈길로 쳐다보았다.

"아주 나쁘지는 않지만 그렇다고 네 생각과는 같지 않단다. 존도 내가 보기에 안색이 과히 좋아 보이지는 않구나."

"무슨 일인가요, 장인어른? 지금 저한테 뭐라고 말씀하셨습니까?"

자기 이름이 들리자 존 나이틀리 씨가 고개를 돌리며 물었다

"여보, 아버지 말씀이 당신 건강이 안 좋아 보인대요. 하지만 제 생각엔 좀 피곤해서 그렇게 보이는 걸 거예요. 아무래도 여기 오기 전에 당신도 윙필드 씨를 한번 뵐걸 그랬나 봐요."

존 나이틀리 씨는 참지 못하고 부인의 말을 막았다.

"이사벨라, 내가 어떻게 보이든 제발 걱정은 접어둬요. 윙필드 씨를 만나 건강을 챙기는 건 당신과 아이들로 만족하고, 나는 나 좋은 대로 지내게 놔두구려."

"아까 형부가 나이틀리 씨에게 하던 이야기 말인데요, 저는 잘 이해가 안돼요."

에마가 다급하게 외쳤다.

"형부 친구 그레이엄 씨가 새 영지를 돌볼 관리인을 스코틀랜드에서 구해올 생각이라는 이야기 말이에요. 그게 해결책이 될까요? 그러기에는 편견이 너무 강하지 않아요?"

에마가 한참 동안이나 장황하고 설득력 있게 말을 늘어놓는 바람에, 그녀의 이야기가 끝났을 때 대화는 어느 순간 이사벨라가 제인 페어팩스의 안부를 묻는 분위기로 바뀌어 있었다. 평소 제인 페어팩스를 그다지 좋아하지 않았지만, 에마도 이 순간만큼은 기꺼이 그녀에 대한 칭찬에 동참했다.

"상냥하고 사랑스러운 제인 페어팩스!"

이사벨라가 말을 꺼냈다.

"런던 시내에서 아주 잠깐씩 우연히 마주친 것 말고는 오랫동안 만나지 못했어요. 그녀가 할머니와 이모 댁을 방문하면 두 분 다 얼마나 기뻐하실지 눈에 선하네요. 제인이 하이버리에 좀 더 자주 올 수 있다면 우리 에마를 위해 얼마나 좋을까 하고 생각하곤 하죠. 하지만 이제 캠벨 대령님 부부도 딸을 시집보냈으니 웬만해서는 제인과 떨어지려 하지 않을 거예요. 에마하고 아주 좋은 친구가 되었을 텐데."

우드하우스 씨는 고개를 끄덕이며 들었지만, 이사벨라의 말이 끝나자 이렇게 덧붙였다.

"하지만 우리의 어린 친구 해리엇 스미스 양도 썩 괜찮은 아가씨란다. 너도 해리엇을 좋아할 게다. 해리엇은 에마에게 더할 나위 없는 친구가 되어주고 있지."

"그렇다니 정말 다행이네요. 하지만 제인 페어팩스는 에마와 동갑인 데다 아주 교양 있고 훌륭한 아가씨잖아요."

이 주제에 대해 얼마간 유쾌한 대화가 오갔고, 그 후로도 다른 즐거운 이야기들이 평화로운 분위기 속에서 계속 이어졌다. 그러나 이날 저녁이 다 지나기 전 분위기가 한차례 들썩거린 일이 있었다. 오트밀이 나오자 이것에 대해 갖가지 찬사와 의견이 쏟아졌는데, 결국 어떤 체질에도 잘 맞는 음식이라는 데 의견이 모아지면서, 죽을 제대로 만들어낼 줄 아는 사람이 그리 많지 않다는 데 대해서도 꽤나 심한 비난이 쏟아졌다.

이사벨라는 사우스 엔드에서 지낼 때 고용했던 젊은 여자 요리사를 가장 최근의 예로 들었는데, 그 요리사는 뭉근하게 끓인 죽 한 그릇이라는 말의 뜻을 통 이해하지 못했다. 너무 되지도, 너무 묽지도 않은 적당한 그 농도를 이사벨라가 몇 번이나 되풀이해 설명하면서 주문했지만, 한 번도 제대로 끓여 내지를 못했다는 것이었다. 그러자 이 이야기가 위험스러운 발단이 되었다.

"아!"

우드하우스 씨는 고개를 저으며 이사벨라를 걱정스럽게 바라보았다. 에마는 아버지의 한숨을 듣는 순간 무슨 말이 나올지 알 수 있었다. 이사벨라가 사우스 엔드에 간 일을 안타까워하면서 이런저런 이야기를 하실 게 분명했다. 에마는 아버지가 그 일에 대해 말하자 않기를 바랐고, 잠깐 침묵이 흐르면서 아버지가 죽을 다시 만족스럽게 음미하는가 싶었다. 그러나 잠시 후 그는 다시 입을 열었다.

"난 말이다, 올가을에 너희가 여기 오지 않고 바다에 갔다는 게 두고두고 마음에 남을 것 같구나."

"왜요, 아버지? 다시 말씀드리지만, 아이들한테 얼마나 좋았는지 몰라요."

"꼭 바다에 가야 했더라도 사우스 엔드가 아니었다면 더 좋았을 게야. 사우스 엔드는 건강에 안 좋은 곳이야. 페리 씨는 너희가 사우스 엔드에 간다는 걸 듣고 몹시 놀라더구나."

"그렇게 생각하는 사람들이 많은 건 알지만 그건 오해예요, 아버지. 거기서 지내는 동안 우리 모두 아주 건강했고 진흙도 전혀 해롭지 않던걸요. 윙필드 씨 말로도 사우스 엔드가 건강에 안 좋다는 건 근거 없는 낭설이라고 했어요. 공기에 대해서라면 모르는 게 없으시니까 그분 말이라면 믿어도 된다고 생각해요. 게다가 그분 남동생 가족도 거기에 몇 번이나 가던걸요."

"얘야, 바다라면 크로머가 훨씬 더 나았을 거다. 페리 씨가 크로머에 한 번간 적이 있었는데, 해수욕을 하기에 가장 나은 곳이라고 했으니 말이다. 그분 말로는 탁 트인 바다에 공기가 아주 맑다더구나. 게다가 아마 숙소도 바다에서 멀리 떨어져 있어서 지내기에 편안하다지. 그런 일이라면 페리 씨와 상의했어야지."

"그렇지만 아버지, 거리 차가 얼마나 큰지 생각해보세요. 40마일이 아니라 거의 100마일을 이동해야 한다고요."

"얘야, 페리 씨 말처럼 건강보다 더 중요한 건 없단다. 어차피 여행을 떠나는 거라면 40마일이나 100마일이나 무슨 큰 차이가 있겠니. 실은 나는 더 고약한 공기를 마시러 런던에서 40마일을 움직이느니 아예 집을 안 떠나는 게 최선이라고 생각한단다. 이건 페리 씨 말이기도 해. 페리 씨는 이번 너희 여행에 대해 너희가 잘못 생각한 거라고 하더구나."

에마는 중간중간 몇 번이나 아버지를 막으려 했지만 소용없었다. 이제 에마는 형부가 참지 못하고 한마디 하는 것도 어쩔 수 없겠다는 심정이 되었다.

예상대로 존 나이틀리 씨가 아주 언짢은 기색으로 입을 열었다.

"페리 씨는 누가 물어보기 전에 자기 생각을 말하지 않는 법을 좀 배우실 필요가 있겠군요. 제가 가족을 데리고 어느 해변에 가든 그분이 왜 그렇게 신경을 쓴답니까? 페리 씨만 판단력이 있는 게 아니지요. 전 그분에게서 약도 의견도 바라지 않습니다."

그는 여기서 잠시 멈추더니 더욱 차갑게 비꼬는 투로 덧붙였다.

"40마일 대신 130마일이 되는 거리를 더 많은 비용이나 불편함 없이 부인과 다섯 아이를 거느리고 갈 수 있는 방법을 페리 씨가 일러주기만 하면, 다음번에는 기꺼이 사우스 엔드 대신 크로머를 고려해보도록 하죠."

"맞아, 맞는 말이야."

나이틀리 씨가 불쑥 끼어들었다.

"그렇고말고. 그거 참 괜찮은 생각이군. 존, 그런데 말야, 내가 길을 랭엄 쪽으로 옮기는 일에 대해 말한 적이 있지. 오른쪽으로 약간 돌아서 가면 우리 목초지를 침범하지 않고 갈 수 있단 말이야. 그렇게 하는 게 별로 어려울 건 없지만, 하이버리 사람들에게 불편함을 끼친다면 그렇게 해서는 안 될 것 같거든. 지금 나 있는 길을 너도 머릿속으로 한번 떠올려봐. 하지만 어차피 그걸 확실히 증명하는 방법은 지도를 보는 수밖에 없겠지. 내일 네가 우리 집에 와서 같이 살펴보고 네 생각이 어떤지 말해 주었으면 좋겠는데."

우드하우스 씨는 자신의 감정 표현에 있어 무의식적으로 많이 의존하는 친구 페리 씨를 그렇게 무자비하게 비판하는 걸 듣고 다소 마음이 불편했지만, 두 딸의 따뜻한 배려와 금방 태도를 바꾼 사위, 그리고 나이틀리 씨가 중재에 나선 덕분에 이내 조금씩 마음이 풀어졌다.

13

하트필드에 머무는 며칠 안 되는 기간 동안 존 나이틀리 부인은 아침마다 다섯 아이를 거느리고 오랜 지인들을 방문하고, 저녁에는 그날 있었던 일을 아버지와 여동생에게 들려주면서 세상 어느 누구보다도 행복하게 지냈다. 시간이 너무 빨리 지나간다는 걸 빼면 모든 게 만족스러웠다. 기간이 너무 짧긴 해도 즐겁고 완벽한 방문이었다.

아침나절에 비해 저녁 시간은 친구보다는 가족과 함께 보내는 경우가 많았지만, 크리스마스 저녁 식사는 부득이 집 밖에서 하기로 했다. 웨스턴 씨의 고집으로 랜덜스에서 다 같이 저녁 식사를 하게 된 것이다. 우드하우스 씨조차 둘로 나뉘는 것보다는 그게 낫겠다고 찬성했다.

우드하우스 씨는 거기까지 다들 어떻게 갈 것인가에 대해 문제 삼으려 했지만, 딸 내외의 마차와 말이 마침 하트필드에 있었기 때문에 간단한 질문 외에는 더 이상 문제를 제기할 수 없었다. 에마는 아버지를 설득해 마차 한 대에 해리엇을 위한 자리를 마련하도록 했다.

그들 가족 외에는 해리엇과 엘턴 씨, 그리고 나이틀리 씨가 초대 받은 유일한 손님이었고 시간도 이르게 잡았는데, 그건 우드하우스 씨의 습관과 성향을 최대한 배려한 결정이었다.

이 커다란 행사(우드하우스 씨가 12월 24일에 집 밖에서 식사를 한다는 건 굉장한 일이었기 때문에)를 하루 앞둔 전날 저녁 해리엇이 하트필드에 잠깐 들렀는데, 그녀는 지독한 감기에 걸려 있었다. 집에 돌아가서 고더드 부인의 간호를 받겠다는 해리엇 자신의 간절한 바람이 아니었다면 에마는 그녀가 집을 나서지 못하게 했을 것이다. 에마가 다음 날 해리엇을 보러 갔을 때, 그녀는 이미 랜덜스를 방문하는 일이 불가능할 정도로 상태가 안 좋았다. 열이 높고 심하게 목이 부은 해리엇을 정성스럽게 보살피던 고더드 부인은 페리 씨를 불러와야 할지 걱정하고 있었다. 해리엇은 즐거운 저녁 모임에 오지 않는 게 좋겠다는 에마의 말에 속상해 하며 눈물을 흘렸지만, 도저히 어찌할 수 없을 정도로 아프고 지쳐 있었다.

에마는 해리엇 곁을 가능한 한 오래 지키면서 고더드 부인이 일이 있어 부득이하게 자리를 비울 때마다 대신해서 해리엇을 간호했고, 엘턴 씨가 그녀가 아픈 걸 알면 얼마나 마음 아파할지를 얘기해주면서 그녀의 기분을 북돋아주었다. 에마가 떠날 무렵 해리엇은 엘턴 씨가 그녀가 안 보여 크게 실망하는 건 물론, 다들 그녀를 몹시 보고 싶어할 거라는 생각에 어느 정도 안정을 되찾은 모습이었다.

에마는 고더드 부인 집을 나선 지 얼마 안 돼 반대편에서 걸어오고 있는 엘턴 씨와 마주쳤다. 그는 해리엇이 몹시 아프다는 소식을 접하고 그녀의 상태를 살피고 안부를 하트필드에 전할 겸 고더드 부인 댁에 들르려던 참이었다. 엘턴 씨와 에마는 해리엇에 대한 이야기를 나누며 천천히 발걸음을 옮겼는데, 마침 두 아들과 던웰에 다녀오던 존 나이틀리 씨를 만나게 되었다. 구운 양고기와 라이스 푸딩을 들고 집에 가는 발걸음을 서두르는 아이들의 건강한 혈색을 보니, 시골길을 걷는 게 건강에 얼마나 좋은지 확실하게 알 수 있었다. 이들은 모두 함께 걷기 시작했다. 에마는 해리엇이 호소하는 증상들을 그들에게 설명하던 참이었다.

"목이 타는 것 같고 온몸이 불덩이처럼 뜨거우면서 맥박이 약하고 빠르게 뛰더라고요."

이어 에마는 고더드 부인에게서 들었는데, 해리엇이 악성 인후염일 가능성이 있으며 전에도 같은 증상으로 몇 번 놀란 적이 있었다고 전했다. 이 이야기를 듣고 엘턴 씨는 몹시 놀라는 눈치였다.

"인후염이라고요! 설마 전염성은 아니겠죠? 발진성 전염병 같은 게 아니면 좋겠는데, 페리 씨에게는 보였나요? 에마 양, 친구도 좋지만 당신 몸을 챙겨야 해요. 제발 조심하십시오. 왜 아직까지 페리 씨를 안 불렀지요?"

자신에 대해서는 전혀 걱정하고 있지 않던 에마는 고더드 부인이 얼마나 숙련되게 해리엇을 돌보고 있는지를 설명해 엘턴 씨의 지나친 염려를 일단 진정시켰다. 그러나 어느 정도는 걱정하게 내버려두는 게 좋겠다는 생각에, 마치 완전히 다른 이야기인 것처럼 이렇게 덧붙였다.

"날이 정말 춥네요, 유난히 추운 날씨예요. 게다가 이렇게 금방이라도 눈이 올 것 같으니 만약 다른 곳에 다른 분들을 만나러 가는 거였다면, 제 마음 같아서는 오늘 같은 날에는 밖에 안 나가고 아버지도 못 나가시게 붙들었을 것 같아요. 하지만 아버지는 이미 마음을 정하셨고 그다지 추위를 느끼지 못 하시는 것 같으니 괜히 나서지는 않으려고요. 저희가 안 가면 웨스턴 씨 내외가 크게 실망할 테니까요. 하지만 엘턴 씨 경우는 다르죠. 제가 오늘 뵈니 엘턴 씨도 목소리가 벌써 좀 갈라지는 것 같은데, 내일쯤 되면 얼마나 피곤하고 안 좋아지시겠어요. 아무래도 이런 날에는 집에서 쉬면서 몸을 추스르는 게 나으실 것 같네요."

엘턴 씨는 뭐라 답해야 할지 모르는 눈치였으며 실제로도 그러했다. 아름다운 숙녀의 친절한 마음 씀씀이에 크게 감동받은 데다 그녀의 조언이라면 뭐든 듣고 싶었지만, 이번 방문을 포기할 마음은 전혀 없었다. 하지만 에마는 여러 가지 생각과 계획을 분주하게 짜느라 엘턴 씨의 표정이나 말을 제대로 파악하지 못한 채 그가 "정말 춥죠, 많이 추운 날씨이긴 하죠."라며 뭔가 우물거리는 것만 듣고 마냥 흡족해했다. 그리고 그를 랜들스에서 빼내 저녁 내내 해리엇을 방문할 수 있게 자기가 도와주었다는 사실이 그저 기쁠 따름이었다.

"잘 생각하셨어요."

에마는 말했다.

"웨스턴 씨 내외에게는 저희가 대신해서 죄송하다는 말을 잘 전할게요."

그러나 그녀가 말을 채 마치기도 전에 형부가 나서더니 날씨가 문제라면 마침 마차에 자리가 하나 남았으니 엘턴 씨를 태워가겠다고 정중히 제안했고, 엘턴 씨는 망설이지 않고 그 제안을 받아들였다. 모든 게 결정되었다. 이렇게 해서 엘턴 씨는 랜들스에 가기로 했고, 그 순간 잘 생긴 얼굴에 어느 때보다 큰 기쁨과 미소를 담고 에마를 바라보는 그의 눈빛에는 형언할 수 없는 환희가 담겨 있었다.

'흠······.'

에마는 고개를 갸우뚱했다.

'정말 이상한 일이네. 내가 애써서 모임에서 빼주었는데도 다시 굳이 끼겠다고 하면서 아픈 해리엇을 남겨 놓겠다니. 정말 알 수가 없어. 하지만 남자들, 특히 독신 남자들 중에는 저녁 모임을 워낙 좋아하고 중요하게 생각해서 다른 모든 걸 포기하고라도 절대 빠지면 안 되는 의무처럼 받아들이는 경우가 많긴 하지. 엘턴 씨도 마찬가지일 거야. 아주 훌륭하고 상냥하면서 유쾌한 청년이고 해리엇을 깊이 사랑하지만, 초대를 거절하지 못해서 누가 청할 때마다 참석하는 거겠지. 사랑이란 참 알 수가 없는 거구나! 해리엇에게서 기지를 발견해내면서도, 해리엇을 간호하고 홀로 저녁 식사를 하려고는 하지 않는다니 말이야.'

떠나가는 엘턴 씨를 보면서 에마는 엘턴 씨가 작별 인사를 할 때 고더드 부인 댁에 들러 해리엇의 상태가 어떤지 저녁 모임에서 알려주겠노라고 에마에게 약속하면서, 해리엇의 이름을 언급하는 그의 목소리가 어쩐지 애틋하게 들리는 듯했다. 말을 마친 엘턴 씨는 해리엇 생각이 나는지 한숨 섞인 미소를 짓더니 발걸음을 옮겨 떠나갔다.

잠시 침묵이 흐른 뒤, 존 나이틀리 씨가 입을 열었다.

"누군가의 호감을 사기 위해 저렇게 노력하는 남자는 지금껏 본 적이 없는걸. 엘턴 씨는 숙녀에 관련된 일에서는 노력을 마다하지 않는군. 남자들에게는 이성적이고 객관적으로 대하면서 숙녀의 환심을 사기 위해서는 저렇게 온갖 노력을 들이다니."

"물론 엘턴 씨의 방식이 완벽한 건 아니에요."

에마는 대꾸했다.

"하지만 뭔가 바라는 게 있으면 거기에 정성을 다해야죠. 중간 정도의 매력을 지닌 남자가 최선을 다할 때, 더 뛰어난 남자들이 가만히 있는 것보다 더 앞서 나가게 되니까요. 게다가 엘턴 씨는 성품이 어질고 착해서 높이 평가할 만해요."

"맞는 말이야."

존 나이틀리 씨는 고개를 끄덕이며 짓궂은 미소를 지었다.

"엘턴 씨는 특히 에마에게 그 착한 성품을 적극적으로 내보이는 듯하더군."

"저에게 말이에요?"

에마는 깜짝 놀라 웃음을 터뜨렸다.

"지금 엘턴 씨가 저한테 마음을 품고 있다고 말씀하시는 거예요, 형부?"

"그런 생각이 문득 들었어. 만약 처제가 지금까지 그런 생각을 한 번도 안 했다면 앞으로는 생각해보는 게 좋을 것 같은데."

"엘턴 씨가 절 마음에 두고 있다니! 어떻게 그런 생각을 하시죠?"

"그렇다고 단정해서 말하는 건 아니고, 다만 그런지 안 그런지 지켜보면서 그에 따라 처신하라는 거야. 내가 보기엔 처제의 태도가 엘턴 씨를 부추기는 것 같더군. 허물없이 충고하자면, 처제는 앞으로 무슨 일을 하거나 계획할 때 좀 더 신중하게 행동하는 게 좋을 것 같아."

"신경 써 주시는 건 고맙지만, 그건 형부가 잘못 생각하신 거예요. 엘턴 씨와 저는 좋은 친구 그 이상은 절대 아니에요."

그녀는 상황을 부분적으로만 알 때 얼마나 많은 이들이 판단 착오를 하고 스스로 똑똑하다고 여기면서 실수를 저지르는지, 그런 즐거운 생각에 잠겨 발걸음을 옮겼지만, 한편으로는 형부가 자기를 상황 파악을 못해 충고가 필요한 무지한 사람으로 보는 것 같아서 기분이 썩 좋지는 않았다. 존 나이틀리 씨는 더 이상 아무 말도 하지 않았다.

우드하우스 씨는 이미 저녁 방문에 대해 마음을 굳게 먹은 상태라서 날이 점점 추워지는데도 몸을 사릴 생각이 전혀 없는 듯했고, 급기야는 다른 누구보다도 추위를 깨닫지 못한 채 정해진 시각에 정확히 큰딸을 데리고 자기 마차에 올랐다. 우드하우스 씨는 옷을 여러 겹 껴입어 몸을 감쌌는데, 먼 길을 나서는 스스로에 대한 놀라움과 랜덜스에서 가질 즐거운 시간에 대한 기대감에 가득 차 추운 날씨를 거의 느끼지 못했다. 그러나 추위는 극심했고 두 번째 마차가 움직일 무렵부터는 눈발이 날리기 시작했으며, 하늘은 바람만 약간 더 불면 순식간에 온통 하얀 세상으로 바뀔 수 있을 만큼 잔뜩 찌푸려 있었다.

에마는 마차에 오르고 얼마 지나지 않아 동승한 형부의 기분이 그리 좋지 않다는 걸 알게 되었다. 이런 날씨에 아이들을 남겨놓고 먼 길에 나선다는 게 존 나이틀리 씨로서는 영 마땅치 않았던 것이다. 그는 이번 방문에서 기대할 건 아무것도 없다고 생각했고, 교구관까지 가는 내내 불편한 심기를 드러냈다.

"자기 자신에 대한 자부심이 대단하지 않고서는 이런 날씨에 사람들에게 따뜻한 난롯가를 떠나 자기를 만나러 오라고 초대할 수는 없는 일이야. 그는 자기가 아주 대단한 사람이라고 생각하는 게 틀림없어. 나로서는 상상도 할 수 없는 일이지. 이건 정말 말도 안 되는 일이야. 이런 때에 눈까지 오다니! 사람들을 들쑤셔 집에서 편히 쉬지도 못하게 하다니, 이 얼마나 어리석은 짓이냐고! 피치 못할 일이나 사정이 생겨서 이런 혹한에 밖에 나서게 돼도 곤욕이 이만저만 아닐 텐데, 우리를 좀 보라고. 이런 날씨에는 따뜻하게 집 안에 있고 싶은데도 그런 마음을 억누르고 평소보다 옷도 별로 두껍게 입지도 않고 아무 불평 없이 기꺼이 집을 나서다니. 이미 어제도 나누었고 내일도 하게 될 이야기를 또다시 나누며 남의 집에서 지루한 다섯 시간을 보내기 위해 길을 떠나고 있잖아. 집을 나설 때 날씨가 이렇다면 돌아올 때는 더 심해질 텐데, 말 네 마리와 네 명의 하인을 굳이 끌어내서는 오들오들 떨고 있는 우리 다섯 명을 집에서보다 더 추운 방과 더 지루한 사람들 틈으로 데려다달라고 하는 꼴이라니."

형부는 이사벨라 언니에게서 '당신 말이 옳아요, 여보'라는 말을 노상 들어왔겠지만, 에마는 그런 식으로 기꺼이 맞장구치고 싶은 마음이 전혀 안 생겼고, 어떤 대꾸도 하지 않으리라 결심했다. 다만 언쟁이 되는 것만은 극도로 피하고 싶어 침묵을 지키기로 한 것이 그녀가 낼 수 있는 최대의 큰마음이었다. 에마는 형부의 말을 잠자코 들으면서 잔을 만지작거리고 담요를 다시 둘렀다.

엘턴 씨 집에 도착해 마차를 돌리자마자 말쑥하게 검정색으로 차려입은 엘턴 씨가 미소를 지으며 나왔다. 에마는 대화의 주제를 바꿀 수 있게 되어 내심 반가웠다. 엘턴 씨는 고맙다며 연신 밝은 웃음을 지었다. 이렇게 유난히 정중하고 유쾌한 태도를 보고, 에마는 그가 해리엇의 상태가 호전됐다는 소식을 들은 게 분명하다는 생각이 들었다. 그가 담요를 덮는 동안 해리엇에 대해 묻자, 그에게서는 "별 차도가 없어요, 그리 좋아지지 않았어요"라는 대답이 돌아올 뿐이었다.

"그건 제가 고더드 부인 댁에 들렀다가 한 말인 것 같은데요."

에마는 지적했다.

"그다지 좋아지지 않았다는 건 제가 말씀드린 거잖아요."

그는 바로 언짢은 얼굴이 되어 우울한 목소리로 대답했다.

"오! 아닙니다. 여기 오기 위해 옷을 갈아입기 전 마지막으로 고더드 부인 댁에 들렀을 때 안타깝게도 스미스 양의 병에 별 차도가 없다는 이야기를 들었다고 말씀드리려던 참이었어요. 아니, 좋아지지 않았을 뿐 아니라 오히려 더 심해졌죠. 그 얘길 들으니 안타깝고 염려가 되네요. 오늘 아침에 에마 양에게서 그렇게 정성스러운 간호를 받았으니 한결 나아졌을 거라고 생각했거든요."

에마는 웃으면서 대답했다.

"제 방문은 해리엇에게 심리적인 안정감을 주었을 뿐인걸요. 하지만 저로서도 아픈 목까지 낫게 해줄 수는 없더라고요. 정말 지독한 독감이에요. 엘턴 씨도 들으셨겠지만 페리 씨가 다녀갔다더군요."

"네, 그런 것 같아요. 그러니까…… 저도 직접 들은 건 아니지만……."

"페리 씨는 해리엇의 이런 증상에 익숙하세요. 내일 아침에는 좀 차도가 있길 바라고 있어요. 그렇더라도 지금 마음이 안 좋은 건 어쩔 수 없네요. 해리엇이 오늘 파티에 오지 못해서 정말 아쉬워요."

"끔찍한 일이죠. 정말 그래요, 그렇습니다. 매순간마다 해리엇이 보고 싶을 겁니다."

이건 이 상황에 아주 잘 들어맞는 말이었고, 함께 나온 한숨 역시 적절했지만 다소 짧은 감이 있었다. 그러나 에마는 30초도 채 지나지 않아 엘턴 씨가 즐거운 어조로 다른 이야기를 꺼내자 적잖게 당황했다.

"정말 훌륭한 고안품 아닙니까. 양가죽을 마차에 대다니 말입니다. 덕분에 추위를 느끼지 않고 마차를 편안하게 탈 수 있게 되었잖습니까. 현대의 발명품 덕분에 신사들이 타고 다니는 마차가 완벽하게 완성된 셈이지요. 바깥 날씨로부터 든든히 막아주니 바람 한 점 새어 들어오지 않잖아요. 덕분에 날씨에 상관하지 않고 돌아다닐 수 있게 된 겁니다. 아주 추운 날씨인데도 마차 안에 있으니 전혀 추위가 느껴지지 않지요. 하! 저기 눈송이가 좀 날리는 게 보이는군요."

"그렇군요."

존 나이틀리 씨가 대꾸했다.

"앞으로 더 많이 내릴 것 같은데요."

"크리스마스 날씨예요."

엘턴 씨는 이어서 말했다.

"이맘때면 늘 이렇죠. 어제부터 내렸다면 길에 눈이 쌓여 우드하우스 씨가 밖에 나서지 않으려 했을 거고 오늘 파티도 취소되었을 텐데, 이제부터 내리기 시작했으니 참 다행입니다. 요즘은 지인들과의 모임이 많은 때예요. 크리스마스에는 모두가 서로 친구들을 초대하고 이보다 더 심한 날씨라 해도 문제가 되지 않죠. 한번은 폭설 때문에 친구 집에서 일주일을 지낸 적이 있었는데, 그때보다 더 유쾌한 시간은 없었답니다. 출발한 날로부터 정확히 7일째 되는 날에 집에 돌아왔지요."

존 나이틀리 씨는 엘턴 씨가 얘기하는 유쾌함을 전혀 이해하지 못하는 듯 차가운 어조로 대꾸했다.

"눈 때문에 발이 묶여 랜덜스에서 일주일을 보내야 하는 상황은 생각조차 하기 싫군요."

다른 때 같았으면 에마는 이런 얘기를 재미있어 했겠지만, 지금은 엘턴 씨의 유쾌한 기분을 도무지 이해할 수 없는지라 다른 감정을 느낄 겨를이 없었다. 엘턴 씨는 즐거운 파티를 기대하느라 해리엇 생각은 까맣게 잊은 것 같았다.

"아늑한 난롯가에 모든 게 편안하게 준비되어 있을 겁니다."

엘턴 씨는 계속 말을 이어갔다.

"참으로 훌륭한 분들이 아닙니까. 웨스턴 씨 부부는. 웨스턴 부인은 정말 칭찬이 아깝지 않은 분이고, 웨스턴 씨는 친절하고 사교적인 신사의 표본이죠. 조촐한 파티겠지만 모인 사람들로 치면 더 바랄 수 없이 훌륭하죠. 웨스턴 씨 댁 식탁에는 열 명쯤 앉을 수 있지만, 이런 때는 두 명이 넘치는 것 보다는 오히려 두 명 부족한 게 더 낫다고 생각해요. (에마 쪽으로 고개를 돌리며) 우드하우스 양도 제 말에 동의할 거라고 생각하는데요. 나이틀리 씨야 런던에서 이보다 더 큰 파티에 익숙해진 만큼 생각이 다를 수 있겠지만요."

"저는 런던의 거창한 파티에 대해서는 아는 바가 없습니다. 밖에서 저녁 모임을 안 가지니까요."

"정말입니까! (놀라움과 동정이 섞인 목소리로) 법률 쪽 일이 그렇게 고된 줄 몰랐습니다, 나이틀리 씨. 그렇지만 노력한 만큼 반드시 대가를 받게 될 겁니다. 일은 조금만 하고 즐거움은 마음껏 누릴 수 있는 때가 반드시 올 거예요."

"제가 지금 바라는 즐거움은, 오늘 하트필드에 다시 무사히 돌아가는 겁니다."

웨스턴가의 정문을 지나면서 존 나이틀리 씨는 무뚝뚝하게 대꾸했다.

14

웨스턴 부인의 응접실에 들어서면서 두 신사들은 얼굴 표정을 좀 바꾸어야 했다. 엘턴 씨는 그의 즐거움을 좀 드러나지 않게 진정시켜야 했고, 존 나이틀리 씨도 언짢은 기색을 숨겨야만 했다. 실내 분위기에 자연스레 어울리기 위해서는 엘턴 씨는 웃음을 좀 절제해야 하고, 존 나이틀리 씨는 좀 더 많이 웃는 것이 필요했다. 에마는 타고난 천성대로 방에 들어서면서 자연스레 기쁜 표정을 지을 수 있었다. 에마에게는 웨스턴 부부를 만난다는 게 큰 기쁨이었다. 웨스턴 씨는 호감이 가는 사람이라서 그의 부인만큼이나 에마가 마음을 터놓고 얘기할 수 있었고, 또 에마가 무슨 이야기를 하든 귀를 기울이면서 에마와 우드하우스 씨에 관한 소소한 사건이나 어려운 일, 기쁜 일들을 언제나 관심 있어 하고 잘 이해하면서 귀담아들어 주었다. 웨스턴 부인에게는 하트필드가 더 이상 관심사가 아니었지만 에마가 말을 꺼낼 때마다 잘 들어주었고, 30분 동안이나마 자질구레한 일상에 대해 스스럼없이 얘기할 때마다 서로에 대한 고마움을 새삼 느끼곤 했다.

이 즐거움은 하루 종일 함께 있어도 끝나지 않을 그런 것이었지만, 지금은 그 즐거움을 충분히 누릴 수 없는 상황이라 웨스턴 부인을 만나고 그녀의 미소와 손길, 목소리를 듣는 것만으로도 에마는 감사한 마음이 들었다. 에마는 엘턴 씨의 이해할 수 없는 행동이나 즐겁지 않은 일들에 대해서는 가능한 한 생각하지 않고, 최대한 즐거운 시간을 보내겠다고 마음먹었다.

해리엇의 독감에 대해서는 에마가 도착하기 전에 이미 다 설명이 된 상황이었다. 우드하우스 씨는 편안히 자리를 잡고 앉아 그 일 외에도 자신과 이사벨라가 여기까지 어떻게 왔는지 말하고 에마가 곧 도착할 거라고 설명했고, 나머지 일행이 방에 들어섰을 때에는 이런저런 이야기를 만족스럽게 마치는 중이었다. 우드하우스 씨에게 귀 기울이고 있던 웨스턴 부인은 몸을 돌려 에마를 반갑게 맞이했다.

에마는 잠시 동안은 엘턴 씨에 대해 생각하지 않겠다고 결심했지만, 정작 다들 자리를 잡고 보니 엘턴 씨는 그녀의 바로 옆에 앉아 있었다. 엘턴 씨는 에마에게 바짝 붙어 앉아 행복에 겨운 얼굴을 그녀 쪽으로 계속해서 돌려대며 기회가 있을 때마다 애절한 표정으로 말을 걸었기에, 해리엇에 대한 그의 이상할 정도로 무심한 태도를 머릿속에서 지우기란 쉽지 않았다. 그리고 엘턴 씨에 대한 생각을 접는 대신, 그의 기묘한 행동 때문에 에마는 '혹시 형부의 상상이 맞는 건 아닐까? 해리엇에 대한 애정이 내게로 옮겨온 걸까? 그렇다면 정말 말도 안 될 뿐 아니라 참을 수 없는 일이야!'라고 생각하기 시작했다. 그런 중에도 엘턴 씨는 에마가 혹시 춥지는 않은지 살피면서도 우드하우스 씨가 하는 말마다 큰 관심을 보이고, 웨스턴 부인의 말에도 즐거워하고 매우 기뻐했다. 그러더니 급기야는 에마가 그린 그림에 대해 사랑에 빠진 연인에게나 가능할 무지함으로 열렬히 찬사를 늘어놓았기 때문에, 에마는 그 앞에서 예의를 차리느라 애를 먹었다. 에마 자신을 위해 무례하게 굴어선 안 될 일이었고, 해리엇을 위해서도 모든 게 잘되길 바라는 마음으로 에마는 공손하게 행동하기 위해 더욱 노력했다. 하지만 그건 정말 노력을 요하는 일이었다. 그런데 특히나 엘턴 씨가 가장 열을 올리며 이상하게 행동하고 있는 순간, 테이블 저쪽에 앉은 사람들 사이에서는 그녀가 듣고 싶은 뭔가 중요한 이야기가 오가는 것 같아 에마는 초조한 기분이 되었다. 그녀가 주워들은 바로는 웨스턴 씨가 아들에 대한 새로운 소식을 전하고 있었는데, 중간중간 "우리 아들"이나 "프랭크", 그리고 또다시 "우리 아들"이라는 단어가 몇 번이나 반복되는 소리가 들렸고, 다른 짧은 단어들로 추측컨대 웨스턴 씨가 자기 아들이 곧 온다는 이야기를 하고 있는 것 같았다. 하지만 에마가 미처 엘턴 씨를 조용히 시키기도 전에 이야기가 이미 끝나버려, 에마 쪽에서 그에 대한 질문을 다시 꺼낸다면 좀 어색하게 보일 수 있는 상황이 되고 말았다.

지금은 결혼하지 않겠다고 결심한 에마이지만, 프랭크 처칠이라는 이름에는 그녀의 마음을 잡아끄는 그 무언가가 있었다. 특히 웨스턴 씨가 테일러 양과 결혼한 후부터 에마는 만약 자기가 결혼하게 된다면 나이나 성격, 여러 가지 조건 면에서 프랭크 처칠이야말로 자기에게 어울리는 짝일 거라고 생각하곤 했다. 가족 간의 관계로 보아서도 그는 자기에게 어울리는 상대였다. 에마는 둘 사이의 결합에 대해 그들을 아는 사람들 모두가 한 번씩은 생각해봤을 거라고 생각했다. 웨스턴 부부도 분명 그런 가능성을 생각했을 것이라는 강한 확신이 있었다. 그나 다른 누구에게 마음을 허락해서 지금처럼 부족한 것 하나 없이 완벽한 상황을 포기하고 싶은 마음이 있는 건 아니지만, 에마에게는 그를 만나보고 즐거운 대화를 하면서 어느 정도 그에게 호감을 받고 싶다는 강력한 호기심이 있었고, 친구들이 머릿속에서 두 사람을 연결시켜볼 거라는 생각을 할 때마다 뭔지 모를 즐거운 기분이 들었다.

이런 상황 속에서 엘턴 씨의 친절은 참을 수 없을 정도로 때와 장소를 가리지 못하는 행동이었다. 에마는 속으로는 짜증이 났지만, 오늘의 자리가 파하기 전 말하기 좋아하는 웨스턴 씨가 같은 화제를 한 번쯤은 더 꺼낼 거라고 생각하면서 표면적으로는 공손한 태도를 유지했다. 그녀의 생각은 실제로 이루어졌다. 저녁 식사를 하기 위해 엘턴 씨에게서 겨우 벗어나 웨스턴 씨 옆에 앉았을 때, 웨스턴 씨는 손님들에게 양고기를 연신 권하면서 처음으로 잠깐 짬이 나자 에마에게 이렇게 말했다.

"이 자리에 두 명만 더 있으면 딱 좋겠군요. 당신의 어여쁜 친구 스미스 양, 그리고 제 아들 말입니다. 그러면 우리 모임이 완벽하게 완성되었다고 할 수 있겠어요. 아까 응접실에서 제가 다른 분들에게 프랭크가 곧 온다고 한 얘기를 못 들으셨죠? 오늘 아침 그 아이의 편지를 받았는데, 2주 후에 여기 온다더군요."

에마는 적당한 정도의 반가움을 표했고, 프랭크 처칠 씨와 스미스 양이 이 모임을 완성시켜줄 거라는 얘기에도 전적으로 동의했다.

"그 아이는 그동안에도 계속 우리를 만나러 오고 싶어했답니다."

웨스턴 씨는 말을 이었다.

"지난 9월 이후로 쭉 그랬죠. 편지마다 온통 그 이야기뿐이었지만 마음대로 시간을 낼 수 있는 형편이 아니라서요. 주변에 비위를 맞춰야 할 사람들이 있고 또 우리끼리 하는 말이지만, 가끔은 상당한 희생을 감수해야 겨우 비위를 맞출 수 있는 사람들이 있는 법이니까요. 하지만 이제 1월 둘째 주 정도에는 그 아이를 볼 수 있을 겁니다."

"얼마나 기쁘시겠어요! 웨스턴 부인도 그렇게 만나보고 싶어했으니 정말 많이 기쁘시겠어요."

"그래요, 그럴 겁니다. 하지만 아내는 그 아이의 방문이 이번에도 또 미뤄질 거라고 생각하고 있어요. 아내는 그 아이가 올 거라고 저만큼 확신하지는 않지만, 그거야 그쪽 사람들에 대해 제가 아는 것만큼 잘 알지 못하기 때문이죠. 실은 이건 우리끼리 얘기인데 말입니다. 아까 저쪽에서 이야기할 때는 이런 말을 한마디도 내비치지 않았어요. 집집마다 비밀이 있는 법이니까요. 사실 1월에 엔스컴에 여러 친구들이 초대를 받아 방문할 예정인데, 이 방문이

미뤄질 경우 프랭크가 올 수 있을 거라는 얘기예요. 사람들이 예정대로 온다면 그 아이도 집을 비울 수 없는 거죠. 하지만 전 그 방문이 연기될 것을 압니다. 엔스컴의 가족 중 영향력 있는 안주인이 그런 행사를 무척 싫어하기 때문에, 그 사람들을 2, 3년에 한 번씩은 초대해야 하는데도 막상 그때가 되면 또 미루곤 하거든요. 이에 대해 전 조금의 의심도 갖고 있지 않습니다. 프랭크가 1월 중순이 지나기 전에 여기 올 거라는 데 대해 제가 지금 이 자리에 앉아 있는 것만큼이나 확신하고 있어요. 하지만 에마 양 당신의 절친한 친구(테이블 반대편으로 고갯짓을 하며)는 워낙 변덕이라는 걸 모르는 데다 하트필드에서 지내면서도 그런 걸 접해본 적이 없어서, 그런 면에서 경험이 많은 저만큼은 잘 파악을 못 하고 있답니다."

"확실히 정해진 게 아니라니 정말 안타깝네요."

에마는 답했다.

"하지만 저도 웨스턴 씨 말씀에 동의해요. 엔스컴 사정을 잘 아는 웨스턴 씨가 그렇게 생각하신다면, 분명 그렇겠죠."

"맞습니다. 엔스컴에 직접 가본 적은 없지만 그곳 상황에 대해서는 제가 좀 알고 있죠. 그 여자는 아주 이상하답니다! 하지만 프랭크를 생각해서 그녀 이야기를 나쁘게 할 생각은 없어요. 그녀는 우리 프랭크를 아주 아끼는 것 같더라고요. 자기 자신말고는 아무도 사랑하지 않는 여자라고 생각했는데, 프랭크에게는 웬일인지 항상 친절해요. 가끔 변덕을 부리고 자기 멋대로 행동하지만 제가 보기에 프랭크가 그 여자에게서 그런 애정을 받고 있다는 건 대단한 겁니다. 다른 사람들에게는 말할 수 없지만, 그녀는 여느 사람들에게는 돌처럼 차가운 마음에 악마 같은 못된 성질을 갖고 있으니까요."

에마는 이 주제가 너무 흥미로워 응접실로 자리를 옮기자마자 웨스턴 부인에게 잘됐다는 인사를 전하면서, 그래도 처음 만날 때는 서로 거북할 수 있을 거라고 말해주었다. 웨스턴 부인은 고개를 끄덕이더니 예정된 날에 그 첫 번째 만남의 거북함을 겪을 수만 있다면 오히려 기쁠 것 같다고 덧붙였다.

"그 애가 올 거라고 자신할 수 없거든. 웨스턴 씨처럼 낙관하지 못하겠고,

이번에도 결국 아무 일도 일어나지 않을까 봐 걱정하고 있어. 아까 웨스턴 씨에게서 지금이 어떤 상황인지 정확히 전해 들었지, 에마?"

"네, 모든 게 처칠 부인의 변덕스러운 기분에 달린 것 같더라고요. 지금은 그게 가장 확실한 것 같아요."

"에마! 그런 변덕에 대해 우리가 어떻게 확실하게 말할 수 있겠어?"

웨스턴 부인은 미소 짓고는 방금 옆자리에 앉은 이사벨라에게 고개를 돌렸다.

"나이틀리 부인, 우리가 웨스턴 씨 말처럼 프랭크 처칠을 보게 될 거라고 장담할 수 있는 상황이 아니라는 말을 하고 있었어. 전적으로 그 아이 외숙모의 상태와 기분에 달린 일이니까. 내 딸이나 다름없는 두 사람에게는 거짓 없이 말하는 거야. 엔스컴의 주인은 처칠 부인이고, 그분은 아주 별난 성격이라 프랭크가 오는 것도 그녀가 그를 놓아줄 때에야 가능할 거야."

"오, 처칠 부인이요, 모두들 처칠 부인을 알죠."

이사벨라가 답했다.

"전 그 가엾은 청년을 생각할 때마다 연민의 감정이 들어요. 그렇게 괴팍한 사람과 한집에서 같이 산다는 게 얼마나 끔찍한 일이겠어요. 우리같이 행복하게 사는 사람들이야 한 번도 겪어보지 못한 일이지만, 분명히 악몽 같은 생활일 거예요. 그런 여자가 자기 아이를 낳지 못했다는 게 정말 다행한 일이지요. 그런 엄마 밑에서 자라는 아이들이 있다면 얼마나 마음고생이 심하겠어요."

에마는 웨스턴 부인과 단둘이 있으면 좋겠다고 생각했다. 그럼 좀 더 많은 이야기를 들을 수 있을 테니 말이다. 웨스턴 부인은 이사벨라와 함께라면 하지 않을 이야기까지 에마에게 허심탄회하게 털어놓을 테고, 프랭크에 대한 생각을 제외하고는 처칠가에 대한 어떤 것도 감추려 하지 않을 게 분명했다. 프랭크에 대한 웨스턴 부인의 생각이라면, 에마가 이미 직관적으로 파악한 것들이 있었다. 그러나 지금으로서는 더 이상 얘기할 게 없었다. 곧이어 우드하우스 씨가 그들을 따라 응접실에 들어섰다. 우드하우스 씨는 저녁 식사 후

한자리에 오래 앉아 있는 걸 못 견디는 성격이라 와인이나 즐거운 대화도 소용이 없었던 탓에, 낯익은 가족들에게로 자리를 옮겨 온 것이었다.

우드하우스 씨가 이사벨라와 대화하는 틈을 타 에마는 간신히 웨스턴 부인에게 이렇게 말을 건넸다.

"그래서 아들의 방문이 전혀 확실한 게 아니라고 생각하는 거군요. 그렇다니 정말 안타까운 일이에요. 서로 첫인사를 나누는 게 아무래도 썩 유쾌하지는 않을 테니까, 그게 언제가 됐건 빨리 겪을수록 더 좋잖아요."

"맞는 말이야. 한 번 지체될 때마다 다음에 또 연기될까 봐 더 걱정하게 되지. 혹시 초대했다는 그 가족이 못 오게 되더라도 뭔가 핑계를 대서 우리를 또다시 실망시킬 거라는 생각이 들어. 그 아이 쪽에서 주저하는 거라고는 생각하지 않지만, 처칠가에서 그 아이를 붙잡아두고 싶어하는 마음이 있는 게 분명해. 질투 때문이지. 아버지에 대한 의무를 다하려는데 그것마저도 질투하는 거야. 결론적으로 나는 프랭크가 올 거라고 전혀 확신할 수 없고, 웨스턴 씨도 큰 기대는 안 했으면 좋겠어."

"와야 해요."

에마는 계속 말했다.

"2, 3일밖에 시간이 안 난다 해도 마땅히 와야죠. 다 큰 젊은이가 그 정도도 자기 의지대로 일을 해내지 못한다는 건 이해가 안 되는데요. 혹시 나쁜 사람들 손에 맡겨진 젊은 숙녀라면 그런 식으로 붙잡혀서 보고 싶은 사람들에게서 멀리 떨어져 지낼 수도 있겠지만, 적어도 젊은 남자라면 자기가 원하기만 한다면 아버지와 일주일 정도 지낼 수는 있어야죠."

"그 아이가 어떤 일들을 할 수 있는지 얘기하기 전에, 먼저 엔스컴에 가서 그 가족이 어떤지를 직접 봐야 해."

웨스턴 부인은 답했다.

"한 가족에 속한 누군가의 행동을 평가할 때도 신중을 기해야 하겠지만, 엔스컴에 있는 그 가족에 대해서는 더욱더 일반적인 상식을 적용해서는 안 될 거야. 그녀는 아주 비합리적인 데다 모든 걸 제멋대로 휘두른다고 하니까."

"하지만 자기 조카를 극진히 아낀다면서요. 제가 듣기로는 그가 많은 사랑을 받는다던데요. 처칠 부인이 제가 생각한 대로의 사람이라면, 하나부터 열까지 자기가 모든 걸 의지하고 있는 남편을 위해서는 어떤 희생도 치르려 하지 않고 기분 내키는 대로 노상 휘둘러 대지만, 아무런 의지도 하고 있지 않은 조카에 대해서만큼은 가끔 그가 원하는 걸 들어주는 게 당연한 일 아닌가요."

"에마의 착한 마음씨로 악한 사람들을 이해하려고 하거나 그들을 위한 규칙을 세우려고 애쓰지 마. 그런 사람들은 자기 방식대로 하게 내버려둬야 해. 가끔은 분명 프랭크가 자기 목소리를 낼 수 있는 때가 있겠지만, 그게 언제일지 미리 알기는 불가능할 테니까."

에마는 그 말을 듣고는 냉정하게 말했다.

"저로서는 그 어떤 말로도 그가 오지 못하는 걸 납득할 수 없어요."

"프랭크는 다른 문제에 있어서는 자기 의견을 낼 수 있겠지만, 결정권이 전혀 없는 문제들도 있을 거야."

웨스턴 부인은 말을 이었다.

"그들 곁을 떠나 우리를 방문하는 이런 문제도, 그의 손을 벗어난 그런 문제 가운데 하나일 거야."

15

우드하우스 씨는 곧 차를 준비하라고 부탁했고, 다 마신 다음에는 서둘러 집에 갈 준비를 했다. 함께 있던 세 명의 숙녀가 밤이 깊었다며 걱정하는 우드하우스 씨의 주의를 이런저런 이야기로 딴 데로 돌리는 것도 한계에 도달할 즈음, 다른 방에 있던 신사들이 거실로 들어왔다. 웨스턴 씨는 이야기에 한창 흥이 오른 상태라 사람들이 일찍 가려고 서두르는 것을 원하지 않았지만, 결국 하나둘씩 거실로 모이게 된 것이다. 엘턴 씨가 기분 좋아 보이는 얼굴로 가장 먼저 들어서서 웨스턴 부인과 에마가 소파에 앉아 있는 걸 보고는, 청하지도 않았는데 그들 사이에 끼어 앉았다.

그러나 에마는 프랭크 처칠 씨가 올 거라는 소식에 기분이 좋았던지라 엘턴 씨가 그날 저지른 무례한 행동을 다 잊기로 했고, 전처럼 그에게 흔연한 마음을 가지고 대하기로 했다. 그리고 엘턴 씨가 자리에 앉자마자 해리엇 얘기부터 꺼내는 걸 보고는 다시 친근한 미소를 지으며 그의 이야기에 귀를 기울일 준비를 했다.

엘턴 씨는 에마의 어여쁜 친구, 그 어여쁘고 사랑스러운 친구에 대해 크게 걱정하고 있다고 했다. 에마가 새로운 소식을 들었는지, 랜덜스에 온 뒤 해리엇에 대한 다른 이야기를 들은 게 있는지 물으며, 그는 상당한 우려를 나타냈다. 그는 해리엇의 증상을 듣고 크게 놀랐다고 털어놓았다. 엘턴 씨는 이런 식으로 얼마간 아주 적절한 태도로 특별히 대답을 기대하지 않으면서 혼자서 이야기를 끌어나갔는데, 전체적으로는 악성 인후염이 얼마나 위험한 병인지를 강조하는 그의 말에 에마도 고개를 끄덕이며 공감을 드러냈다.

그러나 에마가 생각하던 대로가 아니라는 게 마침내 밝혀졌다. 어느 순간부턴가 엘턴 씨는 해리엇의 상태보다 에마가 혹시 악성 인후염에 걸리지 않을까, 병에 걸린 사람의 감염보다 마치 에마가 감염되지 말아야 한다고 걱정하는 것처럼 들렸기 때문이다. 엘턴 씨는 에마에게 당분간은 환자가 있는 집을 다시 찾지 말고, 그가 페리 씨를 만나 소견을 듣고 올 때까지는 그런 위험을 무릅쓰지 않겠다고 **약속하라고** 간청했다. 에마가 그 말을 웃어넘기고 다시 올바른 방향으로 이야기를 되돌리려 했지만, 엘턴 씨가 에마에 대해 지나친 걱정을 늘어놓는 걸 막을 방법이 없었다. 그녀는 짜증이 밀려왔다. 이건 마치 그가 해리엇이 아닌 에마와 사랑에 빠진 것 같은 태도였고, 그게 사실이라면 가장 비열하고도 혐오스러운 변덕이었다. 그렇더라도 그녀는 정중하게 대하기 위해 애써야만 했다. 급기야 엘턴 씨는 웨스턴 부인에게 몸을 돌리더니 도움을 구했다.

"부인께서 도와주시지 않겠습니까? 우드하우스 양이 스미스 양의 병이 옮은 게 아니라는 것이 확실해질 때까지는 고더드 부인 댁에 가지 말도록 부디 좀 설득해주시지 않겠습니까? 이 약속 없이는 저는 안심할 수 없어요. 에마 양이 저에게 약속하도록 부인이 타일러주십시오."

"다른 사람 일에는 그토록 세심하면서 자기 몸은 조심하지 않다니요!"

엘턴 씨는 계속해서 말을 이었다.

"에마 양은 저더러 감기에 걸릴지 모르니 오늘 집에서 쉬라고 부탁했으면서 정작 자신은 인후염에 걸릴 위험을 피하겠다는 약속을 하려 들지 않는답니다. 이게 어디 공평한 일인가요, 웨스턴 부인? 우리 두 사람 사이에서 객관적으로 한번 판단해주십시오. 이 정도면 제가 불평할 권리가 조금은 있지 않나요? 부인은 분명 저를 도와주시리라 믿습니다."

에마는 웨스턴 부인의 놀라는 모습을 봤고, 말로나 태도로나 마치 엘턴 씨 자신이 에마와 특별한 사이라도 되는 것처럼 행동하는 데 대해 크게 놀랐을 게 분명하다고 생각했다. 에마의 입장에서는, 너무 화나고 불쾌해 엘턴 씨의 말에 뭐라고 직접 대응할 수조차 없을 지경이었다. 그저 언짢은 시선으로 그를 쳐다보는 게 에마가 할 수 있는 전부였지만, 그것만으로도 엘턴 씨가 곧 정신을 차릴 거라고 생각하고, 이윽고 소파에서 벌떡 일어나 언니 옆자리로 옮겨 언니에게 모든 주의를 기울였다.

사실 엘턴 씨가 에마의 질책 어린 시선을 어떻게 받아들였는지 파악할 만한 시간은 없었다. 왜냐하면 바깥 날씨를 살피러 갔던 존 나이틀리 씨가 방에 들어서는 바람에 대화의 주제가 급선회했기 때문이었다. 존 나이틀리 씨는 길이 눈으로 뒤덮였고 강한 바람에 여전히 눈발이 휘날리고 있다고 모두에게 알리면서, 우드하우스 씨에게 다음과 같이 얘기했다.

"장인어른, 오늘은 이번 겨울의 사교 모임에 아주 특별한 시작이 되겠는데요. 말과 마부도 눈보라 속을 뚫고 가는 색다른 경험을 하게 될 테고요."

불쌍한 우드하우스 씨는 너무 놀라 아무 말도 하지 못했지만, 나머지 사람들은 놀랐든 놀라지 않았든, 저마다 질문을 하거나 위로의 말을 하면서 그를 안심시켰다. 웨스턴 부인과 에마는 우드하우스 씨의 기분을 풀어주는 한편, 다소 무자비하게 의기양양해 있는 존 나이틀리 씨에게서 그의 주의를 돌리려 무던히 애썼다.

"저는 장인어른의 결단력에 깜짝 놀랐었습니다."

그러나 존 나이틀리 씨는 말을 이어갔다.

"금방 눈이 내리기 시작할 거라는 걸 아셨을 텐데도, 이런 악천후에 길을 나섰으니 말입니다. 모두가 오늘 눈이 올 거라는 걸 알고 있었는데 말이죠. 우선은 장인어른의 용기에 경의를 표하고, 우리 모두 집에 무사히 도착할 거라고 말씀드리고 싶습니다. 한두 시간 눈이 더 온다고 해서 길이 막히지는 않을 테고, 우리에겐 마차가 두 대나 있잖습니까. 한 대가 황량한 벌판에서 뒤집어진다고 해도 다른 한 대가 있으니 걱정없습니다. 분명 자정 전에는 우리 모두 하트필드에 안전하게 도착할 겁니다."

웨스턴 씨는 다른 종류의 승리감에 젖어, 오늘 눈이 올 거라는 걸 알고 있었지만 우드하우스 씨가 불안해하면서 빨리 일어설까 봐 말을 하지 않았노라고 털어놓았다. 웨스턴 씨는 눈이 많이 내리고 앞으로도 더 내려 집에 돌아가는 길이 지체될 거라는 얘기는 그저 농담일 뿐이며, 오히려 아무 어려움이 없을까 봐 걱정이라고 했다. 그는 길이 막혀 손님 모두가 랜덜스에서 하룻밤 묵어가게 하고 싶었고, 지극한 호의에서 잠잘 방은 어떻게든 마련할 수 있을 거라고 장담하면서, 남는 방이 두 개밖에 없어서 난처해하는 아내에게도 조금만 궁리해보면 모두가 잘 자리를 마련할 수 있을 거라고 했다.

"어떻게 한단 말이냐, 에마? 어쩌면 좋지?"

이게 우드하우스 씨의 입에서 처음 나온 말이었고, 그 뒤로도 그는 몇 번이나 이 말을 반복했다. 우드하우스 씨는 에마가 안심을 시키며, 별일 없이 안전하게 갈 수 있을 거라 확신하고, 또 말들이 얼마나 훌륭하고 마부인 제임스가 얼마나 능숙하게 말을 잘 모는지, 가는 도중에 묵을 수 있는 아는 집이 얼마나 많은지 등을 이야기하는 것을 듣자 다소 기운을 차렸다.

우드하우스 씨의 큰딸이 받은 충격은 아버지와 거의 같은 수준이었다. 아이들을 하트필드에 두고 랜덜스에 갇혀 있게 될지 모른다는 공포가 머릿속에 가득 찼고, 용기 있는 사람이라면 지금도 길을 나서기에 늦지 않았으며 그럴 경우 지체하지 말아야 한다는 생각에, 이사벨라는 아버지와 에마는 랜덜스에 남아 있고 자신과 남편은 즉시 험한 눈보라 속으로 나서는 것으로 빨리 이야기를 마무리 짓고 싶어했다.

"빨리 마차를 부르는 게 좋겠어요, 여보."

이사벨라가 다급히 말했다.

"지금 바로 떠나면 별문제 없이 움직일 수 있을 거예요. 최악의 상황에는 내려서 걸으면 되죠. 그런 건 전혀 두렵지 않아요. 가는 길의 반이라도 걸을 수 있는걸요. 물론 집에 들어서는 순간 구두를 갈아 신어야겠지만, 그런 일로 감기에 걸리지는 않을 거예요."

"정말이오?"

존 나이틀리 씨가 답했다.

"그렇다면 지금은 깜짝 놀랄 일이 되겠구려. 보통 당신은 아주 사소한 일로도 자주 감기에 걸리잖소. 그런데 집까지 걸어간다고! 당신의 그 어여쁜 신발로 집까지 걸어간다니. 이건 말에게도 험한 길이란 말이오."

이사벨라는 이 생각에 대해 웨스턴 부인의 동의를 구하기 위해 그녀 쪽으로 고개를 돌렸다. 웨스턴 부인은 마지못해 고개를 끄덕일 수밖에 없었다. 그런 다음 이사벨라는 에마의 의견을 물었지만, 에마는 모두 함께 출발할 수 있을 거라는 희망을 완전히 포기할 수 없었다. 이 문제를 놓고 열띤 토론이 벌어지는 동안 눈이 내린다고 자기 동생이 처음 알린 후, 바로 방에서 나갔던 나이틀리 씨가 다시 돌아왔다. 그는 방금 상황을 보러 밖에 나갔다 왔는데, 지금이건 한 시간 후이건 언제 나서도 집에 가는 데 아무 문제없을 거라 말했다. 나이틀리 씨는 길 저편까지 나가 하이버리의 큰길을 따라 내려갔다 왔는데, 눈은 고작해야 반 인치 정도만 쌓였을 뿐이고 눈으로 덮인 부분도 많지 않다고 했다. 지금은 눈송이가 가볍게 흩날리는 정도지만, 구름이 물러가는 걸로 봐서 곧 눈이 그칠 게 분명하다고 했다. 나이틀리 씨는 이어 마부들을 만나봤는데, 둘 다 걱정할 게 없다는 그의 의견에 동의했다고 했다.

이사벨라는 이 말에 크게 안도의 한숨을 내쉬었고, 에마로서도 아버지를 위해 이보다 더 반가운 소식이 있을 수 없다고 생각했다. 우드하우스 씨는 그의 예민한 신경이 허락하는 한 가장 빠른 속도로 마음을 진정시켰지만, 일단 한번 했던 걱정은 그가 랜들스에 머무는 동안에는 편안하게 누그러뜨릴 수 없었다. 우드하우스 씨는 집에 돌아가는 동안 눈에 띌 만한 위험이 없다는 데 마음을 놓았지만, 어떤 말로도 그를 더 이상 붙잡을 수는 없었다. 다른 사람들이 이런저런 의견과 제안을 내놓는 사이, 나이틀리 씨와 에마는 다음과 같은 짤막한 대화를 통해 상황을 정리했다.

"여기 계시면 우드하우스 씨의 마음이 편치 않을 것 같습니다. 지금 일어서는 게 어떻습니까?"

"다들 일어설 거라면 저도 지금 떠날 준비가 됐어요."

"종을 울릴까요?"

"네, 그러세요."

그는 종을 울려 마차를 준비하라고 일렀다. 잠시 기다리는 동안, 에마는 성가신 한 명이 자기 집에 가서 제발 정신을 좀 차리고 이성을 찾았으면 좋겠다고 생각했고, 다른 한 명에 대해서는 이 힘든 방문이 끝남과 동시에 기분이 풀리기를 바랐다.

마차가 오자 이런 일에 언제나 가장 서두르는 우드하우스 씨가 나이틀리 씨와 웨스턴 씨의 부축을 받아 조심스럽게 마차에 올랐다. 그러나 그들이 무슨 말을 하더라도 바닥에 쌓인 눈이라든지, 생각보다 바깥이 캄캄한 것을 보고 우드하우스 씨가 새삼 놀라는 걸 막을 수는 없었다. 그는 가는 길이 험할 거라면서 가엾은 이사벨라가 힘들어 하지 않을까, 뒤따라오는 마차에 타게 될 가엾은 에마는 어쩌나 하면서 걱정했다. 그는 어떻게 하는 게 가장 좋을지 갈피를 못잡았다. 그가 생각할 수 있는 방법은 가능한 한 함께 붙어 있는 것이었다. 그는 마부 제임스에게 이렇게 당부하면서 뒤에 오는 마차와 보조를 맞추도록 속도를 늦추어서 가라고 했다.

이사벨라는 아버지를 따라 마차에 오르고 다른 마차에 타야 하는 걸 깜빡한 존 나이틀리 씨가 아내를 따라 자연스럽게 함께 올라 타자 그 마차는 그대로 출발했다. 결국 엘턴 씨의 안내로 두 번째 마차에 오르게 된 에마는 마차 문이 바로 닫히는 걸 보면서 이제 집까지 가는 동안 엘턴 씨와 단둘이 있게 됐다는 걸 깨달았다. 오늘 그의 미심쩍은 행동만 아니었다면 그다지 어색하지 않았을 것이고, 엘턴 씨와 해리엇 얘기를 즐겁게 하다 보면 4분의 3마일이라는 거리가 그리 길게 느껴지지 않았을 것이다. 하지만 지금 에마는 이런 상황이 만들어지지 않았다면 좋았을 거라고 생각했다. 에마는 엘턴 씨가 웨스턴 씨 집에서 값비싼 와인을 너무 많이 마셨고, 말도 안 되는 소리를 늘어놓고 싶어할 게 분명하다고 생각했다.

에마는 나름대로 엘턴 씨를 제지하기 위해 곧바로 냉정하고 정중한 태도로 날씨와 그날 밤에 대한 얘기를 꺼낼 채비를 갖췄다. 그러나 그녀가 미처 이야기를 시작하기도 전, 그들이 탄 마차가 집 정문을 나와서 다른 마차와 합류하기도 전에 엘턴 씨가 그녀의 말을 자르고 손을 잡더니 자기를 봐달라면서 열렬한 사랑 고백을 하기 시작했다. 그는 얻기 힘든 이런 기회를 틈타 이미 에마도 잘 알고 있을 자신의 감정을 털어놓는 것이고, 간절하게 바라고 두려워하며 사모하고 있기에 그녀가 만약 자기를 거절한다면 죽을 준비도 되어 있노라고 했다. 그런 한편으로 자신의 열렬한 애정과 둘도 없는 사랑, 비할 데 없는 열정이 지금껏 그녀 마음을 움직이지 않았을 리 없다면서 가능한 한 빨리 자신의 마음을 받아달라고 요구하는 것이었다. 에마가 우려했던 그대로의 상황이 벌어진 것이었다. 망설임이나 사죄, 조금의 거리낌도 없이 해리엇의 연인인 엘턴 씨가 에마에게 사랑을 고백하고 있었다. 에마는 엘턴 씨의 말을 막으려 했지만, 그는 아랑곳하지 않고 자기가 하고 싶은 말을 다 쏟아냈다. 그녀는 너무 화가 났지만, 지금 상황에서는 감정을 다스려 말해야 한다고 결심했다. 에마는 이렇게 어리석은 행동의 반은 엘턴 씨가 취했기 때문이라 여겼고, 시간이 지나면 다 해결될 거라 기대했다. 그래서 반쯤은 제정신이 아닌 그에게 맞추어 진지함과 장난기를 반반씩 섞어 이렇게 대꾸했다.

"엘턴 씨, 절 정말 놀라게 하시는군요. 이런 얘길 저한테 하시다니요! 지금 많이 취하신 것 같네요. 제 친구 스미스 양에게 전할 얘기가 있으시면 기꺼이 전해드리겠지만 더 이상 이런 얘기를 저한테 하지는 마세요."

"스미스 양이라니요! 스미스 양에게 전할 말이라니요! 그녀가 저한테 무슨 의미가 있다는 말입니까!"

엘턴 씨는 에마의 말을 아주 확신에 찬 어조로 크게 놀란 듯 반복했기 때문에 에마는 재빨리 대답했다.

"엘턴 씨, 이건 정말 말도 안 되는 행동이에요! 저로서는 당신의 지금 행동을 제정신이 아니라는 한 가지로밖에 해석할 수 없군요. 그게 아니라면 지금 저에게나 해리엇에 대해서나 그런 식으로 말씀하실 수는 없을 거예요. 부디 더 이상의 말씀은 삼가시는 게 좋을 것 같네요. 저도 이 일은 없었던 걸로 생각할 테니까요."

그러나 엘턴 씨는 용기를 북돋워줄 만큼의 와인을 마셨을 뿐, 판단력이 흐트러질 정도는 아니었다. 그는 자기가 무슨 말을 하는지 정확히 알고 있으며 자신의 마음을 의심하는 게 부당하다고 차분히 반박하면서 스미스 양에 대해서는 그녀의 친구로서 존경하고 있다고 살짝 언급하고는, 스미스 양의 이름이 왜 여기서 언급되어야 하는지 도무지 이해가 안 된다는 뜻을 드러냈다. 그러고는 다시 사랑을 고백하면서 어떻게든 긍정적인 대답을 받아내려고 애썼다.

에마는 엘턴 씨가 취한 게 분명하다는 추측 대신, 점점 그의 변덕과 터무니없는 확신에 대해 다시 생각하기 시작했고, 굳이 예의를 차리려는 생각을 하지 않고 이렇게 다시 대답했다.

"제가 더 이상 의심할 수는 없군요. 말하고자 하는 바를 너무도 분명히 전달하셨으니까요. 엘턴 씨, 지금 제가 느끼는 놀라움은 말로 다 표현할 수 없을 정도랍니다. 지난 한 달 동안 당신을 지켜봐서 아는 것처럼, 그동안 스미스 양에게 그렇게 잘 대해주시고 매일같이 지극한 관심을 쏟으시더니 이런 식으로 제게 말씀하시다니요. 이건 제가 전혀 생각지도 못했던 심경의 변화네요! 엘턴 씨. 분명히 말씀드리지만 이런 고백을 받았다는 게 저는 전혀, 조금도 기쁘지 않답니다."

"세상에!"

엘턴 씨가 외쳤다.

"그게 무슨 말입니까? 스미스 양이라니요! 제 평생 단 한 번도 스미스 양을 당신의 친구 이상으로 생각하거나 관심을 기울인 적이 없었고, 그녀가 살든지 죽든지 그 이상으로는 신경 쓰지 않습니다. 혹여 그녀가 다르게 상상하면서 자기가 바라는 대로 믿어왔다면 대단히 안된 일이지만, 스미스 양이라니요! 오! 우드하우스 양! 우드하우스 양이 가까이 있는데 누가 스미스 양을 생각이나 하겠어요? 아니요, 진정코 마음이 변한 적은 전혀 없었습니다. 전 처음부터 지금까지 오직 당신만 생각해 왔어요. 다른 누구에게든 조금의 관심도 두지 않았다고 말할 수 있습니다. 지난 몇 주 동안 제가 한 모든 말이나 행동은 당신에 대한 제 사랑을 표시하기 위한 것일 뿐이었습니다. 설마 진심으로 그걸 의심하는 것은 아니겠지요. 아닐 겁니다! (뭔가 암시하는 듯한 어조로) 분명 에마 양도 그동안 이런 제 마음을 눈치채고 이해해왔으리라 생각해요."

이 말을 들은 에마가 자신의 기분이나 불쾌한 온갖 감정 가운데 뭐가 가장 심한지를 구분하기란 불가능했다. 에마는 그의 말에 너무 놀라서 곧바로 대답할 수가 없었는데, 이런 얼마간의 침묵이 엘턴 씨의 낙관적인 마음에 커다란 용기를 불어넣어 주었는지 그는 에마의 손을 다시 잡으려 하면서 기쁨에 찬 목소리로 외쳤다.

"아름다운 우드하우스 양! 이 침묵을 제가 마음대로 해석해도 좋겠습니까? 당신은 오랫동안 제 마음을 눈치채고 있었다는 뜻으로 말입니다."

"아니에요, 엘턴 씨!"

에마는 황급히 외쳤다.

"전혀 그런 뜻이 아니에요. 오랫동안 당신의 마음을 이해하고 있기는커녕, 지금 이 순간까지 당신 생각을 오해하고 있었어요. 당신이 그런 감정을 느끼고 있었다니 저로서는 미안할 뿐이네요. 제가 바란 건 전혀 그런 게 아니었어요. 제 친구 해리엇을 향한 당신의 애정, 그리고 구애를 보면서—그건 정말 구애처럼 보였어요—제가 얼마나 기뻤는데요. 그러면서 당신이 꼭 성공하기를 간절히 염원했고요. 하지만 당신이 하트필드에 그렇게 자주 드나든 게 해리엇 때문이 아니란 걸 제가 알았더라면, 그렇게 자주 방문하는 것을 좋게 생각하지는 않았을 거예요. 정말로 스미스 양에게 끌린 적이 단 한 번도 없었다고 믿어야 하는 건가요? 그녀를 진지하게 생각한 적이 한 번도 없었다고요?"

"단 한 번도요."

엘턴 씨는 모욕이라도 당한 듯 외쳤다.

"분명코 단 한 번도 그런 적 없습니다. 제가 스미스 양을 진지하게 생각하다니! 스미스 양은 아주 좋은 아가씨고 저도 그녀가 좋은 사람을 만나 결혼하기를 바랍니다. 정말 잘되길 바라요. 그리고 분명히 그녀를 마다하지 않을 남자들이 있을 테고요. 모든 사람들에겐 자기에게 어울리는 수준이 있는 법이니까요. 하지만 저로 말씀드리면, 저는, 제가 생각하기에 그런 수준이 아닙니다. 스미스 양에게 사랑을 바칠 정도로 격에 맞는 만남을 완전히 포기해야 할 상황은 아니라고요! 아니요, 제가 하트필드를 찾은 건 오로지 당신만을 위한 것이었고 또 당신이 제게 용기를 낼 여지를 주었기 때문이었습니다."

"여지요? 제가 당신에게 여지를 주었다고요? 엘턴 씨, 완전히 잘못 생각하신 거예요. 저는 당신을 제 친구에게 애정을 품은 분으로만 생각했어요. 그렇지 않았다면 당신은 그저 제가 알고 지내는 사람들 가운데 하나였을 거예요. 매우 미안하지만 지금이라도 이렇게 오해가 밝혀졌으니 다행이네요. 같은 식의 행동이 이어졌다면 스미스 양은 당신이 그토록 민감하게 생각하시는 불평등한 만남에 대해 저만큼이나 알아채지 못하고 당신에 대해 착각하고 있었을 테니까요. 지금 상황에서 엘턴 씨가 실망은 하시겠지만, 분명 오래가지는 않을 거예요. 그리고 현재 저는 결혼 생각이 전혀 없습니다."

엘턴 씨는 에마의 그 말에 너무 화가 나 아무 말도 할 수가 없었다. 뭐라 더 덧붙이기에는 에마의 태도가 너무 단호했고, 이렇게 분노가 점점 더해가며 서로에게 깊은 실망감을 느끼면서도 우드하우스 씨가 마부에게 천천히 가라고 몇 번이나 당부했었기 때문에 이들은 이런 상태로 한참을 더 함께 가야만 했다. 분노가 이 정도로 크지 않았더라면 그렇게 앉아 있기가 너무 어색했겠지만, 이미 감정을 솔직하게 분출한 터라 그렇게 미묘한 어색함을 느낄 여유조차 남아 있지 않았다. 그들이 깨닫지 못하는 사이 마차는 교구길에 접어들어 어느새 엘턴 씨 집 앞에 멈춰섰고, 엘턴 씨는 한마디 말도 없이 부리나케 마차에서 내렸다. 그리고 에마가 그에게 의례적인 작별 인사를 하자 냉랭하고도 뻣뻣한 태도로 답례를 했다. 에마는 말할 수 없을 정도로 불편한 심정으로 하트필드에 도착했다.

에마가 집에 들어서자, 교구길에서부터의 험한 길을 제임스도 아닌 낯선 마부가 끄는 마차를 타고 혼자 오고 있을 딸의 신변을 걱정하느라 안절부절못하고 있던 아버지를 비롯해 모두가 그녀를 반가이 맞이했다. 에마가 무사히 도착하자 모든 게 완벽해진 것 같았다. 존 나이틀리 씨는 조금 전까지 언짢게 굴었던 게 내심 후회가 됐는지 매우 친절하고 자상하게 대해 주었는데 특히 장인어른이 어디 불편한 데는 없는지 살뜰히 챙겼고, 아직 오트밀을 함께 먹을 준비까지는 안 되었다고 해도 건강에 좋은 음식이라는 데에는 전혀 이견을 표하지 않았다. 에마를 제외한 가족 모두에게 하루가 평화롭고 편안하게 마무리되고 있었다. 하지만 에마의 마음은 그 어느 때보다도 혼란스러웠고, 각자 잠자리에 들기 위해 방으로 가서 혼자 조용히 생각할 시간을 가질 수 있을 때까지 주의 깊고 유쾌한 태도를 유지하느라 무던히 애를 써야만 했다.

16

잠자기 전에 머리를 말아준 하녀가 나가자, 에마는 혼자 앉아 비참한 기분에 잠겨 있었다. 정말 참혹한 일이었다. 그녀가 바라던 모든 것들이 이렇게 엉망진창이 되다니! 모든 일이 그렇게 최악의 방향으로 흘러가다니! 해리엇이 얼마나 충격을 받을까. 사실은 그게 가장 마음이 아팠다. 이번 일 하나하나가 에마에게 고통과 수치를 가져왔지만 해리엇이 느낄 아픔에 비하면 아무것도 아니었고, 에마는 이번 실수의 여파가 자신에게만 국한될 수 있다면 지금보다 더 큰 실수나 잘못, 오판으로 더 심한 굴욕감을 느낀다 해도 상관없을 것 같았다.

'내가 해리엇을 설득해 엘턴 씨에게 호감을 갖도록 했던 모든 행동을 되돌릴 수만 있다면, 그 어떤 일이라도 견딜 수 있을 텐데. 엘턴 씨가 나에 대한 엉뚱한 확신을 지금보다 두 배쯤 더 가진다고 해도 말야. 아, 가엾은 해리엇!'

어떻게 그토록 감쪽같이 속을 수 있었을까. 엘턴 씨는 해리엇을 진지하게 생각한 적이 한 번도, 단 한 번도 없다고 완강하게 주장했다. 에마는 지금까지 있었던 일들을 가능한 한 자세히 돌이켜 보았지만, 모든 게 혼란스럽기만 했다. 에마는 하나의 생각을 끄집어내어 넘겨짚었으며 모든 걸 그에 맞추어 해석했던 것이다. 하지만 아무리 생각해도 엘턴 씨의 태도 역시 분명치 않고 모호했던 게 분명했다. 그렇지 않고서야 자기가 어떻게 그렇게까지 잘못 생각할 수 있었겠는가.

그래, 그 그림 말이다! 해리엇의 초상화에 엘턴 씨가 얼마나 지대한 관심을 보였던가. 수수께끼 시는 또 어떻고! 이 밖에도 백여 가지는 되는 많은 상황들이 하나같이 해리엇을 가리키는 것만 같았다. 물론 '민첩한 기지치'라는 구절이 좀 이상하긴 했지만, 다음 순간에는 '부드러운 눈'을 찬미하지 않았던가. 따지고 보면 그건 둘 중 누구에게도 맞지 않는 시구였고, 의미도 진실도 담겨 있지 않은 가식에 불과했다. 그런 말도 안 되는 시에서 누가 진실을 알아낼 수 있었겠는가?

분명히 에마도 최근 들어서는 엘턴 씨가 자기를 대하는 태도가 지나칠 만큼 친절하다고 느끼긴 했지만, 그게 원래 엘턴 씨의 성격이거나 판단력과 지식, 기품이 부족한 탓이라고만 여겼다. 그리고 그의 신사다운 태도에도 불구하고 가끔 진정한 우아함이 부족해 보이는 데서 알 수 있듯 엘턴 씨가 상류 사회에서 자라나지 않았다는 걸 알게 해주는 하나의 증거라고 생각했었다. 그러나 오늘 일이 있기 전까지 에마는 자신에 대한 엘턴 씨의 감정이 해리엇의 친구에 대한 감사와 존경이 아닐 거라고는 단 한순간도 생각한 적이 없었다.

이런 가능성에 처음 눈을 뜨게 해줬다는 점에서 에마는 존 나이틀리 씨에게 빚을 진 셈이었다. 나이틀리 형제에게 뛰어난 통찰력이 있다는 건 인정하지 않을 수 없는 사실이었다. 에마는 나이틀리 씨가 얼마 전 엘턴 씨에 대해 절대로 무분별한 결혼은 안 할 사람이니 주의하라고 말을 했던 일을 생각하니, 그가 엘턴 씨의 성격을 그녀보다 얼마나 정확하게 파악하고 있었는지 깨닫게 되어 저도 모르게 얼굴이 화끈 달아올랐다. 정말 견딜 수 없을 정도로 수치스러운 기분이었다. 반면 엘턴 씨는 오늘 여러 면에서 그녀가 바라고 믿어왔던 것과는 정반대로 자존심 강하고 거만하며 고집 세고 남의 감정은 전혀 배려하지 않는 사람이라는 걸 스스로 드러내 보였다.

보통 이런 일에서와는 다르게 에마에게 자기 마음을 털어놓으려는 엘턴 씨의 바람은 오히려 그에 대한 평가를 깎아내리는 결과를 가져왔다. 엘턴 씨의 고백과 청혼은 그에게 아무런 도움이 되지 못했다. 에마는 그의 애정에 아무런 감동을 받지 못했고, 그가 내보인 희망에 모욕감마저 느꼈다. 엘턴 씨는 성공적인 결혼을 하고 싶어했고 감히 에마에게까지 눈높이를 높이면서 그녀를 사랑하는 척했지만, 에마는 엘턴 씨가 느낄 실망이 애써 신경 써야 할 만큼 심각할 거라고는 전혀 생각하지 않았다. 엘턴 씨의 말이나 태도에서는 진심 어린 감정이 조금도 느껴지지 않았기 때문이다. 한숨과 미사여구가 몇 번씩 쏟아져 나오긴 했지만, 그것처럼 진실한 사랑과 전혀 맞지 않는 표현이나 어조는 없을 것이었다. 엘턴 씨를 동정할 필요는 없었다. 엘턴 씨는 단지 신분 상승과 더 많은 부를 원했던 것뿐이었고, 만약 3만 파운드를 상속받는 하트필드의 우드하우스 양이 생각처럼 쉽게 넘어오지 않는다면, 곧이어 2만 파운드나 1만 파운드를 가진 다른 아가씨를 찾아 나설 것이었다.

그런데 에마가 자신에게 여지를 주었다고 생각하다니, 에마가 자기의 생각을 눈치채고 그의 마음을 받아들여 (간단히 말해) 그와 결혼할 마음을 갖고 있었을 거라 여기다니! 그러면서 엘턴 씨는 가문이나 지성 면에서 자신이 에마와 같은 수준이라고 생각하고 그녀의 친구 해리엇은 완전 무시한 것이다. 자기보다 못한 수준에 대해서는 그토록 잘 파악하면서, 자기보다 훨씬 나은 지위에 대해서는 눈이 멀어 한 치의 주저함도 없이 그녀에게 접근을 하다니! 정말로 어이없고 기가 막힌 일이었다.

어쩌면 엘턴 씨가 재능이나 교양 면에서 얼마나 열등한지 스스로 자각하길 기대하는 건 무리일지 모른다. 애초에 그런 자질이 부족하기 때문에 스스로가 깨닫지 못하는 것일 테니 말이다. 그러나 재산이나 배경으로 봐도 에마가 자신에게 분에 넘치는 상대라는 건 알아야 하는 것 아닌가. 우드하우스 가문은 하트필드에서 꽤 유서 있는 집안으로 몇 세대에 걸쳐 든든히 자리를 잡아왔지만, 엘턴 씨 자신은 별것 아닌 사람이라는 그 사실 말이다. 하트필드에 있는 우드하우스가의 토지는 하이버리의 대부분의 땅을 거의 소유하다시피 한 던웰 애비의 나이틀리가에 비하면 확실히 미미한 수준이었지만, 그 외의 재산은 모든 면에서 나이틀리 가문 못지않은 수준이었다. 게다가 우드하우스 가문이 이 지역에서 오랜 기간 명망을 쌓아온 것과 달리, 엘턴 씨는 고작해야 2년 전 이곳에 처음으로 발을 들여놓은 뒤, 자신의 직업을 제외하고는 이렇다 할 인맥도 없이 그 길만 닦아가고 있는 처지이며 현재 상황이나 정중한 태도 외에는 딱히 내세울 장점도 없지 않은가. 그런데도 엘턴 씨는 에마가 자기를 사랑하고 있으며 결국 결혼까지 하게 될 거라고 상상했던 것이다. 엘턴 씨의 친절한 태도와 자만심 사이의 불일치에 대해 이렇게 혹독히 비판하고 나서, 에마는 생각을 멈추고 상식적인 양심에 비추어 자신의 행동 역시 엘턴 씨에게 너무나 상냥하고 친절했으며 너무나 깍듯한 주의를 기울였기 때문에 (그녀의 진짜 의도를 눈치채지 못했다는 가정하에) 엘턴 씨처럼 평범한 남자라면 자기가 대단한 관심을 받는 것으로 착각할 수 있겠다는 것을 인정하지 않을 수 없었다. 에마가 엘턴 씨의 감정을 그렇게 잘못 해석했다면, 나름의 목적으로 눈이 멀게 된 엘턴 씨가 에마를 오해했다고 그렇게 화낼 권리는 없는 것이다.

최초의 실수는 그녀가 저지른 것이었다. 무리하게 두 사람을 짝지어주는 데 그렇게 적극적으로 나선 게 어리석고 잘못된 행동이었다. 지나치게 무모했고 너무 많은 억측을 했으며 진지해야 할 일을 너무 가볍게 보았고, 간단해야 할 일에서는 지나치게 잔머리를 굴렸다. 에마는 실로 걱정스럽고 부끄러웠으며, 앞으로는 절대로 이런 일을 하지 않으리라 결심했다.

'공연히 불쌍한 해리엇을 내가 부추겨서 이 남자에게 마음을 주도록 한 거잖아. 내가 아니었으면 엘턴 씨 생각은 하지도 않았을 테고, 그가 해리엇을 좋아하는 게 분명하다고 내가 말하지 않았다면 소박하고 겸손한 해리엇은 그에 대해서는 생각도 하지 않았을 텐데. 아! 마틴 씨를 받아들이지 말라고 해리엇을 설득한 데서 그쳤어야 했어. 거기까지는 옳게 판단했었는데, 그건 내가 잘한 일이었지만 거기서 끝내고 나머지는 시간과 기회가 오는 대로 맡겼어야만 했어. 해리엇을 상류 사회에 소개시키면서 사귈 만한 가치가 있는 사람들과 교제할 기회를 주는 것, 그 이상 나아가서는 안 됐던 거야. 가엾은 해리엇, 앞으로 마음이 얼마나 심란할까. 난 해리엇에게 그저 반쪽짜리 친구였어. 혹시 해리엇이 이번 일로 그렇게까지 크게 상심하지 않는다 해도, 난 이제 어떤 사람이 해리엇에게 적당한지 전혀 모르겠어. 윌리엄 콕스는 어떨까. 아! 안 돼, 윌리엄 콕스는 내가 못 참을 것 같아. 그렇게 잘난 척하는 애송이 변호사라니.'

에마는 여기서 잠시 생각을 멈추고 또다시 이런 식으로 생각하는 자신에 대해 웃어버렸고, 그런 다음 좀 더 진지하고 차분하게 지금까지 무슨 일이 벌어졌는지, 앞으로 어떻게 될 것인지, 어떻게 되어야 할 것인지 등에 대해 이런 저런 일들을 골똘히 생각하기 시작했다. 해리엇에게 이 암담한 상황을 설명해야 한다는 사실 외에도, 가엾은 해리엇이 앞으로의 어색한 만남을 어떻게 견뎌낼 것이며, 또 앞으로 엘턴 씨와 친분을 유지하는 게 과연 좋을지, 또 감정을 억누르고 분노를 숨겨야 하며 소문을 막는 문제 등 여러 가지 우울한 고민만으로도 에마의 머릿속은 꽉 찼다. 이윽고 에마가 잠자리에 들면서 확신할 수 있었던 것이라고는, 그녀가 다시는 돌이킬 수 없는 최악의 실수를 저질렀다는 것 하나뿐이었다.

비록 지난밤에는 일시적인 걱정에 휩싸여 있었지만, 아침이 밝자 에마는 젊음과 타고난 유쾌한 성품으로 다시금 기운을 차렸다. 아침의 생기와 기운은 행복을 불어넣어 주고 눈을 뜨지 못할 만큼의 극심한 고통이 아니라면, 아침에는 고통이 누그러지고 보다 밝은 희망에 눈을 뜨게 되는 법이다.

에마는 전날 밤 잠자리에 들 때보다 한결 편안한 마음으로 자리에서 일어났고, 눈앞에 놓인 어려움이 어떻게든 나아져 그 상황에서 빠져나올 수 있을 거라는 희망찬 생각을 하게 되었다.

다행인 것은 엘턴 씨가 에마 자신을 심각하게 사랑하거나, 그를 실망시킨 것이 그녀에게 엄청난 충격으로 여겨질 정도로 대단히 다정다감한 사람이 아니라는 사실이었다. 그리고 해리엇이 그다지 예리하거나 뭔가 깊이 담아두는 성격이 아니며, 이 일에 관련된 세 명을 제외하고는 아무도 그들 사이에 어떤 일이 있었는지 알 필요가 없다는 사실이었다. 특히 에마의 아버지에게는 이런 일로 괜한 걱정을 끼쳐드릴 필요가 전혀 없었다.

이런 생각을 하자 에마는 기분이 한결 나아졌고, 밖에 높이 쌓인 눈을 보자 당분간 세 명이 모이지 않아도 되는 상황이라는 생각이 들어 더욱 안심이 되었다.

크리스마스 날 교회에 갈 수 없었지만, 에마에게는 더 이상 고마울 수 없는 날씨였다. 우드하우스 씨는 딸이 이런 날씨에 밖에 나서려고 했다면 크게 걱정했을 터였다. 그래서 에마는 아버지에게 염려를 불러일으키거나 잔소리 듣는 것도 피할 수 있었다. 땅은 눈으로 뒤덮여 있었고 온도는 불안정해 눈이 녹았다 얼었다를 반복했기 때문에, 밖으로 나가기에는 좋지 않은 날씨였다. 아침마다 비나 눈으로 시작해 저녁이 되면 땅이 얼어붙어 버리는 며칠 동안 에마는 행복한 감금 생활을 즐겼다. 해리엇과는 서신으로밖에 소식을 주고받을 수 없었고 크리스마스 이후 주일에도 교회에 가지 못했으며, 엘턴 씨 역시 자신이 방문하지 않는 데 대해 따로 구실을 댈 필요가 없었다.

모두의 발을 묶어두는 날씨가 계속되었다. 에마는 아버지가 다른 사람들과 함께 있는 걸 좋아하시길 바라고 또 그렇게 믿었지만, 정작 아버지가 혼자 있는 시간을 만족스럽게 여겨 집 밖으로 한 발자국도 안 나서면서 궂은 날씨를 무릅쓰고 찾아온 나이틀리 씨에게 이렇게 타이르는 걸 들으니 안심이 되기도 했다.

"나이틀리 군! 이런 날에는 불쌍한 엘턴 씨처럼 집에 있어야지 뭐 하러 여기까지 왔나?"

에마가 가진 마음속의 번민만 아니었다면, 이렇게 갇혀 지내는 시간이 몹시 편안하게 느껴졌을 수도 있었을 것이다. 이러한 감금 생활은 항상 주변 사람들에게 자기 기분에 따라 큰 영향을 미치는 에마의 형부에게도 분명 만족스러운 것이었다. 게다가 랜덜스에서의 불쾌했던 기분을 말끔히 씻어낸 터라 존 나이틀리는 하트필드에서 지내는 남은 기간동안 싹싹한 태도로 이야기하고 행동했다. 존 나이틀리 씨는 있는 내내 식구들에게 상냥하고 친절했으며, 모두에게 호의적으로 대했다. 그러나 이 모든 즐거운 희망과 어려운 상황을 당분간 미루게 되었다는 안도감에도 불구하고, 해리엇에게 언젠가는 모든 걸 설명을 해야 한다는 압박감이 에마의 가슴을 무겁게 짓눌러 완벽한 안락함은 느낄 수 없었다.

17

존 나이틀리 부부는 하트필드에 오래 묶여 있지 않았다. 얼마 지나지 않아 날씨는 떠나야 할 사람들이 떠날 수 있을 만큼 좋아졌다. 우드하우스 씨는 여느 때처럼 딸에게 아이들과 함께 좀 더 남아 있으라고 설득했지만 결국 다들 한꺼번에 떠나게 되자 가엾은 이사벨라의 운명에 대해 다시금 한탄했다. 하지만 사랑하는 이들에게 맹목적인 사랑을 쏟아 부으면서 하루하루 정신없이 살아가는 이사벨라야말로, 어쩌면 여자로서 누릴 수 있는 진정한 행복을 누리고 산다고 말할 수 있는지도 모른다.

이사벨라 가족이 떠나던 날 저녁, 엘턴 씨에게서 우드하우스 씨 앞으로 편지가 한 통 왔다. 정중하게 예를 갖춘 장문의 글을 통해 그는, '내일 아침 하이버리를 떠나 몇 명의 친구가 오랫동안 간청해오던 대로 바스에서 몇 주 지내다 올 예정이며, 날씨나 밀린 일 등의 여건 때문에 항상 친절에 깊이 감사드리고 있는 우드하우스 씨를 직접 찾아뵙고 인사드리지 못해 죄송하며, 앞으로도 우드하우스 씨가 뭔가 요청하신다면 기꺼이 따르겠다'고 했다.

에마에게는 너무나도 반갑고 놀라운 소식이었다. 엘턴 씨가 이런 때 자리를 비우다니 참으로 시의적절했다. 소식을 전달한 방식은 마음에 썩 들지 않았지만, 에마는 이런 계획을 짜낸 엘턴 씨가 기특하게 여겨졌다. 에마에 대한 이야기는 일부러 빼놓은 채 아버지에게 깍듯하게 말하는 글 속에는, 엘턴 씨의 분노가 노골적으로 담겨 있었다. 서두 인사에조차 에마의 이름은 끼어 있지 않았다. 그녀 이름은 한 번도 언급되지 않았고, 이런 태도의 변화가 너무 급격한 데다 여행을 떠나겠다는 차분한 말 속에 지나친 엄숙함이 깃들어 있어, 에마는 이 정도면 아버지도 분명 의심할 거라 생각했다.

그러나 우드하우스 씨는 전혀 의심하지 않았다. 일단 이렇게 급작스러운 여행 소식에 놀란 데다, 엘턴 씨가 무사히 돌아오지 못할지 모른다는 걱정에 사로잡혀, 엘턴 씨의 말투에서 평소와 다른 어떤 점도 발견하지 못한 것이다. 하지만 우드하우스 부녀에게 두 사람만 보내게 될 저녁 시간 동안 곱씹어볼 새로운 생각 거리와 대화 거리를 주었다는 점에서 이 편지는 아주 유용했다. 우드하우스 씨가 걱정되는 점들을 말할 때마다 에마는 평상시와 다름없는 민첩한 태도로 아버지를 위로했다.

에마는 더 이상 해리엇을 아무것도 모르는 채로 놔둬서는 안 되겠다고 생각했다. 해리엇이 감기에서 거의 회복되었다는 소식도 있었고, 엘턴 씨가 돌아오기 전에 그녀가 느낄 고통을 누그러뜨릴 시간을 가능한 한 많이 주는 게 좋을 것 같았다. 에마는 바로 다음 날, 고더드 부인 댁을 찾아가서 힘겹지만 해야 할 얘기를 모두 솔직하게 털어놓았다. 에마는 그동안 자신이 공들여 불어넣은 모든 희망을 무너뜨리면서 지난 6주간 이번 일에 관련된 모든 생각과 계획, 예상에서 큰 실수를 했고 잘못 판단했다는 사실을 진심으로 인정했다.

이렇게 고백하는 동안 에마는 처음 느꼈던 수치심이 생생하게 되살아났지만, 해리엇이 눈물을 흘리는 걸 보면서 자기 연민에 빠져서는 안 된다고 생각했다.

다행스럽게도 해리엇은 이 소식을 듣고도 아무도 탓하지 않으면서 아주 잘 받아들였고, 에마의 이야기를 듣는 내내 천진한 성품과 자기에 대한 겸손함을 드러내 보여 에마에게 더욱 좋은 인상을 남겼다.

에마는 이 순간 그런 단순함과 겸손함을 가장 높이 평가하고 싶은 기분이었으며, 자신이 아닌 해리엇이야말로 사랑스럽고 매력적인 성품을 다 갖춘 사람으로 여겨졌다. 해리엇은 자신으로서는 불평할 게 아무것도 없다고 했다. 엘턴 씨 같은 분의 애정은 그녀로서는 어차피 너무 벅찼을 거라는 것이었다. 자신은 그런 분을 결코 감당할 수 없으며, 우드하우스 양처럼 자기를 잘 봐주는 친절한 친구가 아니었다면 그런 결합이 가능하다고 생각조차 안 했을 것이라고 했다.

그러나 해리엇은 끝없이 눈물을 흘렸고, 그 슬픔에는 아무런 꾸밈이 없어 에마가 보기에 어떤 품위 있는 행동도 이보다 더 고귀해 보일 수는 없을 것 같았다. 에마는 해리엇의 이야기를 들으면서 정성을 다해 위로하고 이해하려 애썼고, 그 순간만큼은 해리엇이 그녀보다 훨씬 더 훌륭한 사람이라고 확신하면서, 해리엇 같은 사람이 되는 것이 어떤 천재나 학식 있는 사람을 닮는 것보다 더 행복할 거라고 생각했다.

단순하고 순진하게 아무 일도 없었던 것처럼 생각하기에는 너무 늦어버렸지만, 에마는 앞으로는 평생 겸손하고 신중하게 행동하면서 지나친 상상은 하지 않으리라는 결심을 다시 한번 굳건히 하고 자리에서 일어났다. 이제 아버지를 돌보는 것 다음으로 에마의 두 번째 임무는 해리엇의 마음을 편하게 해주는 동시에, 짝을 찾아주는 것보다는 에마 자신의 애정을 그녀에게 입증해 보이는 것이었다. 에마는 해리엇을 하트필드로 데려와 자신의 변함없는 친절을 보여주고 책이나 대화로 즐겁게 해주면서 엘턴 씨에 대한 생각을 떨쳐버리도록 도와주었다.

에마는 이런 일에는 시간이 필요하다는 걸 알고 있었고 남녀 사이의 이런 일에서는 자신은 무심한 재판관 정도밖에 안 되며, 특히 엘턴 씨에 대한 해리엇의 감정을 이해할 수 없는 입장이라는 것도 알고 있었다. 그렇지만 해리엇처럼 어린 나이에는 모든 희망이 사라졌더라도, 엘턴 씨가 돌아올 때쯤에는 어느 정도 안정되어 감정을 드러내거나 분노를 자극하지 않고도 평소처럼 다 같이 만나는 것도 가능할 것으로 기대했다.

사실 해리엇은 엘턴 씨를 완벽하다고 생각했고, 사람 자체로나 성격으로나 그에게 비견할 만한 사람이 없다고 여기면서, 에마가 예상했던 것보다는 훨씬 더 엘턴 씨에게 빠져 있었다. 하지만 그런 일방적인 애정은 결국 오래 못 가 사그라지는 게 당연해 보였다.

만약 엘턴 씨가 돌아와서 에마의 생각대로 노골적이고 명백하게 무관심한 태도를 보인다면, 해리엇 역시 더 이상 엘턴 씨를 보거나 그를 생각하면서 행복해 하지는 않을 것이었다.

그들 셋이 모두 한 지역에 모여 살고 있다는 것이 서로에게는 안 좋은 일이었다. 그들 중 어느 누구도 다른 사람을 제외시키거나 모임을 바꿀 만한 힘을 갖고 있지 않았다. 싫든 좋든 서로 얼굴을 마주해야 했고, 지금 상황에서는 서로 최선을 다해야 했다.

해리엇은 고더드 부인 댁에서 함께 기거하는 모든 선생들과 학생들이 엘턴 씨를 연모한다는 점에서 더욱 불운했다. 그러므로 엘턴 씨가 냉정하고 혐오스러운 사람이라는 비판적인 진실을 접할 수 있는 곳은 하트필드뿐이었다. 상처가 생겼다면 어디서든 치료를 해야 했고, 에마는 해리엇이 치유되는 걸 볼 때까지는 그녀 자신도 진정한 평화를 느낄 수 없을 것 같았다.

18

프랭크 처칠은 오지 않았다. 예정된 시간이 임박했을 때 웨스턴 부인이 우려했던 것처럼 한 통의 사과 편지가 도착했다. 지금으로서는 "너무 부끄럽고 죄송하게도 움직일 수 없는 형편이지만 조속한 시일 내에 랜들스에 가게 되기를 바라고 있다"는 내용이었다.

웨스턴 부인은 사실 프랭크를 만나게 될 거라는 큰 기대를 하지 않았는데도 남편보다 훨씬 더 큰 실망감을 느꼈다. 반면 낙관적인 이들은 언제나 현실보다는 좋은 쪽으로 희망하면서도 그렇지 않다고 해도 그다지 크게 실망하지 않았다. 갖고 있던 기대는 현재의 실패와 함께 날려버리고 다시 희망을 품는 것이다. 웨스턴 씨는 30분 정도는 놀라고 아쉬워했지만, 얼마 못 가 프랭크가 2, 3개월 늦게 오는 게 시기로나 계절로 봐도 더 나을 것이며, 그래야 더 오랜 시간을 머무를 수 있을 거라고 생각하기 시작했다.

이런 생각을 하면서 웨스턴 씨는 금방 기분이 좋아졌지만, 그 정도로 낙천적이지 못한 웨스턴 부인은 앞으로 이런 핑계가 계속 이어질 게 분명하다고 생각했고, 그때마다 남편이 얼마나 낙심할까 생각하니 마음이 무척 아팠다.

에마는 프랭크 처칠이 못 오게 됐다는 소식을 듣고도 웨스턴 부부가 느낄 실망 외에는 별로 신경 쓰고 싶은 기분이 아니었다. 지금으로서는 그를 만난다는 것이 에마에게는 별다른 흥미를 주지 못했다. 그저 조용히 있으면서 마음을 심란하게 만드는 상황에서 벗어나고 싶었으나, 그녀의 평소 모습대로 상황에 적절한 정도의 관심을 보이려고 노력하면서 웨스턴 부부와의 우정에 걸맞도록 그들이 느낄 실망감을 따뜻한 말로 위로했다.

나이틀리 씨에게 이 소식을 처음 전한 사람은 에마였다. 그녀는 프랭크를 옆에 끼고 있으려는 처칠가의 행동에 필요 이상으로 분개했다(아니, 분개하는 척했다는 표현이 더 정확할지 모른다). 에마는 그런 다음 인간 관계가 다분히 한정된 이곳 서리에 누군가 다른 사람이 온다면 얼마나 좋을지, 새로운 사람을 보는 즐거움이라든지 그를 보는 날 하이버리 전체가 느낄 축제 분위기 등을 자신이 느끼는 것보다 훨씬 더 과장해서 말했다. 그러고는 처칠가의 이야기를 다시 꺼내면서 자신이 나이틀리 씨와 굳이 정반대의 입장을 표명하기 위해 재미있게도 웨스턴 부인의 주장을 논거로 활용해 원래 자신이 가지고 있던 의견과 반대로 이야기하고 있다는 사실을 깨달았다.

"처칠가 사람들의 잘못이 크기는 할 겁니다."

나이틀리 씨는 냉정하게 지적했다.

"하지만 나는 그가 마음만 있었다면 충분히 올 수 있었다고 봐요."

"어째서 그렇게 생각하시는지 이해가 안 되는군요. 그는 진심으로 오고 싶어했지만 외삼촌댁에서 놓아주지 않는 거잖아요."

"만일 그가 자기 생각을 말했는데도 그만한 결정권이 없다는 것은, 저로서는 도저히 믿을 수 없는 일입니다. 구체적인 증거가 제시되기 전에는 믿을 수 없는 얘기예요."

"정말 신기하군요! 프랭크 처칠 씨가 당신에게 무슨 짓을 했기에 그를 이상한 사람 취급하는 거죠?"

"이상한 사람 취급하는 게 아니에요. 단지 그 친구가 주변 어른들에게서 나쁜 영향을 받으면서 살다 보니 자만심이 커져서 자기 편한 대로만 생각하고 다른 데는 신경을 쓰지 않는다는 것뿐이죠. 도도하고 사치스러우며 이기적인 사람들 손에 자라난 젊은이가 그와 같이 되는 건 지극히 자연스러운 일이니까요. 프랭크 처칠이 자기 아버지를 만나고 싶은 마음이 확실하게 있었더라면 9월에서 1월 사이에는 계획을 세웠어야죠. 그 정도로 나이를 먹은 청년이…… 그가 몇 살인가요? 스물서너 살은 되었잖아요. 그 정도도 못한다는 건 말이 안 됩니다."

"그렇게 말하는 건 쉽죠. 자기 일은 언제나 스스로 결정하는 당신으로서는 그렇게 생각하기 쉽고요. 하지만 나이틀리 씨, 당신은 이런 일을 공정히 판단할 입장이 아니랍니다. 누군가의 비위를 맞추면서 사는 게 어떤 건지 잘 모르잖아요."

"스물셋, 넷이나 먹은 청년이 그 정도로 몸과 마음의 자유를 가질 수 없다는 건 이해가 안 가는군요. 그는 돈이 부족하지도 않고, 여유 시간이 부족하지도 않아요. 듣기로는 오히려 이 두 가지를 풍족히 누리면서 하는 일 없이 사는 것으로 알고 있습니다. 그 친구가 여기저기 술 마시러 다닌다는 소문이 얼마나 많이 들리는데요. 얼마 전에는 웨이머스에 갔었다더군요. 그것만 봐도 그가 마음만 먹으면 처칠가를 떠날 자유가 있는 게 분명해요."

"그래요, 가끔은 그렇겠죠."

"그럴 만한 가치가 있다고 생각되거나, 뭔가 재미난 일이 있을 것 같은 때만 말이죠."

"그 사람이 어떤 상황에 처해 있는지 자세히 알지도 못하면서 그의 행동에 대해 판단하는 건 불공평해요. 그 가족 안에 들어가보지 않고서는 어느 누구도 그 가족에 속한 누군가가 어떤 어려움을 갖고 있는지는 알 수 없죠. 프랭크가 뭘 할 수 있는지 말하기 전에, 우리는 먼저 엔스컴 사람들과 처칠 부인의 성격을 알아야 해요. 그가 훨씬 더 많은 일을 자기 뜻대로 할 수 있을 때도 있고, 또 없을 때도 있겠죠."

"에마, 남자는 마음만 먹으면 자기 의무를 다하는 법이에요. 그건 계획이나 수완을 통해서가 아니라 마음의 굳은 결단으로 하는 거예요. 아버지를 찾아뵙는 건 프랭크 처칠의 의무이고, 약속과 편지를 통해 그도 그걸 인정했어요. 그가 진심으로 원하기만 했다면 어떻게든 실행했을 겁니다. 생각이 있는 남자라면 지체하지 않고 처칠 부인에게 가서 간단하고도 확고한 어조로 '단지 제 일신의 즐거움을 위한 일 같으면 외숙모님께서 바라실 때 언제라도 주저없이 포기하겠습니다. 하지만 저는 지금 당장 아버지를 뵈러 가야 합니다. 지금 상황에서 아버지에 대한 존경을 표하지 않는다면 아버지가 크게 실망하실 거예요. 그러니 내일 바로 떠나겠습니다'라고 말했을 겁니다. 그가 처칠 부인에게 남자다운 결단력으로 이렇게 얘기했다면, 처칠 부인도 결코 주저앉히지 못했을 거예요."

"그럴 수도 있겠죠."

에마는 웃으며 고개를 저었다.

"하지만 그가 다시 돌아갈 때는 아마 문제가 좀 생기겠죠. 남의 집에 얹혀 사는 젊은이에게 그런 말투를 기대하다니요! 나이틀리 씨 말고는 아무도 그런 일이 가능하다고는 상상하지 못할 거예요. 하지만 나이틀리 씨, 당신은 당신과 정반대되는 상황에서 어떻게 행동해야 하는지 전혀 모르잖아요. 프랭크 처칠 씨가 자기를 먹여주고 길러준 외삼촌과 외숙모에게 그런 말을 할 수 있을까요? 방 한가운데에 서서 목소리를 한껏 높여가며 말이에요! 어떻게 그런 일이 가능하다고 생각하실 수 있죠?"

"이봐요, 에마. 지각 있는 젊은이라면 그런 일쯤은 어렵지 않게 할 수 있어요. 자기가 옳다고 믿는 것에 대해 이성을 갖춘 남자답게 공손한 방식으로 주장하다 보면, 그건 어떤 교활한 수단이나 편법보다 자기에게 이득이 되고, 자신이 의존하고 있는 사람들 사이에서 자기 위치를 높이면서 더 강하게 자리매김할 수 있게 되는 법이랍니다. 그에게 기울이던 애정에 존중이 더해질 테고, 이렇게 아버지에게 도리를 다하는 조카라면 자기들에게도 도리를 다할 거라고 생각하게 되어 도리어 그를 더욱 신뢰하게 될 거요. 프랭크와 세상 다른 모든 사람들이 잘 아는 것처럼 아버지를 찾아뵙는 게 마땅한 의무라는 건 처칠 부부도 잘 알고 있기 때문이죠. 당장은 아버지를 방문하지 못하게 방해하는지 몰라도, 마음속으로는 프랭크가 자기들의 뜻에 따르지 않을 때 그를 오히려 더 존중하게 된다는 말입니다. 옳은 행동을 하면 누구나 그에 대해 존중을 느끼는 법입니다. 프랭크가 이런 식으로 원칙에 따라 일관성 있게 꾸준히 행동하면, 그들의 편협한 마음도 결국에는 그에게 기울 겁니다."

"글쎄, 과연 그럴까요. 나이틀리 씨는 편협한 마음을 변화시키는 걸 몹시 좋아하시지만, 힘 있고 풍족한 사람들이 지닌 편협한 마음이란 점점 크게 부풀어 손댈 수 없을 정도로 커지는 경향이 있죠. 나이틀리 씨 당신이 지금 당장 프랭크 처칠 씨 같은 상황이 된다면 분명 방금 말씀하신 대로 말하고 행동할 수 있을 거고, 그 효과 또한 아주 훌륭할 거라고 생각해요. 처칠 부부는 당신에게 한 마디도 반박하지 못하겠죠. 하지만 당신은 어릴 때부터 지금까지 그 오랜 기간 동안 누군가에게 복종하는 습관이 몸에 밴 사람이 아니잖아요. 그렇지만 프랭크 처칠에게는 갑자기 완벽한 독립을 내세우며 감사와 존경을 바라는 외삼촌 내외의 요구를 무시한다는 게 그리 쉬운 일이 아닐 수 있다고요. 그도 당신만큼 뭐가 옳은지에 대한 분명한 생각을 갖고 있을 수 있어요. 다만 자신의 특별한 처지 때문에 그걸 행동으로 옮기지 못할 따름인 거죠."

"그렇다면 그건 분명히 확고한 생각이라고는 할 수 없지요. 행동으로 이어지지 않는다면, 그건 분명한 확신이 아니니까요."

"아니요, 사람의 환경과 습관의 차이일 뿐이라고요! 어릴 때부터 지금까지 우러러보며 따랐던 분들의 뜻을 대놓고 반대하는 문제에 대해, 그 훌륭한 젊은이가 어떤 기분이 들지 한번 이해하려고 해보세요."

"남들의 뜻을 거부하고 옳다고 생각하는 일을 추진하는 게 이번이 처음이라면, 당신이 말하는 그 훌륭한 젊은이는 실은 나약한 젊은이겠죠. 세세한 방법을 놓고 고민하기보다 자기 의무를 다하는 게 그 청년에게도 지금쯤은 몸에 익은 습관이 되어 있어야만 해요. 어린아이라면 또 모를까, 다 큰 청년이 그런 걸 겁낸다는 건 정말 말이 안 됩니다. 나이를 먹으면서 자기 생각을 정립하고 혹시 그들이 필요 없는 권위를 내세우려고 하면 거부했어야죠. 그리고 만약 그들이 자기 아버지를 무시하게 만들려고 했다면 처음부터 반대했어야 합니다. 그때부터 시작했다면 지금쯤은 아무런 어려움이 없었을 거예요."

"프랭크 씨에 대해서는 우리 두 사람이 절대 의견 일치를 할 수 없을 것 같군요!"

에마는 외쳤다.

"하지만 전혀 이상한 일은 아니죠. 저는 그가 조금도 나약한 젊은이라고 생각하지 않아요. 그럴 리가 없어요. 아무리 자기 아들이라 해도 웨스턴 씨가 그런 단점을 모르지는 않았을 거예요. 그러나 모르긴 해도 프랭크 씨는 아마 당신이 완벽하다고 생각하는 것보다는 좀 더 순종적이고 유순하면서 온화한 성격일 거예요. 그 때문에 어떤 면에서는 손해를 감수해야겠지만, 대신 다른 혜택도 많이 볼 거라고요."

"그래요, 움직여야 할 때 그저 가만히 앉아 있으면서 편안하게 즐거움이나 추구하며 살아가고, 핑곗거리를 찾아내는 데 있어 자기가 얼마나 능숙한지 착각에 빠질 수 있는 그런 혜택 말이죠. 자리에 앉아 변명과 거짓으로 가득 찬 멋들어진 편지를 쓰고는, 자기가 집안의 평화를 지키면서 아버지에게서 어떤 불평도 못 나오게 입을 막았다고 스스로 자화자찬하고 있을 겁니다. 그의 편지는 역겨울 정도입니다."

"당신만 그렇게 느끼는 거예요. 다른 사람들은 모두 만족해 하는걸요."

"아마도 웨스턴 부인은 그렇지 않을 거요. 어머니로서의 위치에 있으면서 다른 어머니들처럼 눈먼 애정에 휩쓸리지 않는, 훌륭한 이성과 예민한 감성을 지닌 웨스턴 부인 같은 여성이 그렇게 쉽게 속아 넘어갔을 리 없죠. 랜덜스에 와야 하는 게 두 배로 마땅한 이유가 바로 부인 때문인데, 이번에 프랭크가 오지 않게 되었으니 부인은 아마 두 배로 상처받았을 겁니다. 만일 웨스턴 부인이 높은 위치에 있는 사람이었다면 프랭크는 분명 왔을 거고, 솔직히 그가 왔든 안 왔든 아무 상관도 없었겠죠. 웨스턴 부인이 이런 일을 눈치채지 못했을 거라 생각해요? 이런 생각을 혼자서 안 했겠어요? 아니오, 에마, 당신의 그 상냥한 젊은이는 프랑스식 상냥함을 갖췄을지는 몰라도 진정한 영국식 상냥함은 결여된 사람이오. 겉으로는 깍듯하고 공손한 예절을 갖추었을지 모르지만, 속으로는 섬세하게 다른 사람의 감정을 배려하는 상냥함은 없는 친구입니다."

"당신은 그를 나쁘게 생각하기로 아주 작정한 사람 같군요."

"내가요? 아니, 전혀 그렇지 않아요!"

나이틀리 씨는 다소 기분이 상한 것 같았다.

"그 친구를 결코 나쁘게 생각하고 싶지는 않아요. 그에게 장점이 있다면 누구 못지않게 기꺼이 인정해줄 준비가 되어 있지만, 들리는 말이라고는 잘 자라났고 외모가 준수하며 훌륭한 예의범절을 갖추었다는 개인적인 평가 말고는 없으니 말이요."

"글쎄요, 별다른 자랑거리가 없어도 그는 하이버리의 보물 같은 존재가 될 거예요. 반듯하게 잘 자란 훌륭한 젊은이를 볼 일이 거의 없었으니까요. 온갖 좋은 점을 한꺼번에 가진 완벽한 사람을 바라서는 안 되죠. 나이틀리 씨, 그의 방문이 여기에 얼마나 큰 흥분을 몰고 올지 상상이 되세요? 던웰과 하이버리 교구 전체가 온통 그 사람 얘기만 할 거라고요. 호기심의 유일한 대상인 프랭크 처칠 씨 얘기 말이에요. 모두들 다른 사람은 생각도 얘기도 안 할걸요."

"내가 너무 흥분한 것 같다면 미안해요. 만약 프랭크 씨가 내가 생각한 것과 다르다면 기꺼이 알아가고 싶은 마음이 있지만, 말만 번지르르하고 옷매무새에만 신경 쓰는 청년이라면 굳이 내 시간이나 마음을 쓸 생각이 전혀 없어요."

"제가 생각하는 프랭크 씨는 어떤 취향을 가진 사람에게도 대화를 맞출 수 있는 사람이고 누구에게나 호감을 사고 싶어할 뿐 아니라, 그럴 수 있는 능력을 가진 사람이기도 하죠. 나이틀리 씨 당신과는 농장에 대해, 저와는 그림이나 음악에 대해, 이런 식으로 각자에게 맞는 주제에 대해 광범위한 지식을 갖고 필요에 따라 대화를 이끌거나 따라가면서 능숙하게 대화할 수 있는 분일 거예요. 저는 프랭크 씨가 그런 분이라고 생각하고 있답니다."

나이틀리 씨는 온화한 어조로 지적했다.

"당신 말대로 정말 그렇다면, 내 생각에 프랭크 씨는 지구상에서 가장 참을 수 없는 종류의 사람이겠는걸요! 겨우 23세의 나이에 다른 사람들보다 위대한 사람이라니! 다른 사람의 성격을 읽어내고 그들이 가진 장점으로 자기의 우수함을 더 돋보이게 만들면서 기분 좋은 말들을 흩뿌리고 다니는 능숙한 정치가와 다름없잖소. 그러면 다른 모두를 바보처럼 보이게 하겠지! 에마, 막상 그런 사람을 만나면 당신의 뛰어난 이성으로도 결코 참지 못할 거요."

"그에 대한 이야기는 그만두죠."

에마는 더 이상 참을 수 없었다.

"모든 걸 나쁘게만 보시는군요. 우리 둘 다 편견을 갖고 있어요. 당신은 프랭크 씨를 나쁘게만 보고 저는 그분을 좋게만 보고 있어서, 그가 여기 실제로 오기 전까지는 서로 도저히 의견이 일치할 수가 없겠네요."

"편견이라고요! 난 편견 따위는 없어요."

"전 편견을 갖고 있고, 그 점에 대해 전혀 거리낌이 없어요. 웨스턴 씨 부부에 대한 각별한 애정으로 프랭크 씨를 좋게 보는 거니까요."

"내가 그에 대해 생각할 일은 한 달 내내 단 하루도 없을 겁니다."

나이틀리 씨가 너무 화를 내면서 말했기 때문에 에마는 급히 화제를 돌렸지만, 무엇 때문에 그렇게까지 화를 내는지 이해할 수 없었다.

자기와 성격이 다를 것 같다는 이유로 누군가를 싫어한다는 건 에마가 나이틀리 씨에게서 언제나 높이 평가해온 그의 관대한 사고방식에는 전혀 어울리지 않았다. 나이틀리 씨의 자부심이 가끔은 지나치게 느껴질 때도 있었지만, 그녀는 나이틀리 씨가 다른 사람들의 장점을 평가하는 데 편파적일 때는 단 한 번도 없었던 것을 모르지 않았다.

19

어느 날 아침 에마와 해리엇은 함께 산책을 하고 있었고, 에마가 생각하기에 엘턴 씨 얘기는 그날 이미 충분히 나눈 상황이었다. 해리엇의 슬픔이나 에마가 저지른 실수를 고려한다고 해도 엘턴 씨 얘기를 더 이상 해야 할 이유가 없을 것 같았다. 그래서 에마는 집에 돌아가는 길에는 애써 화제를 돌려 가난한 사람들에게 이번 겨울이 얼마나 힘든지에 대해 한창 이야기하던 중이었다. 그러나 해리엇이 이에 대한 대꾸 한 마디 없이 갑자기 "엘턴 씨는 가난한 사람들에게 참 친절하셨지요!"라고 구슬피 말하는 걸 듣고는, 에마는 뭔가 다른 조치를 취해야겠다고 생각했다.

마침 베이츠 모녀가 사는 집이 가까워오고 있었다. 에마는 그들을 방문해 해리엇이 많은 사람들 틈에 끼어 있도록 하는 게 좋겠다고 생각했다. 베이츠 모녀를 방문할 이유는 언제나 충분했다. 베이츠 부인과 그 딸은 사람들이 찾아오는 걸 몹시 좋아했고, 사실 에마의 불완전함을 눈치챌 수 있는 몇 안 되는 사람들이 에마의 부족한 면으로 거론하는 것이 바로 그들 모녀에 대해 좀 더 신경을 쓰지 않는다는 점이기도 했다.

에마는 나이틀리 씨에게서 그런 지적을 많이 받아왔고 자기 스스로도 어느 만큼은 그런 부족함을 인정했지만, 기꺼이 납득하고 행동까지 바꿀 정도는 아니었다. 그런 건 시간 낭비로 느껴졌고 피곤한 여자들, 게다가 하이버리의 이류, 삼류들과 영원히 어울려 지내게 될지 모른다는 두려움 때문에, 에마는 그들을 자주 찾아가는 걸 삼갔다. 하지만 에마는 그날이 제인 페어팩스의 편지가 오는 날이 아니라는 점을 계산에 넣고 해리엇에게 잠시 들렀다 가자고 제안하면서, 오늘만큼은 그들 집을 그냥 지나치지 않기로 갑작스럽게 결심을 했다.

이 집은 장사를 하는 어느 사람의 소유였다. 베이츠 모녀는 거실이 있는 층에 살고 있었고, 그들에게는 전부나 다름없는 이 아담한 집을 찾아오는 손님들을 언제나 정성 어린 환대로 맞았다. 가장 따뜻한 자리에 앉아 뜨개질을 하고 있던 말수가 적고 단정한 베이츠 부인은 자기 자리를 우드하우스 양에게 내주고 싶어했다. 그리고 활달하고 수다스러운 딸 베이츠 양은 손님들에게 혹시 불편한 점은 없는지 친절하고 상냥하게 챙기면서 그들의 방문에 고마워하고 구두는 괜찮은지 걱정하더니, 우드하우스 씨의 안부를 묻고 자신의 어머니는 아주 건강하다고 흔연히 이야기하며 주방에서 케이크를 내왔다. 그녀 말로는 콜 부인이 방금 다녀갔는데, 한 10분 정도 있다 간다고 했다가 친절하게도 한 시간이나 머물러줬다고 했다. 콜 부인이 케이크를 한 조각 먹고는 아주 맛이 좋다고 칭찬을 해줬다면서, 베이츠 양은 우드하우스 양과 스미스 양에게도 한 조각씩 권했다.

콜가에 대한 말이 나왔으니 자연히 엘턴 씨 이야기가 나올 차례였다. 그들은 각별한 사이였기에, 콜 씨는 엘턴 씨가 떠난 이후의 소식을 서신으로 전해 듣고 있었다. 에마는 무슨 이야기가 나올지 알 수 있었다. 그 편지 이야기를 한 번 더 말할 것이고, 엘턴 씨가 떠난 지 며칠이나 됐는지 다시 헤아려볼 것이며, 엘턴 씨가 얼마나 활발하게 사교 생활을 하고 있는지, 가는 곳마다 얼마나 환영을 받는지, 그리고 왕실 무도회가 얼마나 성대했는지에 대한 이야기도 나올 것이었다. 에마는 이 모든 이야기를 듣는 동안, 예의 바른 관심과 필요한 찬사를 보내는 한편으로 해리엇이 입을 열지 못하도록 언제나 앞서 말을 막으면서 잘 견뎌냈다.

이 정도는 에마도 베이츠 모녀의 집에 들어서면서 예상하던 바였지만, 엘턴 씨 소식을 충분히 듣고 나면 다른 골치 아픈 일 없이 그저 하이버리에 사는 부인들과 아가씨들의 각종 소식이나 카드 모임 얘기를 듣게 될 거라고만 생각했다. 에마는 엘턴 씨의 뒤를 이어 제인 페어팩스의 이름이 나올 거라곤 전혀 예상치 못했다. 그러나 베이츠 양은 엘턴 씨 얘기를 서둘러 매듭짓고는 콜가의 근황을 잠시 언급하더니, 조카에게서 온 편지 이야기를 꺼내는 것이었다.

"오! 맞아요, 엘턴 씨는 말이죠, 아, 그건 그렇고 콜 부인이 바스에서 열리는 무도회에 관해서 해준 얘기로는 그러니까, 콜 부인은 친절하게도 우리와 함께 시간을 보내면서 제인 이야기를 들려줬답니다. 실은 여기 들어서자마자 제인 안부를 묻더라고요. 제인이 거기서 아주 좋은 평판을 얻고 있나 봐요. 콜 부인은 여기 올 때마다 우리에게 극진한 관심을 보여주는데, 전 그런 관심이 사실 우리 제인에게는 과분하다고 생각한답니다. 콜 부인은 이번에도 제인이 잘 지내는지 궁금해 했어요. '최근에는 제인 소식을 못 들었죠. 아직 제인이 편지 보낼 때가 아니잖아요.' 이러면서요. 하지만 제가 바로 오늘 아침 편지를 받았다고 하자 깜짝 놀라면서, 그게 정말이냐고 묻더라고요. 그러면서 '세상에, 정말 의외네요. 편지에 뭐라고 썼는지 들려주세요' 라고 했어요."

에마도 이 시점에서는 예의를 차려 미소를 지으며 관심을 표했다.

"페어팩스 양의 소식을 그렇게 최근에 또 들으신 거군요? 정말 잘됐네요. 잘 지내고 있다던가요?"

"고마워요. 정말 친절도 하셔라."

베이츠 양은 감동받은 표정으로 외치더니 편지를 찾기 시작했다.

"아, 여기 있네요. 가까이 어딘가에 있을 거라는 건 알고 있었지만, 이렇게 반짇고리를 그 위에 올려놓았으니 잘 안 보일 수밖에요. 그렇지만 방금 전까지 내가 들고 있었으니 탁자 어딘가에 있을 거라는 건 확신했답니다. 콜 부인에게 편지를 읽어줬고, 콜 부인이 간 뒤에는 어머니에게 다시 한번 읽어드리고 있었거든요. 어머니는 제인의 편지를 너무 좋아하셔서 몇 번이나 반복해서 읽어달라고 하신답니다. 아무튼 그래서 편지가 여기 가까이에 있다는 건 확실했는데, 여기 반짇고리 바로 아래에 있었네요. 이렇게 친절하게도 편지 내용을 듣고 싶다 하시다니요. 하지만 그전에 제인을 대신해서 편지가 너무 짧다는 말씀은 미리 드려야겠네요. 보시다시피 두 페이지도 채 안 되는 데다, 보통은 한 페이지를 다 채우고 돌려서 반을 더 쓰거든요. 어머니는 제가 이런 빽빽한 글씨를 어떻게 읽을 수 있냐며 놀라워하세요. 편지를 처음 뜯으면 절 보고 '헤티야, 그 복잡한 바둑판 무늬를 어떻게 알아볼 수 있겠니?' 이러시면서 걱정스럽게 쳐다보신답니다. 그럼 전, 대신 읽어줄 사람이 없었다면 어머니도 충분히 단어 하나도 빠짐없이 뜻을 알아낼 수 있을 거라고 말씀드리죠. 아마 전부 파악하기 전까지는 편지를 손에서 놓지 않고 계속 들여다보고 계실걸요. 사실 어머니 시력이 예전만은 못하지만, 다행스럽게도 안경이 있어서 여전히 잘 식별하시거든요. 정말 축복이지 뭐예요. 어머니의 시력은 그 정도면 아주 훌륭하답니다. 제인도 여기 올 때마다 '할머니, 지금 연세에 이 정도면 시력이 아주 좋으신 거예요. 이렇게 뜨개질도 섬세하게 하시잖아요. 저도 시력이 할머니만큼 계속 좋으면 좋겠어요' 라곤 하지요."

이 모든 이야기를 순식간에 하느라 베이츠 양은 잠시 말을 멈추고 숨을 몰아쉬어야 했고, 에마는 페어팩스 양의 아름다운 필체에 대해 정중히 칭찬했다.

"참으로 친절하시네요."

베이츠 양은 더욱 감격한 얼굴이었다.

"우드하우스 양처럼 뛰어나고 아름다운 필체를 가지신 분이 그런 칭찬을 하시다니요. 우드하우스 양, 당신의 칭찬만큼 우리를 기쁘게 하는 건 없을 거예요. 아시다시피 어머니는 귀가 안 좋으시니까 제가 말씀드릴게요."

베이츠 양은 어머니에게로 몸을 돌리더니 목소리를 높였다.

"어머니, 우드하우스 양이 방금 제인의 필체에 대해 뭐라고 했는지 들으셨어요?"

그리고 에마는 자기가 말한 민망한 칭찬을 베이츠 부인이 알아들을 때까지 두 번이나 되풀이해 듣게 되었다. 에마가 무례해 보이지 않고 제인 페어팩스의 편지에서 빠져나갈 수 있는 방법이 혹시 있을까 궁리하면서 어떤 작은 핑계거리만 생기면 곧바로 자리에서 일어나야겠다는 마음을 먹고 있는 순간, 베이츠 양이 다시 에마 쪽으로 시선을 돌렸다.

"어머니 귀 상태가 그렇게 심한 건 아니에요. 별것 아니죠. 목소리를 좀 높여 두세 번 반복해 말씀드리면, 제 음성이 익숙해서인지 이내 알아들으시니까요. 하지만 제 목소리보다 제인의 목소리를 더 잘 알아들으시는 걸 보면 참 놀라워요. 하긴 제인의 발음이 워낙 또렷하니까요. 그렇지만 제인은 할머니가 2년 전보다 더 귀가 안 좋아졌다는 건 잘 모를 거예요. 2년이면 어머니에겐 참으로 긴 시간이고, 제인이 마지막으로 온 게 꼬박 2년 전 일이니까 말이에요. 전에는 그렇게 오래 떨어져 지낸 적이 없었답니다. 콜 부인에게도 말했지만, 이번에 제인을 만나면 얼마나 반가울지 모르겠어요."

"페어팩스 양이 여기 곧 오게 되나요?"

"오, 그럼요, 다음 주에요."

"그렇군요. 얼마나 기쁘시겠어요."

"고맙습니다. 정말 친절하세요, 맞아요, 다음 주에 와요. 다들 놀라워하면서 그런 친절한 말씀들을 해주시더라고요. 제인도 하이버리에 있는 친구들을 만나게 돼서 그분들만큼이나 기뻐할 거예요. 맞아요. 다음 주 금요일이나 토요일인데, 캠벨 대령님이 이틀 중 어느 하루 마차를 써야 하기 때문에 아직 언제가 될지 확실하지는 않다고 했어요. 제인을 그렇게 데려다 주시다니 참 친절하시죠. 하지만 지금까지도 항상 그래 왔으니까요. 맞아요, 다음 금요일이나 토요일이 될 거예요. 제인이 그렇게 썼더라고요. 그 일 때문에 예정에 없게 편지를 보낸 거랍니다. 보통 때 같으면 다음 화요일이나 수요일은 돼야 편지를 받았을 텐데 말이죠."

"그러게요. 저도 그렇게 생각했거든요. 그래서 오늘은 아무래도 페어팩스 양의 소식을 못 듣겠구나 하며 아쉬워하던 참이었답니다."

"세상에, 친절도 하시지. 맞아요, 제인이 여기 갑자기 오게 될 특별한 상황이 아니었으면 아무런 소식도 못 들었을 거예요. 어머니도 몹시 기뻐하고 계세요. 이번에 오면 적어도 세 달은 함께 있기로 했거든요. 이제 곧 읽어드리겠지만, 제인이 세 달이라고 편지에 분명히 썼답니다. 어떻게 된 일이냐면, 캠벨 부부가 아일랜드에 가게 됐다는 거예요. 딕슨 부인이 아버지, 어머니더러 자기를 보러 오라고 설득한 모양이에요. 사실 캠벨 부부는 여름까지는 갈 계획이 없었지만, 지난 10월에 결혼하기 전까지는 부모와 일주일 이상 떨어져 지낸 적이 없었던 딸이 아예 다른 나라에 가서 살게 됐으니 외롭고 낯설었던지 어머니에게, 어쩌면 아버지에게 그랬을 수도 있겠지만, 아무튼 다급하게 편지를 써서 보냈어요. 제인의 편지에 따르면 딕슨 부인이 자기 이름뿐 아니라 딕슨 씨의 이름까지 써서는 곧바로 오시라고 성화였나 보더라고요. 그래서 일단 더블린에서 만난 다음, 캠벨 부부를 아일랜드의 아름다운 시골인 발리 크레이그로 모시고 간다는 것 같아요. 제인은 그곳이 얼마나 아름다운지 딕슨 씨에게서 누차 들었다더군요. 제 말은 그러니까 제인이 다른 사람에게서도 그런 얘기를 들었는지는 모르겠지만, 누구든 자기 소유의 땅에 대해 그렇게 자랑하고 싶어하는 건 당연하지 않겠어요? 게다가 제인은 캠벨 대령님 부부가 자기들 딸이 딕슨 씨와 단둘이 산책하는 걸 부모 된 심정으로 당연히 용납하지 않았기 때문에 딕슨 씨가 방문한 동안 매일 그들과 같이 산책을 다녔고, 그러면서 딕슨 씨가 캠벨 양에게 아일랜드에 있는 자기 집에 대해서 하는 이야기들을 다 듣게 된 거지요. 일전에는 딕슨 씨가 그곳 풍경을 그린 그림을 몇 장인가 보여준 적이 있었다고 들었던 것 같아요. 자기가 직접 그린 그림 말이에요. 딕슨 씨는 아주 상냥하고 매력적인 분인 듯해요. 제인은 딕슨 씨의 설명을 듣고 아일랜드에 너무나 가고 싶어했지요."

이쯤 되자 제인 페어팩스와 그 매력적이라는 딕슨 씨, 그리고 아일랜드에 가지 않는 이유에 대해 새롭고도 흥미로운 의심이 에마의 머릿속에 떠오르기 시작했고, 이에 대해 은근히 알아볼 요량으로 에마는 입을 열었다.

"페어팩스 양이 그런 시기에 여길 방문할 수 있게 되었다니 정말 다행이에요. 그녀와 딕슨 부인의 남다른 우정을 생각하면, 이번에 캠벨 대령 부부와 함께 그곳에 가지 않는다는 게 놀라운 일인걸요."

"그렇고말고요. 정말 맞는 말씀이세요. 그게 바로 우리가 항상 두려워하던 일이었거든요. 제인과 그렇게 멀리 떨어진 채로 몇 달씩이나 지내고 싶지는 않았으니까요. 무슨 일이 일어난다 해도 쉽게 올 수 없는 거리니까 말이죠. 하지만 이렇게 만사가 다 좋은 쪽으로 풀렸답니다. 제인이 편지에도 썼고 이제 곧 읽어드리겠지만, 딕슨 부부는 이번에 제인이 캠벨 대령님 내외와 함께 오기를 기대하면서 친절하고 간곡하게 청했대요. 특히 딕슨 씨는 매사에 사려가 깊은 것 같더라고요. 아주 참한 젊은이예요. 한번은 웨이머스에서 바다에 배를 띄웠는데 갑자기 불어닥친 돌풍에 제인이 중심을 잃고 바다에 빠질 뻔했는데, 딕슨 씨가 재빨리 손을 뻗어 붙잡아 준 덕분에 무사했다고 하더군요(이 얘기를 할 때마다 저는 아직도 몸이 이렇게 벌벌 떨리곤 해요). 그날 일을 들은 이후로, 우리는 딕슨 씨에게 아주 후한 점수를 주고 있답니다."

"그렇게나 친구들이 간곡히 청하고, 자신도 아일랜드를 보고 싶어하면서도 페어팩스 양은 베이츠 양과 베이츠 부인과 시간을 보내고 싶어하는 거로군요?"

"맞아요. 그 애가 직접 선택하고 결정한 일이랍니다. 캠벨 대령님 부부는 제인의 의견을 존중하는 거고요. 그분들은 제인이 요즘 몸이 여느 때 같지 않았기 때문에 고향에서 맑은 공기를 쐬고 오길 바라는 것 같아요."

"그 말을 들으니 걱정이 되네요. 현명하게 판단하셨겠지만, 딕슨 부인이 크게 실망하겠어요. 그나저나 제가 알기로는 딕슨 부인이 그다지 뛰어난 미모가 아니라고 하던데, 더군다나 페어팩스 양에 비하면 비교가 안 되겠지요."

"웬걸요! 그렇게 말씀하시다니 정말 고맙지만, 전혀 그렇지 않아요. 캠벨 양은 평범한 외모긴 해도 아주 우아하고 사랑스럽거든요."

"물론 그럴 거예요."

"제인은 지난 11월 7일에 가엾게도 독감에 걸린 뒤로(편지에 그렇게 써 있답니다) 아직까지도 완전히 낫지 않고 있대요. 그렇게 오랫동안 감기를 앓고 있다니 정말 불쌍하지 뭐예요. 지금까지는 우리한테 괜한 걱정을 끼치기 싫어서 말을 안 했대요. 그 아이는 항상 그렇답니다. 정말 배려심이 남다르지요. 아무튼 지금 몸 상태가 안 좋으니까 친절한 캠벨가의 분들은 제인이 집에 가서 몸에 맞는 공기를 쐬고 오는 게 낫겠다고 생각한 거예요. 하이버리에서 3, 4개월 머물다 보면 몸이 씻은 듯이 나을 거고, 몸이 안 좋은 상태에서 아일랜드까지 가는 것보다는 여기 오는 게 훨씬 나을 테니까요. 우리만큼 그 아이를 정성껏 간호할 사람은 없으니까요."

"제가 듣기에도 그게 가장 바람직한 선택인 것 같네요."

"그렇게 해서 제인이 다음 금요일이나 토요일에 오게 된 거예요. 그리고 그 애의 편지에 따르면, 캠벨 부부는 그다음 월요일에 홀리헤드항으로 떠날 예정이라더군요. 너무 급작스러운 일이에요. 우드하우스 양도 제가 얼마나 다급한 상황에 처했는지 짐작하시겠죠. 그 아이가 아픈 것만 아니라면 이렇게까지 서두르지 않았겠죠. 아무튼 우린 그 아이가 많이 여위고 보기에 안 됐을까 봐 매우 걱정하고 있답니다. 실은 그 일과 관련해서 얼마나 난감한 일이 벌어졌는지 말씀드려야겠군요. 저는 제인에게서 편지가 오면 혹시 어머니의 심기를 불편하게 할 만한 소식이 있을까 봐 소리 내서 읽어드리기 전에 항상 제가 먼저 쭉 훑어보거든요. 실은 제인이 제게 그렇게 해달라고 부탁했기 때문에 항상 그렇게 해왔지요. 그래서 오늘도 여느 때처럼 조심스럽게 눈으로 편지를 읽기 시작했는데, 제인이 아프다는 대목에 가서 그만 너무 깜짝 놀라 '세상에! 가엾은 제인이 아프다니!' 이렇게 외쳐버린 거예요. 귀를 기울이고 있던 어머니는 그 소리를 똑똑히 들었고, 크게 상심하셨어요. 하지만 계속 읽다 보니 처음에 생각했던 것만큼 그렇게 심각한 상태가 아니라는 걸 알게 돼서 어머니에게도 대수롭지 않다고 말씀드렸더니 마음을 놓으시긴 했죠. 그렇지만 제가 어쩌면 그렇게 조심성 없는지 저 스스로도 기가 막힌다니까요. 제인이 빨리 낫지 않으면 페리 씨를 모셔올 작정이에요. 비용은 얼마가 들건 전혀 상관없어요. 페리 씨는 아주 관대한 데다 제인을 지극히 아끼는 마음에 치료비를 청구하지 않을 수도 있지만, 그런 폐를 끼쳐서는 안 되죠. 그분에게는 부양해야 할 가족과 아내가 있고, 그런 식으로 귀중한 시간을 허비해서는 안 되니까요. 자, 이제까지 제인이 편지에 뭐라고 썼는지 조금 일러드린 셈이니까, 이젠 편지를 직접 보기로 하죠. 제가 지금까지 한 이야기보다 훨씬 자세하게 상황을 알 수 있으실 거예요."

"안타깝지만, 이제 서둘러 가야 할 시간이네요."

에마는 해리엇을 쳐다보면서 말하고 자리에서 일어날 채비를 했다.

"아버지가 저희를 기다리고 계실 거예요. 이럴 생각은 전혀 아니었는데, 처음 들어서면서는 5분 이상 머무를 생각은 아니었거든요. 베이츠 부인의 안부를 묻지 않고는 그냥 지나칠 수 없어서 잠깐 들른 거였는데, 이렇게 즐겁게 있다 보니 시간이 많이 지나 버렸네요. 하지만 이젠 작별 인사를 해야겠어요."

그들은 에마를 붙잡으려 했지만 소용없었다. 에마는 기쁜 마음으로 다시 길에 나섰다. 거기에 머무는 동안 원하지 않는 일들을 많이 해야 했고, 사실 제인 페어팩스의 편지 전체를 다 들은 거나 마찬가지였지만, 편지를 직접 읽지 않고 벗어날 수 있었다는 사실이 너무 기쁘기만 했다.

20

제인 페어팩스는 베이츠 부인의 막내딸이 세상을 떠나면서 고아가 된 외동딸이었다.

보병 연대의 페어팩스 중위와 제인 베이츠 양의 결혼에도 한때 기쁨과 명성, 희망과 즐거움으로 가득했던 날들이 있었다. 그러나 페어팩스 중위가 외국에서 쓸쓸히 전사하고 과부가 된 아내마저 슬픔과 상심에 젖어 세상을 떠나자, 어린 딸 외에는 모든 것이 흔적도 없이 사라져버렸다.

그녀는 하이버리에서 태어났고 세 살 때 어머니를 잃고 난 후에는, 할머니와 이모의 소유이자 두 사람에게 부담과 위로를 주는 귀엽고 귀한 존재가 되었다. 그녀는 하이버리에 평생 뿌리를 내리고 얼마 안 되는 재산으로 받을 수 있는 교육에 만족해야 할 처지였고, 앞으로도 좋은 가문이나 본래 타고난 기질을 좀 더 밝고 영리하며 따뜻하고 선한 인간관계 속에서 펼쳐나갈 가능성은 거의 없어 보였다.

하지만 그녀 아버지의 한 친구가 품은 따뜻한 마음이 그녀의 운명을 뒤바꿔놓았다. 그 사람이 바로 캠벨 대령이었다. 그는 페어팩스 중위를 훌륭한 군인이자 뛰어난 젊은이로 아주 높이 평가하고 있었다. 그뿐 아니라 전쟁터에서 심한 열병을 앓던 중에 페어팩스 중위의 간호로 병마를 이겨냈기에 그를 생명의 은인으로 생각했다. 캠벨 대령이 다시 영국으로 돌아온 건 페어팩스 중위가 사망하고 이미 몇 년이 흐른 시점이었지만, 캠벨 대령은 고마운 마음을 잊지 않았던 것이다. 영국에 돌아온 그는 페어팩스 중위에게 어린 딸이 하나 있다는 사실을 알게 되었다. 이미 결혼해서 자기 가정이 있던 그에게는 제인 또래의 딸이 하나 있었는데, 제인은 곧바로 캠벨 대령 가족의 손님이 되어 오랜 기간 함께 머무르면서 그들의 사랑을 받았다. 그리고 아홉 살이 되기 전에 이미 캠벨 대령의 딸과 단짝 친구가 되었으며, 둘이 진정한 친구가 되길 바라는 마음에 캠벨 대령은 그녀의 교육을 전적으로 맡겠다고 제안하기에 이르렀다. 이 제안은 받아들여졌고, 그때부터 제인은 캠벨 대령과 한 가족이 되어 함께 생활하였고 할머니 댁은 가끔 방문할 뿐이었다.

제인은 아버지에게서 물려받은 몇백 파운드 안 되는 유산으로는 생활을 꾸려가기가 불가능했기에 가르치는 일을 교육받기로 했다. 캠벨 대령의 수입은 꽤 되었지만 재산은 그다지 많지 않았고, 그나마 모두 딸에게 물려줄 예정이었다. 그래서 제인에게 선생이 되도록 교육을 시킨다면 앞으로도 스스로 생활을 꾸려나갈 수 있으리라고 캠벨 대령은 생각했던 것이다.

제인 페어팩스의 지난날은 대략 이러했다. 그녀는 마음씨 좋은 캠벨 가족의 친절 속에서 훌륭한 교육을 받으며 자라난 것이다. 그렇게 올바른 마음과 교양을 갖춘 사람들과 함께 지내다 보니 그녀의 이성과 품성도 훌륭하게 다듬어졌고, 캠벨 대령의 집이 런던에 있었기 때문에 일류 선생님들로부터 배우면서 재능이나 소양을 가꿀 수 있었다. 그녀의 성품과 자질은 주위의 기대치를 충분히 만족시킬 만했고, 18세인가 19세 때에는 이미 아이들을 가르치기에 충분한 능력을 갖추었지만, 캠벨 가족은 그녀와 헤어지고 싶어하지 않았다. 캠벨 대령이나 캠벨 부인도 그렇지만, 특히 그의 딸은 그녀와 헤어진다는 생각만으로도 견딜 수 없어 했다. 결국 캠벨 가족들과 헤어지는 날은 연기되었다. 제인이 아직 너무 어리다는 결정이 내려졌고, 제인은 또 한 명의 딸로 그들 곁에 남아 우아한 상류 사회가 주는 온갖 즐거움과 따뜻한 가정의 기쁨 속에 남기로 했다. 그러나 유일하게 마음에 걸리는 점은 미래에 대한 염려, 워낙 지각있는 그녀이기에 떨쳐낼 수 없는, 이 모든 게 곧 끝날 것이라는 현실적인 걱정이었다.

캠벨 가족이 제인에게 부어주는 아낌없는 애정 중에서도 캠벨 양의 따뜻한 마음씨는 제인이 외모나 재능 면에서 캠벨 양을 훨씬 능가한다는 사실을 볼 때, 서로에게 더욱 고귀한 것이었다. 선천적으로 타고난 그런 우수함은 캠벨 양도 분명 눈치챌 수 있었고, 제인의 뛰어난 재능을 캠벨 부부도 잘 알고 있었으나 그들 사이의 애정은 줄어들지 않았다. 그러던 중 결혼 문제에 있어서 종종 행운이 우리의 예상을 비껴가 뛰어난 사람보다 무난한 사람을 선택하듯, 캠벨 양은 우연한 기회에 부유하고 쾌활한 청년인 딕슨 씨를 알게 되어 그에게 열렬한 사랑을 받게 되면서 결혼에 이르러 행복한 가정을 꾸리게 되었다. 반면 제인 페어팩스는 여전히 앞으로 살길을 걱정해야 하는 형편에 있었다.

이 일은 너무나 최근에 일어난 일이라, 행운이 비껴간 친구 제인은 자기가 정해놓은 나이가 되었지만 아직 새로운 길로 들어서기 위한 어떤 시도도 못 해보고 있었다. 하지만 제인은 오래전부터 21살을 그 시기라고 정해놓고 있었다. 그녀는 21살이 되면 그동안 누린 인생의 모든 즐거움, 지적인 교류, 동등하게 누려온 사교 생활, 평화롭고 풍족한 생활에서 벗어나 고난과 금욕 생활을 시작하리라고 마음먹고 있었다.

캠벨 대령 부부는 마음으로야 말리고 싶었지만, 어떤 이성적인 설득으로도 그런 결심을 꺾을 수는 없었다. 그들이 살아 있는 한 제인은 그곳을 자기 집처럼 여길 수 있었고, 제인과 함께 있는 게 그들로서도 좋았기 때문에 제인이 굳이 밖에서 다른 길을 추구할 필요는 없다고 생각했다. 하지만 그건 이기적인 생각이기도 했다. 언젠가 해야 할 일이라면 빨리 시작하는 게 나았다. 어쩌면 그들은 제인의 출발을 더 늦추고 싶은 마음을 억누르고, 어차피 이제 깨끗이 포기해야 할 안락함과 여유라면 그 생활에 더 빠지지 않도록 배려하는 게 더 친절하고 현명한 태도라고 생각했는지도 모른다. 하지만 부부는 제인에 대한 지극한 정으로 그 후로도 어떤 합리적인 이유만 있으면 헤어짐의 순간을 늦추고 싶어했다. 캠벨 부부는 딸의 결혼 후 제인의 몸이 그다지 좋지 않았기 때문에, 최상의 환경에서도 심신의 완벽한 건강 이상의 무언가가 필요한 일을, 더군다나 허약한 몸과 흔들리는 마음으로는 일을 해내기 불가능하다고 판단하고 제인이 건강을 완전히 회복할 때까지는 새 출발의 길을 나서지 못하게 막았다.

그녀가 캠벨 대령 부부를 따라 아일랜드에 가지 않은 데 대해서는 편지에서 말한 설명이 모두 진실이었지만, 몇 가지 누락된 진실이 있을지도 모른다.

캠벨 대령 부부가 집을 비우는 동안 하이버리에 가 있으면서, 어쩌면 마지막이 될 몇 개월간의 완벽한 자유를 그녀가 언제나 소중히 여기던 가족들과 보내겠다고 한 건 제인 자신의 선택이었다. 캠벨가의 식구들도 누가 어떤 의도로 그랬는지는 확실치 않지만, 제인의 그런 계획을 듣고서는 고향에서 몇 개월 신선한 공기를 쐬는 게 건강을 회복하는 데 무엇보다 더 도움이 될 것 같다면서 그녀의 귀향에 기꺼이 찬성했다. 이렇게 해서 제인이 오는 것이 결정되었고, 하이버리에서는 그토록 오랫동안 기다리던 프랭크 처칠 대신 2년 만에 고향을 찾게 된 제인 페어팩스를 맞이하게 되었다.

에마는 3개월이나 되는 오랜 기간 동안 좋아하지도 않는 사람에게 예의를 차려야 한다는 게 전혀 반갑지 않았다. 원하는 것보다 항상 더 하는데도 항상 부족하게 받아들여지는 그런 상황 말이다. 에마가 왜 제인 페어팩스를 좋아하지 않는지는 실로 대답하기 어려운 문제였다. 일전에 나이틀리 씨가 한 말에 따르면, 에마가 제인 페어팩스에게서 자신이 되고 싶은 훌륭한 젊은 여성의 모습을 볼 수 있기 때문이라고 했는데, 당시엔 그 말에 강하게 반박했지만 찬찬히 생각해보면 그 지적에는 부정할 수 없는 진실이 일부 담겨 있었다. 하지만 에마는 제인 페어팩스와 결코 친해질 수 없었다. 에마는 제인 페어팩스에게서 결코 좁혀질 수 없는 차가운 거리감이 느껴졌다. 좋은지 싫은지 절대로 속내를 드러내지 않는 무심함, 게다가 그녀의 이모 되는 사람은 또 얼마나 말이 많은지! 사실 제인 페어팩스에 대해 다들 수선을 피워대는 것부터 마음에 안 들었고, 동갑이라는 이유만으로 둘이 서로 아끼는 절친한 사이여야 한다고 생각하는 것도 그다지 기분이 좋지 않았다. 이런 것들이 에마가 제인 페어팩스를 싫어하는 이유의 전부였다.

이런 부정적인 감정에는 딱히 정당한 이유가 없었다. 하지만 마음에 들지 않는 점이 하나씩 발견될 때마다 머릿속에서 크게 부풀려졌기 때문에, 에마는 제인 페어팩스를 만날 때마다 마음에 상처를 받았다는 기분이 들었다. 그리고 이제 2년의 공백이 흐른 후 돌아온 제인을 다시 만났을 때 에마는 2년 동안 크게 달라진 외모와 태도에 깜짝 놀랐다. 제인 페어팩스는 믿을 수 없을 만큼 우아했고, 그녀 자체가 우아함의 최고의 가치를 대변하는 듯 보였다. 키는 큰 편이었지만 너무 크게 보이지는 않을 정도로 적당했고, 매우 우아한 자태에 아파서인지 조금 핼쑥해 보이긴 했지만 체격은 너무 마르지도 뚱뚱하지도 않은 중간 정도였다. 에마는 이 모든 것을 놀랍게 받아들이지 않을 수 없었다. 게다가 그녀의 얼굴, 이목구비에는 에마가 예전에는 깨닫지 못했던 아름다움이 깃들어 있었다. 전형적으로 예쁜 얼굴은 아니었지만, 시선을 붙잡는 묘한 아름다움이 있었다. 깊이 있는 회색 눈에 짙은 속눈썹과 눈썹은 모두가 감탄할 정도였지만, 에마가 혈색이 부족하다고 트집 잡곤 했던 피부는 그 투명하고도 섬세함이 더 이상 완벽할 수 없을 만큼 아름답게 만개해 있었다. 그녀의 아름다움에서는 우아함이 가장 두드러졌는데, 외면이건 내면이건 하이버리에서는 거의 접하지 못한 우아함이었고, 에마가 어떤 기준으로 보기에도 기꺼이 칭송할 수밖에 없는 아름다움, 확실히 천박하지 않은 독특하고 뛰어난 아름다움이었다.

고향에 돌아온 제인 페어팩스를 처음 방문하던 날, 에마는 그녀를 바라보는 즐거움과 공정한 평가를 내리게 된 기쁨이라는 두 가지 만족감을 가지고 앉아 있으면서, 더 이상 제인 페어팩스를 싫어하지 않기로 마음먹었다. 제인의 아름다운 외모뿐 아니라 지금 처한 상황과 지난 일들을 들으면서, 이 우아한 미녀가 걷게 될 운명과 어려움, 앞으로의 험난한 인생을 그려보고 있자니 불쌍한 마음과 함께 존경심마저 밀려왔다. 특히 잘 알려진 이야기 외에 에마가 혼자 상상하기 시작한 것이지만, 딕슨 씨에 대한 애틋한 마음까지 생각하니 그녀의 처지가 더욱 가련하게 느껴졌다. 그럴 경우 제인이 결심한 희생보다 더 애처롭고 명예로운 결단은 없을 것이었다. 에마는 제인이 딕슨 씨를 부인에게서 멀어지도록 유혹했다거나 애초 그녀의 머릿속에서 그려보았던 악의에 찬 행실을 했다고는 의심하지 않기로 했다. 사랑의 감정이 있었다 해도 그건 제인만의 단순하고 기약 없는 혼자만의 감정이었을 것이다. 제인은 저도 모르는 사이에 서글픈 독을 마시고 있었던 것이며, 이제 순수하고도 선한 의도로 아일랜드에 가는 대신 딕슨 씨와 주변 사람들에게서 멀어져서 고난의 길을 자청하려는 것이었다.

그날 에마는 한결 부드럽고 관대해진 마음으로 자리에서 일어났고, 집에 걸어오면서 주위를 휘둘러 돌아보고는 하이버리에는 제인의 짝으로 맺어줄 만한 젊은이가 도무지 없다는 점에 탄식했다.

그러나 이렇게 흐뭇한 감정은 오래가지 않았다. 나이틀리 씨에게 "제인 페어팩스는 확실히 예뻐요. 사실 단순히 예쁜 외모 이상이더군요!"라는 감탄의 말과, 에마가 제인 페어팩스에 대한 우정을 공식적으로 선언하거나 지난 편견과 잘못을 바로잡으려는 노력을 하기도 전에 제인은 그녀의 할머니, 이모와 함께 하트필드에서 하루 저녁을 같이 보내게 되었는데, 그날 모든 게 원점으로 돌아갔다. 예전처럼 기분 상하게 하는 상황이 되풀이되면서 해묵은 감정이 되살아난 것이다. 그녀의 이모는 평소와 마찬가지로, 아니 제인의 건강에 대한 걱정이 더해졌기 때문에 평소보다 더욱 심하게 따분한 이야기를 끝도 없이 늘어놓았다. 또 모인 사람들은 그녀가 자기와 어머니를 위해 새로 뜬 모자와 가방을 보는 것 외에도 제인이 아침 식사로 버터 바른 빵을 얼마나 조금밖에 안 먹는지, 저녁에는 얼마나 얇은 양고기 조각을 먹는지 따위의 이야기를 끝없이 듣고 있어야만 했다. 그리고 제인의 무례한 행동이 또다시 시작되었다. 다들 음악을 듣고 싶어서 에마가 연주를 했는데, 거기에 대한 제인의 칭찬이 왠지 억지스러웠고 더 고상한 방식으로 자신의 우월한 피아노 실력을 뽐내려는 것처럼 느껴진 것이다. 가장 거슬렸던 건 제인의 아주 차갑고 극도로 조심스러운 태도였다! 그녀가 속으로 무슨 생각을 하는지 알아내기란 거의 불가능했다. 예의 바름이라는 망토에 몸을 숨긴 채 제인 페어팩스는 어떤 위험도 감수하지 않기로 결심한 듯 보였다. 그녀는 밉살스럽고 의심스러울 만큼 신중한 태도를 흐트러짐 없이 유지했다.

특히 제인 페어팩스는 웨이머스나 딕슨가에 관한 이야기가 화제에 오르자 입을 더욱 굳게 다물었다. 그녀는 딕슨 씨가 어떤 사람인지나 이번 결혼이 서로 어울린다고 생각하는지에 대한 자기 생각은 전혀 드러내지 않기로 작정한 것 같았다. 그녀의 입에서는 일반적인 칭찬이나 무난한 말들만 나왔을 뿐, 상세하거나 특별한 말은 전혀 없었다. 하지만 그런 태도는 그녀에게 전혀 도움이 되지 못했다. 에마는 그녀의 신중한 태도를 알아차렸고, 그것이 뭔가를 숨기기 위한 가면이라고 생각되자 처음의 생각으로 되돌아갔다. 제인 혼자만의 감정 외에 또 뭔가 숨기는 게 있을지도 몰랐다. 어쩌면 딕슨 씨가 한 여자에게서 그 친구인 다른 여자에게로 마음을 바꾼 것이거나 장래의 1만 2천 파운드 때문에 캠벨 양에게로 돌아선 것일 수도 있었다.

이러한 신중함이 저녁 내내 계속되었다. 제인과 프랭크 처칠 씨는 둘 다 웨이머스에 머문 적이 있었다. 그래서 둘이 서로 교류가 있었던 것으로 알려져 있었는데도, 그가 실제로 어떤 사람인지에 대해 에마는 이렇다 할 정보를 단 한 마디도 캐낼 수 없었다.

"잘생겼나요?"

"글쎄요, 아주 준수한 젊은이라는 평가를 받는 것으로 알고 있어요."

"친절한가요?"

"다들 그렇게 생각하는 것 같더군요."

"학식을 갖춘 똑똑한 젊은이 같았나요?"

"런던의 일반적인 사교 모임에서 그런 걸 알기란 어려운 일이죠. 처칠 씨에 대해서 확실히 평가할 수 있는 거라곤 예의범절이 전부인데, 모두들 그 점에 대해서는 좋게 평가하는 것 같았어요."

에마는 한결같이 이런 식의 대답을 하는 제인 페어팩스를 결코 용서할 수 없었다.

21

에마는 그녀를 결코 용서할 수 없었다. 하지만 파티에 함께 있었던 나이틀리 씨는 에마의 분노나 짜증을 알아채지 못했기 때문에, 두 숙녀 사이에 적절한 관심과 기분 좋은 행동만이 오갔다고 생각했다. 다음 날 아침 우드하우스 씨와의 볼일로 하트필드에 다시 들렀을 때 에마의 아버지가 방에 함께 계셔서 직접적으로 다 표현할 수는 없었지만, 전날 밤에 대해 에마가 충분히 알아들을 수 있을 정도의 칭찬을 했다. 그는 예전엔 에마가 제인에게 심하게 군다고 생각했었지만, 지금은 훨씬 나아진 것 같아서 보기 좋다고 했다.

"아주 즐거운 저녁이었습니다."

우드하우스 씨와 필요한 이야기를 마친 뒤 서류를 치우면서 나이틀리 씨는 말했다.

"에마와 페어팩스 양이 우리에게 아주 훌륭한 음악을 들려줘서 더욱 즐거웠어요. 편안히 자리에 앉아 저녁 내내 두 명의 아름다운 숙녀가 연주하는 음악을 듣고 또 서로 대화를 나누면서 시간을 보내니, 그보다 더 행복한 시간은 없을 듯했어요. 에마도, 페어팩스 양도 분명 아주 즐거웠을 테죠. 에마, 당신은 모든 면에서 완벽했어요. 당신이 페어팩스 양에게 그렇게 오래 연주하게 하는 걸 보고 정말 감탄했답니다. 할머니 댁에 악기가 없으니 그녀로서도 아주 반가웠을 거예요."

"그렇게 생각하시다니 정말 다행이네요."

에마는 미소 지었다.

"하지만 저는 하트필드에 오는 분들에게 충분한 대접을 못 하고 있는 건 아닌지 걱정이었는걸요."

"아니란다, 얘야."

우드하우스 씨가 곧바로 말했다.

"너는 분명 잘하고 있어. 네 반만큼이라도 배려심 깊고 공손한 사람은 아마 없을 게다. 오히려 가끔 너는 배려심이 지나치단다. 어젯밤 머핀만 해도 말이다. 한 번만 돌렸더라도 아주 충분했을 거야."

"맞습니다."

나이틀리 씨도 거의 동시에 이야기를 시작했다.

"당신은 전혀 부족함이 없어요. 예의나 이해력에 있어서도 부족함이 없죠. 그러니까 제가 무슨 말을 하는지 이해하시겠죠?"

순간, 에마의 얼굴에 짓궂은 표정이 떠올랐다.

"무슨 말씀인지 잘 알겠어요. 하지만 페어팩스 양은 너무나 조심성이 많더군요."

"제가 예전에도 그렇게 말하지 않았나요. 그녀에겐 조금 그런 경향이 있다고요. 하지만 그런 조심스러운 태도는 원래 수줍어서 그런 거니 곧 이해하게 될 거요. 신중함에서 비롯된 행동은 마땅히 존중해줘야지요."

"신중해서 그런 거라고 생각하시는군요. 전 그렇게 보이지 않던데요."

"에마."

갑자기 나이틀리 씨는 앉아 있던 의자에서 일어나 에마의 옆으로 자리를 옮겼다.

"설마 당신은 어제 저녁 즐겁지 않았다고 얘기하려는 건 아니겠지요."

"오! 아니에요. 저는 끈질기게 질문을 해대면서도 아무런 정보를 얻어내지 못하는 저 자신을 보면서 허탈했지만 아주 즐거웠는걸요."

"그렇다면 실망이네요."

나이틀리 씨는 이렇게만 답했다.

"다들 즐거운 저녁 시간을 보냈다면 좋으련만."

우드하우스 씨가 조용히 말했다.

"나는 즐거웠단다. 한번인가는 벽난로의 불이 너무 센 듯했지만 의자를 뒤로 조금, 아주 조금 움직였더니 괜찮아지더구나. 베이츠 양은 여느 때처럼 말이 많았고 기분이 좋았지. 말을 너무 빨리 하긴 하지만 아주 친절한 사람이야. 베이츠 부인은 딸과는 아주 다르지만, 역시 좋은 분이지. 나는 이렇게 오래 알고 지낸 친구들이 좋단다. 제인 페어팩스 양은 어제 보니 참으로 품행이 단정한 어여쁜 아가씨더구나. 나이틀리 씨, 그녀도 분명 어제 좋은 시간을 보냈을 걸세. 에마가 옆에 있었으니 말이지."

"맞습니다, 어르신. 그리고 에마도 페어팩스 양이 옆에 있었으니 어제 저녁은 즐거웠을 겁니다."

에마는 나이틀리 씨가 불안해 하는 걸 느끼고 그런 불안감을 덜어줄 요량으로 누구도 의심할 수 없는 진심 어린 어조로 말했다.

"페어팩스 양은 좀처럼 눈을 뗄 수 없는 우아한 아가씨더군요. 저도 어제 내내 그녀를 바라보면서 찬탄을 금치 못했고, 마음으로부터 그녀를 깊이 동정했답니다."

그러자 나이틀리 씨는 눈에 띄게 흐뭇해 하는 표정을 지었고, 그가 뭐라 답하기 전에 베이츠 모녀에 대해 생각하고 있던 우드하우스 씨가 입을 열었다.

"그분들의 상황이 그렇게 여의치 않다니 참으로 안된 일이야! 정말 안된 일이지! 그래서 나는 지금껏 아주 사소한, 별것 아닌 선물이지만 기회가 닿는 대로 그 집에 보내곤 했다네. 이번에는 돼지를 한 마리 잡았는데 에마는 허리나 다리 고기를 보내자고 하더군. 아주 작고 연한 고기야. 하트필드 돼지는 다른 곳의 돼지고기와는 다르지. 물론 그래도 돼지지만 말일세. 우리 집에서 하는 것처럼 굽지 않고 기름기 하나도 없이 잘 튀긴 스테이크로 만들지 않으면, 구운 돼지고기는 아무래도 위에 부담이 되니까 다리를 보내는 게 나을 것 같은데, 에마야, 네 생각은 어떻니?"

"아버지, 이미 돼지 뒷부분을 다 보냈어요. 아버지도 그걸 원하실 것 같아서요. 다리는 소금에 절이면 아주 맛있을 테고, 허리 고기는 그분들이 좋아하는 방법으로 요리할 수 있을 거예요."

"그렇지, 얘야, 잘했다. 그 생각은 못했는데 그게 가장 좋은 방법인 것 같구나. 다리에는 소금을 너무 많이 뿌리면 안 될 텐데. 소금을 너무 많이 치지 말고 적당히 절여서 너무 푹 삶지 않은 상태로 삶은 무와 당근, 파스닙[3]을 약간 곁들여 적당량 먹으면 건강에도 괜찮단다."

"에마."

나이틀리 씨가 서둘러 말했다.

"당신에게 들려줄 소식이 하나 있어요. 당신은 새로운 소식을 좋아하잖아요. 여기 오는 길에 당신이 흥미 있어 할 만한 이야기를 하나 들었거든요."

"새 소식이라고요! 오, 물론이죠! 전 언제나 새 소식을 좋아해요. 뭔데요?

---

3) 설탕당근.

왜 그렇게 웃으세요? 어디서 들은 얘긴가요? 랜덜스에서요?"

"아니요, 랜덜스는 아닙니다. 랜덜스 근처에도 안 갔는걸요."

그가 이렇게 말했을 때 갑자기 문이 활짝 열리더니 베이츠 양과 페어팩스 양이 방으로 들어섰다. 감사 인사와 새로운 소식을 입에 가득 담은 베이츠 양은 뭐부터 말해야 할지 모르는 것 같았다. 나이틀리 씨는 이제부터 자기가 뭐라 끼어들어 말할 틈이 없다는 걸 알았다.

"오, 나이틀리 씨, 안녕하세요? 우드하우스 양, 정말 뭐라 말씀 드려야할지 모르겠어요. 어쩜 그렇게 먹음직한 돼지고기를 보내주셨어요. 너무 친절하세요. 그런데 소식 들으셨어요? 엘턴 씨가 결혼한대요."

그동안 엘턴 씨를 생각할 겨를조차 없었던 에마는, 너무나 의외의 소식에 깜짝 놀라 몸을 움찔하면서 얼굴까지 살짝 붉혔다.

"그게 바로 제가 전하려던 소식이었어요. 당신이 흥미 있어 할 거라고 생각했지요."

나이틀리 씨는 둘 사이에 오갔던 일을 일부 알고 있다는 듯한 미소를 지으며 말했다.

"하지만 그런 이야기를 어디서 들으셨어요?"

베이츠 양이 외쳤다.

"나이틀리 씨, 어디서 그런 이야기를 들으셨나요? 제가 콜 부인의 쪽지를 받은 게 채 5분도 안 됐는걸요. 5분, 아니 길어 봐야 10분도 안 되었을 거예요. 막 나오려고 모자 쓰고 외투를 입은 채로 패티한테 돼지고기에 대해 뭔가 말하려고 아래에 내려가 있었거든요. 제인은 통로에 서 있었고요. 그렇지 않니, 제인? 어머니가 우리 집에 커다란 구이용 프라이팬이 없다고 걱정하셨거든요. 그래서 제가 내려가서 한번 보겠다고 한 거예요. 그랬더니 제인이 '제가 대신 내려가 볼까요? 이모는 감기 기운이 있으신 것 같고, 패티는 지금 부엌에서 설거지를 하고 있어요' 라고 했지요. 그래서 제가 '오! 얘야.' 이러면서 뭔가 말하려는데, 그때 막 쪽지가 도착한 거예요. 호킨스 양이라더군요. 그게 제가 아는 전부예요. 바스의 호킨스 양이요. 하지만 나이틀리 씨, 그 이야기를 어디서 들으셨어요? 콜 부인은 콜 씨에게서 그 이야기를 듣자마자 바로 자리에 앉아 저한테 쪽지를 쓴 거라던데요. 호킨스 양은……."

"한 시간 반 전에 콜 씨를 사업상 만났어요. 제가 들어섰더니, 마침 엘턴 씨의 편지를 읽고 있다가 제게 바로 보여주더군요."

"아! 그렇군요. 저도 이보다 더 흥미로운 소식이 있을 것 같지 않다고 생각했죠. 우드하우스 씨, 정말 너무 친절하세요. 어머니도 정말 감동했다면서 감사하다는 말씀을 잘 전해달라고 거듭 부탁하셨어요."

"우리 하트필드의 돼지고기가 다른 곳보다 훨씬 맛이 좋다고 자부하기 때문에 에마와 저로서도 매우 기쁘게 생각하고 있습니다."

우드하우스 씨가 답했다.

"오! 세상에, 어머니 말처럼 친구분들이 하나같이 저희에게 어찌나 잘해주시는지. 많은 재산이 없는 사람들 중에 바라는 걸 모두 가진 사람이 있다면, 그건 바로 우리일 거예요. '내게 준 구역은 실로 아름다운 곳에 있도다'란 말은 우리에게 해당하는 말이라고 해도 좋을 거예요. 나이틀리 씨, 그렇다면 편지를 직접 보신 거로군요."

"결혼 소식만 전하는 간략한 편지였지만, 의심할 바 없이 행복하고 흥분에 겨운 글이었습니다."

그러면서 나이틀리는 짓궂은 시선으로 에마를 바라보았다.

"엘턴 씨가 아주 행운이라 여긴 점은…… 음, 정확한 표현은 생각이 안 나는군요. 그런 걸 다 기억할 수는 없으니까요. 어쨌든, 베이츠 양도 아까 말했듯이 호킨스 양과 결혼을 한다는 사실이죠. 편지의 내용으로 보아 그렇게 결정한 지 얼마 안 된 것 같더군요."

"엘턴 씨가 결혼을 한다고요!"

겨우 정신을 차린 에마가 외쳤다.

"우리 모두 행복을 빌어주어야 할 일이네요."

"가정을 갖기엔 너무 어린 나이인데 말이야."

우드하우스 씨는 이렇게 지적했다.

"그렇게 서두르지 않는 게 좋을 것 같구나. 내가 보기엔 지금 상태로도 아주 잘 지내고 있는 것 같은데 말이다. 엘턴 씨가 하트필드에 올 때마다 우리가 참 반가워했잖니."

"우드하우스 양, 우리에게 새로운 이웃이 생기겠네요!"

베이츠 양이 즐거운 목소리로 말했다.

"어머니가 정말 좋아하시겠어요. 어머니는 그 처량해 보이는 낡은 교구관에 안주인이 없다는 걸 몹시 안타까워하셨거든요. 정말 기쁜 소식이네요. 제인, 너는 엘턴 씨를 한 번도 못 뵀었지? 그분을 보고 싶어 그렇게 궁금해 하는 것도 무리는 아니야."

그러나 제인의 궁금증은 그다지 간절해 보이지는 않았다.

"네, 저는 한 번도 엘턴 씨를 뵌 적이 없어요."

제인은 이렇게 대답하며 이모의 기대에 부응해 관심을 보이려 했다.

"엘턴 씨는 키가 큰가요?"

"누가 답하시겠어요?"

에마가 외쳤다.

"저희 아버지는 그렇다고 하실 거고, 나이틀리 씨는 아니라고 하실 것 같은데요. 하지만 베이츠 양과 저는 그분이 딱 적당한 중간 키라고 답할 거예요. 페어팩스 양, 당신이 여기 좀 더 오래 있다 보면 엘턴 씨가 외모나 지적인 면으로나 하이버리의 완벽한 표준이라는 걸 알게 될 거예요."

"정말 맞는 말이에요, 우드하우스 양. 제인도 곧 알게 될 거예요. 엘턴 씨는 아주 뛰어난 젊은이죠. 그런데 제인, 기억나는지 모르겠다만 어제 내가 그분이 딱 페리 씨 정도 키라고 하지 않았니? 호킨스 양은 보나마나 훌륭한 아가씨일 게 분명해요. 엘턴 씨가 저희 어머니에게 얼마나 신경을 써주시는지, 더 잘 들으실 수 있도록 언제나 앞좌석에 앉혀 주시니까요. 아시겠지만 저희 어머니가 귀가 좀 안 좋잖아요. 심한 건 아니지만 좀 더디 들으시는 편이에요. 제인 말로는 캠벨 대령님도 귀가 안 좋대요. 그분은 온천욕이 귀에 좋다고 생각하신다나 봐요. 따뜻한 온천욕 말이에요. 하지만 제인은 효과가 오래 가지 않았다고 했어요. 캠벨 대령님은 우리에겐 정말 천사 같은 분이죠. 그리고 딕 슨 씨도 캠벨 대령님 사위로 적격인 아주 참한 젊은이인 것 같아요. 좋은 사람들이 그렇게 합쳐지는 걸 보면 얼마나 마음이 흐뭇한지 몰라요. 그리고 인연이라는 게 참 그렇게 좋은 사람들끼리는 항상 만나게 해주는 것 같더라고요. 자, 이제 엘턴 씨와 호킨스 양이 올 테고, 콜 부부도 이미 있고. 얼마나 좋은 사람들인지! 그리고 페리 부부도 있죠. 전 페리 부부보다 더 행복하고 좋은 분들은 본 적이 없어요, 어르신."

그러더니 베이츠 양은 우드하우스 씨에게로 몸을 돌리며 말을 이었다.

"전 하이버리 같은 곳은 없을 거라고 생각해요. 항상 얘기하지만, 이런 이웃들을 만나다니 정말 축복받은 거죠. 우드하우스 씨, 저희 어머니가 어떤 음식보다 좋아하는 게 있다면 그건 바로 돼지고기랍니다. 잘 구운 돼지고기의 허리 부위 말이에요."

"호킨스 양이 어떤 사람이고 뭘 하는 분인지, 엘턴 씨와는 얼마나 오래 알고 지냈는지에 대해서는 알려진 게 그다지 없는 것 같군요."

에마가 말했다.

"사실 오래 알고 지냈을 리는 없지요. 엘턴 씨가 거기 간 지 겨우 4주밖에 안 되었으니까요."

누구도 그에 대해서는 아는 바가 전혀 없었고, 이런저런 추측의 말이 몇 마디 오간 뒤 에마가 다시 입을 열었다.

"페어팩스 양은 여전히 별말이 없으시네요. 이 소식에는 흥미를 보이실 거라 생각했는데. 이런 일에 대해서는 얼마 전 캠벨 양의 결혼도 있고 해서 아주 가까이에서 여러 가지를 보고 듣지 않으셨나요. 설마 엘턴 씨와 호킨스 양에 대해서 무관심한 태도를 보이시지는 않겠죠."

"제가 엘턴 씨를 뵙게 되면 관심을 갖게 되겠죠. 하지만 그렇지 않은 상황에서는 아무래도 관심을 가지기 어려운 것 같네요. 그리고 캠벨 양이 결혼한 건 수개월 전이라서 그때의 기억은 이미 희미해지기 시작했답니다."

제인이 답했다.

"그래요, 우드하우스 양, 당신이 말한 대로 엘턴 씨가 간 지 겨우 4주밖에 안 되었네요."

베이츠 양이 말했다.

"어제로 4주가 된 셈이에요. 호킨스 양이라고 했죠? 저는 항상 이 근처에 사는 아가씨 중 누군가가 될 거라고 생각했답니다. 그렇다고 제가 뭐…… 실은 콜 부인이 제게 귓속말로 뭔가 말한 적이 있지만, 전 곧바로 이렇게 말했죠. '아니에요, 엘턴 씨는 물론 대단히 훌륭한 젊은이죠. 하지만……' 아무튼 저는 이런 종류의 일엔 눈치가 빠르지 못해요. 숨길 것도 없죠. 제 앞에 갖다 놓지 않는 한 눈치채지 못하니까요. 동시에 엘턴 씨가 어떤 사람을 원했는지는 아무도 알 수 없는 일이죠. 아, 제가 이렇게 계속 수다를 떠는데도 우드하우스 양이 친절하게도 잘 들어주시는군요. 제가 나쁜 이야기를 할 사람이 아니라는 걸 알고 있으니까요. 스미스 양은 좀 어떤가요? 이제 많이 나은 것 같던데. 최근에 존 나이틀리 부인의 소식은 들으셨어요? 오! 그 귀여운 아이들. 제인, 나는 말이지, 딕슨 씨가 존 나이틀리 씨 같을 거라고 항상 상상한단다. 큰 키에 그런 분위기의 외모에다, 그리고 말수도 많지 않고."

"아니에요, 이모. 전혀 닮지 않았는걸요."

"이상하구나. 하지만 실제로 만나기 전에 어떤 사람을 제대로 머릿속에 그릴 수는 없는 법이지. 어떤 생각을 하기 시작하면, 제멋대로 그 일을 부풀려 나가게 되니 말이야. 딕슨 씨는 엄격히 말해 잘생긴 얼굴은 아니라고 했었지?"

"잘생겼다니요! 오! 아니요. 전혀 아니에요. 오히려 평범한 얼굴이죠. 전에 그분 외모가 평범하다고 제가 말씀드렸잖아요."

"얘야, 네 말로는 캠벨 양이 그분을 평범하다고는 생각하지 않을 거라고 했잖니, 그리고 너도."

"오! 제가 어떻게 생각하는지는 중요하지 않아요. 제가 존경하는 사람이면 전 항상 잘생겼다고 생각하거든요. 하지만 제가 그분을 평범하다고 한 건 일반적으로 다른 사람이 어떻게 생각하는지를 말씀드린 거였어요."

"제인, 이제 서둘러야겠구나. 날씨가 너무 안 좋아서 할머니가 걱정하실 거야. 우드하우스 양, 정말 너무 고맙습니다. 하지만 이젠 일어나야겠네요. 참 즐거운 소식이었죠. 가다가 콜 부인에게 잠깐 들러야 하지만 3분 이상은 머물지 않을 거예요. 제인, 너는 집으로 곧장 가는 게 좋겠구나. 가다가 소나기를 만나면 안 되잖니. 제인은 하이버리에 오고 나서부터는 몸이 많이 좋아진 것 같아요. 고맙습니다, 정말 고마워요. 고더드 부인 댁에는 들르지 않는 게 좋을 것 같아요. 삶은 돼지고기 말고는 안 드실 텐데, 다리 고기를 요리하면 부인은 별로 안 좋아하실 것 같아요. 안녕히 계세요, 우드하우스 씨. 오! 나이틀리 씨도 가시는군요. 잘됐네요. 제인이 힘들어 하면 기댈 수 있게 친절히 팔을 내주실 테니까요. 그나저나 엘턴 씨와 호킨스 양이라니! 그럼 안녕히 계세요."

아버지와 단둘이 남은 에마는 신경의 반은 젊은 사람들이 그렇게 결혼을 서두르다가 잘 알지도 못하면서 결혼하는 걸 슬퍼해 하시는 아버지에게 기울였고, 나머지 반은 그 문제에 대한 자기 생각에 빠져들었다. 엘턴 씨가 오래 힘들어 하지 않을 거라는 생각이 들어맞았다는 점에서 에마 자신에게는 기쁘고 반가운 소식이었지만, 해리엇을 생각하니 그다지 마음이 좋지는 않았다. 해리엇도 어차피 알게 될 일이었고, 에마가 할 수 있는 거라곤 그 소식을 직접 전해서 다른 사람들에게서 느닷없이 듣는 일을 막는 것이었다. 지금쯤이면 해리엇이 올 시간이었다. 오는 길에 베이츠 양을 마주치기라도 하면! 비가 내리기 시작하고 있었기 때문에, 에마는 해리엇이 아무런 준비 없이 그 소식을 듣게 되는 일이 없도록 고더드 부인 댁에서 아직 출발하지 않았기를 바랐다.

비는 세차게 쏟아졌지만 이내 멈췄고, 비가 갠 지 5분도 채 안되어 해리엇이 뭔가 들뜨고 상기된 표정으로 뛰어 들어오더니 외쳤다.

"우드하우스 양, 지금 무슨 일이 일어났는지 아세요?"

뭔가 큰일이 있었던 게 분명한 듯 보였다. 그런 해리엇을 보며 에마는 지금은 일단 그녀의 얘기를 들어주는 게 낫겠다고 판단했고, 해리엇은 다급한 어조로 말을 시작했다.

"고더드 부인 댁에서 30분 전에 나섰는데 금방이라도 비가 쏟아질 것 같은 날씨였지만, 어쨌든 하트필드까지는 도착할 수 있을 거라고 생각해서 발걸음을 서둘렀거든요. 그런데 얼마 전에 드레스를 만들어달라고 맡긴 집을 지나치다 보니 옷이 어떻게 되어가고 있는지 궁금해져서 잠깐 들렀는데, 그 집에서 나서고 얼마 안 되었을 때 비가 내리기 시작했어요. 저는 당황해서 달려가다가 잠시 비를 피하러 포드 상점에 들어갔어요."

포드 상점은 양모와 리넨 직물을 팔면서 양복점도 겸하고 있는, 그 지역에서 제일 크고 세련된 가게였다.

"그렇게 저는 앞으로 닥칠 일은 꿈에도 모른 채 거기서 10여 분을 그냥 앉아 있었지요. 그런데 갑자기 누가 들어섰는가 하면, 세상에 너무나 신기하게도 바로 엘리자베스 마틴과 그녀의 오빠가 들어선 거예요! 언니! 생각해보세요. 전 그 자리에서 그만 정신을 잃고 쓰러지는 줄 알았어요. 어떻게 해야 할지 모르겠더라고요. 저는 문가에 앉아 있었는데 엘리자베스는 저를 바로 알아봤지만, 마틴 씨는 알아채지 못했어요. 우산을 접느라 바빴거든요. 엘리자베스는 절 분명 봤지만 고개를 돌리더니 못 본 척 했고, 둘은 가게의 반대쪽 끝으로 갔어요. 저는 문 옆에 앉아 있고 말이에요! 오! 세상에, 전 너무 비참한 기분이었답니다! 아마 지금 입은 옷만큼 얼굴이 하얗게 질려 있었을 거예요. 비 때문에 밖에 나갈 수도 없었지만, 그 순간에는 거기만 아니라면 세상 어느 곳에 있어도 좋겠다고 속으로 생각했지요. 오! 세상에, 우드하우스 양, 그런데 마침내 마틴 씨가 가게의 물건들을 둘러보다가 저를 본 거예요. 그는 금세 물건 고르는 걸 멈추더니 엘리자베스와 둘이 서로 뭐라고 속삭이더군요. 분명 제 얘기를 한 거겠죠. 제 생각엔 그가 여동생을 설득해 제게 말을 걸라고 한 것 같아요. (정말 그가 그랬을까요, 우드하우스 양?) 그러더니 갑자기 엘리자베스가 제 쪽으로 다가와서 어떻게 지냈느냐고 물었어요. 그리고는 제가 손을 내밀면 악수를 나누려는 것 같았어요. 물론 예전에 하던 방식은 아니었고, 저도 그녀의 태도가 달라졌다는 건 단번에 알 수 있었어요. 하지만 그녀는 제게 친절하게 대하려고 노력하는 것 같았고, 우리는 악수를 나눈 뒤 서서 좀 더 대화를 했지요. 하지만 제가 무슨 말을 했는지 모르겠어요. 계속 사시나무 떨듯 떨고 있었거든요. 그녀가 우리가 요즘 잘 만나지 못해 아쉽다고

한 건 기억이 나요. 정말 믿을 수 없을 정도로 친절한 말이었죠! 우드하우스 양, 전 정말이지 너무 비참한 기분이었어요. 그때쯤 돼서는 비가 개기 시작했고 이제 빨리 자리를 떠야겠다고 생각하던 참이었는데, 그분이 제게로 걸어오는 거예요! 천천히, 그분 자신도 어찌해야 할지 모르겠다는 듯 말이에요. 그렇게 그분이 다가오더니 뭐라 말했고, 제가 대답을 했죠. 그렇게 잠시 서 있는데 참으로 난감했어요. 어떻게 용기를 냈는지는 모르지만, 어쨌든 저는 그분께 이제 비가 그쳤으니 가봐야겠다고 한 다음 밖으로 나섰어요. 그런데 문에서 몇 발자국 안 갔을 때 그분이 절 따라오더니 이렇게 말하더군요. 지금 하트필드에 갈 거면 가까운 길이 비에 잠겼을 테니, 콜 씨네 마구간 쪽으로 돌아서 가는 게 나을 거라고요. 오! 언니, 전 정말 그 자리에서 죽고 싶은 기분이었어요! 그렇지만 그분에게는 고맙다고 말했어요. 그 정도는 하는 게 도리니까요. 그런 다음 그분은 엘리자베스에게로 돌아갔고, 저는 마구간 쪽으로 돌아서 왔어요. 그렇게 한 것 같긴 한데, 사실 어느 쪽으로 가고 있는지 정신이 없어서 통 모르겠더라고요. 오! 우드하우스 양, 오늘 그런 일이 있어서 속상해요. 하지만 그분이 제게 그렇게 정답고 친절하게 대하는 걸 보니 한편으로는 기분이 좋은 거 있죠. 엘리자베스도 마찬가지고요. 오! 우드하우스 양, 제 마음이 편해지도록 뭐라고 말을 좀 해줘요."

에마는 진심으로 그렇게 해주고 싶었지만, 그녀에겐 즉각적으로 그럴 만한 능력이 없었다. 그녀는 잠깐 멈춰 생각을 정리해야 했다. 에마 자신도 마음이 그다지 편하지 않았다. 그 청년과 누이의 행동은 진실한 감정에서 우러나온 것으로 보였고, 에마는 어느새 그들에게 측은한 마음이 들었다. 해리엇이 말한 것처럼, 그들의 행동은 상처 입은 애정과 순수한 마음이 합쳐져서 나온 것 같았다. 그러나 에마는 예전에도 그들이 착하고 괜찮은 사람들이라고 여기고 있었지만, 이번 일이 그들과의 관계에 별다른 영향을 미칠 이유는 없었다. 그런 일로 마음이 흔들린다면 어리석은 일이었다. 물론 그는 해리엇을 놓쳐서 아쉬웠을 것이고, 아마도 가족 전부가 그럴 게 틀림없었다. 사랑뿐 아니라 야망에도 상처를 입었을 것이다. 해리엇의 인맥을 등에 업고 신분이 상승

하길 바랐을 텐데 말이다. 게다가 해리엇의 설명을 곧이곧대로 믿을 수도 없지 않은가? 뭐든 쉽게 감동하는 데다 분별력 없는 해리엇이 칭찬을 한들 그 말에 무슨 의미가 있겠는가?

에마는 이렇게 생각을 추스른 뒤, 아까 일어난 일이 별것 아닌 사소한 사건이었으며 더 이상 생각할 필요 없다고 하면서, 해리엇의 마음을 편하게 해주고자 노력했다.

"지금 당장은 우울할지 몰라. 하지만 내가 보기에 넌 아주 처신을 잘한 것 같아. 그건 이미 지난 일이고 앞으로 이런 일은 다시 일어나지 않을 거야. 그러니까 더 이상 생각할 필요도 없단다."

해리엇은 "정말 맞는 말이에요."라면서 고개를 끄덕였고 더 이상 그 일은 생각하지 않겠다고 했다. 하지만 해리엇은 여전히 그 이야기를 하고 있었고, 다른 일은 생각할 수조차 없는 듯했다. 그래서 마침내 에마는 마틴가에 대한 생각을 해리엇의 머리에서 몰아내기 위해, 실은 훨씬 더 부드럽고 조심스럽게 전하려던 '그 소식'을 가엾은 해리엇에게 알려주고야 말았다! 다만 해리엇의 마음속에서 엘턴 씨의 존재가 이렇게 허무하게 사라지게 된 데 대해 기뻐해야 할지 화내야 할지 안타까워해야 할지 다행으로 여겨야 할지 알 수 없는 심정이기는 했다.

그러자 엘턴 씨의 존재감이 서서히 되살아났다. 해리엇이 하루 전이나 한 시간 전에 이 소식을 접했더라면 더 큰 충격을 받았겠지만, 그 여파는 매우 서서히 자리를 넓혀갔다. 그들의 대화가 마무리되기 전에 해리엇은 이 행운의 호킨스 양에 대한 호기심과 놀라움, 아쉬움, 고통, 기쁨 따위의 감정에 점차 마음을 빼앗겼고, 대신 마틴 씨에 대한 생각은 그 아래에 제자리를 찾아가게 되었다.

에마는 한편으로 그런 만남이 있었던 것이 다행이라고 여겼다. 그 만남은 경계해야 할 정도로 그 영향력이 오래 미치지는 않으면서 해리엇이 엘턴 씨 소식을 처음 접하고 느꼈을 충격을 완화해주는 데 도움이 되었다. 이제 마틴 씨와 그 가족은 지나친 용기와 겸손을 동반하지 않고는 그녀를 찾지 못할 것이었다. 해리엇이 오빠의 청혼을 거절한 뒤로 그 집의 여동생들은 고더드 부인 댁에 발을 끊었고, 그들은 서로 만나거나 대화를 나눌 일 없는 채로 열두 달도 보내게 될 것이었다.

22

인간의 본성은 흥미로운 상황에 처한 사람들에게 기우는 법인지라, 젊은 사람이 결혼을 하거나 죽게 될 경우 특별히 호의적으로 말하게 된다. 호킨스 양의 이름이 하이버리에서 처음 알려지고 나서 채 일주일도 지나지 않아, 그녀가 외모로나 품성으로나 흠잡을 데 없고 아름답고 우아하며 상당한 신분에다 완벽하게 사랑스러운 사람이라는 것이 이런저런 방식으로 알려지게 되었다. 그리고 엘턴 씨가 행복한 승리감에 취한 모습으로 나타나 그녀의 여러 가지 장점을 퍼뜨리고자 했을 때쯤엔 이미 이야깃거리라곤 그녀의 세례명이나 그녀가 누구의 음악을 주로 연주하는지 정도밖에 남아 있지 않았다.

하이버리로 돌아온 엘턴 씨는 무척 행복에 겨워 있었다. 그는 에마에게 거절당하고 수치감에 휩싸여 하이버리를 떠났었다. 자신에게 여지를 줬다고 생각했던 일련의 사건이 좌절되면서 자신에게 걸맞는 여성을 놓쳤을 뿐만 아니라 터무니없는 수준의 여성에게 자신도 모르게 짝지워져 있었다는 걸 발견한 그는 낙관적인 희망이 꺾여버린 상태였다. 깊은 상처를 입고 떠났던 그는 다른 여성—물론 이런 상황에서는 항상 놓친 것보다 얻은 게 더 좋아보이는 법이지만—그것도 원래 마음에 두었던 여성보다 훨씬 뛰어난 여성과 약혼한 상태로 돌아왔다. 돌아온 엘턴 씨는 더할 나위 없이 즐겁고 만족스럽고 분주했으며, 우드하우스 양에게는 전혀 신경 쓰지 않았고 스미스 양은 완전히 무시했다.

매력적인 오거스타 호킨스는 완벽한 아름다움과 성격이 주는 일반적인 장점 외에도, 몇천 파운드를 훌쩍 넘어 그냥 일만 파운드라고 해도 좋을 정도로 많은, 그래서 편리할 뿐 아니라 신분을 보장해주는 정도의 자기 재산을 갖고 있었다. 그의 이야기에는 일리가 있었다. 엘턴 씨는 무모한 결혼에 몸을 내

던지는 사람이 아니었다. 그는 일만 파운드나 그 언저리쯤 되는 재산을 가진 여성을 잡았고, 그것도 기막힐 정도로 재빠르게 잡았다. 처음에 소개받자마자 곧바로 눈여겨볼 정도였다며, 엘턴 씨가 콜 부인에게 전한 그들 관계의 빠른 진전은 그야말로 어지러울 정도였다. 그 뒤 우연한 재회부터 그린 씨 댁에서의 저녁 만찬, 브라운 부인 댁에서의 파티에 이르기까지 모든 게 신속하게 이루어졌고 미소를 지으며 서로 얼굴을 붉히고 의미심장한 말들을 나누었으며, 대화 중간중간마다 수줍음과 흥분으로 어쩔 줄을 몰랐다. 숙녀는 쉽게 감동했고 무척 사랑스러웠으며 좀더 알아듣기 쉬운 말로 표현하자면, 한마디로 허영심과 신중함이 팽팽히 양축을 이룬 가운데 그를 맞아들일 만반의 준비가 되어 있었다.

엘턴 씨는 본질과 그림자, 즉 재산과 애정을 둘 다 얻은 셈이었고, 그만큼 누구보다 행복해 하면서 자기와 자기 관심사에 대해서만 말했다. 그는 누구에게서나 축하와 미소를 기대했으며, 몇 주 전이었다면 좀 더 조심스럽게 예의를 갖추었을 주변의 모든 어린 숙녀들에게도 친절하고 거침없는 웃음으로 대했다.

둘 다 본인들만 신경 쓰면 됐고 준비도 필요한 것만 갖추기로 했기 때문에 결혼식은 그다지 머지않은 날짜로 잡혔다. 엘턴 씨가 다시 바스로 떠나자, 콜 부인도 의미심장한 눈빛으로 별다른 반박을 하지 않았듯, 그가 하이버리에 다시 돌아올 때는 신부를 데려올 것이라고 기대하는 사람들이 많았다.

엘턴 씨가 잠깐 머무는 동안 에마는 그를 거의 보지 못했지만, 짧은 만남을 통해 그의 내면에 있던 불쾌감과 허세가 나아지기는커녕 그의 전체로 퍼져갔다는 걸 충분히 느낄 수 있었다. 사실 애초에 그녀가 엘턴 씨를 괜찮은 사람이라고 생각했다는 게 희한할 정도였다. 엘턴 씨를 볼 때마다 치밀어 오르는 불쾌한 감정을 다스려야 했기 때문에 도덕적인 면에서 에마 자신의 잘못에 대한 참회와 교훈, 겸손을 되새기게 한다는 점을 제외하고는 엘턴 씨를 다시 보지 못하게 된다면 더 감사하는 마음을 갖게 될 것 같았다. 에마는 엘턴 씨가 잘되기를 바랐지만, 그를 보고 싶지는 않았기 때문에 그가 20마일쯤 떨어진 곳에서 잘 지내게 된다면, 그게 가장 좋을 것 같았다.

그러나 엘턴 씨가 하이버리에 계속 살면서 에마가 느낄 고역은 그의 결혼으로 조금은 완화될 게 확실했다. 그가 결혼을 하게 되면서 이제 더 이상 쓸데없는 걱정을 할 필요도 없고 어색한 감정도 많이 누그러질 것이었다. 엘턴부인은 그들 사이가 예전 같지 않은 데 대한 구실이 될 것이고, 과거의 친밀함은 별다른 흔적 없이 희미해져갈 것이다. 아마 그들의 정중한 관계가 새롭게 시작될지도 모를 일이었다.

그 신부에 대해서 에마는 거의 생각하지 않았다. 엘턴 씨에게 딱 적당히 맞는 여자일 게 분명했다. 하이버리에 적당할 정도의 교양에, 아마 외모도 해리엇 옆에 섰을 때 뒤처지지 않을 정도는 될 것으로 생각되었다. 집안에 대해서는 에마가 주눅 들어야 할 부분은 전혀 없었다. 그렇게 해리엇을 업신여기고 잘난 척하더니 그도 별수 없었던 것이다. 그 점에 있어서는 진실을 곧 알수 있을 듯했다. 그녀가 어떤 집안의 사람인지는 확실치 않지만, 어떤 사람인지는 곧 알려질 것이었고, 일만 파운드가 있는 것을 제외하면 해리엇보다 더나을 게 전혀 없어 보였다. 그녀에게는 이렇다 할 이름이나 혈통, 인척 관계도 없었다. 호킨스 양은 브리스톨의 한 상인—그렇다, 상인이라고 부르는 게 맞을 것이다—의 두 딸 중 막내였다. 하지만 상인으로서 벌어들인 이익은 그다지 신통치 않아 보였기 때문에, 그 상업이라는 일의 수준도 신통치 않았다고 보는 게 맞을 것이었다. 그녀는 매년 겨울 일정 기간동안 바스에서 보냈지만 사는 곳은 브리스톨 중심부에 있었는데, 몇 해 전 부모가 세상을 떠난 뒤로 법조계에 몸담고 있는 삼촌—법조계에 있다는 것 외에는 더 내세울 만한게 없는 것 같았다—과 그분의 딸과 함께 지내고 있었다. 에마는 그 삼촌이라는 사람도 성공할 만큼 변변치는 못해서 변호사 보조로나 일할 거라 추측했다. 그 집안이 내세울 만한 것이라고는 브리스톨 근처에서 마차를 두 대나부리고 사는 한 부유한 신사에게 시집을 잘 간 첫째 딸의 인맥뿐이었다. 이게 호킨스 양의 배경이자 자랑거리였다.

해리엇에게 이 모든 것들에 대한 에마의 감정을 전달할 수만 있다면! 에마는 해리엇을 설득해 사랑에 빠져들게 했지만 안타깝게도 그 사랑에서 쉽게 빠져나오게 할 수는 없었다. 해리엇 마음의 커다란 빈 공간을 채웠던 사람의 매력을, 전혀 몰랐던 일처럼 없애버릴 수는 없다. 그 사람을 다른 누군가로 대체할 수는 있을 것이고, 그렇게 될 거라는 건 아주 분명했다. 그건 어쩌면 로버트 마틴으로도 충분할 테지만, 에마는 그 방법 말고는 해리엇의 마음을 치료할 수 없을 것 같아 너무 걱정스러웠다. 해리엇은 일단 사랑의 감정을 느끼기 시작하면 영원히 거기서 빠져나올 수 없는 종류의 사람이었다. 그리고 가없은 해리엇은 엘턴 씨가 다시 나타난 뒤로 부쩍 상태가 좋지 않았다. 해리엇은 언제나 여기저기서 엘턴 씨의 모습을 스쳐보곤 했다. 에마는 그를 한 번밖에 못 봤지만, 해리엇은 매일 두세 차례 그를 만나거나 스쳤고, 놀라움과 헛된 추측에 빠져 그의 목소리를 듣거나 그의 어깨를 보거나 그를 떠올릴 만한 일을 일부러 만들곤 했다. 게다가 해리엇은 그에 대한 소식에 끊임없이 귀를 기울이면서 하트필드에 올 때를 제외하고는, 엘턴 씨를 완벽하다고 칭송하는 무리 사이에 늘상 끼어 있으면서 엘턴 씨의 관심사나 그에 관한 시시콜콜한 이야기와 추측들, 그에게 이미 일어났거나 앞으로 일어날 일들에 대한 이야기를 나누는 데에 온 신경을 기울였다. 그의 전체 수입이 얼마가 될 것이며 하인들이나 가구 따위에 대한 이야기가 그녀의 주된 관심사였다. 엘턴 씨에 대한 해리엇의 애정은 그에 대한 찬사를 들을 때마다 더 깊어졌고, 호킨스 양의 행복이나 약혼녀에 대한 엘턴 씨의 깊은 사랑에 대한 증거가 들릴 때마다 더욱 우울해져갔다. 그가 걸어갈 때의 분위기라든지 모자를 쓴 모양새마저도 그가 지금 얼마나 깊은 사랑에 빠져 있는지 얘기해주는 것처럼 느꼈다.

만일 그게 허용할 수 있는 즐거움이었고, 그녀의 친구가 그토록 힘들어 하지 않았더라면, 또 그녀 자신이 수치스럽게 연관되어 있지 않았더라면, 해리엇의 감정이 그렇게 변화무쌍한 기복을 그리는 것이 에마에게는 흥미로운 일이었을 것이다. 해리엇의 마음속에서 어떤 순간에는 엘턴 씨가 올라서는가 하면, 다음 순간에는 마틴 씨가 올라서면서 저마다 상대편을 효과적으로 견제하는 역할을 하고 있었다. 엘턴 씨의 약혼이 마틴 씨를 만난 뒤의 흥분을 잊게 해주었다. 약혼 소식이 가져온 해리엇의 불행은 며칠 후 엘리자베스 마틴이 고더드 부인 댁을 방문하면서 다소 사그라졌는데, 마침 해리엇은 집에 없었고 그녀 앞으로 남겨진 쪽지는 전체적으로 매우 상냥한 가운데 약간은 힐난조로 쓰여 있었다. 그래서 엘턴 씨가 등장하기 전까지, 해리엇은 온통 그 생각에 사로잡혀 쪽지에 대한 답장을 어떻게 써야 할지 골몰하면서 차마 털어놓을 수 없는 일들을 하고 싶어했다. 그러나 엘턴 씨가 일단 눈앞에 나타나자 다른 생각들은 금세 자취를 감췄다. 그가 머무는 동안 마틴 씨는 까마득하게 잊었고, 그가 다시 바스로 떠나던 날 아침, 에마는 해리엇의 우울함을 잠재우기 위해 지금이 바로 엘리자베스 마틴의 방문에 화답해야 할 때라고 판단했다.

그 방문에 있어 어느 선까지가 도의상 필요하며 어떻게 하는 게 안전할지에 대한 문제에는 다소 불확실한 면이 있었다. 마틴 부인과 자매들의 초대를 완전히 무시한다면 무례한 행동일 것이었다. 그런 일이 있어선 안 되지만, 또 한편으로는 이번 방문을 통해 서로 친분이 재개될 위험도 있었다!

깊이 고심한 끝에 에마는 해리엇이 마틴 가족을 방문하는 것이 가장 좋은 방법이라는 결론을 내렸다. 다만 그들에게 지각이 있다면 그 방문이 단순히 형식적인 인사치레라는 점을 확실하게 깨달을 수 있도록 할 필요가 있었다. 에마는 해리엇을 마차에 태워 그녀를 애비 밀에 내려준 다음, 좀 더 멀리까지 갔다가 빠른 시간 내에 해리엇을 다시 태우러 가는 방법을 생각했다. 해리엇에게 자기도 모르는 사이에 위험한 옛날의 친근함이 되살아날 시간을 주지 않으면서, 앞으로 어느 정도의 친밀함이 허용되는 것인지 그들도 확실히 알 수 있도록 말이다.

에마는 그 방법이 최선이라고 생각했지만 한편으로는 마음속에 석연치 않은 무언가가, 배은망덕한 행동을 자기 편의대로 위장하고 있다는 죄책감 같은 것이 느껴졌다. 그러면서도 해리엇을 위해서는 어쨌든 해야만 하는 일이라고 결론지었다. 그렇지 않으면 가엾은 해리엇은 어찌 된단 말인가?

23

해리엇은 마틴 씨를 방문하고 싶은 마음이 별로 없었다. 에마가 해리엇을 태우러 고더드 부인 댁에 오기 30분 전, '바스시, 화이트 하트, 필립 엘턴 목사 앞'이라고 적힌 짐 가방이 그곳을 경유할 마차에 전달되기 위해 정육점 수레에 실리는 걸 봤기 때문이다. 그 광경을 보는 순간, 해리엇에게는 짐 가방과 목적지를 제외하고는 세상의 모든 것이 온통 새하얀 백지가 된 것만 같았다.

그러나 해리엇은 길을 나섰다. 그리고 농장에 도착해서 사과나무 사이로 앞문까지 이어진 널따랗고 깔끔한 자갈길 끝자락에 내려섰을 때, 지난가을 그렇게 많은 기쁨을 주었던 광경이 막상 눈앞에 펼쳐지자 마음이 약간 흔들리기 시작했다. 헤어지면서 에마는 해리엇이 두려움 섞인 호기심으로 주위를 둘러보는 걸 보고 정해진 15분 이상 머물게 해서는 안 되겠다고 다시 한번 마음먹었다. 에마는 그 시간을 보내기 위해 다시 길을 떠나, 한때 에마의 집에서 일하다가 이제 결혼해서 던웰에 정착한 옛 하인의 집으로 향했다.

정확히 15분이 지나자 에마는 농장의 흰 대문 앞에 다시 도착했고, 연락을 받은 스미스 양은 즉시 집에서 나왔지만 그 옆에는 에마가 우려했던 것과는 달리 위기감이 들게 했을 마틴 씨는 서 있지 않았다. 해리엇은 자갈길을 홀로 걸어 나왔고, 마틴 양만이 문가에 서서 공손한 태도로 그녀를 배웅하고 있었다.

에마를 다시 만난 해리엇은 너무 많은 감정이 휘몰아치는지 조리 있게 설명하지 못했다. 하지만 에마는 해리엇에게서 이내 어떤 종류의 만남을 가졌는지, 또 어떤 종류의 어려움이 있었는지 충분히 파악할 수 있을 정도의 정보를 이끌어냈다. 해리엇은 마틴 부인과 두 딸만 만났다. 그들은 의심스럽고 약간은 차갑기까지 한 태도로 해리엇을 맞이했고, 그녀가 머무는 내내 거의 지극히 일상적인 대화만 서로 나누었을 뿐이었다. 그러다가 마틴 부인이 갑자기 스미스 양의 키가 좀 큰 것 같다는 말을 꺼내면서, 좀 더 흥미로운 주제를 둘러싼 따뜻한 분위기가 만들어졌다. 바로 그 방에서 지난 9월 해리엇은 두 친구와 함께 키를 쟀었다. 창문 옆 벽에는 연필로 그려진 표시와 기록이 있었다.

바로 마틴 씨가 한 것이었다. 모두가 그날과 그때의 일들을 추억하면서 똑같은 생각과 후회를 하는 것 같았고, 예전처럼 서로를 이해하며 그때의 감정을 회복하려던 참에(해리엇은 에마가 생각하기에 그들 모두 가운데서도 가장 따뜻하고 행복한 모습이었을 것이다) 마차가 다시 나타났고, 모든 게 끝나버렸다. 그때 이번 방문의 형식과 짧은 방문 시간이 모두에게 새삼 각인되었다. 6개월 전에 6주를 행복하게 보내게 해준 이들에게 고작 14분이라니! 에마는 이 모든 걸 머리에 그리면서 그들이 화가 나는 게 얼마나 지당하며, 해리엇이 힘들어 하는 게 얼마나 당연한지 느낄 수 있었다. 그건 옳지 않은 일이었다. 에마는 마틴 씨와 가족들에게 더 높은 지위를 줄 수만 있다면 많은 희생과 고통이라도 견딜 수 있을 것만 같았다. 그들같이 훌륭한 사람들이라면 아주 약간의 격상으로도 충분했다. 하지만 지금 상황에서 그녀에게 무슨 별다른 수가 있었겠는가? 불가능한 일이었다! 지금은 후회를 할 수 없었다. 그들은 떼어내야 하는 사이였다. 그러나 그 과정에서 생기는 고통이 너무 커서 지금 에마 자신조차도 어느 정도의 위로가 필요하다고 느꼈고, 에마는 이를 위해 랜덜스에 들르기로 마음먹었다. 에마의 마음은 엘턴 씨와 마틴 씨 가족에 대한 생각으로 지쳐 있었다. 이런 때일수록 랜덜스에서 기운을 회복할 필요가 있었다.

훌륭한 계획이었지만, 막상 문 앞에서 그들을 맞이한 소식은 "나리도 마님도 안 계시다"는 것이었다. 두 사람 다 밖에 나간 지 오래되었고, 하인의 얘기로는 아마 하트필드에 간 것 같다고 했다.

"너무한걸."

마차를 돌리면서 에마는 한숨을 내쉬었다.

"그분들을 지금 못 보다니. 너무 화가 나! 이렇게 실망스러운 일이 있다니."

그러더니 에마는 마차 한구석에 몸을 기댄 채 불평 섞인 말을 계속 중얼거리면서 그런 생각을 떨쳐버리려고 애를 썼다. 그때 돌연 마차가 멈추길래 밖을 내다보니, 바로 웨스턴 부부가 그녀에게 말을 하려고 서 있는 것이었다. 그들을 보는 순간 기쁨이 몰려왔고, 에마에게 인사를 건네며 다가서는 웨스턴 씨에게서 더욱 큰 기쁨이 묻어났다.

"안녕하십니까, 에마 양? 잘 지냈나요? 방금 전까지 아버지를 만나고 오는 길이랍니다. 건강하신 걸 보니 참 좋더군요. 프랭크가 내일 온답니다. 오늘 아침 편지를 받았지요. 내일 저녁 식사 무렵에 확실히 온다네요. 오늘은 옥스퍼드에 있는데 여기에서 2주 동안이나 머물 거랍니다. 이렇게 될 줄 알았어요. 그 아이가 크리스마스 때 왔더라면 3일도 못 있었을 겁니다. 크리스마스에 안 온 게 천만다행이지요. 지금은 날씨도 이렇게 맑고 청명한 게 그 아이가 오기에도 딱 적당하지 않습니까. 우리로서도 그 아이를 잘 맞이할 수 있게 되었으니, 모든 게 바라던 대로 되었답니다."

그야말로 함께 기뻐하지 않을 수 없는 소식이었고, 웨스턴 씨의 행복해하는 얼굴만 봐도 즐거움이 전해지는 것 같았으며, 말수는 더 적고 차분하긴 했지만 그의 아내가 하는 말이나 표정을 봐도 그러했다. 웨스턴 부인이 프랭크의 방문을 확신한다는 사실만으로도 에마는 그 말을 믿을 수 있었고, 그들의 기쁨에 진심으로 동참했다. 에마의 지친 마음에 즐거운 활력을 불어넣어 주는 소식이었다. 우울한 과거는 앞으로의 일에 대한 신선한 기대감으로 사라졌고, 짧은 순간이나마 에마는 엘턴 씨가 그들 사이에서 완전히 잊혀진 존재가 되기를 바랐다.

웨스턴 씨는 에마에게 엔스컴에서 이번 일이 어떻게 이루어졌는지, 어떻게 프랭크가 2주간이나 시간을 낼 수 있게 되었는지 그 소식 외에도 그가 오는 길이나 교통편에 대해서도 상세히 들려주었고, 에마는 미소 띤 얼굴로 들으면서 계속해서 축하해주었다.

"곧 그 아이를 하트필드에 데려가도록 하죠."

웨스턴 씨는 이야기를 맺으면서 약속했다.

에마는 웨스턴 씨가 이 말을 할 때, 웨스턴 부인이 그의 팔에 손을 살짝 대는 걸 본 것 같았다.

"웨스턴 씨, 우리는 이제 그만 가보는 게 좋겠어요."

웨스턴 부인이 제안했다.

"저희가 숙녀 분들을 너무 오래 붙잡고 있었네요."

"그래요, 그래, 난 준비가 되었소."

웨스턴 씨는 다시 에마에게로 몸을 돌렸다.

"하지만 그 아이에 대해 너무 큰 기대는 하지 말아요. 지금껏 내 설명만 들었을 뿐이니까요. 그렇게 특별한 청년은 아니랍니다."

하지만 그 순간 웨스턴 씨의 빛나는 눈은 말과는 사뭇 다른 확신을 전하고 있었다.

에마는 완벽하게 천진난만하고 순수한 표정을 지어보이면서, 아무런 기대도 드러내지 않는 투로 답했다.

"에마, 내일 내 생각을 해주길 바라. 4시쯤에."

웨스턴 부인은 헤어지면서 다소 걱정 어린 투로 에마에게 당부했다.

"4시라니요! 분명 3시까지는 도착할 텐데."

웨스턴 씨는 재빨리 정정했고, 이렇게 해서 지극히 만족스러운 만남은 끝이 났다. 에마의 기분은 행복할 정도로 고조되었고, 모든 게 다르게 느껴졌다. 제임스와 그의 말들도 아까만큼 느리게 가는 것 같지 않았다. 산울타리를 봤을 때는 나무 열매들이 금방이라도 열릴 듯했으며, 해리엇에게 고개를 돌리자 봄기운 같은 것이 느껴지면서 그녀의 입가에도 부드러운 미소가 걸려 있는 듯했다.

"프랭크 처칠 씨가 옥스퍼드 다음에 바스도 지나오실까요?"

다음 순간 해리엇의 입에서 나온 질문은 다소 예상을 벗어난 것이었다.

하지만 지리에 대한 지식이나 침착함은 한 번에 얻어지는 게 아니었고, 지금 에마는 이 둘 다 시간이 해결해줄 문제라고 이해할 수 있는 기분이었다.

기대감에 찬 아침이 밝았고, 웨스턴 부인의 충실한 학생은 4시에 웨스턴 부인을 생각해야 한다는 걸 10시에도, 11시에도, 그리고 12시에도 잊지 않고 있었다.

'언제나 걱정이 많은 이 친구야.'

에마는 자기 방에서 계단을 내려가면서 마음속으로 자신에게 중얼거렸다.

'너는 항상 자신을 뺀 다른 사람들에게만 신경을 쓰지. 지금도 분명 초조한

심정으로 이 방 저 방을 몇 번이나 들락날락하면서 모든 게 제대로 준비되었는지 확인하고 있잖아.'

에마가 복도를 지나갈 때 시계가 12시를 울렸다.

'12시네. 지금부터 4시간 동안 내 생각을 하자. 내일 이 시간이나 좀 더 지난 후에 다들 여기 오게 될지도 몰라. 분명 오래지 않아 프랭크를 데려올 거야.'

에마가 거실 문을 열었을 때, 거기에는 두 신사—웨스턴 씨와 그의 아들이 에마 아버지와 함께 앉아 있었다. 그들은 몇 분 전에 도착했고 웨스턴 씨가 원래 예정보다 하루 일찍 도착한 프랭크에 대한 설명을 한 뒤, 이제 우드하우스 씨가 정중한 환영과 축하 인사를 하던 참이었다. 그 순간 거실에 들어선 에마는 깜짝 놀란 채로 소개와 기쁨의 순간을 맞이했다.

그토록 오랫동안 관심의 초점이 되어 사람들 입에 오르내리던 프랭크 처칠이 에마 눈앞에 실제로 나타난 것이다. 앞에 있는 그를 보면서 에마는 지금까지 들어온 그에 대한 칭찬이 충분치 못했다는 생각을 했다. 그는 아주 잘생긴 젊은이였다. 키며 분위기며 말투까지 모든 게 출중했고, 그의 표정에서는 아버지를 닮은 생기와 열정이 넘쳐흐르고 민첩하면서도 지각이 있어 보였다. 에마는 그를 좋아하게 될 것임을 직감했다. 그에게는 좋은 교육에서 비롯된 몸에 익은 예의범절과 대화에 즐거이 참여하려는 태도가 보여, 그가 마치 그녀와 친해지려고 온 것 같다는 생각과 함께 곧 친해질 게 분명하다는 확신을 심어주었다.

그는 전날 밤 랜덜스에 도착했다. 에마는 그가 원래 계획을 변경하면서까지 여기 오고 싶어했으며, 반나절을 더 확보하기 위해 일찍 나서서 늦은 시간까지 길을 재촉해 여행했다는 사실을 높이 평가했다.

"제가 어제 그렇게 말씀드렸지요."

웨스턴 씨는 의기양양한 표정이었다.

"이 아이가 예정된 시간보다 앞서 올 거라고 말씀드렸죠. 제가 젊은 시절에 어땠었는지를 기억했거든요. 여행이란 건 질질 끌 수 없는 법입니다. 계획했던 것보다 항상 더 서둘러 지인이 마중을 나오는 것보다 먼저 도착해 만나는 기쁨은 약간의 수고를 감수하더라도 더 가치가 있지요."

"그건 포기할 수 없는 커다란 즐거움이지요."

웨스턴 씨의 이 말에 청년이 맞받아 이야기를 시작했다.

"제가 그 정도의 수고를 감수해야 하는 지인이 많지는 않지만, 집에 오기 위해서라면 뭐든 할 수 있다고 생각했답니다."

'집'이라는 단어를 듣자 그의 아버지 얼굴에는 새삼 흐뭇한 만족감이 번져 갔다. 에마는 그가 어떻게 하면 다른 사람들이 마음에 들 수 있는지 아는 사람이라고 확신할 수 있었고, 그러한 확신은 이후의 대화를 통해 더 확실해져 갔다. 그는 랜들스가 아주 마음에 들었고, 집이 아주 잘 꾸며져 있다고 생각했다. 크기도 적당했고, 주변 환경과 하이버리까지 걸어오는 길, 또 하이버리 자체도 좋았던 데다 하트필드는 더욱 아름답다면서, 고향만이 줄 수 있는 어떤 끌림 때문에 이곳에 대해 항상 관심이 있었고, 언젠가 꼭 방문해보고 싶었노라고 고백했다. 지금껏 이렇게 즐거운 기분을 느껴볼 기회가 없었다는 그의 말은 다소 미심쩍게 들렸지만, 그게 거짓이라 해도 듣기 좋고 유쾌하게 포장된 말이었다. 그의 태도에는 인위적이거나 과장된 분위기는 전혀 없었다. 그는 정말로 특별한 즐거움을 누리는 사람처럼 보였고, 또 그렇게 말했다.

대체로 그들이 나눈 대화의 주제는 처음 인사를 나눈 이들 사이에 적합한 종류였다. 그쪽에서 한 질문은 '그녀가 승마를 하는지? 승마를 좋아하는지? 산책을 좋아하는지? 이웃은 많은지? 주변에 아주 잘 지어진 집들이 몇 채 있던데, 혹시 하이버리에서는 사교 생활을 충분히 누릴 수 있는지? 무도회는 있는지? 음악을 즐기는 문화인지?' 등이었다.

이런 이야기가 끝나가면서 둘은 서로에게 좀 더 친숙해졌고, 그는 두 아버지들이 나름대로의 대화에 열중해 있는 동안 새어머니에 대한 이야기를 꺼냈다. 새어머니에 대한 많은 찬사와 따뜻한 감탄, 또 그분 덕분에 아버지가 얼마나 행복해 하고, 얼마나 친절하게 자신을 맞아주었는지에 대한 감사를 열거하는 그의 모습에서, 그가 사람들의 기분을 좋게 하는 방법을 잘 안다는 또 하나의 증거와 함께, 에마의 마음에 드는 것이 그럴 만한 가치가 있다고 여기며 그러기 위해 애를 쓰고 있다는 증거를 제공해주었다.

그는 에마가 생각하고 있는, 웨스턴 부인이 당연히 받아야 할 칭찬 그 이상은 한 마디도 하지 않았다. 하지만 확실히 그 부분에 대해서는 아는 바가 많지 않은 게 분명했다. 그는 어떤 말을 하면 환영받는지는 잘 알고 있었으나 그 외에는 확신할 수 있는 게 거의 없었다. 그는 "아버지의 결혼이 아주 현명한 결정이었고, 모든 친구들이 기뻐해야 할 일이며, 자신은 그런 축복을 준 가족에게 큰 빚을 졌다"라고 했다.

그는 일반적으로 볼 때 테일러 양이 우드하우스 양의 성격형성에 도움을 주었을 것이고 그 반대가 아니리라는 점을 잊은 듯 테일러 양의 장점에 대해 에마에게 감사를 하려고 했다. 그리고 마침내 지금까지 에둘러서 표현해 온 자신의 의견을 확실하게 밝히기로 결심한 듯, 테일러 양의 젊음과 아름다움에 대해 놀라움을 표함으로써 이야기를 매듭지었다.

"우아하고 친절한 분일 거라는 건 예상했었어요."

그가 말했다.

"하지만 고백하건대 모든 점을 고려했을 때 나이 지긋한 평범한 외모 이상은 기대하지 않았답니다. 웨스턴 부인이 그렇게 아름답고 젊은 여성일 줄은 몰랐어요."

"제가 보기에는 웨스턴 부인만큼 완벽한 분도 없답니다."

에마는 말했다.

"만약 그분을 18살로 보셨다고 해도 저는 아마 기쁘게 고개를 끄덕였을 거예요. 하지만 웨스턴 부인은 당신이 그런 단어를 사용했다는 걸 알면 아마 난처해 할 것 같군요. 당신이 그분을 아름다운 젊은 여성으로 말했다는 건 모르게 하시는 편이 좋을 거예요."

"명심해야겠군요."

프랭크가 말했다.

"하지만 염려 마십시오. (정중히 고개를 숙이며) 웨스턴 부인을 대할 때, 너무 과장한다는 인상을 주지 않으면서 칭찬을 할 테니 말입니다."

에마는 그와 대화를 나누면서 자신에게 미심쩍은 마음이 생겨나기 시작했다는 사실을 그가 눈치챘을지, 또 그가 하는 듣기 좋은 말들이 과연 순수한 감탄의 표시인지 아니면 경멸감을 보기 좋게 포장한 것인지 궁금해졌다. 하지만 그가 어떤 사람인지 알려면 좀 더 지켜봐야 할 필요가 있었다. 지금으로서 확실히 알 수 있는 거라곤 그가 함께 있는 사람들을 기분 좋게 만든다는 것 뿐이었다.

에마는 웨스턴 씨가 지금 무슨 생각을 하고 있는지는 분명히 알 수 있었다. 웨스턴 씨가 흐뭇한 표정으로 자신들 둘에게 재빠른 시선을 주는 걸 에마는 몇 번이나 눈치챘고, 그가 애써 그들 쪽을 바라보지 않고 있을 때조차도 둘의 대화를 듣고 있다는 것을 분명히 알 수 있었다.

반면에 그런 식의 생각을 전혀 할 줄 모르는 데다, 뭔가 꿰뚫어보거나 추측하는 능력이 없는 그녀 아버지의 존재가 에마의 마음을 무엇보다 편하게 해주었다. 우드하우스 씨는 결혼을 반대하는 것 못지않게 그런 가능성을 예상하는 데 있어서도 아주 둔감한 사람이었다. 결정된 모든 결혼에는 항상 반대하면서도 미리 염려하지는 않았다. 마치 그런 일이 실제로 닥치기 전까지는 당사자들끼리 결혼할 생각을 갖고 있을 거라고는 전혀 상상을 못하는 것 같았다. 에마는 아버지의 그런 둔감함이 감사했다. 우드하우스 씨는 그를 찾아온 손님이 혹시라도 그의 믿음을 저버리지 않을까 하는 일말의 의심이나 불쾌한 추측도 없이, 타고난 친절한 마음을 모두 담아 프랭크 처칠 씨가 여행 중 길에서 이틀 밤을 보낼 때 잠자리는 어땠는지에 대해 걱정스런 질문을 던졌고, 혹시 감기에는 걸리지 않았는지 염려하면서 하룻밤 더 지나기 전까지는 안심하지 말라고 당부했다.

어느 정도 시간이 흐르자 웨스턴 씨가 일어설 채비를 하기 시작했다. 그는 이제 가봐야 했다. 크라운 여관에 가서 건초를 살펴야 했고, 웨스턴 부인이 포드 상점에서 사달라고 부탁한 것들이 몇 가지 있었다. 하지만 그 때문에 다른 사람들까지 서두를 필요는 없다고 했다. 하지만 눈치 빠른 그의 아들 역시 바로 자리에서 일어나면서 이렇게 말했다.

"아버지가 볼일 때문에 가신다고 하니, 저는 이참에 언젠가 한번은 어차피 찾아뵈어야 할 집을 지금 방문할까 싶습니다. (에마 쪽을 보면서) 영광스럽게도 당신의 이웃 중 한 분을 알고 있는데, 하이버리에, 혹은 하이버리 근처에 사는 페어팩스 가문의 숙녀지요. 그 집을 찾는 게 그리 어렵지는 않겠죠. 페어팩스 보다는 반스나 베이츠라는 이름이 익숙할지도 모르겠는데요, 혹시 그런 이름의 가족을 아시는지요?"

"그럼, 물론 알다마다!"

웨스턴 씨가 외쳤다.

"우리가 여기 오는 길에 베이츠 부인 댁을 지나쳤단다. 창가에 베이츠 양이 서 있는 걸 봤는데 말이야. 그래, 맞아, 네가 페어팩스 양을 안다고 했지. 웨이머스에서 인사를 했다는 얘기가 이제 기억이 나는구나. 아주 훌륭한 아가씨야. 꼭 한번 찾아뵈렴."

"꼭 오늘 오전에 찾아뵈어야 하는 건 아니에요."

젊은이가 대답했다.

"다른 날에 가도 되지요. 하지만 웨이머스에서 어느 정도 알고 지낸 사이라……."

"오! 그럼 오늘 가렴, 오늘 가도록 해. 미루지 말고, 마땅히 해야 할 일이라면 가능하면 빨리 하는 게 좋은 법이다. 게다가 한 가지 귀띔을 하자면 말이다, 프랭크. 페어팩스 양에게는 지금 특별히 신경을 쓰는 게 좋단다. 네가 그녀를 만났을 때야 캠벨가 사람들이나 그 정도 신분의 사람들과 함께 어울리고 있었지만, 여기서는 형편이 넉넉지 않은 가엾은 할머니와 함께 지내고 있으니 서둘러 방문하지 않으면 무시당한다고 여길 수도 있을 거야."

프랭크는 그의 말에 납득이 간 듯한 표정을 지었다.

"페어팩스 양이 당신과 인사를 나누었다던 얘기는 저도 들었어요."

에마가 말했다.

"그녀는 아주 우아한 아가씨죠."

그는 고개를 끄덕였으나 "그렇지요."라는 대답을 너무 작게 해서 에마는 그 말이 진심인지 순간 헷갈렸다. 하지만 제인 페어팩스가 평범한 수준으로 여겨질 정도라면 아주 세련된 상류 사회에서는 더 높은 종류의 우아함이 있는 게 분명했다.

"지금까지 그녀의 우아함에 특별히 감동한 적이 없으시다고 해도 오늘 만나면 아마 다를 거예요. 만나보시고 그녀의 말을 듣다 보면 아마 감탄하실걸요. 아니, 어쩌면 그녀의 이야기를 전혀 듣지 못할 수도 있겠네요. 입을 잠시도 쉬지 않으시는 이모가 한 분 계시거든요."

"제인 페어팩스 양과 아는 사이라고 했나?"

항상 대화에 뒤늦게 끼어드는 우드하우스 씨가 물었다.

"그럼 내 분명히 말하지만, 아주 훌륭한 아가씨를 알고 지내는 거라고 말하고 싶네. 할머니와 이모 댁을 방문해서 지내고 있는데, 그분들도 아주 괜찮은 사람들이지. 내가 평생 알고 지내온 사이라네. 자네를 보면 아주 좋아할 거야. 내가 하인에게 가는 길을 일러주라고 하겠네."

"아닙니다, 어르신. 가는 길은 아버지에게 들으면 됩니다."

"하지만 자네 아버지는 그렇게 멀리는 가지 않잖나. 고작 크라운까지 가는데 그쪽은 반대 방향인 데다 집이 너무 많아서 찾기 쉽지 않을 걸세. 가는 길도 지저분해서 정확한 길을 모르면 고생일 게야. 우리 마부가 어디서 길을 건너는 게 좋은지 가르쳐줄 수 있을 걸세."

프랭크 처칠 씨는 진지한 표정으로 계속 괜찮다고 했고, 그의 아버지도 열심히 나서서 아들의 말을 거들었다.

"우드하우스 씨, 정말 그러실 필요는 없습니다. 프랭크도 물웅덩이 정도는 구분할 수 있고, 베이츠 부인 댁이라면 크라운에서부터 조금만 건너고 내딛고 뛰면 바로 도착인데요, 뭘."

결국 우드하우스 씨는 둘만 보내는 걸로 양보했고, 정중히 고개를 숙이는 한 명과 우아하게 몸을 굽혀 인사하는 다른 한 명, 이렇게 두 신사는 떠나갔다. 에마는 오늘의 첫 만남에 대해 아주 만족했고, 랜덜스에서 그들이 편안하게 지낼 거라는 확신이 들었다.

24

다음 날 아침 프랭크 처칠 씨가 다시 찾아왔다. 그는 이번에는 웨스턴 부인과 함께 왔는데, 웨스턴 부인이나 하이버리를 상당히 존중하는 것처럼 보였다. 웨스턴 부인과 함께 담소를 나누다가 산책 시간이 되어 산책로를 정하라고 청하자, 즉시 하이버리로 결정했다는 것이다. 그는 어디로 가든 산책하기에 아주 좋을 게 분명하지만, 자신에게 결정권이 있다면 언제나 같은 곳을 고를 거라면서, 쾌적하고 유쾌하며 행복한 분위기의 하이버리에 언제나 끌릴 것이라고 했다. 웨스턴 부인에게 있어서 하이버리란 곧 하트필드를 상징하는 장소였고, 그녀는 프랭크도 같은 생각일 거라고 믿었다. 그래서 그들은 바로 하트필드로 향한 것이다.

에마는 그들이 올 거라고는 예상치 못하고 있었다. 웨스턴 씨가 좀 전에 그의 아들이 아주 잘생겼다는 말을 듣기 위해 잠깐 들를 때까지만 해도 그런 계획을 전혀 얘기하지 않았기 때문이었다. 그래서 둘이 집 쪽으로 팔짱을 낀 채 나란히 걸어오는 걸 보면서 에마는 기분 좋은 놀라움을 느꼈다. 에마는 그를 한 번 더 만나보고 싶던 참이었고, 특히 웨스턴 부인과 함께 있는 걸 보고 싶었다. 웨스턴 부인을 어떻게 대하는지가 그에 대한 에마의 평가를 크게 좌우할 것이었다. 그 부분에서 부족한 점이 있다면, 다른 것은 아무런 소용이 없는 일이다. 하지만 두 사람이 함께 있는 모습을 보면서 에마는 크게 만족했다. 그저 의무감에서 미사여구나 과장된 칭찬만을 늘어놓는 게 아니라, 웨스턴 부인에 대한 그의 전반적인 태도가 더할 수 없이 훌륭했기 때문이다. 그가 웨스턴 부인과 좀 더 가까워지고 호감을 받고 싶어한다는 게 확실하게 느껴졌다. 그들이 오전 내내 하트필드에 머물러 있었기 때문에 에마는 어느 정도 충분한 시간을 갖고 합리적인 판단을 내릴 수 있었다. 다 같이 밖에 나가 한두 시간 산책을 했는데, 처음에는 하트필드의 관목 울타리를 따라 돈 다음 하이버리 쪽으로 발걸음을 옮겼다. 그는 모든 것에 즐거워했고 우드하우스 씨가 만족할 만큼 하트필드에 대한 찬사를 늘어 놓았으며, 좀 더 멀리까지 나가 보자는 얘기가 나오자 마을 사람들과도 인사를 나누고 싶다고 고백하는 등, 에마가 예상했던 것보다 훨씬 더 많은 칭찬과 관심을 보였다.

그가 호기심을 보이는 것 가운데 일부는 그의 애정을 드러내는 것이었다. 그는 할아버지 때부터 시작해 아버지 대까지 오랫동안 살았다는 집을 보여달라고 간곡히 부탁했고, 어릴 적에 자기를 돌보던 노파가 아직 살아 있다는 얘기를 들었다면서 그녀의 집을 찾기 위해 길 이쪽 끝에서 저쪽 끝까지를 헤매고 다니기도 했다. 그렇게 돌아다닌 끝에 찾거나 보게 되는 것들이 항상 좋은 모습만은 아니었지만, 전체적으로 그는 하이버리나 같이 있는 사람들에게서 좋은 인상을 받은 것 같았다.

에마는 그를 주의 깊게 지켜보았고, 지금 그가 보여주는 행동으로 보아 그가 여태까지 의도적으로 아버지 집으로의 방문을 미뤄온 게 아니고, 또 그가 좋아하는 척 연기하거나 진실되지 않은 공치사를 연발했던 게 아니었기에, 그에 대한 나이틀리 씨의 평가가 공정치 못했다고 결론지었다.

그들이 처음 들른 곳은 그리 화려하지 않은 외관의 크라운 여관으로, 여행객보다는 이웃 사람들의 편의를 위해 말들을 묶어놓는 용도로 주로 쓰이는 곳이었다. 다른 일행은 그가 여기에 흥미를 보여 지체할 거라고는 예상하지 못했다. 그저 건물 앞을 지나다가 이 건물에 커다란 방이 하나 더 있다는 이야기가 나왔다. 그러다 일행 중 한 사람이 주변에 많은 사람들이 살았을 때는 무도회장으로 사용하려고 오래전에 만든 그 방에서 종종 무도회가 열리곤 했지만 그런 화려한 시절은 이미 옛일이고, 지금은 고작해야 이 지역에 사는 신사와 신사인 척하는 사람들의 휘스트 카드 클럽이 열리는 게 내놓을 만한 행사의 전부라는 말을 했다.

그는 이 말에 즉각적인 관심을 보였다. 무도회장이라는 말이 그의 마음을 붙잡은 듯 그냥 지나치는 대신, 몇 분간 머무르면서 마침 열려 있던 두 개의 커다란 창문을 통해 안을 들여다보고 방의 구조를 살피더니 더 이상 원래 용도대로 사용되지 않고 있다는 사실을 매우 안타까워했다. 그는 방에서 아무런 결함을 찾을 수 없다면서 다른 사람들의 얘기에 동의하지 않았다. 아니, 그가 보기에 방은 충분히 길고 널찍했고 근사했다. 필요한 인원을 수용하기에 넉넉한 크기였다. 그러더니 겨울 동안 적어도 2주에 한 번씩은 무도회를 열어야 한다며, 하이버리에서 뭐든 할 수 있는 우드하우스 양이 나서서 이 무도회장의 화려했던 시절을 되살려보는 게 어떻겠냐는 의견을 냈다.

그의 이런 의견에 대해 이 지역에는 적당한 집안이 부족하다는 얘기며, 아주 가까이 사는 사람이 아니면 여기까지 오고 싶어하지 않을 게 분명하다는 얘기까지 나왔지만, 그는 물러서지 않았다. 그는 주변에 그렇게 아름다운 집들이 많은데 이런 자리에 올 사람이 부족하다는 말은 납득할 수 없다고 했다. 그뿐만 아니라 여러 집안에 대한 자세한 이야기까지 나왔음에도 그런 사소한 것들이 장애가 된다거나 파티가 끝난 후 모두 집으로 돌아가는 데 어려움이 있을 수 있다는 점을 인정하지 않으려 했다. 춤에 푹 빠진 젊은이처럼 자기주장을 굽히지 않으려는 그에게서 에마는 웨스턴가의 기질이 처칠가의 습관보다 더 두드러지게 드러나는 걸 보면서 놀라지 않을 수 없었다. 프랭크는 아버지인 웨스턴 씨의 활기와 열정, 유쾌하고 사교적인 성격을 그대로 물려받았으며, 엔스컴의 자부심이라든지 신중함은 전혀 없는 것 같았다. 실로 자부심은 거의 찾아볼 수 없었다. 사회 계층이 서로 섞이는 데 대한 무관심은 그에게는 우아함이 결여되어 있다고 느끼게 할 정도였다. 하지만 자기가 가볍게 여기는 단점에 대해 정확한 판단을 내릴 것을 기대할 수는 없는 노릇이었다. 이 순간 그에게서는 오로지 강렬한 열정만이 분출되고 있었다.

마침내 그는 크라운 여관 앞에서 마지못해 발걸음을 떼었고, 베이츠 모녀가 사는 건물이 가까워오자, 에마는 그가 어제 여기 오겠다고 했던 걸 기억하고 방문했는지를 물었다.

"네, 오! 맞습니다."

그가 답했다.

"막 그 이야기를 하려던 참이었어요. 아주 성공적인 방문이었답니다. 세 숙녀 분들을 모두 만났고, 그렇게 미리 저한테 일러주셔서 당신에게 고맙다는 생각이 들더군요. 수다스러운 이모님에 대해 전혀 모르고 갔더라면 죽을 만큼 힘들었을 거예요. 공연히 방문했다는 생각마저 들더군요. 아마 10분이면 예의를 차리기에 충분했을 거예요. 아버지에게 집에 먼저 가 있겠다고 말씀드렸었지만, 도무지 말을 멈추지 않으시니 빠져나갈 수가 없었지요. 제가 아직 집에 돌아오지 않은 걸 알고 아버지가 마침내 거기 나타나셨을 때 시계를 보니, 놀랍게도 제가 45분이나 머물러 있었더군요. 그때까지는 그 이모 분이 좀처럼 제가 일어날 기회를 주지 않으셨어요."

"페어팩스 양에 대해서는 어떻게 보셨나요?"

"많이 아파 보이더군요. 그러니까 제 말은, 젊은 숙녀도 아파 보일 수 있다면 말입니다. 하지만 그런 표현은 말이 안 되지요, 안 그런가요, 새어머니? 숙녀가 아파 보인다는 건 말이 안 되잖아요. 페어팩스 양은 원래 창백해서 그런지 항상 건강이 안 좋아 보이죠. 안타까우리만치 안색이 좋아 보이지 않았어요."

에마는 그 말에 동의할 수 없었고, 페어팩스 양의 안색에 대한 선의의 방어에 나섰다.

"확실히 혈색이 좋은 편은 아니지만, 그렇다고 전체적으로 병색이 있다고는 할 수 없어요. 부드럽고 섬세한 피부 때문에 그녀의 얼굴에서는 독특하게 우아한 느낌이 나는걸요."

그는 정중한 태도로 잠자코 들으면서 많은 이들이 같은 얘기를 하는 걸 들었다는 건 인정했지만, 그래도 건강하게 빛나는 혈색을 대신할 수 있는 건 아무것도 없다고 강조했다. 이목구비가 평범해도 안색이 좋으면 아름다워 보이는 법이고, 이목구비가 아름다운 데다 안색까지 좋으면…… 다행히 그 효과에 대해서 그는 길게 설명할 필요가 없었다.

"글쎄요."

에마가 말했다.

"서로의 취향에 대해 논쟁을 벌여봤자 무슨 소용이 있겠어요. 하지만 최소한 안색을 제외하고는 그녀의 아름다움을 높이 평가하시겠죠?"

그는 고개를 저으며 웃었다.

"저는 페어팩스 양과 그녀의 안색을 따로 떼어 생각할 수 없는걸요."

"웨이머스에 있을 때는 그녀를 자주 보셨어요? 같은 사교 모임에 자주 참석하셨나요?"

그 순간 그들은 포드 상점 앞에 이르렀고, 그는 황급히 외쳤다.

"아! 여기가 아버지가 말씀하신, 모든 사람들이 매일같이 들른다는 바로 그 가게군요. 아버지도 일주일에 여섯 번은 하이버리에 나와서 포드 상점에 온다고 하시던데. 귀찮지 않으시면 잠깐 들어가서 제가 이 지역에 속한 진정한 하이버리 주민이라는 걸 증명해도 될까요? 포드 상점에서 뭔가 사야겠어요. 기꺼이 그러고 싶습니다. 아마 장갑도 팔겠죠?"

"오! 물론이죠. 장갑은 물론이고 없는 게 없답니다. 이 동네에 대한 마음이 정말 각별하시네요. 하이버리 사람들 모두가 당신을 좋아할 거예요. 오기 전부터도 웨스턴 씨 아들이라는 것 때문에 다들 관심 있어 했지만, 포드 상점에서 얼마간의 돈을 쓰면 당신의 장점에 덧붙여 인기가 더 높아지게 될걸요."

그들은 가게 안으로 들어섰고, 점원이 깔끔하게 포장된 '남성용 비버 털 장갑'과 '요크 가죽 장갑'을 가지고 나와 카운터 위에 펼치는 동안에 그가 다시 말을 꺼냈다.

"죄송하지만 우드하우스 양, 아까 제가 이 동네에 대한 애정을 드러내던 바로 그 순간에 뭔가 말씀하고 계셨는데, 그 얘기를 다시 듣고 싶군요. 분명코 저는 공적으로 아무리 인기를 누린다 해도 사생활에서의 행복을 포기할 수 없거든요."

"저는 단지 웨이머스에서 페어팩스 양과 주변 사람들을 어느 정도로 알고 지내셨냐고 물었을 뿐인데요."

"이제 질문이 이해됐으니 그 질문이 공평치 못하다는 점을 말씀드려야겠군요. 친분의 정도를 정하는 건 언제나 숙녀들의 권한이니까 말입니다. 분명 페어팩스 양이 이미 자기 생각을 얘기했을 테니, 제가 그 이상으로 확대해서 말하는 실수는 하지 않아야겠지요."

"세상에! 당신도 페어팩스 양 못지않게 신중하게 대답하는군요. 하지만 그녀는 자기 속을 터놓지 않고 뭐든 애매하게 말하면서 누구에 대해서도 작은 정보조차 주지 않으려 하는걸요. 그러니 그녀와의 친분에 대해서는 뭐라 말씀하셔도 돼요."

"정말 그래도 될까요? 그렇다면 사실을 말씀드리지요. 저도 원하던 바입니다. 웨이머스에서 그녀를 꽤 자주 봤어요. 런던에 있을 때부터 캠벨 집안 사람들을 조금 알고 지냈었고, 웨이머스에 있을 때는 어울려 다니던 사람들이 거의 비슷했답니다. 캠벨 대령님은 아주 훌륭한 분이고, 캠벨 부인은 붙임성 있고 마음이 따뜻하시죠. 다들 좋은 분들입니다."

"그럼 페어팩스 양이 지금 어떤 상황에 처해 있는지, 어떤 운명인지도 잘 아시겠네요."

"네. (약간 주저하며) 그렇다고 할 수 있죠."

"에마, 아주 민감한 이야기까지 꺼내는구나."

웨스턴 부인이 빙그레 웃으며 말했다.

"내가 여기 있다는 걸 잊어선 안 돼. 에마가 아까 페어팩스 양이 처한 상황에 대해 얘기했을 때, 프랭크는 어떻게 답해야 할지 몰라 당황했을 거야. 나는 저쪽으로 가 있도록 할게."

"저는 아직까지도 저분을 친구, 그것도 가장 가까운 친구로만 생각하곤 한답니다."

걸어가는 웨스턴 부인 쪽을 바라보며 에마가 말했다.

그는 무슨 말인지 이해한다는 표정으로 그런 마음을 존중한다고 했다.

장갑을 사고 나서 그들은 상점을 나섰다.

"혹시 우리가 얘기하던 그 숙녀 분이 연주하는 걸 들어본 적 있으십니까?"

프랭크 처칠이 물었다.

"들어봤냐고요!"

에마가 외쳤다.

"페어팩스 양이 하이버리 사람이라는 걸 잊으셨나 봐요. 우리가 악기를 다루기 시작한 이래로 해마다 그녀가 연주하는 걸 들었는걸요. 연주를 참 잘하죠."

"그렇게 생각하십니까? 식견이 있는 분의 의견을 듣고 싶었어요. 제가 듣기에는 꽤 잘하는 것 같았지만, 저야 그 분야에는 문외한이니까요. 음악을 대단히 좋아하지만, 악기를 다루거나 다른 사람의 실력을 판단할 정도는 아니니까요. 그녀의 연주에 사람들이 감탄하는 걸 몇 번 듣긴 했어요. 언젠가 그녀가 실력이 있다는 걸 증명할 만한 일도 있었답니다. 음악적인 소양이 뛰어난 한 신사가 다른 여성과 사랑에 빠져 약혼을 했고 결혼을 앞둔 상태였는데, 그녀가 연주할 기회가 있을 때면 약혼녀에게 연주하라고 절대 청하지 않았죠. 그녀의 연주를 들을 수 있다면 약혼녀의 연주를 굳이 듣고 싶어하지 않는 것 같았어요. 그걸 보면서 음악적인 재능으로 잘 알려진 신사가 그러는 게 그녀의 실력에 대한 증거가 아닐까 생각했었죠."

"그렇고말고요!"

에마는 기쁨에 겨운 목소리로 말했다.

"딕슨 씨에게 음악적인 안목이 있으시군요? 당신과 반 시간 보내는 게 페어팩스 양과 반 년을 보내는 것보다 그들에 대해 더 많은 걸 알 수 있을 것 같아요."

"맞아요. 딕슨 씨와 캠벨 양 얘기입니다. 전 그게 아주 확실한 증거라고 생각했어요."

"그럼요, 아주 확실한 증거지요. 솔직히 말해 제가 만약 캠벨 양이었다면 썩 유쾌한 일은 아니었을 것 같네요. 저는 사랑보다 음악을 선택하는, 눈보다 귀가 중요한 남자는 용서할 수 없어요. 제 감정보다 아름다운 선율에 더 민감하게 반응하는 남자 말이에요. 캠벨 양은 그걸 어떻게 받아들이던가요?"

"아시겠지만, 그녀의 특별한 친구니까요."

"고작 그런 것이 위안이 될까요!"

에마는 웃었다.

"그런 상황에는 특별한 친구보다 낯선 사람인 편이 차라리 낫지 않을까.

모르는 사람이라면 그런 일이 다시 일어나지 않겠지만, 매사에 자기보다 뛰어난 아주 특별한 친구를 언제나 가까이 둬야 하는 건 불행이니까요. 가엾은 딕슨 부인! 하지만 아일랜드로 이사를 가서 살게 됐다니 얼마나 다행인가요."

"맞습니다. 캠벨 양으로서는 그리 기분 좋은 일은 아니었지요. 하지만 그녀는 별로 개의치 않는 것 같았어요."

"그렇다니 다행이군요. 아니, 어쩌면 그래서 더 불행한 건가. 저는 판단을 못 내리겠네요. 하지만 그게 그녀가 착해서인지 어리석어서인지, 우정으로 덮어 준 건지, 아니면 무심해서인지, 그걸 제대로 느낀 사람이 한 명은 있었다고 생각해요. 바로 페어팩스 양 자신이죠. 페어팩스 양은 부적절하고 위험하다고도 할 수 있는 그 차이를 분명히 알았을 거예요."

"거기에 대해서라면 저는 그다지……."

"오! 제가 페어팩스 양의 감정에 대한 설명을 당신이나 다른 누구에게서 기대할 거라고 생각하지 마세요. 그건 본인 외에는 누구도 알 수 없을 테니까요. 하지만 딕슨 씨가 요청할 때마다 매번 연주를 했다면, 그녀가 어떤 선택을 했는지 짐작은 할 수 있겠죠."

"그들 사이에는 아무런 문제가 없어 보였습니다."

그는 다소 서둘러 말을 시작했지만, 곧 자제하며 이렇게 덧붙였다.

"그렇지만 제가 그들 사이가 실제로 어땠는지 얘기한다는 건 불가능한 일이죠. 곁에서 보이는 모습 말고 말입니다. 제가 말할 수 있는 건 표면적으로는 다들 잘 지내는 것처럼 보였다는 거예요. 하지만 페어팩스 양을 어릴 적부터 알고 지낸 당신이라면, 그녀의 성격이라든지 중요한 순간에 어떻게 행동하는지를 저보다 훨씬 더 잘 아시겠죠."

"제가 그녀를 오래전부터 알고 지낸 건 사실이에요. 함께 어린 시절을 보냈고 함께 커왔으니 서로 친할 것이고 이렇게 그녀가 고향에 돌아왔을 때 꼭 붙어다닐 거라고 생각하는 게 당연하죠. 하지만 우리는 한 번도 그렇게 다정하게 지낸 적이 없답니다. 왜 그렇게 됐는지는 저도 잘 모르겠어요. 아마 자기 이모와 할머니가 노상 떠받들고 칭찬하는 아이가 미웠던 제 못된 성격 탓도 조금은 있을지 몰라요. 게다가 그녀처럼 마음을 열지 않는 사람에게는 도저히 정이 안 가더라고요."

"정말 그건 가장 불쾌한 성격이지요."

그가 말했다.

"물론 매우 편리한 경우가 많겠지만, 결코 기분이 좋지는 않지요. 속을 내보이지 않으면 자신은 안전하지만, 매력은 없지요. 자기 마음을 열지 않는 사람을 사랑할 수는 없는 법이니까요."

"그렇더라도 그런 사람이 한번 마음을 열고 나면 더 매력 있게 느껴질 수 있겠죠. 하지만 제게 친구나 마음 맞는 친구가 부족하다고 느끼기 전에는, 물론 지금까지 그런 적은 없었지만요, 속을 드러내지 않는 사람과 친해지기 위해 굳이 애써 다가가고 싶은 생각은 없어요. 그래서 페어팩스 양과 제가 친해질 가능성은 거의 없답니다. 제가 그녀를 싫어할 이유는 전혀 없어요. 말과 행동이 지나치게 조심스러워 어떤 사람에 대해서도 자기 의견을 밝히기를 꺼려하는 면을 빼곤 말이죠. 그녀의 그런 면이 뭔가 숨기는 게 있지 않나 하고 의심하게 만들기는 하지만요."

프랭크 처칠은 에마의 말에 전적으로 동의했고, 그렇게 한참을 함께 걸으면서 비슷한 생각을 나누다 보니 에마는 그와 아주 가까워진 것 같아서 이제 겨우 두 번째 만남이라는 걸 믿을 수 없을 지경이었다. 그는 그녀가 예상했던 것과는 조금 달라서, 사고 방식이 아주 세속적인 것 같지는 않았고, 부잣집에서 버릇없이 자라난 청년처럼 보이지도 않아서 예상했던 것보다 훨씬 더 낫다는 생각이 들었다. 그의 가치관은 좀 더 온건했고, 심성 면에서는 더 따뜻한 사람인 것 같았다. 에마에게 특히 인상적이었던 것은, 엘턴 씨의 집을 바라보는 그의 태도였다. 그는 교회 옆에 딸린 엘턴 씨의 집에 대해 여러 가지 단점을 지적하는 다른 사람들의 의견에 동의하지 않았다. 아니, 그는 그 집이 전혀 초라하지 않으며 그런 집에 산다고 해서 집주인이 동정받을 정도는 아니라고 주장했다. 사랑하는 여자와 함께 살기만 한다면 집주인을 불쌍히 여길 이유가 전혀 없다는 것이다. 분명 편히 지내기에 충분한 공간이 있을 것이었다.

그 이상을 원하는 사람이 있다면 그는 뭘 모르는 어리석인 사람임에 틀림없다고 말했다.

웨스턴 부인은 웃으면서, 프랭크는 지금 자기가 무슨 말을 하는지 잘 모른다고 했다. 지금까지 계속 큰 집에서만 살았기 때문에 그 크기에 얼마나 많은 이점과 편의가 따르는지 생각해본 적이 없고 작은 집이 주는 불편함을 제대로 평가할 입장이 아니라는 것이었다. 하지만 에마는 머릿속에서 그가 자기 말의 의미를 명확히 알고 있으며, 아직은 다소 이른 나이지만 가치 있는 동기에 의해 마음이 움직여 가정을 꾸릴 수 있는 훌륭한 성향을 보이고 있다고 결론 내렸다. 가정부가 지낼 방이 없거나 식품 저장실이 좋지 않다는 이유로 가정의 평화에 금이 갈 수도 있다는 사실을 그가 아직 모를 수는 있지만, 엔스컴에서의 생활이 그를 행복하게 만들어주지 못한다는 점은 느끼고 있는 게 분명했다. 이런 사람이라면 누군가와 사랑에 빠져 어린 나이에 자기 가정을 꾸리기 위해 기꺼이 자기에게 주어진 많은 재산도 포기할 수 있을 것이라고 생각이 들었다.

25

프랭크 처칠에 대한 에마의 이러한 높은 평가는, 다음 날 그가 머리를 자르러 런던에 갔다는 소식을 들으면서 약간 흔들렸다. 아침 식사를 하다가 뭣 때문인지 마음이 다급해진 그는 머리를 자르는 것보다 더 중요한 일은 세상에 없는 것처럼 곧바로 이륜마차를 불러 길을 떠났고, 저녁 식사 전까지 돌아온다고 했다. 그런 일 때문에 16마일 걸리는 거리를 왕복한다고 크게 잘못된 건 아니었지만, 그 행동에는 에마가 선뜻 받아들일 수 없는 허영과 비합리적인 무언가가 있었다. 그의 계획은 합리성이나 비용 면으로도 적절하지 않았을 뿐 아니라, 에마가 어제 그에게서 발견했다고 믿었던 따뜻한 심성과도 전혀 맞지 않았다. 좋건 나쁘건 간에 허영심과 사치, 변화를 좇는 성향, 조급한 성격 등이 이번 계획에 어떤 식으로든 영향을 미친 게 분명했고, 또 아버지와 새어머니의 기분에 대해서도 무신경하다든지 자기 행동이 남들에게 어떻게 비쳐질 건가에 대해 무관심하다는 등의 비난을 받아 마땅한 입장이었다. 그의 아버지는 그를 멋쟁이라고 부르며 대수롭지 않은 일이라는 듯 넘어갔지만, "젊은이들은 다들 좀 즉흥적인 면이 있기 마련이죠"라면서 가능하면 빨리 다른 쪽으로 화제를 돌리려고 했던 웨스턴 부인은, 이번 일을 그다지 좋게 여기지 않는 게 분명했다.

이 작은 오점을 제외하고, 에마는 지금까지 그의 방문이 웨스턴 부인에게 그에 대한 좋은 인상만을 심어주었다는 걸 발견했다. 웨스턴 부인은 기회 있을 때마다 그가 얼마나 사려 깊고 유쾌한 말벗인지, 얼마나 많은 장점을 갖고 있는지를 얘기하고 싶어했다. 그는 아주 개방적이며 밝고 활기찬 성격인 것 같았고, 웨스턴 부인이 보기에는 매우 올바른 가치관을 갖고 있었다. 그는 외삼촌에 대한 이야기를 하는 걸 좋아하면서 그분이 세상에서 혼자 산다고 해도 한 점의 흐트러짐도 없을 거라며 따뜻한 존경심을 보였다. 그리고 외숙모에게 호감을 가질 이유가 전혀 없는데도 불구하고 그녀의 친절에 감사하고 존중하려 애쓰는 모습이었다. 이처럼 모든 게 긍정적이었기 때문에, 굳이 멀리까지 머리를 자르러 간 유감스러운 사건만 아니었다면 에마가 상상 속에서 그에게 부여했던 특별한 영광의 자리에 적합하지 않다고 깎아내릴 이유는 전혀 없었을 것이었다. 다시 말해, 에마의 무관심(결혼하지 않겠다는 결심이 아직 유효한 탓에)이 아니었다면 에마와 진심으로 사랑에 빠졌거나 적어도 그런 감정에 가까워졌을, 그리고 지금까지의 교류를 통해 에마의 눈에 띌 수 있는 영광의 자리 말이다.

한편 웨스턴 씨는 이 예기치 않았던 상황에서 도움이 되려고 나름대로의 노력을 했다. 웨스턴 씨는 에마를 찾아와 프랭크가 그녀에 대해 아름답고 매력적이라며 얼마나 찬사를 아끼지 않았는지를 이야기하면서 프랭크를 대신해 온갖 칭찬을 늘어놓았기 때문에, 에마는 그에 대해 한 번의 실수로 너무 야박한 평기를 내려서는 안 된다는 생각마저 들었다. 웨스턴 부인이 말한 것처럼 "젊은이들은 다들 좀 즉흥적인 면이 있기 마련"이니 말이다.

이곳 서리에 와서 그가 새로 알게 된 이들 중에는, 프랭크를 그다지 관대하지 않게 바라보는 한 사람이 있었다. 던웰과 하이버리 교구 전체에서는 준수한 외모의 젊은이가 씀씀이가 다소 헤픈 것은 넉넉한 재산을 가졌기 때문이라고 이해되었고, 워낙 자주 미소 짓고 정중히 인사를 하는 까닭에 그는 대부분의 사람들에게서 대단한 호감을 샀다. 하지만 그들 중 대단히 날카로운 눈을 가져 미소나 인사로도 좀처럼 마음을 누그러뜨리지 않았던 그 한 명은 바로 나이틀리 씨였다. 하트필드에서의 상황을 전해들은 그는 잠시 침묵을 지켰으나, 에마는 얼마 안 가 그가 손에 든 신문을 바라보면서 혼잣말로 하는 소리를 들었다.

"흠! 내가 생각했던 대로 경솔하고 어리석은 젊은이로군."

순간 에마는 그 말을 반박하려 했으나, 그가 일부러 남의 기분을 상하게 하려는 게 아니라 자기 생각을 밖으로 얘기한 것뿐임이 분명해 못 들은 척하기로 했다.

어떤 면에서는 좋지 않은 소식을 전했지만 오늘 아침 웨스턴 부부의 방문은 한편으로는 매우 시기적절했다. 웨스턴 부부가 하트필드에 있는 동안 에마에게는 그들의 조언을 구할 일이 생겼고, 더욱 운좋게도 그들이 해준 충고는 바로 에마가 듣고 싶었던 말이었다.

그 일인즉 이러했다. 여러 해 전 하이버리에 정착한 콜 부부는 붙임성 있고 인심 좋으며 소탈한 아주 좋은 사람들이었지만, 그런 반면 낮은 출신에 장사일을 하는 사람들이었다. 그들은 여기 이사온 초기에는 그들 수준에 맞는 사람들과 교류하며 조용하고 검소하게 지냈었다. 하지만 최근 1, 2년 사이에 시내에 있는 집이 상당한 수익을 가져다주었으며 또한 소득이 크게 늘어나는 등 행운이 잇달아 일어나게 되었다. 재산이 늘어나면서 그들의 생활 수준도 높아졌다. 더 큰 집이 필요했고, 사람들과의 모임도 더 즐기게 되었다. 그들은 집을 넓혔고 하인 수도 늘어났으며 모든 종류의 지출 역시 늘어나, 지금은 재산과 생활 수준 면으로 볼 때도 하트필드에 버금갈 만큼 손꼽히는 부자 집안이 되어 있었다. 그들은 워낙 사람들을 좋아하는 데다 새로 꾸민 식당 덕분에 모두가 그들의 저녁 식사 손님이 되었고, 독신 남성들을 위주로 한 파티가 이미 몇 차례 열리기도 했다. 거기에는 던웰이나 하트필드, 랜덜스를 제외하고 콜 부부가 초대할 수 있을 거라고 에마가 전혀 생각지도 못한 수준 높은 집 안들까지 끼어 있었다. 그들 부부가 에마를 초대한다고 해도 그녀가 가고 싶어할 이유는 없었고, 에마는 아버지의 잘 알려진 습관 때문에 그들의 초대를 거절하더라도 그녀가 바라는 것보다 거절의 의미가 희석될 거라는 게 아쉬웠다. 콜 부부는 나름대로 예의를 갖춘 거겠지만, 수준 있는 집안들을 어떤 식으로 초대할지 결정하는 건 그들 몫이 아니라는 걸 배워야 할 필요가 있었다. 안타깝게도 이런 사실은 에마 자신밖에 가르칠 사람이 없었다. 나이틀리 씨가 나서줄 거라고는 기대할 수 없었고, 그건 웨스턴 씨도 마찬가지였다.

하지만 에마가 이 일에 어떻게 대처할지 계획한 건 이미 몇 주 전의 일이었기 때문에 실제로 자존심 상하는 일이 닥치자, 그녀는 예상치 못한 감정을 느꼈다. 던웰과 랜덜스에는 초대장이 갔으나 에마와 아버지는 그 초대를 받지 못한 것이다. 웨스턴 부인은 이에 대해 "괜히 귀찮게 굴지 않으려고 그런 걸 거야. 우드하우스 씨가 밖에서 저녁 식사를 안 한다는 걸 알고 있으니까."라고 설명했지만, 그걸로는 불편한 심정이 가시지 않았다. 에마는 그녀에게 거절할 권한이 주어지기를 바라고 있었고, 시간이 지나면서 에마가 가장 소중히 여기는 사람들이 모두 거기에 모일 거라는 데 생각이 미치자, 자신이 결국 그 초대를 받아들이고 싶어하는 건지도 모른다는 생각이 들었다. 해리엇도 가기로 되어 있었고, 베이츠가의 식구들도 마찬가지였다. 전날 하이버리 주변을 산책하면서 그들은 그날에 대한 이야기를 나누었고, 프랭크 처칠은 에마가 오지 않는다는 사실을 몹시 애석해 했다. 그날 저녁은 무도회로 마무리되지 않을까요? 이게 바로 그가 궁금해 한 점이었다. 그럴지도 모른다는 희미한 가능성이 에마의 심기를 더욱 건드렸고, 집에 혼자 덩그러니 남게 될 거라는 생각을 하자, 그녀를 모임에서 제외시킨 게 아무리 존중의 의미였다고 해도 그다지 위안이 되지 않았다.

그런데 웨스턴 부부가 하트필드에 왔을 때 마침 그 초청장이 도착했다. 그로 인해 에마에게는 그들의 방문이 더욱 반갑게 느껴졌다. 에마는 초청장을 읽자마자 "당연히 거절해야죠"라고 하긴 했지만, 다음 순간 곧바로 그들에게 어떻게 하면 좋을지 물었고, 가야 한다는 그들의 충고를 이내 받아들였다.

　에마는 모든 걸 곰곰이 따져볼 때 자기가 그 파티에 가고 싶은 마음이 전혀 없는 건 아니라고 인정했다. 콜 부부는 자신들의 입장을 지극히 정중하게 전달했고, 거기에는 우드하우스 씨에 대한 진심 어린 배려가 담겨 있었다. 그들은 우드하우스 씨를 초대할 수 있는 영광을 좀 더 일찍 갖고 싶었지만, 접이식 칸막이가 런던에서 도착하기를 기다리고 있었다는 것이다. 그게 있으면 우드하우스 씨 주변에 찬 공기가 들어오는 걸 막을 수 있어 좀 더 편안하게 우드하우스 씨를 모실 영광을 가질 수 있을 것 같았기 때문이었다. 결국 에마는 초대에 응하기로 마음을 바꿨고, 이어 그들 사이에서는 우드하우스 씨에게 불편을 끼치지 않고 에마가 모임에 가기 위해서는 베이츠 부인이든가, 아니면 고더드 부인이 분명 우드하우스 씨와 저녁 시간을 함께 보내줄 수 있을 거라는 이야기가 짧게 논의되었다. 그리고 딸이 며칠 후 아버지 없이 밖에서 따로 저녁 식사를 하는 걸 허락하도록 우드하우스 씨를 잘 설득하기로 했다. 에마는 아버지가 그 모임에 가는 걸 원치 않았다. 너무 늦은 시각인 데다 사람들도 너무 많이 모일 것이었다. 우드하우스 씨는 그들의 이야기를 순순히 받아들였다.

　"나는 다른 사람 집에서 저녁 식사 하는 걸 좋아하지 않는다네."

　우드하우스 씨가 말했다.

　"지금까지 한 번도 좋아한 적이 없지. 그건 에마도 마찬가지고. 밤늦게까지 깨어 있는 게 우리에게는 잘 안 맞으니 말이야. 콜 부부가 이런 식으로 초대하다니 애석하군. 다가오는 여름 어느 오후에 여기 와서 다 같이 차를 마신 다음, 오후에 산책을 나서는 게 훨씬 더 좋을 텐데 말이야. 모두들 기꺼이 그렇게 했을 거야. 우리가 제안하는 시간은 아주 적당한 데다 집에 돌아갈 때는 저녁 이슬에 젖을 일도 없으니 말일세. 여름 저녁나절에 이슬을 맞는 건 누구에게도 권하고 싶지 않은 일이지. 하지만 그들이 우리 에마와 그렇게 저녁 식사를 하고 싶어하는 데다 자네들 부부와 나이틀리 씨도 거기 있어 에마를 돌봐줄 테니, 날씨가 습하거나 춥거나 바람이 세지만 않다면 가는 걸 굳이 막을 생각은 없다네."

그러고 나서 우드하우스 씨는 웨스턴 부인을 부드러운 힐책의 눈길을 담아 돌아보며 말했다.

"테일러 양이 결혼만 안 했더라면 집에서 나와 함께 있을 수 있었을 텐데."

"글쎄요, 어르신."

웨스턴 씨가 외쳤다.

"제가 테일러 양을 데려갔으니 테일러 양을 대신할 누군가를 찾는 게 제 의무겠죠. 원하신다면 즉시 고더드 부인 댁에 가서 알아보겠습니다."

하지만 즉시 나서겠다는 웨스턴 씨의 말이 우드하우스 씨의 마음을 안정시키기는커녕 오히려 불안하게 만든 바람에, 그를 진정시킬 방법을 아는 에마와 웨스턴 부인이 나서서 웨스턴 씨의 입을 다물게 했다.

이윽고 우드하우스 씨는 평소처럼 이야기할 수 있을 정도로 평정심을 되찾았다. 그는 고더드 부인을 기꺼이 만나고 싶다고 했다. 고더드 부인을 매우 존경하고 있으며, 에마가 그녀를 초대하는 편지를 써야 한다고 했다. 그러면 제임스가 그 편지를 전해줄 수 있을 것이다. 그렇지만 콜 부인에게 답장을 쓰는 게 우선이라고 했다.

"얘야, 네가 나를 대신해서 최대한 예의를 갖춰 거절의 편지를 써 주렴. 내가 몸이 안 좋아 아무 데도 못 가고 친절한 초대도 받아들일 형편이 못 된다고 하되, 물론 편지는 감사의 말로 시작해야겠지. 하지만 너는 모든 걸 알아서 제대로 할 게야. 어떻게 하라고 내가 일일이 말할 필요는 없지. 제임스에게는 화요일에 마차를 써야 한다고 꼭 일러둬야 한다. 제임스라면 널 잘 데려다줄 테니 걱정 없지. 새 길이 만들어지고 나서는 거기 한 번밖에 가본 적이 없지만, 제임스는 분명히 안전하게 잘 데려다 줄 게다. 거기 도착하면 언제 다시 데리러 오라고 이르는 것도 잊지 말렴. 이른 시각으로 정하는 게 좋을 게야. 늦게까지 있고 싶지는 않을 테니 말이야. 차를 마시고 나면 아주 피곤해지지 않겠니."

"하지만 아버지, 피곤해지기도 전에 자리에서 일어나라는 말씀은 아니죠?"

"오! 아니란다, 얘야. 하지만 넌 얼마 못 가 피곤해질 거야. 많은 사람들이 동시에 떠들어댈 텐데, 넌 시끄러운 걸 안 좋아하잖니."

"그렇지만 어르신."

웨스턴 씨가 끼어들었다.

"에마 양이 자리에서 일찍 일어나면 파티가 중간에 파하게 될 텐데요."

"그렇다 해도 문제될 건 없지."

우드하우스 씨가 말했다.

"파티야 빨리 끝날수록 좋은 법이니 말일세."

"하지만 그게 콜 부부에게 어떻게 비쳐질지는 생각하지 않으시는군요. 에마 양이 차를 마시자마자 떠나는 건 무례하게 느껴질 수도 있습니다. 선량한 분들이고 자기들이 크게 대접받기를 원하지 않더라도, 손님이 서둘러 떠나는 것이 기분 좋을 리는 없겠죠. 게다가 그게 우드하우스 양이라면 다른 어떤 손님이 그러는 것보다도 더 크게 느껴질 수 있어요. 혹시라도 콜 부부를 실망시키거나 모욕하길 원하지는 않으시겠죠. 친절하고 누구보다 선하며, 지난 10년간 이웃으로 지내온 그분들을 말입니다."

"절대로 그런 일이 있어서는 안 되지. 이렇게까지 일깨워주다니 고맙네. 그 사람들에게 상처를 준다면 내 마음도 몹시 안타까울 걸세. 얼마나 훌륭한 사람들인지는 나도 익히 알고 있어. 페리 씨가 그러는데, 콜 씨는 맥주는 절대로 입에도 안 댄다더군. 겉으로 봐서는 그런 생각이 안 들지만 예민한 사람이야. 콜 씨는 아주 예민한 양반이야. 아니, 나도 그 부부의 기분을 상하게 하고 싶지는 않다네. 에마야, 이건 한번 생각해봐야겠구나. 아무래도 콜 부부에게 상처를 주느니 네가 거기 좀 더 오래 머무르는 게 좋겠다. 다소 피곤한 걸 네가 마음 쓰지는 않을 테고, 친구들과 함께 있으니 안전할 테지."

"네, 아버지. 저도 제 걱정은 전혀 안 돼요. 그리고 아버지만 걱정하지 않으시면 웨스턴 부인만큼 늦게까지 머무를 수도 있어요. 하지만 아버지가 절 기다리느라 늦게까지 안 주무실까 봐 걱정이에요. 고더드 부인은 카드놀이를 좋아하시니까 분명히 함께 편안한 시간을 보내실 거라 생각해요. 하지만 그분이 집에 돌아가시고 나면, 아버지가 평소와 같은 때에 잠자리에 들지 않고 절 기다리실 것 같아 좀 걱정이 돼요. 그 생각을 하면 마음이 불편해지네요. 그러니까 절 기다리지 않고 주무시겠다고 약속해 주세요."

우드하우스 씨는 에마에게 다음과 같은 몇 가지 약속을 받아낸 후 그녀의 청을 받아들였다. 즉 에마가 추운 상태로 집에 오면 반드시 몸을 완전히 녹일 것, 배고플 경우 뭔가 요기를 할 것, 하녀는 에마가 올 때까지 기다릴 것, 그리고 하인 썰과 집사는 보통 때처럼 집단속을 잘할 것이었다.

26

프랭크 처칠이 다시 돌아왔다. 그가 늦게 와서 웨스턴 씨의 저녁 식사가 늦춰졌지만 그 사실이 하트필드에는 알려지지 않았다. 웨스턴 부인은 우드하우스 씨가 프랭크를 좋게 봐주기를 바라는 마음에서 감출 수 있는 흠이라면 굳이 드러내려고 하지 않았기 때문이었다.

그는 머리를 말쑥하게 자른 채로 돌아와 자기의 행동에 대해서 아주 흔연히 웃어넘기면서 부끄러워하는 기색도 전혀 없었다. 그는 머리를 딱히 기르고 싶다거나, 당황할 때 머리로 얼굴을 가릴 아무런 이유도 없었고, 기분 전환을 위한 일에 굳이 돈을 아껴야 할 이유도 없었다. 예전과 다름없이 거침없고 활기에 넘치는 그를 보면서 에마는 나름대로 이렇게 해석했다.

'이게 옳은지는 모르겠지만, 확실히 어리석은 일도 지각 있는 사람이 아무렇지 않다는 듯이 하면 더 이상 어리석어 보이지 않는 것 같아. 악한 행동은 언제나 악하지만, 어리석은 행동이 항상 어리석지는 않은 것 같네. 누가 했느냐에 따라 달라지겠지. 나이틀리 씨, 그는 철없고 어리석은 젊은이가 아니에요. 만약 그랬다면 다른 식으로 행동했을걸요. 아마도 자기가 한 일에 대해 허세를 부리거나 매우 부끄러워했을 거야. 자기가 멋쟁이라는 걸 과시하든가 허영심을 변호할 힘도 없는 나약한 마음을 감추려 했겠지. 그는 분명 철없거나 어리석은 사람은 아니야.'

화요일이 다가오면서 그를 다시 볼 수 있다는 기대감에 마음이 한껏 부풀었다. 에마는 지금까지보다 더 오랜 시간 그와 함께 있으면서 그의 전체적인 행동을 관찰하고 그녀를 대하는 태도의 의미를 유추해보며, 언제쯤부터 그에게 쌀쌀맞은 태도를 보여야 할지 예상해보는 한편, 다른 사람들이 둘이 함께 있는 모습을 처음으로 보고 어떻게 생각할지가 궁금했다.

에마는 그 장면이 펼쳐지게 될 장소가 콜 씨 집이라는 점과, 엘턴 씨에 대해 호의적인 평가를 했던 옛날에도 그가 콜 씨와 밖에서 저녁 모임을 가지며 어울려 다니는 것이 그의 성향 가운데 가장 큰 결점으로 여겨졌다는 게 새삼스레 떠올라 불쾌해졌지만, 오늘만큼은 즐거운 시간을 보낼 작정이었다.

우드하우스 씨가 집에서 편히 있을 수 있도록 충분한 조치가 취해졌다. 고더드 부인과 함께 베이츠 부인도 와주었고, 에마는 그들과 저녁 식사 후 잠깐 담소를 나누면서 집을 나서기 전 여주인으로서의 마지막 의무를 다했다. 우드하우스 씨가 딸이 입은 드레스를 보며 칭찬하는 사이, 에마는 두 부인에게 그녀가 할 수 있는 최대의 보상을 하는 심정으로 커다란 케이크 조각과 와인을 가득 따라 내왔다. 식사 중에는 두 부인의 건강에 대한 아버지의 지대한 관심으로 그녀들의 의사와 상관없이 절제할 수밖에 없을 테니 말이다. 에마는 음식을 넉넉히 준비했지만, 그분들이 양껏 먹도록 아버지가 허락하실지는 알 수 없는 일이었다.

콜 씨 집으로 향하는 에마를 앞서가던 다른 마차에는 반갑게도 나이틀리 씨가 타고 있었다. 나이틀리 씨는 따로 자기 말을 소유하고 있지 않았는데, 그런 데다 돈을 쓰고 싶어하지도 않거니와 건강하고 활동적이고 독립적이면서, 자기 마음대로 돌아다니는 걸 좋아해서였다. 그는 던웰 애비의 주인이라는 신분에 어울리지 않게 마차를 타고 다니는 일이 드물었다. 콜 씨 집 앞에서 마주친 나이틀리 씨가 내민 손을 잡고 마차에서 내리면서, 에마는 곧바로 칭찬의 말을 했다.

"오늘은 당신에게 어울리는 방법으로 오셨군요. 신사답게 말이에요. 이렇게 뵈니 아주 좋은데요."

나이틀리 씨는 그 말에 감사를 표하고는 말을 이었다.

"동시에 이렇게 도착하다니 운이 좋군요. 거실에서 얼굴을 마주치게 됐다면 당신이 저를 평소보다 신사답다고 여겼을지 의문이니 말입니다. 제 모습이나 태도로는 여기까지 어떻게 왔는지 전혀 알 길이 없었을 테니까요."

"아니요, 분명히 알아챘을 거예요. 자기 격에 못 미치는 방법으로 온 사람들에게서는 항상 뭔가를 의식하거나 분주한 기색이 느껴지거든요. 지금껏 잘 넘겼다고 여기시겠지만, 당신에게도 방에 걸어 들어올 때 일종의 허세나 짐짓 상관하지 않는다는 듯한 표정이 항상 떠오른다는 거 아세요? 그런 상황에서 뵐 때마다 언제나 그랬답니다. 지금은 일부러 꾸밀 필요가 없잖아요. 남들 눈에 수치스러워하는 것처럼 비쳐질까 걱정할 필요도 없죠. 다른 누구보다 당당해 보이려고 애쓸 것도 없고요. 이렇게 당신과 나란히 들어서게 되니 참 기분이 좋네요."

"참으로 궤변가 아가씨로군요!"

나이틀리 씨는 고개를 저었지만 화난 기색은 아니었다.

에마는 나이틀리 씨뿐 아니라, 그날 함께한 모든 이들에 대해 만족스러운 기분이었다. 에마가 들어서자 먼저 온 사람들 모두가 그녀를 기분 좋을 만큼 깍듯이 맞이했고, 그녀가 바랄 수 있는 최대한의 존중의 표시를 했다. 웨스턴 일가가 도착했을 때 그들 부부는 에마에게 특별한 애정과 찬사의 눈길을 보냈고, 그들의 아들은 그녀를 보고 반가운 기색을 띠고 다가서 그녀에 대한 특별한 감정을 드러냈다. 그러더니 저녁 식탁에서는 바로 옆자리에 앉았는데, 그건 에마가 확신컨대 분명 뭔가 의도적인 행동이었다.

이날 모임은 콜 부부가 알고 지내는 시골의 지인들 중 내세우기 괜찮은 집안으로 하이버리의 변호사인 콕스 씨 집안의 남성들까지 포함되어 다소 규모가 커졌다. 베이츠 양과 페어팩스 양, 그리고 스미스 양 등 거기에 약간 못 미치는 집안의 여자 손님들은 저녁에 합류할 예정이었다. 그러나 저녁 식탁에 모여 앉은 사람만으로도 이미 하나의 공통된 대화를 이끌어가기에는 너무 수가 많았다. 정치와 엘턴 씨에 대한 이야기가 오가는 가운데, 에마는 옆에서 하는 재미난 대화에 신경을 집중하게 되었다. 처음 그녀의 귀를 잡아끈 희미한 소리는 제인 페어팩스라는 이름이었다. 콜 부인이 제인 페어팩스에 대해 뭔가 아주 흥미로울 것 같은 이야기를 시작한 듯했다. 에마는 주의 깊게 들으면서 그것이 귀담아들을 만한 이야기라는 걸 알게 되었다. 그건 에마의 타고난 상상력을 자극하기에 충분한 소재였다. 얼마 전 베이츠 양을 만나러 간 콜 부인은 그 집 실내에 들어섰을 때 피아노를 발견하고 깜짝 놀랐다고 했다. 대형 피아노는 아니지만 그래도 큼지막하고 아주 고급스러운 모양새라고 했다. 그 이야기의 내용, 즉 콜 부인의 놀라움과 질문, 그리고 축하 인사에 따른 베이츠 양의 설명은 이러했다. 전날 갑자기 브로드우드에서 이 피아노가 배달되어 베이츠 양과 페어팩스 양을 크게 놀라게 했다는 것이다. 전혀 예상치 못하던 일이라 베이츠 양의 설명에 따르면 처음에는 제인 자신도 누가 보냈는지 영문을 몰라 했지만, 지금은 둘 다 다름 아닌 캠벨 대령이 보낸 게 분명하다는 확신을 갖고 있다고 했다.

"그 밖에 다른 가능성은 없잖아요."

콜 부인은 덧붙여 말했다.

"그걸 바로 생각 못했다는 게 신기해요. 하지만 제인이 그분들에게서 아주 최근에 편지를 받았을 때도 피아노 얘기는 한 마디도 없었대요. 평소 성격이야 페어팩스 양이 가장 잘 알겠지만, 거기에 대한 말이 없었다고 선물을 할 뜻이 없었다고는 볼 수 없으니까요. 아마 깜짝 놀라게 해주고 싶었던 거겠죠."

콜 부인의 말에 여러 명이 고개를 끄덕였다. 거기에 대해 모두가 캠벨 대령이 보낸 거라고 확신했고, 그런 선물을 했다는 것에 대해 다들 흥분하며 기뻐했다. 이런저런 의견이 바삐 오가는 사이 에마는 나름대로 생각에 잠기면서도 동시에 콜 부인의 말에도 계속 귀를 기울였다.

"저로서는 이보다 더 만족스러운 소식을 들어본 적이 없었던 것 같아요. 피아노를 그렇게나 아름답게 연주하는 제인 페어팩스 양에게 악기가 없다는 사실이 항상 마음 아팠거든요. 특히 얼마나 많은 집에서 피아노가 방치된 채로 있는가를 생각해보면 부끄럽기 짝이 없죠. 어찌 보면 우리 스스로 부끄러운 줄 알아야 해요! 저는 사실 어제도 남편에게 저희 집 거실에 새로 들여놓은 그랜드 피아노를 볼 때마다 제가 기본적인 음도 칠 줄 모르고, 이제 막 피아노를 배우기 시작한 우리 딸들도 과연 그럴 듯한 연주를 할 수 있을지 의심스럽다는 사실이 얼마나 부끄러운지 모른다고 했답니다. 반면 가엾은 제인 페어팩스 양을 좀 보세요. 음악의 여신과도 같은 그녀에게 변변한 악기조차 없다니요. 남편도 어제 제 말에 동의하면서 자기가 음악을 너무 좋아하기 때문에, 이웃의 친절한 누군가가 가끔씩 와서 연주해주길 바라는 마음으로 피아노를 구입할 수밖에 없었노라고 하더군요. 바로 그런 이유로 산 것이지, 그게 아니었다면 우리가 마땅히 부끄러워할 일이죠. 저희는 우드하우스 양이 오늘 저녁 저 피아노를 연주해 주길 간절히 바라고 있답니다."

우드하우스 양은 그 청을 정중히 받아들인 뒤, 이제 콜 부인의 얘기에서는 더 이상 얻을 게 없다는 생각에 프랭크 처칠에게로 몸을 돌렸다.

"왜 웃고 계세요?"

에마가 물었다.

"아닌데요. 에마 양은 왜 웃으십니까?"

"저요? 아마 캠벨 대령님이 그렇게 부유하고 관대한 분인 게 기뻐서 그런가 봐요. 대단한 선물이잖아요."

"그렇죠."

"그런데 왜 그전에는 이런 선물을 하지 않으셨을까 궁금해지네요."

"아마 페어팩스 양과 이렇게 오래 떨어져 지낸 적이 없어서겠죠."

"아니면 이제는 뚜껑을 굳게 닫고 누구의 손길도 닿지 않은 채 런던에 놓여 있을 그분 집의 피아노를 어째서 주지 않았을까요."

"그건 그랜드 피아노예요. 베이츠 부인 댁에 놓기에는 지나치게 크다고 생각했을 겁니다."

"말씀은 그렇게 하실 수 있겠지요. 하지만 지금 그 표정으로 보니, 당신도 저와 아주 비슷한 생각을 하고 있는 것 같은데요."

"전 잘 모르겠습니다. 당신은 아무래도 저를 실제보다 더 예리하게 보는 것 같아요. 저는 당신이 웃을 때 따라 웃고, 당신이 의심하는 걸 따라 의심하겠지만, 지금으로서는 뭐가 문제인지 잘 모르겠군요. 캠벨 대령님이 아니면 누구겠습니까?"

"딕슨 부인일 가능성에 대해서는 어떻게 생각하세요?"

"딕슨 부인이요! 정말 그렇네요. 딕슨 부인 생각은 전혀 못했습니다. 캠벨 대령님만큼이나 딕슨 부인 역시 그 악기가 얼마나 훌륭한 선물이 될지 알았을 게 분명하니까요. 게다가 선물을 전달한 방법도 그 비밀스러움이나 깜짝 놀라게 하는 걸로 보아, 나이 든 남자라기보다는 젊은 여성이 한 것 같아요. 그렇다면 딕슨 부인이 분명해요. 제가 뭐라고 했어요. 당신 생각이 이끄는 대로 제가 따라간다고 했죠."

"그러시다면 생각의 범위를 좀 더 넓혀서 딕슨 씨를 그 안에 포함시켜 보시죠."

"딕슨 씨라고요. 그렇군요. 맞아요, 딕슨 부부가 함께 보낸 선물일 거라는 생각이 제게도 스치는군요. 아시다시피 지난번에도 딕슨 씨가 얼마나 친절한 분이고, 페어팩스 양의 연주를 얼마나 높이 평가했는지 얘기한 적이 있었죠."

"그래요. 그에 대해 당신이 한 얘기가 제가 예전부터 생각하고 있던 의문을 확인시켜줬죠. 딕슨 씨나 페어팩스 양의 의도를 일부러 곡해할 생각은 없지만, 제 추측으로는 아무래도 딕슨 씨가 청혼한 이후에 불행히도 페어팩스 양과 사랑에 빠졌거나, 뒤늦게 페어팩스 양의 애정을 눈치챈 게 아닌가 싶어요. 스무 가지가 넘는 추측을 한다 해도 그 가운데 정확한 게 하나도 없을 수도 있지만, 페어팩스 양이 캠벨가의 식구들과 아일랜드에 가는 대신 하이버리에 온 것에는 분명히 뭔가 이유가 있을 거라는 생각이 들어요. 여기 있으면 궁핍하고 외로운 시간을 보내야 하지만, 거기서는 즐거운 일들만 있을 텐데 말이죠. 고향의 맑은 공기를 쐬어야 한다는 것도 핑계에 불과하다고 생각해요. 여름이면 몰라도 1, 2, 3월에 고향 공기를 쐬어서 뭘 어쩌겠어요? 페어팩스 양처럼 약한 몸을 회복하는 데는 따뜻한 벽난로와 마차가 훨씬 도움이 되죠. 제 생각이 이끄는 대로 따르겠다고 말씀하시지만, 제가 하는 이런 의심을 다 받아들이라는 건 아니에요. 단지 있는 그대로를 말씀드리는 거예요."

"확실히 그럴 가능성이 굉장히 크기는 합니다. 딕슨 씨가 자기 부인의 연주보다 페어팩스 양의 연주를 좋아한다는 사실이 결정적이라고 말씀드릴 수 있네요."

"게다가 그가 그녀의 목숨을 구해준 일도 있었다죠. 그 이야기를 들으셨나요? 뱃놀이를 갔다가 그녀가 그만 배에서 떨어질 뻔했는데, 그가 붙잡아줬다더군요."

"맞습니다. 저도 거기 있었어요."

"정말이세요? 하지만 제 말에 놀라시는 걸 보니, 그때 별다른 기미는 눈치 못 채신 거군요. 제가 거기 있었다면 뭔가 발견했을 텐데."

"당신이라면 분명 그랬을 겁니다. 하지만 단순한 저로서는 페어팩스 양이 배에서 거의 떨어질 뻔하는 걸 딕슨 씨가 구해줬다는 것 말고는 아무것도 보지 못했어요. 순식간에 벌어진 일이었습니다. 그 사건으로 너무 놀라고 충격을 받아서 다들 반 시간가량이 지나서야 안정을 되찾았죠. 뭔가 다른 기미를 느끼기에는 다들 제정신이 아니었어요. 그렇지만 당신이 그런 상황에서 뭔가 발견하지 못했을 거라는 말씀은 아닙니다."

대화는 여기서 잠시 중단되었다. 다음 코스의 식사를 내오는 동안 다소 시간이 뜨는 바람에 식탁에는 전체적으로 어색한 침묵이 흘렀고, 이들은 다른 사람들처럼 예의를 차린 채 조용히 앉아 있어야만 했다. 그러나 요리가 다 나오고 접시들이 각기 제자리에 놓여 비교적 편안한 분위기가 다시 감돌자 에마는 다시 말하기 시작했다.

"피아노가 배달된 게 제겐 결정적이었어요. 좀 더 알고 싶던 참이었는데, 이걸로 충분해졌어요. 확신컨대 이 피아노가 딕슨 부부의 선물이라는 얘기를 곧 듣게 되실 거예요."

"그리고 만약 딕슨 부부가 이 사실을 극구 부인한다면, 결국 캠벨가에서 보낸 거라고 결론을 내려야겠군요."

"아니요, 전 캠벨가가 아니라고 확신해요. 페어팩스 양도 그걸 보낸 사람이 캠벨 대령님 부부가 아니라는 걸 알고 있어요. 그랬다면 처음부터 그렇게 추측했겠죠. 그분들이었다면 페어팩스 양이 그렇게 당혹스러워하지 않았을 테죠. 제가 충분히 설득력 있게 얘기하지 못했을지는 몰라도, 저 개인적으로는 이 일을 주도한 사람이 딕슨 씨라고 확신한답니다."

"제가 설득되지 않았다고 여기신다면 마음이 아픈데요. 제 판단력은 당신의 논리를 전적으로 따라가고 있는데 말입니다. 처음에 당신도 선물을 보낸 사람을 캠벨 대령님으로 본다고 생각했을 때는, 그것은 아버지 같은 분으로서의 친절이자 지극히 자연스러운 일이라고 생각했습니다. 하지만 당신이 딕슨 부인을 언급했을 때는 여자들끼리의 따스한 우정에서 나온 행동일 가능성이 훨씬 더 크다고 느꼈죠. 그런데 이제는 사랑의 표현 외에는 다른 의미가 있을 리 없다고 확신하게 됩니다."

이제 그 얘기를 더 깊이 할 이유는 없었다. 확신은 실질적인 것 같았고, 그 역시 그걸 충분히 느끼는 듯했다. 에마는 그 이상 언급하지 않았고 다른 화제가 이어지는 가운데 나머지 저녁 시간이 흘러갔다. 후식을 먹고 나서 아이들이 들어오자 어른들이 앞다투어 말을 걸고 칭찬을 했으며, 몇 가지 재치 있는 이야기와 그만큼의 실없는 소리가 오갔다. 그러나 모두가 일상적인 대화나 의미 없는 이야기의 반복, 새로울 것 없는 소식이나 짓궂은 농담이었다.

숙녀들이 거실에 자리를 잡은 지 얼마 안 돼 다른 숙녀들이 도착했다. 에마는 그녀의 절친한 어린 친구 해리엇이 도착하는 걸 보았다. 해리엇에게는 감탄할 만한 기품과 우아함은 부족할지 몰라도, 피어나는 사랑스러움과 자연스러운 태도뿐 아니라 고통스러운 실망 가운데서도 즐거워할 수 있는 밝고 유쾌하며 감상에 빠지지 않는 성품을 갖추고 있었다. 저렇게 앉아 있는 해리엇을 보면서 그녀가 최근 얼마나 많은 눈물을 흘렸는지 누가 짐작이나 하겠는가? 아름다운 옷을 입고 잘 차려입은 사람들 틈에 앉아 어여쁘게 말없이 미소 짓는 것만으로도, 그녀는 지금 충분히 행복해 보였다. 제인 페어팩스는 해리엇보다 훨씬 고상해 보였고 그렇게 행동했지만, 에마는 그녀가 해리엇과 감정을 바꿀 수만 있다면 기꺼이 바꿀 것이라 생각했다. 친구의 남편에게서 사랑받는다는 위험스러운 즐거움보다는 엘턴 씨 같은 사람일지언정 누군가를 헛되이 사랑했던 해리엇의 고통을 부러워하면서 말이다.

사람들이 워낙 많아 에마가 굳이 그녀에게 다가갈 필요는 없었다. 그녀는 피아노에 대해 얘기하고 싶어하지 않았다. 그 선물이 자신만의 비밀스러운 일로 느껴져 남들이 보이는 호기심이나 관심이 부당하게 느껴질 정도였기 때문에 사람들과 의도적으로 거리를 두고 있었다. 그러나 다른 사람들이 곧바로 그 주제를 화제에 올렸고, 누군가가 축하 인사와 함께 "훌륭한 캠벨 대령님"이라는 말을 하자, 그녀의 볼은 금세 붉어졌다.

친절하고 음악에 조예가 깊은 웨스턴 부인이 특히 이 상황에 관심을 보였다. 에마는 자기가 보기에는 아름다운 여주인공의 얼굴에 그 이야기를 가능하면 안 하고 싶어하는 기색이 확연했는데도, 그걸 전혀 눈치채지 못한 채 피아노의 음색이라든지 건반의 느낌, 페달에 대해 이야기하고 끊임없이 질문하면서 그 화제에서 벗어날 줄 모르는 웨스턴 부인을 보면서 미소를 짓지 않을 수 없었다.

곧이어 몇 명의 신사들이 들어와 자리를 함께했는데, 그중 가장 앞장선 사람은 프랭크 처칠이었다. 가장 출중한 외모의 그는 맨 앞에서 걸어 들어오면서 문가에 앉아 있던 베이츠 양과 그녀의 조카에게 찬사를 던진 후, 둥그렇게 앉아 있는 원의 맞은편 우드하우스 양의 자리까지 곧장 걸어오는 것이었다. 그러고는 그녀 바로 옆에 자리가 날 때까지 앉으려고 하지 않았다. 에마는 그 자리에 있던 모두가 무슨 생각을 하고 있을지 머릿속에 그려보았다. 그의 목표는 에마였고, 다들 그걸 눈치챈 게 분명했다. 에마는 그를 자신의 친구 스미스 양에게 소개한 뒤, 적당한 시간에 둘이 서로에 대해 어떻게 생각하는지를 물었다. 그는 스미스 양처럼 사랑스러운 얼굴을 본 적이 없으며 그녀의 순수함에 감탄했다고 했고, 해리엇은 지나치게 후한 칭찬이란 건 알지만, 그가 엘턴 씨를 좀 닮은 것 같다고 했다. 순간 에마는 분노를 간신히 억누른 채 아무 말 없이 해리엇에게서 고개를 돌렸다.

에마와 프랭크 처칠이 동시에 페어팩스 양을 바라본 순간, 둘 사이에 의미심장한 미소가 오갔지만, 아무 말도 하지 않은 것은 신중한 처사였다. 그는 에마에게 자기는 오래 앉아 있는 걸 못 견디기에 어딜 가든 먼저 자리에서 일어나는 편이며 아까 식당에서도 빨리 나오고 싶었지만, 그의 아버지와 나이틀리 씨, 콕스 씨, 콜 씨가 교구 일로 한창 이야기 중이어서 한동안 같이 있었다고 했다. 그러나 전체적으로 다들 신사답고 지각 있는 분들이라서 함께 있는 동안에는 너무 즐거웠다는 말에 이어, 훌륭한 가족들이 아주 많다면서 하이버리를 후하게 평했다. 그래서 에마는 자기가 그동안 이 지역을 너무 폄하해 온 건 아닌가라는 생각이 들 지경이었다. 에마는 그에게 요크셔의 사교계라든지 엔스컴 주변의 이웃에 대해 물었는데, 그의 대답으로 다음과 같은 사실을 알 수 있었다. 엔스컴에서는 거의 별다른 일이 일어나지 않으며, 그들이 가끔 방문하는 지체 있는 집안들은 모두 상당히 떨어진 거리에 있는 데다 방문 날짜가 정해지고 초대에 응한 뒤에도 처칠 부인의 건강이나 기분이 길을 떠날 상황이 아닌 경우에는 취소하는 일이 많았으며 새로운 사람은 방문하지 않았다. 그리고 그에게 따로 약속이 있을 때에도 누군가를 방문하거나 지인을 하룻밤 묵게 하자면 많은 경우 상당한 설명과 노력이 필요했다는 것이었다.

에마는 엔스컴으로는 그가 만족할 수 없으며 평소 자기가 원하는 것보다 집에 머물러야 하는 시간이 많은 이 젊은이가 하이버리에서는 어느 정도 즐겁게 지낼 수 있겠다는 걸 알 수 있었다. 엔스컴에서 그가 중요한 존재라는 건 분명했다. 특별히 떠벌린 건 아니지만 외숙모가 남편 말은 몰라도 프랭크의 말은 간혹 듣는다는 사실이 자연스럽게 드러났고, 그도 (한두 가지를 빼곤) 시간만 있으면 어떤 일에서든 외숙모를 설득할 수 있을 것 같다는 걸 인정했다. 이어 그는 자기 말이 통하지 않았던 한두 가지 일에 대해서도 말했다. 그는 한때 외국 여행을 몹시 가고 싶어 허락을 받으려 애썼지만 외숙모는 허락을 해주지 않았다. 이건 지난해에 있었던 일이었다. 지금은 더 이상 그런 생각을 하고 있지 않다는 게 그의 설명이었다.

그가 말하지 않았지만 또 한 가지 외숙모를 설득하지 못했던 일은, 그의 아버지를 좀 더 일찍 찾아뵙는 것이었을 거라고 에마는 추측했다.

"한 가지 너무나 가슴 아픈 사실을 깨달았습니다."

잠시 말이 없던 그가 말했다.

"내일이면 제가 여기 온 지 일주일이 되더군요. 벌써 여기서 보낼 시간의 반이 지난 거예요. 시간이 그렇게 빨리 지나갈 줄은 정말 꿈에도 몰랐어요. 내일이면 벌써 일주일이라니요! 아직 제대로 즐기지도 못했는데 말입니다. 이제 겨우 웨스턴 부인이나 다른 분들과 얼굴을 익혔을 뿐인데요. 그 생각을 하니 갑자기 슬퍼지는군요."

"그렇다면 아마 지금은 얼마 안 되는 일정에서 머리를 자르러 하루 온종일 다녀오신 게 후회가 좀 되겠네요."

"아니요."

그는 빙그레 웃었다.

"그건 전혀 후회할 일이 아니죠. 제 외모가 반듯하게 갖춰지지 않은 상태로 사람들을 대하는 건 전혀 즐거운 일이 아니니까요."

식당에 남아 있던 나머지 신사들이 모두 들어오는 바람에 에마는 잠시 그에게서 주의를 돌려 콜 씨의 이야기를 들어야만 했다. 콜 씨가 자리를 옮겨 그녀가 다시 고개를 돌렸을 때, 프랭크 처칠은 바로 맞은편에 앉아 있는 페어팩스 양을 뚫어질 듯 바라보고 있었다.

"무슨 일인가요?"

에마가 물었더니 프랭크가 말했다.

"절 깨우쳐주시니 고맙습니다. 제가 잠시 무례하게 행동했던 것 같네요. 하지만 페어팩스 양의 머리 모양이 너무 이상해서 눈을 떼지 못하고 있었습니다. 저렇게 특이한 머리는 지금까지 본 적이 없어요! 저 곱슬거리는 모양을 좀 보십시오! 그녀 혼자서 생각해낸 게 분명해요. 저런 머리를 한 사람은 한 번도 본 적이 없거든요. 제가 가서 아일랜드에서는 그런 머리 모양이 유행이냐고 한번 물어봐야겠군요. 그래볼까요? 네, 아무래도 그게 좋겠습니다. 제가 가서 물어볼 테니 당신은 그녀가 어떻게 받아들이는지 한번 보세요. 그녀가 무안해 하면서 낯을 붉히는지 말입니다."

그는 즉시 그쪽으로 갔고, 에마는 그가 페어팩스 양 앞에 서서 그녀에게 말을 거는 걸 지켜보았다. 하지만 그가 페어팩스 양의 바로 맞은편에 서 있었기 때문에 숙녀의 반응에 대해서는 전혀 볼 수가 없었다. 그가 자리를 비운 사이 웨스턴 부인이 그쪽으로 와서 앉았다.

"많은 사람들이 함께하는 파티의 좋은 점이 바로 이거지."

그녀는 말했다.

"누구에게나 다가가서 어떤 이야기든 할 수 있으니까. 저녁 내내 에마와 얼마나 이야기를 나누고 싶었는지 몰라. 에마처럼 나도 새로운 사실들을 발견하고 이런저런 계획을 세웠는데, 그걸 빨리 얘기해주고 싶었거든. 베이츠 양과 조카가 여기 어떻게 왔는지 알고 있니?"

"어떻게 오긴요. 초대받아서 왔겠죠, 아닌가요?"

"오! 그거야 그렇지. 하지만 여기까지 어떻게 왔을까? 여기에 온 방법 말이야."

"걸어서 왔겠지요. 그 방법밖에 없잖아요."

"그렇지. 그런데 아까 제인 페어팩스 양을 보고 있는데 문득 밤늦게 이토록 추운 날씨에 집까지 다시 걸어가야 하다니 너무 가엾게 생각되는 거야. 페어팩스 양이 오늘처럼 좋아 보인 적이 없긴 했지만, 열이 있으니 감기에 걸릴 수도 있겠다는 생각이 들었거든. 가엾은 페어팩스 양! 아무래도 그 생각을 떨쳐버릴 수가 없어서 웨스턴 씨가 여기 들어오고 나서 말할 틈이 생기자마자 마차에 대해 의논했단다. 물론 그이는 내 생각에 바로 동의했고, 나는 즉시 베이츠 양에게 가서 집에 갈 때 우리 마차로 태워다주겠다고 했지. 미리 얘기하면 그녀가 좀 더 편안하게 여기서 시간을 보낼 수 있을 것 같아서 그랬지. 마음 착한 베이츠 양은 자기보다 더 복 받은 사람은 없을 거라면서 거듭거듭 고마워했단다. 그러면서 여기까지 나이틀리 씨의 마차를 타고 왔고 갈 때도 그럴 거라면서 괜찮다는 거야. 나는 무척 놀랐어. 물론 잘된 일이지만 그래도 꽤나 놀랐지. 너무나 친절하고 사려 깊은 배려잖아! 그런 생각을 할 수 있는 남자는 몇 안 되니까 말이지. 사실 평소 나이틀리 씨의 습관으로 보아, 오늘 마차를 쓴 것도 분명히 이 일 때문이었을 거야. 자기를 위해서라면 굳이 말 두 마리를 빌리지 않았을 텐데 그들을 도우려고 그런 거겠지."

"아마 그럴 거예요."

에마는 말했다.

"그럴 가능성이 높아요. 다른 누구보다도 나이틀리 씨는 그렇게 선하고 남에게 도움이 되는, 사려 깊고 관대한 일을 할 수 있는 분이지요. 눈에 보이는 정중함보다도 마음이 더 따뜻한 분이니까요. 제인 페어팩스 양의 건강이 좋지 않다는 걸 감안할 때, 아마도 마땅한 사람의 도리라고 생각했을 거예요. 남모르게 친절을 베풀 사람으로 나이틀리 씨만큼 미더운 분은 아마 없을 거예요. 아까 같이 도착했기 때문에 오늘 말을 여러 마리 빌린 건 저는 이미 알고 있었어요. 전 그 모습을 보고 나이틀리 씨를 놀렸는데, 그분은 자기 선행을 알아차리게 하는 말은 한 마디도 안 하더라고요."

"글쎄."

웨스턴 부인은 미소 지었다.

"이렇게 에마의 얘기를 들으니 이번 일에서 그분의 행동을 내가 생각하는 것보다 더 순수하고 사심 없게 받아들이는 것 같네. 나는 실은 아까 베이츠 양이 말하는 동안 한 가지 의심스런 생각이 머릿속에 떠올랐는데 그걸 좀처럼 지울 수 없었거든. 생각하면 할수록 더 가능성이 있는 얘기인 것 같아서 말이야. 간단히 말해서, 난 나이틀리 씨와 제인 페어팩스를 연결시켜 봤단다. 이렇게 생각하는 것도 다 에마와 함께 지냈던 영향이지! 어떻게 생각해?"

"나이틀리 씨와 제인 페어팩스라고요!"

에마가 소리쳤다.

"웨스턴 부인, 어떻게 그런 생각을 하세요? 나이틀리 씨는 결혼해선 안 돼요! 어린 헨리가 던웰에서 밀려나는 걸 보고 싶으신 건 아니겠죠? 오! 안 돼요. 헨리는 던웰의 상속자로 남아 있어야만 해요. 저는 나이틀리 씨의 결혼에 절대 찬성할 수 없고, 또 그럴 리도 없다고 생각해요. 그런 생각을 하시다니 정말 놀랐어요."

"에마, 내가 왜 그런 생각을 하게 됐는지 말했잖아. 그 둘이 맺어지길 바란다는 게 아니야. 나도 어린 헨리가 상처받는 걸 원하지 않지만 상황을 살펴보다 보니, 문득 그런 생각이 들었다는 거야. 그리고 만약 나이틀리 씨에게 정말 결혼하고 싶은 생각이 든다면, 이런 일에 대해서는 아무것도 모르는 여섯 살짜리 헨리 때문에 결혼을 망설이겠어?"

"네, 저라면 그러겠어요. 저는 헨리가 밀려나는 걸 두고 볼 수 없어요. 나이틀리 씨가 결혼을 하다니요! 아니요, 그런 생각은 한 번도 해보지 않았고, 지금도 절대로 받아들일 수 없어요. 게다가 하고 많은 여자 중에 하필이면 제인 페어팩스라니요!"

"나이틀리 씨가 페어팩스 양에게 언제나 특별한 호감을 보여왔다는 건 에마도 잘 아는 사실이잖아."

"하지만 그렇다고 둘을 연결시키는 건 너무 경솔해요!"

"경솔한지 신중한지를 얘기하는 게 아니라 단지 가능성을 말하는 거야."

"지금까지 말한 것 외에 더 그럴 듯한 근거를 대시기 전에는 그럴 가능성은 전혀 없다고 봐요. 제가 말씀드렸듯이, 나이틀리 씨의 친절하고 따뜻한 성품이면 오늘 말을 빌린 데 대한 설명으로 충분하죠. 제인 페어팩스 양과 상관없이 그동안에도 워낙 베이츠 모녀에게 신경을 쓰고 잘 보살펴 왔잖아요. 웨스턴 부인, 제발 짝짓기에는 나서지 마세요. 별로 재능이 있는 것 같지는 않네요. 제인 페어팩스가 던웰 애비의 안주인이라니요! 오! 아니, 안 돼요. 정말 불쾌하네요. 나이틀리 씨를 위해서라도 그렇게 정신 나간 짓은 못하게 막겠어요."

"경솔하다고는 할 수 있을지 몰라도 정신 나간 짓은 아니야. 한쪽의 재산이 기운다는 것, 그리고 나이 차이가 좀 난다는 사실을 제외하면 둘이 안 어울릴 이유가 없다고 생각해."

"그렇지만 나이틀리 씨는 결혼할 생각이 없어요. 제가 확신하는데 그분은 그런 생각을 조금도 갖고 있지 않다고요. 나이틀리 씨에게 그런 생각을 불어넣지 마세요. 그분이 결혼할 이유가 어디 있겠어요? 혼자 지내면서도 농장이나 양, 도서관, 교구 일을 돌보면서 부족한 것 없이 행복하게 지내는 데다 또 조카들을 얼마나 끔찍이 아낀다고요. 그런데 시간이나 마음을 채우겠다고 굳이 결혼할 필요는 없어요."

"에마, 나이틀리 씨 생각이 그렇다면야 하는 수 없지만, 그분이 만약 제인 페어팩스 양을 진심으로 사랑한다면……."

"말도 안 돼요! 나이틀리 씨는 제인 페어팩스에게 관심이 없다고요. 분명 사랑의 감정은 없어요. 그녀나 그녀 가족을 위해 어떤 도움이든 기꺼이 주겠지만……."

"글쎄, 그럴까?"

웨스턴 부인은 빙긋 웃으며 말을 이었다.

"나이틀리 씨가 그들에게 줄 수 있는 최고의 도움은 제인에게 안락한 가정을 선사하는 것이 아닐까."

"그녀에게는 도움이 될지는 모르지만, 나이틀리 씨에게는 수치스럽고 모멸적인 결합이기에 피해만 주게 될 거예요. 어떻게 그분이 베이츠 양 같은 사람을 한 집안으로 받아들일 수 있겠어요? 그렇게 되면, 베이츠 양은 던웰 애비의 저택을 문턱이 닳도록 드나들면서 제인과 결혼한 나이틀리 씨의 친절에 대한 고마움을 늘어놓겠죠. 그가 언제나 너무도 친절하고 사려 깊은 이웃이었다면서 말이에요! 그러다가 말하는 도중 갑자기 어머니의 낡은 속치마 이야기를 꺼내겠죠. '그렇다고 지나치게 낡았다는 얘기는 아니에요. 앞으로도 한참 더 입을 수 있을 테니까요. 게다가 어머니는 속치마가 하나같이 튼튼하다고 고마워하셨답니다.' 이러면서요."

"에마! 그런 식으로 베이츠 양 흉내를 내지 마. 에마는 내 의도를 다르게 해석하고 있구나. 그리고 내 생각에 나이틀리 씨는 베이츠 양에 대해 그렇게까지 성가시다고 여기지 않는 것 같아. 그분은 사소한 일에 신경을 쓰는 성격이 아니잖아. 베이츠 양이 수다스러운지는 모르지만, 나이틀리 씨는 자기가 뭔가 말 게 있으면 목청을 높여 베이츠 양의 목소리를 잠재워 버릴걸. 하지만 문제는 그게 피해를 주는 결함이냐 아니냐를 떠나 나이틀리 씨가 그걸 원하는가 하는 것이지. 나는 그가 원한다고 생각해. 나이틀리 씨가 제인 페어팩스 양에 대해 얼마나 좋게 말하는지는 나뿐 아니라 에마도 들었잖아. 그녀에 대한 관심이라든지 건강에 대한 걱정부터, 앞으로 별 기대할 게 없는 그녀의 미래에 대한 염려까지 말이야. 나는 나이틀리 씨가 이런 점들에 대해 얼마나 따뜻하게 말하는지를 들었어. 피아노 연주나 그녀의 음성에 대해서도 얼마나 칭찬하던지! 나이틀리 씨는 그녀의 연주를 영원히 들을 수 있을 것 같다고도 했어. 아, 한 가지 떠오른 생각을 깜빡 잊을 뻔했는데, 그녀가 받은 피아노에 대해 다들 캠벨 부부의 선물일 거라고 생각하고 있지만 혹시 나이틀리 씨가 보낸 건 아닐까? 나는 그분일 수도 있겠다는 생각이 자꾸만 들거든. 나이틀리 씨라면 사랑에 빠지지 않고도 충분히 그런 일을 할 수 있을 테니까."

"그렇다면 그건 나이틀리 씨가 페어팩스 양을 사랑한다는 아무런 증거도 되지 못하겠네요. 하지만 저는 그분이 보냈을 거라고는 생각하지 않아요. 나이틀리 씨는 뭔가를 비밀스럽게 하는 사람이 아니거든요."

"나이틀리 씨가 페어팩스 양이 연주할 악기가 하나도 없다고 애석해 하는 걸 몇 번이나 들었는걸. 평상시 그분의 행동에 비해 자주 말이야."

"좋아요. 하지만 나이틀리 씨가 피아노를 선물할 생각이 있었다면 페어팩스 양에게 그럴 거라고 말했을 거예요."

"조심하느라 그런 것일 수도 있지, 에마. 나는 나이틀리 씨가 보낸 게 틀림없다는 생각이 들어. 아까 저녁 식사 자리에서 콜 부인이 그 얘기를 할 때도 나이틀리 씨는 유독 침묵하더군."

"웨스턴 부인, 지금 어떤 하나의 생각을 잡아서는 너무 부풀리고 계세요. 제가 그런다고 여러 번 지적하셨으면서 말이에요. 저는 둘 사이에 특별한 감정이 있다는 신호를 전혀 느끼지 못했어요. 피아노에 관한 이야기도 못 믿겠고요. 명확한 증거가 있어야만 나이틀리 씨가 제인 페어팩스 양과 결혼하고 싶어한다고 믿겠어요."

두 사람은 이런 식으로 얼마간 더 논쟁을 벌였는데, 웨스턴 부인은 둘 사이에서는 언제나 양보하는 쪽이었기 때문에, 이번에도 에마가 웨스턴 부인의 의견을 차츰 누르고 있었다. 그때 실내가 약간 소란스러워지면서 차 마시는 시간이 끝났음을 알렸고, 피아노가 준비되는 사이에 콜 씨가 우드하우스 양에게 다가와 연주를 들려달라고 정중히 요청했다. 웨스턴 부인과 대화를 나누느라 에마는 프랭크 처칠이 페어팩스 양 옆에 자리를 잡았다는 것 말고는 통 신경을 쓰지 못했지만, 그도 콜 씨를 뒤따라 와서 간절한 어조로 부탁했다. 에마는 모든 면에서 자기가 먼저 연주하는 게 적절하다고 생각했기 때문에 예의 바르게 곧바로 승락했다.

에마는 자신 있게 연주할 수 있는 그 이상을 시도하기에는 자신의 한계를 너무나 잘 알고 있었고, 무난하게 치면서 노래할 수 있는 간단한 몇 곡에 세련된 기교나 열정까지 보탤 생각은 없었다. 그녀가 노래를 시작하자 프랭크 처칠이 조심스럽지만 정확한 음으로 함께 부르기 시작해 에마의 마음을 놀랍고 기쁘게 했다. 노래가 끝나고 에마가 예의 있게 연주가 별로였다고 말하자 의례적인 반응이 뒤따랐다. 프랭크 처칠은 듣기 좋은 목소리와 음악에 대한 완벽한 지식을 갖고 있다는 칭찬에 대해, 자신은 음악에 대해 아는 게 전혀 없고 목소리도 보잘것없다며 정중히 이를 부인했다. 이어 둘이 함께 한 곡을 더 불렀고, 에마는 목소리로나 연주로나 자기보다 훨씬 훌륭하다는 걸 인정할 수밖에 없는 페어팩스 양에게 다음 순서를 넘겨주었다.

복잡한 마음으로 에마는 피아노를 에워싸고 주변에 둥글게 앉아 있는 사람들의 무리에서 약간 떨어져 앉아 제인의 연주를 들었다. 프랭크 처칠은 다시 노래를 불렀다. 두 사람은 웨이머스에서 이미 한두 차례 호흡을 맞춘 적이 있는 것처럼 보였다. 그러나 에마의 신경은 연주를 주의 깊게 감상하는 나이틀리 씨의 모습에 정신이 반쯤 쏠려서, 둘의 아름다운 화음을 건성으로 들으며 웨스턴 부인이 한 얘기를 곰곰이 생각해보기 시작했다. 나이틀리 씨의 결혼에 대한 에마의 반감은 전혀 수그러들지 않았다. 에마는 거기서 좋은 점을 단 한 가지도 떠올릴 수 없었다. 형부인 존 나이틀리 씨는 크게 실망할 테고, 그러면 자연히 이사벨라 언니도 실망할 것이었다. 그들 가족 모두에게 당황스러운 변화와 물질적인 손실이 가해지면서 아이들에게도 피해가 갈 게 분명했다. 그렇게 되면 에마 아버지의 일상적인 친교 생활에도 피해가 갈 것이고, 무엇보다 에마는 제인 페어팩스가 던웰 애비에 있는 모습을 상상하기조차 싫었다. 모두가 우러러보게 될 나이틀리 부인이라니! 아니, 나이틀리 씨는 절대 결혼해서는 안 된다. 어린 헨리가 던웰의 상속자로 남아 있어야만 한다.

그때 나이틀리 씨가 뒤를 돌아보더니 바로 에마 옆에 와서 앉았다. 처음에 둘은 연주에 대한 이야기만 나눴다. 그의 찬사는 확실히 매우 각별한 것이었지만, 웨스턴 부인의 얘기가 아니었으면 에마가 눈치채지 못할 정도였다. 그러나 확실히 하기 위해 에마는 베이츠 양과 페어팩스 양을 태워 온 그의 친절에 대해 이야기를 꺼냈고, 그는 그 일에 대해 길게 이야기하기 싫은 듯 간략하게 대답했다. 에마는 그런 것이 자기의 선행에 대해 떠벌리는 걸 싫어하는 나이틀리 씨의 성격 탓이라고 생각했다.

"저도 저희 마차를 그런 좋은 일에 사용하지 않는데 대해 유감으로 생각할 때가 종종 있어요."

에마는 말을 이었다.

"남을 돕고 싶다는 생각을 안 한 건 아니지만, 당신도 아시다시피 아버지는 제임스를 그런 일로 불러내는 건 질색하시니까요."

"불가능한 일이죠, 거의 불가능한 일일 겁니다."

나이틀리 씨가 답했다.

"하지만 분명 당신도 그렇게 하고 싶다는 생각은 자주 하겠죠."

이 말을 하면서 그가 우습다는 듯 만면에 미소를 지었기 때문에, 에마는 서둘러 다음 말을 꺼내야 했다.

"캠벨 부부가 보낸 선물 말이에요."

에마가 계속 말했다.

"그렇게 피아노를 보내다니 참 친절하지 뭐예요."

"그래요."

그는 대답했고, 조금도 당황하는 기색 없이 말을 이었다.

"그렇지만 페어팩스 양에게 미리 알려줬더라면 더 좋았을 거예요. 남을 놀라게 하는 건 어리석은 일이니까. 그러면 기쁨이 더해지기보다는 오히려 불편함만 늘어나는 경우가 많지요. 캠벨 대령님이 그보다는 더 현명할 거라고 생각했는데 말입니다."

바로 그 순간 에마는 나이틀리 씨가 피아노를 선물하지 않았다는 사실을 단언할 수 있었다. 하지만 그가 페어팩스 양에게 특별한 감정을 갖고 있는지에 대한 의구심이 완전히 가신 것은 아니었다. 두 번째 노래를 마무리할 때쯤 제인의 목소리가 갈라졌다.

"그 정도면 됐어."

곡이 끝났을 때, 나이틀리 씨가 혼잣말을 했다.

"하루 저녁에 그 정도 불렀으면 이제 그만해도 되지."

그러나 여기저기서 한 곡을 더 불러달라는 요청이 들어왔다.

"한 번만 더요. 페어팩스 양도 그 정도로 지치지는 않을 겁니다. 한 곡만 더 청할게요."

그러자 프랭크 처칠도 가세했다.

"이 곡은 힘들지 않아요. 처음 부분이 아주 쉽거든요. 이 노래의 하이라이트는 두 번째 부분이랍니다."

그러자 나이틀리 씨는 화를 냈다.

"저 친구는 자기 목소리를 자랑하는 데만 정신이 팔려 있군. 그래서는 안되지."

그러더니 마침 옆을 지나가던 베이츠 양을 붙잡고 말했다.

"베이츠 양, 조카가 저렇게 목이 갈라지면서 노래를 부르게 놔두다니 제정신입니까? 어서 가서 막으세요. 아무도 그녀 생각은 하지 않아요."

베이츠 양은 제인에 대한 걱정에 휩싸인 나머지 감사하다는 인사치레를 할 여유도 갖지 못한 채 나서더니 더 이상의 노래를 못하도록 막았다. 연주를 할 수 있는 젊은 숙녀는 우드하우스 양과 페어팩스 양뿐이었기 때문에, 그날 저녁의 연주는 이렇게 해서 마무리되었지만, 곧 (5분도 지나지 않아) 춤을 추자는 제안이 누구에게선가 흘러나왔고, 콜 부부가 이에 적극적으로 찬성하면서 모든 게 신속히 치워지고 춤출 공간이 마련되었다. 무도회에서 빼놓을 수 없는 역할을 하는 웨스턴 부인이 자리에 앉아 흥거운 왈츠를 연주하기 시작하자, 프랭크 처칠이 에마에게 다가와 정중히 손을 잡아 춤을 청하더니 그녀를 앞으로 이끌었다.

다른 젊은 사람들이 짝을 지어 나오기를 기다리면서 에마는 그녀의 목소리와 취향에 대한 프랭크 처칠의 찬사를 듣는 한편으로, 나이틀리 씨가 어떻게 하고 있는지 보기 위해 주위를 둘러볼 여유가 있었다. 지금이 일종의 실험 무대가 될 것이었다. 나이틀리 씨는 춤을 그리 즐기는 사람이 아니다. 이번에 그가 제인 페어팩스에게 춤을 청한다면, 그건 의심해볼 만한 일이었다. 하지만 당장 눈에 띄는 움직임은 없었다. 아니, 그는 콜 부인에게 뭔가를 이야기하고 있었고, 춤에는 그다지 관심이 없어 보였다. 제인에게는 다른 사람이 춤을 청하고 있었고, 나이틀리 씨는 아직도 콜 부인과 대화 중이었다.

에마는 더 이상 헨리를 걱정하지 않았다. 그의 신변은 아직 안전했기에 그녀는 순수한 기쁨과 즐거운 마음으로 춤을 췄다. 춤을 추고 있는 건 겨우 다섯 쌍 정도였지만, 흔치 않은 일인 데다 갑자기 마련된 자리였기 때문에 더욱 유쾌하게 느껴졌고, 에마는 파트너에 대해서도 매우 만족했다. 그들은 주변의 시선을 모을 만한 멋진 커플이었다.

안타깝게도 두 번의 춤이 그들에게 주어진 전부였다. 밤이 늦어졌고 베이츠 양은 어머니 때문에 집에 가고 싶어했다. 그래서 다시 춤을 추려고 몇 번 시도하다가 결국 그들은 웨스턴 부인에게 감사하고 아쉬운 얼굴로 마무리해야 했다.

"더 잘된 일인지도 몰라요."

에마를 마차까지 바래다주면서 프랭크 처칠이 말했다.

"당신과 춤을 춘 후 페어팩스 양에게 춤을 청해야 했을 테고, 그녀의 기운 없는 춤은 저와 맞지도 않았을 테니까요."

27

에마는 자존심을 접고 콜가에 갔던 자신의 결정을 후회하지 않았다. 그 방문을 통해 다음 날 즐겁게 되새길 수 있는 일들이 생겼고, 설령 품위 있게 자존심을 세워 누릴 수 있었던 것들을 몇 가지 놓쳤다 해도 그녀가 지난밤 누린 인기는 그걸 충분히 보상받고도 남을 정도였다. 에마의 존재는 분명 콜 부부에게 큰 기쁨이 됐을 것이고, 그들은 기뻐할 만한 자격이 있는 훌륭한 사람들이었다. 어제 그녀가 사람들에게 남긴 인상은 쉽게 잊히지 않을 것이다.

추억 속에서조차도 완벽한 행복이란 그리 흔한 것은 아니다. 어젯밤에도 에마의 마음을 괴롭게 하는 일이 두 가지 있었다. 에마는 프랭크 처칠에게 제인 페어팩스에 대한 의심스러운 점을 얘기함으로써 여자들끼리의 의리를 저버린 건 아닌지 하는 생각에 마음이 편치 않았다. 결코 잘한 일이라고는 할 수 없다. 그러나 에마로서도 너무 강렬한 생각이어서 입을 다물 수 없었던 데다, 프랭크 처칠이 그녀가 하는 모든 말에 맞장구를 치면서 통찰력이 뛰어나다고 치켜세웠던 것도 그녀가 침묵을 지켰어야 했다는 확신을 갖기 어렵게 했다.

또 다른 아쉬움도 제인 페어팩스와 연관되어 있었는데, 거기에 대해서는 아무런 의문의 여지가 없었다. 에마는 자신의 연주와 노래가 그녀보다 못하다는 사실을 있는 그대로 분명하게 인정할 수밖에 없었다. 에마는 연습을 게을리 했던 어린 시절을 깊이 반성하면서, 피아노 앞에서 한 시간 반 동안 열정적으로 연습했다.

그때 해리엇이 들어와 에마의 연주에 칭찬을 아끼지 않았지만, 해리엇의 칭찬이 에마의 마음을 편하게 만들어주지는 못했다.

"아, 저도 언니와 페어팩스 양만큼 연주를 잘할 수 있다면 얼마나 좋을까요."

"해리엇, 나와 페어팩스 양을 함께 묶어 생각하지는 말렴. 내 연주는 그녀에 비하면 태양 앞의 초라한 등불 수준이니 말이야."

"세상에! 언니, 저는 언니 연주가 더 훌륭하다고 생각해요. 저는 언니가 페어팩스 양만큼이나 뛰어나다고 생각하는걸요. 저라면 둘 중에서 언니가 연주하는 걸 더 듣고 싶어요. 어젯밤 언니 연주가 얼마나 훌륭했는지에 대해 모두들 얘기했는걸요."

"음악에 대해 좀 아는 사람이라면 분명히 그 차이를 느꼈을 거야, 해리엇. 사실 내 연주는 그저 칭찬받을 정도지만, 제인 페어팩스는 그 수준을 훨씬 뛰어넘는단다."

"글쎄요, 언니가 페어팩스 양 못지않은 솜씨를 갖고 있고, 혹시 차이가 있다 해도 아무도 느끼지 못할 거라는 제 생각에는 아마 변함이 없을 거예요. 콜 씨는 언니가 아주 세련된 감각을 갖고 있다고 했고, 프랭크 처칠 씨도 언니 감각에 대해 많은 이야기를 하면서 자기는 연주 실력보다 감각을 더 중요시한다고 하던걸요."

"그래? 하지만 제인 페어팩스는 두 가지 다 갖고 있는걸."

"정말요? 연주는 잘한다고 느꼈지만 감각이 있는 줄은 몰랐어요. 아무도 그런 얘기는 하지 않던걸요. 그리고 전 이탈리아 노래를 싫어해요. 한 마디도 알아들을 수가 없으니까요. 게다가 페어팩스 양이 연주를 그렇게 잘한다 해도 그녀는 앞으로 가르쳐야 하는 사람이니까 그 정도는 당연히 해야 하는 것 아닌가요. 어젯밤 콕스 부부는 페어팩스 양이 과연 훌륭한 집안에 들어갈 수 있을지 모르겠다고 했어요. 콕스가 사람들은 언니가 보기에 어떤 것 같았어요?"

"언제나 똑같지 뭐. 너무 품위가 없어 보였어."

"그 사람들이 제게 무슨 이야기를 해주었어요."

해리엇은 매우 주저하는 기색으로 말을 꺼냈다.

"하지만 중요한 건 아니에요."

에마는 그게 무슨 이야기였는지 물을 수밖에 없었지만, 혹시 엘턴 씨 이야기가 나올까 봐 내심 두려웠다.

"그 사람들이 그러는데, 지난 주 토요일에 마틴 씨와 같이 저녁 식사를 했대요."

"그렇구나."

"마틴 씨가 일 때문에 콕스 씨를 찾아왔는데, 나중에 콕스 씨가 저녁을 먹고 가라고 했다더라고요."

"아, 그랬니."

"그러면서 마틴 씨 얘기를 많이 하더라고요. 특히 앤 콕스가요. 무슨 의미인지는 모르겠지만, 제가 내년 여름에도 마틴 가족에게 가서 지낼 생각인지 물었어요."

"평소의 앤 콕스답게 부끄러운 줄도 모르고 호기심을 내보인 거지."

"그녀는 저녁 식사 자리에서 보니 마틴 씨가 썩 괜찮았다고 했어요. 바로 그녀 옆자리에 앉았대요. 내시 양은 콕스가의 딸들이 다들 마틴 씨와 결혼하고 싶어하는 것 같다는 얘기를 했어요."

"충분히 가능한 얘기야. 나도 그렇다고 생각해. 콕스가 딸들은 한 명도 예외 없이 하이버리에서 가장 품위 없는 아가씨들이니까."

그 후 해리엇이 포드 상점에 갈 일이 있었는데, 에마는 아무래도 그녀를 따라가는 게 좋겠다고 생각했다. 마틴 식구들과 또 한 번 마주칠 수도 있는데, 그럴 경우 요즘 그녀의 마음 상태로는 위험한 일이 될 수도 있었기 때문이다.

해리엇은 보는 것마다 감탄하고 말 한마디에도 마음이 바뀌는 터라 물건을 사는 데 항상 오랜 시간을 들였다. 해리엇이 모슬린 옷감을 이것저것 걸쳐 보며 계속 마음을 바꾸는 사이, 에마는 시간을 보내기 위해 입구 쪽으로 갔다. 하이버리의 가장 번화한 지역에서도 많은 볼거리를 기대할 수는 없었다. 어딘가로 바삐 걸어가는 페리 씨나 사무실 안으로 들어가는 윌리엄 콕스 씨, 운동에서 돌아오는 콜 씨의 마차, 아니면 고집 센 노새를 탄 편지 배달부 소년 정도가 에마가 기대할 수 있는 가장 활기 있는 광경이었다. 그러다 거리 저만치에서 쟁반을 든 푸줏간 주인과 바구니에 뭔가를 가득 담고 가게에서 집으로 돌아가고 있는 단정한 차림새의 할머니, 더러운 뼈다귀를 차지하려고 서로 으르렁거리는 두 마리의 개, 그리고 빵집의 작은 창문 앞에 하염없이 서서 생강 과자를 들여다보고 있는 아이들이 눈에 들어왔을 때, 에마는 자신에게 더 이상 불평할 이유가 없다는 걸 깨달았고 평화로운 행복을 느끼며 문가에 조용히 서 있었다. 특별히 재미난 일이 눈앞에 펼쳐지지 않는다 해도 활기 있고 편안한 마음을 가진 걸로 충분했고, 만족스럽지 않은 광경은 찾아볼 수 없었다.

에마는 랜덜스로 향하는 길을 내려다보았다. 그런데 한 장면이 그녀의 시선을 끌었다. 두 명, 그러니까 웨스턴 부인과 프랭크 처칠이 하이버리로 오고 있었는데 하트필드로 향하는 게 분명했다. 하지만 둘은 포드 상점 가까이 있는 베이츠 부인의 집 앞에 멈춰 섰고, 문을 두드리려는 순간 에마와 눈이 마주쳤다. 그러자 그들은 즉시 길을 건너 그녀에게 다가왔고, 어제 파티에서의 즐거운 기억이 새삼 떠올라 오늘의 만남이 더욱 기쁘게 느껴지는 듯했다. 웨스턴 부인은 에마에게 새 피아노 소리를 감상하기 위해 베이츠 양 집을 방문하는 길이라고 했다.

"오늘 나를 동행한 이 신사분 말로 어젯밤 내가 베이츠 양에게 오늘 아침에 들르겠다고 굳게 약속했다는 거야. 난 전혀 그런 줄도 모르고 있었어. 그렇게 날짜를 정한 줄은 몰랐지만, 프랭크가 그렇게 말해서 같이 길을 나선 거란다."

"그럼 어머니가 베이츠가에 있는 사이에, 저는 에마 양이 집에 갈 거라면 거기 끼어서 하트필드에서 시간을 보낼까 하는데요."

프랭크 처칠이 말했다.

웨스턴 부인은 실망하는 기색이었다.

"너도 같이 가는 줄 알았는데. 그분들도 아주 좋아하실 거야."

"저요! 저는 방해만 될 텐데요. 하지만 어쩌면 우드하우스 양에게도 제가 방해가 될지 모르겠네요. 제가 함께하는 걸 원하지 않는 표정인걸요. 저희 외숙모는 쇼핑을 하실 때 항상 저를 다른 데로 보내곤 했답니다. 제가 옆에서 성가시게 계속 보챈다나요. 우드하우스 양도 저한테 같은 얘기를 할 것 같은데요. 그럼 저는 어떻게 하면 좋죠?"

"여기에 제 볼일이 있어서 나온 게 아니에요."

에마가 서둘러 말했다.

"해리엇을 기다리고 있는 거예요. 곧 끝나는 대로 바로 집에 갈 거예요. 하지만 당신은 웨스턴 부인과 함께 가서 새로운 악기 연주를 들으시는 게 좋을 것 같은데요."

"글쎄요, 그렇게 말씀하신다면 그렇게 할 수도 있죠. 하지만 (미소를 지으며) 만약 캠벨 대령님이 부주의한 친구에게 의뢰하는 바람에 피아노 음색이 부정확하면 저는 뭐라고 말해야 하죠? 그럼 저는 어머니에게 전혀 도움이 되지 못할 겁니다. 어머니 혼자서도 충분히 잘 대처하시겠죠. 불쾌한 진실도 기분 상하지 않게 잘 말씀하시니까요. 하지만 저는 정중한 거짓말에 있어서는 세상에서 가장 서투른 사람이죠."

"그런 말은 믿지 않아요."

에마가 답했다.

"당신은 필요하다면 누구보다도 그럴 듯하게 거짓말을 잘 할 수 있는 분이에요. 하지만 그 악기의 음색이 부정확하다고 여길 이유는 전혀 없답니다. 어젯밤 제가 페어팩스 양의 말을 제대로 이해했다면 오히려 그 반대일 걸로 생각되는걸요."

"웬만하면 같이 가자꾸나."

웨스턴 부인이 다시 말했다.

"오래 걸리지는 않을 거야. 하트필드에는 그 후에 함께 가면 되지. 하트필드에는 이분들을 뒤따라가면 돼. 네가 같이 가면 정말 좋겠구나. 그분들로서는 대단한 관심을 받는다고 느껴질 거야. 너도 항상 그런 인상을 주고 싶어하잖니."

프랭크 처칠은 더 이상 아무 말도 하지 않았고, 나중에 하트필드에 가게 될 거라는 기대감으로 웨스턴 부인과 함께 베이츠 부인의 집으로 다시 향했다. 에마는 그들이 집 안으로 사라지는 걸 지켜보고는 진열대 앞에 서 있는 해리엇에게로 가서 무늬 없는 모슬린을 살 거면 무늬 있는 천을 볼 필요가 없으며, 파랑색 리본이 아무리 예뻐 보여도 노랑색 무늬 있는 천과는 어울리지 않을 거라고 있는 힘껏 설득했다. 마침내 짐을 보낼 목적지만 빼고는 모든 게 결정되었다.

"고더드 부인 댁으로 보낼까요, 아가씨?"

포드 부인이 물었다.

"네, 아니요, 네, 고더드 부인 댁으로요. 무늬 있는 드레스만 하트필드로 보내주세요. 아니, 괜찮으시다면 이것도 하트필드로 부탁할게요. 하지만 고더드 부인이 보고 싶어할 텐데. 무늬 있는 드레스는 제가 언제라도 집에 가져갈 수 있으니까요. 그렇지만 리본은 바로 받았으면 좋겠으니까 하트필드로 보내주세요. 리본만이라도요. 혹시 짐을 두 개로 나눠서 보내줄 수 있으세요, 포드 부인?"

"해리엇, 포드 부인에게 두 개로 포장해 달라고까지 부탁할 건 없지 않겠니?"

"듣고 보니 그렇네요."

"전혀 문제될 것 없어요, 아가씨."

포드 부인이 친절하게 말했다.

"오, 아니요, 그냥 하나로 하는 게 낫겠네요. 괜찮으시면 전부 고더드 부인 댁으로 보내주시면 좋겠는데요. 모르겠네요. 아니, 제 생각엔 하트필드로 우선 보내고 제가 이따가 집에 가져가도 괜찮을 것 같은데, 우드하우스 양, 어떻게 하는 게 좋을까요?"

"거기에 대해 네가 더 이상 일 초의 반도 생각하지 않는 게 좋겠다고 생각해. 포드 부인, 그냥 하트필드로 부탁할게요."

"네, 그게 가장 좋겠어요."

해리엇은 만족스러운 표정으로 고개를 끄덕였다.

"고더드 부인 댁으로 보내는 건 아무래도 아닌 것 같아요."

그때 문밖에서 사람들의 음성 아니, 두 명의 여성이 다가오는 와중에 하나의 목소리가 들렸다. 곧이어 웨스턴 부인과 베이츠 양이 문을 열고 들어섰다.

"우드하우스 양."

베이츠 양이 인사를 건넸다.

"저희 집에 잠깐이라도 들렀다 가시라고 이렇게 청하러 건너왔답니다. 스미스 양과 함께 새 악기에 대한 평도 해주시고요. 어떻게 지내셨어요, 스미스 양? 저도 잘 지내고 있지요, 고마워요. 웨스턴 부인이 같이 있으면 설득하기 더 좋을 것 같아서 함께 와달라고 부탁했답니다."

"베이츠 부인과 페어팩스 양도 잘······."

"아주 잘 지내죠. 고맙습니다. 저희 어머니는 아주 건강하시고, 제인도 어젯 밤에는 감기에 걸리지 않았어요. 우드하우스 씨는 어떠세요? 그렇다니 정말 다행이네요. 웨스턴 부인이 당신이 여기 있다고 알려줬어요. 그래서 저는 여기로 당장 와야겠다고 말했죠, 분명 우드하우스 양은 제가 이렇게 와서 부탁 하면 제 초대에 응해주실 거라고 했죠. 어머니도 몹시 보고 싶어하시고, 이렇게 좋은 분들이 모였으니 우드하우스 양도 거절할 수 없을 거라고 얘기했답니다. —'네, 꼭 그렇게 해 주십시오.' 프랭크 처칠 씨도 그러면서 '악기에 대한 우드하우스 양의 의견은 들어볼 만한 가치가 있어요.' 이렇게 말했어요. 하지만 저는 둘 중 한 분이 저와 같이 가면 우드하우스 양을 설득할 가능성이 더 클 거라고 했죠. 프랭크 처칠 씨는 '아, 금방 마칠 때니 잠깐만 기다려주십시오' 라고 하더군요. 그러고 보니 우드하우스 양, 놀랍게도 그분이 세상에서 가장 친절한 모습으로 저희 어머니가 쓰던 안경 나사를 조여주고 있는 거예요. 오늘 아침에 나사가 빠져버렸거든요. 얼마나 감사한지! 어머니는 안경을 쓰지 않은 채로는 그걸 다시 끼울 수 없었거든요. 그건 그렇고 안경은 다들 두 개씩은 갖고 있어야 해요. 제인이 그렇게 말했죠. 제가 오늘 그 안경을 바로 존 손더스 씨에게 가져가려고 했는데, 아침 내내 계속 일이 있어서 못 가고 있었어요. 처음에 뭔가 일이 생기더니 바로 다른 일들이 또 연달아 생겼는데, 아시겠지만, 하나같이 별다른 일은 아니긴 했어요. 중간에 한번은 패티가 와서 글쎄, 부엌 굴뚝이 막힌 것 같다는 거예요. 그래서 제가 '패티, 지금은 안 좋은 소식일랑 말하지도 마. 어머니의 안경 나사가 빠졌다고.' 이렇게 말했죠. 그러고 나서 구운 사과가 도착했어요. 월리스 부인이 아들 편에 들려 보낸 거죠. 그분들은 언제나 저희에게 아주 공손하고 친절하세요. 어떤 사람들은 월리스 부인이 가끔 무례하고 무뚝뚝하게 군다고 하지만, 저희는 그분들에게서 지극한 친절만 받고 있답니다. 그건 손님으로서의 우리 가치와는 상관없는 거예요. 아시겠지만 우리가 빵을 먹으면 얼마나 먹겠어요? 잠깐 다니러 온 우리 제인을 빼면 겨우 세 명뿐인 데다, 제인은 거의 먹는 게 없답니다. 그 아이가 먹는 아침 식사는 놀라울 정도라서 아마 보셔도 믿지 못하실 거예요. 저는 제인이 얼마나 조금씩 먹는지 어머니가 혹시라도 알게 될까 조심하느라, 한번은 이 말을 하고 다음 번에는 다른 말을 하면서 은근슬쩍 넘어간답니다. 제인이 오후쯤 되어 배고플 때 구운 사과만큼 좋아하는 것도 없죠. 게다가 지난번에 페리 씨를 길에서 만나 물어볼 기회가 있었는데, 구운 사과는 건강에 아주 좋은 음식이라더군요. 물론 그전에도 몰랐던 건 아니었어요. 우드하우스 씨가 구운 사과가 좋다고 몇 번이나 말씀하셨으니까요. 우드하우스 씨는 굽는게 사과를 건강에 유익하게 먹을 수 있는 유일한 방법이라고 생각하시는 듯해요. 하지만 저희는 사과 푸딩도 자주 해 먹는답니다. 패티가 만드는 사과 푸딩은 맛이 아주 기막히답니다. 웨스턴 부인, 부인의 설득 덕분에 여기 숙녀 분들이 저희와 함께 가실 것 같은데요."

에마는 베이츠 부인과 다른 분들을 뵈면 아주 좋을 것 같다고 화답했고, 함께 상점을 나서기 전 베이츠 양은 인사를 나누느라 잠시 시간을 끌었다.

"안녕하세요, 포드 부인? 죄송해요. 아까는 계신 걸 제대로 못 봤네요. 런던에서 근사한 새 리본을 많이 들여놓으셨다고 들었어요. 어제 제인이 그러더라고요. 고맙습니다. 장갑은 잘 맞아요. 손목 부분이 약간 크긴 한데, 제인이 줄여주기로 했어요."

"제가 지금 무슨 이야기를 하고 있었죠?"

다들 거리에 나서자, 베이츠 양이 다시 입을 열었다.

에마는 쉴 새 없이 화제를 바꾸는 베이츠 양이 과연 무슨 이야기에 안착할 것인지 궁금했다.

"제가 무슨 말을 하고 있었는지 전혀 기억할 수가 없군요. 오! 저희 어머니 안경 얘기였죠. 프랭크 처칠 씨가 정말 어찌나 친절하던지! 그분은 이렇게 말했어요. '아! 제가 나사를 조여드릴 수 있을 것 같은데요. 전 이런 종류의 일을 아주 좋아합니다.' 그걸로 봐서 프랭크 처칠 씨는 정말이지, 정말 이것만은 꼭 말씀드려야겠는데, 제가 그분에 대해서 예전부터 많은 이야기를 듣고 많은 기대를 품어왔지만, 실제로 뵈니 정말 그보다 훨씬 뛰어난 분이에요. 진심으로 축하드려요, 웨스턴 부인. 그분은 정말이지 부모가 바랄 수 있는 최고의······, 아무튼 그분이 이렇게 말했어요. '아! 제가 나사를 조여드릴 수 있을 것 같은데요. 전 이런 종류의 일을 아주 좋아한답니다'라고요. 그 친절한 모습을 결코 잊을 수 없을 거예요. 제가 모이신 분들이 친절하게 맛을 봐주길 바라면서 구운 사과를 찬장에서 꺼내왔을 때도, 프랭크 처칠 씨는 곧바로 말했죠. '이렇게 맛있어 보이는 사과는 처음입니다. 이렇게 먹음직스럽게 구운 사과는 제 평생 한번도 본 적이 없어요.' 그건 정말이지, 아주······ 게다가 그분의 태도로 보아 입에 발린 칭찬은 아니었어요. 사실 그건 아주 질 좋은 사과였고, 월리스 부인의 솜씨도 한몫했죠. 다만 우드하우스 씨가 저희에게 세 번은 구워야 한다고 단단히 당부했지만 두 번 이상은 굽지 않았어요. 하지만 우드하우스 양은 그 일을 우드하우스 씨에게 말씀하시지는 않을 거라 생각해요. 확실히 사과 자체도 굽기에 가장 적당한 품종이었어요. 모두가 던웰에서 난 거고, 그중 일부는 나이틀리 씨의 친절에 힘입은 것들이죠. 나이틀리 씨는 매년 사과를 저희에게 한 자루씩 보내주신답니다. 그분 과수원 나무에서 열리는 것만큼 좋은 사과는 한 군데 정도나 더 있을까, 어디에서도 찾기 힘들어요. 저희 어머니는 그 과수원이 어머니가 젊은 시절부터 유명했다고 하셨어요. 그렇지만 얼마 전에 정말로 깜짝 놀랄 일이 있었답니다. 어느 날 아침 나이틀리 씨가 오셨을 때, 제인이 마침 이 사과를 먹고 있어서 사과 얘기를 하면서 제인이 그걸 얼마나 좋아하는지를 말씀드렸어요. 그랬더니 지금 남은 게 없느냐고 물으시더군요. '분명히 거의 다 드셨을 거라 생각하는데요.' 나이틀리 씨는 말했어요. '좀 더 보내드리겠습니다. 제가 먹을 수 있는 것보다 훨씬 많이 남아 있거든요. 윌리엄 라킨스가 올해에는 여느 해보다 많이 수확했어요. 쓸모없게 되기 전에 사과를 좀 더 보내드리도록 하지요.' 저는 그러시지 말라고 간곡히 말씀드렸어요. 그렇지만 남은 사과가 거의 없는데, 아직 많이 남았다고는 도저히 말할 수가 없더라고요. 사실 대여섯 개밖에 안 남아 있었거든요. 하지만 남은 건 어차피 다 제인을 위해 보관할 생각이었는데, 그동안에도 이미 많은 친절을 베푸신 나이틀리 씨에게 사과를 좀 더 보내달라고는 차마 얘기할 수 없었죠. 제인도 그렇게 얘기했고요. 그분이 떠나시고 나서, 제인은 거의 저랑 다툴 뻔했답니다. 아니, 저희는 단 한 번도 싸운 적이 없으니 다퉜다는 말은 옳지 않겠네요. 그렇지만 제가 사과가 거의 떨어졌다고 얘기한 데 대해 제인은 무척 속상해 하면서, 그분에게 사과가 아직 많이 남았다고 생각하게 했으면 좋았을 거라고 하더라고요. 저도 할 수 있는 얘기는 다 했다고 했죠. 그런데 바로 그날 저녁, 윌리엄 라킨스가 커다란 사과 바구니를 들고 찾아온 거예요. 그것도 똑같은 품종의 사과로 말이에요. 너무나 고운 마음씨에 감동해서 밑에 내려가서 윌리엄 라킨스에게 할 수 있는 감사의 말을 다 했죠. 윌리엄 라킨스는 아주 오랫동안 알고 지낸 사람이에요! 그를 만나면 언제나 반가워요. 하지만 나중에 패티에게 들으니까, 윌리엄이 그게 자기 주인이 갖고 있었던 사과의 전부라고 했다는 거예요. 전부 다 가져온 거라서 이제 나이틀리 씨에게는 굽거나 삶을 사과가 하나도 남지 않았다고 했대요. 윌리엄 자신은 별로 신경 쓰지 않는 것처럼 보였는데, 자기 주인이 그렇게 사과를 많이 팔았다는 사실이 기분 좋았기 때문이었어요. 아시겠지만, 윌리엄은 나이틀리 씨의 이익을 무엇보다 중요하게 생각하니까요. 그렇지만 윌리엄 말로는 호지스 부인은 사과를 전부 보내는 걸 보고 막 화를 냈다고 해요. 주인이 이번 봄에 사과 파이를 더 이상 먹을 수 없다는 생각을 하니 속상했던 거죠. 윌리엄은 이런 말 끝에 패티에게 신경 쓰지 말라고 하면서 우리에게는 이런 얘기를 옮기지 말라고 당부했대요. 호지스 부인이야 가끔 그렇게 화를 내지만, 사과를 많이 판 이상 누가 먹든 무슨 상관이냐면서요. 패티를 통해 이런 자초지종을 듣고 전 얼마나 놀랐는지 몰라요. 나이틀리 씨에게는 절대로 아무런 표시도 안 낼 거예요. 또 그분이 이런 말을 들으면 분명 굉장히……. 제인에게도 알리고 싶지 않았지만, 불행하게도 저도 모르는 사이에 그 말이 입 밖으로 나왔답니다."

베이츠 양이 이 말을 마쳤을 때 패티가 문을 열었고, 방문객들은 맥 빠진 듯한 패티의 인사말에 이어지는, 호의에서 비롯된 베이츠 양의 두서없는 말을 계속 들으며 계단을 올라갔다.

"조심하세요, 웨스턴 부인, 다음 번에 계단이 있어요. 조심하세요, 우드하우스 양, 우리 집 계단이 다른 집보다 좀 어둡고 좁답니다. 스미스 양, 조심하세요. 우드하우스 양, 발을 부딪칠까 걱정이네요. 스미스 양, 다음 번에 계단이 나와요."

28

곧바로 그들 눈앞에 펼쳐진 자그마한 응접실의 풍경은 평화로움 그 자체였다. 베이츠 부인은 평소와 달리 손에 아무 일감도 쥐지 않은 채 난롯가에 앉아 있었다. 또한 프랭크 처칠은 가까이 있는 테이블에서 열심히 안경을 고치고 있었으며, 제인 페어팩스는 그들을 등지고 서서 피아노를 응시하고 있었다.

그러나 안경을 고치느라 분주한 가운데서도 프랭크 처칠은 에마를 다시 보자 환한 표정을 지어 보였다.

"이것 참 기쁜 일이네요."

그는 나지막한 목소리로 말했다.

"제가 예상한 것보다 적어도 10분은 일찍 오셨군요. 전 지금 쓸모 있는 사람이라는 걸 증명하려고 애쓰던 중이랍니다. 제가 잘할 거라고 생각하는지 말씀해주세요."

"어머나!"

웨스턴 부인이 끼어들었다.

"아직 끝내지 않았구나? 그런 속도로는 대장장이로 성공하기는 힘들겠어."

"계속 이걸 고치고 있었던 건 아니에요."

그는 답했다.

"페어팩스 양을 도와 악기가 똑바로 서도록 하고 있었지요. 바닥이 평평하지 않아서인지 흔들거리더라고요. 한쪽 다리 밑에 종이를 끼워넣은 게 보이실 거예요. 이렇게 오시다니 너무 친절하시군요. 서둘러 집에 돌아가실까 봐 걱정하고 있었거든요."

그가 에마를 옆에 앉힌 다음, 그녀를 위해 가장 잘 구워진 사과를 가져다 주고 안경을 고치는 일을 옆에서 봐달라고 요청하는 사이, 제인 페어팩스가 드디어 다시 피아노 앞에 앉을 준비가 되었다. 에마는 그녀가 곧바로 연주를 시작하지 않은 게 아마도 심적인 부담 때문일 거라고 생각했다. 감정의 동요 없이 악기를 만질 수 있을 정도로 많은 시간이 흐르지 않았기 때문에, 연주에 몰입하려면 의지력을 발휘해야 하는 것이 분명했다. 에마는 그 원인이야 어떻든 그런 고통을 겪는 그녀가 불쌍해서 다시는 다른 사람에게 제인의 비밀에 대해 말하지 않기로 결심했다.

마침내 제인이 연주를 시작했고, 처음에는 음이 다소 약했지만 곡이 전개될수록 악기의 힘찬 소리가 충분히 발휘되었다. 웨스턴 부인은 이미 한 차례 감동했지만 이번에도 기뻐했고, 에마도 찬사를 아끼지 않았으며 피아노에 대해서도 전체적으로 아주 잘 만들어졌다고 높이 평가했다.

이때 프랭크 처칠이 에마를 보며 빙그레 웃었다.

"캠벨 대령님이 누구를 시켰는지는 모르겠지만 사람을 잘못 보지는 않았네요. 웨이머스에 있으면서 캠벨 대령님의 고급스러운 취향에 대해서는 저도 많이 들었었죠. 부드럽게 나는 이 악기의 고음이야말로 그분, 그리고 그쪽 사람들 모두가 특별히 높이 평가한 부분인 게 분명합니다. 페어팩스 양, 제 생각에는 캠벨 대령님이 자기 친구에게 아주 상세한 지시를 내렸거나 그분이 직접 브로드우드에 편지를 쓴 것 같은데요. 안 그런가요?"

하지만 제인은 돌아보지 않았다. 그녀는 아무 말도 못 들은 것처럼 보였고, 웨스턴 부인이 동시에 그녀에게 뭔가 이야기를 건네고 있었다.

"이번엔 말씀이 좀 심하네요."

에마는 속삭이며 말을 이었다.

"제가 그냥 멋대로 추측했던 거니까, 그녀를 너무 괴롭히지는 마세요."

하지만 웃으며 고개를 젓는 그의 얼굴에서 주저하는 기색이나 동정심은 거의 찾아볼 수 없었다. 곧이어 그가 다시 입을 열었다.

"페어팩스 양, 아일랜드에 있는 친구분들이 이렇게 기뻐하는 당신을 보면서 얼마나 마음이 흐뭇할까요. 그 사람들은 하루에도 몇 번씩 당신 생각을 하면서 이 악기가 언제 당신 손에 도착하게 될지 궁금해 하고 있을 겁니다. 캠벨 대령님이 바로 이 시기에 물건이 전달될 걸 알고 계셨다고 보시나요? 그분이 직접 보낸 걸까요, 아니면 그저 대략적인 지시만 내리고 날짜는 따로 정하지 않은 채 돌아가는 상황이나 편의에 맡긴 걸까요?"

프랭크 처칠은 말을 멈췄다. 페어팩스 양은 그의 말을 분명히 들었을 테고 대답을 피할 수 없을 것이다.

그녀는 평정을 유지하려고 애쓰는 목소리로 입을 열었다.

"캠벨 대령님에게서 편지가 오기 전까지는 뭐라고 확실히 말씀드릴 수가 없어요. 모두 다 추측일 뿐이죠."

"추측이라고요? 그렇죠, 추측은 가끔 들어맞기도 하고 틀리는 경우도 있지요. 저는 이 나사를 제가 과연 언제쯤 단단히 고정시킬 수 있을지 추측할 수 있다면 좋겠네요. 우드하우스 양, 일을 하면서 이렇게 말도 안 되는 소리를 하려고 입을 여는 사람도 있을까요. 진정한 일꾼들이야 한 마디도 하지 않겠지만, 우리 같은 신사들이 일을 할 때 입을 다물어야 한다면 글쎄요……. 아까 페어팩스 양이 추측에 대해 무언가를 얘기했었는데 말이죠, 자, 다 됐습니다. 부인, (베이츠 부인을 향해) 지금으로서는 이렇게 안경이 고쳐졌다는 게 기쁠 따름입니다."

베이츠 모녀는 그에게 열렬한 감사의 말을 몇 번이나 했고, 그는 베이츠 양에게서 벗어나기 위해 피아노 쪽으로 다가가 여전히 그 앞에 앉아 있던 페어팩스 양에게 뭔가 더 연주해달라고 청했다.

"어젯밤 췄던 왈츠 곡 중 하나를 연주해주신다면 정말 고맙겠습니다. 즐거웠던 기억을 다시 한번 떠올리게 말이에요. 페어팩스 양, 당신은 어제 저만큼 즐거워하지는 않더군요. 내내 좀 피곤해 보였죠. 춤이 끝났을 때 당신은 반가워하는 기색이었지만, 저는 30분이라도 더 출 수 있었다면 제가 가진 전부를 내줬을 겁니다."

그녀는 연주를 시작했다.

"그렇게 큰 행복을 느끼게 해줬던 곡을 다시 듣게 되다니 정말 기쁘네요! 제가 착각한 게 아니라면 이 곡은 웨이머스에서 저와 함께 춤추었던 곡 같은데요"

잠시 그를 올려다보던 그녀의 볼이 붉어졌고, 곧 다른 곡을 연주하기 시작했다. 프랭크는 피아노 가까이에 있는 의자에서 악보를 몇 장 집어 들고 에마를 돌아보며 이렇게 말했다.

"여기 제가 못 보던 곡들이 있네요. 혹시 들어보셨습니까? '크레이머'[4]라고 되어 있네요. 그리고 이건 새로운 아일랜드 민요들이군요. 그쪽 지역에서 예상할 수 있는 것들이죠. 모두 악기와 같이 보내진 거예요. 캠벨 대령님은 아주 사려가 깊은 분이네요. 그렇지 않습니까? 그분은 페어팩스 양이 여기서 악보를 구할 수 없다는 걸 아신 거지요. 이런 부분에까지 신경을 쓰셨다니 진심으로 존경심을 느끼게 되는군요. 순수한 진심에서 우러나온 것임을 보여주고 있어요. 급하게 서둘렀다거나 부족한 점이라고는 하나도 없군요. 진정한 사랑이 아니고서는 이렇게 할 수 없죠."

에마는 그가 너무 노골적이라는 생각이 들었지만 한편으로는 은근히 재미있기도 했다. 에마가 제인 페어팩스에게 눈을 돌렸을 때, 그녀는 페어팩스 양이 민망함에 볼이 붉게 물든 와중에도 입가에 미소의 흔적이 어려 있는 걸 발견했다. 그건 비밀스러운 기쁨의 미소였다. 페어팩스 양은 기쁨 속에서 평소보다 신중함이 줄어들었고, 자신에 대한 양심의 가책도 줄어든 것 같았다. 상냥하고 올바르며 완벽한 제인 페어팩스는 지금 비난받아 마땅한 감정을 은근히 즐기고 있는 것이었다.

프랭크 처칠이 가지고 온 악보들을 함께 살펴보면서 에마는 이렇게 속삭

---

4) 1771~1858, 독일 출생의 영국 음악가.

였다.

"너무 대놓고 말씀하시는 것 같아요. 그녀도 분명 눈치챘을 거라고요."

"저는 그러길 바랍니다. 그녀가 제 말을 알아듣길 바라요. 제가 한 말에 대해 저는 아무것도 부끄러울 게 없어요."

"하지만 아까는 제가 다 부끄러울 지경이었어요. 애초에 그런 생각을 떠올리지 않았다면 좋았을 거라고 후회했는걸요."

"저는 당신이 그런 생각을 떠올렸고, 그걸 말씀해주신 게 아주 다행이라고 생각합니다. 이제야 그녀의 어색한 표정과 행동이 이해되기 시작했어요. 부끄러움은 그녀의 몫으로 남겨두세요. 잘못을 했으면 당연히 부끄러워해야죠."

"페어팩스 양은 완전히 결백하지는 않은 것 같아요."

"저는 많은 증거를 보지는 못했어요. 아, 지금은 '로빈 아데어'[5]를 연주하는군요. **그가** 가장 좋아하는 곡이랍니다."

얼마 후 베이츠 양이 창가 옆을 지나가다가 그리 멀리 떨어지지 않은 곳에서 말을 타고 가는 나이틀리 씨를 발견했다.

"나이틀리 씨예요! 그분에게 감사 인사를 해야겠어요. 다들 감기에 걸릴지 모르니 이 창문은 열지 말고, 제가 어머니 방으로 가야겠군요. 누가 있는지 아시면 나이틀리 씨도 잠깐 들르실 거예요. 이렇게 다들 모이다니 얼마나 기쁜지! 누추한 우리 집으로서는 큰 영광이에요!"

그녀는 이렇게 말하면서 옆방에 들어가 창문을 열고는 나이틀리 씨를 불렀다. 다른 사람들은 두 사람이 나누는 이야기를 마치 한방에 있는 것처럼 한 음절도 빠짐없이 들을 수 있었다.

"안녕하세요? 어떻게 지내셨어요? 네, 저도 아주 좋아요, 감사합니다. 어젯밤 마차는 정말 고마웠어요. 덕분에 시간에 맞게 도착했답니다. 마침 어머니도 저희를 맞을 준비를 하고 계셨지요. 들어오세요, 잠깐 들렀다 가세요. 여기 친구분들이 몇 분 와 계신답니다."

---

5) 18세기에 유행했던 아일랜드 민요.

베이츠 양이 이렇게 말을 시작하자, 나이틀리 씨도 대답하려고 기다린 듯 단호하고도 위엄 있는 어조로 말했다.

"조카분은 좀 어떻습니까? 베이츠 양. 세 분 모두의 안부가 궁금하지만, 특히 당신 조카분이 염려되는군요. 페어팩스 양은 오늘 좀 어떤가요? 어젯밤 혹시 감기에라도 걸리지 않았는지 걱정입니다. 페어팩스 양이 지금은 어떤지 말씀해보세요."

그래서 베이츠 양은 다른 얘기로 넘어가기 전에 그의 질문에 직접적으로 대답할 수밖에 없었다. 듣고 있는 사람들은 모두 재미있다는 표정을 지었고, 웨스턴 부인은 에마에게 의미있는 표정을 지어 보였다. 그러나 에마는 여전히 미심쩍은 표정으로 고개를 저었다.

"정말 감사했어요. 마차를 빌려주시다니 얼마나 고맙던지요."

베이츠 양이 다시 이야기를 시작했다.

그는 그녀의 말을 끊으며 물었다.

"지금 킹스턴에 가던 길이었습니다. 혹시 필요한 게 있으십니까?"

"아! 저런, 킹스턴이요? 지난번에 콜 부인이 킹스턴에서 뭔가 필요한 걸 사야 한다고 했었는데요."

"콜 부인에게는 심부름 보낼 하인들이 있으니까요. 여기에는 뭐 필요한 건 없으신가요?"

"아니, 괜찮아요, 고맙습니다. 그렇지만 잠깐 들어오세요. 여기 누가 있는 줄 아세요? 바로 우드하우스 양과 스미스 양이랍니다. 새 피아노 연주를 듣기 위해 친절하게도 와주셨죠. 말은 크라운 여관에 매어 두시고 어서 들어오세요."

"글쎄요."

그는 천천히 말했다.

"그럼 5분 정도만 있다 가겠습니다."

"그리고 웨스턴 부인과 프랭크 처칠 씨도 와 계신답니다. 이렇게 많은 분들이 오시다니 얼마나 기쁜 일인지 몰라요."

"아니요, 죄송하지만 지금은 아무래도 안 되겠습니다. 생각해보니 2분도 짬이 안 날 것 같군요. 킹스턴에 서둘러 가야 할 것만 같습니다."

"오! 들어오세요. 다들 나이틀리 씨를 보면 너무 좋아할 거예요."

"아니, 아닙니다. 이미 방이 꽉 찼을 텐데요. 다음 기회에 찾아뵙고 피아노 연주도 그때 듣도록 하지요."

"정말 안타깝네요! 아! 나이틀리 씨, 어젯밤 파티는 참으로 즐거웠어요. 그렇게 즐겁게 춤추는 걸 본 적이 있으세요? 정말 보기 좋지 않던가요? 우드하우스 양과 프랭크 처칠 씨 말이에요. 전 그렇게 멋진 광경은 지금까지 한 번도 본 적이 없답니다."

"아! 정말 즐거웠지요. 저도 그 말씀에는 동의하지 않을 수가 없네요. 저희 사이에 오가는 말을 지금 우드하우스 양과 프랭크 처칠 씨가 남김없이 듣고 있을 테니 말입니다. 그렇다면 (목소리를 한층 높여서) 페어팩스 양 이야기도 해야죠. 저는 페어팩스 양이 춤을 아주 잘 추는 것 같다고 생각했습니다. 그리고 웨스턴 부인의 춤곡 연주 솜씨는 그야말로 영국 최고죠. 자, 지금 함께 계신 당신 친구들이 고마움을 아는 분들이라면, 이제 당신과 저에 대한 칭찬을 크게 외칠 순서인 것 같은데요. 하지만 저는 이만 가봐야겠습니다."

"오! 나이틀리 씨, 잠시만요. 더 중요하고 아주 놀라운 일이에요! 그 사과 때문에 제인과 저 둘 다 얼마나 놀랐는지 모른답니다."

"무슨 일 때문에 그러십니까?"

"저장해 놓으신 사과를 저희한테 다 보내시다니요. 아주 많이 있다고 하셨는데 이제는 하나도 남은 게 없으시다면서요. 정말로 너무 놀랐어요. 호지스 부인이 화내는 것도 당연하지요. 윌리엄 라킨스가 여기 와서 다 얘기했답니다. 그렇게까지 하실 필요는 없었는데…… 정말로요. 아! 그냥 가버리시네. 고맙다는 인사를 항상 못 견뎌하시네요. 하지만 이렇게 만났는데 그 얘기를 안 했으면 아쉬웠을 거야. 흠, (방으로 들어서며) 성공하지 못했어요. 나이틀리 씨는 지체할 수 없으시대요. 킹스턴에 가는 길이라면서 혹시 필요한 게 없냐고 물어보셨답니다."

"그래요."

제인이 말했다.

"그분의 친절한 제안은 저희도 다 들었어요. 하나도 빠짐없이 다요."

"오! 그렇구나, 얘야, 그랬겠지. 문이 열려 있었던 데다 창문도 열린 채였고 나이틀리 씨가 큰 소리로 말씀하셨으니까. 분명히 우리 얘기가 전부 다 들렸겠구나. '킹스턴에서 혹시 필요한 게 있으십니까?' 그분은 이렇게 말씀하셨지. 오! 우드하우스 양, 지금 가서야 하는 건가요? 방금 전에 오신 것 같은데, 이렇게 와주셔서 너무 감사해요."

에마는 집에 갈 때가 되었다는 걸 깨달았다. 베이츠 양의 집에서 이미 상당한 시간을 보낸 터라 시계를 보니 오전 시간이 거의 지나 있었다. 웨스턴 부인과 프랭크 처칠 역시 두 숙녀를 하트필드 입구까지 바래다주고는 곧바로 랜덜스로 향해야 했다.

29

전혀 춤을 추지 않고도 살아갈 수는 있다. 많은 젊은이들은 춤출 기회 없이 수개월을 지내면서도 마음으로나 신체적으로 아무런 탈 없이 지내왔다. 하지만 일단 발을 들여놓고 경쾌한 동작이 주는 기쁨을 조금이라도 맛보고 나면, 아주 둔한 사람이 아니라면 다시 추고 싶어 몸이 근질거리게 되는 법이다.

프랭크 처칠은 하이버리에서 한번 춤출 기회를 갖고 나서는 다시 한번 그런 자리를 마련하고 싶어했다. 우드하우스 씨가 에마의 설득으로 랜덜스를 방문한 어느 날 저녁 자리에서 일어나기 전 마지막 30분 동안, 두 젊은이는 이 일에 대한 계획을 짜기 시작했다. 프랭크가 먼저 아이디어를 내고 그걸 실행하는 데에도 가장 열성적이었던 한편, 에마는 여러 가지 어려움을 냉정하게 지적하면서 장소나 겉모양에도 신경을 쓰는 모습이었다. 그러면서도 에마는 프랭크 처칠 씨와 우드하우스 양이 근사하게 춤을 추는 모습을 사람들에게 다시 보여주고 싶다는 생각을 했다. 그 점에 있어서는 아무리 간단한 춤이라 해도 얄팍한 허영심의 힘을 빌리지 않고도 소화할 수 있었고, 또 제인 페어팩스와 비교하면서 열등감에 얼굴을 붉힐 필요도 없었다. 에마는 그들이 있는 방에 몇 명이나 들어갈 수 있는지 보기 위해 프랭크 처칠을 도와 보폭으로 크기를 쟀고, 혹시 옆방이 좀 더 크지 않을까 하는 생각에 웨스턴 씨가 둘이 정확히 같은 크기라고 했는데도 불구하고 그쪽도 가서 재보았다.

콜 씨의 집에서 처음 시작된 춤을 거기서 마쳐야 한다면서, 그때 왔던 사람들을 불러야 하고 같은 사람이 연주해야 한다는 그의 제안과 요청에 사람들은 기꺼이 동의했다. 웨스턴 씨는 흥분을 감추지 못하며 찬성했고, 웨스턴 부인은 사람들이 춤추고 싶어하는 한 자신도 기꺼이 연주하겠노라고 했다. 그 다음에는 정확히 누구를 초대할 것인지 꼽아보고, 각 커플에게 어느 정도의 공간이 필요할지 배분해보는 흥미로운 작업이 뒤따랐다.

"당신과 스미스 양, 페어팩스 양, 이렇게 셋에 콕스가의 두 딸까지 모두 다섯이군요."

그는 이 말을 몇 번씩이나 되풀이했다.

"여기에 길버트가에서 두 명, 콕스가의 아들, 아버지와 저, 그리고 나이틀리 씨가 있지요. 그래요, 이 정도면 충분히 즐겁게 어울릴 수 있을 것 같습니다. 당신과 스미스 양, 페어팩스 양, 이렇게 셋에 콕스가의 두 딸까지 모두 다섯이에요. 그리고 다섯 커플이니 자리는 충분할 겁니다."

하지만 얼마 안 가 다른 의견이 나왔다.

"다섯 커플이 춤추기에 괜찮을까요? 아무래도 비좁을 것 같은 데요."

다른 누군가도 나섰다.

"사실 그런 댄스파티를 열기에 다섯 커플은 좀 부족해요. 생각해보면, 다섯 커플은 아무것도 아니지요. 다섯 커플을 초대한다는 얘기는 적절하지 않아요. 그 정도면 문득 생각이 나서 불러 모았다고 하는 게 더 낫겠죠."

누군가가 길버트 양이 오빠네 집을 방문할 예정이니 같이 불러야 한다고도 얘기했다. 또 다른 사람은 길버트 부인이 지난번 모였을 때, 누가 청하기만 했다면 춤을 췄을 거라고 덧붙였다. 이어 콕스가의 둘째 아들에 대한 이야기도 나왔다. 마지막으로 웨스턴 씨가 나서서 꼭 초대해야 할 친척 집안을 거론한데 이어 오래 알고 지낸 지인들은 한 명도 빠지면 안 될 것 같다고 하자, 오게 될 사람이 다섯 커플이 아니라 적어도 열 커플은 될 거라는 게 확실해졌다. 그렇게 되면, 어떤 방식으로 그 사람들을 모두 다 수용할 수 있을지에 대해 열띤 의견들이 오갔다.

두 방의 문은 서로 마주보고 있는 구조였다.

"양쪽 문을 열어놓고 통로를 가로지르면서 추면 어떨까요?"

누군가가 제안했다. 그게 최선인 것 같았으나, 그들 중 많은 수가 좀 더 나은 방법을 원했다. 에마는 모양새가 이상할 거라고 했고, 웨스턴 부인은 저녁식사에 대해 염려했으며, 우드하우스 씨는 건강을 이유로 정색을 하며 반대했다. 우드하우스 씨는 그 계획이 너무나 마음에 안 들어 가만히 있을 수가 없었다.

"오, 그건 안돼!"

그가 언성을 높이며 말했다.

"너무나 경솔한 계획이야. 에마를 위해서도 안 될 말이네! 에마는 그렇게 튼튼한 아이가 아니어서 감기에 심하게 걸릴 수도 있어. 가엾은 어린 해리엇도 그렇고, 자네들 모두 다 마찬가지라네. 웨스턴 부인, 당신도 탈진할지 모르니 그런 무모한 이야기는 하지 말아요. 그런 계획일랑 아예 생각하지 않는 게 좋지. (목소리를 낮춰서) 도대체 저 젊은 친구는 생각이 없는 것 같아. 웨스턴 씨에게는 말하지 말라고, 하지만 저 친구는 아직 철이 덜 들었어. 오늘 저녁에도 문을 몇 번이나 열어젖히고는 생각 없이 제대로 닫지도 않더군. 외풍을 전혀 생각하지 않는 것 같아. 저 친구를 나쁘게 생각하라고 하는 말은 아니지만, 확실히 철이 덜 들었지 뭔가!"

웨스턴 부인은 우드하우스 씨가 비난하는 말을 듣고 마음이 편치 않았다. 그녀는 그게 우드하우스 씨에게 얼마나 중요한지 알고 있었기에 프랭크에 대한 나쁜 인상을 지우기 위해 최선을 다해 사죄했다. 이제는 모든 문이 닫혔고 통로를 사용하는 계획은 없던 걸로 되었으며, 지금 있는 방에서만 추자던 원래 얘기로 다시 돌아갔다. 프랭크 처칠은 맘 좋게도 또다시 나서더니 15분 전에는 다섯 커플에게도 비좁을 거라던 공간을 열 커플이 들어가기에 충분하다는 걸 납득시키기 위해 애썼다.

"저희가 너무 거창하게 생각했어요."

그가 말했다.

"공간을 불필요하게 많이 잡은 것 같습니다. 열 커플이면 여기에 충분히 들어갈 수 있어요."

에마는 이의를 제기했다.

"너무 비좁을 거예요. 다들 불편해 할 거라고요. 게다가 몸을 움직이기도 힘든 공간에서 춤추는 것보다 더 심한 고역이 어디 있겠어요?"

"맞는 말입니다."

그는 침울하게 대답했다.

"그건 정말 고역이겠죠."

그러면서도 방의 크기를 계속 재더니 이렇게 결론지었다.

"제 생각에 열 커플은 그럭저럭 들어갈 수 있을 것 같은데요."

"아니, 아니에요."

에마가 말했다.

"말이 안 되는 얘기를 하시네요. 그렇게 붙어 서 있으면 아주 불편할 거라고요. 사람들이 꽉 찬 공간에서 춤추는 것만큼 불쾌한 일은 없어요. 그것도 아주 비좁은 방에서 말이에요."

"맞는 말씀이에요."

그는 계속해서 말했다.

"전적으로 동감이에요. 비좁은 방에 꽉 찬 사람들이라……. 우드하우스 양, 당신에게는 몇 안 되는 단어로 상황을 그려내는 재주가 있군요. 아주 정교해요. 그렇지만 이 정도까지 일이 진행되었는데, 지금 와서 포기하고 싶은 사람은 없을 겁니다. 그렇게 되면 저희 아버지도 실망하실 테고, 제가 잘은 모르지만, 아마도 열 커플 정도는 별 무리 없이 여기 들어올 수 있을 거라고 생각되는군요."

에마는 그의 정중한 말에서 약간의 고집을 느꼈고 그가 춤추는 즐거움을 포기하기보다는 차라리 그녀와 대립하는 쪽을 택했다는 생각이 들었다. 그래서 칭찬만 받아들이고 나머지는 그의 의견대로 하기로 했다. 만약 에마가 그와의 결혼을 한번이라도 진지하게 고려했더라면, 이런 일이 닥쳤을 때 잠시 시간을 갖고 그가 선호하는 것들의 가치와 그의 성품을 따져봐야 하겠지만 지금의 친분 정도에서 그는 여전히 충분히 호감을 가질 만한 사람이었다.

다음 날 정오가 되기 전, 프랭크 처칠이 하트필드를 찾아왔다. 그는 어제 나눈 계획이 유효함을 알리는 상냥한 미소를 지으며 방에 들어섰다. 얼마 안 가 그가 계획에 진전이 있다는 걸 말해주려고 들렀다는 게 밝혀졌다.

"저, 우드하우스 양."

그는 자리에 앉자마자 입을 열었다.

"춤에 대한 당신의 바람이 저희 아버지 집의 협소한 공간 때문에 무산된 것 같지는 않은데요. 제가 거기에 대해 새로운 제안을 갖고 왔답니다. 저희 아버지 생각이신데, 당신만 동의하면 곧바로 행동에 옮기려 해요. 저희가 계획하고 있는 이 작은 무도회에서 처음 두 곡을 당신과 출 수 있는 영광을 주시겠습니까? 랜덜스가 아니라 크라운 여관에서 말입니다."

"크라운이라고요?"

"네. 당신과 우드하우스 씨만 괜찮다고 하신다면, 물론 반대하시지는 않겠지만요, 저희 아버지는 친구분들이 기꺼이 그쪽으로 와 줄 거라고 생각하고 계세요. 장소도 나을 거고 거기서도 랜덜스에서 한 것 못지않게 잘 대접할 수 있을 테니 말이죠. 이건 제 아버지의 생각이에요. 어머니도 여러분이 좋다고 하신다면 반대하지 않겠다고 하셨고요. 이게 저희 쪽의 의견이랍니다. 당신 말이 옳았어요. 열 커플이면 랜덜스의 어떤 방도 비좁을 거예요. 끔찍한 일이죠. 저도 처음부터 당신 말이 옳다고 느꼈지만, 뭐라도 방법을 찾고 싶어서 그런 거였어요. 이 정도면 훌륭한 방법 아닙니까? 어때요, 제 의견에 동의하시는 거죠?"

"웨스턴 부부가 찬성한다면 어느 누구도 반대할 이유가 없는 계획 같은데요. 저로서도 아주 좋아요. 더 이상 좋은 계획은 없을 듯하네요. 아버지, 어제

보다 훨씬 좋은 생각 같지 않으세요?"

에마는 우드하우스 씨가 제대로 이해할 때까지 몇 번이나 반복해서 설명해야만 했고, 아버지에게는 낯선 얘기였기 때문에 받아들이게 하기 위해서는 좀 더 설득이 필요했다.

"아니요, 아버지는 어제보다 훨씬 좋기는커녕 아주 나쁜 계획이라고 생각하세요. 여관 방이 언제나 습하고 위험한 데다 통풍에도 전혀 신경을 쓰지 않아 오래 있기에는 안 좋다고 하시네요. 꼭 춤을 출 거면 랜덜스가 더 낫대요. 아버지는 평생 크라운에 들어가 본 적이 없고 거기 주인을 직접 만나본 적도 없으시대요. 아니, 아주 안 좋은 계획이라고 하세요. 크라운에 있다간 아마도 지독한 감기에 걸릴 거라면서요."

"방금 우드하우스 씨에게 말씀드리려던 참이었는데요."

프랭크 처칠이 나섰다.

"이 제안의 가장 큰 장점은 누구도 감기에 걸릴 위험이 거의 없다는 겁니다. 랜덜스보다 크라운이 훨씬 더 확률이 낮지요. 페리 씨야 그래서 다소 아쉬워하실지 몰라도 다른 분들은 그렇지 않죠."

"이것 보게."

우드하우스 씨가 부드럽게 말했다.

"자네는 페리 씨의 성품에 대해 크게 오해하고 있구먼. 우리 중 누군가가 아프기라도 하면 페리 씨가 얼마나 노심초사하는지 아는가. 아무튼 나로서는 크라운 여관이 어떻게 해서 자네 아버지 집보다 더 안전하다는 건지 도무지 이해가 안 되는군."

"그곳이 더 크기 때문이지요, 어르신. 창문을 열지 않아도 되니까요. 저녁 내내 단 한 번도요. 잘 아시겠지만, 창문을 여는 그 끔찍한 습관 때문에 더워진 몸에 갑자기 찬 공기를 쐬게 되고 그러면서 감기가 걸리지 않습니까."

"창문을 연다고! 그렇지만 처칠 군, 분명 어느 누구도 랜덜스에서 창문을 열생각은 안 할 걸세. 그렇게 신중하지 못한 사람이 있을 리 없지! 그런 일은 들어본 적이 없네. 창문을 열어놓은 채로 춤을 춘다니! 자네 아버지나 웨스턴 부인(가엾은 테일러 양 말일세)도 그런 건 참지 않을 걸세."

"아! 어르신, 하지만 생각 없는 젊은이들은 아무도 눈치채지 못 하는 사이에 커튼 뒤로 들어가 창문을 열게 될 겁니다. 저도 자주 그러는걸요."

"정말인가? 세상에! 그럴 거라고는 전혀 상상도 못 했는데. 그렇지만 나야 세상에서 동떨어져 지내니 이렇게 가끔 놀라운 일들을 듣곤 하지. 그나저나 그렇다면 얘기가 달라지겠군. 어쩌면 이 얘기를 함께 의논해 보아야 할 것 같은데……. 이런 일은 신중히 생각해야 하는 법이지. 급하게 결정해서는 안 돼. 웨스턴 부부가 아침에 여기 한번 들러준다면 같이 어떻게 할지 의논해보겠네."

"그렇지만 어르신, 불행하게도 제게 시간이 얼마 남지 않아서 말입니다."

"오!"

에마가 끼어들었다.

"의논할 시간은 충분할 거예요. 전혀 서두를 필요 없어요. 아버지, 만약 크라운에서 모이게 된다면 말들은 편하겠어요. 마구간이 아주 가까우니까요."

"그렇겠구나, 얘야. 그것 참 잘됐구나. 제임스가 그것 때문에 불평하는 건 아니지만 될 수 있으면 말을 좀 편하게 해주는 게 좋지. 통풍이 제대로 된다고 확신할 수 있으면 말이지. 하지만 스톡스 부인은 믿을 만한 사람일까? 그걸 잘 모르겠구나. 직접 만난 적조차 없는 사람이니 말이야."

"그런 종류의 걱정이라면 제가 모두 해결해드릴 수 있습니다, 어르신. 새어머니가 책임을 지고 모든 걸 살피실 테니까요."

"잘됐네요, 아버지. 이제 만족하시죠? 누구보다 꼼꼼한 우리 웨스턴 부인이 나선다니 말이에요. 오래전에 제가 홍역에 걸렸을 때, 페리 씨가 하신 얘기 기억 안 나세요? '**테일러 양**이 에마 양을 보살피면 전혀 걱정할 필요 없지요, 어르신.' 이러셨잖아요. 아버지도 웨스턴 부인을 칭찬하면서 이 얘기를 얼마나 많이 하셨는지 몰라요."

"그래, 맞다. 페리 씨가 그렇게 얘기했었지. 그때의 일은 아마 평생 잊지 못할 게다. 가엾은 어린 에마! 아주 심한 홍역이었단다. 그러니까 내 말은 페리 씨가 그렇게 신경을 써주지 않았더라면 아주 심했을 거라는 거야. 일주일 동안 하루에 네 번씩이나 들러주셨지. 페리 씨가 처음 왔을 때부터 증상이 심하지 않다고 말해줘서 안심이 되긴 했지만, 아무튼 홍역은 아주 몹쓸 병이야. 가엾은 이사벨라도 자식들이 홍역에 걸리면 페리 씨에게 부탁하면 좋을 텐데 말이다."

"저희 아버지와 어머니는 지금 크라운 여관에서 그곳의 시설을 살피고 계세요."

프랭크 처칠이 말했다.

"저도 그곳에 갔다가 한시라도 빨리 여러분의 의견을 듣고 싶어 하트필드로 온 겁니다. 제 얘기를 들으면 우드하우스 양도 기꺼이 두 분에게로 가서 함께 장소를 봐 주실거라 기대하면서요. 두 분 다 제게 우드하우스 양에게 도움을 청하라고 말씀하셨어요. 당신이 기꺼이 저와 함께 가주신다면 몹시 기뻐하실 겁니다. 그분들은 당신 없이는 어떤 결정도 만족스럽게 내릴 수 없을 거예요."

에마는 그렇게 중요한 역할을 부탁받게 되어 몹시 기뻤다. 집에서 이 일을 곰곰이 생각해 보겠다는 아버지를 두고 두 젊은이는 즉시 크라운 여관으로 향했다. 웨스턴 부부는 에마를 보자 반색하면서 각자 다른 방식으로 분주하면서도 기쁘게 에마의 인사를 받았다. 웨스턴 부인은 다소 걱정스러운 표정이었으며, 웨스턴 씨는 모든 게 완벽하다고 생각하고 있었다.

"에마."

웨스턴 부인이 말했다.

"내가 생각했던 것보다 벽지 상태가 안 좋아. 여길 좀 봐. 군데군데 지저분한 자국이 있는 데다 벽에 댄 나무도 변색되고 아주 심하게 낡았어."

"여보, 당신이 너무 예민하게 보는 거라오."

그녀의 남편이 끼어들었다.

"그게 뭐 그리 중요하겠소? 촛불 아래서 그 정도는 하나도 안 보일 텐데. 은은한 조명 아래에서는 랜덜스 만큼이나 깨끗하게 보일 거요. 우리 클럽 모임에서는 그런 건 한 번도 눈치채지 못했소."

그러자 그 자리에 있던 숙녀들 사이에서는 '남자들은 더러운 게 앞에 있어도 저렇게 무심하다니까'라고 말하는 듯한 시선이 오갔고, 신사들은 속으로 이렇게 생각하는 듯했다. '여자들은 말도 안 되는 사소한 일에도 쓸데없는 걱정을 하지.'

그러나 신사들까지도 그냥 지나칠 수 없는 당혹스러운 문제가 발견되었다. 바로 저녁 식사를 할 공간에 관한 문제였다. 무도회장을 지을 때 지역 식사는 고려하지 않기 때문에, 카드놀이를 하는 작은 방만이 옆에 붙은 유일한 공간이었다. 어떻게 해야 할까? 이 방은 지금도 카드놀이를 위한 공간으로 사용할 수 있고, 혹시 지금 여기 모인 네 명이 카드놀이가 필요 없다고 결정한다 해도 여유 있게 저녁 식사를 하기에는 너무 좁았다. 훨씬 더 큰 방을 쓸 수도 있었지만, 건물의 맞은편 끝에 있어 거기까지 가려면 긴 통로를 지나가야만 했다. 너무 어려운 상황이었다. 웨스턴 부인은 젊은이들이 통로를 지나면서 외풍을 맞을까 염려했고, 에마와 신사들도 비좁게 끼여 앉아 저녁 식사를 한다는 생각만으로도 참을 수 없어 했다.

웨스턴 부인은 정찬을 준비하지 말고 차라리 작은 방에 샌드위치 같은 간단한 음식을 차려놓자고 제안했으나, 말도 안 되는 생각이라며 단박에 거부되었다. 저녁 식탁에 모여 앉는 순서도 없이 각자 춤추게 하는 건 남녀의 권리를 침해하는 몰상식한 행동이라고 비난하자, 웨스턴 부인은 다시는 그 얘기를 꺼낼 수 없었다. 그때 그녀가 다시 문제의 방을 다시 들여다보더니 말했다.

"다시 보니 이 방이 **그렇게** 작은 것 같지는 않네요. 아시다시피 우리가 초대할 분들이 많은 건 아니잖아요."

한편 웨스턴 씨는 통로를 따라 한참을 걸어 나가더니 크게 소리쳤다.

"통로가 길다더니 여기서 보니 별것 아니네요. 계단 쪽에서 들어오는 외풍도 없어요."

웨스턴 부인은 한숨을 내쉬었다.

"우리가 초대할 분들이 전반적으로 어떤 방식을 좋아하는지 알 수 있다면 좋겠어요. 우리는 가능하면 많은 분들을 즐겁게 해드려야 하니까요. 그게 뭔지 누군가 말해줄 수만 있다면."

"네, 정말 맞는 말씀이세요."

프랭크가 외쳤다.

"그렇고말고요. 이웃 분들의 의견이 다 필요하신 거죠. 당연한 말씀이세요. 그들 중에서 중요한, 예를 들면 콜 식구 분들의 의견을 확인할 수 있다면 말입니다. 여기서 멀리 사시지도 않잖아요. 제가 가서 모셔올까요? 아니면 베이츠 양은 어떠세요? 그보다 더 가까이 사시니까요. 베이츠 양이 다른 분들의 취향을 잘 파악하고 계실지는 모르겠지만요. 더 많은 사람들을 불러야 할 것 같습니다. 제가 가서 베이츠 양을 모셔올까요?"

"글쎄, 원한다면 그렇게 하려무나."

하지만 웨스턴 부인은 다소 머뭇거리는 기색이었다.

"네 생각에 베이츠 양이 도움이 될 것 같다면 말이야."

"그런 목적을 위해서라면 베이츠 양에게서 아무것도 얻지 못할 거예요."

에마는 말했다.

"감격하고 고마워하느라 다른 얘기는 아무것도 하지 않을 테니까요. 우리가 하는 질문에는 귀 기울이지도 않을걸요. 저는 우리가 베이츠 양에게 자문을 구해도 아무 도움을 얻지 못할 거라 생각해요."

"하지만 베이츠 양은 아주 유쾌한 분이에요. 저는 베이츠 양의 얘기를 듣는 게 즐거운걸요. 아시겠지만 베이츠 식구들을 다 모셔올 필요는 없으니까요."

이때 웨스턴 씨가 다가와서 무슨 얘기가 오가는지 듣더니 이내 찬성의 뜻을 밝혔다.

"그래, 프랭크, 그렇게 해라. 가서 베이츠 양을 모셔 와서 이 일을 바로 해결하자꾸나. 베이츠 양도 분명 이 계획을 좋아할 거야. 어려움을 해결하기에 베이츠 양보다 더 적당한 사람은 없겠지. 어서 베이츠 양을 모셔오거라. 우리가 지금 좀 늘어지는 감이 있으니 말이다. 베이츠 양이야말로 하루하루 어떻게 하면 행복하게 살 수 있는지 몸소 보여주는 분이지. 하지만 두 분 다 모셔오렴. 둘 다 말이야."

"둘이라고요! 그런데 베이츠 부인이 오실 수 있을까요?"

"베이츠 부인이라니? 아니, 당연히 그분은 아니지. 그 댁의 젊은 아가씨 말이다. 프랭크, 조카를 빼고 이모만 데려오는 바보가 어디 있겠니."

"오! 죄송해요. 거기까지는 미처 생각을 못했습니다. 아버지 뜻이라면 당연히 두 분을 설득해보겠습니다."

이 말을 남기고 프랭크 처칠은 황급히 사라졌다.

그가 아담한 체구의 바지런한 이모와 우아한 조카를 대동하고 다시 모습을 나타내기 훨씬 전, 웨스턴 부인은 부드러운 성품을 지닌 여성이자 훌륭한 아내답게 통로를 다시 한번 꼼꼼히 살펴보았다. 그러고는 처음 생각했던 것보다 훨씬 나은 상태이며 문제점은 사소하다는 걸 발견했기에 어려웠던 결정은 마침내 마무리되었다. 나머지 부분들은 모두 머릿속에서 생각하기에는 완벽했다. 테이블과 의자, 조명과 음악, 차와 저녁 식사와 관련된 세세한 사항이 대부분 정해졌고, 그렇지 않은 것들은 웨스턴 부인과 스톡스 부인이 언제라도 함께 보완해나갈 수 있는 사소한 일들이었다. 초대한 모두가 오겠다고 했고, 프랭크는 원래 계획한 2주보다 며칠 더 머무르겠다는 편지를 엔스컴에 보냈는데, 그 결정에 대해 반대할 리 없다고 했다. 그러므로 즐거운 무도회가 될 게 분명했다.

여관에 도착한 베이츠 양 역시 예의를 다해 그럴 게 확실하다고 동의했다. 상의하기에는 적당치 않았지만, 뭔가 지지를 얻기에 그녀만 한 사람은 없었다. 전체적인 것부터 세부적인 부분까지 아우르면서 따뜻한 지지의 말을 끊임없이 쏟아내는 베이츠 양의 태도는, 거기 모인 사람들의 기분을 유쾌하게 만들었다. 그들은 반 시간 동안 이 방 저 방을 오가며 누군가는 제안을 하고 다른 누군가는 그걸 들으면서 며칠 후 열리게 될 파티에 대한 기대감으로 가슴이 부풀어 올랐다. 모임은 에마가 그날 저녁의 주인공과 무도회에서 처음 두 곡을 추겠다는 긍정적인 답을 하고 나서야 끝났다. 이때 에마는 웨스턴 씨가 부인에게 "여보, 프랭크가 에마 양에게 춤을 청했소. 그렇지. 내 그럴 줄 알았어!"라고 낮은 소리로 속삭이는 걸 들었다.

 무도회를 앞두고 에마의 마음에 걸리는 단 한 가지는, 그날이 프랭크가 서리에 더 머물겠다고 요청한 첫날이라는 것이었다. 웨스턴 씨의 자신감에도 불구하고 에마는 처칠 부부가 조카에게 예정보다 하루라도 더 머무르는 걸 허락하지 않을 경우에 대해 생각하지 않을 수 없었다. 하지만 무도회를 빨리 여는 건 불가능한 일이었다. 준비하는 데도 시간이 필요했고 셋째 주에 들어서기 전까지는 아무것도 제대로 준비된 게 없었다. 며칠 동안 그들은 계획을 세우고 진행을 하면서, 그녀가 느낀 불확실성이라는 최대의 위험이 그저 기우이기만을 바랐다.

 한편 엔스컴은 서면으로까지는 아니더라도 적어도 표면적으로는 관대했다. 예정보다 더 머물겠다는 조카의 요청이 분명 마땅치 않았겠지만 별다른 반대는 없었다. 다행히 모든 게 차근차근 준비되어갔고 전망도 밝았다. 그러나 한 가지 걱정이 없어지면 또 다른 걱정이 생기는 법이다. 무도회에 대해 확신을 갖게 된 에마는 여기에 대한 나이틀리 씨의 무관심에 슬슬 화가 나기 시작했다. 그가 춤을 추는 걸 싫어하기 때문인지, 아니면 자기 의견을 물어보지 않고 계획을 세웠다는 데 마음이 상해서인지, 나이틀리 씨는 이 일에 아예 관심을 갖지 않기로 작정한 사람처럼 어떤 호기심도 내비치지 않았고, 앞으로도 그 일로 즐거워할 생각이 전혀 없어보였다. 에마가 그에게 말을 걸어보았지만, 그에게서 얻을 수 있었던 가장 우호적인 대답은 이게 전부였다.

 "좋아요. 웨스턴 부부가 굳이 소란스러운 여흥의 시간을 가지기 위해 이런 수고마저 감수해야 한다고 생각한다면 나도 굳이 반대할 생각은 없지만, 내게는 그다지 즐거운 시간은 아닐 겁니다. 오! 물론 참석은 할 거예요. 초대를 거절할 수는 없으니까요. 가능하면 깨어 있도록 노력하겠지만, 솔직히 말하면 나로서는 집에서 윌리엄 라킨스의 주간 장부를 들여다보는 게 훨씬 더 나을 거요. 춤추는 걸 지켜보는 즐거움이라고요? 나는 아니오. 그런 데서 기쁨을 찾는 사람이 과연 있는지도 의문스럽네요. 훌륭한 춤 솜씨란 선행과 마찬가지로 그 자체가 보상이 되겠지만 옆에서 지켜보는 사람들은 대부분 완전히 다른 생각에 빠져 있다는 걸 알아야 해요."

에마는 이 말이 자신을 향한 것이라는 생각이 들어 몹시 화가 났다. 그러나 나이틀리 씨의 무관심과 비난에는 제인 페어팩스에 대한 호의가 담겨 있지 않았다. 무도회를 비하하는 그의 태도는 무도회를 무척이나 고대하고 있는 페어팩스 양의 기분마저도 고려하지 않은 것이었다. 무도회를 준비하면서 그녀는 눈에 띄게 활기차고 밝아졌다. 페어팩스 양은 자발적으로 에마를 돕기 위해 나서기까지 했다.

"오! 우드하우스 양, 무도회에 방해가 될 만한 일이 아무것도 생기지 않았으면 좋겠어요. 만약 그렇게 된다면 얼마나 실망이 크겠어요. 저는 그날을 몹시 가슴 설레며 기다리고 있답니다."

그러니 나이틀리 씨가 무도회보다 윌리엄 라킨스와 함께 있는 걸 더 좋아한다는 사실은, 그가 제인 페어팩스에게 아무런 영향을 받지 않는다는 걸 보여주는 것이었다. 역시 아니었다! 에마의 머릿속에는 웨스턴 부인의 추측이 잘못되었다는 확신이 점점 더 확실해져 갔다. 나이틀리 씨 쪽에서 그녀에 대해 친절하고 따뜻한 마음씨를 보이고 있기는 하지만, 그건 결코 사랑이 아니었다.

아! 하지만 얼마 안 가 나이틀리 씨와 언쟁을 벌일 여유가 없게 되었다. 즐거운 확신에 찬 이틀이 지난 뒤, 상황이 갑자기 완전히 반전되었다. 조카에게 즉시 돌아오라는 처칠 씨의 편지가 도착한 것이다. 처칠 부인의 건강이 그가 옆에 없으면 안 될 정도로 안 좋아졌다고 했다. 이틀 전 조카에게 편지를 쓸 때도 이미 고통스러운 상태였지만(처칠 씨의 말에 따르면), 처칠 부인이 워낙 힘든 걸 잘 참고 자기 생각은 안 하는 성격이라 아프다는 얘기를 쓰지 않았다는 것이었다. 그렇지만 이제 참을 수 없을 만큼 병이 심해졌으니, 조카가 곧바로 엔스컴으로 와주기를 바란다는 내용이었다.

웨스턴 부인은 이 편지 내용을 적어 바로 에마에게 보냈다. 프랭크 처칠로서는 갈 수밖에 없는 상황이었다. 외숙모가 실제로 위독하지 않을 거라는 걸 알기 때문에 화가 나면서도 그는 몇 시간 내로 출발해야만 했다. 프랭크는 외숙모의 병을 잘 알았다. 그건 외숙모가 필요할 때만 생기는 병이었기 때문이다.

웨스턴 부인은 끝에 이렇게 덧붙였다.

"프랭크는 아침 식사 후에 하이버리에 잠깐 들러 몇 명의 지인들에게 작별 인사를 하기로 했고, 빠른 시일 내에 다시 하트필드에 올 수 있을 거야."

이 잔인한 편지를 받은 에마는 더 이상 아침 식사를 할 수 없었다. 그걸 읽는 순간 안타까워하고 한탄하는 것 외에는 아무 일도 할 수 없었던 것이다. 무도회의 무산, 그와의 작별, 게다가 그가 지금 느끼고 있을 실망감이라니! 너무나 잔인한 일이었다. 무도회가 열린다면 얼마나 즐거운 저녁이 되었을까. 모두가 얼마나 행복해했을까. 그중에서도 그녀와 그녀의 파트너가 가장 행복했을 텐데! '그럴 줄 알았어.' 그게 에마가 스스로를 위로할 수 있는 유일한 말이었다.

하지만 우드하우스 씨가 느끼는 감정은 사뭇 달랐다. 그는 주로 처칠 부인의 병세를 염려했고, 지금 어떤 치료를 받고 있는지 알고 싶어했다. 무도회 때문에 에마가 실망하게 되어 걱정스러웠지만, 집에 있는 게 모두에게는 훨씬 안전한 일이라고 생각했다.

에마가 손님맞을 준비를 막 마쳤을 때, 프랭크 처칠이 나타났다. 그의 성격이 얼마나 급한지를 드러낸다고도 할 수 있지만, 문 앞에 선 그의 슬픈 표정과 완전히 축 처진 모습이 모든 걸 용서하게 만들었다. 그는 떠나게 되었다는 사실을 말하기도 힘겨워했다. 그가 낙담했다는 건 누가 보기에도 명백해 보였다. 그는 처음 몇 분간 멍하게 생각에 잠긴 채 앉아 있다가, 마침내 자기를 추스르고는 이렇게 말했다.

"모든 일 가운데 가장 힘든 건 떠나는 일인 것 같습니다."

"하지만 다시 오실 거잖아요."

에마가 위로했다.

"랜덜스를 방문할 기회가 이번만 있는 건 아니니까요."

"아! (고개를 저으며) 제가 언제 돌아올 수 있을지는 아무도 모르는 일이죠.

아무튼 최선을 다해 노력해 보겠어요. 모든 생각과 힘을 쏟아서 말입니다. 그리고 올봄에 외삼촌과 외숙모가 런던에 가시면……. 하지만 지난봄에는 움직이지 않으신 걸 보니 영원히 사라진 전통이 아닌가 싶어 걱정입니다."

"무도회는 안타깝지만 포기해야겠군요."

"아! 그 무도회! 왜 저희가 바로 그때 실행에 옮기지 않았을까요? 눈앞에 온 즐거움을 왜 그 즉시 붙잡지 않았을까요? 어리석은 준비 때문에 크나큰 행복을 놓쳐버리는 경우가 얼마나 많은지요! 당신은 처음부터 일이 이렇게 될 거라고 말했지요. 오! 우드하우스 양, 당신은 어쩌면 그렇게 옳은 말만 하십니까?"

"하지만 이번만큼은 제 말이 들어맞아 정말 유감이에요. 현명하기보다는 즐거운 쪽을 택하고 싶은데 말이에요."

"제가 다시 올 수 있다면 다시 무도회를 열어봅시다. 아버지도 기대하고 계시니까요. 저와 한 약속을 잊지 말아주십시오."

에마는 자애롭게 바라보았다.

"잊을 수 없는 두 주였습니다!"

그는 말을 이었다.

"시간이 지날수록 하루하루가 더 소중하고 즐거웠죠. 여기 말고 다른 곳에서 지내는 걸 견딜 수 없을 만큼 말입니다. 하이버리에서 계속 지낼 수 있는 분들은 정말 행복한 거예요."

에마는 미소를 지으며 말했다.

"지금은 저희를 그렇게 후하게 평가해 주시니 한 가지 여쭤볼게요. 처음 올 때는 약간 주저하지 않으셨나요? 하지만 우리가 당신의 기대치를 넘어서지 않았나요? 확실히 그랬을 거라 생각해요. 분명 당신은 우리를 좋아하게 될 거라고까지는 전혀 기대하지 않았을 거예요. 하이버리에 대해 기대감을 갖고 있었더라면, 여기 오는 데 그렇게 뜸을 들이지는 않으셨을 테니까요."

그는 약간 무안한 듯 소리 내어 웃고는 그렇지 않다고 부인했지만, 에마는 자기 추측이 맞다는 걸 확신했다.

"그럼 오늘 아침 바로 떠나셔야 하나요?"

"네. 아버지가 곧 여기로 오시기로 했고, 같이 집에 돌아가는 대로 출발해야 합니다. 안타깝지만 지금이라도 곧 오시겠네요."

"5분 정도 짬을 내어 페어팩스 양과 베이츠 양을 만날 수는 없으신 거예요? 정말 안타깝네요. 베이츠 양의 강인하고 떠들기 좋아하는 성격이라면 이럴 때 당신도 힘이 좀 날 텐데요."

"네, 마침 거기 들렀다 오는 길입니다. 집 앞을 지나치면서 그렇게 하는 게 좋겠다 싶었죠. 3분쯤 있다가 나오려 했는데, 베이츠 양이 안 계셔서 시간이 좀 지체되었죠. 마침 외출하셨길래 돌아오실 때까지 기다릴 수밖에 없겠더라고요. 베이츠 양은 함께 있다 보면 웃을 수밖에 없는 사람이지만, 그렇다고 무시할 수는 없는 분이죠. 그러니 저로서도 한번 찾아뵙는 것이 좋겠다고 생각했어요."

그는 망설이더니 일어나서 창가로 갔다.

그는 입을 열었다.

"우드하우스 양, 어쩌면 당신도 눈치채셨을 거라 생각합니다."

프랭크 처칠은 에마의 생각을 읽고 싶다는 듯한 표정으로 찬찬히 바라보았다. 그녀는 뭐라고 말해야 할지 몰랐다. 그건 뭔가 에마가 바라지 않는 아주 심각한 일의 전조처럼 느껴졌다. 그래서 이 순간을 넘기려는 마음으로 억지로 입을 열어 차분히 말했다.

"맞는 말씀이에요. 당연히 찾아뵈었어야죠."

하지만 그는 아무런 말이 없었다. 에마는 그가 아마도 그녀가 한 이야기를 되새기고 그 의미를 파악하려고 애쓰면서 자기를 바라보고 있다고 생각했다. 그는 한숨을 내쉬었다. 자기 상황이 한숨을 쉴 만하다고 여기는 것도 당연한 일이었다. 그는 에마가 자기를 격려하고 있다고는 확신할 수 없었다. 어색한 시간이 몇 분 흐른 뒤, 그는 다시 자리에 앉아 좀 더 결연한 어조로 입을 열었다.

"남은 생애를 하트필드에서 보내게 될지도 모른다고 느끼게 된 건 저로서는 상당한 변화입니다. 하트필드에 대한 제 마음은 무엇보다도 따뜻하고……."

그는 여기서 말을 멈추고 당황한 듯 다시 일어섰다. 그는 에마가 생각했던 것보다 그녀를 더 깊이 사랑하고 있었다. 이때 그의 아버지가 나타나지 않았더라면 이 대화가 어떻게 마무리되었을지 아무도 모를 일이었다. 뒤이어 우드하우스 씨가 들어오자, 그는 평정을 되찾기 위해 안간힘을 썼다.

그러나 채 몇 분도 지나지 않아 힘든 작별의 시간이 되었다. 할 일이 있을 땐 언제나 서두르고, 힘든 일조차 어차피 피할 수 없는 것이라면 미루는 걸 싫어하는 웨스턴 씨가 "이제 가야 할 시간이구나"라고 말했다. 젊은이는 한숨을 쉬면서도 따라 일어설 수밖에 없었다.

"여러분 모두의 소식을 종종 들을 수 있겠죠."

그가 말했다.

"그게 저의 유일한 위안입니다. 다들 어떻게 지내시는지 빠짐없이 전해 듣고 싶어요. 어머니에게 저한테 편지를 써달라고 부탁해 놓았답니다. 어머니는 친절하게도 그렇게 하겠노라고 약속해주셨지요. 오! 함께할 수 없는 곳에 대해 뭔가 궁금한 일이 있을 때 여성의 편지를 받는다는 건 커다란 축복이죠. 제게 모든 걸 말씀해주실 테니까요. 그 편지를 읽으면 아마도 저는 사랑하는 하이버리에 다시 찾아온 듯한 느낌이 들 겁니다."

따뜻한 악수와 진심 어린 작별 인사를 끝으로 프랭크 처칠은 문 밖으로 사라져갔다. 순식간에 벌어진 일이었고, 짧은 마지막 만남과 함께 그는 떠나갔다. 프랭크 처칠과의 작별에 대한 에마의 안타까움, 또 그의 부재가 그들의 작은 모임에 가져올 손실에 대한 두려움은 에마 스스로도 의외로 여겨질 만큼 강렬했다.

그건 가슴 아픈 변화였다. 프랭크 처칠이 도착하고 나서 그들은 거의 매일 만났다. 확실히 그가 랜덜스에 있다는 것이 지난 두 주 동안 말로 표현할 수 없는 커다란 활기를 불어넣어 주었다. 그건 아침마다 그를 보게 될지도 모른다는 기대감과 그가 보내는 관심에 대한 뿌듯한 확신, 또 그의 쾌활한 성품과 예의 바른 태도에 따른 것이었다. 행복에 넘친 두 주였고 거기에서 다시 하트필드의 일상 생활로 복귀해야 한다고 생각하니 우울한 기분에 젖어 들지 않을 수 없었다. 다른 많은 장점 외에도 그는 그녀를 사랑한다고 **거의** 고백한 것이나 다름없었다. 어느 정도의 의지력으로 얼마나 일관성 있게 애정을 보일지는 모르지만 현재로서 그녀는, 그가 그녀에 대해 확고하게 애정을 품고 있다는 사실을 의심할 수 없었다. 이러한 확신이 다른 생각들에 더해지면서 그녀 역시 그러지 않겠다는 예전의 결심과는 달리 그를 조금쯤은 사랑하는 게 분명하다는 생각이 들었다.

'그런 게 분명해.'

그녀는 생각했다.

'이 무기력한 느낌, 권태, 어리석음, 아무것도 하고 싶지 않고 쉬고만 싶은 마음, 모든 게 지루하게 느껴지는 걸 보면, 난 사랑에 빠진 게 분명해! 그게 아니라면 나한테 지난 몇 주간 무슨 커다란 문제가 생긴거야. 누군가의 비보가 다른 누군가에게는 희소식인 법이지. 프랭크 처칠 때문이 아니어도 무도회 일로 같이 슬퍼해줄 사람들은 많지만, 나이틀리 씨는 아마 기뻐하겠지. 그렇게 좋아하는 윌리엄 라킨스와 저녁을 같이 보낼 수 있게 되었으니 말이야.'

하지만 이런 소식을 듣고도 나이틀리 씨는 어떠한 승리감이나 기쁨을 나타내지 않았다. 그는 이번 일에 대해 유감이라는 말은 하지 않았고, 설령 그랬다 해도 나이틀리 씨의 기운찬 표정은 그의 말과는 반대의 얘기를 했겠지만, 그는 다른 분들이 실망하게 되어 안됐다는 말을 차분히 전하면서 상당히 친절한 태도로 이렇게 덧붙였다.

"에마, 춤출 수 있는 기회가 없는 당신에게는 특히 정말 안 된 일이로군. 운이 참 없었네요.."

그로부터 며칠이 지나서야 에마는 제인 페어팩스를 만나 이번의 가슴 아픈 변화에 대한 그녀의 솔직한 마음을 살펴보려고 했다. 그러나 그녀가 보인 한 치의 흐트러짐도 없는 침착한 태도는 혐오스러울 정도였다. 베이츠 양의 설명에 따르면 제인이 최근 심한 두통으로 몸이 특히 안 좋았고, 아마 무도회가 열렸다 해도 참석하기 힘들었을 것이라 했다. 그녀의 무례한 냉정함을 좋지 않은 건강 탓으로 돌리다니, 참으로 이해심 많은 사람들이었다.

31

에마는 자기가 사랑에 빠진 게 분명하다는 생각을 계속 키워가고 있었다. 하지만 사랑에 어느 정도 빠졌느냐에 대해서는 들쑥날쑥할 뿐이었다. 처음에는 꽤 심각하다고 생각했었는데 시간이 지나자 그렇지도 않은 것 같았다. 에마는 프랭크 처칠의 이야기를 듣는 게 몹시 즐거웠고 어쩌면 웨스턴 부부를 만나는 것보다 그를 보는 게 더 기뻤는지도 모른다. 그녀는 자주 프랭크 처칠을 떠올렸고 빨리 편지가 와서 그가 어떻게 지내는지, 기분은 어떤지, 그의 외숙모는 좀 어떤지, 올봄 랜덜스에 다시 돌아올 수 있을지, 그런 이야기를 듣고 싶었다.

그러나 다른 한편으로 에마는 그런 생각에 빠져 자신이 불행하게 지내거나, 첫날 아침 이후 평소보다 해야 할 일에 집중하지 못하는 걸 참을 수 없었다. 그녀는 여전히 바쁘고 쾌활하게 지냈으며, 프랭크 처칠이 좋은 사람이긴 하지만 그에게도 단점이 있을 거라는 생각에는 변함이 없었다. 게다가 앉아서 그림을 그리거나 일할 때 그를 생각하면서, 둘 사이에 앞으로 일어날 수 있는 수많은 흥미로운 가능성을 그려보고 재미있는 대화를 상상하거나 품위 넘치는 편지를 머릿속으로 써볼 때마다, 그의 고백에 대한 결론은 언제나 자신이 **그를 거절하는 것**이었으며, 이렇게 해서 둘 사이의 애정은 항상 우정으로 결말지어졌다. 부드럽고 매력적인 말들로 수놓아지긴 했지만, 그래도 그건 이별이었다. 에마는 이 점을 깨닫고 자기가 사랑에 깊이 빠진 건 아니라는 생각을 했다. 결혼해서 아버지를 떠날 일은 절대 없을 거라고 예전부터 확고하게 결심했다고 해도, 누군가에게 강렬하게 이끌린다면 지금보다는 훨씬 더 많은 고민이 따르는 게 당연하기 때문이다.

'나는 현재 희생이라는 단어를 전혀 사용하지 않고 있어.'

에마는 생각했다.

'내가 떠올린 어떤 근사한 답변이나 부드러운 거절의 말에도 희생하겠다는 암시는 전혀 들어 있지 않아. 그러고 보면 프랭크 처칠이 나의 행복에 꼭 필요한 사람 같지는 않아. 그렇다면 다행이야. 내가 느끼는 것보다 더 많은 감정을 스스로에게 강요하지는 않겠어. 이 정도의 사랑으로도 충분해. 더 이상 바라지는 말아야지."

전체적으로 보아 프랭크 처칠의 감정에 대한 그녀의 분석은 만족스러운 것이었다.

'그는 의심할 여지없이 사랑에 깊이 빠져 있어. 모든 것들이 그걸 말해주고 있지. 그것도 아주 깊은 사랑 말이야! 그의 애정이 계속되어서 여기 다시 돌아오더라도 그런 감정을 부추기지 않도록 내 쪽에서 조심해야겠어. 내게 그런 확신이 없으면서 조심하지 않는다면 너무 잔인한 일이야. 물론 그 편에선 내가 지금까지 자기를 부추겨왔다고 생각할 수도 있지. 아니야, 그가 만약 나도 같은 감정을 갖고 있다고 생각했더라면 그렇게까지 절망적으로 보였을 리 없어. 내가 그와 같은 감정이라고 생각했다면, 헤어질 때의 표정이나 말이 달랐을 거야. 그렇지만 나도 조심해야 해. 이건 그의 감정이 지금과 같은 상태로 유지될 거라 가정했을 때의 얘기일 뿐, 그게 이어질지는 잘 모르겠어. 프랭크 처칠은 아무래도 그런 남자는 아닌 것 같아. 꾸준하거나 한결같을 거라는 느낌은 전혀 들지 않거든. 그가 내비치는 감정은 따뜻하지만, 왠지 쉽게 변할 것 같아. 간단히 말해, 이 문제를 다시 이모저모 따져볼 때 내가 감정적으로 그다지 깊이 빠져 있지 않다는 게 다행스럽게 느껴져. 나는 시간이 좀 지나고 나면 다시 잘 지낼 거고, 모든 것이 지난 일이 되겠지. 다들 인생에 한 번씩은 사랑에 빠진다는데 이 정도면 쉽게 지나가는 셈이잖아.'

웨스턴 부인에게 보낸 프랭크 처칠의 편지가 도착했을 때, 에마는 그걸 꼼꼼히 읽으면서 자기가 얼마나 큰 기쁨과 반가움을 느끼고 있는지에 대해 놀라서 처음에는 고개를 내저었고, 자신이 스스로의 감정을 너무 과소평가한 건 아닐까 하고 생각했다. 그것은 길고 잘 쓴 편지로, 그가 돌아가는 길에 생긴 일이라든지 그 여행에서 느낀 감정에 대해 세세하게 썼고, 자연스럽고 마땅한 애정과 감사, 존경을 표현했으며, 흥미롭게 느껴질 만한 안팎의 모든 일을 열정적이고도 정확하게 묘사했다. 사죄나 염려를 담은 의심스러운 미사여구는 전혀 찾아 볼 수 없이 웨스턴 부인에게 자신의 솔직한 감정으로 쓴 편지였다. 이와 함께 하이버리에서 엔스컴으로 돌아간 뒤 두 지역이 얼마나 대조적이며, 거기에서 조금 맛본 사교 생활의 첫 행복을 자신이 얼마나 예민하게 느꼈는지, 그리고 자신이 져야 하는 의무만 아니었던들 얼마나 더 많은 행복을 나눌 수 있었을 것인지에 대한 아쉬움이 표현되어 있었다. 에마의 이름도 등장했다. '우드하우스 양'이라는 이름은 한 차례 이상 언급되었는데, 나올 때마다 그녀의 고급스러운 취향에 대한 칭찬이라든지 그녀가 한 말에 대한 추억 등 뭔가 즐거운 일과 연관되어 있었고, 편지의 마지막 부분을 보면서 화려하게 꾸미지는 않았지만 에마는 그녀의 영향력을 확인함과 동시에 어떤 말보다 더 큰 찬사를 알아볼 수 있었다. 가장 아래 여백에 작은 글씨로 이렇게 씌어 있었다.

"아시다시피 화요일에 워낙 여유가 없어서 우드하우스 양의 아름다운 어린 친구분을 못 뵙고 왔습니다. 절 대신해서 죄송하다는 말씀과 함께 작별 인사를 전해주세요."

에마는 이 모든 게 그녀를 위한 것임을 확신했다. 그는 해리엇을 그녀의 친구로만 기억하고 있었다. 엔스컴에 대한 이야기는 생각했던 것보다 좋지도 나쁘지도 않았다. 처칠 부인은 조금씩 회복되고 있으며, 그는 언제 랜들스를 다시 찾을 수 있을지 지금으로서는 자기 상상에서조차도 예측할 수 없다고 했다.

그 편지가 외형적으로는 만족스럽고 자극이 되긴 했지만, 편지를 다시 접어 웨스턴 부인에게 돌려주면서 에마는 그 편지가 어떠한 따뜻한 마음도 더해주지 못했으며 그녀는 여전히 그가 없이도 잘 지낼 수 있고, 그도 그녀 없이 사는 법을 배우게 되리라는 걸 깨달았다. 그녀의 생각에는 변함이 없었다. 그녀는 그를 거절한 후 그를 위로하고 그의 행복을 빌어줄 계획을 짜면서, 거절하겠다는 그녀의 결심이 오히려 더 흥미진진하게 느껴질 뿐이었다. 그가 해리엇을 '아름다운 어린 친구'라고 표현한 걸 떠올리며, 에마는 해리엇이 자기 뒤를 이어 그의 애정을 받을 수 있지 않을까 생각했다. 불가능한 일일까? 그럴 리 없었다. 물론 해리엇이 그에 비해 영민하지는 않지만, 그도 해리엇의 사랑스러운 얼굴과 다정한 성격에 감탄하지 않았던가! 게다가 주변 상황이나 도와줄 만한 인맥으로 봐도 해리엇은 지금 유리한 위치에 있었다. 해리엇에게는 그야말로 만족스럽고 행복한 일이 될 것이다.

'이런 생각은 하지 말아야지.'

그녀는 고개를 저었다.

'그런 생각에 빠져드는 게 얼마나 위험한 일인지 이미 경험했잖아. 하지만 세상에는 그보다 더 신기한 일도 일어나는 법이야. 지금처럼 서로에 대한 감정을 정리하고 있는 때라면, 이렇게 해서 내가 벌써부터 기꺼이 기대해도 좋을 순수한 우정을 다져갈 수 있을 거라고.'

해리엇을 위해 마음에 위안을 품는 건 좋았지만 상상력에는 가능하면 마음을 내어맡기지 않는 편이 보다 현명한 일이다. 바로 그런 면에서 해리엇의 마음을 아프게 할 일이 가까이 다가와 있었기 때문이었다. 프랭크 처칠이 등장하면서 하이버리 사람들은 엘턴 씨의 약혼 소식을 까맣게 잊은 채 그에게만 온통 신경을 집중했기에, 프랭크 처칠이 떠난 이제야 엘턴 씨에 대한 관심이 강력하게 되살아나기 시작했다. 엘턴 씨의 결혼식 날이 잡혔다. 곧 그와 신부가 하이버리에 도착할 것이었다. 프랭크 처칠이 엔스컴에서 보낸 첫 번째 편지에 대한 이야기가 채 마무리되기도 전에 '엘턴 씨와 그의 신부' 이야기가 모든 사람들에게 화젯거리가 되기 시작했고, 프랭크 처칠은 잊혀졌다. 에마는 엘턴의 이름이 들릴 때마다 진저리를 쳤다. 그녀는 엘턴 씨를 잊은 채 행복한 삼 주를 보냈고, 해리엇의 마음도 서서히 회복되기를 바라고 있었다. 최소한 웨스턴 씨의 무도회를 앞둔 동안에는 그 밖의 다른 일들이 별로 중요치 않게 여겨졌다. 그러나 이제 결혼식이 실제로 다가오면서, 해리엇은 아직 예식 마차나 결혼식의 종소리 같은 것들에 초연할 수 있을 정도로 평정에 이르지 못했다는 것이 너무나 분명해지고 있었다.

가엾은 해리엇은 에마가 가능한 모든 이해와 위안, 배려로 보살펴야 할 만큼 불안해 하고 있었다. 에마는 해리엇을 위해 자신이 어떤 걸 해줘도 충분치 않고 해리엇에게 모든 인내와 노력을 쏟아 붓는 게 당연하다고 생각했다. 하지만 아무 효과 없이 계속 타이르고, 동의할 수 없는 그녀의 생각에 끊임없이 고개를 끄덕여주는 것은 너무 힘든 일이었다. 해리엇은 에마의 말을 잠자코 들으면서 "맞는 말이에요. 우드하우스 양이 말한 대로 지금 와서 그런 생각을 할 만한 가치가 없죠. 저도 이제 더 이상 생각하지 않을래요."라고 했다. 하지만 대화의 주제에는 여전히 변화가 없었고 그 다음 30분 동안도 해리엇은 엘턴 부부에 대해 여전히 불안해 하고 걱정스러워하는 것이었다. 마침내 에마는 해리엇을 다른 쪽에서 공략했다.

"해리엇, 네가 이처럼 엘턴 씨의 결혼에 대해 집착하고 불행해 하는 건 나에 대한 더할 수 없이 큰 비난이야. 내가 저지른 실수에 대해 그것보다 더 심한 질책은 없어. 너도 알다시피 다 내가 계획한 일이었잖아. 분명히 말하지만, 나도 그 일을 잊은 건 아냐. 나 자신을 속이고 불행하게도 너까지 속게 만들었지. 그건 내게 평생 고통스러운 기억이 될 게 틀림없어. 내가 그 일을 잊을 거라고는 절대 생각하지 마."

이 말을 들은 해리엇은 깜짝 놀라 다급하게 몇 단어를 외치더니 더 이상 말을 잇지 못했다. 에마는 말을 이었다.

"날 위해서 기운을 차리라는 얘기는 아니야, 해리엇. 날 위해 엘턴 씨 생각이나 엘턴 씨 얘기를 그만하라는 게 아니라, 그건 어디까지나 널 위한 거야. 내 마음을 편하게 해주는 것보다 더 중요하게 네가 이뤄야 할 것들이 있잖아. 감정을 이겨내는 자기 절제와 책임감, 적절한 처신, 남들에게 의심을 받지 않을 줄 아는 신중함, 건강과 신용을 지키는 태도, 침착함을 되찾는 일 같은 것들 말이지. 바로 이런 것들 때문에 너를 그동안 설득해왔던 거야. 이렇게 중요한 덕목들에 대해 아직도 실천해야겠다는 생각이 안 든다면 정말 안타까운 일이야. 내가 힘들어하는 건 지극히 사소한 문제야. 나는 네가 앞으로 더 큰 고통을 안 겪었으면 해. 나는 해리엇이 자기 의무를 잊거나 어떤 게 나를 위해 진정으로 친절한 행동인지를 모를 정도는 아닐 거라고 종종 생각한단다."

그녀의 애정에 이렇게 호소하는 방식은 다른 무엇보다도 효과가 있었다. 자기가 사랑해 마지않는 우드하우스 양에게 감사와 배려가 부족했다는 생각에 그녀는 절망적인 기분에 휩싸였고, 이 슬픔이 사라지자 그녀는 지체 없이 말을 쏟아내기 시작했다.

"제가 가장 좋아하는 우드하우스 양에게 감사하는 마음이 부족했다니요! 제겐 언니와 비교할 수 있는 사람은 아무도 없어요. 제가 언니만큼 좋아하는 사람은 없는걸요. 우드하우스 양, 제가 그동안 언니에게 너무 못되게 굴었나 봐요."

이 말을 하면서 그만큼이나 절박한 표정과 태도를 보이는 해리엇을 보며, 에마는 그 어느 때보다 해리엇이 사랑스러웠고 그녀의 애정에 대해 감사하는 마음이 들었다.

'따뜻한 마음보다 더 큰 매력은 없어.'

에마는 생각했다.

'아무것도 다정한 마음에 비할 수는 없지. 따뜻하고 상냥한 마음과 다정한 행동을 갖추었다면, 제 아무리 똑똑한 사람과 겨루어도 절대로 지지 않을 거야. 우리 아버지나 이사벨라 언니를 사람들이 그렇게 좋아하는 것도 다 부드러운 마음씨 때문이잖아. 내겐 그런 품성이 없지만 대신 그걸 제대로 알아보고 존중할 줄은 알지. 해리엇은 그런 매력을 가지고 있고, 또 그 매력이 주는 행복이란 면에서는 나보다 훨씬 훌륭해. 우리 해리엇! 난 너를 이 세상 어딘가에 아무리 똑똑하고 안목 있고 판단력이 뛰어난 여자가 있더라도 바꾸지 않을 테야. 오! 제인 페어팩스의 그 냉정함이라니! 해리엇이 백 배는 더 낫지. 훌륭한 신사의 부인에게 그건 무엇보다 중요한 덕목이야. 누구라고 이름은 대지 않겠지만, 에마 대신에 해리엇을 선택하는 남자는 정말 행복한 사람이야!'

32

엘턴 부인이 처음 모습을 드러낸 곳은 교회였다. 이로써 열기가 어느 정도 가라앉기는 했지만 사람들의 호기심은 좌석에 앉아 있는 신부의 모습을 바라보는 것만으로는 충족될 수 없는 것이었다. 그녀의 외모가 아주 아름다운지, 그저 예쁘장한 정도인지, 전혀 예쁘지 않은지를 파악하자면 방문의 형식을 빌려 가보는 수밖에 없었다.

에마가 느끼는 감정은 호기심이라기보다는 그 집을 찾는 마지막 방문객은 되지 말아야겠다는 자존심, 혹은 의무감에 가까웠고, 나쁜 일일수록 빨리 해버리는 게 낫다면서 해리엇을 설득했다.

에마가 그 집을 다시 찾아 3개월 전 헛된 계획을 갖고 몸을 피해 줬던 방에 들어서는 순간, 굳이 떠올리려 하지 않았는데도 구두끈을 고쳐 매던 일을 비롯해 생각만 해도 신경이 곤두서는 일들이 다시 떠올랐다. 갖은 찬사와 연모의 시, 끔찍한 실수들—가엾은 해리엇이 그녀와 똑같은 기억을 떠올리지 않으리라는 법은 없었다. 하지만 해리엇은 좀 창백하고 말이 없긴 했지만 매우 침착하게 행동했다. 방문은 물론 짧았다. 게다가 그곳에 머무는 내내 당황스러운 순간들과 여러 가지 상념이 스쳐갔기 때문에 에마는 '우아한 차림새에 아주 상냥했다'는 무의미한 말 외에는, 그 신부에 대한 어떠한 판단을 내리거나 소감을 전할 형편이 아니었다.

에마는 그녀가 별로 마음에 들지 않았다. 일부러 흠을 찾아낼 생각은 아니었지만, 그녀의 편안한 말과 행동 속에는 우아함이라곤 없어 보였다. 에마가 보기에 그녀는 젊은 나이에 외지에서 온 신부라고 하기에는 지나치게 느긋해 보였다. 성격은 좋은 편이었고 이목구비도 예쁘지 않다고 할 수는 없었지만, 전체적인 외모나 분위기, 목소리, 태도 등 그 어디에서도 우아함을 전혀 찾아볼 수 없었다. 에마는 앞으로 그런 면이 점점 더 드러나게 될 것이라고 생각했다.

엘턴 씨로 말하면, 그의 태도는 편해 보이지 않았다. 아니 에마는 이제 엘턴 씨의 태도에 대해 한 마디도 더는 성급하게 넘겨짚는 말은 하지 않기로 했다. 결혼 축하객을 접대한다는 건 언제나 어색하기 마련이고, 남자가 그런 자리에서 능숙하게 행동하기란 쉽지 않은 일이었다. 그런 면에서 볼 때 여자에게는 아름다운 옷의 도움을 받거나 수줍음이라는 특권이 있어 더 유리한 위치에 있는 반면, 남자가 의지할 것이라곤 자신의 판단력 하나뿐이다. 게다가 자신이 이제 막 결혼한 여자와 한때 결혼하고 싶어했던 여자, 그리고 자기도 모르는 사이에 결혼 상대로 짝지워졌던 여자와 동시에 한 방에 있다는 게 그에게는 얼마나 기막힌 불운일까라는 생각이 들자, 에마는 엘턴 씨가 그렇게 쩔쩔매면서 불편해 하는 것도 당연하다는 생각이 들었다.

"저기, 우드하우스 양."

집을 나선 뒤에 에마가 뭐라 말을 꺼내길 기다리던 해리엇이 참지 못하고 말했다.

"저, (부드럽게 한숨을 내쉬며) 그녀에 대해 어떻게 생각하세요? 아주 매력적인 분 아닌가요?"

에마는 약간 망설이며 대답했다.

"오! 그래, 아주 괜찮은 분이더구나."

"제가 볼 때는 아주 아름다운 분인 것 같아요."

"옷을 꽤 잘 차려 입었더라. 아주 우아한 드레스였어."

"정말 그분이 사랑에 빠진 것도 놀라울 게 없는 것 같아요."

"오! 그래, 놀라울 건 전혀 없지. 적절한 때에 그녀가 나타난 거니까."

해리엇은 다시 한숨을 내쉬었다.

"제가 보기엔 그녀는 엘턴 씨를 아주 좋아하는 것 같더라고요."

"아마 그럴 수도 있겠지. 하지만 모든 남자가 자기를 가장 사랑해주는 여자와 결혼하는 건 아냐. 호킨스 양은 어쩌면 안락한 집을 원했고, 이게 그녀에게 주어진 최선의 제안이라고 생각했을지도 몰라."

"그렇겠죠."

해리엇의 어조는 간절했다.

"당연히 그렇겠죠. 누가 그보다 더 나은 제안을 받을 수 있겠어요. 저는 두 분의 행복을 진심으로 빌어요. 우드하우스 양, 저는 이제 두 분을 봐도 마음이 아프지 않을 것 같아요. 엘턴 씨는 지금도 너무나 뛰어난 분이지만 이제 결혼을 했으니 처지가 달라졌죠. 언니, 이젠 정말로 걱정할 필요가 없어요. 이제는 전처럼 비참한 심정을 갖지 않고 그분을 그저 존경할 수 있을 것 같아요. 슬픔 때문에 결혼 상대로 아무나 선택한 게 아니라는 걸 알게 되어 얼마나 다행인지! 그분은 엘턴 씨에게 딱 어울리는 매력적인 여성 같았어요. 얼마나 행복할까요. 엘턴 씨는 그분을 '오거스타'라고 부르더군요. 얼마나 다정하던지요!"

에마의 방문에 대한 화답으로 그들 부부가 하트필드에 찾아왔을 때, 에마는 결심했다. 이번엔 좀 더 자세히 보고 파악할 수 있으리라. 해리엇이 마침 하트필드에 없던 터라 아버지와 엘턴 씨가 이야기를 나누는 사이에 에마는 15분 정도 숙녀들끼리만의 대화 시간을 가지며 그녀에게 집중할 수 있었고, 그 15분이라는 시간은 에마에게 엘턴 부인이 허영심과 자만심에 차 있고, 스스로를 아주 중요하게 여기는 여성이라는 확신을 갖게 하기에 충분했다. 그녀는 자기가 어디서든 빛나고 우월하려 들었는데, 막상 태도는 수준 낮은 학교에서 길러진 버릇없고 흔한 습성을 취하고 있었다. 그녀의 가치관은 모두 한 부류의 사람들과 한 종류의 생활 방식에서 형성된 것이었는데, 그런 그녀는 만일 어리석은 게 아니라면 무지한 게 분명했고, 그녀가 속한 사회가 엘턴 씨에게 도움이 되지 못할 것임은 뻔한 일이었다.

그녀보다는 해리엇이 훨씬 더 나은 짝이었을 것이다. 더 영민하거나 세련되지는 않지만 해리엇은 그런 부류의 사람들을 엘턴 씨와 연결시켜 줄 수 있었을 것이다. 하지만 호킨스 양은 그 몸에 밴 허세로 짐작컨대 주변에 자기보다 못한 사람들밖에 없는 것 같았다. 그녀가 내세우는 인맥은 브리스톨 근처에 산다는 부자 형부였는데, 집과 마차가 그의 자랑거리라고 했다.

일단 자리에 앉고 나서 처음 오른 화제는 메이플 그로브였다. '형부 서클링 씨의 집'이라는 설명과 함께 그녀는 하트필드와 메이플 그로브를 비교하기 시작했다. 하트필드의 정원은 작지만 깔끔하고 아름다우며, 집은 현대식으로 잘 지어졌다는 것이었다. 엘턴 부인은 방의 크기며 입구, 그녀 눈앞에 있는 모든 것들에 아주 좋은 인상을 받은 것 같았다.

"정말로 메이플 그로브와 비슷해요!"

그녀는 너무나 놀라워했다. 지금 보고 있는 방은 메이플 그로브에서 그녀의 언니가 가장 좋아하는 아침 식사를 하는 방과 똑같은 모양과 크기라는 것이었다. 그러더니 엘턴 씨에게 동의를 구했다.

"정말 놀랄 만큼 비슷하지 않아요?"

그녀는 자기가 지금 메이플 그로브에 와 있는 것 같다고 했다.

"그리고 계단 말이에요. 아까 들어올 때 보니까 계단이 있는 위치도 똑같더라고요. 깜짝 놀라지 않을 수 없었어요. 우드하우스 양, 제가 각별히 좋아하는 메이플 그로브와 비슷한 점이 이렇게 많다니 정말 기쁘네요. 거기서 지내는 몇 개월 동안 정말 행복했답니다. (약간 감상적인 한숨을 지으며) 너무나 매력적인 곳이에요. 그곳에 가본 사람은 다들 그 아름다운 풍광에 놀라지만, 제겐 더없이 편안한 집이었어요. 우드하우스 양도 나중에 저처럼 집을 떠나고 나면 고향을 떠올리게 하는 뭔가를 볼 때마다 얼마나 가슴이 설레는지 아마 이해하게 될 거예요. 이게 결혼에 따르는 나쁜 점 중 하나라고 생각해요."

에마는 가능한 한 짧게 대꾸했지만, 본인이 뭔가를 말하고 싶어 안달이 나 있던 엘턴 부인에게는 오히려 충분히 만족스러웠다.

"메이플 그로브와 정말 너무 비슷해요. 집뿐 아니라 주변 경관도 제가 보기엔 놀라울 정도로 흡사한 거 있죠. 메이플 그로브에 심은 월계수들도 여기처럼 잎이 무성하고, 잔디밭 너머 서 있는 모양새도 어쩜 이다지도 똑같은지. 아까 오다가 벤치 옆에 있는 커다란 소나무를 언뜻 봤는데, 그것도 마찬가지였어요. 저희 형부와 언니도 이곳에 온다면 금세 매료될 거예요. 넓은 대지에 저택을 가진 사람들은 비슷한 양식으로 지어진 집을 마주칠 때마다 아주 기뻐하잖아요."

에마는 사람들이 그렇게 느낀다고는 생각하지 않았다. 에마가 알기로는 널따란 땅을 소유한 사람들은 남의 땅에는 별다른 관심이 없었지만, 그렇다고 해도 일일이 따지고 들 만큼 중요한 문제는 아니었기 때문에 이렇게만 대답했다.

"이 지역을 조금 더 둘러보시면, 하트필드를 과대평가했다고 느끼실 거예요. 서리에는 아름다운 볼거리들이 가득하죠."

"오! 맞아요, 저도 그렇다고 생각했어요. 아시다시피 서리는 영국의 정원이라고 할 만큼 아름다운 곳이죠."

"네, 하지만 그런 명성에 너무 많은 의미를 부여해선 안 될 거예요. 영국의 정원이라고 불리는 지역은 서리 말고도 많을 테니까요."

"아니요, 그렇지 않을걸요."

엘턴 부인은 대단히 만족스러운 미소를 지어 보였다.

"서리 말고는 그렇게 불리는 지역을 한 번도 못 들어봤는걸요."

에마는 아무 말도 하지 않았다.

"저희 형부와 언니가 이번 봄, 늦어도 여름에는 저희 집에 한번 오겠다고 약속했어요."

엘턴 부인은 계속 말했다.

"그때가 우리에겐 탐험의 시간이 될 거예요. 언니네가 와 있는 동안 여기저기를 많이 둘러보려고 해요. 물론 언니 부부에게는 네 명이 넉넉히 탈 수 있는 신식 사륜마차가 있으니까, 저희 마차를 꺼내지 않고도 새롭고 아름다운 곳들을 잘 둘러볼 수 있을 거예요. 요즘 같은 날씨에 이륜마차를 타고 오지는 않을 테니까요. 하지만 그때가 가까워지면 사륜마차를 타고 오라고 강력하게 권해야겠어요. 그게 훨씬 나을 거예요. 우드하우스 양, 사람들이 이렇게 아름다운 곳을 찾아오면 아무래도 그들이 좀 더 많은 것을 봤으면 하는 마음이 들잖아요. 그리고 저희 형부 서클링 씨는 새로운 곳을 찾아다니며 구경하는 걸 워낙 좋아하거든요. 작년 여름 사륜마차를 처음으로 산 뒤에 킹스 웨스턴에도 두 번이나 다녀왔어요. 우드하우스 양, 여기서는 여름마다 파티가 자주 열리겠죠?"

"아니요, 여기는 그렇지가 않아요. 저희는 당신이 말씀하시는 성향의 사람들이 모여들 정도로 아름다운 지역에서는 약간 떨어져 있는 데다, 그런 떠들썩한 즐거움보다는 집에 있는 걸 좋아하는 아주 조용한 사람들이에요."

"아! 그렇지요. 집에 있는 것보다 더 진정한 휴식을 주는 건 없죠. 저만큼 가정적인 사람은 아마 없을 거예요. 제가 메이플 그로브에서는 그걸로 꽤 유명했죠. 브리스톨에 갈 때마다 셀리나 언니는 이렇게 말했어요. '이 아가씨를 집 밖으로 끌어낼 수가 없는걸. 사륜마차 안에 혼자 있긴 싫지만, 아무래도 나혼자 가는 수밖에. 오거스타는 착하긴 해도 도대체 정원 울타리 밖을 넘어서려 하지 않는단 말이야.' 언니는 그런 말을 여러 번 했었죠. 하지만 제가 완벽하게 고립된 생활을 좋아하는 건 전혀 아니에요. 오히려 저는 모든 사교 생활을 차단한 사람들을 보면 정말 안됐다고 생각하는걸요. 그보다는 너무 많지도, 너무 적지도 않은 적절한 선에서 세상과 섞여 사는 게 훨씬 좋죠. 하지만 우드하우스 양, 저는 당신의 지금 상황을 이해할 수 있어요. (우드하우스 씨를 바라보며) 당신 아버지의 건강 상태가 당신에게는 큰 걱정이 되겠군요. 바스에 한번 가보시게 하지 그러세요? 정말로 한번 가보셔야 해요. 그곳을 추천해드리고 싶어요. 우드하우스 씨에게도 분명 효과가 있을 거예요."

"전에 몇 번 가보셨는데 아무 효과가 없으셨어요. 그리고 아마 성함을 들어보셨을 텐데, 페리 선생님도 이젠 더 효과가 있을 것 같지는 않다고 하셨고요."

"아! 참 안된 일이네요. 우드하우스 양, 물만 잘 맞으면 몸이 얼마나 좋아지는지 몰라요. 제가 바스에서 지낼 때, 그런 예를 여러 번 봤거든요. 게다가 아주 즐거운 곳이라서 여기선 가끔 우울해 하실 거라 생각되는 우드하우스 씨의 기분도 좋아질 수 있을 거예요. 당신에게 어떤 좋은 점이 있는지에 관해서라면 더구나 오래 고민할 필요가 없을 것 같군요. 젊은 사람들에게 바스가 얼마나 좋은지는 너무 잘 알려져 있으니까요. 오랫동안 고립되어 살아온 당신이 처음으로 모습을 드러낼 좋은 기회가 될 것이고, 제가 그곳의 최고 상류층 사람들 몇 명을 바로 소개해줄 수도 있어요. 제 편지 한 장이면 제가 바스에 갈 때마다 함께 지냈던 절친한 친구 파트리지 부인이 당신을 잘 챙겨주고, 여러 모임에도 소개시켜줄 수 있을 거예요."

에마는 더 이상 예의를 지키기 위해 가만히 듣고만 있을 수가 없었다. 소위 '소개'를 위해 엘턴 부인에게 신세를 지고, 그 친구의 안내를 받아 모임에 간다는 생각은 견딜 수 없었다. 게다가 그 친구란 사람은 하숙생을 받으며 근근이 살아가는 천박하고 거침없는 과부일지도 모르지 않는가! 하트필드의 우드하우스 양의 명예를 이렇게 추락시키다니!

그러나 에마는 비난의 말을 던지고 싶은 마음을 애써 참으면서, 엘턴 부인에게 냉정한 어조로 고맙다는 인사만 했다.

"하지만 저희가 바스까지 가는 건 거의 불가능한 일이고, 게다가 그곳이 아버지보다도 저한테 더 잘 맞을 거라는 의견에도 완전히 동의하기는 힘드네요."

그러고는 더 이상 화를 내거나 흥분하는 상황이 안 벌어지도록 서둘러 대화의 주제를 바꿨다.

"아, 엘턴 부인, 혹시 음악을 하시는지 여쭤보질 않았네요. 이런 경우에는 숙녀의 등장보다 숙녀에 대한 이야기가 앞서 전해지는 일이 많지요. 하이버리 사람들 사이에서는 오래전부터 엘턴 부인의 연주가 아주 훌륭하다는 얘기가 널리 퍼져 있답니다."

"오! 아니에요. 그런 말에는 전혀 동의할 수가 없군요. 훌륭한 연주라니요! 분명히 말씀드리지만 전혀 그렇지 않아요. 그런 이야기가 얼마나 편견에 찬 사람에게서 나왔을지 생각해보세요. 물론 저는 음악을 상당히 좋아하고, 친구들도 제 취향이 아주 형편없지는 않다고 말하지만 제 연주는 정말로 보잘 것없는 수준이에요. 우드하우스 양, 당신이야말로 연주를 잘하신다고 들었어요. 이렇게 음악적인 분들 사이에 끼게 되다니 얼마나 기쁘고 위안과 만족을 느끼는지 몰라요. 전 음악 없이는 절대로 살 수 없을 거예요. 음악은 인생에서 빠질 수 없는 부분이고 메이플 그로브와 바스에서는 늘 음악적인 분위기에 익숙해 있었기 때문에, 만약 여기가 그런 분위기가 아니었다면 이곳에 온 것이 저한테는 엄청난 희생이 되었을 거예요. E씨가 앞으로 우리가 살 집에 대해 이야기하면서, 제가 어떤 생활에 익숙한지 아는 만큼 제 마음에 차지 않을지 모른다는 두려움과 초라한 집에 대한 걱정을 표현했을 때, 저도 그 점에 대해 터놓고 말했어요. 물론 그가 걱정하는 것은 당연했죠. 그가 그런 식으로 말했을 때, 저는 파티나 무도회, 연극 같은 세계는 제가 아무 두려움 없이 포기할 수 있는 부분이라고 솔직하게 이야기했어요. 다행스럽게도 저 스스로가 많은 자질을 갖추고 있기 때문에 꼭 그런 세계에 있어야 하는 건 아니거든요. 전 그런 것들 없이도 아주 잘 지낼 수 있거든요. 전혀 그런 것들에 대해 모르는 사람이라면 다르겠지만, 저 같은 경우에는 제가 지닌 자질로 혼자서도 충분히 그런 것들을 즐길 수 있으니까요. 원래 살던 곳보다 훨씬 작은 집에 대해서라면 정말 생각할 수도 없는 일이었지만, 그런 종류의 희생을 제가 감당할 수 있기를 바랄 뿐이었죠. 그러면서 메이플 그로브에서 살면서 온갖 종류의 사치에 익숙해진 건 사실이지만, 제가 행복해지기 위해 반드시 마차 두 대나 큰 집이 있어야만 하는 건 아니라고 그에게 말했어요. 그러고는 이렇게 덧붙였어요. '하지만 솔직히 말해 음악적인 사람들과의 교류 없이는 살 수 없을 것 같아요. 다른 건 고집하지 않겠지만 음악 없는 인생은 제게는 너무 공허할 거예요.' 라고요."

에마는 미소를 지었다.

"엘턴 씨는 주저 없이 하이버리에 음악을 몹시 즐기는 모임이 있다고 큰소리쳤겠네요. 저로서는 당신이 용납할 수 있는 것 이상으로 엘턴 씨가 진실을 왜곡시켰다고 느끼지 않기를 바랄 뿐이에요. 그 동기를 생각해 본다면 말이지요."

"아니요, 그 점에 대해서는 조금도 의심하지 않아요. 전 이곳에 오게 된 것이 기쁘답니다. 우리가 앞으로 모여서 작은 연주회를 열었으면 해요. 우드하우스 양, 제 생각엔 당신과 제가 음악 모임을 하나 만들어서 매주 이곳이나 저희 집에서 모임을 가지는 게 좋을 것 같은데요. 어때요, 좋은 계획이 아닌가요? 우리가 먼저 일을 벌이면, 사람들을 모으는 건 그다지 어렵지 않을 거예요. 그런 종류의 일은 저 같은 사람에겐 연습을 게을리 하지 않도록 부추겨 주는 동기가 될 테니까 특히 바람직할 거예요. 아시겠지만 결혼한 여성에게는, 대개 음악에 얽힌 서글픈 사연이 있기 마련이거든요. 그래서 음악을 미련 없이 포기하곤 하지요."

"하지만, 음악을 그렇게 특별히 좋아하시는 당신에게는 그럴 위험이 전혀 없겠지요?"

"저도 그러지 않기를 바라지만 주변 사람들을 보면 두려워지곤 해요. 셀리나 언니도 한때는 그토록 사랑스럽게 연주를 잘했었는데 음악에서 완전히 손을 떼서 이젠 악기에 전혀 손을 대지도 않아요. 제프리스 부인이 된 클라라 파트리지도 마찬가지고, 이제는 버드 부인과 제임스 쿠퍼 부인이 된 밀먼가의 두 딸들을 비롯해서 제가 하나하나 열거할 수도 없을 만큼 많답니다. 확실히 제가 겁을 먹기에 충분할 정도예요. 셀리나 언니에 대해서는 특히 화가 났었지만, 이제는 정말로 여자는 결혼하고 나면 다른 데 신경 쓸 일이 너무 많다는 걸 이해하기 시작했어요. 오늘 아침에만 해도 가정부를 붙들고 반 시간 동안이나 이것저것 챙겨야 했으니까요."

에마는 입을 열었다.

"하지만 그런 종류의 일은 모두 곧 익숙해져서……."

"글쎄요."

엘턴 부인은 웃으며 말했다.

"그건 두고봐야 알겠죠."

에마는 엘턴 부인이 음악을 등한시하는 데 너무도 의지가 확고한 듯했기에 더 이상 말하지 않았고, 잠시 침묵이 흐른 뒤 엘턴 부인이 다른 이야기를 꺼냈다.

"얼마 전에 랜들스를 방문했는데 두 분 다 집에 계시더라고요. 아주 좋은 분들 같았어요. 그분들이 정말 마음에 들었답니다. 웨스턴 씨는 훌륭한 분이라서 이미 제가 가장 좋아하는 사람 중 한 분으로 꼽아놨답니다. 웨스턴 부인도 어머니같이 자애롭고 친절해서 사람들이 좋아하게 하는 매력적인 분 같았어요. 듣자하니, 에마 양 당신의 가정교사였다던데요?"

에마는 너무 놀라 바로 대답하지 못했으나, 엘턴 부인은 상관하지 않고 말을 이었다.

"그걸 알고 나서는 그녀가 상당히 숙녀다워서 조금 놀랐답니다! 하지만 꽤 기품 있는 분이더군요."

이번에는 에마가 나설 차례였다.

"웨스턴 부인의 언행은 언제나 특별히 훌륭했어요. 그분의 예의 바르고 꾸밈없이 우아한 태도는 모든 젊은 여성들의 귀감이 될 만하죠."

"저희가 거기 있는 동안 누가 왔는지 아세요?"

에마는 적잖이 당황했다. 그 어조는 서로 알고 지내는 누군가를 암시하는 것이었는데, 도대체 그녀가 무슨 수로 추측할 수 있겠는가?

"나이틀리였답니다!"

엘턴 부인은 말을 이었다.

"나이틀리요! 정말 운이 좋았죠. 지난번에 그분이 방문했을 때 제가 없었기 때문에 지금껏 그분을 한 번도 뵌 적이 없었고, E씨의 절친한 친구라 하니 아주 궁금했었거든요. '내 친구 나이틀리'라는 말을 귀가 아플 정도로 들었기 때문에 하루빨리 그분을 뵙고 싶었는데, 제 새신랑이 친구를 그렇게 자랑스러워하는 것도 당연하다는 생각이 들었어요. 제가 보니 나이틀리는 정말 신사더군요. 제 마음에도 쏙 들었답니다. 확실히 아주 신사다운 남자라는 생각이 들었지요."

감사하게도 이제 갈 시간이었다. 그들은 떠났고, 에마는 그제야 겨우 숨을 돌릴 수 있었다.

"몰지각한 여자로군!"

이것이 에마가 처음 내뱉은 말이었다.

"생각했던 것보다 더 심해. 말도 안 될 정도로 몰지각해! 나이틀리라니! 내 귀를 의심했지 뭐야. 나이틀리라고! 한 번도 본 적이 없다면서 그를 나이틀리라고 부르다니! 그리고 그가 신사답다는 걸 알았다고? 엘턴 씨를 E씨라고 부를 때부터 좀 무례하다고 생각했지만 새신랑은 또 뭐며, 자기의 자질 운운은 대체 뭐람. 게다가 건방진 허세에 교양 없는 치장으로 가득 찬 분위기라니. 나이틀리 씨가 신사라는 걸 깨달았다는 거야? 그분이 그걸 칭찬으로 받아들이고 그녀를 숙녀라고 여길지 정말 의심스럽군. 도무지 믿을 수가 없어. 그러고는 나와 함께 음악 모임을 만들자고? 그럼 사람들이 우리를 아주 친한 친구 사이로 여길 거 아냐. 웨스턴 부인은 또 어떻고, 나를 길러준 분이 숙녀다워서 놀랐다는 거잖아! 생각하면 할수록 심하네. 지금까지 그런 사람은 한 번도 본 적이 없어. 내 예상을 훨씬 넘어서는걸. 해리엇과 비교한다는 것 자체가 모욕이야. 아! 프랭크 처칠이 여기 있었다면 그녀에게 뭐라 했을까? 얼마나 격분하고 무시했을까. 아! 또 시작이네. 뭐든 그와 연결시켜 생각하다니. 언제나 가장 먼저 떠오르는 사람이야. 어떻게 내 마음을 다스려야 할까. 프랭크 처칠이 이렇게 내 마음에 주기적으로 떠오르다니."

이 모든 생각이 머릿속에서 순식간에 스쳐갔기 때문에 엘턴 부부가 떠나면서 생긴 어수선함이 가라앉고 나서 그녀의 아버지가 다시 자리를 잡아 말을 할 준비가 되었을 때, 에마는 어느 정도 진정된 상태로 아버지의 말에 귀를 기울일 수 있었다.

"얘야."

우드하우스 씨는 신중히 이야기를 시작했다.

"엘턴 부인을 처음 만난 거지만, 아주 괜찮은 숙녀 같아 보이더구나. 그리고 내가 보기에 그녀가 너한테 큰 호감을 가진 것 같아. 말이 좀 빠르긴 하더구나. 말이 빠르면 귀가 좀 따갑지. 하지만 내가 원래 좀 낯을 가리고 예민한 편이니까. 낯선 목소리를 좋아하진 않는 데다가 너나 가엾은 테일러 양처럼 말하는 사람은 아무도 없잖니. 어쨌거나 친절하고 깍듯한 숙녀 같았고 엘턴 씨한테도 좋은 아내가 되어줄 게 분명해 보이더구나. 물론 나는 엘턴 씨가 결혼하지 않는 편이 더 좋았다고 생각하지만 말이다. 이 기쁜 일에 엘턴 씨 내외를 찾아가보지 못한 데 대해서는 최대한 양해를 구했단다. 여름 동안에는 가볼 수 있길 바란다고 얘기했어. 하지만 그 전에 가봐야 하겠지. 신부를 방문하지 않는 건 아주 태만한 행동이야. 아! 그건 내가 얼마나 쓸모없는 노인네인지 보여주는 일이지! 하지만 나는 교구길로 들어서는 구부러진 길이 너무 싫단다."

"분명 그분들도 양해의 말을 이해했을 거예요, 아버지. 엘턴 씨는 아버지를 잘 알잖아요."

"그래. 하지만 그 숙녀, 신부에 대해서는 가능하면 예의를 표해야 하지. 그런 면에서는 내가 많이 부족하단다."

"그렇지만 아버지는 결혼 자체에 대해 좋게 생각하시지 않잖아요. 그런데 왜 그처럼 신부에게 예의를 갖추려고 하세요? 아버지가 굳이 해야 할 일은 아니에요. 아버지가 그렇게 깍듯이 예의를 갖추려 하시면, 그건 사람들에게 결혼하라고 권하는 것과 마찬가지가 될 거예요."

"아니란다, 얘야. 난 누구에게도 결혼하라고 권한 적은 없지만, 숙녀분들에게는 그저 할 도리를 다하고 싶은 거란다. 특별히 신부는 소홀히 대하지 않도록 신경 써야 해. 얘야, 너도 알겠지만 다른 사람들은 내버려 두더라도 신부는 언제나 우선적으로 신경 써야 한단다."

"글쎄요, 아버지, 이게 결혼하라고 부추기시는 게 아니라면 저로서는 뭔지 잘 모르겠는걸요. 그리고 저는 아버지가 가엾은 숙녀분들에게 그렇게 결혼을 부추기는 미끼를 던지도록 허락하실 거라고는 전혀 생각하지 못했어요."

"얘야, 너는 지금 내 말을 이해하지 못하고 있구나. 이건 단순히 일반적인 예절과 교양의 문제야. 사람들에게 결혼을 부추기는 것과는 아무 상관이 없단다."

에마는 더 이상 할 말이 없었다. 아버지는 점점 초조해지는 기색이었고, 그녀를 이해하지 못하고 있었다. 그녀는 다시 엘턴 부인의 무례한 행동이 떠올랐고 그 생각은 오래, 아주 오래도록 그녀의 머릿속에서 떠나지 않았다.

33

그 후 이어진 어떤 일에서도 에마가 엘턴 부인에 대한 나쁜 인상을 바꿀 만한 계기는 없었다. 에마의 관찰은 상당히 정확했다. 두 번째 만남에서 본 엘턴 부인은 그다음에 다시 만났을 때도 어김없이 자기중심적이고 주제넘었으며, 격식을 차리지 않으면서 무식하고 무례했다. 그녀에게는 약간의 아름다움과 약간의 재산이 있었으나, 판단력이 너무 부족한 탓에 자신은 바깥 세상에 대한 탁월한 정보를 가지고 시골 사람들에게 활기를 가져다주고 발전시킬 수 있을 것이라 생각하고 있었다. 그러면서 사교계에서 호킨스 양이라는 이름이 누렸던 영향력을 뛰어넘을 수 있는 것은 엘턴 부인이라는 위치라고 생각했다.

엘턴 씨가 자기 부인과 생각이 다를 거라고 판단할 만한 근거는 전혀 눈에 띄지 않았다. 그는 그녀에 대해 단순히 만족해할 뿐 아니라 자랑스러워 하는 것처럼 보였다. 엘턴 씨에게서는 심지어 우드하우스 양과도 견줄 수 없을 정도로 뛰어난 여성을 하이버리에 데려온 데 대해 스스로 뿌듯해 하는 기색이 느껴졌다. 또 착한 베이츠 양을 비롯해 엘턴 부인이 새로 알게 된 지인들 대부분이 사람을 좋게 보고 남을 함부로 판단하는 법이 없었기 때문에, 신부가 스스로 주장하듯 당연히 현명하고 상냥할 것이라고 생각했다. 그렇게 해서 엘턴 부인에 대한 칭찬이 입에서 입으로 전해졌고, 우드하우스 양도 특별히 제동을 걸지 않으면서 '아주 괜찮고 옷을 우아하게 잘 차려 입었더라'는 첫인상에 관한 말만 되풀이할 뿐이었다.

하지만 한 가지 측면에서 엘턴 부인은 처음에 만났을 때보다 더 안 좋아졌다. 에마에 대한 그녀의 감정이 바뀐 것이다. 아마도 친하게 지내자는 제안에 에마가 시큰둥한 반응을 보이자 기분이 상했던 것 같았다. 엘턴 부인은 자기 쪽에서 뒤로 물러섰고 시간이 지날수록 더 차갑게 멀어져갔다. 그 결과는 싫지 않았지만 그 안에 자리 잡은 악의 때문에, 에마의 반감은 더욱더 커져갈 수밖에 없었다. 그뿐만 아니라 해리엇을 향한 엘턴 부인과 엘턴 씨의 태도는 유쾌한 것이 아니었다. 그들은 해리엇을 비웃고 무시했다. 에마는 이를 계기로 해리엇의 마음이 빨리 낫기를 바랐지만, 그런 행동이 자극한 감정이 그들 두 사람을 우울하게 만들었다. 가엾은 해리엇의 사랑을 희생물로 삼아 이 부부 사이가 더욱 가까워진 게 분명했다. 그러면서 에마에 대한 이야기 역시 에마에게는 너무 불리하고 엘턴 씨에게는 아주 유리하게 채색되어 거론되었을 확률이 높았다. 자연히 에마는 그들 부부가 함께 적의를 품는 대상이 되었다. 다른 할 말이 없을 때마다 우드하우스 양에 대한 비난으로 시작하는 게 가장 손쉬운 방편일 것이고, 에마에게는 감히 드러내놓지 못하는 적의는 해리엇에게는 경멸 섞인 태도로 강하게 표출되었다.

엘턴 부인은 처음부터 제인 페어팩스를 매우 좋게 생각했다. 한 젊은 숙녀와의 전쟁의 반작용으로 다른 숙녀와의 관계가 자연히 좋아져서만이 아니라, 처음 만난 순간부터 그랬다. 엘턴 부인은 자연스럽고 적당하게 칭찬을 하는 선에서는 만족하지 못했다. 상대방의 간청이나 부탁, 어떤 특권 없이도 그녀는 제인 페어팩스에게 도움을 베푸는 친구가 되고 싶어했다. 에마가 그녀에 대한 신뢰를 완전히 잃기 전 그들이 세 번째로 만날 때쯤, 그녀는 이 문제에 대한 엘턴 부인의 다분히 의협심에 찬 생각을 모두 듣게 되었다.

"우드하우스 양, 제인 페어팩스는 너무나 매력적이에요. 저는 제인 페어팩스가 너무 마음에 든답니다. 상냥하고 매우 매력적인 사람이에요. 아주 온순하고 숙녀다울 뿐 아니라 그 재능은 또 어떻고요! 제가 보기엔 아주 탁월한 재능을 가진 게 분명해요. 그녀의 연주가 아주 훌륭하다고 주저 없이 말씀드릴 수 있어요. 저는 그런 면에서 확실히 판단할 수 있을 정도로 음악에 조예가 깊거든요. 아! 정말이지 그녀는 너무 매력적이에요! 제가 이렇게 흥분해서 말하는 걸 보고 웃으시겠지만, 제인 페어팩스에 대해서만 이렇게 얘기하는 거예요. 게다가 그녀가 처해 있는 상황은 그녀를 나쁘게 얘기하기엔 너무도 복잡하잖아요! 우드하우스 양, 우리가 힘을 모아 그녀를 위해 뭔가를 해야 해요. 앞으로 끌어줘야 한다고요. 그렇게 놀라운 재능을 아무도 모르게 묻어둬선 안 되죠. 이런 근사한 시구를 들어보셨을 거라 생각해요.

> 그처럼 많은 꽃송이들이 아무도 보지 않는 가운데 홍조를 띠어가고,
> 그 향기는 황야의 바람 사이로 흩어져간다네

사랑스러운 제인 페어팩스에게 그런 일이 일어나게 해서는 안 된다고요."

"그런 일이 일어날 위험은 없을 것 같은데요."

에마는 차분히 대답했다.

"그리고 페어팩스 양의 상황에 대해 좀 더 알게 되고 캠벨가에서 지내는 그녀의 배경을 이해하시게 된다면, 그녀의 재능이 묻힐 거라는 생각은 안 드실 거예요."

"오! 하지만 친애하는 우드하우스 양, 그녀는 지금 아주 멀고 외진 곳에서 알려지지 않은 채 지내고 있는걸요. 예전에 캠벨가에서 어떤 혜택을 누리고 살았건, 지금은 모두 사라진 게 분명하다고요! 제 생각엔 그녀도 그걸 느끼는 것 같아요. 확실히 그런 것 같아요. 그렇게 수줍어 하고 조용한 걸 보면 말이에요. 그녀에게 힘을 북돋워줄 뭔가가 필요하다는 건 누구라도 알 수 있어요. 그렇기 때문에 전 그녀가 더욱 좋아요. 솔직히 말해, 그런 점이 제게는 좋아 보인답니다. 저는 특히 수줍어하는 사람들을 아주 좋아하는데, 그런 사람들이 많지는 않죠. 그러나 전혀 열등하지 않은 사람들이 수줍어할 때는, 그건 아주 매력적으로 느껴져요. 제인 페어팩스는 정말로 좋은 성격을 지녔고, 제가 말로 다 표현할 수 없을 정도로 흥미로운 사람이에요."

"상당한 호감을 가지고 계시는 것 같네요. 하지만 당신이나 페어팩스 양이 여기서 알고 지내는 사람들, 당신보다 그녀를 더 오래 알고 지낸 사람들이 관심을 보일 수 있는 방법이 그 외에 또 뭐가……."

"친애하는 우드하우스 양, 뭐든지 실천에 옮기려는 사람들에 의해 많은 일이 이루어지는 법이랍니다. 당신과 저는 전혀 겁낼 필요가 없어요. 우리가 일단 본보기를 세우면 다들 우리 같은 환경에 있지는 않겠지만, 많은 이들이 자기 능력껏 우리를 따를 거예요. 우리에겐 그녀를 집에 데려다줄 마차가 있고, 제인 페어팩스 한 사람이 늘어난다고 해도 전혀 불편할 게 없는 방식으로 살고 있잖아요. 만약 저희 집 하인 라이트에게 차리게 한 저녁 식사가 제인 페어팩스가 먹을 수 있는 양보다 훨씬 많아, 그렇게 많이 준비시킨 걸 저 스스로 후회하게 된다면 기분이 몹시 안 좋겠죠. 사실 그런 종류의 일에 대해서는 저는 아는 게 없어요. 제가 지금까지 지내온 방식으로 보아 그런 걸 알 기회가 없었거든요. 어쩌면 제가 살림을 할 때 가장 조심해야 할 점은, 뭐든 너무 많이 만들거나 너무 조심성 없이 지출하는 것일지 몰라요. 메이플 그로브에서 지낼 때 받은 영향 때문인 것 같기도 해요. 제 남편의 수입은 형부 서클링 씨와는 전혀 상대가 안 되지만, 저는 제인 페어팩스에 대해서는 신경을 쓰기로 결심했답니다. 그녀를 자주 우리 집에 초대해서 가는 곳마다 소개시키고 음악 파티를 열어 재능을 발휘하게 해주는 한편, 적당한 자리가 있는지도 계속 물색해봐야겠어요. 제 인맥이 워낙 광범위하니까 분명 얼마 안 있어서 그녀에게 적당한 자리를 찾을 수 있을 거예요. 물론 사람들에게, 특히 형부와 언니가 오면 그녀를 소개시켜야겠어요. 분명히 그녀를 아주 마음에 들어 할 거예요. 둘 다 아주 호의적인 성품이니까 제 언니네 부부를 좀 알고 나면 그녀의 두려움도 씻은 듯이 사라질걸요. 언니네가 와 있는 동안에는 그녀를 자주 초대하고 가끔은 사륜마차에 자리를 내서 야외 파티에도 데리고 다녀야겠네요."

'가엾은 제인 페어팩스!'

에마는 생각했다.

'이건 당신에게 너무나 가혹해요. 딕슨 씨 일로 잘못을 저질렀을 수는 있지만, 이건 지나친 형벌이에요. 엘턴 부인의 친절과 보호라니. 제인 페어팩스, 제인 페어팩스. 세상에! 엘턴 부인이 에마 우드하우스를 가지고 그런 식으로 굴지 않기를 바랄 뿐이야! 저 여자의 혀는 도대체 한계를 모르는 게 분명해!'

에마는 더 이상 '친애하는 우드하우스 양'이라는 말로 혐오스럽게 포장된 그러한 허세를 혼자 듣고 있지 않아도 되었다. 얼마 안 가 엘턴 부인 쪽에서 심경의 변화를 드러내는 바람에, 에마에게 발길을 끊은 것이다. 그녀는 억지로 엘턴 부인의 절친한 친구, 혹은 엘턴 부인이 의도하는 대로 제인 페어팩스의 적극적인 후원자가 될 필요 없이 그 일에 연루된 사람들의 감정과 생각, 행동을 다른 사람들과 마찬가지로 한 발짝 떨어져 전해들으면 됐다.

에마는 다소간의 즐거움을 가지고 그들을 지켜봤다. 베이츠 양은 제인을 향한 엘턴 부인의 관심에 순박하고 따뜻한 방식으로 매우 고마워했다. 엘턴 부인은 자신이 의도한 대로 베이츠 양에게 매우 친절하고 상냥하며 유쾌한 여성이자, 훌륭하며 자비로운 성품으로 존경을 받았다. 에마가 너무 놀랐던 점은 제인 페어팩스가 그런 관심을 다 받아들이며 엘턴 부인을 곁에 둔다는 사실이었다. 에마는 그녀가 엘턴 부부와 산책을 하거나 담소를 나누며 하루를 보낸다는 소식을 들었다. 이건 정말 놀라운 일이었다. 에마는 세련된 취향과 자부심을 지닌 페어팩스 양이 교구관에서 얻을 수 있는 교제의 수준이나 우정을 받아들일 거라고는 전혀 상상도 못했다.

'알면 알수록 수수께끼 같은 여자야.'

에마는 생각했다.

'몇 달 동안이나 가능하면 눈에 안 띄게 조용히 지내려고 했었잖아. 그런데 이제 와서 진실하고 관대한 애정으로 그녀를 아껴온 수준 높은 지인들 대신에 엘턴 부인의 굴욕적인 관심과 껍데기뿐인 대화를 굳이 선택하다니.'

사실 제인은 하이버리에 세 달 동안 머무를 계획이었다. 캠벨 부부가 딸이 있는 아일랜드에 세 달간 가 있기로 했기 때문이었다. 그러나 캠벨 부부가 딸에게 앞으로 최소한 여름 중반까지는 머무르겠다고 약속하면서, 제인에게도 그쪽으로 오라는 초대장이 도착했다. 베이츠 양에 따르면, 딕슨 부인이 아주 간곡하게 편지에 쓴 걸로 보아 그건 모두 딕슨 부인의 생각이라고 했다. 제인이 오기만 한다면, 하인을 보내든지 친구들에게 부탁하든지 해서 교통편에는 아무런 어려움이 없다는 것이었다. 그런데도 제인은 그 초대를 거절했다.

'이런 초대를 거절하다니 그녀에겐 겉으로 보이는 것보다 강력한 어떤 동기가 있는 게 틀림없어.'

에마는 그렇게 결론지었다.

'캠벨 부부의 영향이나 스스로의 결정에 따라 지금 그녀 나름대로 참회의 시간을 갖고 있는 게 분명해. 어디에선가 상당한 두려움과 조심성, 그리고 결단이 느껴지는걸. 딕슨 부부에게 가선 안 돼, 라고 누군가가 그녀에게 명령을 내린 거야. 하지만 그렇다고 왜 엘턴 부부와 같이 다니는 걸까? 이건 또 별개의 수수께끼로군.'

엘턴 부인에 대한 에마의 생각을 알고 있는 몇 안 되는 사람들 앞에서 그녀가 이 부분에 대한 궁금증을 입 밖으로 소리 내어 말하자, 웨스턴 부인이 제인을 대신해 해명했다.

"사랑하는 에마, 그녀가 교구관에서 어떤 굉장한 즐거움을 누리고 있다고는 볼 수 없어. 다만 계속 집에 있는 것보다는 아무래도 나은 거겠지. 그녀의 이모 되는 사람은 좋은 분이지만, 계속 옆에 있다 보면 몹시 피곤할 게 분명해. 우리는 페어팩스 양이 어디로 가는지를 놓고 그 수준을 폄하하기에 앞서, 그녀가 어떤 장소를 벗어나 몸을 피하는 건지를 먼저 고려해야 할 거야."

"옳으신 말씀입니다, 웨스턴 부인."

나이틀리 씨는 부드럽게 말했다.

"저희 중 누구 못지않게 페어팩스 양도 엘턴 부인을 제대로 파악할 능력이 있는 사람이에요. 누구와 교류할 것인지에 대한 선택권이 있었다면, 구태여 그녀를 고르지는 않았을 거예요. 하지만 (에마에게 비난 섞인 미소를 던지며) 다른 누구도 보여주지 않던 관심을 엘턴 부인에게서 받은 것이니까요."

에마는 웨스턴 부인이 그녀를 잠시 바라보는 걸 느꼈고, 그녀 역시 나이틀리 씨의 동정적인 말에 너무 놀랐다. 그녀는 희미하게 볼을 붉히며 곧바로 대답했다.

"저는 페어팩스 양이 엘턴 부인의 관심을 고마워하기보다는 혐오스러워할 거라고 생각했어요. 엘턴 부인의 초대가 전혀 달갑지 않을 거라고 생각했어요."

"내 생각에는……."

웨스턴 부인이 말을 이었다.

"엘턴 부인의 친절에 대해 그녀의 이모가 지나칠 정도로 고마워하는 바람에 페어팩스 양은 자기가 원해서라기보다는 끌려갔을 가능성도 있어. 불쌍한 베이츠 양이 자기 조카에게 그녀의 훌륭한 지각이 이끄는 것보다 더 많은 친밀감을 보이라고 옆에서 부추겼을지도 모른다는 거지."

이 시점에서 둘 다 나이틀리 씨가 뭐라고 얘기하는지 듣고 싶었고, 몇 분간 침묵이 흐른 뒤 그가 다시 입을 열었다.

"또 한 가지 생각해봐야 할 사항이 있어요. 엘턴 부인이 페어팩스 양과 함께 있을 때는 다른 자리에서 그녀에 대해 이야기하는 것처럼 대하지 않을 거라는 거죠. 우리 모두는 '그'나 '그녀', '당신'같이 흔히 쓰이는 대명사들 사이의 차이를 알고 있어요. 그리고 서로가 나누는 개인적인 대화에서 공통의 예의

범절을 넘어서는 무언가의 영향력을 다들 느끼죠. 하지만 상대방 앞에서 몇 시간 전에 우리 머리를 꽉 채웠던 그 사람에 대한 부정적인 이야기를 내비칠 수는 없는 법이에요. 우리는 서로 생각이 다르니까요. 이런 일반적인 원칙 말고도 페어팩스 양의 탁월한 지성과 언행은 엘턴 부인을 위압하고도 남을 테니, 단둘이 얼굴을 서로 마주 대했을 때 엘턴 부인은 그녀를 마땅히 존중할 것이 분명해요. 엘턴 부인은 아마 지금까지 한 번도 제인 페어팩스 같은 여성을 접해본 적이 없을 것이고, 아무리 허영심으로 가득하다 해도 자신은 지성이나 언행에 있어서도 상대적으로 초라하다는 걸 인정할 수밖에 없을 거요."

"당신이 제인 페어팩스를 얼마나 높게 평가하는지는 잘 알고 있어요."

에마는 말했다. 그녀의 머릿속에는 어린 헨리가 떠올랐고, 놀라움과 조심스러운 마음이 뒤섞여 달리 뭐라 할 말이 떠오르지 않았다.

"맞아요."

그가 이어 답했다.

"내가 그녀를 얼마나 높이 평가하는지는 아마 누구라도 알 수 있을 거예요."

"하지만……."

에마는 약간 짓궂은 표정으로 급하게 말을 꺼냈다가 잠시 멈췄다. 그러나 나쁜 일일수록 먼저 아는 게 좋다는 생각이 들어 서둘러 말을 계속했다.

"하지만, 그런 당신의 평가가 어쩌면 너무 높다는 생각을 해보셨는지는 모르겠네요. 언젠가 그런 평가가 너무 후했다고 깜짝 놀랄 날이 올지도 모르겠네요."

몸을 숙여 두툼한 가죽 신발의 아래 단추를 채우고 있던 나이틀리 씨는 그 말 때문인지, 아니면 다른 이유에선지 얼굴이 상기된 채 답했다.

"오! 그렇게 생각하고 있어요? 하지만 당신은 불쌍할 정도로 판단이 너무 늦었네요. 콜 씨가 이미 6주 전에 내게 암시를 줬으니까요."

그는 여기서 말을 멈췄다. 에마는 웨스턴 부인이 그녀의 발을 누르는 걸 느꼈고, 어떻게 생각해야 할지 몰랐다. 잠시 지난 뒤에 그가 말을 이었다.

"하지만 그런 일은 결코 없을 테니 안심해요. 내가 청혼한다 해도 페어팩스 양은 받아들이지 않을 거고, 내가 그녀에게 청혼할 일 역시 절대 없을 테니까."

에마는 웨스턴 부인의 발을 장난스럽게 누르면서 기쁨에 겨워 소리쳤다.

"당신은 헛된 일에 시간을 허비하는 사람이 아니에요, 나이틀리 씨. 그건 확실히 말씀드릴 수 있겠네요."

그는 그녀의 말을 듣지 못한 것 같았고, 그다지 유쾌하지 않은 표정으로 골똘히 생각에 잠겨 있다가 이윽고 다시 입을 열었다.

"그래서 당신은 내가 제인 페어팩스와 결혼하도록 계획하고 있었나요?"

"아니, 그러지 않았어요. 중매 서는 일로 저를 그렇게 비난했던 당신에게 그런 계획을 제가 세울 리가 있겠어요? 제가 방금 한 말은 아무 뜻도 없답니다. 사람들은 심각한 의미를 생각하지 않고 그런 것들을 말하기 마련이잖아요. 오! 아니에요, 전 당신이 제인 페어팩스 아니라 제인 아닌 그 누구와도 결혼했으면 좋겠다고 바란 적이 없어요. 결혼을 하게 되면 이렇게 편하게 저희를 찾아와 함께 이야기를 나눌 수도 없을 테니까요."

나이틀리 씨는 다시 생각에 잠겼다. 그러고는 이렇게 말했다.

"아니요, 에마. 그녀에 대한 내 평가가 너무 후했다고 놀라게 될 일은 없을 거요. 분명히 말하지만, 그런 식으로 그녀를 생각한 적은 한 번도 없으니 말이에요."

그러더니 잠시 후에 이렇게 또 덧붙였다.

"제인 페어팩스는 아주 매력적인 숙녀지만, 아무리 제인 페어팩스라 해도 완벽하지는 못해요. 그녀에게도 단점이 있어요. 그녀는 남자가 아내에게 바라는 열린 마음을 갖고 있지 않아요."

에마는 그녀에게 단점이 있다는 얘기를 듣고 기쁨을 억누를 수 없었다.

"그럼, 콜 씨의 말을 바로 부정하셨겠네요?"

"그래요. 곧바로 그랬죠. 콜 씨가 내게 은근한 암시를 주길래 잘못 생각한 거라고 그 자리에서 얘기해줬어요. 그는 미안하다고 하고는 더 이상 말하지 않았지요. 콜 씨는 결코 주위 사람들보다 더 현명하거나 똑똑해 보이고 싶어하지는 않으니까요."

"그런 면에서는 세상 누구보다 더 현명하고 똑똑해 보이고 싶어 하는 엘턴 부인과는 얼마나 다른지요! 그녀가 콜가 사람들에 대해서는 어떻게 생각하는지 궁금하네요. 그들을 뭐라 부를지 말이에요! 그녀가 그들에게 특유의 천박함으로 어떤 그럴듯한 호칭을 붙여줄까요? 그녀는 당신을 나이틀리라고 부르던데 콜 씨는 뭐라 부를까요? 이제 저는 제인 페어팩스가 엘턴 부인의 친절을 받아들여 함께 지내는 데 대해 놀라워하지 않을래요. 웨스턴 부인, 당신이 말씀하신 논리가 제게 가장 와 닿네요. 저는 페어팩스 양의 지성이 엘턴 부인을 압도했을 가능성보다는, 베이츠 양에게서 벗어나고 싶어했다는 쪽에 표를 던지겠어요. 저는 엘턴 부인이 자기 생각이나 말, 행동이 남보다 뒤떨어진다는 걸 자각할 수 있다거나 상황에 따라 좋은 교육에 대한 자기 나름의 옹색한 기준을 벗어날 수 있는 사람이라고는 절대 믿지 않아요. 저는 그녀가 자기 손님을 갖은 칭찬과 격려, 도움을 베푼다는 말로 끊임없이 모욕할 거라고 생각해요. 그러면서 페어팩스 양에게 확실한 위치를 마련해주는 것부터 사륜마차를 타고 갈 즐거운 야외 파티에 이르기까지 그녀의 거창한 계획을 쉴 틈 없이 설명하겠죠."

"제인 페어팩스에게도 감정이 있겠지요."

나이틀리 씨가 말했다.

"나는 그녀가 감정이 메마른 사람이라고는 보지 않아요. 내가 보기에는 감수성이 예민하고 자제력과 인내심, 자기 통제가 탁월한 것 같더군요. 하지만 자기 속내를 잘 드러내지 않죠. 내성적인 성격인데, 예전보다 더 그런 것 같아요. 나는 자기 감정을 탁 터놓는 사람을 좋아해요. 아니요, 콜 씨가 내게 혹시 호감이 있지 않느냐고 떠보기 전까지는 그런 생각을 한 번도 한 적이 없어요. 제인 페어팩스를 만나 대화할 때마다 감탄과 즐거움을 느끼긴 했지만, 그 이상은 전혀 아니었어요."

"자, 웨스턴 부인."

나이틀리 씨가 떠난 후 에마는 의기양양하게 물었다.

"이래도 나이틀리 씨에게 제인 페어팩스와 결혼할 생각이 있다고 하시겠어요?"

"글쎄다, 에마. 나이틀리 씨 자신이 그녀를 사랑한다는 생각을 저렇게 부인하는 이상 아무런 결실 없이 끝날 수도 있겠네. 그건 내 탓이 아니잖니."

34

하이버리나 그 주변에 사는 사람들 가운데 엘턴 씨를 한 번이라도 방문한 적이 있는 사람은 모두 그의 결혼을 축하해주고 싶어 했다. 그래서 그와 그의 부인을 위한 저녁 식사와 파티가 마련되었고, 초청장이 쉴 새 없이 쏟아져 들어왔기 때문에 그녀는 약속 없는 날이 이제 하루도 없을 것 같은 행복한 고민에 빠지게 되었다.

"이제 알겠어요."

그녀는 말했다.

"제가 여기에서 어떤 생활을 하게 될지 알겠네요. 우리 둘 다 눈코 뜰 새 없이 바삐 지내겠어요. 우리가 무척 인기가 많은 것 같아요. 이런 게 시골 생활이라면 전혀 두려울 게 없군요. 다음 월요일부터 토요일까지 단 하루도 약속이 없는 날이 없다고요! 저보다 자질이 부족한 여자라 해도 힘들 건 없겠어요."

그녀는 한 장의 초대장도 절대 소홀히 하지 않았다. 바스에서의 습관 탓에 파티는 지극히 자연스럽게 느껴졌고, 메이플 그로브에서의 경험이 저녁 식사 자리에 필요한 취향을 이미 알게 해 주었다. 그녀는 응접실이 두 개가 아니라는 사실과 초라한 파티용 케이크, 그리고 하이버리의 카드 파티에는 얼음이 없다는 데 대해 약간 놀랐다. 베이츠 부인, 페리 부인, 고더드 부인을 비롯한 여기 사람들은 세상이 어떻게 돌아가는지에 대해 한참 뒤처져 있었지만, 그녀가 곧 그들에게 모든 걸 어떻게 처리해야하는지 알려줄 것이었다. 그녀는 봄쯤 아주 근사한 파티를 열어 그들의 친절에 화답하려고 했다. 그때는 카드 테이블마다 촛불을 켜두고 카드도 짝이 맞게 정식으로 준비할 것이며, 하인들도 넉넉히 대기시켜 적당한 때에 정확한 순서로 다과를 들고 다니게 할 예정이었다.

한편 에마는 엘턴 부부를 하트필드로 초대해 저녁 식사를 하지 않고는 마음이 편치 않았다. 최소한 남들만큼 하지 않으면 괜한 의심이나 분노를 일으킬 원인이 될 수 있었다. 그래서 저녁 식사 자리를 마련해야만 했다. 에마가 이 일에 대해 10분쯤 얘기하고 난 뒤 우드하우스 씨는 특별히 반대할 이유를 못 느꼈고, 다만 여느 때처럼 식탁 끝자리에는 앉지 않겠다는 말과 함께 대신 누구를 앉힐지에 대해서도 항상 그렇듯 주저하는 기색만을 보였을 뿐이었다.

누구를 초대할 것인가에 대해 고민할 필요는 거의 없었다. 엘턴 부부 외에 웨스턴 부부와 나이틀리 씨가 포함되어야 했는데, 지금까지는 모두 마땅히 초대되어야 할 사람들이었다. 그다음에는 썩 내키지 않는 가운데 가엾은 어린 해리엇을 여덟 번째 참석자로 초대했지만, 이 초대장을 발송할 때는 마냥 기쁜 마음만은 아니었으며, 해리엇이 자기는 빼달라고 간청했을 때 에마는 오히려 다행이라고 생각했다. 해리엇은 가능하다면 그와 한자리에 있는 건 피하고 싶다고 했다. 자기는 아직 그와 매력적이고 행복한 신부가 나란히 있는 걸 편안한 마음으로 볼 수 없으며, 우드하우스 양만 괜찮다면 집에 있겠다는 것이었다. 정확히 에마가 바라던 그대로였다. 에마는 그녀의 어린 친구의 꿋꿋한 태도가 대견하게 느껴졌다. 해리엇에게 사람들과 함께하는 자리를 포기하고 집에 있겠다는 건 쉽지 않은 결정이기 때문이다. 그리고 이제 에마는 내심 여덟 번째로 초대하고 싶었던 제인 페어팩스를 초대할 수 있게 되었다. 웨스턴 부인과 나이틀리 씨와 마지막으로 나눈 대화 뒤로 에마는 제인 페어팩스에 대해 어느 때보다도 신경이 쓰였다. 나이틀리 씨가 한 말이 아직도 뇌리에 남아 있었다. 그는 제인 페어팩스가 어느 누구도 주지 않은 관심을 엘턴 부인에게서 받고 있다고 했다.

'정말 맞는 말이야.'

에마는 생각했다.

'적어도 내 경우엔 그게 바로 내가 의도한 거였고, 돌이켜보면 정말 부끄러운 행동이었어. 동갑인 데다 어릴 때부터 알던 사이인데 좀 더 다정하게 대했어야 했건만. 그녀는 이젠 날 결코 좋아하지 않겠지. 너무 오랫동안 그녀를 무시해왔으니까. 하지만 앞으로는 좀 더 관심을 갖고 대해야겠어.'

초대는 매우 성공적이었다. 초대한 사람들은 아직 선약이 없었고 모두들 기뻐했다. 하지만 이 저녁 식사의 준비 사항이 다 끝난 것은 아니었다. 좀 불운한 상황이 발생했다. 존 나이틀리 씨의 아이 둘이 봄에 몇 주간 할아버지와 이모를 방문하기로 되어 있어서, 존 나이틀리 씨가 그 아이들을 데려오는 김에 하트필드에서 하루 묵고 가겠다고 한 것이다. 그런데 그날이 바로 이 저녁 식사 날짜가 잡힌 날이었던 것이다. 존 나이틀리 씨는 사업상의 약속 때문에 일정을 늦출 수 없는 상황이었고, 우드하우스 씨와 에마는 일이 이렇게 되어 걱정스러웠다. 우드하우스 씨는 함께 저녁 식사를 하기에 여덟 명이 자신이 견딜 수 있는 최대한이라고 여겼는데 이제 아홉 명으로 늘어나게 될 참이었다. 그리고 에마로서는 형부가 48시간이나 걸려서 온 하트필드에서 하필이면 도저히 빠질 수 없는 저녁 식사 자리에 울며 겨자 먹기로 끼여 몹시 심기가 불편한 아홉 번째 손님이 될까 봐 못내 불안했다.

에마는 형부까지 오면 참석자 수가 아홉 명이 되기는 하겠지만, 형부는 워낙 말이 없는 분이니 소음이 더 커지지는 않을 거라고 설명하면서 아버지를 안심시켰다. 막상 에마 자신은 나이틀리 형제 가운데 그 형과 대화하는 대신, 심각한 얼굴로 마지못해 대화하는 그 동생을 상대하게 된 일이 실은 그녀에게야말로 매우 유감스러운 일이라고 생각했다.

사실 이번 행사는 에마보다는 우드하우스 씨의 기분을 더 즐겁게 했다. 존 나이틀리 씨는 왔지만, 웨스턴 씨는 예기치 못한 일로 시내에 가게 되어 참석할 수 없게 됐다. 저녁 늦게는 올 수 있을지 몰랐지만 확실히 식사는 함께할 수 없는 상황이었다. 그러자 우드하우스 씨는 표정이 밝아졌고, 그런 아버지를 보고 난 뒤 곧이어 어린 조카들과 진지한 모습의 형부가 도착하면서 에마의 기분도 한결 좋아졌다.

그날이 되었고, 손님들은 모두 제 시간에 도착했다. 존 나이틀리 씨는 일찍부터 유쾌하게 행동하려고 노력하는 듯 보였다. 그는 저녁 식사를 기다리는 동안 형을 창가로 데려가는 대신 페어팩스 양과 이야기를 나누고 있었다. 그때 레이스와 진주로 한껏 꾸미고 우아하게 차려입은 엘턴 부인이 나타나자, 그는 나중에 이사벨라에게 알려줄 수 있을 만큼만 관찰하기 위해 그녀를 조용히 지켜보기로 했다. 하지만 페어팩스 양은 오래전부터 알고 지내던 사이인데다 조용한 아가씨라서 말을 건넬 수 있었다. 마침 아침 식사 전 어린 아들들과 산책에서 돌아오다가 막 비가 오기 시작할 때 그녀를 마주치기도 했었기 때문에, 그 일에 대해 이야기하는 게 자연스러울 거라는 생각으로 존 나이틀리 씨는 말을 꺼냈다.

"오늘 아침 멀리까지 안 가셨기를 바랍니다, 페어팩스 양. 안 그랬다면 비를 맞으셨을 게 분명하니까요. 저희가 집에 도착하자마자 비가 내리기 시작하더군요. 거기서 곧바로 집으로 돌아가셨겠지요."

"우체국에만 다녀온 거였어요."

그녀가 말했다.

"비가 많이 오기 전에 집에 도착했어요. 매일 제가 맡아서 하는 심부름이거든요. 여기 머무는 동안엔 항상 제가 편지를 가지러 가요. 어른들의 수고를 덜어드릴 수 있는 데다 밖에 나갈 수 있는 구실이 되기도 하니까요. 아침 식사 전에 하는 산책이 제겐 잘 맞아서요."

"그야 빗속에서 하는 산책이 아니라면요."

"그렇죠. 하지만 제가 길을 나설 때까지만 해도 비가 전혀 오지 않았거든요."

존 나이틀리 씨는 미소를 지으며 말했다.

"그렇다면 당신이 산책을 좀 더 하기로 하신 거군요. 제가 뵀을 때는 댁의 문 앞에서 5, 6미터도 떨어져 있지 않은 곳에 계셨고, 헨리와 존은 이미 비를 많이 맞았지요. 인생의 어느 한 시점에는 우체국이 굉장히 매력적인 곳으로 느껴지는 때가 있죠. 하지만 제 나이쯤 되면 편지를 부치는 것이 비를 뚫고 갈 만큼 중요한 가치가 있다고는 생각하지 않을 겁니다."

그러자 그녀는 살짝 볼을 붉히고는 이렇게 대답했다.

"당신처럼 소중한 사람들 가까이에 둘러싸여서 지내는 그런 상황이 제게도 일어나길 바랄 수는 없을 거예요. 그러니까, 제 경우에는 단순히 나이를 먹는다고 해서 편지에 대해 무관심해질 것 같지는 않아요."

"무관심이라고요! 오! 아닙니다. 당신이 무관심해질 수 있다고는 생각하지 않아요. 편지는 무관심하게 볼 문제가 아니죠. 대부분의 편지는 아주 긍정적인 저주라고 할 수 있어요."

"당신은 사업상의 편지를 말씀하시는 거로군요. 제 경우는 우정의 편지들이랍니다."

"저는 때때로 후자가 전자보다 더 나쁘다고 생각해왔습니다."

존 나이틀리는 냉담하게 답했다.

"아시다시피 사업은 돈을 가져다주지만, 우정은 그러는 법이 거의 없으니까요."

"아! 설마 진심으로 하시는 말씀은 아니겠죠. 저는 존 나이틀리 씨를 잘 알아요. 당신은 우정의 가치를 어느 누구보다 잘 이해하는 분이죠. 당신이 저보다 편지를 훨씬 가볍게 보는 분인 건 알겠지만, 그런 생각의 차이를 만들어내는 건 당신이 저보다 나이가 열 살 더 많아서가 아니에요. 나이가 아니라 상황 때문이죠. 당신 같은 경우에는 소중한 사람들 모두가 가까이 있지만, 저는 앞으로 다시는 그럴 수 없을 거예요. 그렇기 때문에 제 애정이 다할 때까지는 오늘보다 심한 날씨에도 절 밖으로 끌어낼 힘이 우체국에 있답니다."

존 나이틀리가 말했다.

"제가 세월이 가면서 당신이 변할 거라고 한 건, 시간이 일반적으로 가져오는 상황의 변화를 암시한 겁니다. 저는 두 가지가 함께 간다고 보거든요. 대개 시간이란 매일 접하는 사람들의 범위를 넘어서는 이들에 대한 모든 애정을 옅어지게 하는 법이죠. 하지만 그게 제가 당신에게 말한 변화는 아니에요. 페어팩스 양, 오랜 친구로서 저는 앞으로 10년 후 당신 주변에 지금 제가 가진 만큼의 애정을 쏟게 될 사람들이 있기를 바랍니다."

이 말은 친절했고 전혀 불쾌감을 줄 의도가 없었다. 제인 페어팩스는 아무렇지 않게 웃어넘기기 위해 미소와 함께 '고맙습니다'라고 했지만, 달아오른 얼굴과 떨리는 입술, 눈가에 맺힌 눈물은 그녀에게는 이 말이 웃어넘길 일이 아님을 말해주고 있었다. 그때 이런 자리에서 늘 그러듯 손님들 사이를 돌아다니며 특히 숙녀들에게 찬사의 말을 건네고 있던 우드하우스 씨가, 마지막으로 그녀에게 다가와 정중히 말을 건넸다.

"페어팩스 양, 오늘 아침 비가 오는데도 외출했다는 소리를 듣고 얼마나 안타까웠는지 모른다오. 어린 숙녀분들은 몸을 잘 챙겨야 하지. 어린 숙녀들은 연약한 식물 같아서 건강과 안색에 신경을 써야 해. 그래, 젖은 스타킹은 갈아 신었소?"

"네, 갈아 신었어요. 저한테 이렇게 신경 써주셔서 정말 감사합니다."

"페어팩스 양, 젊은 숙녀들에게는 이렇게 각별히 신경을 써줘야 하는 법이라네. 할머니와 이모도 잘 지내고 있겠지요. 그분들은 나의 아주 오랜 친구들이지. 건강만 허락된다면 나도 좀 더 좋은 이웃이 될 수 있을 텐데. 오늘 이렇게 와줘서 얼마나 영광인지 모르겠네. 딸아이와 나는 당신을 아주 좋아하는데 이렇게 하트필드에서 볼 수 있게 되어 무척 기쁘다오."

이 마음씨 따뜻하고 정중한 노인은 이제야 숙녀들 모두를 환영하고 편하게 시간을 보낼 수 있도록 자기의 의무를 다했다고 생각하며 자리에 앉았다.

이때쯤 제인 페어팩스가 빗속에서 외출했다는 얘기가 엘턴 부인의 귀에 들어갔고, 그녀의 비난이 제인에게로 향했다.

"제인, 이게 무슨 소리예요? 비가 오는데 우체국에 가다니요! 말도 안 돼요. 아니, 어떻게 그런 일을 할 수 있어요? 제가 옆에서 챙기지 않으니까 이런 일이 벌어지는군요."

제인은 자기는 감기에 걸리지 않았다면서 매우 참을성 있게 그녀를 안심시켰다.

"오! 그런 말 말아요. 정말 자기 몸을 챙길 줄도 모르는 아가씨군요. 우체국이라니! 웨스턴 부인, 이런 일을 들어나 보셨어요? 아무래도 당신과 제가 나서서 우리의 권위를 사용해야겠네요."

"저도 충고를 좀 하고 싶어지네요."

웨스턴 부인은 친절하고 설득력 있게 말했다.

"페어팩스 양, 그런 위험한 행동을 해서는 안 돼요. 워낙 심한 감기에 잘 걸리는 편이니까 요즘 같은 날씨에는 특별히 더 조심해야죠. 봄에는 평상시보다 더 신경을 써야 한다고 생각해요. 다시 감기에 걸릴 위험을 무릅쓰느니 편지 정도야 한두 시간, 아니 반나절이라도 더 기다리는 게 낫죠. 지금 생각해 보니 그런 행동이 너무 무모했다고 느껴지지 않나요? 그래요, 당신은 아주 현명하니까 잘 알아들었을 거예요. 이제 그런 행동을 다시는 안 할 것처럼 보이네요."

"오! 그런 행동을 다시 해서는 안 되죠. 우리가 나서서 그녀가 다시는 그런 일을 못 하도록 막아야 해요."

다급히 말하던 엘턴 부인은 말을 잠시 멈추고 의미심장하게 고개를 끄덕였다.

"뭔가 대책을 세워야 해요. E씨에게 말해야겠어요. 매일 아침 우리 편지를 가져다주는 하인(이름은 생각이 안 나네요)한테 부탁해서 당신 것도 찾아다 달라고 해야겠네요. 그렇게 하면 모든 문제가 해결될 거예요. 제인, 우리의 이런 제안을 반대할 이유는 없겠지요."

"너무나 친절한 말씀이에요."

제인이 말했다.

"하지만 저는 아침 산책을 그만두고 싶지는 않아요. 의사 선생님도 가능한 한 바깥 공기를 많이 쐬라고 하셨기 때문에 어디든 걸어야 하는데, 바로 그 우체국이 목적지인 셈이에요. 게다가 오늘처럼 아침에 날씨가 안 좋았던 적은 거의 없었답니다."

"제인, 그런 말은 더 이상 하지 말아요. 이 일은 이제 결정된 일, 그러니까 (가식적으로 웃으며) 제가 바깥주인의 동의 없이 결정할 수 있는 한도 내에서는 이미 결정된 일이에요. 웨스턴 부인도 아시겠지만, 당신과 저는 자기 생각을 말할 때 조심해야 하잖아요. 그렇지만 제인, 저 같은 경우엔 다행스럽게도 영향력이 완전히 사라진 건 아니랍니다. 그러니 반대만 하지 않는다면, 그 문제는 결정된 것으로 생각해도 좋아요."

"이렇게 말씀드려 죄송하지만요."

제인은 간절히 호소했다.

"저로서는 당신 하인을 필요 이상으로 번거롭게 하는 그런 제안을 절대 받아들일 수 없어요. 거기 다녀오는 걸 제가 즐기지 않았다면, 제가 여기 없을 때 늘 그랬듯이 할머니의 하녀가 하면 되는 일이고요."

"오! 하지만 패티는 할 일이 너무 많아요! 그리고 우리 하인을 쓰는 건 별로 어려울 것 없는 일이랍니다."

제인은 물러서고 싶지 않은 표정이었지만 뭐라 대답하지 않고 존 나이틀리 씨에게 다시 말을 건넸다.

"우체국은 정말 훌륭한 기관이에요!"

그녀가 말했다.

"얼마나 규칙적이고 신속한지요! 그러기 위해 얼마나 많은 일들을 능숙하게 처리하고 있는지 생각해보면 정말 놀라울 따름이에요!"

"확실히 잘 조직화되어 있지요."

"소홀함이나 실수는 거의 없어 보여요. 끊임없이 전국을 오가는 수천 통의 편지 가운데 한 통이라도 잘못 배달되는 일은 아주 드물고, 분실되는 경우는 아마 백만 분의 일도 안 될 거라고 생각해요. 가지각색의 필체들이 많을 테고 분명 악필도 있을 듯한데 다들 용케 그걸 읽어서 분류하다니 정말 놀랄 정도예요."

"직원들은 계속되는 연습을 통해 숙달되는 법입니다. 일단 재빠른 눈과 손으로 시작한 뒤에는 연습을 하면서 점점 발전되는 것이지요. 이것 말고도 더 설명이 필요하시다면……."

존 나이틀리는 미소를 머금으며 말을 이었다.

"그 사람들이 거기에 대해 보수를 받는다는 걸 생각하십시오. 그게 바로 뛰어난 능력에 대한 열쇠예요. 시민들이 돈을 지불했으니 마땅히 그에 맞는 서 비스를 받아야 하죠."

뒤이어 다양한 글씨체에 대한 이야기가 좀더 진전되다가, 익숙한 논평이 이어졌다.

"제가 듣기로는……."

존 나이틀리가 말했다.

"한 가족 간에는 같은 종류의 글씨체를 쓰는 경우가 많다고 하던데, 같은 선생님이 가르친 경우라면 당연한 일이겠죠. 하지만 바로 그런 이유 때문에, 그건 주로 여자들에게 해당되는 이야기인 것 같네요. 남자 아이들이야 어릴 때 이후로는 배울 기회가 거의 없다가 자라나면서 접하게 된 필체를 이래저래 익히게 되니 말입니다. 제가 보기에 이사벨라와 에마는 글씨체가 거의 비슷해요. 둘이 쓴 걸 보면 가끔 구별을 못할 때가 있지요."

"그래."

그의 형이 주저하며 고개를 끄덕였다.

"비슷한 점이 있긴 해. 네 말이 무슨 뜻인지 알겠다. 하지만 에마의 글씨체가 좀 더 강하지."

"이사벨라와 에마 둘 다 글씨체가 아주 아름답지."

우드하우스 씨가 말했다.

"어릴 때부터 그랬다네. 그건 가엾은 웨스턴 부인도 마찬가지일세."

그러더니 한숨과 미소가 뒤섞인 표정으로 그녀를 바라보았다.

"제가 본 신사 분들의 글씨체 중에서……."

웨스턴 부인을 보면서 말을 하던 에마는 다른 누군가가 그녀에게 말을 건네는 걸 보고 말을 멈췄는데, 잠시 생각해 본 뒤에 다시 말을 이었다.

"이제 그를 어떻게 소개해야 할까요? 여러분들 앞에서 그의 이름을 직접적으로 말해도 괜찮을까요? 아니면 좀 더 우회적인 표현을 써야 할까요? 우리들의 요크셔 친구, 요크셔에 있는 우리 지인…… 내가 아주 나쁘다면 그렇게 불러야 하겠지요. 아니, 나는 그의 이름을 아무 거리낌 없이 부를 수 있어요."

웨스턴 부인이 다른 사람과의 이야기를 마치자, 에마는 다시 말을 이어나갔다.

"제가 본 신사 분들 중에서는 프랭크 처칠 씨의 글씨체가 가장 훌륭했던 것 같아요."

"제가 보기엔 별로 그렇지 않던데요."

나이틀리 씨가 반박했다.

"글씨가 너무 작고 힘이 부족해요. 마치 여자 필체같이 말입니다."

이에 대해서는 에마와 웨스턴 부인 둘 다 수긍하지 않았고, 그의 비방에 반대하며 프랭크 처칠을 변호했다.

"아니요, 전혀 힘이 부족하지 않던데요. 글씨가 크진 않지만 아주 분명하고 힘이 있어요. 웨스턴 부인, 혹시 지금 그의 편지를 갖고 계시지 않나요?"

그녀는 고개를 저으며 바로 얼마 전에 그에게서 편지를 받았지만 답장을 한 뒤에는 다른 곳에 잘 보관해 놓았다고 했다.

에마가 말했다.

"제 책상이 여기 있다면 분명 보여드릴 수 있을 텐데. 그가 쓴 쪽지를 갖고 있거든요. 웨스턴 부인, 일전에 부인이 그에게 대신 써달라고 부탁하셨던 걸 기억하세요?"

"프랭크가 내가 부탁한 거라고 했나 보구나."

"아무튼 제가 그 쪽지를 갖고 있으니 이따 저녁 식사가 끝나고 나면 나이틀리 씨에게 보여드릴 수 있어요."

"프랭크 처칠 씨같이 정중한 젊은이가 우드하우스 양처럼 아름다운 숙녀에게 글을 쓸 때는 당연히 최선을 다하겠죠."

나이틀리 씨는 냉담하게 말했다.

저녁 식사가 차려졌다. 엘턴 부인은 서둘러 자리에서 일어나더니, 우드하우스 씨가 식당으로 안내하겠다고 손을 내밀어 청하기 전에 말을 꺼냈다.

"제가 꼭 먼저 가야만 할까요? 매번 제가 앞장서려니 참 민망하네요."

에마는 자신의 편지를 직접 가지러 가려는 제인의 열망이 머릿속에서 떠나지 않았다. 그녀는 아까의 일을 하나도 놓치지 않고 보고 들으면서, 오늘 아침 그녀가 비를 맞으며 우체국에 다녀온 게 성과가 있었는지 알고 싶은 호기심을 강하게 느꼈다. 에마는 왠지 그랬을 거라는, 아주 소중한 누군가로부터 편지가 올 거라는 확신 없이는 비가 오는데 그렇게 결연하게 집을 나설 수는 없었을 것이고, 그 기대가 헛되지 않았을 거라는 생각이 들었다. 제인 페어팩스는 평소보다 행복해 보였고, 얼굴 표정과 기분에서 기쁨이 느껴졌다.

에마는 아일랜드에 편지를 부치는 데 드는 기간과 비용에 관해 한두 가지 캐묻고 싶어 그 질문이 거의 혀끝까지 나왔지만 꾹 참았다. 제인 페어팩스에게 상처를 줄 수 있는 말은 한 마디도 내뱉지 않기로 결심한 터였다. 그들은 자신들의 아름다움과 우아함에 어울리는 다정한 모습으로 나란히 팔짱을 낀 채, 다른 숙녀들을 따라 방을 나섰다.

35

저녁 식사를 마치고 숙녀들이 거실로 다시 돌아왔을 때, 에마는 그들이 서로 확연히 다른 두 무리로 나누어지는 걸 막을 수가 없다는 걸 깨달았다. 끊임없는 말과 무례한 행동으로 엘턴 부인은 제인 페어팩스를 독차지하면서 스스로를 깎아내리고 있었다. 그러는 동안 에마와 웨스턴 부인은 둘이서 이야기하거나 함께 침묵을 지키는 수밖에 없었다. 엘턴 부인은 그들에게 다른 어떤 선택권도 주지 않았다. 제인이 만류하는 것도 잠시였고 그녀는 곧바로 다시 시작하곤 했고, 둘 사이에 오가는 말의 대부분, 특히 엘턴 부인이 하는 말은 속삭임에 가까웠지만 그들이 주로 무슨 얘기를 하는지는 분명했다. 우체국……감기……편지를 가지러 가는 것……그리고 우정에 대해 긴 대화가 이어졌고, 뭔가 제인에게는 그다지 유쾌하지 않은 이야기, 즉 그녀에게 적당한 자리가 났다는 소식을 들었는지 묻는 질문과 엘턴 부인이 생각한 전문적 활동에 대한 장황한 설명이 계속 이어졌다.

"벌써 4월이네요!"

그녀가 말했다.

"당신에 대해서는 걱정이 되는군요. 곧 6월이 될 테니 말이에요."

"하지만 6월이나 다른 어떤 달로 정해놓은 건 아니에요. 그냥 여름이 오는 것 자체를 기대하는 것뿐이죠."

"그런데 정말 아무 소식도 듣지 못한 거예요?"

"지금까지는 전혀 알아보지 않고 있어요. 아직은 그러고 싶지도 않고요."

"오! 이런 일은 빨리 시작해야 하는 법이에요. 마음에 꼭 드는 것을 얻기가 얼마나 힘든지 잘 모르는군요."

"제가 그걸 모른다고요?"

제인은 고개를 가로저었다.

"엘턴 부인, 그걸 저만큼 많이 생각해본 사람이 누가 또 있을까요?"

"하지만 당신이 저만큼 세상을 잘 아는 건 아니니까요. 가장 좋은 것에 대해서는 언제나 경쟁자가 많다는 걸 아직 몰라서 그러는 거예요. 저는 메이플 그로브 주변 동네에서 그런 일을 많이 봤답니다. 저희 형부 서클링 씨의 사촌인 브래그 부인에게는 청혼자가 수도 없이 많았어요. 다들 최상류층인 그녀 가문의 일원이 되길 원했거든요. 서재에 놓인 양초들이라니! 얼마나 근사할지 한번 생각해보세요. 브래그 부인 댁이야말로 제가 당신에게 꼭 보여주었으면 하고 바라는 집이랍니다."

"캠벨 대령 부부가 여름 중반쯤이면 다시 런던으로 돌아오실 거예요."

제인이 말했다.

"저는 그분들과 시간을 보내야 해요. 제가 그렇게 하길 원하실 거예요. 그런 다음에는 아마 시간이 좀 나겠지만, 지금으로서는 그런 수고를 하시지 말았으면 좋겠어요."

"수고라고요! 아, 당신이 뭘 염려하는지 알겠어요. 제게 폐를 끼칠까 두려워하는 거군요. 하지만 제인, 확신하건대 캠벨 부부가 저만큼 당신에게 신경을 써주지는 못할걸요. 하루이틀 내로 파트리지 부인에게 편지를 써서 당신에게 적당한 곳이 있는지 잘 알아보라고 부탁해야겠어요."

"고맙습니다만, 파트리지 부인에게 그 문제를 언급하지 않으셨으면 좋겠어요. 때가 되기 전에는 어느 누구에게도 폐를 끼치고 싶지 않아요."

"하지만 이미 때가 되고 있는걸요. 벌써 4월이고, 이렇게 중요한 할 일이 우리 앞에 놓여 있으니 6월, 아니 7월이라 해도 금방이라고요. 이렇게 경험이 없다니, 제가 웃음이 다 나려고 하네요! 당신에게 어울리고 또 지인들이 당신을 위해 요청할 자리는 매일같이 생기는 게 아니고, 알리자마자 곧바로 얻을 수 있는 것도 아니에요. 그러니 당장 지금부터 알아보기 시작해야 한다고요."

"죄송해요, 부인, 하지만 이건 제가 의도한 바가 아니에요. 제가 그런 걸 알아보고 다니지 않는데, 제 친구가 그런다면 아무래도 마음이 안 좋을 거예요. 제가 적당한 시기라고 결심을 굳힌 후에 일할 곳을 장기간 못 찾는다고 해도 전혀 두렵지 않아요. 시내에 그런 사무소들이 있는데, 거기서 알아보면 금방 뭔가 찾을 수 있을 거예요. 매매를 중개해 주는 곳인데, 사람의 신체가 아니라 지성을 매매하죠."

"사람의 신체라니요! 혹시 노예 매매를 생각하고 그런 말을 한 거라면 깜짝 놀랄 일이네요. 서클링 씨는 노예 제도를 폐지하는 쪽으로 기울어져 있거든요."

"그런 의미가 아니었어요, 노예 매매를 생각하고 말씀드린 게 아니에요."

제인이 답했다.

"저는 어디까지나 가정교사직을 말한 것이었어요. 노예 제도를 지지하는 사람들의 죄의식과는 큰 차이가 있지만, 희생자들의 비극은 어느 쪽이 더 큰지 모르겠네요. 어쨌든 제가 말하려던 건 일종의 광고 사무소가 있어서 거기 의뢰하면 곧 어딘가 괜찮은 곳을 찾을 수 있을 거라는 얘기였어요."

"어딘가 괜찮은 곳이라니요!"

엘턴 부인이 외쳤다.

"평소 당신의 겸손한 태도에 잘 어울리는 말이로군요. 평소 당신이 얼마나 자신을 낮추어 생각하는지는 알고 있지만, 당신이 상류 계층과 교류하거나 우아한 생활을 누릴 능력이 안 되는, 그렇고 그런 평범한 자리를 받아들인다면 당신의 친구들은 만족하지 않을 거예요."

"친절하신 말씀은 감사하지만, 그런 점들엔 전 전혀 신경 쓰지 않아요. 부유한 사람들과 지내는 건 제 목표가 아니에요. 오히려 비교하는 마음에 수치감만 더 커지겠죠. 그저 점잖은 집안이면 충분해요."

"난 당신을 알아요, 잘 알아요. 당신은 그렇게 어떤 것이든 받아들이겠지만, 전 좀 더 신경을 써야겠어요. 분명히 캠벨 부부도 저와 같은 생각을 할걸요. 당신같이 뛰어난 재능을 가진 사람은 상류 계층 사람들과 어울릴 권리가 있어요. 음악적 자질만으로도 당신은 원하는 조건을 내세우고 원하는 방을 몇 개라도 요구할 수 있을 것이고, 또 원하는 집안사람들과 어울릴 수 있어요. 혹시 하프를 연주할 줄 안다면 그 모든 걸 누릴 수 있을 게 확실하지만, 당신 경우엔 피아노와 노래를 둘 다 할 수 있으니까 하프를 연주하지 못하더라도 얼마든지 골라서 갈 수 있을 거예요. 당신이 행복하고 명예롭고 편안하게 자리를 잡아야 캠벨 부부나 제 마음이 편해질 거예요."

"그런 상황이 주는 명예와 편안함을 한데 묶어서 생각하실 수 있겠지만, 지금 상황에서 저를 위해 굳이 그런 것들을 알아보시지 않았으면 좋겠다는 제 말은 진심입니다."

제인이 말했다.

"엘턴 부인, 당신에게는 얼마나 감사한지 몰라요. 저를 걱정해주시는 분들께는 고맙지만, 저는 여름까지는 그냥 있었으면 해요. 앞으로 두세 달 동안은 지금 이대로 있을 생각이에요."

"저도 당신 못지않게 결심이 굳은걸요."

엘턴 부인은 기운차게 답했다.

"받아들일 수 없는 상황이 발생하지 않도록 항상 당신 주변을 살펴볼 것이고, 제 친구들에게도 부탁해서 알아봐달라고 할 거예요."

이런 식으로 끊임없이 이야기를 이어가던 그녀는 우드하우스 씨가 방에 들어서자 겨우 말을 그치고 자신의 허영심의 방향을 그쪽으로 돌렸고, 에마는 그녀가 제인에게 이렇게 속삭이는 걸 들었다.

"저기 귀한 분이 오시네요. 다른 사람들보다 먼저 들어서는 저 정중함을 보세요. 얼마나 사려 깊으신지 저는 우드하우스 씨가 아주 마음에 든답니다. 저는 저렇게 구식인 듯한 예스러운 예절을 좋아해요. 현대적인 편안함을 싫어하는 제 취향에는 저런 방식이 훨씬 더 잘 맞죠. 아까 저녁 식탁에서 우드하우스 씨가 저한테 하신 정중한 이야기를 들으셨다면 좋았을 텐데. 제 새신랑이 질투할 거라는 생각까지 들더라고요. 제가 입은 드레스를 칭찬하신 걸 보면 제가 꽤 마음에 드신 것 같아요. 어떤 것 같아요? 셀리나 언니가 고른 거랍니다. 예쁘긴 한데, 너무 장식이 많은 것 같기도 해요. 저는 너무 지나치게 화려해 보이는 건 질색이랍니다. 그래도 지금은 장신구를 좀 걸쳐야 하는 게……사람들이 제게서 그런 걸 기대하거든요. 아시겠지만 신부는 신부답게 보여야 하잖아요. 하지만 저는 원래 단순한 걸 좋아한답니다. 단순한 드레스는 화려한 것보다 훨씬 낫죠. 그런데 저 같은 사람은 많지 않은 것 같아요. 단순한 디자인의 드레스가 얼마나 아름다운지 그 가치를 알아보는 사람이 거의 없거든요. 그러니 화려하게 입는 수밖에 없죠. 이런 장식을 집에 있는 흰색과 은색이 섞인 포플린 천에도 달아볼까 생각 중이에요. 어울릴 것 같나요?"

손님들이 거실에 다시 자리를 잡고 앉았을 때, 웨스턴 씨가 모습을 드러냈다. 그는 집에 도착해 늦은 저녁 식사를 마치고 곧바로 하트필드로 걸어온 것이었다. 그가 올 거라고 예상하고 있었기 때문에 크게 놀랄 일은 아니었지만, 다들 매우 기뻐했다. 우드하우스 씨는 그가 이른 시간에 나타났다면 별로 반기지 않았겠지만, 지금 등장한 그를 보고는 무척 반가워했다. 반면에 존 나이틀리 씨는 말은 하지 않았지만 깜짝 놀랐다. 런던에서 하루 종일 볼일을 보고 집에서 조용히 남은 저녁 시간을 보낼 수도 있었을 사람이, 잠자리에 들기 전까지 다른 사람들 사이에서 예의를 차리고 소음 속에서 시간을 보내기 위해 거의 1킬로미터 가까운 거리를 걸어왔다는 데 대해 그는 놀란 것이다. 아침 8시부터 계속 활동했으니 지금쯤이면 쉬고 싶을 것이고, 말을 많이 했을 테니 이제 침묵하길 원할 것이며, 사람들에게 하루 종일 부대꼈으니 혼자 있고 싶기도 할 텐데 말이다! 평화롭고 고요한 자기 집 난롯가를 떠나 4월의 차가운 저녁 바람 속으로 다시 나서다니! 손끝만 살짝 대서 부인을 바로 데려갈 수 있다면 또 모르겠다. 하지만 그가 오면 모임이 일찍 파하기는커녕 오히려 더 늦게까지 이어질 것이었다. 존 나이틀리 씨는 놀란 표정으로 그를 계속 바라보더니 어깨를 으쓱하며 말했다.

"아무리 웨스턴 씨라 해도 이 정도일 줄은 몰랐네."

한편 웨스턴 씨는 자기가 어떤 감정을 불러일으키고 있는지 전혀 눈치채지 못한 채, 여느 때처럼 즐겁고 유쾌한 모습으로 집을 하루 떠나 있었던 사람에게 주어지는 대화의 특권을 가지고 다른 이들을 즐겁게 해주었다. 그리고 저녁 식사를 어떻게 했는지 묻는 아내의 질문에, 하인들이 그녀의 세심한 지시대로 잘 챙겨주었노라고 말하고는, 그가 들은 새로운 소식들을 모두에게 전한 다음 가족끼리의 대화로 넘어갔다. 이야기는 주로 웨스턴 부인을 향한 것이었으나, 그는 방 안에 있는 모두가 자신의 얘기에 굉장한 흥미를 갖고 있다는 데 대해 조금도 의심하지 않았다. 그는 그녀에게 편지를 건네주었다. 프랭크가 웨스턴 부인에게 보낸 편지였다. 그는 가는 길에 이 편지를 받았으며 자기가 먼저 읽어보았다고 했다.

"어서 읽어봐요, 얼른."

그는 재촉했다.

"기쁜 소식이니 말이오. 몇 줄 안 되니 금방 읽을 수 있을 거요. 에마에게도 읽어줘요."

두 숙녀가 함께 편지를 읽는 동안 웨스턴 씨는 자리에 앉아 만면에 웃음을 띤 채, 약간 작긴 하지만 모두가 충분히 들을 수 있는 목소리로 그들에게 계속해서 이야기했다.

"글쎄, 프랭크가 온다는군요. 그것 참 반가운 소식이지 뭡니까. 그것 봐요, 그 아이가 곧 다시 올 거라고 내가 항상 말했지 않았소. 여보, 앤, 당신은 내가 몇 번이나 얘기해도 믿지 않더니, 늦어도 다음 주면 런던에 온다는군요. 그 아이 외숙모는 무슨 일이든 생기면 악마처럼 급히 서둘러대는 성질이니 어쩌면 내일이나 토요일에 올 가능성도 있어요. 아프다는 건 역시 아무것도 아니었던 거예요. 어쨌든 프랭크가 가까운 런던까지 다시 올 수 있다니 아주 좋네요. 이번에 오면 꽤 오래 머물 예정이라서, 그 아이도 와 있는 시간의 반

정도는 우리와 함께 보낼 수 있을 겁니다. 이거야말로 내가 바라던 그대로에요. 아주 반가운 소식 아닙니까? 다 읽었소? 에마 양도 다 읽었나요? 그럼 넣어 둬요, 어서요. 이 얘기는 다음 기회에 제대로 할 기회가 있겠지만, 오늘은 이쯤 하죠. 다른 분들에게는 상황만 간단하게 말해 주겠소."

이 일에 대해서는 웨스턴 부인이 가장 기뻐했고, 그녀의 표정과 말투에서도 그러한 기쁨이 숨김없이 나타났다. 그녀는 행복했고 자신이 행복하다는 것, 그리고 행복하기에 충분한 이유가 있다는 것도 잘 알고 있었다. 웨스턴 부인은 따뜻하고 진심 어린 축하의 말을 했지만, 에마는 자기 감정을 헤아려보고 스스로 생각하기에도 상당하다고 여겨지는 동요의 진폭을 파악하느라 곧바로 말을 할 수가 없었다.

하지만 웨스턴 씨는 그런 감정을 눈치채기에는 너무 들떠 있었고 다른 사람에게 이야기할 기회를 주기에는 할 말이 너무 많았기 때문에 웨스턴 부인의 말로도 충분히 만족한 채, 방 안의 나머지 사람들은 이미 다 들었을 이야기를 다시 들려주기 위해 다른 쪽으로 자리를 옮겼다.

그가 모두들 기뻐할 거라고 여긴 건 다행이었는데, 만일 그렇지 않았다면 우드하우스 씨나 나이틀리 씨 중 누군가는 특별히 기뻐하지 않는 기색이었다는 걸 눈치챘을 것이다. 그들은 웨스턴 씨가 웨스턴 부인과 에마 다음으로 이 기쁜 소식을 전해야 마땅한 이들이었고, 그다음에는 페어팩스 양에게 갈 참이었다. 그런데 그녀가 존 나이틀리와 진지하게 대화를 하고 있어서 머뭇거리던 차에, 그는 자신이 엘턴 부인 옆에 서 있다는 걸 깨달았다. 마침 그녀가 혼자였기 때문에 어쩔 수 없이 대화를 시작하게 되었다.

36

"머지않아 제 아들을 소개해 드릴 기회가 있길 바랍니다."

웨스턴 씨가 말했다.

엘턴 부인은 그런 그의 바람이 그녀에 대한 특별한 칭찬이라고 생각되었는지 아주 우아하게 미소를 지어 보였다.

"프랭크 처칠이라는 이름을 아마 들어보셨을 거라 생각합니다."

그가 말을 이었다.

"그 아이가 제 성을 따르지는 않았지만, 제 아들이라는 것도 아시겠지요."

"오! 그럼요. 저도 인사를 나누게 되면 좋겠어요. 분명히 엘턴 씨는 지체 없이 그를 방문할 테고, 또 우리 둘이 교구관에서 그를 만나볼 수 있다면 무척이나 기쁠 거예요."

"정말 친절하신 말씀입니다. 프랭크도 분명 좋아할 거예요. 늦어도 다음 주면 런던에 올 예정이랍니다. 오늘 편지를 받아보고 알았지요. 오늘 아침 나가는 길에 편지를 보고 제 아들 필체길래 열어봤지요. 제가 아니라 웨스턴 부인에게 온 편지였지만 말입니다. 프랭크는 그렇게 주로 제 아내에게만 편지를 쓴답니다. 제게는 거의 보내지 않지요."

"그래서 웨스턴 부인에게 온 편지를 열어보셨다고요! 오! 웨스턴 씨, (잘난 척하는 미소를 지으며) 거기에는 분명히 반대 의사를 밝혀야겠네요. 정말로 아주 위험한 선례를 남기신 거예요! 이웃에서 당신의 행동을 따라하도록 하는 일은 없기를 부탁드릴게요. 만약 이런 일이 계속된다면, 저처럼 결혼한 여성들도 우리 권리를 주장하기 시작해야겠어요! 오! 웨스턴 씨, 당신이 그런 행동을 하실 줄은 생각도 못했어요!"

"아, 저희 남자들이 그렇게 생각 없는 사람들이랍니다. 엘턴 부인, 당신도 조심하셔야겠습니다. 어쨌든 이 편지는 그저 짧은 내용을 급하게 써보낸 것일 뿐이에요. 처칠 부인 때문에 그들 모두 런던에 오게 되었다는 걸 저희에게 급하게 알려주기 위한 거였어요. 처칠 부인이 겨울 내내 몸이 안 좋았는데, 엔스컴이 그녀에게 너무 추워 지체하지 않고 남쪽으로 오기로 한 거죠."

"그렇군요! 요크셔에서요? 엔스컴이 요크셔에 있나요?"

"네, 런던에서 190마일 정도 떨어져 있어요. 상당한 거리죠."

"네, 정말 꽤 먼 거리이네요. 메이플 그로브에서 런던까지의 거리보다 60마일 정도는 더 가야 하네요. 하지만 웨스턴 씨, 돈 많은 이들에게 거리가 뭐 대수겠어요? 저희 형부 서클링 씨가 얼마나 많이 여행을 다니는지 들으시면 아마 놀라실 거예요. 제 말을 믿기 힘드시겠지만, 일주일에 두 번씩 브래그 씨와 함께 말 네 마리로 런던을 왕복하시는걸요."

웨스턴 씨가 말했다.

"엔스컴에서부터의 거리를 걱정하는 건, 저희가 듣기로는 처칠 부인이 일주일 동안이나 소파에서 일어나지 못할 정도로 몸이 안 좋았기 때문입니다. 프랭크가 지난번 보낸 편지에 따르면, 처칠 부인은 프랭크와 처칠 씨가 부축하지 않으면 온실에도 들어갈 수 없을 정도로 아프다며 불평했다더군요. 이 정도면 몸이 아주 약해졌다는 걸 알 수 있죠. 그런데 처칠 부인은 하루라도 빨리 런던에 가고 싶어서 길에서 이틀 밤만 자면서 올 예정이라는군요. 그래서 프랭크가 편지를 쓴 거예요. 엘턴 부인, 확실히 연약한 여자분들은 아주 별난 체질을 갖고 있어요. 거기에는 동의하시겠죠."

"아니요, 그런 말에는 동의할 수 없는걸요. 저는 언제나 여자들 편에서 생각한답니다. 정말 그래요. 미리 말씀드리지만, 저는 그 문제에 있어서 놀라울 정도로 적대적이라는 걸 아시게 될걸요. 저는 항상 여자들 입장을 대변하죠. 셀리나 언니가 여관에서 자는 것에 대해 어떻게 느끼는지 아신다면, 처칠 부인이 가능하면 그걸 피하기 위해 그렇게 애쓰는 게 이상하게 느껴지지 않으실 거예요. 셀리나 언니는 공포스러운 경험이었다고 했고, 제 생각에 저도 언니의 예민함을 조금 닮은 것 같아요. 언니는 여행할 때마다 자기가 덮을 이불을 따로 가지고 다니거든요. 대단한 준비성이죠. 처칠 부인도 그렇게 하시나요?"

"장담하지만, 처칠 부인은 귀부인들이 하는 거라면 뭐든 하죠. 처칠 부인은 누구에게도 지지 않을……."

이때 엘턴 부인이 다급하게 끼어들었다.

"오! 웨스턴 씨, 제 말을 오해하지 마세요. 셀리나 언니는 결코 귀부인은 아니에요. 그렇게 생각하지는 마세요."

"아니라고요? 그렇다면 누가 보기에도 귀부인인 처칠 부인과 비교할 수는 없겠군요."

엘턴 부인은 자신이 너그럽게 부인한 것이 실수였다는 생각이 들기 시작했다. 그녀의 언니가 귀부인이 아니라고 믿게 만들려는 의도는 결코 아니었다. 어쩌면 부인하는 척할 때 너무 심각하게 얘기했는지 모른다. 웨스턴 씨가 말을 계속하는 동안 그녀는 어떻게 하면 그 말을 다시 무를 수 있을지 궁리했다.

"당신도 그렇게 생각하셨을지 모르겠지만 저 개인적으로는 처칠 부인에게 그다지 호감을 갖고 있지 않답니다. 그렇지만, 이건 우리끼리 얘기입니다만, 그녀가 프랭크를 몹시 아끼는 만큼 저도 그녀 얘기를 나쁘게 할 생각은 없으니까요. 게다가 지금은 건강이 안 좋은 상태니까요. 하지만 그녀의 주장에 따르면 건강이야 언제나 안 좋았죠. 엘턴 부인, 모두에게 대놓고 얘기는 안 하겠지만, 저는 처칠 부인이 아프다는 말은 안 믿는답니다."

"그녀가 정말 아프다면 왜 바스로 가지 않는 걸까요, 웨스턴 씨? 바스나 클리프턴으로 말이에요."

"엔스컴이 자기한테 너무 춥다고 생각하게 됐다더군요. 사실 제 생각으로는 엔스컴이 지겨워진 것 같아요. 다른 어디보다도 오래 살았으니 이제 변화를 원하게 된 거죠. 사실 거긴 외진 곳이에요. 살기에는 좋은 곳이지만 아주 동떨어진 지역이죠."

"아, 메이플 그로브처럼 말이군요. 메이플 그로브만큼 큰길에서 멀리 떨어져 있는 곳은 없어요. 주위에는 울창한 숲이 둘러싸여 있죠! 완벽히 동떨어진 가운데 모든 것에서 단절된 느낌이랄까요. 게다가 처칠 부인은 그런 외딴 생활을 즐기기에는 셀리나 언니처럼 건강하거나 긍정적이지는 못한 것 같아요. 아니면 시골 생활을 즐길 수 있을 만큼 자질을 충분히 갖추지 못했거나요. 저는 여자에게는 자질이 많을수록 좋다고 늘 말해왔지요. 그리고 저는 어디서 살더라도 상관없을 정도로 많은 자질이 있는 것에 대해 매우 감사히 여긴답니다."

"프랭크는 지난 2월에 여기서 두 주 동안 머물렀어요."

"저도 그 말을 들은 것 같아요. 그가 하이버리에 돌아오면 여기 사교계에 사람이 한 명이 더 늘어난 걸 발견하겠군요. 그러니까 저를 스스로 사교계의 일원이라고 칭할 수 있다면 말이죠. 하지만 어쩌면 세상에 저 같은 사람이 있다는 얘기를 한 번도 들어본 적이 없을 수도 있겠군요.”

그건 엘턴 부인이 자신을 치켜세워주기를 너무 강력히 요구하는 말이었고, 웨스턴 씨는 친절하게도 곧바로 외쳤다.

“부인! 당신 말고는 아무도 그렇게 생각하지 않을 겁니다. 당신에 대해 들어보지 못하다니요! 웨스턴 부인이 보낸 최근의 편지들은 아마 엘턴 부인에 대한 얘기가 대부분이었을걸요.”

그는 이로써 자기의 의무를 다했고 자기 아들 이야기로 다시 되돌아갔다.

“프랭크가 여기를 떠났을 때 그 아이를 언제 다시 볼 수 있을지 알 수 없었죠. 그렇기 때문에 오늘 소식이 더더욱 반가운 거예요. 전혀 예상하지 못했거든요. 제겐 언제나 그 아이가 곧 돌아올 거라는 강한 확신이 있었어요. 뭔가 유리한 상황이 생길 거라고 믿었지만, 누구도 제 말을 믿지 않았죠. 프랭크와 제 아내는 둘 다 아주 비관적이었답니다. ‘그가 어떻게 다시 올 수 있겠어요? 외삼촌과 외숙모가 그를 다시 보내줄 거라고 어떻게 생각할 수 있겠어요?’ 이러면서 말입니다. 저는 어떻든 우리 쪽에 유리한 일이 생길 거라고 생각했고요. 보시다시피 이렇게 되었잖아요. 엘턴 부인, 저는 살아오면서 어느 순간 뭔가 좋지 않은 일이 생기면 다음 번에는 반드시 그걸 좋은 쪽으로 바꿀 수 있게 된다는 걸 깨닫게 되었답니다.”

“정말 맞는 말씀이세요, 웨스턴 씨, 지당하신 말씀이에요. 저도 제게 청혼을 한 신사분에게 그렇게 얘기하곤 했답니다. 일이 뜻대로 안 되어 자기 감정대로 빨리 진행되지 않자, 그는 이 속도라면 5월 전에는 우리가 결혼할 수 없을 게 분명하다며 낙담했죠. 오! 그 우울한 생각들을 쫓아버리고 다시 그분의 기운을 북돋아주느라 제가 얼마나 애썼는지 몰라요! 마차 문제로 우리가 실망을 하게 됐는데, 어느 날 아침 그가 크게 절망해서 저를 찾아온 게 기억나네요.”

그녀가 잔기침을 하느라 말을 멈춘 사이, 웨스턴 씨가 바로 말을 이어갈 기회를 잡았다.

"당신이 5월 얘기를 하셨으니 말인데, 처칠 부인이 엔스컴보다 따뜻한 지역, 그러니까 런던에서 지내겠다고 한 게 바로 5월이에요. 그래서 봄 동안에는 프랭크가 저희를 자주 찾아올 수 있을 거라 예상하고 있답니다. 봄이야말로 일년 중 가장 좋은 계절이잖아요. 낮이 길고 날씨는 온화하고 상쾌해서 사람들을 밖으로 불러내고, 또 활동하기에 너무 덥지도 않죠. 지난번 프랭크가 여기왔을 때 최선을 다하긴 했지만, 비와 습기 때문에 우울한 날이 많았어요. 아시겠지만 2월에는 항상 그런 날들이 많아서 우리가 하려고 했던 것의 반도 할 수 없었답니다. 그런데 이제 때가 됐어요. 이번에는 더할 나위 없이 즐거울 겁니다. 그리고 엘턴 부인, 저는 우리가 언제 다시 만나게 될지 정확히 모른다는 그 불확실성, 그가 오늘이나 내일, 혹은 언제 올지 모른다는 계속되는 기대감이, 그가 실제로 집에 오는 것보다 더 즐거운 일이 아닌가 하는 생각도 든답니다. 저는 그렇다고 생각해요. 우리에게 기대와 기쁨을 주는 건 마음 상태이니까요. 제 아들이 마음에 드셨으면 좋겠지만, 대단한 사람을 기대하지는 마십시오. 다들 그 아이를 보고 훌륭한 젊은이라고 하지만, 특출난 사람을 기대하지는 마세요. 제 아내는 그 아이를 몹시 아끼는데, 그건 당신도 짐작하실 수 있듯이 제게는 너무 고마운 일이랍니다. 아내는 프랭크가 누구보다도 훌륭하다고 생각하고 있어요."

"웨스턴 씨, 저도 아마 그에게 호감을 느낄 게 분명할 것 같네요. 프랭크 처칠 씨에 대한 칭찬을 너무나 많이 들었지요. 그런 한편으로 저는 다른 사람들의 의견에 흔들리지 않고 스스로 판단을 내리는 사람이라는 걸 알려드리는 게 좋겠네요. 아드님을 만나게 되면 정확한 판단을 내릴 거라는 걸 미리 말씀드리지요. 저는 아첨에는 통 소질이 없거든요."

잠시 생각에 잠겨 있던 웨스턴 씨가 입을 열었다.

"제가 가엾은 처칠 부인에 대해 너무 심하게 말한 게 아닌지 모르겠습니다. 몸이 안 좋다는 사람에게 가혹하게 굴기는 싫지만, 그녀의 성격 가운데에는 제가 참을성을 갖고 그녀에 대한 이야기를 하기 어렵게 만드는 무언가가 있거든요. 엘턴 부인, 그 가족과 저의 관계라든지 제가 그들에게서 어떤 대우를 받았는지 모르실 리 없을 겁니다. 그리고 이건 우리끼리 얘기지만, 모든 잘못은 그녀에게 있다고 할 수 있어요. 그녀가 옆에서 부추겼거든요. 만일 그녀가 아니었으면 프랭크 어머니가 그렇게까지 멸시받지는 않았을 겁니다. 처칠 씨는 자존심이 센 사람이지만, 그의 부인에 비하면 아무것도 아니랍니다. 처칠 씨야 아무에게도 해를 끼치지 않는 조용하고 수동적이며 신사다운 자존심을 가진 분이라서 스스로를 좀 무기력하고 피곤한 사람으로 만들 뿐입니다. 하지만 처칠 부인은 오만하고 무례한 자존심을 갖고 있어요! 게다가 더 참을 수 없는 건 그녀가 자기 가문이나 혈통을 내세우는 게 말도 안 된다는 겁니다. 처칠 씨와 결혼했을 때만 해도 그녀는 보잘것없는 신분으로 신사의 딸이라고 부르기도 힘들 정도로 형편없는 상태였답니다. 그런데 처칠 집안 사람이 되고 나더니 모든 식구들을 누르고 온갖 영예와 권한을 행사하기 시작한 거예요. 하지만 그녀 자신으로 보자면 벼락출세한 사람에 불과할 뿐입니다."

"세상에! 정말 분하시겠어요! 전 벼락출세한 사람들에 대해 반감을 갖고 있답니다. 메이플 그로브에서 지내면서 그런 종류의 사람들을 혐오하게 됐죠. 이웃에 그런 가족이 있었는데, 그 천박한 태도 때문에 저희 언니와 형부가 몹시 힘들어 했거든요. 처칠 부인에 대한 말씀을 들으니 갑자기 그 사람들이 생각나네요. 터프먼이라는 이름의 가족이었는데 거기에 뒤늦게 정착해 많은 낮은 계급 사람들과 친분을 맺고 있으면서도 굉장한 허세를 부리면서 유서 깊은 가문 사람들과 어울리고 싶어했죠. 웨스트 홀에서 산 건 기껏해야 일 년 반이었는데, 그들이 어떻게 돈을 모았는지는 아무도 알지 못했어요. 버밍엄에서 왔다는데, 거긴 웨스턴 씨 당신도 아시겠지만 장래성이랄 게 그다지 없는 곳이잖아요. 버밍엄에서는 크게 기대할 수 있는 게 없죠. 전 항상 버밍엄이라는 어감에 비참한 뭔가가 있다고 생각했어요. 여러 가지 추측이 있긴 하지만, 터프먼 일가에 대해 더 이상 긍정적인 건 알려진 바가 없어요. 그런데 그 사람들의 태도로 보아 가장 가까이 사는 저희 형부 서클링 씨와 자기들이 같은 계급이라고까지 여기는 게 분명했답니다. 정말 말도 안 되는 얘기죠. 형부는 메이플 그로브에서 11년을 산 데다 아버지가 그 전에 그 집을 장만해 두셨거든요. 최소한 저는 그렇게 믿어요. 형부의 아버님이 돌아가시기 전에 거길 사두신 게 거의 틀림없는 것 같아요."

그들의 대화가 중단되었다. 차가 때마침 나오면서 하고 싶은 말을 다 마친 웨스턴 씨는 이 기회를 틈타 다른 쪽으로 자리를 옮겼다.

차를 마신 다음 카드놀이를 위해 웨스턴 부부와 엘턴 씨, 우드하우스 씨가 모여 앉았다. 나머지 다섯 명은 각자 원하는 대로 하도록 남겨졌는데, 에마는 다들 그다지 잘 어울리고 있는 것 같지 않다는 생각이 들었다. 나이틀리 씨는 별로 대화에 참여하고 싶은 기색이 아니었고, 엘턴 부인은 아무도 그러고 싶어하지 않았으나 누군가가 자기를 봐주길 바라고 있었으며, 에마 자신으로 말하면 걱정 때문에 말하고 싶지 않은 기분이었다.

오히려 존 나이틀리 씨가 자기 형보다 말을 많이 하고 있었다. 다음 날 일찍 길을 떠날 예정이었던 그는 곧 이야기를 시작했다.

"에마, 아이들에 대해서는 내가 더 이상 말할 게 없다고 생각되지만, 전해준 언니 편지에 모든 게 자세하게 적혀 있으니 걱정할 필요는 없을 것 같아. 내가 썼다면 그녀보다 훨씬 더 정확한 내용일 테고 아마 같은 분위기도 아닐 거야. 다만 당부하고 싶은 건 응석을 다 받아주지 말고, 그렇다고 아이들의 행동을 고치려들지도 말라는 것뿐이야."

"제가 두 분 다 만족시킬 수 있었으면 좋겠네요."

에마가 말했다.

"최선을 다해 아이들을 행복하게 해준다면 이사벨라 언니는 충분히 만족시킬 수 있지 않을까요. 그리고 행복하게 해주기 위해서는 마음대로 놔두고 버릇은 고치려 들지 말아야 하겠네요."

"아이들이 골치 아프게 하면 당장 집으로 보내야 해."

"그럴 가능성이 크겠네요. 형부도 그렇게 생각하시는 거죠?"

"나는 아이들이 너무 소란스럽게 굴어서 장인어른이 견디기 힘들 거라고 생각해. 또 요즘처럼 모임이 계속 늘어난다면 처제에게도 거추장스러울 수 있고."

"늘어난다고요!"

"그럼. 최근 6개월 사이에 처제의 생활 방식이 크게 달라졌다는 걸 스스로도 잘 알고 있을 텐데."

"달라졌다니요! 아니요, 전혀 그렇지 않은걸요."

"처제가 예전보다 사람들과 훨씬 많이 어울리게 되었다는 건 누가 봐도 분명해. 지금만 봐도 그렇지. 내가 여기 딱 하루 와 있는 동안에 처제는 이렇게 저녁 파티에 매여 있으니! 이런 비슷한 일이 전에도 있었나? 예전보다 이웃사람들이 늘어나면서, 처제도 그 사람들과 점점 더 어울려 지내고 있잖아. 얼마 전까지 이사벨라에게 보내는 편지마다 콜 씨 댁에서의 저녁 식사나 크라운 여관에서의 무도회같이 새로운 모임들에 대한 얘기를 담고 있더군. 랜덜스가의 변화 하나만으로도 처제의 근황에 커다란 변화가 생긴 것 같던데."

"맞는 얘기야."

그의 형이 재빨리 말했다.

"모든 게 랜덜스의 영향이지."

"그렇군. 에마, 랜덜스가의 영향력이 앞으로 줄어들 것 같지는 않으니, 헨리와 존이 간혹 방해가 될 수도 있겠다는 생각이 드는군. 만약 그렇다면, 부탁하는 데 아이들을 집으로 보내도 돼."

"아니지."

나이틀리 씨가 단호히 말했다.

"그렇게까지 할 필요는 없어. 아이들을 던웰로 보내요. 내가 충분히 돌볼 시간이 있을 테니 말입니다."

"정말 재미있는 말씀을 하시네요!"

에마가 외쳤다.

"저의 그 수많은 모임 가운데 당신이 끼지 않았던 때가 얼마나 되는지 알고 싶어지는데요. 왜 제게 어린 조카들을 볼 시간이 부족할 거라고 생각하시는 거죠? 제가 가졌다는 그 많고 많은 모임들은 대체 뭘 말씀하시는 건가요? 콜가에서 저녁 식사를 한 번 한 것, 그리고 말만 무성했지 열리지도 못한 무도회가 전부잖아요. 형부는 이해할 수 있어요. (존 나이틀리 씨에게 고개를 끄덕이며) 아는 사람들을 여기서 한꺼번에 많이 만나게 된 건 그냥 지나치기에는 너무 기쁜 일이겠죠. 하지만 당신은 (나이틀리 씨를 향해) 제가 하트필드를 두 시간 이상 비우는 일이 거의 없다는 걸 알면서, 왜 제가 계속되는 모임으로 분주할 거라고 생각하시는지 이해할 수 없군요. 그리고 제 사랑스러운 조카에 관해서는 에마 이모에게 그 아이들을 위한 시간이 없다면, 큰아빠 나이틀리 씨라고 사정이 더 나을 게 없을 거라고 생각해요. 에마 이모가 집을 한 시간 비울 때 큰아빠 나이틀리 씨는 다섯 시간을 떠나 있고, 혹시 집에 있을 때조차도 혼자 책을 읽거나 장부를 들여다보고 있는 사람이잖아요."

나이틀리 씨는 웃지 않으려 애쓰는 표정이었는데, 마침 엘턴 부인이 그에게 와서 말을 거는 바람에 간신히 웃지 않을 수 있었다.

37

프랭크 처칠의 소식을 듣고 그녀가 느낀 마음의 동요에 대해서는 잠시 조용히 생각하는 것만으로도 충분히 만족스러운 답변에 도달할 수 있었다. 그녀는 걱정이나 불안한 마음이 든 건 자신 때문이 아니라고 확신했다. 그녀 자신의 감정은 거의 아무것도 아닐 정도로 잦아들어서 더 이상 생각할 가치가 없었지만, 만약 둘 중 의심할 여지없이 더 사랑에 빠져 있던 그가, 떠나던 때와 다름없이 뜨거운 감정을 간직하고 돌아온다면 매우 견디기 힘들 것이다. 만약 두 달간의 이별에도 그의 감정이 식지 않았다면 그녀 앞에는 위험과 안 좋은 일이 도사리고 있다고 할 수 있었다. 그러므로 그와 그녀 자신을 위해 조심해야 할 필요가 있었다. 에마는 다시 자신의 감정이 그와 얽히게 하고 싶지 않았고, 그에게도 그걸 원하는 듯한 인상을 주지 않도록 주의해야만 했다.

에마는 그가 노골적으로 청혼하는 상황을 막을 수 있기를 바랐다. 그렇게 되면 지금의 친분이 너무나 고통스럽게 끝나게 될 테니 말이다! 하지만 한편으로는 결정적인 상황을 기대하는 마음도 들었다. 그녀는 위기나 어떤 사건,

현재 자신의 안정적이고 평화로운 상태를 뒤바꿔놓을 뭔가가 일어나지 않고
는 봄이 지나가지 않을 것만 같은 생각이 들었다.

　웨스턴 씨가 예상한 것보다는 좀 더 오래 걸렸지만, 얼마 지나지 않아 에마
는 프랭크 처칠의 감정을 파악할 수 있는 기회를 갖게 되었다. 엔스컴 일가가
애초 기대했던 것만큼 빨리 런던에 온 건 아니었지만, 도착하고 얼마 안 돼 그
는 하이버리를 찾아왔다. 프랭크 처칠은 두어 시간 말을 달려왔는데, 그게 그
가 할 수 있는 최선이었다. 랜덜스에서 곧바로 하트필드에 온 프랭크 처칠을
에마는 민첩한 관찰력을 총동원해 그의 상태가 어떠하며 자신이 어떻게 행
동해야 할지를 신속하게 결정했다. 둘은 매우 반갑게 인사를 나누었다. 에마
를 보게 되어 그가 기뻐하고 있다는 것에는 의심할 여지가 없었다. 하지만 그
를 본 순간 에마는 자신에 대한 그의 관심과 애정이 예전과는 달라졌다는 느
낌이 들었다. 에마는 그를 유심히 관찰했는데 분명히 그는 예전처럼 사랑에
빠져 있지 않았다. 서로 떨어져 있었던 데다가 아마 그녀가 자신에게 별로 관
심이 없다는 확신까지 더해져, 이렇게 아주 자연스럽고 다행스러운 결과를 가
져 온 것이다.

　그는 기분이 들떠 있었다. 늘 그랬듯 사교적이고 유쾌하게 지난번 방문에
대해 이야기하면서 그때의 일을 떠올리며 다소 흥분한 모습을 보이기도 했다.
에마가 그의 변화를 읽은 건 그가 차분하게 행동했기 때문이 아니었다. 그는
차분한 태도가 아니었다. 그의 기분은 확실히 들떠 있었고, 뭔가 안절부절못
하는 기색이었다. 활기차긴 했지만 그건 스스로를 만족시키지 못하는 그런
종류의 활기였다. 하지만 이 문제에 대해 그녀가 확신을 갖게 된 건, 그가 15
분밖에 머물지 않고 하이버리의 다른 사람들을 방문하기 위해 서둘러 일어
났다는 데 있었다. 그는 여기 오는 길에 다른 지인들을 만났는데 한두 마디를
나눈 외에는 더 이상 지체하지 않았지만, 그가 가 보지 않으면 아무래도 실망
할 것 같다는 것이었다. 그는 하트필드에 더 오래 머물고 싶지만 서둘러 가야
한다고 했다.

　에마는 그의 사랑이 식었다고 확신했지만, 안절부절못하는 모습이나 서둘

러 떠나가는 것으로 보아 그녀에 대한 감정이 완전히 정리되지는 않은 것 같았다. 에마는 그런 그의 행동에는 그가 다시 그녀에게 끌릴까 두려워하는 마음과 자신을 믿지 못해 그녀와 오랜 시간을 보내지 않겠다는 결심이 담겨 있다고 생각했다.

이후 열흘이 지나는 동안 프랭크 처칠이 에마를 방문한 건 그날로 끝이었다. 몇 번이나 다시 들르고 싶다며 오려고 했지만, 번번이 다른 일 때문에 올 수 없었다. 외숙모가 그가 옆에 없는 걸 못 견뎌 한다는 것이 그가 랜덜스에 갈 수 없다는 이유였다. 그의 말이 진심이고 정말 오려고 노력한 것이었다면, 처칠 부인이 런던에 온 것이 그녀의 의식적 혹은 무의식적인 질병에 아무런 효과가 없었다는 걸 미루어 짐작할 수 있었다. 그녀가 정말 몸이 안 좋다는 건 분명했다. 프랭크 처칠은 랜덜스에서 그 자신이 그렇게 확신한다고 얘기했었다. 많은 부분이 과장일 수 있지만, 돌이켜 생각해보면 반년 전보다 몸이 안 좋아진 건 확실한 듯 했다. 그는 외숙모의 병이 요양과 약으로 치료하지 못할 만큼 심각하다거나, 최소한 앞으로 살 날이 몇 년 남지 않은 병이라고는 생각하지 않았다. 하지만 그는 아버지가 의심하시는 건 알지만, 외숙모의 불평이 단순히 지어낸 것이라거나 예전과 다름없이 건강하다는 데에는 동의할 수 없다고 했다.

얼마 안 가 런던이 그녀에게 맞지 않는 곳이라는 게 확실해졌다. 그녀는 소음을 참을 수 없었다. 예민한 신경 때문에 끊임없는 자극과 고통을 받는다는 것이다. 열흘이 지났을 무렵 랜덜스에 도착한 프랭크 처칠의 편지는 계획이 변경됐음을 전했다. 그들은 바로 리치먼드로 옮겨갈 예정이었다. 처칠 부인이 그곳의 저명한 의사를 추천받았는데 매우 기대하고 있다는 것이었다. 괜찮은 지역에 필요한 가구가 갖춰진 집을 구했고, 이런 변화를 통해 건강이 크게 나아지길 기대하고 있다는 설명이었다.

에마가 느끼기에 프랭크는 이 일에 대해 아주 들뜬 기분으로 편지를 썼고, 그 집을 5, 6월 두 달간 빌렸으니 이제 자신의 소중한 친구들 가까이에서 두 달을 보내게 됐다는 사실에 크게 기뻐하는 것 같았다. 그는 이제 그들을 원하는 만큼 자주 볼 수 있을 것으로 확신한다고 썼다.

에마는 웨스턴 씨가 아들의 이러한 들뜬 기대를 어떻게 받아들이는지 알수 있었다. 그는 에마를 그 모든 기쁨의 원천으로 여기고 있었다. 하지만 에마는 그렇지 않기를 바랐다. 두 달이라는 시간이 그 사실을 입증해줄 것이다.

웨스턴 씨가 느끼는 행복감은 이루 말할 것도 없었다. 그는 크게 기뻐했다. 그가 바라던 바로 그 상황이 되었기 때문이다. 이제 드디어 프랭크와 가까이살게 된 것이다. 젊은 사람에게 9마일이 무슨 대수겠는가? 한 시간만 말을 타면 되는 거리였다. 그는 매일같이 올 수 있을 것이다. 그런 점에서 리치먼드와런던의 차이는 그를 매일같이 보거나 한 번도 보지 못하는 것의 차이라 할만큼 컸다. 런던의 맨체스터 거리까지는 16마일, 아니 18마일은 족히 되기에그 거리가 심각한 장애물이었다. 그가 운 좋게 빠져 나온다고 해도 오고가는데만 하루가 걸릴 수 있었다. 그러므로 그가 런던에 있는 건 아무 위안이 되지 않았고 엔스컴에 있을 때와 다를 바 없었지만, 리치먼드라면 쉽게 오갈 수있는 거리였다. 너무 가깝지도 멀지도 않은 딱 적당한 정도로 말이다!

이 변화로 인해 한 가지 즐거운 일이 즉시 확정되었다. 바로 크라운 여관에서의 무도회였다. 아주 잊혀진 건 아니었지만, 날짜를 정하려는 시도가 무의미하다는 생각들을 하던 참이었다. 그러나 이제 그것은 확실히 가능한 일이된 것이다. 모든 준비가 다시 시작되었고, 처칠가가 리치먼드로 옮기고 얼마안 돼 프랭크로부터 외숙모의 건강이 벌써 한결 좋아졌고 자신도 언제라도하루 정도 시간을 낼 수 있다면서, 가능하면 빠른 날짜를 잡으라는 몇 줄의짧은 편지가 도착했다.

이렇게 해서 웨스턴 씨가 주최하는 무도회가 실제로 열리게 되었다. 앞으로며칠만 더 있으면 하이버리의 젊은이들은 행복한 시간을 즐기게 될 것이었다.

우드하우스 씨는 일이 되어가는 상황대로 따르기로 했다. 일 년 중 이맘때가 그에게는 가장 좋은 시기였다. 어느 모로 보나 5월이 2월보다 훨씬 나았다. 베이츠 부인이 하트필드에서 저녁 시간을 보내기로 했고 제임스에게는 적절한 지시가 내려졌으며, 우드하우스 씨는 에마가 집을 비운 사이에 어린 헨리나 존에게 어떤 일이 일어나지 않기만을 바랐다.

<h2 style="text-align:center">38</h2>

또다시 무도회를 취소해야 하는 그런 불상사는 생기지 않았다. 그날이 점점 가까워지더니 드디어 무도회 날이 되었고, 오전 동안의 다소 불안한 시간을 지나면서 자신이 장담한 대로 프랭크 처칠이 저녁 식사 전에 랜덜스에 도착하자 모든 게 무사히 준비되었다.

그동안에 그와 에마 사이에 두 번째 만남은 이루어지지 않았다. 크라운 여관의 무도회에서야 비로소 보게 될 것이었는데, 그것이 많은 사람들 사이에서 일상적으로 만나는 것보다는 더 나을 듯했다. 웨스턴 씨가 다른 사람들이 오기 전에 방의 시설과 상황에 대한 의견을 들어야 한다면서 자기들의 도착 시각에 맞춰 에마도 가능하면 빨리 와달라고 하도 간절히 청하는 바람에 그녀는 그 말을 거절할 수 없었고, 프랭크 처칠을 무도회 시작 전에 만날 수밖에 없게 되었다. 에마는 해리엇을 데려가기로 했고, 둘은 크라운 여관으로 마차를 타고 가 랜덜스 일가에 뒤이어 적당한 때에 도착했다.

프랭크 처칠은 기대감에 차 보였고, 많은 말을 하지는 않았지만 그의 눈빛으로 보아 오늘 저녁 시간을 즐겁게 보내기로 결심했다는 걸 알 수 있었다. 그들은 다함께 여기저기 다니면서 모든 것들이 제대로 준비되었는지를 확인했는데, 잠시 뒤 마차가 도착하는 소리가 들려 에마를 깜짝 놀라게 했다.

"이건 말도 안 되게 빨리 온 거잖아요!"

이렇게 외치려던 참에 그들이 웨스턴 씨가 특별히 조언을 청한 오랜 친구의 가족이라는 것을 알았다. 바로 뒤이어 웨스턴 씨의 간절한 요청을 받고 일찍 도착한 사촌들을 실은 마차 한 대가 또 도착했다. 이런 식이라면 얼마 안 가 초대받은 손님들의 절반이 준비 상황을 살피기 위해 모여들 것 같았다.

에마는 웨스턴 씨가 그녀의 안목만 의지한 게 아니었다는 걸 깨달았고, 그렇게 많은 절친한 친구와 조언자를 가진 사람의 친한 친구라는 게 그리 뿌듯하게 여길 만한 사실이 아니라는 걸 느꼈다. 에마는 웨스턴 씨의 허물없는 태도를 좋아하긴 했지만 조금 덜 허물없이 행동한다면 그가 좀 더 품위 있는 사람이 될 수 있었을 것이라고 생각했다. 모두에게 선의를 베풀되, 모두와 다 친하지는 않은 태도가 신사가 갖춰야 할 소양일 것이다. 에마는 그런 신사라면 좋아할 수 있을 것 같았다.

모인 사람 모두가 주위를 거닐면서 감상과 찬사를 거듭했고, 그런 뒤 달리 할 일이 없어지자 5월이지만 저녁에는 여전히 난로가 반가운 것이기에 벽난로 주위에 빙 둘러서서 서로가 이런저런 이야기를 나누기 시작했다

에마는 개인적인 조언자들의 숫자가 더 늘어나지 않은 게 웨스턴 씨의 잘못이 아니라는 사실을 알게 되었다. 그들은 베이츠 부인 댁에 들러 마차를 함께 타자고 제안했으나, 그 이모와 조카는 엘턴 부부가 자기들을 데리러 온다고 했다는 것이다.

프랭크는 그녀 옆에 서 있었는데 어딘지 모르게 안정되지 못하고 불안한 기색이 드러나고 있었다. 주위를 두리번거리면서 문가로 갔다가 다른 마차가 오는 소리가 들리는지 귀를 기울이기도 했는데, 무도회가 시작되기를 초조히 기다리는 것이든가, 아니면 에마 옆에 가까이 있는 걸 두려워하는 것만 같았다.

그는 엘턴 부인 이야기를 꺼냈다.

"곧 도착하시겠군요."

프랭크 처칠은 말했다.

"엘턴 부인에 관한 이야기를 많이 들었기에 무척이나 만나보고 싶어요. 금방 오실 것 같은데요."

마차 소리가 들렸다. 그는 즉시 자리를 떴지만 다시 돌아와서 말했다.

"제가 그분과 안면이 없다는 사실을 잊었군요. 엘턴 씨나 엘턴 부인 두 분을 한 번도 뵌 적이 없는데 제가 먼저 나설 입장이 아니죠."

그때 엘턴 부부가 나타났고, 미소와 예의 바른 인사가 오갔다.

"베이츠 양과 페어팩스 양은요!"

웨스턴 씨가 주위를 둘러보며 말했다.

"함께 오실 거라고 생각했는데요."

사소한 착오가 있었고, 곧바로 그들에게 마차를 보냈다. 에마는 엘턴 부인을 만난 프랭크의 첫 소감이 어떤지 몹시 궁금했다. 그녀가 입은 드레스의 억지로 꾸민 어색한 우아함이라든지 상냥하게 꾸며대는 미소를 어떻게 생각할지 말이다. 그는 소개를 받자마자, 엘턴 부인에게 적절한 관심을 주면서 그녀에 대한 나름대로의 판단을 내릴 시간을 가졌다.

얼마 후 다른 마차가 도착했다. 누군가가 비에 대한 이야기를 했다.

"우산이 있는지 알아보겠습니다, 아버지."

프랭크가 웨스턴 씨에게 말했다.

"베이츠 양을 잊어서는 안 되죠."

이 말을 남기고 그는 사라졌다. 웨스턴 씨가 뒤따라 나가려 했지만 엘턴 부인이 그를 붙잡더니 아들에 대한 칭찬으로 그를 흐뭇하게 했다. 그녀가 아주 기운찬 목소리로 이야기를 시작했기 때문에, 프랭크가 일부러 발걸음을 늦춘 게 아니었는데도 그 내용이 안 들릴 수가 없었다.

"정말 훌륭한 젊은이네요, 웨스턴 씨. 일전에 저 나름의 의견을 갖겠다고 솔직히 말씀드렸었는데, 이렇게 마음에 들다니 얼마나 기쁜지 모르겠어요. 제 말을 믿으셔도 좋아요. 저는 절대로 아첨하지 않는답니다. 아주 잘생겼고 예의가 바르고 행동도 신중하네요. 허세나 건방진 태도라곤 조금도 없이 아주 신사다워요. 건방진 사람들을 제가 제일 싫어한다는 사실을 아셔야 해요. 아주 끔찍이 싫어하죠. 메이플 그로브에서는 그런 사람들과는 상종도 안 했어요. 형부인 서클링 씨나 저나 그런 사람들을 못 참는 성격이라서 대놓고 무안을 주곤 했거든요! 다른 사람들의 흠에 관대한 셀리나 언니는 저희들보다 훨씬 잘 참았지만요."

그녀가 그의 아들 이야기를 하는 동안에는 웨스턴 씨는 그녀의 말을 관심 있게 들었지만, 메이플 그로브로 화제가 옮아가는 순간 방금 도착한 숙녀분들을 챙겨야 한다는 생각이 떠올랐는지 다행스럽다는 듯한 웃음과 함께 서둘러 자리를 피했다.

엘턴 부인은 웨스턴 부인에게로 몸을 돌렸다.

"베이츠 양과 제인을 태우고 온 우리 마차가 분명해요. 우리 마부와 말들은 아주 빠르답니다. 누구보다도 빨리 달리는 것 같아요. 친구를 위해 마차를 보내는 게 얼마나 기쁜 일인지요! 이번에는 부인도 친절히 마차를 제안하셨지만, 앞으로는 그럴 필요가 없으실 거예요. 제가 항상 그분들을 챙길 테니까요."

베이츠 양과 페어팩스 양은 두 신사의 안내를 받아 방에 들어섰고, 엘턴 부인은 웨스턴 부인 못지않게 그들을 맞이하는 게 마치 자기 역할이라고 생각하는 듯했다. 그녀의 몸짓과 움직임은 에마처럼 그녀를 지켜보는 사람들에게 그런 생각을 불러일으킬 법했다. 그러나 그녀의 말은 다른 이들의 말과 함께, 이미 뭔가 말하면서 안에 들어서서 벽난로 주위에 합류한 뒤에도 몇 분간이나 이어진 베이츠 양의 그칠 줄 모르는 수다에 그대로 파묻혀버렸다. 문이 열릴 때 베이츠 양은 다음과 같은 이야기를 하고 있었다.

"정말 감사해요. 비는 거의 오지 않았어요. 대단치 않았죠. 저는 걱정할 것 없답니다. 신발이 꽤 두툼하거든요. 그리고 제인도 말했는데…… 어쩜! (방 안에 들어서자마자) 세상에나! 정말 멋져요. 굉장하네요. 정말로 멋지게 준비하셨군요. 완벽해요. 이 정도일 줄은 생각도 못했는데, 정말 근사하게 꾸미셨네요. 제인, 제인, 이걸 좀 보렴! 이런 걸 본 적 있니? 오! 웨스턴 씨, 알라딘의 램프라도 갖고 계신 건가요? 스톡스 부인도 이 방을 알아보지 못하겠어요. 들어오면서 그녀를 봤는데 현관에 서 있더라고요. '아! 스톡스 부인.' 그러면서 제가 말을 건네긴 했지만, 더 이상 지체할 시간은 없었죠."

그러면서 그녀는 웨스턴 부인과 인사를 나눴다.

"아주 좋아요, 고맙습니다, 부인. 잘 지내셨죠? 그렇다니 다행이네요. 두통이 생기시지 않을까 걱정했었거든요! 분주하게 다니시는 걸 몇 번이나 뵀는데, 세상에, 얼마나 준비할 게 많으셨겠어요. 잘 지내셨다니 정말 기쁘네요. 아! 엘턴 부인, 마차를 보내주셔서 정말 감사해요. 딱 적당한 때에 왔더라고요. 제인과 제가 막 준비를 마칠 때쯤이었죠. 그래서 말들을 전혀 기다리게 하지 않았어요. 아주 편안한 마차더군요. 오! 그런 점에서 웨스턴 부인, 당신에게도 고맙다는 인사를 해야겠어요. 엘턴 부인이 친절하게도 제인에게 쪽지를 보내주셨지 뭐예요. 안 그랬다면 틀림없이 부인의 도움을 받았을 텐데 말이죠. 하지만 하루에 두 번이나 그런 감사한 제안을 받다니. 세상에 이런 이웃이 어디 있겠어요. 어머니에게도 이렇게 말씀드렸어요. '어머니, 정말이지 이런 일이 있다니요!' 고맙습니다. 어머니도 아주 잘 계세요. 이미 우드하우스 씨 댁에 가 계신답니다. 가실 때 숄을 챙겨드렸어요. 저녁나절이 되면 쌀쌀해지니까요. 이번에 새로 생긴 커다란 숄인데, 딕슨 부인의 결혼 선물이죠. 저희 어머니를 그렇게 생각해주시다니 정말 고맙지 뭐예요. 웨이머스에서 산 건데, 딕슨 씨가 직접 고른 거라더군요. 제인 말로는 세 종류가 더 있어서 고르면서 좀 망설였대요. 캠벨 대령님은 올리브색을 더 마음에 들어 했다던데, 제인, 혹시 발이 젖은 건 아니니? 비가 한두 방울 내린 거지만 그래도 걱정이 되는구나. 그런데 프랭크 처칠 씨가 친절하게도 제인의 발밑에 깔개를 놓아두셨더군요. 그분의 친절을 잊지 못할 거예요. 오! 프랭크 처칠 씨, 저희 어머니 안경이 그 뒤로 한 번도 말썽을 일으킨 적이 없다는 걸 말씀드려야겠네요. 그 후론 나사가 다시 안 빠지더라고요. 어머니가 종종 당신 칭찬을 하신답니다. 그렇지 않니, 제인? 우리가 프랭크 처칠 씨 이야기를 자주 하지? 아! 저기 우드하우스 양이 있네요. 우드하우스 양, 어떻게 지내셨어요? 저야 아주 좋죠, 고마워요. 이건 마치 동화 속에서 만나는 기분이네요. 대단한 변신이군요! 하지만 아부는 안 되죠, 저도 알아요. (에마를 아주 은근하게 바라보며) 무례한 질문인지 모르겠는데, 우드하우스 양, 제인의 머리 모양에 대해 어떻게 생각하세요? 에마 양이 한번 평가를 내려주세요. 제인 혼자 저렇게 한 거랍니다. 상당한 솜씨가 아닌가요! 런던에 있는 미용사들도 아마 저렇게는 못할 거예요. 아! 저기 휴즈 박사님과 휴즈 부인이 있네요. 가서 잠시 뵈어야겠어요. 안녕하세요? 어떻게 지내셨어요? 네, 아주 좋아요, 고맙습니다. 정말 즐거운 시간이에요, 그렇지 않나요? 리처드 씨는 어디 계신가요? 오! 저기 있네요. 아니 그냥 내버려두세요. 젊은 숙녀들과 얘기하는 게 훨씬 낫죠. 안녕하세요, 리처드 씨? 며칠 전에 말을 타고 시내를 지나가시는 걸 보았답니다. 어머, 저분은 오트웨이 부인이잖아요! 그 옆에 오트웨이 씨, 그리고 오트웨이 양과 캐롤라인 양도 있네요! 정말 친구분들이 많으세요. 조지 씨와 아서 씨! 안녕하세요? 다들 잘 계시죠? 전 아주 좋아요, 감사합니다. 더 이상 좋을 수 없어요. 또 다른 마차 소리가 들리지 않나요? 이번에는 누가 오시는 걸까요? 아마도 귀하신 콜가의 분들일 확률이 크겠죠. 이런 친구분들 옆에 서 있다니 정말 기쁜 일이에요. 게다가 이렇게 귀한 벽난로라니! 몸이 꽤 후덥지근해졌답니다. 감사하지만 커피는 됐어요. 저는 커피를 마시지 않는답니다. 괜찮으시다면 차 한잔 부탁할게요. 서두를 건 없어요. 오! 벌써 오네요. 모든 게 너무 훌륭해요!"

프랭크 처칠은 에마 옆의 자기 자리로 돌아왔고, 에마는 베이츠 양이 말을 그치자마자 그녀 뒤에 서 있던 엘턴 부인과 페어팩스 양이 나누는 대화를 엿듣게 되었다. 프랭크 처칠은 생각에 잠겨 있었다. 그 역시 두 사람의 이야기를 듣고 있는지는 알 수 없었다. 제인이 입은 드레스와 그녀의 아름다움에 대한 장황한 칭찬. 그리고 이에 대해 공손하고 매우 차분한 감사가 전해지고 나자 엘턴 부인은 자기에 대해서도 뭔가 칭찬을 듣고 싶어하는 기색이 역력했다.

"제 드레스는 어때요? 장식은 괜찮아요? 라이트가 손질해준 제 머리는 어떤 것 같아요?"

이 밖에도 관련된 많은 질문들에 페어팩스 양은 참을성 있고 예의 바르게 다 대답해주었다. 잠시 뒤에 엘턴 부인이 말했다.

"어느 누구라도 나만큼 드레스에 대해 신경을 안 쓰는 사람은 아마 없을 거예요. 하지만 오늘처럼 모두의 눈이 제게 향하고, 저를 위해 이 무도회를 열어주신 게 분명한 웨스턴 부부에게 감사를 표해야 하는 이런 자리에서는 남들보다 못한 차림으로 나타나고 싶지 않아요. 이 방에서 저 말고는 진주를 한 사람이 거의 없네요. 그러니까 프랭크 처칠이 가장 춤을 잘 춘다는 말이죠. 우리의 방식이 잘 맞는지는 이따가 한번 보기로 하죠. 프랭크 처칠은 확실히 아주 괜찮은 젊은이예요. 저는 그가 아주 마음에 들어요."

바로 이때 프랭크가 너무 열띠게 이야기를 시작하는 바람에 에마는 그가 자신에 대한 칭찬을 들었다고밖에 생각할 수 없었다. 그러자 그들의 대화를 더 듣고 싶은 마음이 완전히 사라져버렸다. 두 숙녀의 음성은 잠깐 잦아들었다가, 다른 어떤 일로 인해서 엘턴 부인의 목소리가 다시 또렷하게 들려왔다. 엘턴 씨가 끼어들면서 그의 아내가 뭔가 높은 어조로 말하고 있었다.

"오! 드디어 여기 숨어 있는 우리를 찾아내셨군요. 당신이 우리가 어디에 있는지 궁금해 하기 시작할 거라고 제인에게 이야기하던 참이에요."

"제인이라고!"

프랭크 처칠이 놀랍고 불쾌한 표정으로 그 말을 반복했다.

"편하게 부르는 건 알겠지만, 내 생각에는 페어팩스 양이 그다지 좋아하지 않을 것 같은데."

"엘턴 부인을 어떻게 생각해요?"

에마가 속삭였다.

"전혀 아니군요."

"당신은 감사할 줄을 모르는군요."

"감사할 줄을 모르다니! 그게 무슨 뜻이죠?"

그러더니 그는 찌푸린 인상을 풀고 미소를 지어 보였다.

"아니, 말하지 마세요. 무슨 뜻이었는지 알고 싶지 않습니다. 저희 아버지는 어디 계신 거죠? 춤은 언제 시작하나요?"

에마는 그를 이해할 수 없었다. 기분이 좀 오락가락하는 것처럼 보였다. 그는 자기 아버지를 찾아 자리를 떠났지만 이내 웨스턴 부부와 함께 돌아왔다. 가던 도중에 다소 당황한 상태로 있는 그들을 만났고, 에마에게 알리기 위해 모시고 온 것이었다. 방금 전 웨스턴 부인이 무도회의 시작을 알리는 춤을 엘턴 부인에게 요청해야 하며, 그녀도 그걸 기대하고 있을 것이라는 사실을 깨달은 것이었다. 이로써 에마에게 그 특권을 주려던 엘턴 부부의 원래 계획에 차질이 생기게 되었다. 에마는 그 슬픈 소식을 꿋꿋하게 받아들였다.

"파트너로는 누가 적당할까요?"

웨스턴 씨가 물었다.

"엘턴 부인은 아마 프랭크가 청할 거라고 생각하고 있을 거예요."

그 순간 프랭크가 에마에게로 몸을 돌려 에마가 예전에 한 약속을 상기시키면서 자신은 이미 매인 몸이라고 떠벌리자, 그의 아버지는 매우 흡족한 표정으로 고개를 끄덕였다. 웨스턴 부인은 그렇다면 남편이 엘턴 부인과 춤을 추었으면 좋겠다고 했고, 그들은 힘을 모아 웨스턴 씨를 곧 설득할 수 있었다. 웨스턴 씨와 엘턴 부인이 앞장섰고, 프랭크 처칠 씨와 우드하우스 양이 뒤따랐다. 에마는 그동안 이 무도회가 특별히 그녀 자신을 위한 것이라고 생각해 왔지만, 엘턴 부인 다음에 서는 수밖에 없었다. 이 일은 그녀로 하여금 거의 결혼을 고려하게조차 하였다.

이번에 확실히 엘턴 부인은 자신의 허영심을 완전히 만족시켰고 승리를 거뒀다. 원래는 프랭크 처칠과 춤을 추려는 의도였지만, 그래도 첫 번째 자리는 지켰다. 게다가 어떻게 보면 웨스턴 씨가 그의 아들보다 우위에 있다고도 볼 수 있었다. 이런 작은 오점이 남긴 했지만, 에마는 자리를 잡고 있는 훌륭한 손님들의 무리와 앞으로 여러 시간 동안 흔치 않은 즐거움을 누리게 될 거라는 생각에 기쁜 마음이었다. 하지만 그녀로서는 나이틀리 씨가 춤을 추지 않고 있다는 게 가장 신경 쓰이는 일이었다. 그는 옆에 서서 지켜보고 있는 사람들 틈에 서 있었다. 거기는 그가 있을 자리가 아니었고 그는 마땅히 춤을 춰야만 했다. 마치 자신이 유부남이나 아버지, 혹은 카드놀이가 준비될 때까지 춤추는 걸 구경하는 사람이라도 되는 것처럼 행동해서는 안 될 일이었다. 그러기에 그는 너무 젊어 보이지 않는가! 지금 서 있는 위치만큼 그가 지닌 장점이 드러나 보이는 곳은 없을 것 같았다. 나이 든 남자들의 살찐 몸과 구부정한 어깨 사이로 솟은 큰 키와 단단하고 반듯한 체격은 에마가 느끼기에는 모두의 시선을 끌 만했고, 늘어서 있는 젊은 신사들 중에서도 그녀의 파트너를 제외하고 비교할 만한 사람은 아무도 없었다. 이때 그가 몇 발자국 앞으로 나왔는데, 그 움직임은 그의 신사다운 면을 보여주기에 충분했다. 마음만 먹으면 춤을 출 때도 그 자연스러운 품위가 배어나올 게 분명했다. 그와 시선이 마주칠 때마다 에마는 나이틀리 씨를 억지로 미소 짓게 만들었지만, 그는 전반적으로 심각한 표정이었다. 에마는 나이틀리 씨가 무도회장과 프랭크 처칠을 좀 더 좋아하게 되기를 바랐다. 나이틀리 씨는 꽤 자주 그녀를 지켜보는 것 같았다. 그녀의 춤추는 모습을 감상하는 거라고 괜히 들떠서는 안 되겠지만, 혹시 자신의 행동을 비난하고 있다 해도 두려울 게 없었다. 그녀와 그녀 파트너 사이에는 흠잡을 만한 어떤 행동도 오가지 않았다. 둘은 연인이라기보다는 서로 유쾌하게 어울리는 편한 친구 같았다. 그것만으로도 프랭크 처칠이 예전만큼 그녀에게 빠져 있지 않다는 건 분명했다.

무도회는 즐겁게 진행되었고, 웨스턴 부인은 세세한 관심과 함께 끊임없이 주의를 기울였다. 모두가 행복해 보였고, 모든 순서가 끝나기 전까지는 좀처럼 듣기 힘든, 즐거운 무도회라는 찬사가 이미 시작하면서부터 몇 번이나 쏟아져 나왔다. 상당히 중요하게 기억될 행사라 할 만했다. 그러나 에마의 머리를 갸우뚱하게 만든 일이 한 가지 있었다. 저녁 식사를 앞두고 마지막 두 번의 춤이 시작되었는데, 해리엇에게 파트너가 없었다. 자리에 앉아 있는 젊은 숙녀는 그녀뿐이었다. 춤추는 남녀 숫자가 같은데 어떻게 한 명이 남을 수 있는지 모를 일이었다! 하지만 엘턴 씨가 주위를 서성이는 걸 발견하고 이내 궁금증이 풀렸다. 엘턴 씨는 피할 수만 있다면 해리엇과 춤을 추고 싶지 않던 것이고, 에마는 그가 끝내 춤을 신청하지 않을 것이라고 확신했다. 에마는 그가 이제라도 카드놀이를 하고 있는 방으로 몸을 피할 게 분명하다고 생각했다.

하지만 몸을 피하는 것은 엘턴 씨의 계획이 아니었다. 그는 방 안에서 사람들이 모여 앉은 쪽으로 오더니 자신의 자유를 과시라도 하듯 몇 명과 이야기를 나누고 그들 앞을 오갔다. 그러면서 몇 번은 스미스 양 바로 앞에 서거나 그녀 근처의 누군가에게 말을 걸기도 했다. 에마는 그런 모습을 지켜보았다. 에마는 그때는 아직 춤을 추지 않고 있었다. 끝쪽에서부터 춤이 시작되고 있었기 때문에 중앙에 있던 그녀는 주위를 둘러볼 여유가 있었고, 고개를 조금만 돌려도 다 볼 수 있는 위치에 있었다. 줄이 반쯤 왔을 때, 사람들이 바로 뒤에 서게 되어 더 이상 지켜볼 수 없었지만, 엘턴 씨가 아주 가까이 있어서 그와 웨스턴 부인 사이에 오가는 대화를 음절 하나 놓치지 않고 다 들을 수 있었다. 에마는 그녀 바로 다음에 서 있던 엘턴 부인이 함께 듣고 있을 뿐 아니라, 의미심장한 눈빛으로 그를 부추기고 있다는 것을 알 수 있었다. 친절하고 상냥한 웨스턴 부인은 자기 자리를 떠나 그에게 다가가서 물었다.

"춤을 안 추세요, 엘턴 씨?"

그러자 그는 곧바로 답했다.

"기꺼이 그러지요, 웨스턴 부인. 당신이 저와 춤을 춰주신다면요."

"저요? 오! 아니에요. 저보다 훌륭한 파트너를 찾아드릴게요. 저는 춤에는 통 소질이 없어서요."

그가 말했다.

"길버트 부인이 춤을 추실 의향이 있다면 저로서는 큰 영광이겠습니다. 처음에는 제 자신이 나이 든 유부남이고 춤출 나이도 지났다는 생각이 들었지만, 길버트 부인 같은 오랜 친구분이라면 언제라도 기꺼이 춤을 추고 싶으니까요."

"길버트 부인은 춤을 추고 싶어하지 않으세요, 하지만 저기 마침 제가 춤추는 모습을 보고 싶었던 짝 없는 젊은 숙녀가 한 명 있네요. 스미스 양 말이에요."

"스미스 양이요! 오! 미처 몰랐군요. 정말 친절하십니다. 제가 나이 든 유부남만 아니라면 얼마나 좋을까요. 하지만 저는 이미 춤출 나이가 지났습니다. 웨스턴 부인, 죄송합니다. 다른 건 부인이 원하시는 대로 기꺼이 하겠지만, 전 춤출 나이가 지났어요."

웨스턴 부인은 더 이상 아무 말도 하지 않았고, 에마는 그녀가 얼마나 큰 놀라움과 굴욕감을 느끼면서 자기 자리로 돌아갔을지 상상할 수 있었다. 이게 바로 엘턴 씨의 본모습이었다. 그 상냥하고 친절하며 신사다운 엘턴 씨 말이다. 에마는 잠깐 주위를 둘러보았다. 엘턴 씨는 저만치 있는 나이틀리 씨에게 다가가 대화를 나누려는 참이었고, 그러는 사이 자기 부인과 희열에 찬 미소를 주고받았다.

에마는 그를 다시는 보지 않기로 했다. 그녀는 가슴이 불타는 듯했고, 자기도 모르는 사이에 얼굴도 붉게 상기되어 있을 것 같아 걱정스러울 정도였다.

다음 순간, 행복한 장면이 그녀의 시선을 붙잡았다. 나이틀리 씨가 해리엇의 손을 이끌고 춤추는 대열에 끼어든 것이다! 에마에게 바로 지금보다 더 놀랍고 기쁜 순간은 없었을 것이다. 해리엇과 그녀 자신을 위해 너무 기쁘고 감사한 일이었고, 나이틀리 씨에게 감사 인사를 전하고 싶었다. 말을 건네기에는 너무 먼 거리였지만, 그와 다시 시선을 마주쳤을 때 그녀의 얼굴 표정이 많은 얘기를 하고 있었다.

그의 춤 솜씨는 에마가 생각한 대로 너무나 훌륭했고, 해리엇의 행복한 표정은 커다란 기쁨과 함께 자신이 지금 이 순간 누구보다도 돋보인다는 것을 나타내는 것이어서, 바로 전까지의 잔인한 상황만 아니었다면 해리엇이 운이 좋았다고까지 생각될 정도였다. 그녀는 무시당한 것에 낙담하지 않고 이전보다 더 즐거워했고, 춤을 추는 내내 그녀의 얼굴에서는 미소가 떠날 줄 몰랐다.

엘턴 씨는 (에마가 보기에) 당황해 하며 카드놀이를 하는 방으로 사라져갔다. 에마는 엘턴 씨가 그의 부인을 점차 닮아가고 있었지만, 아직 그녀만큼 냉혹해지지는 않았다고 생각했다. 엘턴 부인은 파트너에게 자기 생각을 주변에까지 들릴 만큼 크게 얘기했다.

"나이틀리가 가엾은 스미스 양을 불쌍히 여긴 거예요! 아주 친절한 분이시군요."

저녁 식사가 준비되었다고 알려왔다. 사람들이 움직이기 시작했고, 베이츠 양은 그때부터 시작해 테이블에 앉아 스푼을 집어들 때까지 끊임없이 떠들었다.

"제인, 제인, 우리 제인, 어디 있니? 여기 네 어깨 숄이 있단다. 웨스턴 부인이 네게 어깨 숄을 걸치라고 단단히 당부하셨어. 한쪽 문에 못을 박고 천을 대서 막아놓긴 했지만, 그래도 혹시 복도에서 찬바람이 들어올지 모른다고 걱정하시더구나. 제인, 이걸 걸쳐야 해. 처칠 씨, 오! 어쩜 그렇게 친절하세요. 아주 잘 걸쳐주셨네요. 감사합니다. 아까 보니 춤도 너무 잘 추시던데. 그래, 얘야, 아까 말한 대로 집에 가서 할머니 잠자리를 챙겨드리고 다시 왔는데 아무도 눈치채지 못했겠지. 아무에게도 얘기하지 않고 살짝 다녀왔어. 할머니는 잘 계신단다. 우드하우스 씨와 좋은 저녁 시간을 보내셨다는구나. 이런저런 이야기도 나누시고 카드놀이를 하시면서 말이야. 차와 비스킷, 구운 사과와 와인을 대접받으셨고 카드 패도 아주 좋으셨대. 너에 대해서도 즐거운 시간을 보내고 있는지, 누구와 춤을 췄는지, 이것저것 많이 물어보셨단다. 그래서 내가 말했지, '오! 제인 대신 내가 나서지는 않을래요. 아까 떠날 때는 조지 오트웨이 씨와 춤추고 있었는데, 아마 제인이 내일 모든 걸 직접 얘기하고 싶어할 거예요. 첫 번째 파트너는 엘턴 씨였고, 그다음에는 누가 춤을 청할지 모르겠어요, 아마 윌리엄 콕스 씨일 수도 있을 것 같아요.' 처칠 씨, 너무 감사합니다. 모두에게 이렇게 친절을 베푸시다니요. 저는 괜찮아요. 정말로 너무 친절하세요. 세상에, 한 팔로는 제인을 다른 팔로는 저를 부축하시다니요! 잠깐만요. 잠깐, 뒤로 좀 물러서야겠어요, 엘턴 부인이 지나가네요, 너무나 우아하시군요! 레이스도 아름답고요! 자, 이제 함께 뒤를 따라가자고요. 정말 엘턴 부인은 오늘 파티의 여왕이에요! 자, 이제 복도예요. 계단이야, 제인, 계단이 두 개니 조심하거라. 오! 아니야, 계단이 하나밖에 없구나. 두 개라고 들었는데, 이상한 일이구나! 두 개라고 생각했는데 하나뿐이니 말야. 이렇게 편안하고 근사한 분위기는 처음이구나. 촛불이 여기저기 밝혀져 있고, 아 제인, 방금 네 할머니 얘기를 하고 있었지. 약간 실망스러운 일이 있었는데 구운 사과와 비스킷이 나름대로는 훌륭했지만, 그보다 먼저 송아지 찜과 아스파라거스 요리가 나왔었는데, 우드하우스 씨가 아스파라거스가 충분히 익지 않았다며 요리를 다시 내가게 했다는 거야. 송아지 찜과 아스파라거스를 무엇보다 좋아하시는 할머니로서는 매우 실망스러웠겠지만, 이 일이 우드하우스 양 귀에 들어간다면 기분이 안 좋을 테니 아무에게도 이번 일에 대해서는 얘기하지 않기로 했단다. 이것 참 멋지구나! 정말 놀라울 따름이야! 이런 건 생각도 못했을 거야! 정말 우아하고 풍성하네! 이런 걸 마지막으로 본 건 내가…… 자, 어디 앉으면 좋을까? 어디에 앉아야 하나? 제인, 네게 찬바람이 가지 않는 곳이어야 할 텐데. 난 어디 앉더라도 상관없단다. 오! 이쪽 말씀이세요? 아, 물론 이죠, 처칠 씨, 다만 너무 자리가 좋은 것 같아서요. 하지만 원하시는 대로 앉을게요. 처칠 씨가 말씀하시는 거라면 뭐든 맞겠죠. 제인, 여기 차려진 음식의 반만이라도 기억해서 할머니에게 얘기해드릴 수 있다면 좋겠구나. 수프도 그렇고! 세상에! 이렇게 빨리 스푼을 들어서는 안 되겠지만, 냄새가 너무 좋아 참을 수가 없네."

에마는 저녁 식사가 끝날 때까지 나이틀리 씨와 얘기할 기회를 갖지 못했지만, 다시 무도회장으로 자리를 옮겼을 때 거부할 수 없는 눈빛으로 가까이 오게 해서 감사를 전했다. 그는 엘턴 씨의 행동을 온당하게 비난했다. 그건 용서할 수 없는 무례한 행동이었고, 엘턴 부인에 대해서도 공정한 책망이 가해졌다.

"저들의 목적은 해리엇에게 상처를 주는 것 이상이었어요."

그가 말했다.

"에마, 어째서 당신이 저 사람들의 적이 돼버린 거요?"

그는 따뜻한 미소를 머금은 예리한 눈빛으로 에마를 바라보았으나 아무런 대답이 없자 이렇게 덧붙였다.

"엘턴 씨야 어떻든 엘턴 부인이 당신에게 화낼 이유는 없어요. 당신은 물론 아무 말도 안 하겠지. 하지만 솔직히 말해봐요, 에마. 엘턴 씨가 해리엇과 결혼하기를 바랐던 거 맞죠?"

"그랬어요."

에마가 솔직하게 고백했다.

"그래서 저들은 절 용서할 수 없는 거예요."

나이틀리는 고개를 저었지만, 따뜻한 미소를 띤 채 이렇게만 말했다.

"하지만 당신을 비난하지는 않겠어요. 당신 스스로 돌이켜보게 그냥 둘게요."

"그런 부드러운 말씀으로 제가 스스로를 돌이켜볼 수 있을 거라고 생각하세요? 허영심 때문에 제 잘못을 인정하지 않으려 들지 않을까요?"

"허영심이 아니라 당신의 진지함이 그걸 깨닫게 해줬겠죠. 둘 중 하나가 당신을 잘못된 방향으로 이끌 때 다른 하나가 그걸 깨닫게 할 게 분명해요."

"제가 엘턴 씨에 대해선 완전히 잘못 생각했다는 걸 제 스스로 인정해요. 엘턴 씨에게 옹졸한 면이 있다는 걸 당신은 알아봤지만 저는 그렇지 못했고, 또 저는 그가 해리엇을 사랑한다고 전적으로 믿고 있었어요. 희한한 일들이 연달아 일어나면서 그렇게 생각했던 것 같아요!"

"당신이 그렇게까지 인정을 하니 말인데, 당신이 엘턴 씨를 위해 골랐던 사람이 그 스스로의 선택보다 낫다는 걸 말하고 싶군요. 해리엇 스미스는 엘턴 부인이 전혀 갖지 못한 뛰어난 면을 갖고 있어요. 꾸밈없고 단순하며 잔꾀를 부리지 않는 아가씨죠. 생각과 취향이 있는 남자라면 누구나 엘턴 부인 같은 여자보다는 그녀를 훨씬 더 좋아할 거요. 내가 애초에 생각한 것보다 해리엇은 훨씬 더 대화가 되는 여성이더군요."

에마는 그의 말이 몹시 고마웠다. 그때 웨스턴 씨가 모두에게 다시 춤을 추라고 부산스럽게 재촉하자, 그들의 대화가 중단되었다.

"자, 이리들 오세요, 우드하우스 양, 오트웨이 양, 페어팩스 양, 다들 뭘 하고 계시는 건가요? 이쪽으로 와요, 에마, 사람들에게 당신이 모범을 보여줘야죠. 모두들 게으름을 부리고 있군요! 다들 졸고 있기라도 한 건가요!"

"전 준비됐어요."

에마가 말했다.

"지금이라도 시작할 수 있죠."

"누구와 춤출 건가요?"

나이틀리 씨가 물었다. 에마는 잠시 주저하다가 답했다.

"당신과요, 물론 원하신다면요."

"정말 같이 추겠소?"

그러면서 그가 손을 내밀었다.

"기꺼이 그러죠. 당신이 춤출 줄 안다는 건 아까 보여주셨고, 또 우리가 춤추기에 적당치 않은 오누이 사이는 아니니까요."

"오누이라고요! 물론 아니죠."

39

나이틀리 씨와의 이 짧은 대화는 에마에게 커다란 기쁨을 안겨 주었다. 그 일은 다음 날 아침 그녀가 산책하면서 즐거이 되새겨 보았던 무도회의 가장 좋았던 기억 중 하나였다. 에마는 엘턴 부부에 대한 서로의 생각을 이해하게 된 데다 그 부부에 대해서 비슷한 의견을 가지고 있는 것이 반가웠고, 해리엇을 칭찬하면서 그녀 편을 들어준 게 특히 고맙게 느껴졌다. 엘턴 부부의 무례한 행동이 에마의 남은 저녁 시간을 망쳐버릴 위기가 잠시 있었지만, 뒤이어 벌어진 지극히 만족스러운 상황 덕분에 무사히 넘어갈 수 있었고, 에마는 이제 그에 따른 또 하나의 좋은 변화로 해리엇의 감정이 치유될 것을 기대하게 되었다. 어제 무도회를 나설 때 해리엇의 말투는 에마에게 강한 기대감을 갖게 했다. 갑자기 눈이 열린 사람처럼 해리엇은 엘턴 씨가 자기가 생각한 것처럼 훌륭한 사람이 아니라는 걸 보게 되었다. 이제 열병이 지나간 것이다. 에마는 다시 괜한 예의를 차리느라 흥분할 일이 생길 걱정은 접어두어도 되겠다고 생각했다. 엘턴 부부의 악의로 보아 앞으로 그들을 무시할 필요가 있겠다는 생각이 들었다. 해리엇은 정신을 차렸고, 프랭크 처칠은 에마에 대한 사랑을 정리하고 있으며, 나이틀리 씨는 그녀와 더 이상 싸우고 싶어하지 않으니, 그녀 앞에 펼쳐질 행복한 여름이 벌써부터 기대되었다!

에마는 오늘 아침 프랭크 처칠을 만나기로 되어 있지 않았다. 그는 정오까지 집에 가봐야 하기 때문에 하트필드에 들르는 기쁨을 누릴 수 없을 거라고 얘기했었다. 그런다 해도 그녀는 별로 아쉽지 않았다.

이 모든 일들을 정리하고 곰곰이 생각하면서 나름대로의 의미를 부여한 그녀는 아버지와 두 어린 조카를 돌볼 수 있는 활력을 회복하고 집 쪽으로 발길을 돌렸다. 그때 커다란 철제 대문이 열리고 함께 보게 될 거라고 전혀 예상치 못한 두 명—프랭크 처칠, 그리고 그의 팔에 기댄 해리엇, 바로 그 해리엇 말이다!—이 나란히 들어섰다. 그들을 본 순간, 뭔가 놀라운 일이 생겼다는 확신이 들었다. 해리엇은 창백하고 충격을 받은 표정이었고, 그는 그녀를 달래기 위해 노력하고 있었다. 철문부터 현관까지는 20미터도 안 되는 거리였고, 그들 모두가 집에 들어섰고 해리엇은 의자에 주저앉자마자 기절해버렸다.

쓰러진 해리엇은 다시 기운을 차려 질문에 답하고 놀라움에 대한 설명을 해줄 것이다. 이러한 사건은 매우 흥미롭긴 하지만, 그 긴장감은 오래 지속될 수 없었다. 몇 분 지나지 않아 에마는 무슨 일인지 전체적인 상황을 알 수 있게 되었다.

스미스 양, 그리고 무도회에 왔던 고더드 부인 댁에서 지내는 또 다른 학생 비커튼 양이 함께 집을 나서 리치먼드 길에 접어들었다가, 안전해 보이는 그 길에서 놀라운 일을 당한 것이었다. 하이버리를 1킬로미터쯤 지나가니 길이 급격히 구부러지면서 양 옆에 늘어선 느릅나무 때문에 어두운 그늘이 져 있어 아주 외진 분위기가 되었다. 젊은 숙녀들이 안으로 좀 더 걸어가니 한 옆으로 다소 널찍한 풀밭이 펼쳐져 있었는데 그곳에서 얼마 안 떨어진 앞쪽에 한 무리의 집시들이 모여 있었다. 망을 보고 있던 한 아이가 구걸하러 다가서자, 비커튼 양은 너무 놀라 비명을 질렀고 해리엇에게 따라오라고 외치며 울타리를 넘어서 가파른 둑을 달려 올라가, 최대한 빠른 지름길로 힘껏 달려 하이버리로 돌아갔다. 그러나 가엾은 해리엇은 뒤쫓아가지 못했다. 그녀는 춤을 춘 뒤 다리에 쥐가 나서 무척 고생했는데, 둑에 오르려고 했을 때 다시 쥐가 나는 바람에 온몸에 힘이 빠졌고, 그런 상태로 공포에 질려 그 자리에서 옴짝달싹 할 수 없었다.

젊은 숙녀들이 좀 더 대담했다면 그 부랑자들이 어떻게 행동했을지는 알 수 없는 일이었다. 그러나 어떤 식으로든 공격을 피할 수는 없었고, 해리엇은 곧 땅딸막한 여자와 덩치 큰 소년을 앞장세운 아이들 대여섯 명에게 둘러싸이게 되었다. 아이들은 한 마디도 하지 않았지만 하나같이 무례한 모습이었다. 점점 더 겁에 질린 해리엇은 그들에게 돈을 주겠다고 약속했고, 지갑을 꺼내 동전을 주면서 더 이상 요구하거나 자기를 괴롭히지 말아달라고 부탁했다. 그런 다음에야 쥐가 풀려 서서히 걸음을 옮길 수 있었지만, 그녀가 내보인 공포와 지갑이 너무 큰 유혹이었던지 얼마 못 가 무리 전체가 뒤따라와 그녀를 에워싸고는 돈을 더 요구했다.

이런 상황에 있을 때 프랭크 처칠이 그녀를 발견한 것이다. 해리엇은 몸을 떨면서 협상하고 있었고, 그들은 시끄럽고 무례하게 굴고 있었다. 정말 다행스럽게도 그가 하이버리를 떠나는 게 늦춰지는 바람에 중요한 순간에 이렇게 그녀를 도울 수 있게 된 것이다. 그는 상쾌한 아침이라 말을 하이버리에서 1, 2마일 떨어진 길에서 기다리도록 얘기해놓고 거기까지 걸어가던 참이었는데, 어젯밤 베이츠 양에게서 빌린 가위를 되돌려주는 걸 깜빡했다는 걸 깨닫고는 그 집에 들러 몇 분간 머무르느라 계획보다 시간이 늦어졌고, 또 걸어왔기 때문에 그가 가까이 올 때까지 집시들은 그를 발견하지 못했던 것이다. 집시 여자와 소년이 해리엇에게 안겨준 공포는 이제 상황이 바뀌어 그들의 몫이 되었다. 프랭크 처칠은 그들에게 겁을 주어 멀리 내쫓았고 해리엇은 그에게 매달려서 하트필드까지 겨우 온 다음 실신한 것이다. 그녀를 하트필드로 데려온 것은 프랭크의 생각이었다. 그는 그 순간 다른 장소가 떠오르지 않았다고 했다.

이게 그가 알려준 것이자 정신을 차려 말을 할 수 있게 된 해리엇이 얘기해준 사건의 전말이었다. 그는 해리엇이 회복된 걸 보고는 곧 떠나려 했다. 일련의 일들로 인해 이미 많이 늦어진 터라 더 이상 지체할 시간이 없었던 것이다. 에마가 해리엇이 안전하다고 고더드 부인에게 전하고, 나이틀리 씨에게는 주변에 그런 무리가 있다는 걸 알리기로 약속했다. 그런 뒤 에마가 자신의 친구를 위한 배려에 대해 그에게 진심으로 감사하다고 인사를 하자 그는 떠났다.

이렇게 놀라운 모험을 젊은 신사와 사랑스러운 아가씨가 함께 겪었다는 얘기를 들으면 아무리 차디찬 마음과 고지식한 생각을 가진 사람이라 해도 뭔가 상상을 하게 될 것이었다. 적어도 에마는 그렇게 생각했다. 언어학자나 문법학자, 심지어 수학자라 해도 해리엇이 당한 일과, 둘이 함께한 모습을 보았거나 그 얘기를 모두 들었다면 이런 상황을 통해 둘이 서로에 대한 관심을 갖게 될 거라고 생각하지 않겠는가? 하물며 에마 같은 공상가라면 이번 일로 추측과 예견이 불붙지 않겠는가 말이다! 특히 원래부터 그런 기대를 품고 있었던 그녀로서는 말이다.

그건 아주 놀라운 일이었다. 그녀가 기억하는 한 이 지역에서 젊은 숙녀들에게 그런 일이 생긴 적은 지금까지 알기로는 한 번도 없었다. 그런 무리와 마주치거나 그렇게 놀랄 일이 일어난 적도 전혀 없었다. 그런데 그런 일이 바로 그 시각에 다름 아닌 해리엇에게 일어났고, 프랭크 처칠이 우연히 그 근처를 지나가다가 그녀를 구한 것이다. 이것은 확실히 매우 놀라운 일이었다. 게다가 최근 각자의 마음 상태가 어떠한지를 아는 만큼, 이번 일은 그녀에게 더 강하게 다가왔다. 프랭크 처칠은 에마에 대한 마음을 정리하고 싶어하는 중이었고, 해리엇은 엘턴 씨에 대한 집착에서 이제 막 벗어나고 있었다. 그런데 모든 상황이 맞물려 가장 좋은 결과를 약속하는 것만 같았다. 이번 사건으로 두 사람이 상대방에게 강한 호감을 느끼지 않을 리 없었다.

해리엇이 아직 정신을 완전히 회복하지 못하고 있는 동안, 에마와의 몇 분 안 되는 대화에서 프랭크 처칠은 해리엇의 공포와 순진함, 그리고 그녀가 자기 팔을 얼마나 간절히 붙잡고 매달렸는지를 즐겁고 기쁜 표정으로 얘기했다. 그리고 마침내 해리엇이 자기 입으로 설명을 마치고 나자 그는 비커튼 양의 밉살스럽고 어리석은 행동에 대해 매우 부드러운 어조로 분개했다. 그러나 모든 것은 옆에서 재촉하거나 거들지 않고 자연스러운 흐름을 따라가야 했다. 에마는 한 발자국도 움직이거나 암시를 하지 않을 것이다. 아니, 그녀는 다른 사람 일에 나서 본 경험이 충분히 있었다. 그러므로 계획, 단순히 수동적인 계획에만 도움을 준다면 해가 될 일은 없을 것이다. 그저 하나의 바람일 따름이었다. 에마는 그 이상은 절대로 나서지 않을 작정이었다.

에마의 첫 결심은 아버지가 이번 일을 모르게 하는 것이었다. 그 일을 들었을 때 아버지가 느끼게 될 걱정과 놀라움을 알기 때문이었다. 그러나 그녀는 곧 숨기는 게 불가능하다는 것을 깨달았다. 30분도 채 지나지 않아 그 일이 하이버리 전체에 퍼진 것이다. 그건 나이가 어리거나 낮은 계층의 말 많은 이들의 관심을 불러일으키기에 충분한 사건이었고, 얼마 안 가 그 지역의 젊은

이들과 하인들은 그 무서운 사건을 재미있는 듯이 마구 떠들어댔다. 어젯밤의 무도회는 집시 사건에 파묻혀 잊혀진 듯했다. 에마가 예상한 대로 불쌍한 우드하우스 씨는 그 이야기를 들으면서 몸을 떨었고, 에마와 해리엇에게서 관목 숲 너머에는 절대로 가지 않겠다는 약속을 받아내고 나서야 겨우 좀 진정했다. 그날 내내 많은 사람들이 스미스 양뿐 아니라 그와 우드하우스 양의 안부를 물어왔다는 사실이(이웃들은 우드하우스 씨가 안부를 물어오는 걸 좋아한다는 걸 알고 있었기 때문에) 그에게 다소 위안이 되었다. 그래서 우드하우스 씨는 자기들은 모두 그럭저럭 잘 버티고 있다고 즐거이 그 물음에 대한 답을 보냈다. 에마 자신은 아무렇지도 않았고 해리엇도 크게 다르지 않았기 때문에 우드하우스 씨의 답변이 정확한 사실은 아니었지만, 에마는 간섭하지 않기로 했다. 그의 답변 속 에마는 우드하우스 씨의 딸답게 전반적으로 건강이 좋지 않았는데, 자기 체질이 뭔지도 알지 못했지만 우드하우스 씨가 그녀의 병명을 따로 지어내지 않는 한 정확한 원인은 달리 등장하지 않았다.

그즈음 집시들은 법적 절차를 기다리지 않고 서둘러 도망쳤다. 그래서 하이버리의 젊은 숙녀들은 다시 놀라는 일 없이 안전하게 다닐 수 있게 되었고, 그 이야기는 에마와 그녀의 조카들을 제외하고는 그다지 중요하지 않은 일로 사람들에게서 서서히 잊혀져갔다. 그러나 그 일은 에마의 상상 속에 여전히 자리잡고 있었고, 어린 헨리와 존은 날마다 해리엇과 집시 이야기를 물으면서 에마가 원래 줄거리에서 조금이라도 다르게 말하면 끈질기게 그녀의 이야기를 바로잡아 주었다.

40

이 사건이 있고 나서 며칠 지나지 않은 어느 날 아침, 해리엇은 손에 작은 꾸러미를 들고 에마를 찾아왔다. 그리고 자리에 앉아 잠깐 머뭇거린 끝에 그녀가 꺼낸 말은 이러했다.

"우드하우스 양, 만약 언니 시간이 괜찮으면 말할 게 있어요. 일종의 고백인데 그것만 말씀드리면 끝날 거예요."

에마는 깜짝 놀랐지만 어서 말해보라고 재촉했다. 해리엇의 말뿐 아니라 태도에서 평소보다 어딘가 심각한 분위기가 느껴졌다.

"이 문제에 관해 언니에게 숨김없이 털어놓아야겠다는 게 제 의무이기도 하고 또 바람이기도 해요. 한편으로는 제가 행복한 변화를 겪었다는 걸 언니도 알 권리가 있다고 생각해요. 필요 이상으로 많은 얘기를 하고 싶지는 않아요. 예전에 그렇게 마음을 뺏긴 데 대해 부끄럽게 생각하고 있고, 언니도 이런 저를 이해하실 거라고 믿어요."

"그래."

에마가 말했다.

"나도 그러길 바란단다."

"저는 대체 어쩌면 그토록 오랜 시간 동안 착각할 수 있었을까요!"

해리엇이 외쳤다.

"미쳤던 것 같아요! 하지만 이젠 그분에게서 어떤 특별한 점도 발견할 수 없답니다. 이젠 그를 보건 안 보건 상관하지 않고, 오히려 가능하면 안 보게 되기를 바라게 된 터라 그를 피하기 위해 멀리 돌아갈 수도 있을 정도예요. 그분의 부인도 전혀 부럽지 않아요. 더 이상 그녀를 존경하지도 부러워하지도 않게 되었어요. 그녀는 매우 매력적인 여성이지만, 성격이 아주 안 좋고 불쾌한 사람이라고 생각해요. 저는 그날 밤 그녀가 보인 표정을 결코 잊지 못할 거예요. 하지만 걱정 마세요. 우드하우스 양, 그녀가 안 되기를 바라는 건 절대로 아니니까요. 아니, 둘이 영원히 행복하게 산다고 해도 저는 전혀 고통스럽지 않을 거예요. 제 말이 진심이라는 걸 증명하기 위해, 벌써 오래전에 버렸어야 했고, 처음부터 보관하지 말았어야 할 것을 이제 마침내 없애버릴 거예요. 저도 그 점은 잘 알고 있어요. (그녀는 이 말을 하면서 볼을 붉혔다) 그렇지만 이젠 전부 없애기로 결심했고, 제가 정신을 차렸다는 걸 언니도 알도록 언니 앞에서 하고 싶다는 게 제 바람이에요. 이 꾸러미에 뭐가 들어 있는지 짐작할 수 있겠어요?"

그녀는 무안한 표정으로 물었다.

"전혀 모르겠구나. 엘턴 씨가 네게 뭔가 선물을 했었니?"

"아니요, 선물이라고 할 수는 없지만, 그동안 제가 고이 간직해온 물건이에요."

그녀는 꾸러미를 에마에게 내밀었고, 에마는 맨 위에 '가장 소중한 보물'이라고 적혀 있는 걸 보았다. 에마는 호기심으로 매우 흥분해 있었다. 해리엇이 꾸러미를 푸는 동안 에마는 조급하게 기다렸다. 안에는 여러 겹의 은색 종이 안에 자그마한 상자가 들어 있었는데, 그 상자를 해리엇이 열었다. 상자 안은 부드러운 면으로 둘러져 있었지만, 그 천을 제외하고는 작은 반창고 조각밖에 보이지 않았다.

"이제 기억이 나죠?"

해리엇이 말했다.

"아니, 전혀 모르겠는걸."

"세상에! 언니가 바로 이 방에서 일어난 반창고에 얽힌 사건을 잊었을 거라고는 생각도 못했어요. 그건 우리가 함께 모였던 거의 마지막쯤이었어요! 제가 목감기에 걸리기 며칠 전, 그러니까 존 나이틀리 부부가 오시기 직전이었어요. 바로 그날 저녁인 것 같아요. 언니가 새로 산 펜 나이프에 엘턴 씨의 손이 베인 것 기억 안 나세요? 그래서 언니가 반창고를 붙이라고 했잖아요. 그렇지만 언니는 반창고를 갖고 있지 않았고, 제게 있다는 걸 기억하고서 저보고 엘턴 씨에게 갖다주라고 했죠. 그래서 제가 반창고를 꺼내 조금 잘라드렸는데 너무 커서 엘턴 씨가 더 작게 자르고 남은 것을 잠시 만지작거리더니 제게 돌려주셨어요. 당시 제 상태로는 그걸 소중히 간직할 수밖에 없었고, 그걸 따로 보관해놓고 이따금씩 들여다봤던 거예요."

"어머나, 해리엇!"

갑자기 에마는 손으로 얼굴을 가리며 자리에서 벌떡 일어났다.

"그 말을 들으니 견딜 수 없을 만큼 내가 부끄럽구나. 기억하냐고? 이제 전부 기억이 나. 네가 이걸 간직한 것만 빼고 말이야. 그 점에 대해서는 지금까지 까맣게 모르고 있었지만. 엘턴 씨가 손가락을 베고 내가 반창고를 붙이라고 한 것, 그리고 나한테 반창고가 없다고 했던 것 다 생각이 난다. 오! 다 내 잘못이야, 내 잘못. 그때 내 주머니 안에 넉넉히 갖고 있었는데 말이야. 생각 없는 내 계략 중 하나였어! 나는 남아 있는 평생동안 수치감을 느끼면서 살아가야만 해. 자, (다시 자리에 앉으며) 계속해봐. 또 뭐가 있니?"

"그럼 언니한테 반창고가 있었다는 거예요? 나는 언니 태도가 너무 자연스러워서 전혀 의심하지 못했는데."

"그래서 엘턴 씨를 생각하며 이 반창고 조각을 따로 보관했다는 거로구나!"

무안함에서 벗어난 에마는 놀라움과 즐거움이 뒤섞인 말투로 말했다. 그리고 비밀스럽게 속으로 이렇게 말했다.

'세상에! 나 같으면 프랭크 처칠이 떼어준 반창고 조각을 천 안에 따로 넣어둘 생각은 절대 못했을 거야! 정말 나와는 비교도 안 되는걸.'

"여기요."

해리엇이 다시 상자를 가리키며 말했다.

"여기에는 좀 더 소중한 게 있어요. 그러니까 제 말은 예전에 더 소중하게 느껴졌다는 거지요. 이건 반창고와 달리 한때 엘턴 씨가 직접 갖고 다니던 물건이거든요."

에마는 더 귀중하다는 보물이 무엇인지 무척이나 보고 싶어졌다. 그건 낡은 연필의 끝 부분이었는데 연필심도 없었다.

"그분이 직접 쓰시던 거예요."

해리엇이 설명했다.

"그날 아침 일 기억나세요? 아니, 아마 기억하지 못하실 거예요. 어쨌건 어느 날 아침, 정확한 날짜는 잊어버렸지만, 아마 바로 그날 저녁 전날이니까 화요일이나 수요일이었을 거예요. 엘턴 씨가 수첩에 가문비나무 술에 대해 뭔가 적으려 했어요. 나이틀리 씨가 그분에게 가문비나무 술에 대한 뭔가를 얘기하고 있었는데, 그걸 적고 싶었던 거예요. 그런데 연필을 꺼내보니 심이 거의 남아 있지 않아 다 깎아 보았지만 소용이 없었고, 언니가 그분에게 다른 연필을 빌려드렸죠. 이건 그때 테이블에 버려진 거예요. 저는 지켜보고 있다가 기회를 봐서 재빨리 챙겼고 그때부터 잘 보관해두었죠."

"기억나."

에마가 외쳤다.

"정확히 다 기억이 나는구나. 가문비나무 술 얘기를 하고 있었어. 오! 맞아, 나이틀리 씨와 나는 그걸 아주 좋아한다고 했고, 엘턴 씨도 좋아하기로 결심한 것 같은 표정이었어. 이제 빠짐없이 전부 다 기억이 나는걸. 잠깐, 나이틀리 씨가 바로 여기 서 있었지, 그렇지 않니? 그가 바로 여기 서 있었던 것 같아."

"아니, 잘 모르겠어요. 그건 기억이 안 나요. 이상하게도 기억이 안 나네요. 엘턴 씨가 여기 앉아 있던 건 확실한데 말이에요."

"그래, 계속해봐."

"아! 그게 다예요. 이제 둘 다 불 속에 던져넣을 거라는 걸 빼고는 더 이상 언니에게 보여드리거나 말씀드릴 건 없어요. 언니가 제 옆에서 그걸 봐줬으면 해요."

"가엾은 우리 해리엇! 이 물건들을 간직하면서 정말로 행복을 느꼈다는 거니?"

"네, 바보 같게도 그랬었죠! 하지만 그 일에 대해서는 이제 부끄럽게 생각하고, 지금 불태우는 것만큼이나 쉽게 잊혀지길 바라요. 그분이 결혼하고 나서도 이런 물건을 간직한 건 제 잘못이었어요. 그동안에도 알고 있었지만 이걸 버리겠다는 결심은 서지 않더라고요."

"하지만 해리엇, 반창고를 굳이 태워야 하겠니? 낡은 연필 조각에 대해서는 할 말이 없지만, 반창고는 나중에 또 쓸 수 있잖아."

"태우는 게 제 마음이 더 편할 것 같아요."

해리엇이 답했다.

"제게는 다 좋지 않은 기억이에요. 전부 없애야 해요. 아, 이제 사라지네요. 오, 감사합니다! 이제 엘턴 씨와는 끝이에요."

'그럼 처칠 씨와는 언제 시작되는 걸까?'

에마는 생각했다.

그 뒤 얼마 안 있어 둘 사이의 관계가 이미 시작되었으며, 집시를 만난 게 불운이었다고 얘기했지만 해리엇에게는 좋은 일이었다고 믿을 만한 이유가 생겼다. 놀라운 사건이 있은 지 약 2주 후에 에마는 우연히 그에 대한 충분한 설명을 듣게 되었다. 당시 에마가 그 생각을 하고 있지 않았던 터라 그 정보가 더욱 귀중했다. 가벼운 담소를 나누던 중간에 에마는 "해리엇, 언제고 네가 결혼을 한다면 이러이러한 것들을 하라고 나는 조언을 하겠어'라고 말했고, 그러고는 그 말에 대해 더 이상 생각하지 않고 있었는데, 잠깐의 침묵이 흐르고 난 뒤 해리엇이 아주 진지한 어조로 말하는 것이었다.

"저는 절대 결혼하지 않을 거예요."

에마는 고개를 들었고 즉시 뭔가 심상치 않다는 걸 느끼고, 순간적으로 그냥 넘어갈까 말까 고민하다가 말했다.

"절대 결혼하지 않는다고! 그거 참 새로운 결심인데."

"하지만 앞으로 절대 변하지 않을 결심이기도 해요."

다시 한번 잠깐 망설인 뒤, 에마는 입을 열었다.

"설마 엘턴 씨 때문에 하게 된 결정은 아니겠지?"

"엘턴 씨라니요!"

그러자 해리엇은 화난 어조로 크게 외쳤다.

"오! 아니에요."

그러고 나서 에마가 알아들은 것은 "엘턴 씨보다는 훨씬 뛰어나시죠!"이 말뿐이었다.

에마는 이번에는 좀 더 오랜 생각에 잠겼다. 더 이상 캐물어서는 안 되는 걸까? 아무것도 눈치채지 못한 것처럼 그냥 지나쳐야 할까? 만약 그러면 해리엇은 그녀가 쌀쌀맞거나 화났다고 생각할지도 몰랐다. 아니 어쩌면, 에마가 아무 말 없이 침묵하면 해리엇은 자신이 에마에게 너무 많은 말을 쏟아놓은 건 아닌가 하고 걱정해서 예전처럼 터놓고 자기의 소망과 가능성들을 자주 얘기하지 않을 수도 있었다. 에마는 말하고 싶고 알고 싶은 건, 곧바로 얘기하고 알아내는 게 더 현명하다고 생각했다. 솔직하게 대처하는 게 언제나 최선이었다. 에마는 이런 경우에 어디까지 나아갈지를 예전에 이미 결정해 놓았기에, 그녀의 머리로 결정한 바를 신속히 실행하는 게 둘 다에게 더 안전한 것이었다. 그렇게 결심을 한 그녀는 말했다.

"해리엇, 네가 한 말을 의심하고 싶지는 않아. 그런데 네가 한 결심, 절대로 결혼하지 않겠다는 그 마음은, 네가 좋아하는 사람이 널 결혼 상대로 생각하기에는 너무 뛰어난 분이라는 생각이 들어서 그런 거니? 혹시 그런 거야?"

"오! 우드하우스 양, 저는 감히 그런 일을 가정이라도 할 만큼 주제넘지 않아요. 저도 그렇게까지 생각이 없진 않으니까요. 하지만 그분을 멀리서 지켜보면서 이 세상 누구보다 뛰어난 그분을 마땅한 감사와 놀라움, 존경을 담아 생각하는 건 제게 큰 기쁨이랍니다."

"나는 네 말이 전혀 놀랍지는 않아, 해리엇. 너에 대한 그분의 호의는 네 마음에 불을 지펴놓기에 충분했으니까."

"호의라고요! 오! 그건 말로 다할 수 없는 친절이었어요! 당시의 기억과 제가 느꼈던 감정들이 아직도 떠올라요. 그분이 기품 있는 모습으로 다가오는 걸 보고 제 비참한 심정이 일순간에 사라졌거든요! 순식간에 완벽한 고통에서 완벽한 행복으로 바뀐 거예요!"

"그건 아주 당연해. 당연하고도 고귀한 감정이지. 그럼, 나는 그렇게 감사한 마음으로 상대를 선택하는 게 고귀하다고 생각해. 하지만 그건 내가 약속할 수 있는 것 이상의 행운일 거야. 하지만 해리엇, 그런 감정에 휩쓸리지는 말라고 충고하고 싶구나. 네 감정이 보답 받을 거라고는 약속할 수 없으니 말이야. 네가 어떤 상태에 있는지를 잘 생각해야만 해. 어쩌면 할 수 있을 때 네 감정을 통제하는 게 현명할 거야. 그도 널 좋아한다는 확신이 서지 않는 한 네 감정에 휩쓸려 너무 앞서가서는 안 돼. 그를 잘 관찰해봐. 그의 행동에 따라 네 감정을 다스려가는 거야. 지금 내가 이렇게 주의를 주는 건 앞으로 너한테 이 문제에 대해 다시 얘기하지 않을 것이기 때문이야. 이제는 이런 일에 끼어들지 않기로 결심했거든. 앞으로 나는 이 일에 대해 아무것도 모르는 거야. 우리 사이에 누구의 이름도 입에 올리지 말자. 지금까지의 우리 행동은 잘못된 것이었으니 앞으로는 조심해야지. 그는 분명히 너보다 뛰어난 분이니 반대나 장애물이 상당할 것으로 보이지만, 해리엇, 이 세상에는 그보다 더 놀라운 일도 일어났고 더 큰 차이가 나는 남녀 간의 결합도 있었단다. 다만 네 자신을 잘 챙겨야 해. 너무 낙관하지는 말되, 결과가 어떻든 네가 그분에게 관심을 가지게 되었다는 것 자체가, 내가 항상 중요시해온 교양을 갖추게 되었다는 증거라는 걸 명심하렴."

해리엇은 아무 말 없이 감사의 표시로 그녀의 손등에 입을 맞추었다. 에마는 프랭크 처칠에 대한 감정이 해리엇에게 전혀 해가 되지 않을 거라고 확신했다. 오히려 그런 마음은 해리엇의 마음을 교양 있게 다듬어줄 것이고, 자기보다 못한 사람들과 어울리게 될 위험도 막아줄 것이었다.

41

이러한 계획과 희망, 묵인 가운데 하트필드에 6월이 찾아들었다. 그것이 하이버리에는 눈에 보이는 큰 변화를 가져오지는 않았다. 엘턴 부부는 여전히 서클링 부부의 방문과 그들의 사륜마차를 어떻게 쓸지에 대해 얘기하고 있었다. 제인 페어팩스는 아직 할머니 집에 머물러 있었는데, 캠벨 부부가 아일랜드에서 돌아오는 시기가 여름 중반에서 8월로 다시 늦춰졌기 때문에 엘턴 부인이 그녀를 위해서라며 나서서 하는 일을 거부하고, 자신의 뜻과 상관없는 훌륭한 자리에 억지로 떠밀려가는 일만 일어나지 않는다면, 앞으로 두 달간 하이버리에 더 머물 가능성이 커졌다.

자신만이 가장 잘 아는 어떤 이유에서 나이틀리 씨는 확실히 프랭크 처칠을 처음부터 마음에 안 들어 했고, 시간이 갈수록 점점 더 그를 못마땅하게 여기고 있었다. 그는 프랭크 처칠이 에마를 그렇게 쫓아다니는 데에는 뭔가 다른 꿍꿍이가 있다고 의심하기 시작했다. 에마가 프랭크 처칠의 목표라는 사실은 의심할 여지가 없어 보였다. 모든 정황이 그걸 말해주고 있었다. 프랭크 처칠 자신의 관심, 그의 아버지가 내보이는 암시, 뭔가 보호하는 듯한 그의 새어머니의 침묵, 그들 모두가 하나로 합쳐져 있었고, 말이나 행동, 신중함과 경솔함이 모두 그것을 이야기를 하고 있었다. 그러나 많은 사람들이 프랭크 처칠을 에마에게 맺어주려 했으나, 막상 에마 자신은 그를 해리엇에게 넘겨준 와중에 나이틀리 씨는 그가 에마가 아니라 제인 페어팩스에게 관심을 갖고 있다고 의심하기 시작했다. 이해할 수 없었지만, 그들 사이에는 자기들만이 알고 있는 그 무언가가 있는 것처럼 보였다. 적어도 나이틀리 씨는 그런 생각이 들었다. 프랭크 처칠 편에서 제인 페어팩스를 좋아하는 듯한 기색을 한번 눈치챈 뒤에 나이틀리 씨는 거기에 어떤 의미가 있다는 느낌을 지울 수가 없다. 하지만 그는 에마와 같은 상상의 실수를 범하고 싶지는 않았다. 그런 의심이 처음 들었을 때 에마는 그 자리에 없었다. 나이틀리 씨는 엘턴가에서 랜델스 가족과 함께 저녁 식사를 하고 있었는데, 제인도 동석하고 있었다. 그때 그는 프랭크 처칠이 우드하우스 양을 쫓아다니는 사람으로서는 다소 어울리지 않아 보이는 시선을 몇 번이나 페어팩스 양을 향해 보내는 걸 목격했다. 나이틀리 씨가 다시 그들과 한자리에 앉게 되었을 때, 그때의 장면이 기억나면서 혹시나 그것이 새벽녘 모닥불을 노래한 쿠퍼의 다음과 같은 시구 같은 것은 아닌가도 의심했다.

　　내가 본 것을 나는 지어내고 있다네

　나이틀리 씨의 마음속에는 프랭크 처칠과 제인 사이에 뭔가 비밀스러운 일이나 이해관계가 있다는 의심이 점차 강해졌다.

　그는 저녁 식사를 마친 뒤 자주 그러듯 하트필드에서 저녁 시간을 보내기 위해 걸어가고 있었다. 마침 에마와 해리엇이 산책 중이어서 그도 합류했고, 돌아오는 길에 그들과 마찬가지로 비가 올 것 같아 평소보다 일찍 산책에 나섰다는 좀 더 많은 일행—서로 우연히 만난 웨스턴 부부와 그들의 아들, 또 베이츠 양과 그녀의 조카—과 마주쳤다. 그들이 모두 함께 걷기 시작해 하트필드 입구에 가까워졌을 때, 에마는 아버지가 이런 방문을 얼마나 기쁘게 반기실지 알기에 모두에게 안에 들어와 아버지와 함께 차를 한잔 마시고 가라고 청했다. 랜덜스의 가족들은 즉시 동의했고, 베이츠 양은 거의 아무도 듣지 않는 긴 이야기를 늘어놓은 뒤 자기도 우드하우스 양의 친절한 초대에 응할 수 있을 것 같다고 했다.

그들이 정원에 들어서려는데 페리 씨가 말을 타고 지나갔다. 그러자 신사들은 그의 말에 대해 서로 이야기를 나눴다.

"참, 마차를 장만하신다는 페리 씨의 계획은 어떻게 됐죠?"

프랭크 처칠이 어머니에게 물었다.

웨스턴 부인은 놀란 표정이었다.

"페리 씨에게 그런 계획이 있는 줄은 몰랐구나."

"웬걸요, 저는 어머니에게서 들은 얘기인데요. 세 달 전 제게 보낸 편지에 그렇게 쓰셨잖아요."

"내가? 설마!"

"정말로 그러셨어요. 정확히 기억나는걸요. 곧 장만하게 될 거라고 하셨잖아요. 페리 부인이 아주 좋아하면서 누군가에게 얘기했다던데. 남편이 나쁜 날씨에 밖을 돌아다니는 게 몸에 안 좋다고 생각한 페리 부인이 설득한 덕분이라고 하시면서요. 이제 기억나시죠?"

"난 정말로 처음 듣는 얘기구나."

"처음 듣는다니 그럴 리가요! 어떻게 그럴 수가 있죠? 그럼 제가 꿈을 꿨나 보네요. 하지만 분명히 그렇게 생각했는데. 스미스 양, 걸음걸이를 보니 피곤하신 모양이네요. 집에 도착해서 다행입니다."

"그게 무슨 소리야? 무슨 일이지?"

웨스턴 씨가 물었다.

"페리 씨와 마차라니? 페리 씨가 마차를 산다고 했니, 프랭크? 마차를 살 형편이 된다니 반가운 얘기로구나. 그분이 직접 그러시던?"

"아니요."

그의 아들이 웃으며 답했다.

"아마 제가 잘못 들었나봐요. 이상한 일이죠! 몇 주 전에 어머니가 엔스컴에 보낸 편지에 그 얘기를 자세히 쓰셨다고 생각했는데, 그런 얘기를 전혀 처음 듣는다고 하시니 아마 제가 꿈을 꾼 건가 봐요. 제가 원래 꿈을 많이 꾸니까요. 여길 떠나 있을 때면 하이버리에 있는 모든 분들의 꿈을 꾸거든요. 제 가까운 친구들이 꿈에 다 나왔으니 페리 부부도 꿈에 등장한 거겠죠."

"정말 이상한 일이구나."

그의 아버지가 말했다.

"네가 엔스컴에서 생각날 이유가 없는 사람들에 대해 정기적으로 꿈을 꾼다니 말이야. 페리 씨가 마차를 산다니! 그것도 부인이 남편 건강을 걱정해서 설득한 거라고. 시기가 약간 이르긴 하지만 조만간 분명히 이루어질 일이기는 해. 가끔 꿈에서 그렇게 가능할 법한 일들이 벌어지는 걸 보면 정말 신기하지. 말도 안 되는 꿈도 많지만 말이다! 프랭크, 그 꿈은 네가 여기 없는 동안에도 하이버리 생각을 하고 있다는 걸 확실히 보여주는구나. 에마 양, 당신도 꿈을 많이 꾸시나요?"

하지만 에마는 그 질문을 듣지 못했다. 손님들이 집에 들어서기 전에 아버지에게 알려드리려고 서둘러 앞장서는 바람에 웨스턴 씨의 말이 들리지 않는 거리에 있었던 것이다.

"저기, 사실 말이에요."

몇 분 전부터 사람들의 관심을 끌려 했지만 아무도 귀를 기울이지 않자, 베이츠 양이 외쳤다.

"이 일에 대해 말씀드릴 게 있어요. 프랭크 처칠 씨가 꿈을 꿨을 수도 있고, 저도 그렇지 않다고 얘기하려는 건 아니에요. 저 자신도 가끔 정말 희한한 꿈을 꾸니까요. 하지만 그 일에 대해 제게 물어보신다면, 지난봄 실제로 그런 얘기가 있긴 했어요. 페리 부인이 저희 어머니에게 그런 얘기를 하셨고, 그 일에 대해서는 저희뿐 아니라 콜 부부도 들었답니다. 하지만 그건 다른 사람은 아무도 모르는 비밀이었고, 한 3일 정도 그런 얘기가 있었죠. 페리 부인은 남편에게 마차가 있어야 한다고 심각하게 생각했고, 어느 날 아침 페리 씨를 설득했다고 들떠서 저희 어머니를 뵈러 왔었어요. 제인, 우리가 집에 왔을 때 할머니가 그렇게 얘기하신 것 기억 안 나니? 우리가 어딜 다녀오는 길이었는지는 생각이 안 나네요. 아마 랜덜스였을 거예요. 맞아요, 랜덜스에 다녀온 것 같아요. 페리 부인은 언제나 저희 어머니를 가깝게 여겼거든요. 사실 누구나 그렇지만요. 그래서 저희 어머니에게만 살짝 얘기한 거예요. 물론 어머니가 저희에게 말하는 건 전혀 반대하지 않았지만, 그 이상으로 퍼뜨려서는 안 되는 일이었지요. 그날 이후로 지금까지 저는 아무에게도 그 얘기를 말하지 않았어요. 물론 그러면서 제가 아무 암시도 흘리지 않았다고는 장담할 수 없어요. 가끔씩 저도 모르게 말이 튀어나와 버리곤 하니까요. 아시겠지만, 제가 말하는 걸 좀 좋아하잖아요. 약간 수다스러운 편이라서 간혹 말해서는 안 될 일을 발설하는 경우가 있어요. 저는 제인 같지는 않답니다. 그게 좀 아쉬운 일이지요. 하지만 제인에게서는 아무리 작은 일이라도 새어나가지 않는다고 장담할 수 있어요. 제인이 어디 갔지? 오! 바로 뒤에 있었구나. 페리 부인이 오셨던 걸 정확히 기억해요. 정말 기막힌 꿈이네요!"

그들은 현관에 들어서고 있었다. 나이틀리 씨의 눈은 베이츠 양보다 먼저 제인을 찾고 있었다. 나이틀리 씨는 혼란스러움을 억지로 누르고 있거나 웃음으로 감추고 있는 듯한 프랭크 처칠의 얼굴에서 억지로 시선을 떼어 제인에게로 돌렸지만, 그녀는 너무 뒤에 있었고 숄을 매만지느라 분주했다. 웨스턴 씨가 먼저 들어섰고, 다른 두 신사는 그녀가 먼저 지나가도록 문가에서 기다렸다. 나이틀리 씨는 프랭크 처칠에게서 그녀와 시선을 맞추려고 애쓰고 있는 기운을 감지했다. 프랭크 처칠은 그녀를 뚫어질 듯 쳐다보는 것 같았는데, 그래봤자 소용없는 일이었다. 제인은 둘 사이를 지나 현관에 들어섰지만, 어느 누구에게도 눈길을 주지 않았다.

더 이상의 언급이나 설명을 할 시간은 없었다. 그 꿈에 대해서는 그냥 넘어가야 했고, 나이틀리 씨는 나머지 사람들과 함께 에마가 하트필드에 들여놓은 커다란 현대식 원형 테이블 주위에 둘러앉아야 했다. 에마만이 아버지에게 지난 40년간 하루 두 끼씩 식사를 차렸던 작은 경첩 테이블이 여러 사람이 둘러앉기엔 너무 비좁으니 그 대신 이 큰 테이블을 사용하도록 설득할 힘이 있었다. 즐거운 분위기 속에서 차가 나왔고 다들 서두르는 기색 없이 느긋해 보였다.

"우드하우스 양."

프랭크 처칠은 자리에 앉으면서 뒤에 있는 테이블을 살피고 나서 말했다.

"조카들이 알파벳 글자 상자를 치웠나요? 여기에 있었는데 어디 있지요? 오늘 날씨가 우중충해서 여름이 아닌 겨울 저녁 같네요. 지난번 아침에 그 글자들을 가지고 즐거운 시간을 보냈죠. 다시 한번 해보는 게 어떨까 하는데요."

에마는 그의 생각에 기뻐하며 상자를 가져와 재빨리 테이블 위에 알파벳 글자들을 쏟아놓았지만, 두 사람 말고는 아무도 단어 게임에 별로 흥미를 느끼지 않는 것 같았다. 그들은 서로에게, 혹은 누구든 호기심을 보이게 하려고 단어를 만들어갔다. 말이 오가지 않는 조용한 게임이었기 때문에 웨스턴 씨가 가끔 소개하곤 했던 소란스러운 게임을 싫어하는 우드하우스 씨에게 특히 적당했고, 이제 그는 행복하게 자리에 앉아서 "가엾은 어린 손자들"이 떠난 것에 대한 감상적인 아쉬움에 젖어 있거나, 그의 근처에 떨어진 글자를 집어 들면서 에마가 얼마나 아름답게 글자를 만들었는지에 대해 감탄하곤 했다.

프랭크 처칠은 페어팩스 양 앞에 단어를 하나 놓았다. 그녀는 테이블 주위를 잠깐 둘러보더니 그걸 풀기 시작했다. 프랭크는 에마 옆에 앉아 있었고, 제인은 그 맞은편에 있었다. 나이틀리 씨는 그들 모두를 볼 수 있는 위치였는데, 가능한 한 눈치채지 못하게 많은 것을 관찰할 셈이었다. 답을 알아낸 페어팩스는 희미한 미소를 지으며 단어를 멀찌감치 밀어놓았다. 곧바로 그 단어를 다른 것들과 섞어 사람들의 시선을 끌지 않으려는 의도였다면, 그녀는 바로 앞이 아니라 테이블 건너편을 봤어야 했다. 새로운 단어마다 호기심을 보였지만 하나도 풀지 못하고 있던 해리엇이 갑자기 집어 들더니 풀기 시작했다. 그녀는 나이틀리 씨 옆에 앉아 있었고 그에게 도움을 청했다. 답은 '실수'였는데, 해리엇이 기뻐하며 그 단어를 외치는 순간 제인의 볼이 붉게 물든 것은 뭔가 의미가 있는 것처럼 보였다. 나이틀리 씨는 그것이 꿈에 관련된 것이라고 생각했지만, 전체적인 상황을 파악할 수는 없었다. 자신이 가장 소중히 여기는 섬세함과 신중함이 어쩌면 그렇게 맥을 못 출 수가 있는지! 프랭크 처칠과 뭔가 결정적으로 연관되어 있는 게 분명하다는 생각은 들었다. 음흉한 꿍꿍이속이 그를 어디나 따라다니는 듯했다. 이 단어 게임은 점잖은 척하면서 수작을 부리는 도구에 불과했다. 프랭크 처칠의 더 교묘한 게임을 감추기 위해 아이들 놀이가 선택된 것이었다.

분노를 느끼면서도 나이틀리 씨는 계속해서 그를 관찰했고, 아무것도 모르는 두 여자에 대해서는 놀라움을 품고 바라보았다. 그는 프랭크가 에마를 위해 짧은 단어를 준비한 뒤 은근한 짓궂은 표정과 함께 그녀에게 건네는 것을 보았다. 에마는 곧 답을 알아냈고 무척 재미있어했지만, 답을 보여주길 꺼리는 것으로 비치는 게 적절하다고 판단했는지, "말도 안 돼요! 당황스럽네요!"라고 외쳤다. 그러자 프랭크 처칠은 제인을 바라보며 "그녀에게 보여줄게요. 그래도 되죠?"라고 묻는 게 들렸다. 에마는 "아니, 안 돼요. 그러지 마세요. 정말 안 돼요."라면서 무안한 듯 웃었다.

그러나 이미 단어가 건네졌다. 감정 없이 사랑하는 듯하고 남에 대한 배려 없이 다만 돋보이고 싶어하는 이 신사적인 청년은 그 단어를 페어팩스 양에게 직접 건네주더니 침착하고 아주 공손한 어조로 글자를 살펴보라고 권했다. 그 단어가 뭔지 알고 싶다는 강렬한 호기심 때문에 나이틀리 씨는 그쪽으로 눈을 돌릴 기회를 엿보았고, 얼마 지나지 않아 '딕슨'이라는 단어가 보였다. 제인 페어팩스도 그와 거의 동시에 글자를 알아본 것 같았지만, 그녀가 이해한 건 확실히 두 글자의 숨겨진 의미에 좀 더 관련되어 있었다. 그녀는 몹시 불쾌한 표정으로 고개를 들었다가, 자신이 관찰당하고 있었다는 걸 깨닫고는 그 어느 때보다도 심하게 얼굴을 붉히며 중얼거렸다.

"이름을 써도 되는 줄은 몰랐어요."

그러더니 화가 난 듯 글자를 한쪽으로 밀어놓고 더 이상 단어를 풀지 않기로 결심한 듯했다. 그녀는 자신을 공격한 사람들로부터 이모에게로 고개를 돌렸다.

"아, 그렇구나, 얘야."

제인은 한 마디도 하지 않았는데도 베이츠 양은 소리쳤다.

"나도 같은 얘기를 하려던 참이었어. 이젠 정말로 가야 할 시간이지. 저녁이 가까워졌으니 할머니가 우리를 기다리실 거야. 어르신, 너무 감사합니다. 이제 작별 인사를 해야겠네요."

제인의 재빠른 움직임이 그녀 이모가 예상한 대로 갈 준비를 하고 있다는 걸 보여주고 있었다. 그녀는 즉시 일어서서 테이블을 떠나려 했지만, 한꺼번에 너무 많은 사람들이 움직이기 시작해 곧바로 빠져나갈 수가 없었다. 나이틀리 씨는 또 다른 글자의 조합이 그녀 쪽에 놓여졌으나 그녀는 거기에 눈길도 주지 않은 채 단호히 옆으로 밀어놓는 걸 본 것 같았다. 그러고 나서 그녀는 자신의 숄을 찾기 시작했다. 프랭크 처칠 역시 그녀를 도와 함께 그것을 찾고 있었다. 어스름하게 해가 지고 있었고 실내는 매우 어수선했다. 나이틀리 씨가 미처 깨닫지 못한 사이에 그들은 모두 가버렸다.

그는 하트필드에 남았다. 머릿속은 아까 보았던 장면들로 꽉 차 있었다. 실내를 밝히기 위해 촛불이 켜졌을 때 그는 마땅히, 그렇게 친구로서 마땅히 에마에게 귀띔을 해주고 몇 가지를 물어봐야만 했다. 에마가 그런 위험에 빠지도록 두고 볼 수는 없었다. 그녀를 보호하는 것, 그건 그의 의무였기 때문이다.

"에마."

그는 말했다.

"당신과 페어팩스 양에게 건네진 마지막 단어가 당신에겐 왜 그렇게 재미있었는지, 그런가 하면 다른 누군가에겐 어째서 그렇게 쓰라린 상처를 남겼는지 물어봐도 되겠소? 나도 그 단어를 봤는데, 어떻게 한 단어가 한 명에게는 그렇게 재미있고 다른 한 명에게는 불쾌할 수 있는지 무척 궁금하네요."

에마의 머릿속은 마구 혼란스러워졌다. 하지만 그에게 진짜 이유를 이야기할 수는 없었다. 그녀의 의심이 사라진 건 아니지만, 그걸 말하기에는 너무 부끄러웠다.

"오!"

그녀는 당황해서 외쳤다.

"그건 아무 의미도 없어요. 그저 우리끼리 하는 단순한 농담일 뿐이에요."

"그 농담이라는 건 당신과 프랭크 처칠 씨에게만 해당되는 것 같더군요."

그의 어조는 심각했다.

나이틀리 씨는 에마가 뭐라고 다시 얘기하길 바랐지만, 그녀는 더 이상 아무 말도 하지 않았다. 말하는 대신 다른 일들로 분주한 척하고 있을 뿐이었다. 그는 의심스러워하며 좀 더 앉아 있었다. 온갖 나쁜 생각이 떠올랐다. 참견, 소용없는 참견이었다. 에마가 당황스러워하는 모습과 모두가 알고 있는 듯한 둘 사이의 친분으로 보아 그녀의 감정이 연관되어 있는 것으로 생각되었다. 하지만 그는 말해야만 했다. 그녀의 안전을 해치기보다는 공연한 참견이라고 할 수 있는 무슨 일이라도 해야 했으며, 모르는 척했던 순간을 곱씹게 되느니 어떤 일이라도 부닥쳐 봐야만 했다.

"에마."

마침내 그는 부드럽게 말했다.

"당신은 우리가 얘기하고 있던 그 신사분과 숙녀분 사이의 관계를 제대로 파악하고 있다고 생각하나요?"

"프랭크 처칠 씨와 페어팩스 양 말인가요? 오! 그럼요. 잘 알고 있죠. 왜 그런 걸 물어보세요?"

"혹시 당신이 보기에 그가 그녀를 흠모한다거나, 그녀가 그를 흠모하는 것으로 생각될 만한 일은 없었나 해서요?"

"전혀, 한 번도요!"

그녀는 거리낌 없는 태도로 외쳤다.

"단 한 순간도 그런 생각을 한 적은 없었어요. 도대체 어떻게 그런 생각을 하게 되셨어요?"

"최근 들어 둘 사이에 은밀한 감정이 오가는 증거를 본 것 같아요. 다른 사람에게 드러내지 않고 뭔가 말하려는 듯한 표정 말이지요."

"오! 정말 재미있는 말씀을 다 하시네요. 당신이 상상력을 그렇게 발휘할 수 있다니 정말 기쁘긴 하지만 잘못 짚으셨어요. 당신이 처음으로 쓴 각본에 대해 이런 말씀을 드리게 되어 안타깝지만, 그건 말도 안 되는 얘기예요. 확실히 말씀드리지만, 둘 사이에는 어떤 특별한 감정도 없답니다. 당신의 시선을 끈 그 표정은 특별한 상황에서 일어난 거고요. 그건 완전히 다른 성격의 감정이죠. 정확히 설명할 수는 없고 말로 표현할 수 없는 부분이 있지만, 말씀드릴 수 있는 건 둘 사이에는 남녀 간에 있을 수 있는 어떠한 흠모의 감정이나 애정은 없다는 거예요. 그러니까 페어팩스 양에 대해서는 그렇게 **추측**하고 있고, 프랭크 처칠 씨 쪽은 제가 대신해서 말씀드릴 수 있어요. 프랭크 처칠 씨가 그녀에게 아무런 관심이 없다는 건 확실해요."

에마는 나이틀리 씨를 아무 소리 못하게 만들었다는 만족감으로 들뜬 채 자신 있게 얘기했기에 나이틀리 씨의 확신은 흔들렸다. 그녀는 기분이 좋아서 그가 왜 의심하게 되었는지, 둘의 어떤 표정을 보았기에 그런 얘기를 하는 건지, 어디서 어떻게 그런 일들이 일어났는지에 대한 설명을 자세히 들으면서 대화를 이어가고 싶었지만, 나이틀리 씨는 그럴 기분이 아니었다. 그는 자신이 에마에게 별 도움이 되지 못한다는 걸 깨달았고, 그걸 말하기에는 너무 혼란스러운 기분이었다. 우드하우스 씨의 섬약한 체질 탓에 거의 일 년 내내 타오르고 있는 벽난로 옆에서 더 열이 오르기 전에, 그는 곧 서둘러 일어나 던웰 애비의 시원하고 조용한 집으로 발길을 향했다.

42

서클링 부부가 곧 방문할 거라는 기대감에 부풀어 있었던 하이버리 사람들은 그들이 가을 전까지는 오기 힘들다는 소식을 듣게 되었다. 현재로서는 어떤 색다른 정보로 그들을 기쁘게 할 만한 것이 없었다. 그들은 얼마 동안 서클링 부부의 방문이 차지했던 일상적인 대화에서 건강 상태가 매일 달라지고 있다는 처칠 부인에 대한 최근의 소식이나, 아이가 태어나고 나면 당연히 그녀의 이웃들도 마찬가지겠지만, 특히나 행복해질 것으로 기대되는 웨스턴 부인의 상황 등 다른 화젯거리로 관심을 돌려야 했다.

엘턴 부인은 크게 실망했다. 커다란 즐거움, 과시할 수 있는 기회가 미뤄진 셈이었다. 소개나 추천하는 것도 전부 기다려야 했고, 계획했던 모든 파티도 여전히 말로만 진행 중이었다. 이것이 그녀가 처음에 한 생각이었다. 그러나 좀 더 궁리를 해보니 모든 걸 미룰 필요는 없겠다는 생각이 들었다. 서클링 부부가 오지 않는다고 박스 힐에 가지 못할 이유가 무엇인가? 가을에 다시 함께 가면 될 일이었다. 그렇게 해서 박스 힐에 가는 것이 결정되었고, 그 나들이에 대해서는 오래전부터 많은 사람들이 들어 왔던 말이기에 다른 한 사람의 마음까지 움직였다. 에마는 박스 힐에 한 번도 가본 적이 없었는데 모두들 그렇게 멋지다고 입을 모아 얘기하는 곳이라 가보고 싶었고, 웨스턴 씨와 함께 화창한 오전을 골라 그곳에 가기로 합의했다. 여기에 선택된 두세 명만 더 데려갈 작정이었고, 엘턴 부부와 서클링 부부의 소란스럽고 거창한 준비를 하는 것이 아니라, 평범하게 먹고 마시고 오는 조용하고 자연스럽고도 우아한 방식으로 다녀올 예정이었다.

이것은 둘 사이에서는 오해의 소지 없이 합의된 얘기라고 생각했기 때문에, 웨스턴 씨가 엘턴 부인에게 그녀의 언니 부부가 못 오게 되었으니 두 팀을 하나로 합쳐 같이 가는 게 어떻겠냐고 제안했다고 했을 때 에마는 다소 놀라고 불쾌한 생각이 들지 않을 수 없었다. 그러자 엘턴 부인은 기다렸다는 듯 찬성하면서 에마만 반대하지 않는다면 그렇게 하기로 했다. 지금 에마가 반대할 이유라고는 엘턴 부인이 몹시 싫다는 것뿐이었고, 그건 웨스턴 씨도 익히 알고 있는 사실이었기 때문에 그런 말을 다시 하는 건 아무 의미가 없었다. 그런 말을 꺼내봤자 웨스턴 씨에 대한 책망이 될 수밖에 없었고, 그렇게 되면 웨스턴 부인의 마음을 아프게 할 것이기 때문이었다. 그래서 에마는 무슨 수를 써서라도 피하고 싶고 자신이 엘턴 부인의 모임에 끼었다는 수치스러운 얘기까지 들을 수 있는 그 계획에 동의하기로 했다. 에마는 감정이 상할 대로 상했고 겉으로는 순순히 따랐지만 못 말릴 정도로 사람 좋기만 한 웨스턴 씨의 성격에 대해서는 남몰래 준열한 판단을 내리지 않을 수 없었다.

"제가 한 일에 대해 이렇게 동의를 하다니 정말 다행이군요."

그는 느긋하게 말했다.

"하지만 뭐, 동의하실 거라 생각하고 있었지요. 이런 계획은 사람 수가 적으면 아무것도 아니잖습니까. 다다익선이죠. 사람이 많으면 그것만으로도 벌써 즐거워지니까요. 게다가 엘턴 부인은 알고 보면 성격이 좋으니까, 그녀를 뺄수는 없었지요."

에마는 웨스턴 씨의 말을 들으면서 단 한 번도 소리 내어 반박하지는 않았지만, 마음속으로는 그의 말 중 어느 것에도 동의하지 않았다.

6월 중순이 되었고 날씨는 청명했다. 엘턴 부인이 하루라도 빨리 날짜를 정하고 싶어하면서 웨스턴 씨와 함께 비둘기 파이와 찬 양고기로 메뉴를 정했을 때, 마차를 끌 말이 발을 삐는 바람에 모든 게 불확실한 미궁 속으로 빠져버렸다. 말이 회복될 때까지 며칠 혹은 몇 주가 걸릴지 알 수 없는 상황이라서 어떤 준비도 시작할 수가 없었고, 모든 게 우울하게 침체된 상태가 되었다. 엘턴 부인은 이런 불상사 앞에서 어쩔 줄 몰라 했다.

"너무 괴로운 상황 아닌가요, 나이틀리?"

그녀는 외쳤다.

"나들이하기에 이렇게 완벽한 날씨인데 말이에요! 이렇게 늦춰지고 실망하게 되다니 정말 기분이 나쁘네요. 어떻게 하죠? 이러다 보면 아무것도 못한 채 한 해가 다 가겠어요. 작년 이맘때에는 메이플 그로브에서 킹즈 웨스턴까지 신나게 돌아다녔는데 말이에요."

"던웰로 놀러 오시는 게 좋겠네요."

나이틀리 씨가 답했다.

"말 없이도 오실 수 있을 겁니다. 오셔서 저희 밭의 딸기를 드세요. 아주 잘 익어 가고 있으니까요."

처음에 나이틀리 씨는 진지한 의도로 얘기를 꺼낸 게 아니었다 해도, 그의 제안에 대해 엘턴 부인이 반색하면서 기뻐했기 때문에 자기가 한 말을 취소할 수가 없게 되었고, "어머! 그거야말로 듣던 중 가장 반가운 말씀이네요."라는 말뿐 아니라, 그녀의 표정에서도 반가움이 넘쳐났다. 던웰은 딸기밭으로 유명해서 사람들에게 그 이야기를 하면서 방문을 청할 만했지만, 지금은 어떤 요청을 할 필요가 없었다. 어딘가로 놀러 갈 기회만 기다리고 있던 엘턴 부인은 아마 양배추밭이라 해도 기꺼이 찾아갈 기세였다. 그녀는 꼭 가겠노라고 몇 차례나 다짐했고, 자기와의 친분을 이런 식으로 보여준 게 자신에 대한 특별한 찬사라고 생각하며 매우 고마워했다.

"걱정하지 마세요."

그녀는 말했다.

"꼭 갈 테니까요. 날짜를 정하시면 갈게요. 제인 페어팩스를 데려가도 괜찮겠죠?"

"제가 먼저 그날 부인과 함께 모시고 싶은 몇 분에게 여쭤보기 전에는 날짜를 정할 수가 없습니다."

그가 답했다.

"오! 그런 일은 염려 마세요. 제게 맡기시면 돼요. 제 파티니까 제 친구들을 데려가도록 할게요."

"엘턴 씨를 데려오시면 좋겠군요."

그가 말했다.

"하지만 그 외의 손님 초대에 대해서는 번거롭게 해드리고 싶지 않습니다."

"오! 이제 보니 뭔가 딴 속셈이 있으시군요. 하지만 정말로요, 제게 권한을 넘겨주는 것에 대해 걱정할 필요가 없답니다. 저는 자기 좋을 대로만 하는 철부지 아가씨가 아니거든요. 결혼한 여자들에게는 안심하고 일을 맡겨도 되는 법이죠. 제 파티니 모든 걸 제게 맡겨주세요. 당신 손님들도 제가 초대하도록 할게요."

"아닙니다."

나이틀리는 차분히 대답했다.

"제가 던웰에 누구를 초대할지에 대해 마음 놓고 맡길 수 있는 기혼 여성이라면 이 세상에 단 한 사람뿐입니다. 그 사람은 바로……."

"웨스턴 부인인가 보군요."

다소 자존심이 상한 듯 보이는 얼굴로 엘턴 부인이 끼어들었다.

"아니요. 나이틀리 부인입니다. 그리고 그 자리에 누군가가 올 때까지는 제가 이런 일을 직접 처리할 겁니다."

"어머나! 정말 특이하시네요."

그녀는 자기보다 더 신임을 받는 사람이 없다는 것에 만족해서 외쳤다.

"하는 말씀마다 어쩜 그렇게 재밌으세요. 유머 감각이 있으신 것 같아요. 그럼 저는 제인을 데려가도록 하죠. 제인과 그녀 이모를요. 나머지는 당신에게 맡길게요. 하트필드 가족을 만나는 데 대해서는 전혀 거리낌이 없답니다. 망설이지 않으셔도 돼요. 당신이 그분들에게 호감을 갖고 있다는 건 잘 알고 있으니까요."

"그분들이 제 초대를 받아들이기만 하신다면 그날 분명 만나실 수 있을 겁니다. 그리고 베이츠 양은 제가 집에 가는 길에 들러서 말씀드리도록 하죠."

"그러실 필요 없어요. 저는 제인을 매일같이 만나는걸요. 하지만 좋으실 대로 하세요. 아시겠지만 파티는 오전에 열어야 해요, 나이틀리. 단순한 분위기로 말이에요. 저는 끈 달린 커다란 모자를 쓰고 조그마한 바구니를 팔에 걸고 올게요, 이렇게요. 그리고 여기에 분홍색 리본을 달면 좋겠네요. 이 정도면 아주 단순하죠. 제인도 그런 걸 가져올 거예요. 형식이나 겉치레 없이 일종의 집시 파티 같은 분위기가 되어야 해요. 정원을 거닐고 딸기를 직접 딴 다음에는 나무 밑에 앉는 거예요. 그 밖에 저희를 위해 마련하실 모든 것들은 야외에서 이루어져야 한답니다. 그늘에다가 테이블을 차려놓고 말이에요. 모든 게 최대한 자연스럽고 단순해야 해요. 그렇게 생각하고 계신 거 맞죠?"

"그렇지 않은데요. 제가 생각하는 단순하고 자연스러운 분위기는 식당에 식탁을 차려놓는 것입니다. 제가 생각하기에 신사 숙녀들의 자연스러운 성품과 단순함은 시중드는 하인에다가 가구와 더불어 실내에서 식사할 때 가장 잘 지켜지는 것 같습니다. 정원에서 딸기를 마음껏 드시고, 나중에 집 안으로 들어오시면 시원한 고기 요리를 준비해놓겠습니다."

"글쎄요, 당신 좋으실 대로 하세요. 단 거창하게 차리지는 마시고요. 아, 그 건 그렇고 저나 저희 가정부가 의견을 드릴 수 있을까요? 거리낌 없이 말씀하셔도 좋아요, 나이틀리. 제가 호지스 부인에게 뭔가 부탁하거나 제가 한번 점검해주기를 원하신다면……."

"고맙습니다만, 전혀 그러실 필요 없습니다."

"그렇군요. 하지만 혹시라도 어려운 상황이 생기거나 하면 저희 가정부가 아주 현명하니까 말하세요."

"저희 가정부도 스스로를 그 못지않게 현명하다고 여기고 있을 것이고, 다른 누구의 도움도 거절할 겁니다."

"저희에게 당나귀가 있으면 좋을 텐데요. 제인, 베이츠 양, 그리고 저까지 우리 모두가 당나귀를 타고 오게 말이에요. 제 신랑은 옆에서 걸으면 되고요. 남편에게 당나귀를 한 마리 사자고 해야겠어요. 시골 생활에서는 일종의 필수품인 것 같던데. 아무리 많은 자질을 지닌 여자라 해도 집 안에만 갇혀 있을 수는 없는 노릇이니까요. 그리고 먼 길을 걷다 보면 여름에는 먼지가, 겨울에는 흙탕물이 묻기 마련이죠."

"던웰과 하이버리 사이 길에서는 먼지도 흙탕물도 찾아볼 수 없을 겁니다. 그리고 던웰가(街)에는 먼지가 날리는 일이 없고 더군다나 지금은 건조한 시기라서 말입니다. 하지만 원하신다면 당나귀를 타고 오세요. 콜 부인에게서 빌릴 수 있을 겁니다. 가능하면 모든 것들이 부인의 취향에 맞기를 바랍니다."

"물론 그러실 거라 생각해요. 제 좋은 친구인 당신의 뜻을 모르는 바 아니랍니다. 저는 당신의 무뚝뚝하고 퉁명스러운 태도 속에 누구보다도 따뜻한 마음을 갖고 있다는 걸 알고 있지요. E씨에게도 말했지만 당신은 아주 뛰어난 유머 감각을 지닌 분이세요. 그럼요, 정말이에요, 나이틀리. 이번 일을 계획한 게 다 저를 위한 거라는 걸 잘 알고 있어요. 제가 좋아하는 걸 제대로 맞힌 거예요."

나이틀리 씨가 그늘 밑에 테이블을 차리는 걸 반대한 데에는 또 다른 이유가 있었다. 그는 에마뿐만 아니라 우드하우스 씨도 파티에 오도록 설득할 생각이었는데, 만일 그들 중 누구라도 야외에 앉게 된다면 우드하우스 씨가 몹시 불편해 할 거라는 걸 알고 있었다. 아침부터 던웰까지 달려와서 불편한 가운데 한두 시간을 보내야 한다면, 우드하우스 씨는 절대로 움직이려 하지 않을 것이었다.

나이틀리 씨는 우드하우스 씨가 이 초대를 받아들일 거라고 믿었다. 너무 쉽게 생각했다고 자책할 만한 어떤 예기치 못한 염려도 우드하우스 씨는 나타내지 않았다. 그는 초대를 수락했다. 지난 2년간 던웰을 찾은 적이 없었기 때문이다. 아주 맑은 날 아침이라면 그와 에마 그리고 해리엇도 다 같이 갈 수 있고, 사랑스러운 아가씨들이 정원을 거니는 동안 그는 웨스턴 부인과 앉아 있으면 되었다. 그는 한낮이니 땅이 축축하지는 않을 거라고 생각했다. 우드하우스 씨는 오래된 그 집을 다시 보고 싶은 마음이 간절했고, 엘턴 부부와 그 밖의 다른 이웃들과 함께 시간을 보내고 싶었다. 화창한 날 오전에 그와 에마, 해리엇이 거기 가는 데 반대할 아무런 이유가 없었다. 그는 나이틀리 씨가 자기들을 초대한 게 아주 훌륭한 처사라고 생각했다. 그리고 안에서 식사하게 하는 것을 아주 친절하고 사려 깊은 행동이라고 생각했다. 밖에서 식사를 하는 것보다 훨씬 지혜로웠다. 우드하우스 씨는 밖에서 식사하는 걸 좋아하지 않기 때문이다.

모두가 기꺼이 초대에 응했다는 점에서 나이틀리 씨는 운이 좋았다. 다들 초청장을 반갑게 받아들였고, 엘턴 부인과 마찬가지로 다들 그 계획이 자신에 대한 특별한 존중이라고 받아들이는 것 같았다. 에마와 해리엇은 아주 즐거울 거라며 굉장한 기대감에 부풀어 있었고, 따로 부탁하지도 않았는데도 웨스턴 씨가 가능하면 프랭크를 데려오겠노라고 약속한 건, 굳이 그럴 필요는 없었지만 나름대로 칭찬과 감사를 표현한 것이라고 생각해야 했다. 그래서 나이틀리 씨 역시 그가 오면 좋겠다고 말할 수밖에 없었고, 웨스턴 씨는 곧바로 편지를 써서 온갖 이유를 다 대면서 오라고 설득했다.

그러는 사이에 발을 삔 말이 예상 외로 빨리 회복되어 박스 힐로의 나들이가 다시 가능한 일이 되었다. 마침내 던웰에 가는 날짜가 정해졌고 박스 힐은 그다음 날 가게 되었다. 날씨는 더할 수 없이 쾌청했다.

거의 여름 중반이 다 된 햇살이 눈부신 아침나절, 우드하우스 씨는 마차에 안전하게 몸을 싣고 창문을 하나 내린 채 야외 파티에 참석하기 위해 이동했다. 그는 자신을 위해 오전 내내 벽난로를 피워 놓도록 특별히 준비된 던웰 애비에서 가장 편안한 방에 행복하게 자리를 잡았고, 여기까지 오는 동안 있었던 일들을 얘기하고 다들 와서 앉으라고 하면서도 불가에 너무 바싹 다가가지는 말라고 충고를 하는 등 꽤 느긋한 모습이었다. 우드하우스 씨와 내내 앉아 있을 수 있도록 몸을 지치게 하기 위해 일부러 여기까지 걸어온 것으로 보이는 웨스턴 부인은, 다른 사람들이 모두 밖으로 나가거나 이끌려 나가는 데도 참을성 있게 공감하며 그의 이야기를 들어줄 대화 상대로서 자리를 지켰다.

에마가 던웰 애비를 방문한 건 아주 오래전이라, 아버지가 편안히 자리를 잡으셨다는 확신이 들자마자 그녀는 자리에서 일어나 주위를 둘러보았다. 그녀는 자기와 자기 가족에게 지대한 관심거리인 이 집과 정원을 좀 더 자세히 둘러보고 파악하면서 기억을 새롭게 상기시키고 바로잡고 싶은 마음이 가득했다.

에마는 주변 환경과 잘 어울리게 나지막하고 외진 위치에 독특하게 지어진 저택의 규모와 분위기를 둘러보면서, 그녀가 이곳의 현재와 미래의 소유자와 친분 관계에 있다는 데에 숨길 수 없는 자부심과 만족감을 느꼈다. 예전에는 전망에 신경 쓰지 않았기 때문에 거의 눈에 들어오지 않았던 풍성한 정원이 개울 옆 목초지까지 펼쳐져 있었고, 목재가 그 방식과 외양에 신경쓰지 않고 가득 쌓여 있었다. 집은 하트필드보다 훨씬 컸고 전혀 다른 분위기로 들쑥날쑥하게 대지의 사방으로 뻗어 있었고, 여러 개의 방은 대부분이 편안한 분위기였으며, 한두 개만이 근사하게 꾸며져 있었다. 모든 게 훌륭했고 옛날 그대로인 것 같았다. 에마는 생각하면 할수록 좋은 집안의 혈통이나 이해심과 고상함 등으로도 진정한 상류 가문인 이 집 사람들에 대한 존경심이 새삼 솟아났다. 존 나이틀리 형부의 성격에 다소 흠이 있긴 하지만, 이사벨라 언니가 그런 점을 잘 보완해주고 있었다. 이사벨라 언니에게는 그들이 부끄러워할 만한 것이 없었다. 이런 만족스러운 기분을 지닌 채 에마는 다른 사람들처럼 딸기밭 주위에 모여야 할 때까지 여기저기 돌아다녔다. 리치먼드에서 지금이라도 곧 도착할 예정이라는 프랭크 처칠을 빼고는 다들 모였고, 커다란 보닛 모자와 바구니로 한껏 모양을 낸 엘턴 부인은 행복에 겨워 모두를 이끌고 딸기를 따고 딸기에 대한 이야기를 나눌 만반의 준비가 되어 있었다. 그녀의 생각이나 대화는 온통 딸기로 가득 찬 것 같았다.

"영국 최고의 과일이죠. 모두가 좋아하고 건강에도 좋죠. 여긴 아주 좋은 품종의 훌륭한 딸기밭이군요. 이렇게 모이게 돼서 얼마나 기쁜지…… 즐거운 시간을 보내기에 이보다 더 좋은 방법도 없죠. 확실히 아침나절이 제일 좋아요. 지칠 일이 없고…… 모든 품종마다 장점이 있는데 오보이 품종이 단연 최고죠. 비교할 수 없어요. 다른 품종은 거의 먹기 힘들 정도죠…… 오보이는 아주 귀해요. 칠리 품종도 괜찮은데, 가지가 흰 게 맛이 가장 좋답니다. 런던의 딸기 값은…… 브리스톨에는 딸기가 많아요. 메이플 그로브에서도 재배하는데…… 밭은 언제 새로 갈아야 하는지…… 가꾸는 사람마다 다 다르지요. 정해진 규칙이 없답니다. 다들 자기가 고집하는 방식이 있으니까요. 맛있는 과일이지만…… 단지 많이 먹기에는 너무 맛이 강해요. 체리보다는 못하죠. 까치밥나무 열매가 더 맛이 있답니다. 딸기를 따는 데 있어 유일한 단점은 몸을 구부려야 한다는 거예요. 햇살이 너무 강하고 피곤해서 죽을 지경이네. 더 이상 견딜 수가 없군요. 이제 그늘 아래로 가서 좀 쉬어야겠어요."

이런 이야기는 프랭크 처칠이 왔는지 알아보기 위해 나온 웨스턴 부인 때문에 딱 한 번 중단된 걸 빼고는 30분 동안 끊임없이 이어졌다. 웨스턴 부인은 약간 불안한 기색이었는데, 의붓아들이 타고 올 말이 어떻게 된 건 아닌지 조금 걱정하고 있었다.

그늘 아래 적당한 자리가 마련되었고, 이제 에마는 엘턴 부인과 제인 페어팩스가 하는 이야기를 들을 수밖에 없게 되었다. 바라던 이상적인 상황이 이제 성사될 수 있게 되었다는 것이 엘턴 부인이 끄집어낸 화제였다. 엘턴 부인은 그날 아침 이 소식을 듣고 기뻐 어쩔 줄 몰라했다. 서클링 부인이나 브래그 부인은 아니었지만, 그 행운과 영광에 있어서는 그에 못지않았다. 바로 서클링 부인이 알고 지내며 메이플 그로브에도 잘 알려진 브래그 부인의 친척이 제안을 한 것이다. 매우 유쾌하고 매력적인 데다 훌륭한 계층과 가문, 혈통, 그 모든 것을 갖춘 귀부인이라는 것이다. 엘턴 부인은 그 제안을 즉시 매듭짓고 싶어 안달하고 있었다. 그녀는 기쁨과 열의, 승리감에 차 있었으나, 페어팩스 양은 예전에도 간곡히 설명했던 이유를 똑같이 반복하면서, 현재로서는 그런 일을 시작할 생각이 없다고 계속 말했는데도 엘턴 부인은 그녀의 부정적인 답변을 절대로 받아들이려 하지 않았다. 오히려 엘턴 부인은 내일 아침 우편으로 수락하는 편지를 보내게 해달라고 계속 고집을 부렸다. 에마로서는 제인이 이 모든 상황을 어떻게 견뎌내는지 다만 놀라울 따름이었다. 그녀는 곤란한 기색으로 날카롭게 얘기했으며, 마침내 그녀로서는 보기 드문 행동력으로 자리에서 일어나자고 제안했다.

"산책하지 않으시겠어요? 나이틀리 씨가 정원을 구경시켜 주지 않으실까요? 전체를 둘러보고 싶은데요."

마침내 엘턴 부인의 집요함은 제인이 참을 수 있는 한계를 넘어선 것 같았다.

날씨는 매우 무더웠다. 두서너 명씩 뭉쳤다 흩어졌다를 반복하며 얼마 동안 정원 여기저기를 발길 가는 대로 돌아본 그들은, 저도 모르게 강에서 일정한 거리를 두고 정원 너머까지 심겨 있어 보기 좋게 대지의 끝자락을 장식한 듯한 라임나무가 널찍하게 만들어낸 반가운 그늘 쪽으로 향했다. 그 너머로는 아무것도 없었다. 집으로 들어서는 길인 것 같은 느낌이 들게 쌓여 있는 높은 기둥과 나지막한 돌담 너머로는 자연 풍광만이 펼쳐져 있을 따름이었다. 그렇게 갑자기 뚝 끊긴 길을 만든 취향에 대해서는 이견이 있을 수 있지만, 그 자체로는 매력적인 산책로였고 그 길의 끝에서 바라다본 전망은 이루 말할 수 없이 아름다웠다. 던웰 애비 저택이 끄트머리에 세워져 있는 경사진 언덕은 땅에서 멀어질수록 차츰 가팔라지고 있었고, 1킬로미터 남짓 떨어진 곳에는 나무가 우거진 커다란 둑이 있었다. 이 둑 아래에 한적하게 자리 잡은 애비 밀 농장 앞에는 목초지가 있었고 그 가까이로는 강이 굽이쳐 흐르고 있었다.

눈과 마음을 행복하게 해주는 아름다운 풍경이었다. 영국의 신록과 문화, 그리고 아늑함이 화창한 태양 아래 한껏 펼쳐져 있었다.

이 산책 중 에마와 웨스턴 씨는 다른 사람들이 다 모여 있는 것을 발견했다. 나이틀리 씨와 해리엇은 다른 무리보다 조금 앞서서 조용히 걷고 있었다. 나이틀리 씨와 해리엇 말이다! 보기 드문 조합이었지만, 그녀는 내심 반가웠다. 한때 나이틀리 씨가 그녀를 대화 상대가 못 된다고 일축해버리면서 거의 격식을 갖추지 않았던 적도 있었지만, 이제 그들 사이에는 즐거운 대화가 오가는 듯했다. 또 해리엇이 애비 밀 농장에서 특별한 대우를 받는 데 대해 에마의 마음이 편치 않았을 때도 있었겠지만, 지금은 그렇지 않았다. 그러한 광경을 주변의 모든 풍성함과 아름다움, 푸른 목초지와 여기저기 흩어져 있는 가축 떼, 꽃을 피우고 있는 과일 나무, 연기가 올라가고 있는 굴뚝과 함께 편안히 바라볼 수 있었다. 그들을 좇아 담장 근처로 가보니, 두 사람은 주위에 시선을 돌릴 여유도 없이 대화에 열중해 있었다. 나이틀리 씨는 해리엇에게 농작물을 키우는 방법 등에 대해 뭔가 일러주고 있었고, 에마에게 이렇게 말하는 듯한 미소를 지어 보였다.

"이건 내 관심사입니다. 나는 로버트 마틴 얘기를 꺼내고 있다는 의심을 받을 필요 없이 이런 주제에 대해 얘기할 권리가 있어요."

에마는 그를 의심하지 않았다. 그건 너무 오래전의 일이었다. 아마도 로버트 마틴은 해리엇을 머릿속에서 지워버렸을 것이다. 그들은 함께 산책로를 따라 얼마간 더 걸었다. 그늘 아래는 아주 상쾌했고, 에마는 바로 지금이 그날 중 가장 즐거운 순간이라고 생각했다.

그다음 목적지는 집이었다. 이제 다들 들어가서 식사를 할 예정이었다. 모두들 부산스럽게 자기 자리에 앉았고, 프랭크 처칠은 아직 오지 않았다. 웨스턴 부인은 몇 번이나 밖을 내다봤지만 헛수고였다. 웨스턴 씨는 불편한 심경을 드러내지 않으려 하면서 부인의 염려를 웃어넘겼지만, 웨스턴 부인은 프랭크가 검은 암말을 타지 말았어야 했다는 생각에서 벗어날 수 없었다. 그는 이번엔 여느 때보다 확실하게 온다고 말했다는 것이다. 외숙모가 훨씬 나아지셔서 분명히 올 수 있을 거라고 했다는 것이다. 그러나 많은 이들이 웨스턴 부인에게 일깨워주었듯 처칠 부인의 건강은 갑자기 돌변하기 쉬운 것이라서, 가장 그럴 성싶지 않은 순간에도 조카를 좌절시켰을 확률이 높았다. 마침내 웨스턴 부인은 처칠 부인의 급작스러운 병세 때문에 그가 못 오게 되었다고 믿게, 아니 말하게 되었다. 그런 이야기가 오가는 동안 에마는 해리엇을 바라보았다. 해리엇은 매우 침착하게 행동하면서 어떠한 감정도 얼굴에 드러내지 않고 있었다.

차갑게 식힌 요리로 식사를 마치고 사람들은 다시 한번 밖에 나가 아직 보지 못한 것들을 둘러보기로 했다. 애비 저택의 오래된 연못, 그리고 내일 베어 버리려는 토끼풀이 난 곳까지 가거나, 어쨌건 다시 더워졌다가 시원해지는 기쁨을 누릴 작정이었다. 우드하우스 씨는 강의 습기가 전혀 없는 정원의 가장 높은 부분을 이미 짧게 둘러보고 온 터라 더 이상 움직이려 들지 않았고, 에마 역시 아버지 곁에 남겠다고 했다. 웨스턴 부인은 운동 겸 기분 전환이 필요하다는 남편의 설득으로 따라나서게 되었다.

나이틀리 씨는 우드하우스 씨가 즐거운 시간을 보낼 수 있도록 가능한 모든 준비를 해놓았다. 판화 책, 각종 메달과 장신구, 산호, 조가비가 들어 있는 서랍들. 이 밖에 장식장 안에 있던 모든 다른 수집품들을 우드하우스 씨가 오전을 지루하지 않게 보내도록 모두 꺼내 놓았고, 이러한 그의 친절은 완벽하게 효력을 발휘했다. 우드하우스 씨는 무척 즐거운 시간을 보낼 수 있었다. 웨스턴 부인이 그것들을 하나하나 보여주었고, 이제 우드하우스 씨는 그걸 다시 에마에게 보여줄 참이었다. 다행스럽게도 우드하우스 씨에게는 유치한 취향을 빼고는 아이 같은 점이 없었고, 그의 움직임은 느리고 일관되었으며 꼼꼼 했다. 그러나 이 두 번째 감상이 시작되기 전 에마는 입구와 집의 전체적인 모습을 마음 놓고 보기 위해 현관으로 갔는데, 그 쪽에 가자마자 제인 페어팩스가 마치 정원에서 도망쳐 숨기라도 하듯 재빨리 안으로 들어서는 것이었다. 그렇게 빨리 우드하우스 양을 보게 될 줄은 생각도 못한 그녀는 순간 깜짝 놀랐지만, 우드하우스 양이야말로 바로 그녀가 찾고 있는 사람이었다.

"부탁 하나 드려도 될까요?"

그녀가 입을 열었다.

"저를 찾으면 제가 집에 갔다고 해주시겠어요? 지금 바로 가려고 해요. 이모는 지금 시간이 꽤 늦었고 저희가 얼마나 오래 집을 비웠는지 깨닫지 못하고 계시지만, 집에서는 분명 저희를 기다리고 계실 테니 아무래도 가봐야 할 것 같아요. 누구에게도 얘기하지 않았어요. 괜히 귀찮게 하고 흥을 깰까 봐서요. 몇 명은 연못에 갔고 다른 사람들은 라임나무 산책로를 따라 갔으니, 전부 돌아올 때까지는 저를 찾는 사람이 없을 거예요. 절 찾거든 제가 집에 갔다고 해주시겠어요?"

"물론이죠. 그런데 하이버리까지 혼자 걸어갈 건가요?"

"네, 무슨 일이 생길 리가 있겠어요? 저는 걸음이 빠르니까 20분이면 집에 도착할 거예요."

"그렇지만 아무래도 혼자 걷기에는 너무 먼 거리예요. 저의 하인에게 데려다주라고 할게요. 바로 마차를 준비시키죠. 5분이면 돼요."

"고맙습니다, 정말 고마워요. 하지만 괜찮아요. 지금은 걷는 게 나을 것 같아요. 제가 혼자 걷는 걸 무서워하다니 말도 안 돼요! 나는, 이제 곧 다른 사람들을 지켜야 할 텐데요!"

그녀는 매우 흥분한 표정으로 이렇게 말했고, 에마는 부드럽게 답했다.

"그건 위험한 상황에 지금 당신 스스로를 노출시킬 아무런 이유가 되지 못해요. 마차를 준비시켜야겠어요. 게다가 더위도 위험할 수 있어요. 이미 지친 상태잖아요."

"지치긴 했어요."

그녀는 답했다.

"하지만 그건 그런 종류의 피로가 아니에요. 빠르게 걸으면 기운이 회복될 거예요. 우드하우스 양, 누구나 가끔은 정신이 지칠 때가 있다는 걸 아시죠? 고백하자면 제 마음이 지금 기진맥진한 상태랍니다. 당신이 제게 베풀 수 있는 최고의 친절은 제가 혼자 가도록 해주시고, 이따 필요한 시점에 제가 갔다고 얘기해주시는 거예요."

에마는 더 이상 반대할 말이 없었다. 모든 걸 납득한 에마는 이제 그녀의 감정에 깊이 공감하면서 그녀가 즉시 저택을 나서도록 도왔다. 에마는 강렬한 우정을 가지고 그녀가 안전하게 멀어져가는 것을 지켜보았다. 떠나면서 그녀가 감사한 표정으로 한 말은 이것이었다.

"오! 우드하우스 양, 가끔 이렇게 혼자 있는 시간이 얼마나 위안이 되는지요!"

그건 억눌려 있던 가슴에서 터져 나오는 듯했고, 가장 가까운 이들에게조차 언제나 참기만 하는 그녀의 속내를 한순간이라도 내비치는 것이었다.

'그런 집에, 그런 이모이니 무리도 아냐!'

에마는 현관으로 다시 들어서면서 생각했다.

'가엾은 생각이 드네. 그녀가 그들을 참기 힘들다는 감정을 드러낼수록 난 그녀가 더욱 좋아질 것 같아.'

제인이 떠난 지 채 15분도 안 되었고 에마와 우드하우스 씨가 베네치아 산 마르코 광장 그림의 감상을 막 마쳤을 때, 프랭크 처칠이 방에 들어섰다. 에마는 그를 잊고 있었다. 프랭크 처칠에 대해 생각하는 걸 잊고 있었지만, 그를 보게 되니 무척 반가웠다. 웨스턴 부인도 이제 마음을 놓을 것이다. 검은 암말 탓이 아니었다. 처칠 부인 때문이라고 지적한 사람들의 얘기가 옳았다. 처칠 부인이 잠시 병세가 악화되는 바람에 출발이 늦어졌던 것이다. 신경성 발작이 몇 시간 동안 이어져, 그는 여기 올 생각을 아주 늦어질 때까지 거의 포기하고 있었던 것이다. 오는 동안 얼마나 무덥던지 서둘렀어도 이렇게까지 늦게 도착할 줄 알았다면, 길을 떠나지 말았어야 했다고 그는 말했다. 이렇게 찌는 듯한 무더위는 처음이었기에 집에 그냥 있을걸 하고 후회할 뻔했다는 게 그의 설명이었다. 그는 더위에 특히 약했는데 추운 건 아무리 심해도 괜찮지만 더운 건 견딜 수 없다면서, 매우 지친 표정으로 우드하우스 씨의 벽난로에서 가장 먼 자리에 앉았다.

"가만히 앉아 있으면 곧 시원해질 거예요."

에마가 말했다.

"시원해지자마자 저는 다시 돌아가야 해요. 빠져나오기 힘든 상황이었지만, 여기 온다고 다짐을 해놓은 터라 말입니다! 다들 곧 가시겠네요. 다들 흩어져서 말입니다. 오다가 **누구**를 만났어요. 이런 날씨에 제정신이 아니었어요! 완전히 정신이 나간 거죠!"

에마는 프랭크 처칠의 얘기를 들으면서 그를 지켜보았고 곧 그가 심기가 불편한 상태라는 걸 깨달았다. 더운 날씨에 기분이 급격히 나빠지는 사람들이 있는 법이다. 그도 그런 체질인 것 같았고, 뭔가 먹고 마시면 그런 일시적인 증상이 나아지는 경우가 많다는 걸 아는 터라 그에게 뭔가 들라고 제안했다. 식당에는 모든 게 풍성히 마련되어 있다는 말과 함께 그녀는 자상하게 문 쪽을 가리켰다.

"아니요. 무얼 먹을 생각은 없습니다. 배는 고프지 않아요. 오히려 더 더워지기만 할 것 같아요."

하지만 2, 3분쯤 후에는 마음이 바뀌었는지 가문비나무 술에 대해 뭔가 중얼거리더니 식당으로 갔다. 에마는 다시 아버지에게로 모든 신경을 돌렸고 속으로 안도의 한숨을 내쉬었다.

'그와 사랑에 빠지지 않은 게 정말 다행이야. 날씨가 좀 덥다고 저렇게 금방 이성을 잃는 남자를 좋아할 수는 없잖아. 하지만 해리엇처럼 상냥하고 느긋한 성격이라면 그런 건 신경 쓰지 않을 거야.'

그는 충분히 느긋하게 식사를 했을 정도로 식당에 오래 머물러 있다가, 열기가 가시자 한결 밝아진 표정으로 돌아왔다. 그리고 여느 때처럼 친절한 모습으로 옆에 의자를 끌고 와서는, 그들이 하던 대화에 관심을 보이면서 이렇게 늦게 도착한 데 대해 미안하다고 사과의 말을 했다. 기분이 최고조의 상태는 아니었지만 그것을 달래려 노력하는 것 같았고, 급기야는 자리에 어울리지 않는 이야기들을 아주 상냥하게 늘어놓기 시작했다. 그건 스위스의 풍경에 관한 이야기였다.

"외숙모의 건강이 좀 회복되면 전 외국 여행을 다녀올 생각입니다."

그가 말했다.

"그런 곳을 몇 군데 직접 돌아보기 전에는 만족을 못할 것 같아요. 돌아오면 제가 그린 풍경 스케치나 여행기, 아니면 직접 쓴 시 같은 것들을 보여드리겠습니다. 저 자신을 표현할 뭔가를 할 생각이거든요."

"좋은 생각이지만 스위스의 풍경을 그리는 건 불가능할 거예요. 스위스에는 가지 못할 테니까요. 외삼촌과 외숙모가 당신이 영국에서 떠나는 걸 절대 허락하지 않을걸요."

"아마 그분들도 같이 가자고 해야 할지 모르겠어요. 어쩌면 외숙모에게 따뜻한 지역에서 요양하라는 처방이 내려질 수도 있고요. 저는 저희가 외국에 갈 수 있는 가능성이 절반 이상은 된다고 생각해요. 정말입니다. 오늘 아침에 갑자기 제가 곧 외국으로 떠날 수 있을 거라는 강한 확신이 들었어요. 저는 여행을 떠나야 해요. 아무것도 안 하고 있는 게 이젠 너무 진력이 납니다. 변화가 필요해요. 진심입니다. 우드하우스 양, 당신이 그 날카로운 눈으로 뭘 생각하고 계신지는 모르지만, 저는 이제 영국이 지긋지긋해졌고, 할 수만 있으면 내일이라도 당장 떠나고 싶습니다."

"모든 게 풍성하고 즐길 것들이 많으니까 지겨워진 거예요. 뭔가 수고를 들일 만한 일을 몇 가지 만들어서 그냥 여기 머무르시면 안 될까요?"

"풍성하고 즐길 것들이 많아 지겨워지다니요! 뭔가 크게 잘못 생각하고 계시군요. 지금 저는 유복하지도, 즐길 거리가 많지도 않은 상황이랍니다. 결정적으로 중요한 모든 게 부족한걸요. 저 자신이 운이 좋다고는 전혀 생각하지 않아요."

"하지만 여기 처음 오셨을 때만큼 나쁜 상황은 아니잖아요. 가서 좀 더 배를 채우면 기분이 한결 나아질 거예요. 차가운 고기를 한 점 더 들고 달콤한 마데이라 와인과 물을 마시고 나면 저희들과 거의 비슷한 기분이 되실걸요."

"아니요, 이젠 움직이지 않고 당신 곁에 앉아 있겠습니다. 당신이 제 최고의 치료약이에요."

"내일 박스 힐에 가기로 했는데 처칠 씨도 저희와 함께 가시겠어요? 스위스는 아니지만 변화를 갈망하는 마음이 조금은 풀릴 거예요. 여기서 하루 머물고 내일 저희와 함께 가시는 게 어때요?"

"아니, 그럴 수 없어요. 저녁나절 날씨가 좀 선선해지면 이제 집에 가봐야죠."

"그러면 내일 아침 시원할 때 다시 오세요."

"아니요, 그럴 필요까지는 없을 것 같습니다. 지금 가봤자 제 기분이 나아지지는 않을 거예요."

"그렇다면 리치먼드로 돌아가셔야겠군요."

"그럼 기분이 더 안 좋을 것 같습니다. 저만 빼고 다들 즐거운 시간을 보내고 있을 거란 생각 때문에 말이죠."

"그건 직접 결정하셔야 할 어려운 문제군요. 뭐가 더 나은지 직접 선택하세요. 저는 더 이상 설득하지 않을래요."

그때 다른 사람들이 돌아오고 있었고, 곧 다들 한자리에 모이게 되었다. 몇 명은 프랭크 처칠을 보고 크게 기뻐했고 다른 몇 명은 차분하게 반응했으나, 페어팩스 양이 갔다는 말을 듣고서는 다들 아쉬워하고 혼란스러워했다. 이제 모두 가야 할 시간이라는 말로 여기에 대한 대화가 마무리되었고, 다음 날 계획에 대해 마지막으로 간단한 점검이 오간 뒤 사람들은 모두들 헤어졌다. 그들 모임에서 빠지기 싫다는 마음이 점점 커진 프랭크 처칠이 에마에게 마지막으로 남긴 말은 다음과 같았다.

"저, 제가 여기 남아서 내일 같이 갈 정 원하신다면 그렇게 하겠습니다."

에마는 승낙의 미소를 지어 보였고, 그는 리치먼드에서 급박한 호출명령이 떨어지지 않는 한 다음 날 저녁까지 머물기로 했다.

43

다음 날은 박스 힐에 가기 좋은 맑은 날씨였고, 준비와 숙박, 시간 약속 등 모든 외부 환경이 즐거운 나들이를 약속해주는 듯했다. 웨스턴 씨가 나서서 하트필드에서 교구 사이를 오가며 전체를 총괄했고, 모두가 제시간에 도착했다. 에마와 해리엇이 함께했고 베이츠 양과 그녀의 조카가 엘턴 부부와 같은 일행이었으며, 신사들은 말을 타고 갔다. 웨스턴 부인은 우드하우스 씨와 함께 집에 남았다. 이제는 거기 도착해서 행복한 시간을 보내기만 하면 되었다. 즐거운 시간에 대한 기대감에 부풀어 7마일을 가서 도착한 순간, 모두의 입에서 탄성이 터져나왔다. 하지만 이날은 전체적으로 뭔가 부족한 점이 많았다. 축 처진 기운 없는 분위기에 제각각 따로 다니는 모습은 나아질 것 같지 않았다. 저마다 친한 이들과 따로 다닌 것이었다. 엘턴 부부가 따로 걸었고, 나이틀리 씨는 베이츠 양과 제인을 맡았으며, 에마와 해리엇은 프랭크 처칠과 함께 다녔다. 웨스턴 씨는 사람들이 좀 더 잘 어울리게 하기 위해 나름대로 애썼지만 소용이 없었다. 처음에는 그저 우연히 나뉜 것처럼 보였으나 시간이 지나도 별다른 변화가 없었다. 사실 엘턴 부부는 서로 섞이고 싶어 하지 않았고 다른 사람들 기분에 맞춰줄 뜻이 전혀 없어 보였다. 그들이 언덕에서 보낸 두 시간 동안, 사람들 사이를 가로막고 있는 듯한 보이지 않는 벽은 웨스턴 씨의 유쾌한 농담으로도 무너뜨릴 수 없었다.

처음에 에마가 느낀 것은 완전한 따분함이었다. 그녀는 프랭크 처칠이 이렇게 말이 없고 멍청하게 보인 적이 없었다. 그가 한 말은 하나같이 귀 기울일 만한 가치가 없는 것이었고, 그는 멍하게 보고 건성으로 들으면서 생각 없이 감탄했다. 그가 이렇게 따분한 데다 해리엇 역시 조용하게 아무 말없이 있어 에마는 그 둘을 참을 수가 없는 지경이었다.

다들 자리에 앉자 분위기가 조금 나아졌다. 프랭크 처칠이 말을 하기 시작하고 다시 쾌활해지면서 에마에게 가장 큰 관심을 기울였기 때문에 에마의 마음도 조금 풀렸다. 프랭크 처칠은 자신이 보일 수 있는 두드러진 관심을 모두 그녀에게 쏟아 부었다. 그가 원하는 건 그녀를 즐겁게 하고, 그녀의 마음에 드는 것뿐인 듯했다. 생동감 있는 분위기가 되살아난 게 반가운 데다 찬사가 싫지 않았던 에마 역시 유쾌하고 느긋해진 기분으로 그에게 다정다감한 격려를 해주었는데, 이건 둘이 처음 알게 되어 기대감이 가장 높았던 초기에는 한 번도 없었던 일이었다. 그 자리에 있었던 사람들은 둘이 서로에게 관심을 갖고 있다고 생각했겠지만, 에마가 생각하기에는 아무런 의미도 없었다.

'프랭크 처칠 씨와 우드하우스 양이 서로에게 지대한 관심을 갖고 있다'는 말이 자연스레 나와 편지 한 통이 메이플 그로브로, 다른 한 통은 아일랜드로 날아갈 정도로 둘은 서로 드러내놓고 대화를 나누었다. 하지만 에마는 즐거움 때문에 마음이 들뜨거나 생각이 없어진 게 아니었고, 오히려 기대했던 것보다 즐겁지 않았기 때문이었다. 그녀는 실망했기 때문에 웃었고, 프랭크 처칠이 보이는 관심이 싫진 않았지만, 그게 우정이건 찬사건 장난이건 그녀의 마음을 다시 돌이킬 수는 없었다. 에마에게 그는 여전히 친구일 뿐이었다.

"오늘 이렇게 오라고 얘기해줘서 얼마나 감사한지 몰라요!"

그가 말했다.

"당신이 아니었다면 이 모든 행복을 누릴 기회를 분명히 놓쳤을 겁니다. 집에 돌아갈 생각이 확고했었으니까요."

"맞아요. 어제 당신은 몹시 화가 난 상태였는데, 저로서는 가장 맛 좋은 딸기를 맛볼 기회를 놓치셨다는 걸 빼고는 도무지 그 이유를 알 수가 없었어요. 어제는 제가 많이 참고 친절하게 대해 드린 거예요. 하지만 당신은 다시금 겸손함을 보이고, 여기 오라고 청하도록 제게 간청하셨죠."

"제가 화를 냈다고는 생각하지 말아주십시오. 어제는 더위를 이기지 못하고 지친 것뿐이었어요."

"하지만 덥기로는 오늘이 어제보다 더한걸요."

"제가 느끼기에는 그렇지 않습니다. 오늘은 더할 나위 없이 마음이 편해요."

"자기 기분을 통제할 수 있으니까 편한 거예요."

"당신의 통제에 따라 말입니까? 맞아요."

"그렇게 들릴 수도 있었겠지만, 제가 의미한 건 자기 통제였어요. 어제는 무슨 일인지 그 경계를 무너뜨리고 자기 통제에서 벗어난 것 같더니, 오늘은 자신의 모습을 되찾으셨네요. 제가 항상 옆에 있을 수 없는 만큼 당신이 저보다는 스스로를 통제할 수 있다고 믿는 게 좋겠죠."

"결국 같은 얘기입니다. 저는 어떤 동기 없이는 저 자신을 통제하지 못해요. 말로 하든 안 하든 당신은 저를 통제하고 있어요. 당신은 언제나 저와 함께하고 있지요."

"그래봤자 어제 3시부터겠죠. 제 영향력이 그보다 일찍부터 발휘되기 시작했다면, 당신 기분이 그렇게 안 좋았을 리는 없으니까요."

"어제 3시라고요! 그건 당신이 생각하는 날짜 아닌가요. 저는 지난 2월에 당신을 처음 봤을 때부터라고 생각했는데요."

"정말 언변이 좋으시네요. 그런데 (목소리를 낮추며) 저희 말고는 아무도 얘기하는 사람이 없네요. 조용히 있는 일곱 명의 즐거움을 위해서 이런 말장난을 할 필요는 없을 것 같은데요."

"저는 부끄럽게 여길 만한 얘기는 아무것도 안 했습니다."

프랭크 처칠 씨가 자신만만하게 답했다.

"저는 2월에 당신을 처음 만났어요! 이 언덕에 있는 모두가 들으라지요. 한쪽으로는 미클레엄부터 다른 쪽으로는 도킹까지 모든 사람들이 제 말을 다 들으라고 하세요. 저는 2월에 당신을 처음 만났습니다!"

그리고 이렇게 속삭였다.

"우리 일행들이 정말 모두 멍하게 앉아 있군요. 어떻게 하면 분위기를 좀 돋울 수 있을까요? 어떤 말이든 좋으니 뭐라고 떠들게 해야겠어요. 신사 숙녀여러분, 어디에서든 자리를 주관하는 우드하우스 양께서 여러분이 지금 무슨생각을 하고 있는지 듣고 싶다고 하십니다!"

몇 사람들은 웃음을 터뜨리면서 기분 좋게 답했다. 베이츠 양이 가장 말을많이 했고 엘턴 부인은 우드하우스 양이 자리를 주관한다는 소리에 기분이언짢아졌다. 그때 나이틀리 씨의 답변이 명료하게 들렸다.

"우리가 다들 무슨 생각을 하고 있는지 우드하우스 양이 정말로 듣고 싶으실까요?"

"오! 아니, 아니에요."

에마는 가능하면 자연스레 웃으려고 노력하며 외쳤다.

"절대 그렇지 않아요. 그건 지금 제가 가장 듣고 싶지 않은 얘기인걸요. 여러분이 생각하고 있는 것 말고 아무거나 말씀해보세요. 전부는 아니지만, 제가 두려워하지 않고 무슨 생각을 하고 있는지 물어볼 수 있는 사람은 (웨스턴 씨와 해리엇을 바라보며) 아마도 한두 명 정도일 거예요."

"이런 걸 제가 감히 물어볼 입장인지는 모르겠지만, 이 파티의 **주선자**인 저는 어쩌면 젊은 아가씨들이나 결혼한 여자들 사이에서 전혀……"

엘턴 부인이 힘주어 말했다.

그녀의 중얼거림은 주로 남편을 향한 것이었고, 엘턴은 낮은 목소리로 답했다.

"맞는 말이오, 정말 당신 말이 맞아요. 그렇고말고. 이런 일은 지금까지 들어본 적도 없지만 하고 싶은 대로 말하는 숙녀들이 있는 법이지. 그냥 농담으로 웃어넘겨요. 다들 당신이 어떤 위치에 있는지 알고 있으니 말이오."

"이걸로는 안 되겠는데요."

프랭크가 에마에게 속삭였다.

"언짢아 하는 사람들이 있어요. 얘기를 좀 더 해봐야겠어요. 신사 숙녀 여러분, 우드하우스 양은 여러분들이 무슨 생각을 하고 있는지 알 권리를 포기하는 대신, 여러분 한 명 한 명에게서 아주 재미난 뭔가를 듣고 싶다고 하십니다. 저를 빼면—저에 대해서 우드하우스 양은 이미 충분히 그녀를 즐겁게 해주었다고 했습니다—이 자리에 일곱 분이 계시는데, 여러분 각자에게서 산문이든 시든, 직접 지은 것이든 다른 사람의 것이든, 아주 기발한 한 가지나 괜찮은 것 두 가지, 또는 형편없이 지루한 것 세 가지를 얘기해보라고 하십니다. 어떤 것이든 웃을 준비가 되어 있으시다는군요."

"오! 아주 잘됐어요!"

베이츠 양이 외쳤다.

"그러면 부담을 가질 필요가 없겠네요. '형편없이 지루한 것 세 가지.' 그건 할 수 있겠어요. 저는 입을 열자마자 세 가지 지루한 얘기를 쏟아놓을 수 있을 테니까요, 안 그런가요? (그녀는 이 대목에서 지극히 선한 눈빛으로 다들 동의해줄 거라 확신하면서 주위를 둘러보았다) 그럴 거라고 생각하지 않으시나요?"

에마는 더 이상 참을 수 없었다.

"아! 베이츠 양, 하지만 한 가지 문제가 있을 텐데요. 죄송하지만 숫자 제한이 있어서 한 번에 세 가지 이야기만 하셔야 합니다."

베이츠 양은 에마의 공손한 어조 때문에 말에 숨겨진 의미를 바로 눈치채지는 못했다. 그러나 곧 그걸 알아차리고는 화를 내지는 않아도, 살짝 얼굴을 붉힌 것으로 봐서 상처받았다는 것을 알 수 있었다.

"아! 저, 물론이죠. 네, 무슨 말씀인지 알겠어요. (나이틀리 씨에게로 몸을 돌리며) 입을 열지 않기 위해 최선을 다할게요. 제가 뭔가 안 좋은 행동을 한 게 분명해요. 그렇지 않고서는 에마 양이 오랜 친구한테 그런 말을 할 리는 없으니까요."

"거 참 마음에 드는 생각이군."

웨스턴 씨가 소리쳤다.

"찬성입니다, 찬성! 최선을 다해보죠. 수수께끼를 하나 만들게요. 수수께끼는 어떤가요?"

"안타깝지만 별로예요, 아버지. 아주 안 좋아요."

그의 아들이 말했다.

"하지만 누구든 먼저 하는 분에게는 특별히 아량을 베풀도록 하겠습니다."

"아니, 별로일 것 같지 않아요."

에마가 말했다.

"웨스턴 씨의 수수께끼는 자신과 주변 사람들의 기분을 전환시켜줄 거예요. 자, 어서 말씀해보세요."

"아주 기발한지는 모르겠습니다."

웨스턴 씨가 말했다.

"사실을 그냥 말한 것 같긴 한데, 한번 들어보십시오. 완벽을 나타내는 알파벳 두 글자는 무엇일까요?"

"완벽을 나타내는 두 글자라고요! 전혀 모르겠는데요."

"아하! 아마 짐작도 못하실 겁니다. 특히 (에마를 향해) 당신은 절대로 못 맞힐 거예요. 답은 바로 엠(M)과 아(A)예요. 합치면 엠-아, 에마 말입니다. 이해하시겠어요?"

이해한다는 말과 감사가 한꺼번에 터져 나왔다. 별것 아닌 재치였지만 에마는 크게 기뻐했고, 프랭크와 해리엇도 마찬가지였다. 하지만 남은 사람들에게는 그 정도의 감동을 주지 못한 것 같았다. 어떤 사람들은 무표정하게 있었고 나이틀리 씨는 진지하게 말했다.

"이 자리에서 어떤 종류의 기발함을 원하는지 잘 알 수 있었고, 그 점에 있어 웨스턴 씨는 아주 훌륭하게 해냈지만, 다른 분들과도 모두 겨루어봐야겠지요. 완벽한 승리는 그리 쉽게 찾아오는 게 아니니까요."

"오! 저는 이 게임에서 빠져야겠어요."

엘턴 부인이 말했다.

"시도할 엄두가 안 나네요. 이런 건 전혀 좋아하지 않거든요. 언젠가 제 이름으로 지은 시를 받은 적이 있었는데, 전혀 기쁘지 않았죠. 전 그 시를 누가 보낸 건지 알았어요. 제가 아주 혐오하는 사람이었죠! (남편에게 고개를 끄덕이며) 당신은 제가 누구를 말하는지 아실 거예요. 이런 게임은 벽난로 주위에 다들 모여 앉아 있는 크리스마스 때에는 아주 잘 어울리지만, 이 여름에 이렇게 밖에서 하기에는 별로 어울리지 않는다고 생각해요. 우드하우스 양, 미안하지만 저는 모두를 즐겁게 할 만큼 재치 있는 사람이 아니랍니다. 괜히 그런 척하지는 않겠어요. 저는 나름대로 활력이 넘치기는 해도 언제 말을 하고 언제 조용히 있을지 결정할 권한은 있어야 하지 않겠어요? 처칠 씨, 저와 E씨, 그리고 나이틀리와 제인은 그냥 넘어가게 해주세요. 저희 중 누구도 기발한 이야깃거리가 없으니까요."

"그래요, **저도** 그냥 넘어가주십시오."

그녀의 남편은 부러 비꼬는 듯 이렇게 덧붙였다.

"제게는 우드하우스 양을 비롯해 여기 계신 젊은 숙녀분들을 즐겁게 할 만한 능력이 전혀 없답니다. 나이 든 유부남은 아무 곳에도 쓸모가 없지요. 오거스타, 우리는 산책이나 하지 않겠소?"

"기꺼이요. 나들이 와서 한곳에 이렇게 오래 앉아 있으려니 지치네요. 제인도 함께 가죠. 이리 와서 내 반대편 팔을 잡아요."

하지만 제인이 거절하면서, 남편과 아내만 산책을 하러 갔다.

"참으로 행복한 부부로군!"

그들이 목소리가 안 들릴 만큼 멀어지자 프랭크 처칠은 말했다.

"어쩜 저렇게 잘 맞는지! 공식적인 장소에서 만나서 저렇게 결혼하는 것도 행운이에요. 제가 알기로는 바스에서 알고 지낸 게 고작 몇 주밖에 안 되다던데, 아주 놀라운 행운이죠. 바스나 그 어떤 공적인 자리에서는 누군가의 성격에 대해 제대로 알 수 없죠. 전혀 알 수가 없어요. 여성을 파악하려면 자기 집에서 가족과 함께 있는 평상시의 모습을 봐야 해요. 그렇지 않고는 모든 게 추측과 운일 따름이고 대부분 불행하게 되는 경우가 많죠. 짧은 시간에 결정을 내려 평생을 후회하는 남자들이 얼마나 많은지 모릅니다."

절친한 사람들과 함께 있을 때를 제외하고는 입을 여는 일이 거의 없는 페어팩스 양이 말을 시작했다.

"물론 그런 일들이 일어나긴 해요."

그녀는 잠시 기침을 하느라 말을 멈추었다. 프랭크 처칠은 그녀 쪽으로 몸을 돌려 귀를 기울였다.

"당신은 뭔가 말하던 참이었죠."

그가 진지하게 말했다. 그녀는 목소리를 가다듬었다.

"제가 드리려는 말씀은, 남녀 사이에 그런 불행한 일이 간혹 있긴 하지만 그게 아주 빈번하다고는 볼 수 없다는 거예요. 성급하고 신중치 못한 감정이 싹틀 수는 있지만 대부분 시간이 지나감에 따라 회복되죠. 그러니까 언제나 자신의 행복을 우연에 맡기려고 하는 약하고 우유부단한 사람들만이 불행한 만남에 사로잡혀 평생 괴로워한다는 거예요."

그는 아무 대답 없이 그녀를 바라보고 수긍의 뜻으로 고개를 숙여 보이더니, 곧이어 다시 활기찬 목소리로 말했다.

"저는 제 자신의 판단에 확신이 없으니 제가 언제 결혼하든 누군가가 저 대신 아내를 골라주셨으면 좋겠는데요. (에마를 바라보며) 당신이 해주시겠어요? 저를 위해 아내를 골라주시겠어요? 당신이 고른 여자라면 누구든 좋아하게 될 거라 확신해요. (그러더니 자신의 아버지에게 미소를 지으며) 가족이 생기면 가족을 부양할 테니까, 저를 위해서도 누군가를 찾아주십시오. 저는 급할 것 없으니까 그 여자를 찾아서 잘 가르쳐주세요."

"그래서 그녀를 저처럼 만들어달라는 말씀이시죠?"

"물론이죠. 그게 가능하기만 하다면요."

"좋아요. 그 임무를 맡도록 하지요. 아주 매력적인 아내를 얻게 되실 거예요."

"다갈색 눈동자를 가진 활기찬 여성이어야 해요. 다른 건 신경 쓰지 않아요. 2, 3년 외국에 다녀올 예정이니, 돌아오면 아내를 구해달라고 찾아오겠습니다. 잊지 마십시오."

에마가 잊을 리 만무했다. 그녀에게 가능한 모든 기쁨을 느끼게 하는 임무였다. 혹시 그가 묘사한 여성이 앞으로 해리엇이 될 수 있지 않을까? 다갈색 눈은 아니지만 앞으로 2년이면 그가 원하는 그런 모습이 될 수 있을 것 같았다. 어쩌면 그는 지금 해리엇을 염두에 두고 있는지도 몰랐다. 누가 알겠는가? 그 여성을 잘 가르쳐달라고 한 걸 보니 그걸 암시한 것 같기도 했다.

"이모, 엘턴 부인과 함께 걷지 않으시겠어요?"

제인이 그녀의 이모에게 말했다.

"네가 원한다면 그러자꾸나. 나는 준비가 다 되었단다. 실은 아까부터 같이 걸을 준비가 되어 있었지만 지금도 괜찮아. 곧 그녀를 따라잡을 수 있을 거야. 아, 저기 있네. 아니, 다른 사람이로구나. 저 여자는 누추한 아일랜드식 마차를 타고 나들이 나왔던 일행 중 한 명이야. 전혀 닮지 않았지. 그럼, 이제……."

그들이 떠나자 곧이어 나이틀리 씨가 뒤따랐다. 웨스턴 씨와 그의 아들, 에마, 그리고 해리엇만이 자리에 남았고 이 젊은이의 기분은 이제 거의 불쾌할 정도로까지 고조되었다. 심지어 에마조차도 그의 계속되는 아첨과 즐거움이 슬슬 지겨워지면서 프랭크 처칠이 아닌 다른 사람과 조용히 근처를 거닐거나 방해받지 않고 눈 아래 펼쳐진 아름다운 경치를 평화로이 지켜보면서 혼자 앉아 있고 싶다는 생각이 들 정도였다. 에마는 마차가 준비되었다고 알리러 온 마부가 반갑게 느껴졌고, 과연 즐거웠는지 심히 의심스러운 그날의 나들이를 마감하고 집에 돌아가면서 갖게 될 조용한 시간에 대한 기대감으로, 소지품을 챙기고 떠날 준비를 하는 부산함이라든지 자기 마차가 먼저 떠나야한다는 엘턴 부인의 고집도 기꺼이 참을 수 있었다. 에마는 서로 어울리지 않는 사람들로 뭉쳐진 이런 파티가 다시는 열리지 않기를 바랐다.

마차를 기다리던 중 에마는 나이틀리 씨가 옆에 와 있는 걸 발견했다. 그는 옆에 아무도 없는지 확인하려는 듯 주위를 둘러본 다음 말을 시작했다.

"에마, 예전처럼 당신에게 한 번 더 싫은 소리를 해야겠소. 당신이 내게 요청한 적도 없고 그다지 듣고 싶지 않은 얘기겠지만, 그래도 할 말은 해야겠습니다. 당신이 잘못된 행동을 하는데도 충고 한 마디 없이 가만히 있을 수는 없으니까요. 어떻게 베이츠 양을 그처럼 무정하게 대할 수 있나요? 그분과 같은 성격과 나이, 상황을 가진 사람에게 어떻게 그처럼 무례하게 굴 수 있지요? 에마, 나는 당신이 그러리라고는 정말 상상도 못했어요."

그 일을 떠올리면서 에마는 저도 모르게 얼굴이 달아올랐고 후회하는 마음이 들었지만, 애써 웃어넘기려 했다.

"아니, 제가 어떻게 참을 수 있었겠어요? 저 아니라 누구라도 어쩔 수 없었을 거예요. 게다가 그렇게 심하게 얘기한 것도 아닌데요, 뭘. 베이츠 양은 아마 제 말을 이해하지도 못했을 거예요."

"분명히 이해했어요. 당신이 무슨 말을 하는지 다 알아들었다고요. 그 뒤부터 그녀는 거기에 관련된 말만 했어요. 얼마나 솔직하고 관대하게 말하던지, 당신도 그 말을 들었어야만 했어요. 그녀는 오히려 그동안 당신이 자기를 얼마나 잘 참아 줬는지를 고마워했어요. 함께하는 게 귀찮을 텐데도 당신과 당신 아버지에게서 매번 보살핌과 관심을 받는다면서 말이지요."

"오!"

에마가 외쳤다.

"세상에 그보다 더 좋은 분도 없다는 걸 저도 알아요. 하지만 그녀에게 안타깝게도 좋은 면과 우스꽝스러운 면이 뒤섞여 있다는 건 인정하셔야 해요."

"그건 나도 알고 있지요."

그는 계속 말했다.

"베이츠 양의 형편이 부유했다면, 가끔은 좋은 점보다 우스꽝스러운 점을 더 부각시킬 수도 있었을 거예요. 상대가 형편이 넉넉한 분이었다면 전혀 해가 될 게 없었을 그런 행동에 대해 당신이 뭐라 해도 비난하지 않았을 거요. 그녀가 당신과 같은 상황이었다면 말이에요. 하지만 에마, 현실이 그와 얼마나 다른지 생각해봐요. 베이츠 양은 가난하잖아요. 날 때의 부유하던 형편에서 추락했고 앞으로 시간이 지날수록 분명 지금보다 더 가난해지겠지요. 그런 상황을 생각한다면 불쌍히 여겨야 마땅해요. 정말 심한 행동이었어요! 당신을 어릴 적부터 알아왔고, 그녀의 관심이 영광으로 여겨지던 어린 시절부터 당신이 자라는 걸 보아온 그녀에게, 당신이 그렇게 생각 없이 자만심에 차서 그녀를 비웃고 초라하게 만들다니요, 그것도 조카와 다른 사람들이 지켜보는 앞에서 말이에요. 그들 중 많은 수가(적어도 분명히 몇 명은) 앞으로 그녀에 대한 당신의 태도에 영향을 받을 거예요. 이런 말을 하는 건 에마 당신에게도 즐거운 일이 아니고 나한테는 말할 것도 없지만, 그래도 기회가 있을 때 진실을 말해야겠어요. 이렇게 함으로써 내가 당신의 진실한 조언자이자 친구라는 사실을 나 자신에게 입증하고, 또 당신이 언젠가는 내게도 그런 역할을 해줄 거라는 믿음을 갖고 말이에요."

둘은 계속 이야기를 나누면서 마차 가까이로 다가갔다. 마차는 떠날 준비가 되어 있었고, 에마가 뭐라 다시 말하기 전에 나이틀리 씨가 그녀를 안으로 부축해 태워주었다. 그때 그는 에마가 얼굴을 돌린 채 침묵을 지켰던 이유를 오해했다. 그건 단지 스스로에게 화가 나고 창피했으며 크게 걱정이 되었기 때문이었다. 에마는 말을 할 수가 없었고 마차에 오르는 순간 잠시 그런 감정에 휩싸여 뒤로 몸을 기대었는데, 작별 인사나 잘못을 인정하는 어떤 말도 없이 뾰로통한 표정으로 헤어진 게 마음에 걸려 창 밖으로 얼굴과 손을 내밀어 기분이 바뀌었음을 알리려 했다. 그러나 때가 이미 너무 늦어버렸다. 나이틀리 씨는 뒤돌아서 가버렸고 말들은 움직이기 시작했다. 에마는 계속 뒤를 돌아봤으나 소용없었고, 마차는 유난히 빠른 속도로 언덕을 순식간에 반 이상 내려왔고, 이제 모든 게 뒤에 남겨졌다. 그녀는 말로 표현하지도, 숨기지도 못할 만큼 자기 자신에게 화가 났다. 살면서 이렇게까지 동요되고 수치스럽고 슬펐던 적은 없었다. 에마는 엄청난 충격을 받은 상태였다. 나이틀리 씨의 말이 진실이라는 건 부인할 수 없었다. 그녀는 그걸 마음 속으로 절절하게 느꼈다. 어떻게 자신이 베이츠 양에게 그토록 잔인하고 못되게 말할 수 있었는지! 소중한 누군가에 대해 어쩌면 그렇게 나쁜 생각을 가질 수 있었는지! 또 나이틀리 씨에게 감사나 동의, 아니면 일상적인 인사도 한마디 남기지 않고 떠나오다니!

시간이 흘러도 에마의 마음은 진정되지 않았다. 그 일을 생각하면 할수록 더 뼈저리게 느껴지는 것 같았다. 이렇게 우울했던 적은 여지껏 없었다. 말을 할 필요가 없었던 게 그나마 다행이랄까. 마차 안에는 해리엇뿐이었는데 그녀 역시 기진맥진한 듯 침묵을 지키고 있었다. 에마는 집에 오는 내내 볼 위로 눈물이 흘러내리는 걸 느꼈으며 이상한 일이기는 했지만 굳이 눈물을 참으려고 하지는 않았다.

44

박스 힐에서의 비참했던 기억이 저녁 내내 에마의 머릿속에서 떠나지 않았다. 함께 갔던 다른 사람들이 그 일에 대해 어떻게 생각하는지는 모를 일이었다. 각자의 집에서 저마다의 방식으로 그날의 피크닉을 즐겁게 떠올리고 있을 수도 있겠지만, 그녀에게는 완전히 망쳐진 아침이었고 만족감이라고는 전혀 느낄 수 없었으며 생각하면 할수록 더 끔찍하게 기억될 뿐이었다. 그날 저녁 내내 아버지와 백개먼 놀이를 한 게 가장 큰 기쁨이었다. 실제로 아버지의 즐거움을 위해 자신의 24시간 중 가장 행복한 시간을 내놓았다는 생각에 에마는 순수한 기쁨을 느꼈고, 딸에게 무조건적인 애정과 신뢰를 보내는 아버지의 태도가 지나치게 느껴질 때도 있었지만, 그것에 대해 불평하는 말이나 행동을 할 수 없었다. 딸로서 그녀는 자신이 아버지에게 무정하지 않기를 바랐다. 누구에게서도 "어쩌면 아버지에게 그렇게 매정할 수가 있습니까? 기회가 있을 때 당신에게 진실을 말해야겠어요."라는 말을 듣고 싶지는 않았다. 베이츠 양에게도 앞으로는 절대로 그러지 않을 것이었다. 절대로! 장차 보여줄 관심을 통해 과거를 지울 수만 있다면, 그녀는 자신의 행동을 용서받고 싶었다. 그녀는 종종 부주의하게 행동했고, 아마도 행동보다 생각을 통해 더 자주 다른 사람들을 경멸하고 불친절하게 대했을 것이다. 하지만 앞으로 그래서는 안 된다. 진심 어린 참회로 에마는 다음 날 아침 그녀를 찾아갈 것이며, 그걸 기점으로 이제 규칙적이고 평등하게 친절한 관계를 쌓아갈 생각이었다.

이 같은 결심은 다음 날 아침이 밝은 후에도 변화가 없었으며, 에마는 갑자기 다른 일이 생기지 않도록 아침 일찍 서둘러 집을 나섰다. 어쩌면 가는 길에 나이틀리 씨를 만나게 될 가능성도 있었다. 아니면 그녀가 집을 비운 사이에 나이틀리 씨가 찾아올 수도 있었다. 그녀에게는 거리낄 이유가 전혀 없었다. 그녀는 자신이 느껴야 마땅한 뉘우침의 빛이 얼굴에 나타나더라도 부끄러워하지 않을 것이다. 걸어가면서 그녀의 눈은 던웰로 향했으나 나이틀리 씨는 보이지 않았다.

"숙녀분들은 모두 집에 계십니다."

에마에게는 그 말이 전혀 반갑게 들리지 않았고, 그건 그녀가 입구에 들어서기 전에도, 계단을 오르면서도 마찬가지였다. 그녀는 즐거운 시간을 보내리라는 기대는 전혀 없이, 사람들에게서 비웃음을 받지만 않는다면 자신이 해야 할 말을 나누거나 전할 작정이었다.

에마가 방 앞에 다가섰을 때 안에서는 소란스런 소리가 새어 나왔다. 베이츠 양의 목소리가 들렸는데, 다급하게 뭔가를 하는 듯했다. 하녀는 놀라고 어색한 표정으로 잠깐 기다려주실 수 있는지 묻더니, 잠시 뒤 그녀를 너무 빨리 방으로 안내했다. 이모와 조카는 둘 다 옆방으로 급히 빠져나간 것 같았다. 제인의 모습은 잠깐이지만 뚜렷하게 볼 수 있었는데 매우 쇠약해 보였다. 그들이 문을 닫고 사라지기 전, 에마는 베이츠 양이 이렇게 말하는 것을 들었다.

"애야, 네가 몸이 안 좋아서 침대에 누워있다고 말씀드릴게. 몸이 안 좋은 게 분명한걸."

여느 때와 다름없이 깍듯하고 공손한 가엾은 베이츠 부인은 지금 무슨 일이 벌어지고 있는지 전혀 이해를 못하는 듯했다.

"아무래도 제인이 몸이 안 좋은 것 같아요."

그녀가 말했다.

"하지만 저도 잘은 모르겠네요. 말로는 괜찮다고 하거든요. 딸아이는 금방 올 거예요, 우드하우스 양. 앉으실 의자가 있어야 할 텐데. 헤티가 바로 나가버리지 않았다면 좋았으련만. 제가 몸을 거의 움직일 수가 없으니, 의자가 있나요? 원하는 곳에 앉으시겠어요? 딸아이는 금방 돌아올 거예요."

에마는 그녀가 돌아오기를 진심으로 바랐다. 혹시 베이츠 양이 자기를 피하는 건 아닌가 하는 두려운 생각이 잠시 들었다. 그러나 베이츠 양은 곧 돌아왔다.

"너무 기쁘고 감사하다"고 인사를 했지만, 에마가 느끼기에 예전의 명랑한 수다스러움과는 조금 달리 표정과 태도가 어딘가 불편해 보였다. 에마는 자기가 페어팩스 양의 안부를 아주 친근하게 물어보면 옛날의 감정이 되살아나지 않을까 하고 기대했다. 그러자 그 효과는 즉각적으로 나타났다.

"아! 우드하우스 양, 친절도 하시지! 벌써 소식을 듣고 축하하러 오신 거군요. 제게는 그다지 기쁜 일이 아닌 것 같지만요. (눈물을 훔쳐내며) 제인과 그렇게 오랜 시간 같이 지내다가 헤어지려면 몹시 힘들 거예요. 제인은 지금 심각한 두통에 시달리고 있답니다. 아침 내내 캠벨 대령님과 딕슨 부인 앞으로 장문의 편지를 쓰다가 말이죠. 저는 그랬어요, 얘야, 그렇게 계속 울면 눈앞이 안 보이잖니. 그 아이가 눈물을 끊임없이 흘렸거든요. 그러니 무리도 아니에요. 너무 큰 변화이고 제인에게는 굉장한 행운이지만, 사실 저는 어떤 젊은 여성도 이런 기회를 처음부터 잡기는 힘들 거라고 생각해요. 저희가 배은망덕하다고 생각하지는 말아주세요, 우드하우스 양. 정말 놀라운 행운이죠. (다시 눈물을 닦아내며) 하지만 가엾은 것! 그 아이가 두통에 시달리는 걸 보셨어야 하는데. 심한 고통에 있을 때는 누구나 자신에게 주어진 크나큰 축복을 느끼지 못하는 법이죠. 그 아이는 지금 상태가 아주 안 좋아요. 겉으로만 보면 그 아이가 기뻐하고 행복해야 할 상황에 있다는 걸 아무도 상상하지 못할 거예요. 그 아이가 지금 여기 함께 있지 못하더라도 용서하세요. 그럴 수 없는 상태라서요. 지금 자기 방에 있답니다. 제가 침대에 누워 있으라고 했어요. '얘야, 네가 몸이 안 좋아서 침대에 누워있다고 잘 말씀드릴게.' 이렇게 얘기했죠. 그런데 가만히 누워 있지 않고 방 안을 돌아다니고 있는 것 같더라고요. 하지만 이제 편지를 다 썼으니 곧 괜찮아질 거라고 했어요. 그 아이는 당신을 뵙지 못한 것에 대해 무척 안타까워할 거예요. 하지만 우드하우스 양, 그 아이를 이해해주실 거죠? 아까 문 앞에서 기다리시게 해서 부끄럽고 죄송하지만, 아까는 정신이 좀 없었어요. 현관문을 두드리는 소리를 못 들어서 계단을 올라오시기 전까지 누가 오는 줄도 전혀 모르고 있었거든요. 저는 '분명히 콜 부인일 거야. 이렇게 일찍 찾아올 사람이 달리 누가 있겠어.' 이렇게 말했어요. 그러자 제인은 언젠가 알려질 일이라면 지금도 괜찮다고 했고요. 그때 패티가 들어와서 우드하우스 양, 당신이 찾아 오셨다는 거예요. '오!' 저는 깜짝 놀라서 말했어요. '우드하우스 양이라는구나. 제인, 너도 그분을 뵈어야지?' 그랬더니 제인은 아무도 볼 수 없다고 하더니 일어서서 다른 방으로 간 거예요. 그렇게 해서 당신을 기다리게 한 거랍니다. 죄송하고 송구스러울 따름이에요. 제인에게는 '꼭 자리를 피해야 한다면 그러렴. 네가 아파서 누워 있다고 말할 테니.' 이렇게 말했어요."

에마는 베이츠 양의 말을 매우 주의 깊게 경청했다. 제인에 대한 그녀의 마음은 예전보다 한결 너그러워져 있었고, 게다가 그녀가 지금 그렇게 힘들어하는 모습을 그려보자 예전에 품고 있던 모든 의심이 사라지면서 동정하는 마음만 남았다. 또 편파적이고 관대하지 못했던 자신의 예전 모습을 떠올려볼 때, 에마는 자기가 아니라 콜 부인이나 다른 믿을 만한 친구가 찾아왔다면 제인이 힘든 걸 무릅쓰고라도 기꺼이 만났을 거라는 생각이 들기도 했다. 에마는 진심으로 뉘우치고 염려하면서 이렇게 느낀 것들을 얘기했고, 베이츠 양에게서 지금 들은 상황이 확정되어서 페어팩스 양에게 최대한 도움이 되어 그녀가 편안해지기를 바란다고 했다.

"다들 힘드시겠어요. 아무튼 캠벨 대령님이 돌아오셔야 결정이 되겠군요."

"친절도 하셔라!"

베이츠 양이 답했다.

"언제나 친절하시지만요."

'언제나'라는 말을 들을 입장이 전혀 아니었고, 베이츠 양의 감사를 듣고 있기가 민망해 에마는 곧바로 질문을 던졌다.

"페어팩스 양이 어디로 가게 됐는지 여쭤봐도 될까요?"

"훌륭한 가문의 매력적인 스몰리지 부인 댁으로 가서 어린 세 딸을 가르치게 되었답니다. 아주 사랑스러운 아이들이라고 해요. 아마 서클링 씨와 브래그 부인 댁을 제외한다면 이보다 더 편안한 자리는 없을 거예요. 하지만 스몰리지 부인은 이 두 분과 아주 가까운 사이로 같은 지역에 살고 있어요. 메이플 그로브에서는 겨우 4마일 정도의 거리지요. 제인은 메이플 그로브에서 4마일 떨어진 곳에서 살게 될 거예요."

"이 일은 아마 엘턴 부인이 힘써주신 거겠죠?"

"네, 우리 엘턴 부인이요. 변함없고 진실한 친구죠. 거절을 좀처럼 받아들이지 않았어요. 제인이 '싫다'는 말을 못하게 한 거예요. 이틀 전 제인이 그 이야기를 처음 들었을 때, 그러니까 저희가 던웰에 갔던 날 아침, 그 소식을 처음 들었을 때만 해도 제인에게는 거절하겠다는 마음이 확고했어요. 당신이 말씀하신 것처럼 캠벨 대령님이 돌아오기 전까지는 어떤 결정도 내리지 않을 생각이었고, 당시로서는 어떤 것도 그 아이의 마음을 바꿔 제안을 승낙하게 만들지 못했죠. 제인은 엘턴 부인에게 몇 차례나 그렇게 얘기했고요. 저 역시 제인이 마음을 바꾸게 될 거라고는 전혀 예상치 못했어요! 하지만 판단력이 뛰어난 엘턴 부인의 예상이 맞았어요. 엘턴 부인처럼 남다른 친절을 보이면서 제인의 대답을 곧이곧대로 받아들이지 않으시는 분은 많지 않아요. 엘턴 부인은 제인이 부탁한 거절의 편지를 어제 바로 쓰지 않고 기다리겠다고 했죠. 그리고 어제 저녁 제인이 갑자기 마음을 바꿔서 가기로 결정을 한 거예요. 정말 놀라운 일이었죠! 조금도 예상하지 못했어요! 제인은 엘턴 부인에게 스몰리지 부인 댁의 환경을 곰곰이 생각해본 끝에 그 제안을 받아들이기로 결정했다고 말했답니다. 모든 게 결정되기 전까지 저는 전혀 알지 못했어요."

"엘턴 부인과 저녁 시간을 보내셨어요?"

"네, 저희 모두가요. 엘턴 부인이 저희를 초대했죠. 박스 힐 위에서 나이틀리 씨와 함께 산책하다가 그렇게 얘기가 됐어요. '오늘 저녁 다들 저희 집으로 초대할게요. 다들 오셔야 해요.' 라고 엘턴 부인이 말했거든요."

"그럼, 나이틀리 씨도 가신 거예요?"

"아니, 나이틀리 씨는 빼고요. 그분은 안 된다고 처음부터 거절하셨지요. 엘턴 부인이 그래도 오셔야 한다고 강력하게 말했기 때문에 저는 나이틀리 씨도 아마 오실 거라고 생각했지만, 결국 나타나지 않으셨지요. 하지만 저희 어머니와 제인, 저는 거기에서 아주 즐거운 저녁 시간을 보냈답니다. 우드하우스 양도 아시듯이 언제나 유쾌하고 또 친절한 분들이잖아요. 물론 아침나절의 피크닉으로 다들 좀 지쳐 보였지만요. 가끔은 여흥도 힘들게 느껴질 때가 있는 법이고, 제가 보기에는 우리 중 누구도 아주 즐거운 것 같지는 않았어요. 하지만 저는 그날 피크닉이 유쾌했다고 기억할 것이고, 친절한 친구들이 저를 끼워준 것에 대해 아주 고맙게 생각할 거예요."

"그렇다면 베이츠 양은 몰랐었지만 페어팩스 양은 그날 하루 종일 마음속으로 그 일을 결정하고 있었던 거네요?"

"그랬을 거예요."

"그때가 언제가 될지는 모르지만, 그녀와 모든 친구들에게는 반갑지 않은 날이 될 게 분명해요. 하지만 저는 그녀가 거기 가면서 온갖 좋은 일이 생겼으면 해요. 그러니까 그 가족의 분위기와 태도에 말이죠."

"감사합니다, 우드하우스 양. 정말 그곳은 제인을 행복하게 만들 수 있는 모든 걸 다 갖춘 집이에요. 서클링가와 브래그가를 빼면 엘턴 부인이 아는 사람들 중 그렇게 따뜻하고 자유롭고 우아한 분위기의 가정은 없대요. 스몰리지 부인은 아주 좋은 분이에요! 사는 수준은 거의 메이플 그로브와 비슷하고, 서클링가와 브래그가를 빼면 그만큼 얌전하고 사랑스러운 아이들은 없다고 하더군요. 그 집에서 제인은 친절하게 잘 대접받을 거예요! 아마도 기쁨으로 가득 찬 생활이겠지요. 봉급은 또 어떻고요! 우드하우스 양, 제인이 받게 되는 돈의 액수를 차마 입 밖에 내지는 못하겠어요. 당신처럼 큰 금액에 익숙한 분에게도, 제인 같은 젊은 숙녀에게 그렇게 많은 돈을 준다는 게 믿어지지 않을 거예요."

"아! 베이츠 양."

에마가 외쳤다.

"다른 아이들이 만약 제가 기억하는 어린 시절의 저와 조금이라도 비슷하다면, 그런 직업을 가진 사람은 아마 제가 여태 들어본 그 금액의 다섯 배는 더 받아야 할걸요."

"정말 고귀한 생각을 가지고 계시네요."

"그럼 페어팩스 양은 언제 떠나게 되나요?"

"금방, 아주 금방 떠나게 될 거예요. 그게 가장 안 좋은 점이랍니다. 아마 2주 안에 가게 될 거예요. 스몰리지 부인이 상당히 서두르시는가 봐요. 가엾은 저의 어머니는 이 일을 어떻게 받아들여야 할지 모르고 계세요. 그래서 저는 가능하면 그 생각을 못하게 하면서 '엄마, 그 일은 이제 그만 생각하도록 해요'라고 말하죠."

"친구들도 그녀를 떠나보내게 돼서 다들 슬퍼할 거예요. 캠벨 대령 부부가 돌아오시기 전에 페어팩스 양이 일자리를 잡은 걸 아시면 서운해 하지 않으실까요?"

"그러게요, 제인 말로도 서운해 하실 게 분명하다고 하더라고요. 하지만 거절할 수 없는 상황이 있는 법이니까요. 제인이 제게 와서 엘턴 부인에게 뭐라고 했는지를 처음으로 얘기하고 그와 동시에 엘턴 부인이 다가와서 제게 축하한다고 했을 때, 저는 정말이지 깜짝 놀랐어요! 차를 마시려던 참이었어요. 아니 카드놀이를 하려던 참이었으니 차는 이미 마시고 난 뒤였겠네요. 하지만 차를 마셔야겠다고 생각하던 게 기억이 나는데……. 오! 아니, 이제야 생각났어요. 차를 마시기 전에도 무슨 일인가 있었지만 그 일은 아니었어요. 차를 마시기 전 존 앱디의 아들이 뭔가 얘기할 게 있다면서 찾아 왔길래 엘턴 씨가 잠시 나갔다 왔어요. 가엾은 존, 정말 좋은 분이세요. 27년 동안이나 저희 아버지의 일을 봐주셨는데 이제는 노쇠해서 류머티즘으로 많이 편찮으신 상태죠. 오늘 한번 찾아뵈려고 하는데, 제인도 두통이 좀 나아지면 같이 가야 할 것 같아요. 가엾은 존의 아들은 교구에서 받는 기금에 대해 상의하러 엘턴 씨를 찾아온 거였어요. 그 아들은 교구와 크라운 여관을 관리하는 외에도 이곳저곳을 정비하는 일로 돈을 벌기는 하지만 아버지를 모시느라 도움이 필요한 상황이라고 하더군요. 엘턴 씨가 돌아와서 존이 무슨 이야기를 하고 갔는지 들려주었고, 그다음 프랭크 처칠 씨가 리치먼드에 갈 수 있도록 이륜마차를 랜덜스로 보내자는 얘기가 나왔지요. 그 일은 모두 차를 마시기 전에 일어난 일이었어요. 제인이 엘턴 부인에게 얘기한 건 차를 마신 뒤였고요."

베이츠 양은 에마가 이 새로운 상황에 대해 아는 바가 전혀 없다고 말할 수 있는 틈조차 좀처럼 내주지 않았다. 에마가 프랭크 처칠 씨가 어떻게 떠나게 되었는지에 관한 자세한 이야기를 알지 못한다는 걸 전혀 생각하지 않은 채, 베이츠 양은 거리낌 없이 이야기를 풀어놓았지만, 그건 전혀 중요한 사항이 아니었다.

이 문제에 대해 엘턴 씨가 존 앱디의 아들, 그리고 랜덜스에서 일하는 하인들에게서 들은 바에 따르면, 그들이 박스 힐에 다녀온 바로 뒤에 심부름꾼 하나가 리치먼드에서 갑자기 도착해서 처칠 씨가 조카에게 보내는 몇 줄의 편지를 전해주었다고 한다. 그 편지에는 처칠 부인이 그럭저럭 견디고 있지만, 늦어도 다음 날 아침 일찍 돌아오면 좋겠다는 내용이 담겨 있었다. 하지만 지체하지 않고 집에 가기로 결심한 프랭크 처칠 씨는 자신의 말이 감기에 걸려 상태가 안 좋은 듯하자 즉시 톰에게 크라운에서 마차를 구해오라고 시킨 것이었고, 존의 아들은 밖에 있다가 그가 급히 지나가는 걸 본 것이다.

하지만 이 이야기에는 놀라거나 흥미를 느낄 만한 것이 전혀 없었고, 에마의 머릿속에 이미 담겨 있던 일들과 결부되어서만 관심을 끌었다. 에마에게 충격적이었던 것은, 이 세상에서 가장 중요한 사람인 듯한 처칠 부인과 초라한 위치에 있는 제인 페어팩스 사이의 뚜렷한 대조였다. 한 명은 모든 것인 반면, 다른 한 명은 아무것도 아니었다. 자리에 앉아 여자의 운명의 현격한 차이에 대해 생각하고 있던 에마는 자신의 시선이 어디에 고정되어 있는지도 의식하지 못하고 있었다. 그때 베이츠 양이 말했다.

"아, 뭘 생각하고 계신지 알아요, 피아노를 어떻게 할지 그것이 궁금하신 거죠? 맞아요. 가엾은 제인도 방금 그 이야기를 했답니다. '너와도 작별이구나. 이제 우리는 헤어져야 해. 여기서 네가 할 일은 없단다.' 그러면서 제게는 이렇게 말했어요. '하지만 캠벨 대령님이 돌아오실 때까지는 여기 그대로 두세요. 제가 말해볼게요. 저를 위해 뭔가 조치를 취해주시고 어려움에서 구해주실 거예요.' 제가 생각하기에 제인은 아직까지도 이 피아노를 보내준 사람이 대령님인지 그분 따님인지 모르고 있답니다."

그러면서 에마는 피아노로 시선을 돌리게 되었고, 전에 자기가 얼마나 불공평하게 상상하고 추측했는가를 떠올리자 기분이 갑자기 우울해졌다. 그녀는 너무 오래 머물렀다는 생각과 함께 모든 것이 잘되기를 바란다고 거듭 말하면서 베이츠 양의 집을 나섰다.

45

에마는 집에 걸어오는 동안 아무런 방해도 받지 않고 깊은 생각에 잠길 수 있었다. 하지만 응접실에 들어선 순간 그녀는 의외의 손님을 발견했다. 그녀가 없는 동안 나이틀리 씨와 해리엇이 와서 아버지와 함께 앉아 있었던 것이다. 나이틀리 씨는 즉시 일어섰고 평소보다 심각한 어조로 말했다.

"당신을 만나지 않은 채 떠날 수는 없어서 기다렸어요. 그렇지만 시간이 촉박해서 지금 곧바로 떠나야 해요. 런던에 가서 존과 이사벨라와 함께 며칠 지낼 계획이에요. 누구도 대신 전할 수 없는 '사랑' 외에 혹시 전하고 싶은 말이나 물건이 있나요?"

"아니요, 그런데 좀 급작스러운 계획 같네요?"

"네, 좀 그런 면이 있죠. 생각한 지 얼마 되지 않았으니까."

에마는 그가 아직 자신을 용서하지 않은 게 분명하다고 생각했다. 왠지 그답지 않게 느껴졌다. 그러나 시간이 지나면 그도 둘이 다시 화해해야 한다는 걸 깨달을 것이다. 바로 떠나려는 듯 서 있으면서도 그가 가지 않고 있는 사이 우드하우스 씨가 에마에게 묻기 시작했다.

"얘야, 그 집에는 잘 다녀왔니? 내 오랜 친구와 그 따님은 어찌 지내고 계시던? 네가 방문한 데 대해 크게 고마워하셨겠구나. 나이틀리 씨, 아까 얘기한 것처럼 우리 에마가 지금 베이츠 모녀를 찾아뵙고 왔답니다. 우리 아이는 그들을 저렇게 항상 잊지 않고 챙긴다오."

이 부적합한 아버지의 칭찬에 에마는 얼굴이 화끈거리는 걸 느꼈고, 하고 싶은 많은 말 대신 미소와 함께 고개를 내저으면서 나이틀리 씨를 쳐다봤다. 순간, 나이틀리 씨에게서 그녀에게 감탄한 것 같은 기색을 느꼈다. 그의 눈이 그녀의 눈빛에서 진실을 읽은 것 같았고, 그녀의 마음속에 오고간 모든 선한 의도를 즉시 파악하고 존경의 마음을 보내는 것 같았다. 그녀를 바라보는 나이틀리 씨의 시선에는 따뜻한 경외심이 담겨 있었다. 에마는 크나큰 고마움을 느꼈다. 곧이어 나이틀리 씨가 평범한 우정을 넘어서는 사소한 동작을 취하면서 이러한 고마운 감정이 더해졌다. 그가 그녀의 손을 잡은 것이었다. 그녀가 먼저 움직인 건지는 알 수 없었다. 아니, 어쩌면 손을 내밀었는지도 모르겠다. 어쨌든 그는 그녀의 손을 잡고 지긋이 힘을 주더니 손을 그의 입술로 가져가려는 듯했다. 하지만 그때 무슨 생각이 떠올랐는지 갑자기 손을 놓아버렸다. 그가 왜 그렇게 주저했는지, 왜 마지막 순간에 돌연 마음을 바꿔야 했는지 그녀는 이해할 수 없었다. 거기서 멈추지 않았다면 더 많은 걸 알 수 있었을 텐데. 하지만 그의 의도는 명백했다. 평소 여자에게 그다지 친절하지 않은 그가 어떻게 그랬는지는 모르지만, 에마는 나이틀리 씨에게 무엇보다 어울리는 행동이었다고 생각했다. 매우 단순하면서도 품위가 느껴지는 행동이었다. 그녀는 그 일을 떠올리면서 깊은 만족감을 느꼈다. 그건 완벽한 호감을 말해주고 있었다. 나이틀리 씨는 그런 직후에 곧바로 집을 나섰다. 원래 꾸물거리거나 주저하는 법 없이 항상 민첩하게 움직이는 사람이었지만, 이날은 평소보다 더욱 황망하게 떠났다.

에마는 베이츠 양을 만나러 다녀온 걸 후회하지는 않았으나, 그 집에서 10분 더 일찍 나서지 않았던 건 후회스러웠다. 나이틀리 씨에게 제인 페어팩스가 처한 상황을 상의하는 건 대단한 기쁨이었을 것이다. 그녀는 그가 브런즈윅 스퀘어에 있는 동생 집에 가는 걸 얼마나 좋아하는지 알기 때문에 아쉬워하지 않으려 했지만, 다른 때에 가든가 좀 더 일찍 알려주고 떠났더라면 더 좋았을 것이었다. 하지만 둘은 친구 사이로 헤어졌고, 이날 보여준 그의 태도, 그리고 미완성된 제스처에 대해서는 의문을 가질 여지가 없었다. 그건 에마에 대한 우정이 완전히 회복되었다는 걸 알려주기 위한 것이었다. 나중에 알고 보니, 나이틀리 씨는 이날 에마를 반 시간이나 기다렸다고 했다. 좀 더 빨리 돌아오지 않은 게 정말 후회스러울 따름이었다.

에마는 나이틀리 씨가 급작스레 말을 타고 런던에 가는 데 대한 아버지의 걱정을 덜어주기 위해 제인 페어팩스에 관한 소식을 먼저 전했는데, 그 효과는 예상한 대로였다. 그 얘기를 들은 아버지는 전혀 염려하는 기색 없이 흥미를 나타내셨다. 우드하우스 씨는 제인 페어팩스가 가정교사로 가는 것에 대한 결정을 오래전부터 찬성해오던 터였다. 그러나 나이틀리 씨가 런던에 간 건 예상치 못한 충격이었다.

"페어팩스 양이 그렇게 좋은 자리로 가게 되었다니 정말 기쁘구나, 얘야. 엘턴 부인은 아주 선량하고 훌륭한 분이니 알고 지내는 사람들도 좋은 분들일 게 틀림없이 않겠니. 동네가 습하지 않고 그분들이 페어팩스 양의 건강도 잘 챙겨줬으면 좋겠구나. 내가 가엾은 테일러 양에게 그랬던 것처럼 건강을 가장 중요하게 여겨야 해. 얘야, 거기서 페어팩스 양은 우리 집에서 테일러 양이 했었던 것 같은 역할을 하게 되겠구나. 나는 그녀가 건강이라는 면에서만큼은 좀 더 나아지되, 그 집에서 가족처럼 지내다가 돌연 다른 곳으로 떠나게 되는 일은 없기를 바란단다."

다음 날 리치먼드에서 다른 모든 일들을 사소하게 만들 만큼 충격적인 소식이 전해졌다. 처칠 부인의 죽음을 알리는 속보가 랜덜스로 날아든 것이었다! 조카가 외숙모를 위해 급히 돌아갔는데도 그녀는 그가 돌아오고 나서 36시간을 넘기지 못했다. 원래 병세에서 예상할 수 있는 것과는 다른 종류의 발작이 갑자기 일어나는 바람에 얼마 견디지 못하고 숨을 거두었다는 것이다. 위대한 처칠 부인은 더 이상 세상에 존재하지 않았다.

이 소식에 사람들은 당연히 조의를 표했다. 모두가 저마다 다르기는 해도 엄숙함과 슬픔을 느꼈다. 떠난 사람에 대한 동정심, 남은 가족들에 대한 염려, 그리고 어느 정도 적당한 시간이 흘렀다고 판단되자 그녀가 어디에 묻혔는지를 궁금해 했다. 작가 골드스미스는 사랑스러운 여성이 어리석어지면 죽는 일밖에 남지 않고, 모두에게 미움받는 사람으로 전락하더라도 죽은 다음에는 그 오명이 사라지는 법이라고 했다. 적어도 25년 동안이나 사람들에게 미움을 받았던 처칠 부인에 대해 사람들은 이제 동정이 담긴 관대함으로 이야기했다. 어느 시점에서는 그녀가 옳았다는 평가가 나오기도 했다. 그녀는 살아 있는 동안 한 번도 정말로 아프다고 인정받지 못했다. 죽음을 통해 그녀는 머릿속에서 병을 만들어내는 이기적인 여성이라는 꼬리표를 떼게 되었다.

"불쌍한 처칠 부인! 그녀는 누구도 상상할 수 없을 만큼 너무나 고통스러웠을 게 분명합니다. 끊이지 않는 고통 때문에 성격까지 예민해졌을 거예요. 많은 결점이 있는 분이긴 했지만 이건 충격적인 비극이에요. 처칠 씨가 부인 없이 어떻게 지낼 수 있을지 모르겠군요. 처칠 씨는 지금쯤 엄청난 상실감에 빠져 있을 겁니다. 아마 그 슬픔을 극복하기가 쉽진 않을 거예요."

웨스턴 씨조차 심각한 표정으로 고개를 절레절레 흔들었다.

"아! 불쌍한 분, 누가 생각이나 했겠습니까!"

그러고는 최선을 다해 조의를 표하리라 결심하는 것이었다. 웨스턴 부인은 상복으로 입은 드레스의 널따란 단을 계속 만지작거리며 연민의 한숨을 지었다. 이번 일이 프랭크에게 어떤 영향을 주게 될지가 웨스턴 부부에게 가장 먼저 떠오른 생각 중 하나였다. 이에 대해서는 에마도 일찍부터 이리저리 재보고 있었다. 처칠 부인의 성격과 그녀 남편의 슬픔, 에마는 이 두 가지를 살피면서 경외와 연민을 느꼈고, 프랭크가 이번 일로 어떤 영향을 받고 어떤 이익을 얻으며, 또 그가 얼마나 자유로워질지를 생각하니 한결 마음이 가벼워졌다. 에마의 머릿속에는 온갖 긍정적인 가능성이 떠올랐다. 이제 해리엇 스미스에 대한 애정을 가로막을 장애물이 없어진 셈이었다. 부인에게 의존적이었던 처칠 씨에 대해서는, 조카가 설득한다면 뭐든 따를 까다롭지 않고 순한 분이니 걱정할 게 없었다. 이제 유일하게 바랄 것은 그 조카가 애정을 가지는 것이었는데, 에마는 그의 마음에 그런 애정이 형성되었는지 그것은 확신할 수 없었다.

해리엇은 이번 일에 대해 대단한 절제력을 보이며 놀라울 정도로 잘 처신했다. 설령 장밋빛 희망이 생겼다 해도 그것을 전혀 내비치지 않았던 것이다. 에마는 한결 강인해진 해리엇의 성격을 보면서 흐뭇함을 느꼈고, 자기 역시 해리엇의 평정심을 잃게 만들 수 있는 암시를 주지 않아야겠다고 생각했다. 이렇게 두 사람은 처칠 부인의 죽음에 대해 서로 조심스럽게 대화했다.

프랭크로부터 짧은 편지 몇 통이 랜덜스에 도착했다. 지금 임박한 모든 주요사항, 즉 자신들의 현재 상황과 계획을 전하는 내용이었다. 처칠 씨는 생각보다 잘 견디고 있고, 요크셔에서 장례를 치르기 위해 가장 먼저 들르게 될 곳은 처칠 씨가 지난 10여 년간 방문을 약속해왔던 윈저에 있는 어느 오랜 지인의 집이라고 했다. 지금으로서는 에마가 해리엇을 위해 할 일이 아무것도 없었고, 에마로서는 그저 앞으로의 행운을 바라는 도리밖에 없었다.

기회가 열리고 있는 해리엇과 달리, 떠날 날이 다가오고 있는 제인 페어팩스를 챙기는 게 무엇보다 급선무였다. 지금은 페어팩스 양에게 친절을 보이고 싶은 하이버리의 그 누구도 지체할 수 없는 상황이었고, 에마에게 있어서는 그것이 가장 우선적인 바람이 되었다. 에마는 과거 자신이 보였던 냉담한 태도에 대해 깊은 후회를 느꼈고, 몇 달 동안이나 무시해왔던 그 사람이 이제는 남다른 존경심이나 동정을 쏟아붓고 싶은 사람이 되어 있었다. 에마는 그녀에게 도움을 주고 그녀와의 교유가 자신에게 얼마나 소중한지를 드러내 존중과 배려를 표현하고 싶었다. 에마는 페어팩스 양을 설득해 하트필드에서 하루를 보내게 할 생각으로 쪽지를 보냈다. 하지만 초대는 구두로 거절되었다. 페어팩스 양이 글을 쓰지도 못할 만큼 아프다는 것이었다. 그리고 바로 그날 아침 하트필드에 들른 페리 씨를 통해 페어팩스 양 자신은 원하지 않았지만, 그녀의 상태가 너무 안 좋아 페리 씨가 직접 들러야 했으며 심각한 두통과 신경성 발열이 있다는 것을 알게 되었다. 페리 씨는 페어팩스 양이 예정된 때에 스몰리지 부인 댁에 갈 수 있을지 아직은 모르겠다고 했다. 식욕도 사라졌고 신체 상태가 완전히 흐트러져 있는 것으로 보였다. 가족 대대로 유전되어 온 폐에 관련된 걱정할 만한 증상은 특별히 보이지는 않지만, 페리 씨는 매우 걱정스러워했다. 자기가 견딜 수 있는 한계를 이미 넘어선 것 같고 본인은 인정하고 싶어하지 않지만 그렇게 느끼고 있는 것 같다는 것이었다. 정신적으로 뭔가 심한 충격을 받은 것 같다고 했다. 페리 씨는 그러면서 현재 있는 집이 그녀의 예민한 신경에는 좋지 않다고 지적했다. 줄곧 한 방에만 갇혀 지내는 것도 그렇고, 그녀의 이모는 페리 씨와는 아주 오랜 친구이긴 하지만, 사실 이런 종류의 병세에는 도움이 안 된다는 것이었다. 페어팩스 양이 정성 어린 보살핌과 관심을 받고 있다는 데에는 의심의 여지가 없었다. 사실 너무 지나쳐서 문제였다. 그는 페어팩스 양이 그들로부터 도움보다는 해를 받고 있는 것 같아 걱정이라고 했다. 에마는 따뜻한 관심을 가지고 그의 말을 들으면서 점점 더 안타까운 마음이 들었고, 어떻게 하면 그녀에게 도움이 될 수 있을까 궁리하기 시작했다. 한두 시간이라도 그녀를 그녀의 이모에게서 데려와 새로운 환경에서 숨통을 트이게 하면서 조용하고 이성적인 대화를 나누면 좋을 것 같았다. 다음 날 아침 에마는 다시 가능한 한 가장 따뜻한 문체로, 제인이 편한 시간을 말해주면 언제든 마차로 데리러 가겠다고 제안하면서 페리 씨도 그렇게 바깥바람을 쐴 것을 권했다는 쪽지를 써서 보냈다. 하지만 이에 대한 답은 다음과 같이 짧은 문장이 전부였다.

"페어팩스 양의 인사와 고마움을 보냅니다. 하지만 지금은 거동할 수 있는 상태가 아닙니다."

에마는 자신이 보낸 쪽지에 대해 그보다는 좀 더 성의 있는 답변을 받았어야 한다는 생각을 했지만, 글자를 놓고 다툼을 벌일 수는 없는 노릇이었다. 두 편지 사이의 극명한 대조는 그녀의 병세를 있는 그대로 드러내는 것 같았고, 다만 그녀의 주저하는 태도에 대해 어떻게 대처하는 게 좋을지만 생각하기로 했다. 그래서 거절의 답장을 받았음에도 제인이 마음을 바꿔 집을 나설 수도 있다는 기대를 안고 마차를 준비해 베이츠 부인 댁으로 갔다. 하지만 소용없었다. 베이츠 양은 고마움에 겨워 마차까지 나와서 신선한 공기를 쐬는 게 좋을 거라는 데 진심으로 동의했고 둘 사이에서 최선을 다해 설득했지만, 모두 헛수고였다. 베이츠 양은 성과 없이 마차로 돌아왔다. 제인은 완고했고, 밖에 나가자고 제안을 하는 것만으로도 상태가 더 나빠지는 것 같다고 했다. 에마는 그녀를 만나 직접 설득해보고 싶었지만, 그런 바람을 살짝 암시하기도 전에 베이츠 양은 우드하우스 양을 절대로 안으로 들여보내지 않겠다는 다짐을 제인에게서 받았다는 점을 분명히 했다.

"사실, 가엾은 우리 제인은 지금 아무도 보려고 하지 않아요. 어느 누구도 말이에요. 엘턴 부인은 막무가내였고, 콜 부인도 마찬가지였고 페리 부인도 말이 너무 많았지만, 이들을 제외하면 제인은 아무도 만나고 싶어하지 않아요."

에마는 막무가내로 고집을 부리는 엘턴 부인이나 페리 부인, 콜 부인과 같은 부류로 취급되고 싶지 않았을뿐더러, 자기가 그들보다 더 환대 받을 권리가 있다고 느껴지지는 않아 물러서기로 했다. 다만 조금이라도 도움이 되고 싶은 마음에 페어팩스 양의 식욕과 요즘 먹는 음식에 대해서만 베이츠 양에게 좀 더 물었다. 여기에 대해 베이츠 양은 매우 슬퍼하며 많은 말을 쏟아냈다. 제인은 거의 아무것도 먹으려 하지 않았다. 페리 씨는 영양가 있는 음식들을 권했지만, 그들이 구할 수 있었던 음식은 (좋은 이웃들이 도와준 덕에) 하나같이 맛이 없다고 했다는 것이었다.

에마는 집에 도착하자마자 가정부를 시켜 찬장에서 질 좋은 칡가루를 찾아내서는 베이츠 양에게 다정다감한 쪽지와 함께 바로 보냈다. 하지만 반 시간 뒤에 칡가루가 되돌아왔다. 베이츠 양은 거듭 감사를 표하면서도 제인이 이런 걸 받을 수 없다면서 굳이 다시 돌려보내야 한다고 고집을 부리는 데다, 자신은 필요한 게 아무것도 없다고 전하라고 했다는 것이었다.

그로부터 얼마 뒤, 마차를 타고 바깥바람을 쐬러 나가자는 에마의 청에 대해 자신은 밖에 나갈 수 있는 상태가 아니라며 단호하게 거절했던 바로 그날 오후 하이버리에서 약간 떨어진 목초지를 거니는 제인 페어팩스를 봤다는 이야기를 들었다. 그러자 에마는 모든 상황을 통해 추측해볼 때, 제인이 에마에게서 어떠한 친절도 받아들이지 않기로 결심한 것 같다는 확신이 들었다. 에마는 너무나 안타까웠다. 페어팩스 양의 불안정한 심리 상태와 일관성 없는 행동, 무력한 상황을 생각하니 가엾다는 생각에 가슴이 아팠고, 친구로서의 진심을 알아주거나 신뢰하지 않는다는 사실에 당혹감과 굴욕감을 느꼈다. 하지만 제인 페어팩스를 도우려 했던 선한 의도와 온갖 노력을 나이틀리 씨가 알게 되거나 심지어 그녀의 마음속을 들여다볼 수 있다면, 이번 일에서만큼은 자신을 책망할 어떤 점도 발견하지 못할 거라고 생각하니 조금이나마 위안이 되었다.

46

처칠 부인이 세상을 떠나고 열흘 정도 지난 어느 날 아침, 웨스턴 씨가 아래층에 찾아와 에마를 불렀다. 바빠서 5분도 머물 수 없지만 특별히 에마와 할 이야기가 있어서 왔다는 것이었다. 웨스턴 씨는 응접실 문 앞에서 에마를 만나 안부는 묻는 둥 마는 둥 하고 우드하우스 씨가 듣지 못하도록 즉시 목소리를 낮춰 물었다.

"오늘 아침에 랜덜스에 잠깐 들르실 수 있습니까? 가능하면 그렇게 해줬으면 좋겠는데. 아내가 당신에게 볼일이 있다고 해요."

"웨스턴 부인이 어디가 안 좋으신가요?"

"아니, 아니요, 전혀 그렇지 않습니다. 단지 약간 흥분해 있을 따름이에요. 마차를 준비해 여기 올까도 생각했는데 **단둘이서만** 보길 원해서요. 그런데 아시다시피…… (우드하우스 씨가 있는 쪽으로 고개를 끄덕이며) 흠! 오실 수 있겠어요?"

"물론이에요, 지금이라도 갈게요. 이렇게 부탁하시는데 거절할 수는 없죠. 하지만 무슨 일인가요? 정말 아프신 건 아니죠?"

"제 말을 믿으세요. 하지만 더 이상 질문은 하지 마십시오. 곧 다 알게 될 테니 말입니다. 정말 희한한 일이 일어났지 뭡니까! 하지만 쉿, 지금은 아무 말도 하지 마십시오."

아무리 에마라 해도 무슨 일인지 전혀 짐작할 수가 없었다. 웨스턴 씨의 표정으로 봐서 뭔가 중대한 일이 생긴 것 같았다. 하지만, 웨스턴 부인이 아픈 건 아니라니 불안해 하지 않기로 하고 아버지에게 지금 산책을 다녀오겠다고 말씀을 드리고 나서 웨스턴 씨와 함께 집을 나서 랜덜스로 향하는 발걸음을 서둘렀다.

정문을 꽤 벗어났을 때, 에마가 먼저 입을 열었다.

"자, 웨스턴 씨, 이제 무슨 일인지 말씀해주세요."

"아니, 안 돼요."

그는 진지하게 대답했다.

"제게 묻지 마십시오. 아내에게 모든 걸 맡기기로 약속했으니까요. 저보다는 아내에게서 듣는 게 나을 거예요. 너무 조급해 하지 말아요, 에마. 금방 모든 걸 알게 될 테니."

"제발 말씀해주세요!"

에마는 공포심에 휩싸여 그 자리에 얼어붙은 채 소리쳤다.

"세상에! 웨스턴 씨, 지금 바로 알려주세요. 브런즈윅 스퀘어에 무슨 일이 생긴 거죠? 그럴 줄 알았어요. 말씀해보세요. 무슨 일인지 지금 당장 들어야겠어요."

"아닙니다, 그건 잘못 생각한 거예요."

"웨스턴 씨, 저를 놀리지 마세요. 브런즈윅에 제가 소중히 여기는 사람들이 얼마나 많은지 먼저 생각해보시라고요. 그중에 누군지요? 모든 신성한 것들에 걸고 하나도 숨김없이 말씀해주세요."

"제가 맹세컨대 그건 아닙니다, 에마."

"맹세하신다고요! 그런데 왜 당신의 명예를 걸지 않는 거죠! 당신의 명예를 걸고 브런즈윅 사람들 누구와도 관련이 없다고 말씀하실 수 있겠어요? 그들에게 관련된 일이 아니라면, 제게 알릴 일이 뭐가 있겠어요?"

"제 명예를 걸고 그런 일은 결단코 아닙니다."

그는 아주 진지하게 말했다.

"나이틀리라는 이름을 가진 사람과는 아무런 관련 없는 일이에요."

그러자 에마는 용기를 되찾고 다시 걸음을 옮기기 시작했다.

"제 잘못입니다."

그는 말을 이었다.

"처음 얘기를 꺼낼 때 그런 표현을 쓰는 게 아니었어요. 사실 당신에 관한 일은 아닙니다. 저에게만 상관 있고, 또 그러기를 바라고 있어요. 아무튼 당신이 불안해 할 상황은 아닙니다. 나쁜 일이 아니라고 얘기하는 건 아니지만 이보다 나쁜 일도 얼마든지 일어날 수 있는 법이니까요. 서두르면 곧 랜들스에 도착할 수 있을 겁니다."

에마는 기다려야 한다는 걸 깨닫고 곧 수긍했다. 그래서 더 이상 질문하지 않고 나름대로의 추측에 빠져들었는데, 이내 돈에 관련된 일일지도 모른다는 생각이 떠올랐다. 최근 리치먼드에서 일어난 사건으로 인해 어떤 불쾌한 상황이 밝혀지게 되었을지도 모를 일이었다. 그녀의 상상은 날개를 달고 계속 이어졌다. 어쩌면 대여섯 명의 사생아가 나타나 불쌍한 프랭크가 상속자에서 제외되었는지도 모른다! 이건 매우 바람직하지 않은 상황이긴 했지만, 그저 호기심만 약간 자극할 정도이지 에마가 고통스러워할 일은 아니었다.

"저기 말을 타고 가는 신사는 누구시죠?"

길을 걸으면서 그녀는 다른 쪽으로 화제를 돌려 웨스턴 씨가 비밀을 지키도록 돕기 위해 물었다.

"글쎄, 잘 모르겠는데요. 오트웨이가의 한 명인가요? 프랭크는 아니에요. 분명 프랭크는 아닐 겁니다. 그 아이를 지금 여기서 보실 리가 없죠. 지금쯤이면 벌써 한창 윈저로 가는 중일 텐데."

"그럼 아들을 보셨다는 말씀이세요?"

"오, 그럼요! 모르셨나요? 아, 아무것도 아닙니다. 신경 쓰지 마세요."

그는 잠시 침묵을 지키더니 훨씬 조심스러운 어조로 이렇게 덧붙였다.

"맞아요, 프랭크가 오늘 아침 다녀갔습니다. 우리가 잘 지내는지 안부를 물으려고요."

그들은 발걸음을 재촉해 랜덜스에 곧 도착했다. 웨스턴 씨가 방에 들어서면서 말했다.

"자, 여기 에마 양을 데려왔어요. 이제 당신 기분이 좀 나아지면 좋겠는데, 나는 나가보도록 하지. 지체할 이유가 없으니 말이오. 하지만 원한다면 멀리는 안 갈게요."

그러고는 방을 나서기 전 목소리를 낮추어 "당신과 한 약속을 지켰어요. 그녀는 지금 아무것도 모른다오."라고 말하는 게 뚜렷하게 들렸다.

웨스턴 부인이 너무 창백하고 초조한 기색이어서 에마의 불안감은 더 커졌고, 둘만 남게 되자 다급하게 물었다.

"무슨 일이에요? 뭔가 안 좋은 일이 생겼군요. 무슨 일인지 말씀해 보세요. 여기까지 걸어오는 동안 아무것도 모르는 불안한 상태로 왔어요. 우리 둘 다 불안한 상태를 너무 싫어하잖아요. 부디 제 불안감이 더 길어지지 않도록 해줘요. 무슨 일이든 걱정거리를 털어놓으면 마음이 좀 가벼워질 거예요."

"정말 무슨 일인지 모르는 거니?"

웨스턴 부인이 떨리는 목소리로 물었다.

"에마, 지금부터 무슨 얘기를 듣게 될지 전혀 짐작할 수 없니?"

"프랭크 처칠 씨에 관련된 일이라는 것까지만 짐작하고 있어요."

"맞아. 그 아이에 관련된 일이야. 에마에게 단도직입적으로 얘기하도록 할게."

(그녀는 시선을 맞추지 않으려는 듯 뜨개질감을 다시 집어 들었다.)

"그 아이가 오늘 아침 여기에 왔었어. 아주 놀라운 일 때문이었단다. 무슨 말로도 우리가 놀랐던 것을 다 표현할 수 없을 거야. 자기 아버지에게 어떤 문제에 대해 말하러 왔는데, 그건 누군가에 대한 애정……."

그녀는 숨을 크게 내쉬기 위해 잠시 말을 멈췄다. 에마의 머릿속에 처음 떠오른 건 자기 자신이었고, 그다음으로 해리엇이 생각났다.

"실은 단순한 애정 이상이지."

웨스턴 부인은 다시 말을 시작했다.

"그 애는 약혼 소식을 전하러 온 거야. 프랭크 처칠과 페어팩스 양이 약혼했다면 에마는 무슨 말을 하겠니? 다른 사람들은 뭐라고 말할까? 실은 둘이 오랫동안 약혼한 사이였다는 걸 알게 되면 말이야!"

순간 에마는 놀라움에 자리에서 뛰어올랐고 심한 충격에 휩싸여 소리쳤다.

"제인 페어팩스라고요! 세상에! 설마 농담이시겠죠? 정말이세요?"

"놀라는 것도 당연하지."

웨스턴 부인은 여전히 에마의 시선을 피하면서 그녀가 진정할 시간을 갖도록 다급히 말을 이어갔다.

"놀라는 것도 무리가 아니지. 그뿐이 아니야. 10월에 웨이머스에서 둘이 굳게 약속하고서는 모두에게 비밀로 부쳤다고 하더구나. 캠벨가 사람들이나 그녀의 가족과 그의 가족에게도 비밀에 부치기로 하고 단둘이만 약속했다는구나. 너무 놀라운 일이라 그 이야기가 사실인 줄 알면서도 믿어지지가 않아. 정말 믿어지지 않아. 그 아이를 안다고 생각했는데."

에마에게는 웨스턴 부인이 하는 얘기가 거의 들리지 않았다. 그녀의 마음은 두 가지 생각, 즉 자기와 그가 페어팩스 양과 가엾은 해리엇에 대해 나누었던 대화로 나뉘어져 있었고, 얼마 동안 에마는 감탄사와 함께 고개를 끄덕이면서 서서히 확증을 가지게 되었다.

"그렇군요."

에마는 충격에서 회복하려고 애쓰며 마침내 입을 열었다.

"이건 제가 적어도 반나절은 생각해봐야 이해할 수 있는 상황이네요. 그녀와 겨울 내내 약혼한 상태였다니! 그럼 두 사람이 하이버리에 오기도 전이네요?"

"10월부터 약혼한 상태였다니, 그것도 비밀리에 말이야. 에마, 이번 일은 내게도 큰 상처가 되었단다. 그 아이 아버지는 말할 것도 없지. 그 아이의 행동에는 우리가 용서할 수 없는 어떤 부분이 있거든."

에마는 잠시 생각한 다음 말했다.

"무슨 말씀을 하시는지 못 알아듣는 척하지는 않을게요. 제가 할 수 있는한 당신을 안심시켜드리자면, 제게 보여준 그의 관심으로 인해 당신이 걱정하는 그런 상황은 일어나지 않을 거라고 생각하셔도 좋아요."

순간 웨스턴 부인은 믿기 힘들다는 표정으로 고개를 들었지만, 에마의 얼굴은 그녀의 말만큼이나 평온했다.

에마는 말을 이어갔다.

"전혀 상관없다는 제 말을 믿기 어려워할 수도 있으니 좀 더 설명드리자면, 서로 알게 된 초기에는 그를 좋게 생각하고 그에게 끌릴 뻔한, 아니 실제로 끌렸던 때도 있었어요. 그런 감정이 어떻게 중단됐는지 어쩌면 그게 저로서도 놀라운 점이기는 해요. 하지만 다행히도 그런 감정은 지속되지 않았답니다. 최근 얼마간, 적어도 지난 세 달쯤은 그에 대해 전혀 신경을 쓰지 않았던 것 같아요. 제 말을 믿으셔도 좋아요, 웨스턴 부인. 이건 사실이니까요."

웨스턴 부인은 기쁨의 눈물을 흘리며 에마를 껴안았고 다소 진정되어 말을 할 수 있게 되었을 때, 에마의 말이 세상 어느 것보다 더 자신을 기쁘게 했다고 얘기했다.

"이 얘기를 들으면 웨스턴 씨도 나 못지않게 마음을 놓을 거야."

그녀는 말을 이었다.

"사실 이것 때문에 우리 둘 다 마음이 몹시 안 좋았거든. 우리 부부는 두 사람이 서로에게 끌리기를 내심 바라고 있었고, 그렇게 되고 있다고 확신했었단다. 제일 먼저 에마 생각이 떠올랐을 때, 우리가 어떤 기분이었을지 한번 생각해봐."

"제가 그런 감정에 빠지지 않고 벗어났다는 건 당신과 제게 놀랍고도 감사할 일이에요. 하지만 그렇다고 해서 그에게 아무 잘못이 없다고는 할 수 없어요, 웨스턴 부인. 저는 그가 크게 비난 받아야 한다고 생각해요. 도대체 무슨 권리로 그가 우리에게 와서 애정과 신뢰를 받으면서, 마치 누구에게도 매이지 않은 것처럼 행동하고 다닐 수 있지요? 실제로는 한 여자에게 속해 있으면서 다른 한 여자에게 꾸준한 관심을 쏟아부어 비위를 맞추고 남의 이목을 끌게 할 권리가 어디 있느냐 말이에요? 어떤 잘못을 저지르게 될지 두렵지도 않았을까요? 제가 그와 사랑에 빠지기라도 했으면 어쩔 셈이었죠? 그건 정말로 크게 잘못된 행동이었어요."

"에마, 그 아이가 한 말로 봐서 내 생각에는……."

"게다가 그녀는 어떻게 그런 행동을 참을 수가 있었는지! 자기 눈앞에서 다른 여자에게 몇 번이나 관심을 보이는 걸 지켜보면서도 전혀 평정을 잃지 않았고 화도 한 번 안 냈잖아요! 그건 제가 도무지 이해할 수도, 존경할 수도 없는 차분함이에요."

"그 둘 사이에 오해가 있었다는구나, 에마. 길게 설명을 들을 시간은 없었지만 그 아이 말에 따르면 그렇다는구나. 여기 15분밖에 있지 않았던 데다 불안한 상태여서 그나마 시간을 충분히 활용하지는 못했지만, 그 둘 사이에 오해가 있었던 거라고 단호하게 얘기하더구나. 지금 맞고 있는 위기는 그 둘 사이의 오해 때문에 일어난 것 같았고, 오해는 아마 그 애의 부적절한 처신 때문에 발생한 것 같아."

"부적절하다고요? 오! 웨스턴 부인, 그건 너무 약한 비난이군요. 부적절함을 훨씬 더 넘어선 행동이죠. 이번 일로 그에 대한 저의 평가는 저 밑바닥으로 떨어졌다고 말씀드려야겠네요. 정말로 남자답지 못한 행동이었어요. 남자라면 어떤 상황에서도 포기하지 말아야 할 반듯한 고결성과, 진실과 원칙을 철저히 지키려는 성품, 속임수와 천박함을 혐오하는 태도 같은 것들은 전혀 보이지 않았어요."

"에마, 지금은 내가 그 아이 편에 서야 할 것 같구나. 이번 일은 그 아이가 잘못한 게 사실이지만, 지금까지 그 아이와 지내면서 내가 직접 겪어본 바에 따르면, 그 아이는 다른 장점들을 아주 많이 갖고 있고……."

"맙소사!"

웨스턴 부인의 말에는 아랑곳없이 에마는 크게 소리쳤다.

"스몰리지 부인은 또 어떻고요! 제인이 그 집에 가정교사로 거의 갈 뻔한 거잖아요! 그는 어떻게 그렇게까지 무심할 수 있죠? 그녀가 그런 결정을 내려 스스로를 매이게 하는데도 그대로 내버려두다니!"

"그 아이는 거기에 대해서는 아무것도 몰랐다는구나, 에마. 이것만큼은 그 아이 책임이 아니라고 말할 수 있어. 그 아이에게 알리지 않았거나, 적어도 확실하게는 전달하지 않은 채 그녀 혼자 내린 결정이었다고 하더라. 프랭크는 어제까지도 그녀의 계획을 전혀 몰랐다고 했어. 그러다가 어떤 식으로였는지는 몰라도 아마 편지나 누군가의 얘기를 통해서 그녀의 계획을 알게 되었고, 이제는 지체하지 않고 외삼촌에게 모든 걸 말씀드리고 용서를 구한 뒤에 지금까지 오래 끌어온 비밀스럽고 비참한 상태에서 벗어나겠다고 결심했다고 했어."

에마는 서서히 그녀의 말에 귀를 기울이기 시작했다.

"곧 그 아이가 소식을 전해올 거야."

웨스턴 부인은 말을 이었다.

"떠나면서 곧 편지를 쓰겠다고 했는데, 지금 못다한 자세한 이야기를 거기에 쓰겠다고 약속하는 것 같았어. 그러니까 그 편지가 올 때까지 기다려보는 게 좋겠어. 그러면 아마 지금은 알 수 없는 많은 부분을 헤아리고 용서할 수 있게 될 거야. 그 아이에 대해 너무 가혹하게 생각하거나 서둘러 판단하지는 말아주었으면 해. 인내심을 가지도록 하렴. 나는 그 아이를 사랑해야 할 입장이고 중요한 한 가지 부분에서 만족한 이상 다른 모든 것들이 잘되길 진심으로 바라고 또 그렇게 될 거라고 기대하고 있으니까. 그렇게 비밀을 유지하면서 둘 다 얼마나 마음고생이 심했겠니."

이에 대해 에마는 냉담하게 지적했다.

"말씀하신 그 마음고생이 그에게는 별로 많은 해를 끼친 것 같지는 않은데요. 그건 그렇고, 처칠 씨는 이번 일을 어떻게 받아들이셨다던가요?"

"조카를 위해 기꺼이 그 애의 의견에 동의하셨대. 지난 한 주 동안 그 가족에게 얼마나 많은 일이 있었는지! 불쌍한 처칠 부인이 살아 있는 동안에는 그런 희망이나 기회, 가능성은 전혀 없었겠지만, 그녀가 가족 묘지에 안장된 지금 처칠 씨의 반응은 부인이 살아 있을 때와는 정확히 반대 방향으로 향하고 있다고 할 수 있지. 생각해보면, 제 아무리 부당한 억압이라 해도 결국 무덤을 피해갈 수 없다는 게 얼마나 다행인지! 처칠 씨는 그 아이가 설득할 필요도 없이 곧 수긍하셨다고 하더라."

'아니, 그렇다면 처칠 씨는 해리엇이었다 해도 허락하셨을 것 아냐!'

순간 에마는 안타까운 마음이 들었다.

"어젯밤 그렇게 두 사람이 서로 이야기를 나눈 뒤에 날이 밝자마자 프랭크는 길을 떠나 온 거야. 먼저 하이버리의 베이츠 댁에 잠시 들렀다가 여기로 왔다는구나. 하지만 요즘 그를 더욱 필요로 하는 외삼촌에게 서둘러 돌아가봐야 했기 때문에, 아까 내가 말한 것처럼 15분밖에 머물 수 없었던 거야. 그 아이는 정말로 아주 초조해 보였어. 내가 알던 프랭크가 맞는지 의심스러울 정도였단다. 다른 여러 가지 일에다가 페어팩스 양이 앓아누운 것을 보고 충격을 더 받았던 것 같아. 여러 복잡한 감정으로 북받쳐 오르는 것 같은 모습이었어."

"정말로 이 일이 그렇게 완벽하게 비밀에 부쳐졌을 거라고 보세요? 캠벨 부부나 딕슨 부부 중 아무도 그들의 약혼 사실을 몰랐을까요?"

에마는 딕슨의 이름을 말하면서 저도 모르게 볼이 약간 붉어졌다.

"단 한 명도 몰랐다고 했어. 프랭크가 자기들 둘을 빼고는 아무도 아는 사람이 없다고 확실하게 얘기하더구나."

"그렇군요."

에마가 말했다.

"다들 시간이 지나면서 차츰 받아들이겠죠. 저는 진심으로 두 사람이 행복하길 바라지만, 이 일에 대한 혐오스러운 기억을 지울 수는 없을 거예요. 위선과 기만, 속임수와 배신이라고밖에 말할 수 없는 행동이잖아요. 누구보다도 솔직하고 단순한 것처럼 우리에게 다가와서는 둘이서 남몰래 우리 모두를 판단한 거잖아요! 겨울부터 봄 동안 줄곧 우리는 아무것도 모른 채 우리의 관계가 진실하고 명예로운 것이라고 착각하고 있었지요. 그러는 사이 우리들과 어울리면서 두 사람은 당사자가 듣게 될 거라고는 생각도 못한 채 우리가 그들에게 얘기한 것들을 서로에게 전달하면서 비교하고 있었을 것 아니겠어요. 그렇게 해서 자기들에 대한 부정적인 이야기를 들었다 해도 그건 전적으로 그들 책임이에요!"

"난 그 점에 대해서는 별로 걱정하지 않아."

웨스턴 부인이 답했다.

"두 사람에 대한 안 좋은 얘기를 상대편에게 한 적이 없거든."

"운이 좋은 줄 아셔야 해요. 부인께서 우리가 아는 어떤 신사분이 페어팩스 양을 사랑하는 것 같다고 말씀하셨었는데, 그런 유일한 실수를 들은 사람이 저 한 사람이었으니까요."

"맞아. 하지만 페어팩스 양에 대해서는 언제나 아주 좋게 생각하고 있었기 때문에 실수로라도 비방을 했을 리가 없고, 프랭크에 대해서도 당연히 걱정할 게 없지."

이때 웨스턴 씨가 조심스레 집 안 동정을 살피는 기색으로 창가 저편에 나타났다. 그러자 그의 부인은 그에게 안으로 들어오라는 눈짓을 보냈고, 그가 들어오는 사이 이렇게 덧붙였다.

"에마, 가능하다면 그이를 안심시켜 두 사람의 약혼에 대해 좋게 생각하게 해야 하니 부탁을 좀 할게. 우리도 지금 상황을 좋게 생각하자꾸나. 게다가 페어팩스 양 편에서 생각하면 거의 모든 면에서 긍정적인 상황이라고 할 수 있으니까. 만족스러운 결합은 아니지만, 처칠 씨가 그렇게 생각하시지 않는다면 우리가 반대할 이유가 어디 있겠니? 게다가 프랭크도 내가 항상 높이 평가해왔고, 이번엔 비록 정도에서 크게 벗어나긴 했지만, 여전히 칭찬하고 있는 안정된 성품과 지각을 갖춘 페어팩스 양을 만나게 된 게 얼마나 다행인지 몰라. 잘못이 있긴 했지만, 그녀의 상황을 생각해보면 그렇게 단정 지을 수만도 없지!"

"정말 그래요!"

에마 역시 동정 어린 얼굴로 외쳤다.

"만약 자기 생각만 하는 여자를 용서할 수 있는 상황이 있다면, 그건 제인 페어팩스와 같은 경우일 거예요. 그녀가 처한 형편은 '세상은 그들의 편이 아니고, 세상의 법도 등을 돌렸나니'[6]라고 말할 수 있을 정도니까요."

에마는 환한 미소를 지으며 방에 들어서는 웨스턴 씨를 반겨 맞았다.

"저를 감쪽같이 속이셨어요! 제가 궁금해 하는 걸 즐기시면서 어떻게 추측하는지 시험해볼 셈이셨죠? 하지만 정말 큰일이라도 난 줄 알고 깜짝 놀랐잖아요. 적어도 재산의 반쯤은 잃으신 게 아닌가 하고 걱정했다고요. 그런데 막상 와보니 위로는커녕 축하해야 할 일이네요. 진심으로 축하드려요, 웨스턴 씨. 영국에서 가장 사랑스럽고 훌륭한 아가씨를 며느리로 맞게 되신 걸 말이에요."

웨스턴 씨와 웨스턴 부인 사이에 잠깐 시선이 오간 뒤, 웨스턴 씨는 모든 게 에마가 말한 것처럼 잘 해결되었다고 확신하게 되었고, 이것은 그의 기분에도 즉각적인 효과가 나타났다. 웨스턴 씨의 표정과 목소리는 평소의 활달함을 되찾았다. 그는 에마의 손을 붙잡더니 진심을 담아 크게 흔들었고, 프랭

---

6) 셰익스피어의 희곡 《로미오와 줄리엣》에 나오는 구절.

크의 약혼을 기꺼이 받아들일 준비가 되어 있다는 듯한 어조로 그 일을 이야
기하기 시작했다.

에마와 웨스턴 부인은 그의 지나친 경솔함을 누그러뜨리거나 반대 의사를
완화시킬 수 있는 것들만 골라 이야기했다. 그들이 이 일에 대해 모든 이야기
를 서로 나누고 웨스턴 씨가 에마를 하트필드에 바래다주면서 똑같은 얘기를
다시 반복했을 때쯤, 그는 이 일을 완전히 받아들였고 프랭크가 했던 일 중에
서 가장 잘한 일이라는 생각까지 하게 되었다.

47

'해리엇, 가엾은 해리엇!'

이 말에는 에마가 결코 쉽게 지울 수 없는 고통스런 생각들이 담겨 있었다.
프랭크 처칠은 에마에게 많은 잘못을 저질렀지만 더욱 큰 실수를 한 건 에마
자신이었고, 그렇기 때문에 에마는 그에게 더욱 화가 났다. 그 때문에 에마가
해리엇의 일에 나서게 됐다는 점, 그것이 가장 나빴다. 불쌍한 해리엇! 두 번
이나 내 자신의 오해와 감언에 희생양이 되다니! '에마, 당신은 해리엇 스미스
의 친구라고 할 수 없어요' 라고 했던 나이틀리 씨의 말이 예견과도 같이 들
어맞았다. 에마는 그동안 해리엇에게 피해만 준 것 같아 두려워졌다. 물론 이
번에는 에마가 암시를 주기 전에 이미 해리엇이 프랭크 처칠에 대한 호감과
존경을 표현했으니, 혼자 착각에 빠져서 일을 꾸미고 자기가 아니었으면 가만
히 있었을 해리엇에게 지나친 감정을 불어넣었던 지난번처럼 크게 자책할 필
요가 없긴 했다. 하지만 에마는 말렸어야만 할 일을 부추긴 데 대해 죄책감
을 느꼈다. 그런 감정에 빠져들지 않도록 말렸어야 했다. 에마 정도의 영향력
이었으면 충분히 할 수 있었을 거라는 생각을 하니, 그런 상황을 미리 막았어
야 했다는 후회가 밀려왔다. 친구의 행복을 전혀 확실하지 않은 상황에 내버
려 두었다는 죄책감이었다. 상식이 있었다면 해리엇에게 그를 생각하지 말라
고 하면서, 그가 그녀를 좋아하지 않을 이유를 오백 가지쯤은 읊어야 했을 것
이다.

'그렇지만 내게는 상식이란 게 거의 없는 것 같아.'

그녀는 생각했다.

에마는 자신에게 너무나 화가 났다. 만약 프랭크 처칠에 대해서 화를 낼 수 없었다면, 상황은 더 끔찍했을 것이다. 제인 페어팩스의 경우에는 걱정할 필요가 없었다. 해리엇에 대한 걱정만으로 충분할 것이고, 제인에 대해서는 병과 고통을 준 원인 제공자가 치료에 나설 것이니 더 이상 불쌍하게 생각할 필요가 없게 되었다. 비참하고 힘든 날들은 이제 갔다. 페어팩스 양은 곧 건강해지고 행복하며 풍족하게 지낼 수 있을 것이다. 에마는 제인 페어팩스에 대한 자신의 배려가 왜 무시당했는지 파악할 수 있었다. 이번 일을 계기로 작은 일들이 이해되기 시작했다. 질투심 때문이었던 게 분명했다. 제인이 보기에 에마가 경쟁자였기 때문에 에마의 도움이나 배려를 거절한 것이다. 하트필드의 마차를 타고 바람을 쐬러가는 건 고문으로 느껴졌을 것이고, 하트필드에서 보내온 칡가루는 독이라는 생각이 들었을 것이다. 모든 게 이해가 되었고, 불공평하고 이기적인 그들의 행동에 대해 화를 가라앉히고서 생각해보니, 제인 페어팩스도 그 상황에서는 결코 행복하거나 즐겁지는 않았을 거라는 걸 인정하게 되었다. 하지만 가엾은 해리엇에 대해서는 계속 신경이 쓰였다!

이번 일에서는 해리엇 외에 다른 누구에게는 동정심을 느낄 여유가 없었다. 에마는 두 번째 실망이 처음보다 더 심각한 타격을 주게 될까봐 걱정스러웠다. 애정의 대상에 대해 훨씬 더 훌륭한 사람이라고 얘기한 것이나, 해리엇이 요즘 자제심과 통제력을 보이는 등 상당한 변화를 보이는 걸로 보아 그럴 가능성이 컸다. 하지만 가능하면 빨리 이 고통스러운 진실을 알려야만 했다. 웨스턴 씨는 헤어지면서 에마에게 아직은 비밀을 유지해달라고 당부했다.

"당분간 이번 일은 완벽한 비밀로 해야 합니다. 처칠 씨가 부인을 잃은 지 얼마 안 되니 예의상이긴 하지만 그렇게 해주었으면 좋겠노라고 부탁하셨거든요."

에마는 웨스턴 씨와 굳게 약속했지만 해리엇은 예외로 해야 했다. 그것이 그 비밀을 지키는 것보다 더 중대한 의무였기 때문이다.

커다란 고민에 빠진 가운데서도, 에마는 웨스턴 부인에게서 이번 일을 들었던 것과 똑같이 이번에는 자기가 해리엇에게 이 슬프고 미묘한 일을 알리는 입장이 된 것에 대해 묘한 기분이 들었다. 누군가가 에마에게 그렇게 조심스럽게 알려준 것을 이제 에마 자신이 다른 사람에게 조심스럽게 말하게 된 것이다. 해리엇의 발자국 소리와 음성이 들리면서 에마의 심장은 빠르게 뛰기 시작했다. 에마가 랜들스에 오는 동안 웨스턴 부인도 아마 그러했을 거라는 생각이 들었다. 얘기를 다 듣고 나서도 같은 반응이 나올 수 있을까! 하지만 안타깝게도 그럴 가능성은 거의 없었다.

"우드하우스 양!"

해리엇이 다급히 방으로 들어섰다.

"정말 놀라운 소식 아니에요?"

"무슨 소식 말이니?"

해리엇이 이 일에 대해 뭔가를 알고 있는지 표정이나 음성만으로는 짐작할 수 없어 에마는 되물었다.

"제인 페어팩스 말이에요. 정말 이상한 일이죠? 아참! 제게는 말씀하셔도 돼요. 웨스턴 씨가 직접 얘기해주셨거든요. 방금 그분을 뵈었어요. 중요한 비밀이라고 하셨기 때문에 언니 말고 다른 사람에게는 말하면 안 되지만, 웨스턴 씨 얘기로는 언니가 이미 알고 있다더라고요."

"웨스턴 씨가 뭐라고 하셨어?"

에마는 여전히 미심쩍은 표정으로 물었다.

"전부 다요. 제인 페어팩스와 프랭크 처칠 씨가 결혼할 예정이고, 두 사람이 약혼한 지 꽤 오래되었다는 것도요. 정말 희한한 일이에요."

그건 정말 희한했다. 해리엇의 행동이 너무나 희한해서 에마는 어떻게 받아들여야 할지 몰랐다. 해리엇의 성격이 완전히 바뀐 것 같았다. 불안하거나 실망한 기색, 또는 뭔가 특별히 걱정하는 표정 같은 것은 전혀 찾아볼 수 없었다. 에마는 어안이 벙벙한 상태로 그녀를 쳐다보았다.

"혹시 프랭크 처칠 씨가 그녀를 좋아하고 있다는 걸 짐작하고 계셨어요?"

해리엇이 외쳤다.

"언니라면 짐작하고 있었을지도 모르겠네요. (볼을 붉히면서) 언니는 사람들의 마음을 꿰뚫어보니까요. 하지만 다른 사람들은 전혀……."

"솔직히 말해서 내게 과연 그런 능력이 있는지 의심이 들기 시작했어."

에마는 말했다.

"해리엇, 네 감정에 대해 대놓고는 아니었어도 은근히 부추기고 있었는데, 동시에 내 머릿속에 그가 다른 여자에게 끌리고 있다는 생각이 들었을 것 같아? 프랭크 처칠이 제인 페어팩스에게 조금이라도 관심이 있다고는 방금 전까지만 해도 단 한 번도 생각해본 적이 없어. 그런 생각을 했더라면 널 당연히 조심시켰겠지."

"저요?"

순간 해리엇은 얼굴을 붉히면서 깜짝 놀랐다.

"왜 절 조심시킨다는 거예요? 제가 프랭크 처칠 씨에게 관심이 있다고 생각하는 건 아니겠죠?"

"그 문제에 대해 그렇게 씩씩하게 얘기하는 걸 들으니 다행이구나."

에마는 살짝 웃어 보였다.

"하지만 한때, 그것도 그리 오래지 않은 과거에 네가 그에게 관심이 있었다는 걸 내게 암시한 일을 부인하지는 않겠지?"

"프랭크 처칠 씨요? 전 절대로 그런 적이 없는걸요. 우드하우스 양, 저에 대해 어떻게 그렇게 모르실 수가 있어요?"

해리엇은 불쾌한 듯 돌아섰다.

"해리엇!"

잠시 멈칫한 에마는 외쳤다.

"그게 무슨 말이야? 맙소사! 너를 모르다니! 그럼 네가 관심이 있다던 사람은……."

에마는 더 이상 말을 이을 수가 없었다. 할 말을 잃은 그녀는 자리에 털썩 주저앉아 충격에 휩싸인 채 해리엇의 대답을 기다렸다.

그녀에게서 떨어져 고개를 돌린 채 서 있던 해리엇은 잠시 침묵을 지켰고, 얼마 뒤 에마만큼이나 격앙된 목소리로 말하기 시작했다.

"언니가 제 말을 오해할 거라고는 전혀 생각도 못했어요! 그분 이름을 언급하지 않기로 서로 합의했지만, 그분이 다른 사람들에 비해 얼마나 뛰어난지를 생각할 때, 다른 사람을 말하는 것으로 착각할 리 없다고 생각했거든요. 그런데 프랭크 처칠 씨라니요! 그분과 함께 있을 때 프랭크 처칠 씨에게 관심을 가질 사람이 과연 누가 있을까요? 그분에 비하면 아무도 아닌, 그 프랭크 처칠 씨를 좋아할 만큼 제 안목이 형편없지는 않기를 바라요. 언니가 그렇게 오해하고 있었다는 게 믿어지지 않아요. 처음에는 그분을 감히 좋아하는 게 너무 과분하게 느껴졌지만, 저는 언니가 제 감정을 백 퍼센트 찬성하고 지지한다고 믿고 있었어요. 처음에 언니가, 세상에는 그보다 더 놀라운 일도 일어났고 더 큰 격차가 나는 결합도 있었다고 얘기해주지 않았다면(이건 바로 언니가 한 말이에요) 그런 감정을 키우진 않았을 거예요. 애초에 가능한 일이라고 생각하지 않았을 테니까요. 하지만 오래전부터 그분을 알아온 언니가……."

"해리엇!"

평정을 유지하려고 애쓰면서 에마는 소리쳤다.

"더 이상 오해가 없도록 여기서 잠깐 짚고 넘어가자. 네가 지금 얘기하는 분이 혹시 나이틀리 씨니?"

"물론이에요. 다른 사람은 생각할 수도 없고, 언니도 그렇게 알고 있다고 생각했는걸요. 그건 우리가 그분 이야기를 할 때도 확실했었는데."

"꼭 그런 것 같지는 않구나."

에마는 간신히 침착한 어조로 답했다.

"그때 네가 한 말은 전부 다른 사람을 가리키는 것 같았거든. 네가 프랭크 처칠 씨의 이름을 실제로 언급한 것처럼 느껴졌을 정도니까. 나는 네가 도움을 받았다고 하면서 프랭크 처칠 씨가 널 집시들에게서 구해준 걸 말하는 줄 알았어."

"오! 우드하우스 양, 말도 안 돼요!"

"해리엇, 내가 그때 무슨 말을 했는지 정확히 기억해. 네가 호감을 느끼는 것도 무리가 아니고, 그분이 널 어떻게 도왔는지를 생각할 때 지극히 자연스러운 일이라고 했지. 내 말에 너도 동감하면서 그분의 도움에 얼마나 감사하는지, 그분이 나서서 널 구해주었을 때 어떤 기분이었는지까지 말했어. 그때 받은 인상이 지금도 내 뇌리에 강하게 남아 있단다."

"세상에!"

해리엇이 외쳤다.

"이제 언니가 무슨 말을 하는 건지 알겠어요. 하지만, 저는 그때 아주 다른 생각을 하고 있었답니다. 제가 말한 건 집시나 프랭크 처칠 씨가 아니었어요. (약간 격앙된 목소리로) 그보다 훨씬 소중한 기억, 그러니까 엘턴 씨가 저와 춤추는 걸 거부해서 파트너 없이 혼자 앉아 있을 때, 나이틀리 씨가 다가와 춤을 청했던 일을 얘기한 거였어요. 그건 정말로 친절한 행동, 고귀한 관대함이었어요. 제게는 그분이 세상의 어느 누구보다 훌륭하다는 걸 깨닫는 계기가 되었지요."

"어머나!"

에마는 외쳤다.

"우리 사이에 애석하고도 유감스러운 오해가 있었구나! 어떻게 하면 좋지?"

"그럼 언니가 제 말을 이해하셨다면 그렇게 하라고 저를 북돋워주지 않으셨겠네요? 하지만 적어도 언니 생각대로 제가 프랭크 처칠 씨를 좋아하고 있었다면 지금보다 더 상심하고 있었겠죠. 그리고 지금 그것이 가능하다면······."

해리엇은 잠시 말을 멈췄다. 에마 역시 침묵을 지켰다.

"우드하우스 양이 우리 두 사람 사이에 커다란 격차가 있다고 느끼시는 건 당연해요."

해리엇은 다시 입을 열었다.

"프랭크 처칠 씨였을 때보다 5억 배나 더 차이가 나는 상대라고 생각하시겠죠. 그렇지만 어울리지 않아 보인다고 해도 언니가 직접 그렇게 말씀하셨죠. 그보다 놀라운 일들도 일어났고, 프랭크 처칠 씨보다 더 큰 격차가 나는 결합도 있었다고요. 그러니까 이런 일이 예전에 있었던 것처럼 제게도 그런 엄청난 행운이 허락된다면, 그래서 나이틀리 씨가 혹시라도 그런 격차를 신경 쓰지 않는다고 하시면, 언니가 그 일에 반대하거나 가로막지는 않으실 거지요? 물론 언니는 그러지 않을 사람이라는 걸 잘 알지만요."

에마는 이 말에 깜짝 놀라 창가에 서 있던 해리엇을 쳐다보며 다급히 물었다.

"혹시 나이틀리 씨도 널 좋아하시는 것 같니?"

"네."

해리엇의 대답은 조심스러웠지만 두려워하는 기색은 전혀 없었다.

"그렇다고 생각해요."

에마는 곧바로 해리엇에게서 시선을 거두고 미동도 없이 조용히 앉아 몇 분간 생각에 잠겼다. 오래지 않아 그녀는 자신의 마음을 파악할 수 있었다. 일단 가능성을 생각하기 시작하자 생각이 급속히 전개되었다. 그녀는 마음속에 자리 잡고 있던 진실을 알게 되었고, 그것을 인정했으며 받아들이게 되었다. 해리엇의 상대로 프랭크 처칠이 아닌 나이틀리 씨를 생각하기가 왜 그렇게 힘든 것일까? 나이틀리 씨도 자기를 좋아하는 것 같다는 해리엇의 말에, 왜 이렇게 화가 치미는 걸까? 그때 나이틀리 씨와 결혼하는 사람은 다른 누구도 아닌 에마 자신이어야 한다는 생각이 쏜살같이 그녀의 뇌리를 뚫고 지나갔다!

이와 동시에 에마는 자신의 마음뿐 아니라 행동도 살펴보았다. 그녀는 예전에는 한 번도 갖지 못했던 명료한 시각으로 그것들을 찬찬히 살펴보았다. 해리엇에 대해 그동안 얼마나 부적절하게 행동해 왔는지! 얼마나 경솔하고 무례하며 어리석고 무정하게 행동해왔는지! 그녀는 지금껏 너무나 무모하고 분별없이 행동해왔던 것이다! 이 모든 것들이 그녀에게 엄청난 충격을 주었고, 그녀는 그런 행동을 한 자신에게 세상에서 가장 심한 욕이라도 갖다붙이고 싶은 심정이었다. 하지만 이 모든 실수에도 불구하고 자신이 어떻게 비춰질지에 대한 일말의 자존심, 그리고 해리엇에 대해 공정하게 처신해야 한다는 의무감(나이틀리 씨가 자기를 좋아한다고 믿는 이 아가씨에게는 동정심을 가질 필요가 전혀 없었지만, 그렇다고 지금 차갑게 굴어 그녀를 슬픔에 빠뜨릴 수는 없었다)을 느낀 에마는 침착하게 앉은 채 심지어 표면상으로는 친절하게 대하면서 대화를 다시 시작했다.

사실 에마 자신을 위해서는 해리엇이 품고 있는 기대가 도대체 어느 정도까지인지 알아볼 필요가 있었고, 해리엇의 입장에서는 에마 편에서 먼저 형성하고 지속시켜온 애정과 관심을 갑자기 박탈당하거나, 여태껏 도움이 되는 조언이라고는 한 번도 하지 않았던 바로 그 사람에게서 난데없이 심한 대우를 받아야 할 어떤 잘못도 하지 않았으니 말이다. 한동안 이런 생각에 잠겨 있던 에마는 이윽고 감정을 억누른 채 해리엇에게로 몸을 돌려, 이번에는 좀 더 다정한 어조로 대화를 시작했다. 가장 처음의 주제인 제인 페어팩스에 대한 놀라운 이야기를 다시 꺼냈지만 대화는 더 이상 진전되지 못하고 겉돌았다. 지금 두 사람의 머릿속에는 나이틀리 씨와 자신들 생각밖에 없었다.

그렇게 슬프지만은 않은 공상 속에 빠져 있던 해리엇은, 이제 우드하우스 양같이 현명한 조력자가 자신의 감정을 격려하는 태도를 보이자 매우 반가웠고, 에마의 질문에 기다렸다는 듯 그동안 자신이 품고 있던 희망을 떨리면서도 흥분된 목소리로 들려주었다. 해리엇에게 묻고 그 답을 듣고 있는 에마의 떨림은 해리엇만큼 겉으로 드러나지는 않았지만 그 강도는 그에 못지않았다. 에마의 목소리는 차분했으나 마음속은 자기 마음에 대한 놀라운 발견, 친구에 대한 악의, 급작스럽고 당황스러운 감정이 한데 뒤섞여 혼란 그 자체였다. 그녀의 속마음은 무척 고통스러웠으나 겉으로는 평정을 유지한 채 해리엇이 풀어놓는 자세한 설명을 들었다. 그녀의 이야기가 질서정연하거나 잘 정리되어 있거나 능숙하게 표현될 거라고 기대하지는 않았지만 떨리는 목소리나 반복되는 내용들을 걸러낸 후 종합해 분석해 보면, 거기에는 에마의 기분을 밑바닥으로 가라앉힐 만한 내용이 담겨 있었다. 게다가 해리엇에 대한 나이틀리 씨의 평가가 요사이 부쩍 후해졌다는 게 생각나면서 문득 에마의 기분은 한층 더 우울해졌다.

해리엇은 그 두 차례의 무도회 이후 나이틀리 씨의 태도가 변했다는 걸 분명히 느끼고 있었다. 그날을 계기로 그가 해리엇에 대해 훨씬 더 좋게 생각하게 되었다는 건 에마도 이미 알고 있던 사실이었다. 그날 이후, 아니면 최소한 우드하우스 양이 해리엇의 기분을 북돋워준 이후 해리엇이 주의 깊게 관찰한 바에 따르면 그는 예전보다 훨씬 더 자주 말을 걸어왔을 뿐 아니라 그녀를 대하는 태도도 상당히 달라졌는데, 심지어 친절하고 다정다감하다고까지 할수 있을 정도였다! 이런 변화는 최근 들어 부쩍 더했다. 다 같이 산책을 할 때도 종종 옆에 다가와 나란히 걷곤 했고, 서로 아주 즐겁게 이야기를 나눴다는 것이다! 그는 그녀에 대해 좀 더 알고 싶어하는 것 같았다. 에마도 그 말이 맞다는 걸 알고 있었다. 에마도 나이틀리 씨에게 일어난 그런 변화를 해리엇이 말한 정도와 다르지 않게 느끼고 있었다. 해리엇은 그에게서 어떤 칭찬과 찬사를 들었는지 얘기해주었는데, 그건 나이틀리 씨가 에마 앞에서 해리엇을 칭찬하며 했던 얘기와 거의 같았다. 해리엇은 그가 자신에 대해 꾸밈이나 겉치레 없이 단순하고 솔직하며 너그러운 마음을 갖고 있다고 칭찬했다고 털어놓았다.

에마는 나이틀리 씨가 해리엇에게서 바로 그러한 장점들을 발견한 걸 알고 있었다. 에마는 그에게서 그 얘기를 한 차례 이상 들었던 기억이 났다. 해리엇이 그에게서 들었다고 기억하는 많은 이야기들, 그러니까 나이틀리 씨가 그녀를 바라본 것이라든지 그녀에게 했던 말, 가까운 의자로 옮겨 앉았던 일, 은근히 칭찬하거나 호감을 표했던 일들을 에마는 별생각 없이 무심히 지나쳤다. 부풀리면 반 시간 정도 분량의 이야기가 될 수 있을 만한 상황, 그리고 옆에서 주의 깊게 지켜본 사람에게는 몇 가지 증거가 됐을 만한 상황들을 에마는 전혀 눈치채지 못한 채 넘겨버렸던 것이다. 하지만 최근 들어 해리엇에게 가장 큰 확신을 심어줬다는 두 사건에 대해서는 에마도 어느 정도 기억하는 바가 있었다. 첫 번째는 던웰의 라임나무 산책로에서 다른 사람들과 떨어져 에마가 다가오기 전까지 둘이서만 걷던 일이었다. 그는 해리엇을 나머지 일행에서 따로 떨어지게 하기 위해 수고를 무릅썼고(해리엇은 그렇게 확신했다) 그녀 앞에서 예전과는 사뭇 다르게 특별한 어조로 말을 꺼냈다는 것이다. (해리엇은 그 상황을 떠올리면서 얼굴을 붉혔다) 그녀에게 따로 좋아하는 사람이 있는지 묻는 질문이 거의 나올 뻔한 상황이었는데, 우드하우스 양이 저만치에서 다가오는 걸 보더니 갑자기 화제를 바꿔 농사에 대한 이야기를 시작했다는 것이다. 두 번째 상황은 그가 가장 최근에 하트필드를 찾았던 날 아침, 에마가 외출에서 돌아오기 전 거의 30분 동안이나 둘이서 대화를 나눈 일이었다. 처음에 안으로 들어서면서는 채 5분도 머물 수 없다고 했던 그가 곧 그녀와 이야기를 하기 시작했고, 런던에 가야 하는데 집을 떠나는 게 영 내키지 않는다는 얘기까지 했다는 것이다. 그건 에마에게 말한 것보다 훨씬 강도가 높은 말이었다. 이 한 가지 상황에서 알 수 있듯, 그가 해리엇에게 더 속 깊은 이야기를 털어놓았다는 사실이 에마의 마음을 아프게 했다.

두 가지 중 첫 번째 사건에 대해 에마는 잠시 생각한 뒤 다음과 같은 질문을 던졌다.

"혹시 말이야, 그분이 네가 좋아하는 사람이 있는지 물어보셨을 때 마틴 씨를 염두에 두고 계셨던 게 아닐까?"

하지만 해리엇은 그러한 가능성을 강하게 부인했다.

"마틴 씨라니요! 절대 그럴 리 없어요! 마틴 씨에 대한 암시는 전혀 없었는걸요. 지금의 저는 마틴 씨를 마음에 품고 있거나 그렇게 취급받을 만큼 어리석지 않아요."

해리엇은 이 말을 마친 뒤, 그녀가 신뢰하는 우드하우스 양에게 이 정도면 자기도 희망을 품을 만하지 않은지 물었다.

"언니가 아니었으면 애초에 이런 일을 꿈꾸지도 못했을 거예요."

그녀는 고백했다.

"하지만 언니가 저더러 그분을 자세히 관찰하고 그분의 행동에 따라 행동하라고 해서 그렇게 했어요. 하지만 이제는 저도 그분의 상대가 될 수 있다는 생각을 해요. 그리고 그분이 절 선택한다 해도 그다지 놀랄 일은 아니라는 생각이 들기 시작했어요."

에마는 해리엇의 말을 들으면서 몇 번이나 씁쓸한 감정이 밀려들었기 때문에 적절한 대답을 하기 위해 엄청난 노력을 기울여야 했다.

"해리엇, 내가 확실하게 얘기할 수 있는 건 나이틀리 씨가 어떤 여자에게도 실제 그분이 느끼는 것 이상으로 관심 있는 것처럼 일부러 꾸며서 행동하실 분은 아니라는 거야."

해리엇은 에마의 이 말에 크게 만족해 하며 에마에게 절이라도 하려는 기세였는데, 때마침 우드하우스 씨의 발자국 소리가 들리는 바람에 에마에게는 끔찍한 고통이 되었을 해리엇의 환희와 작약에서 겨우 벗어날 수 있었다. 우드하우스 씨는 복도를 따라 걸어오고 있었다. 해리엇은 우드하우스 씨를 만나기에는 자신이 너무 흥분한 상태라면서 좀처럼 진정할 수 없는 자신을 보면 우드하우스 씨도 불안해하실 테니 가는 게 좋겠다고 했다. 에마도 여기에 전적으로 동의했기에 해리엇은 다른 문 쪽으로 재빨리 빠져나갔다. 그 순간 에마의 입에서는 이런 말이 터져 나왔다.

"아! 저 아이를 아예 만나지 않았더라면 좋았을 것을!"

그날부터 다음 날 저녁까지 에마의 머리는 온갖 생각으로 가득 찼다. 지난 몇 시간 동안 연달아 일어난 사건들로 인해 너무 혼란스러웠다. 골똘히 생각할수록 새삼 놀라웠고, 그러한 놀라움 하나하나가 수치스러움으로 다가왔다. 이 모든 일을 어떻게 이해하면 좋단 말인가! 지금껏 자기 자신을 기만한 그 행위를 어떻게 이해해야 하나! 자기 마음 하나 제대로 알지 못했던 어리석음이라니! 가만히 앉아도 보고 방이나 관목 숲 여기저기를 서성이기도 하면서 그녀는 자신이 그동안 너무나 비겁하게 행동했으며, 다른 사람에게 속은 것보다 더욱 심각하게 자기 자신을 속였다는 것, 그러다가 자신이 비참한 상태에 놓여 있고 이 순간은 앞으로 닥칠 비참한 날들의 시작에 불과할 것이라는 생각이 들었다.

무엇보다 자신의 마음을 철저히 이해하는 것이 가장 먼저 할 일이었다. 아버지를 돌봐드리고 남는 모든 여유 시간을 이 목적 하나를 위해 쏟아 부었다.

언제부터 나이틀리 씨가 지금 그녀의 모든 감정이 단언하는 것처럼 자신에게 소중한 존재가 되었던 걸까? 이러한 그의 영향력이 언제부터 시작되었을까? 잠깐이나마 한때 프랭크 처칠이 차지하고 있었던 그녀의 애정이 언제부터 그에게로 향했던 걸까? 그녀는 과거를 돌아보았고, 프랭크 처칠을 알게 된 시기부터 자신이 두 사람을 비교해 왔다는 것을 깨달았다. 도대체 어느 순간부터 그녀는 두 사람을 비교하기 시작했던가! 그러면서 에마는 자신이 어느 한순간도 예외없이 나이틀리 씨를 훨씬 우월하게 여겨왔고, 자신에 대한 그의 생각을 훨씬 더 소중히 여겨왔다는 사실을 깨닫게 되었다.

에마는 그동안 스스로를 설득하고 상상하며 실제 마음과는 반대로 행동함으로써 착각 속에 살아왔다는 것을 깨달았다. 그녀는 자신의 마음을 까맣게 모르고 있었으며, 간단히 말해 프랭크 처칠을 진심으로 좋아한 적은 한 번도 없었던 것이다!

이것이 고심 끝에 내린 첫 번째 결론이었다. 이것은 처음 던진 질문에 대한 답으로 얻은 그녀 자신에 대한 이해였으며, 답을 내리기까지 그리 오랜 시간이 걸리지 않았다. 그녀는 자신에 대해 슬프면서도 화가 났으며, 이렇게 해서 발견한 감정들이 나이틀리 씨에 대한 자신의 마음을 제외하고는 모두 수치스럽게 느껴졌다. 그녀는 자기 마음의 다른 모든 부분이 너무 혐오스러웠다.

허영심에 가득 차서 그녀는 자기가 사람들의 비밀스러운 감정을 다 안다고 생각했고, 용서할 수 없는 오만함으로 그들의 운명을 정해주겠다고 나섰던 것이다. 지금껏 나섰던 모든 일에서 그녀가 실책을 저질렀음이 증명되었고, 아무 일도 하지 않은 데서 그친 게 아니라 커다란 실수를 저질렀다. 그녀는 해리엇과 자신뿐 아니라, 나이틀리 씨에게까지 피해를 끼친 셈이 되었다. 이것은 역사상 가장 안 어울리는 결합이 될 것이고, 이번 일을 시작한 책임은 모두 에마 자신에게 있었다. 해리엇 쪽에서 먼저 눈치를 주지 않았더라면 그에게 호감이 먼저 생길 리 만무했고, 설령 그렇지 않다 해도 해리엇을 에마의 친구 이상으로는 보지 않았을 것이었다.

나이틀리 씨와 해리엇 스미스라니! 지금까지 남녀 간에 있었던 놀라운 만남을 한 번에 멀리 제칠 만한 결합이었다. 이에 비해 프랭크 처칠과 제인의 결합은 놀랄 것 없는 평범하고 진부한 일이 되었고, 차이가 난다고 말하거나 생각할 것도 없게 되었다. 나이틀리 씨와 해리엇 스미스라니! 그녀 편에서 보면 실로 엄청난 신분 상승이 아닌가! 그러나 나이틀리 편에서는 말로 다 할 수 없이 불리한 결합이었다! 그렇게 된다면 사람들이 그를 얼마나 낮춰 보고 비웃으면서 재미있어 할 것인지, 존 나이틀리 형부가 느낄 굴욕과 혐오감, 이 밖에 그에게 생길 수천 가지 불리한 사항들을 생각하자, 에마는 너무 끔찍한 기분이 들었다. 정말일까? 아니, 그럴 리 없다. 하지만 불가능하다고 단정 지을 수도 없는 일이었다. 최상의 능력을 갖춘 남자가 아주 열등한 위치에 매력을 느끼는 게 새로운 유행일까? 너무 바빠 여자를 찾을 시간이 없는 남자들이 자기를 찾아 나선 여자에게 넘어가는 것일까? 불평등하고 어울리지 않으며 일관성 없는 상황을 찾거나, 우연과 환경에 자신의 운명을 맡기는 게 새로 생긴 유행일까?

아! 해리엇을 이끌어주지 말걸. 나이틀리 씨의 말대로 원래 있어야 할 자리에 내버려둘걸! 차마 말로 표현할 수 없는 어리석음으로 해리엇이 딱히 흠잡을 데 없는 그 젊은이와 결혼하는 것을 자신이 막지 않았더라면! 그러면 그는 해리엇이 속한 계층에서 행복하게 살도록 해줬을 테고, 그랬다면 이런 끔찍한 결과 따위는 생기지 않고 모두가 안전할 수 있었을 텐데!

도대체 어떻게 해리엇이 나이틀리 씨에게까지 생각을 높여 그를 마음속에 품을 수 있게 되었을까. 어떻게 실제로 확인도 하기 전에 그런 분에게 선택을 받을 거라고 생각하게 되었을까. 해리엇은 언제부터인가 예전에 비해 겸손하거나 주저하는 모습이 보이지 않았다. 자신의 지적 능력이나 형편이 뒤떨어진다는 생각은 전혀 하지 않은 듯했다. 지금의 나이틀리 씨보다는 과거 엘턴 씨와 결혼할 가능성을 생각하던 때에 오히려 신분의 차이를 더 강하게 느끼고 있었던 것 같았다. 아! 이것도 그녀가 한 일이 아니던가? 해리엇에게 자긍심을 심어 주려고 노력한 게 그녀 말고 또 누가 있었겠는가? 그녀가 아니었다면 누가 해리엇에게, 그녀의 조건이 상류 사회로 진출하기에 부족함이 없으니 가능하면 스스로를 높이라고 가르쳤겠는가? 겸손하던 해리엇에게 허영심이 생겼다면, 그 역시 에마의 책임이었다.

48

막상 잃어버릴지 모를 위험이 닥친 지금에 와서야, 에마는 비로소 나이틀리 씨에게 관심과 애정을 받는 위치에 있는 것이 자신의 행복에 얼마나 큰 영향을 미치는지를 깨닫게 되었다. 지금까지 에마는 그런 상태에 만족하고 그것을 당연하게 받아들이면서 아무 생각 없이 누리고 있었다. 그런데 이제 빼앗길 위기에 처해서야 그것이 얼마나 중요한지 깨닫게 된 것이다. 오래, 아주 오랫동안 그녀는 자신이 첫 번째 위치에 있었다는 걸 느꼈다. 그에게는 가족 중에 여자가 없었기 때문에 그녀와 비교할 사람은 이사벨라뿐이었고, 그가 이사벨라를 얼마나 사랑하고 존중하는지 정확히 알고 있었다. 지난 오랜 시간 그에게는 언제나 에마가 첫 번째 자리를 차지했다. 그러나 그녀는 그런 애정을 받을 만한 가치 있는 사람이 아니었다. 그녀는 그의 장점을 반도 알지 못한 채 무심하거나 비뚤게 나갔으며 그의 충고를 무시하거나 심지어는 일부러 반항했고, 그녀의 잘못되고 오만한 생각을 그가 받아들이지 않는다고 그와 언쟁을 벌였다. 그런데도 그는 한 가족이라는 정과 습관, 그리고 훌륭한 양식을 가지고 그녀를 사랑했고, 어릴 때부터 그녀를 지켜보면서 다른 누구보다도 그녀를 올바르게 이끌기 위해 노력했다. 그녀의 온갖 결점에도 불구하고 그녀는 자신이 그에게 소중한 존재라는 걸 알고 있었다. 어쩌면 아주 소중한 존재라고도 얘기할 수 있지 않을까? 그러나 에마는 여기서 자연스럽게 떠오를 수 있는 희망을 더 이상 확신할 수 없게 되었다. 해리엇 스미스는 자신이 나이틀리 씨의 독점적이고도 따뜻한 사랑을 받고 있다고 기대할 수 있을지 모른다. 그런데 에마는 도저히 그렇게 생각할 수 없었다. 에마는 그가 자신에게 맹목적인 감정을 갖고 있다고 낙관할 수 없었다. 더구나 최근에는 그의 객관적인 시각을 입증하는 일까지 있었지 않았는가! 베이츠 양에 대한 그녀의 태도에 그가 얼마나 충격을 받았던가! 그 문제에 대해 그가 얼마나 직접적이고 단호하게 자기 의견을 밝혔던가! 비난하는 내용에 비해 지나친 정도는 아니었지만, 흔들림 없는 정의와 사심 없는 선의보다 부드러운 감정에서 비롯되었다고 보기엔 너무도 강했다. 그녀가 지금 궁금해 하는 종류의 애정을 그가 가졌는 지에 대해 희망만 품을 수는 없었다. 하지만 해리엇이 스스로를 속여 그의 관심을 지나치게 확대해서 해석했을지 모른다는 희망이(어떤 때는 미약하고 또 어떤 때는 훨씬 강하게) 여전히 남아 있었다. 그를 위해서도 그렇기를 바랄 뿐이었다. 그녀는 이 일이 그녀에게 아무 영향도 끼치지 않고 그가 평생 독신으로 살기를 바랐다. 그가 평생 결혼하지 않을 거라고 확신할 수만 있다면, 그녀는 완전히 만족할 수 있을 것 같았다. 그가 앞으로도 그녀와 그녀 아버지, 세상 사람들에게 변함없는 나이틀리 씨로 남고, 던웰과 하트필드 가족 사이에 소중한 우정과 신뢰 관계가 이어진다면, 그녀의 평화는 절대 흔들리지 않을 것이다. 사실 결혼은 그녀에게 맞지 않을 것이다. 아버지에 대한 자신의 의무나 감정에 결혼은 어울리지 않았다. 그 어떤 것도 그녀를 아버지에게서 떼어놓을 수는 없었다. 에마는 나이틀리 씨가 청혼한다 해도 결혼은 하지 않을 생각이었다.

해리엇의 기대가 무너져 버렸으면 좋겠다는 게 에마의 간절한 소망이었고, 둘이 함께 있는 걸 다시 보게 되면 그러한 가능성이 얼마나 되는지를 파악할 수 있을 것이었다. 그러자면 둘을 자세히 관찰해야만 했다. 하지만 지금까지 관찰했는데도 어처구니없는 실수를 해왔다면 이제 와서 눈먼 판단을 내리지 않을 수 있을지 자신을 믿을 수가 없었다. 그는 곧 돌아올 예정이었다. 머지 않아 관찰력이 다시금 필요한 상황이었다. 그녀의 생각이 오로지 어떤 한 가지 가능성에 사로잡혀 있다는 점을 감안할 때 두려울 정도로 가까이 말이다. 그가 돌아올 때까지 그녀는 해리엇을 만나지 않기로 했다. 두 사람 모두에게 도움이 안 될 것이고, 그 얘기를 더 진전시켜봤자 좋을 게 없었다. 그녀는 의심하고 있는 동안에는 어떤 확신도 갖지 않기로 다짐했지만, 그렇다고 해리엇의 자신감에 반기를 들 근거도 찾지 못했다. 이야기를 나눠봤자 그녀의 불안만 가중될 것이다. 그래서 그녀는 해리엇에게 편지를 통해, 친절하지만 단호한 어조로 그 일에 대해 더 이상의 논의를 피하는 게 좋다는 생각이 드니 당분간은 하트필드에 오지 말아달라고 부탁했다. 그리고 여러 명이 함께 모이는 자리를 빼고, 둘이서만 다시 만날 때까지 며칠 여유를 두면 어제 있었던 대화는 잊은 것처럼 행동할 수 있을 것이라고 썼다. 해리엇은 수긍했고 동의했으며 고마워했다.

이 일이 막 마무리되었을 때 손님이 찾아온 덕분에 에마가 지난 24시간에 걸쳐 자나 깨나 골몰하던 일에서 정신이 다소 분산될 수 있었다. 웨스턴 부인이 며느리 될 제인 페어팩스를 만나고 돌아가는 길에 거기서 나눈 이야기를 에마에게 자세히 알려주고 싶은 마음과 함께 일종의 의무감으로 하트필드에 들른 것이었다.

그녀와 함께 나선 웨스턴 씨는 베이츠 부인 댁에서 즐거이 자신의 몫을 다 했다. 그러나 웨스턴 부인은 그런 다음 페어팩스 양에게 산책을 함께하자고 청하면서, 베이츠 부인의 응접실에서 어색하게 앉아 있었던 15분보다 훨씬 더 많은 만족스러운 이야기들을 들을 수 있었다.

에마는 약간의 호기심을 느꼈고 웨스턴 부인이 하는 이야기를 귀담아들었다. 웨스턴 부인은 조금은 불안한 마음으로 방문길에 올랐고, 처음에는 아직 갈 때가 아니라는 생각에 일단 페어팩스 양에게 편지만 쓰고 시간이 좀 더 지나 처칠 씨가 약혼을 알리는 데 대해 동의할 때까지 이 의례적인 방문을 미루려고 했다. 모든 걸 생각해 볼 때 이런 방문이 소문으로 이어지지 않을 수 없을 것 같기 때문이었다. 하지만 웨스턴 씨의 생각은 달랐다. 그는 페어팩스 양과 그녀의 가족들에게 자신의 허락을 알리고 싶어했고, 그들이 방문한다고 사람들이 의심할 리는 없으며, 설령 소문이 난다 해도 대수로운 일이 아니라고 생각했다. 그의 말에 따르면 어차피 "이런 일들은 새어나가기 마련"이라는 것이었다.

에마의 입가에는 저절로 미소가 어렸고 웨스턴 씨가 그렇게 말하는 데는 다 이유가 있다는 생각이 들었다. 아무튼 그렇게 해서 두 사람은 그 집을 방문하게 되었는데, 페어팩스 양은 겉으로 보기에도 극도로 우울하고 혼란스러운 상태였다. 그녀는 거의 한 마디도 할 수 없었고 모든 표정이나 행동으로 봐서도, 그녀가 그 일로 얼마나 깊은 고통을 느끼고 있는지 알 수 있었다. 베이츠 부인의 조용한 가운데 더할 수 없이 흐뭇한 표정이라든가, 베이츠 양이 흥분과 기쁨에 겨워 평소와는 다르게 말을 잇지 못하는 모습은 흐뭇하면서도 애처롭기까지 한 광경이었다. 웨스턴 부부는 그들의 행복을 진심으로 빌었고 어떤 소문이 날지에는 상관없이, 자신들보다는 제인이나 다른 사람을 생각하는 마음이 너무 커 그들을 친절하게 대하려는 마음만 들 뿐이었다. 최근 부쩍 몸이 약해진 페어팩스 양을 위해 웨스턴 부인은 신선한 공기를 쐬러 나갔다 오자고 청했다. 처음에 그녀는 망설이며 거절했으나, 몇 번 더 이야기하자 마지못해 따라나섰다.

마차 안에서 웨스턴 부인은 그녀가 중요한 문제에 대해 입을 열 수 있도록 부드럽게 용기를 북돋아주었다. 그러자 그녀는 웨스턴 부부를 처음 맞이하면서 무례하게 느껴질 수 있었던 자신의 침묵에 대해 사죄하고, 그들 부부에 대해 언제나 고마움을 느끼고 있었다고 하면서 대화가 시작되었다. 이러한 인사말에 이어 두 사람은 약혼의 현재와 미래에 대해 많은 이야기를 나눴다. 웨스턴 부인은 이러한 대화가 페어팩스 양이 오랫동안 마음속에 꼭꼭 숨겨 놓았던 무거운 짐을 더는 데 큰 도움이 되었음을 확신했고, 이 문제에 대해 자신이 말한 모든 이야기에 대해서도 크게 만족했다.

"몇 개월 동안이나 비밀을 유지하면서 겪었던 고통에 대해 그녀는 단호하게 말했어."

웨스턴 부인은 말을 이었다.

"이렇게 말하더구나. '약혼을 한 이래로 몇 번의 행복한 순간이 없었다고는 하지 않겠어요. 하지만 단 한 시간도 평화롭지 않았다는 건 말씀드릴 수 있어요.' 에마, 이 말을 하는 제인의 떨리는 입술을 보면서 그게 진심이라는 걸 느낄 수 있었단다."

"가엾어라!"

에마가 말했다.

"그렇다면 비밀리에 약혼을 한 것에 대해 그녀도 잘못이라고 느끼는군요?"

"잘못이라고 느낀다고? 내가 보기에는 그녀가 스스로를 자책하는 것만큼 그녀를 강하게 비난할 수 있는 사람은 아마 없을 거야. 그녀는 '이번 일로 인해 끊임없는 고통을 겪었고, 그건 제가 받아야 할 당연한 대가였죠. 하지만 잘못된 행동으로 고통을 겪었다고 죄가 가벼워지는 건 아니에요. 고통이 면죄부가 될 수는 없으니까요. 저는 결코 비난에서 벗어날 수 없을 거예요. 제가 옳다고 믿는 것과는 정반대로 행동했고, 지금 제가 받고 있는 모든 행운과 친절에 대해 양심은 제 몫이 아니라고 얘기하고 있어요. 하지만 제가 양육을 잘못 받은 거라고는 생각지 말아주세요. 부디 저를 길러주신 분들의 가르침이나 보살핌에 대해 의심을 갖지는 말아주세요. 잘못은 모두 저한테 있어요. 그리고 지금 상황에서 어떤 변명을 할 수 있다고 해도 이 일을 캠벨 대령님에게 알리는 것에 대해 전 큰 두려움을 갖고 있어요.'라고 얘기하더구나."

"가엾어라!"

에마가 다시 말했다.

"그녀는 그를 아주 깊이 사랑했나 봐요. 약혼을 하게 된 건 그만큼 사랑이 깊어서였을 거예요. 사랑 때문에 판단력이 흐려졌던 게 분명해요."

"맞아. 페어팩스 양이 그 아이를 깊이 사랑하고 있다는 건 의심의 여지가 없는 것 같더구나."

에마는 한숨을 내쉬었다.

"저도 그동안 페어팩스 양을 힘들게 했던 것 같아 미안한 생각이 드네요."

"에마는 모르고 한 일이잖아. 하지만 제인은 프랭크가 지난번에 우리에게 말했던 대로 오해를 했던 것 같아. 제인의 말에 따르면, 자신이 시작한 잘못된 행동으로 인해 자기가 비이성적인 사람이 되었다고 하더라. 잘못을 저질렀다는 생각이 그 애 안에 수많은 걱정을 불러일으켰고, 까다롭고 신경질적으로 행동하면서 아마 프랭크를 힘들게 한 것 같다고 하더군. '유쾌하고 사교적인 그의 기질과 성격에 대해 좀 더 관대하게 대했어야 했는데 그러질 못했어요. 다른 상황이었다면 처음에 그랬듯 그의 유쾌함에 끌렸겠지만요.' 그러더니 에마 얘기를 꺼냈어. 자기가 누워 있는 동안 네가 어떤 친절을 베풀었는지를 볼을 붉히면서 얘기하는 걸로 보아, 모든 상황이 어떻게 연결되어 있는지 알 수 있었지. 그러면서 자기를 도와주려고 했던 너의 마음과 노력에 진심으로 고마워하고 있다는 얘기를 기회를 봐서 꼭 전해달라고 했어. 그 애는 자기가 너에게 제대로 된 감사 인사를 한 번도 전하지 못했다는 걸 알고 있더구나."

에마는 진지하게 답했다.

"그녀가 지금 행복하다는 걸 모르고 있었다면—양심 때문에 가끔 가책을 느끼긴 하겠지만, 분명 행복하겠죠—저로서는 그런 인사를 받아들일 수 없었을 거예요. 왜냐하면, 오! 웨스턴 부인, 제가 페어팩스 양에게 했던 선행과 악행을 모두 기록한 장부가 있다면 과연 어떨는지 모르겠어요. (자신을 추스르고 밝은 표정을 지으려 애쓰며) 그래도 이제 이 모든 것들을 잊고 털어낼 수 있겠죠. 이렇게 여기까지 오셔서 자세한 이야기를 전해주시다니 정말 고마워요. 그녀가 가진 많은 장점들을 알게 해주는 이야기였어요. 그녀가 아주 훌륭한 사람이라는 확신이 드는군요. 그녀가 행복하길 빌어요. 생각해보니, 그렇게 훌륭한 아가씨를 만난 프랭크가 운이 좋은 거네요."

이 말은 웨스턴 부인이 그냥 지나칠 수 없는 결론이었다. 그녀는 거의 모든 면에서 프랭크를 높이 평가하고 있었고, 게다가 그를 깊이 사랑했기 때문에 열심히 그의 역성을 들었다.

그녀는 충분한 이유를 들어 설득력 있게 얘기했지만, 에마의 관심을 오래 붙잡기에는 너무 많은 내용이었다. 에마의 생각은 곧 브런즈윅이나 던웰로 향해, 웨스턴 부인의 말을 들으려고 노력하는 것조차 잊고 있었다. 마침내 웨스턴 부인은 다음과 같은 말로 끝맺었다.

"아직 우리가 간절히 기다리고 있는 편지를 받지 못했지만 곧 올 거라고 믿고 있어요."

곧바로 답할 말을 찾지 못한 에마는 일단 떠오르는 대로 말하면서 간절히 기다리고 있다는 편지가 뭘 말하는지 겨우 기억해낼 수 있었다.

"괜찮니, 에마?"

떠나면서 웨스턴 부인은 물었다.

"오! 그럼요. 언제나 그랬던 것처럼 편지가 오는 대로 제게도 반드시 알려주셔야 해요."

웨스턴 부인과의 대화는 페어팩스 양에 대한 존경하는 마음과 연민의 감정을 더 자극하고, 그녀에 대한 예전의 부당한 행동들을 떠올리게 함으로써 에마의 마음을 한층 더 우울하게 만들었다. 에마는 그녀와 더 가까워지기 위해 노력하지 않았던 것을 쓸쓸한 마음으로 후회했고, 어느 정도 그 이유가 되었던 자신의 질투심을 생각하고는 얼굴을 붉혔다.

에마가 페어팩스 양에게 좀 더 관심을 기울여야 할 의무가 있다는 나이틀리 씨의 말을 따랐더라면, 그녀가 페어팩스 양을 좀 더 알고자 애썼더라면, 친분을 위해 자기 몫을 했더라면, 해리엇 스미스 대신 제인에게서 우정을 찾기 위해 노력했더라면, 확실히 지금과 같은 고통은 겪지 않을 것이었다. 출생, 능력, 교육 등 모든 면에서 제인은 에마의 친구로 환영받을 만했다. 설혹 둘이 친한 친구가 되지 못했고 에마가 중요한 일에 관해 페어팩스 양의 신임을 받지 못했다고 해도, 그녀가 딕슨 씨와 부적절하게 얽혀 있다는 혐오스러운 의심을 하지 말았어야 했다. 그러한 의심을 에마는 어리석게도 머릿속에서 상상하고 간직했을 뿐 아니라 다른 사람에게까지 퍼뜨린 용서할 수 없는 죄를 저질렀고, 아마도 이 말은 경솔한 프랭크 처칠의 성향으로 보아 제인의 섬세한 감정에 커다란 충격을 주었을 게 틀림없었다.

하이버리에 오고 난 뒤 제인에게 일어난 모든 불행 가운데 에마의 행동이 최악이었을 게 분명했다. 에마야말로 페어팩스 양의 끊임없는 적이었던 것이다. 셋이 있을 때마다 에마는 제인 페어팩스의 평화에 수천 번이나 비수를 꽂았고, 어쩌면 박스 힐에서의 일은 더 이상 견딜 수 없는 마음을 드러낸 것이었을지 몰랐다.

하트필드의 저녁은 매우 길고 우울했다. 날씨도 그러한 우울함을 더해 주었다. 차가운 폭우가 내리기 시작했고, 비바람이 강하게 후려치고 있는 나무와 관목을 제외하고는 어느 것도 7월 같은 모습이 아니었다. 낮이 길어진 만큼 이렇게 잔인한 풍경이 눈앞에 펼쳐지는 시간만 길어질 따름이었다.

이러한 날씨는 우드하우스 씨의 기분에도 영향을 미쳐 에마가 끊임없는 보살핌과 갑절의 노력을 기울여 겨우 편안한 마음을 지탱할 수 있는 상태였다. 이날은 마치 웨스턴 부인이 결혼하던 날 아버지와 처음 단둘이 맞이하던 저녁나절을 떠올리게 했다. 하지만 그때는 차를 마시고 얼마 안 돼 나이틀리 씨가 방문해 우울한 분위기를 단번에 가시게 했었다. 아! 그런 방문에서 알 수 있듯 그는 하트필드에 오는 것을 즐겼지만, 이제 그러한 기분 좋은 시절이 곧 사라질지도 모르는 일이었다. 당시 에마가 머릿속에 그렸던 다가오는 겨울의 쓸쓸한 풍경은 틀린 것이었음이 입증되었다. 친구들은 그들을 떠나지 않았고 즐거운 일들도 있었다. 하지만 지금 예감으로는 그때와 비슷한 일이 생길 것 같지 않았다. 지금 그녀 앞에는 그러한 위협을 완전히 지워버릴 수 없는, 게다가 낙관적인 부분이 전혀 보이지 않는 상황이 펼쳐져 있었다. 그녀의 친구들에게 지금 예상하고 있는 일들이 모두 일어난다면, 하트필드는 버림받고 에마는 홀로 남아 행복했던 시절만을 떠올리며 아버지의 기분을 달래야 할 것이다.

랜덜스에 아기가 태어나는 건 그들에게 에마보다 소중한 누군가가 생기는 걸 의미했고, 웨스턴 부인의 마음과 시간은 모두 아기에게 쏟아부어질 게 확실했다. 그들은 웨스턴 부인을 잃게 될 것이고 아마 그녀의 남편도 잃게 될 것이다. 프랭크 처칠은 더 이상 그들을 방문하지 않을 것이고, 페어팩스 양은 여러 가지로 보아 하이버리에 머물 이유가 없어질 것이다. 두 사람은 결혼해 엔스컴이나 그 근처 어딘가에 자리를 잡을 것이다.

가까운 사람들이 모두 멀리 떠나고 거기다 던웰까지 잃게 된다면, 에마의 주위에는 즐겁게 어울리거나 이성적인 대화를 나눌 만한 사람은 아무도 남지 않게 될 것 같았다. 나이틀리 씨가 편안한 저녁 시간을 위해 여기 들르는 일도 더 이상 없겠지! 마치 이곳을 자신의 집으로 삼고 싶어하는 사람처럼 시간에 관계없이 아무 때나 여기 들어서는 일도 없을 것이다! 그런 일을 에마는 어떻게 견딜 수 있을까? 해리엇 때문에 그를 잃게 된다면, 만약 앞으로 그가 원하는 모든 것이 오로지 해리엇과 함께하는 것이라는 걸 알게 된다면, 해리엇이 이 세상 최고의 자리에 선택되어 그의 아내가 된다면, 그 모든 게 에마 자신의 작품이라는 걸 떠올리는 것보다 더한 고통이 뭐가 있겠는가?

여기까지 우울한 생각이 미치자 그녀는 몸을 부르르 떨거나 깊은 한숨을 내쉬면서 방 안을 이리저리 거닐 수밖에 없었다. 그러한 가운데 앞으로는 행동을 좀 더 조심해야겠다는 결심을 했다. 그리고 앞으로 그녀 인생에 다가올 모든 겨울이 과거에 비해 아무리 우울하고 지루할지라도 자신은 좀 더 이성적으로 스스로를 잘 파악해 지나간 일을 후회하지 않겠다는 희망을 품자 비로소 마음이 편해졌다.

49

다음 날 아침에도 거의 비슷한 날씨가 이어졌고 하트필드에는 고독과 우울함이 변함없이 내려앉아 있는 듯했다. 하지만 오후가 되면서 날씨가 개고 바람이 다소 부드러워지면서 구름이 걷혔고 태양이 다시 모습을 드러냈다. 다시 여름이 된 것이다. 날씨가 이렇게 변하자, 에마는 가능하면 빨리 밖에 나가기로 결심했다. 폭우가 끝나고 청명한 날씨, 깨끗하고 따스하며 평화로운 자연의 냄새와 느낌이 이렇게 반가웠던 적은 없었다. 그녀는 날씨와 함께 자신에게도 고요함이 찾아들기를 간절히 염원했다. 저녁 식사가 끝난 뒤 아버지를 만나려고 페리 씨가 찾아왔기 때문에 그녀는 서둘러 산책을 나섰다. 한결 상쾌해진 기분으로 복잡한 생각들을 좀 내려놓고 몇 바퀴를 돌았을 때, 나이틀리 씨가 정원 문을 지나쳐 그녀에게 다가오는 게 보였다. 런던에서 돌아온 뒤로 그를 처음 보는 것이었다. 아까까지만 해도 그가 아직 16마일 떨어진 런던에 있을 거라 생각하고 있었다. 마음의 준비를 할 시간이 없었다. 이제 정신을 가다듬고 침착해야 한다고 에마는 마음을 다졌다.

조금 뒤 두 사람은 얼굴을 마주하고 섰다. '어떻게 지냈어요'라는 인사가 둘 사이에 조용하고 침착하게 오갔다. 그녀는 형부 가족의 안부를 물었고 다들 잘 있다는 소식을 들었다. 런던에서 언제 떠난 거냐고 묻자 바로 오늘 아침이라는 답이 돌아왔고, 길이 젖지 않았었냐는 질문에 그는 그렇다고 했다. 알고 보니, 그는 에마와 같이 산책하려고 나온 것이었다. 여기 오기 전에 식당에 잠깐 들렀는데 그가 있을 필요가 없어 보였기 때문에 야외에 나오기로 한 것이다. 그녀는 그의 표정이나 말하는 투가 그리 밝아 보이지는 않다고 생각했다. 그러면서 두려움과 함께 가장 먼저 든 생각은 어쩌면 그가 자신의 계획을 동생에게 알리고, 동생의 냉담한 반응에 상처를 받았는지도 모르겠다는 것이었다.

둘은 나란히 걸음을 옮겼다. 그는 아무 말이 없었다. 에마는 그가 몇 차례나 그녀를 쳐다보면서 그녀의 얼굴을 좀 더 자세히 보려고 애쓰고 있다고 생각했다. 그러자 또 다른 공포가 밀려왔다. 어쩌면 그녀에게 뭔가를, 해리엇에 대한 자기 감정을 털어놓고 싶은 건지도 모른다. 용기를 내어 시작해보라고 그녀가 부추겨주길 바라고 있는 걸까. 하지만 에마는 그런 이야기를 먼저 꺼내지 않았고 그럴 수도 없었다. 그런 일이라면 그가 직접 나서야 했다. 하지만 그녀는 침묵을 견딜 수 없었다. 이런 침묵은 너무나 부자연스러운 것이었다. 그녀는 잠시 생각하고 결심한 다음, 애써 미소를 지으며 입을 열었다.

"이제 돌아오셨으니 말씀드릴 소식이 있어요. 아마 놀라실 거예요."

"내가요?"

그는 조용히 물으며 그녀를 바라보았다.

"무슨 일이지요?"

"오! 세상에서 가장 좋은 일이죠. 결혼 말이에요."

그녀 쪽에서 더 이어갈 말이 없는지 확인하려는 듯, 잠시 기다리던 그는 대답했다.

"페어팩스 양과 프랭크 처칠 얘기라면 이미 알고 있소."

"어떻게 그럴 수 있죠?"

에마는 흥분으로 달아오른 얼굴을 그에게 돌리며 외쳤다. 하지만 그렇게 말하는 사이 그가 오는 길에 고더드 부인 댁에 들렀을 거라고 생각했다.

"오늘 아침 교구 일로 웨스턴 씨에게서 편지를 받았어요. 그 편지 마지막에 무슨 일이 일어났는지 짧게 써놨더군."

에마는 안도의 한숨을 내쉬었고 좀 더 안정된 목소리로 말할 수 있었다.

"당신이 저희 중에서 아마 가장 덜 놀라셨을 거라 생각해요. 그동안에도 의심을 갖고 계셨으니까요. 예전에 한번 제게 경고하려고 하셨던 걸 잊지 않고 있어요. 그때 당신 말을 들었더라면 좋았을 텐데⋯⋯. 하지만 (가라앉은 목소리로 무거운 한숨을 쉬며) 저는 아무래도 사리분별을 못하는 사람인가 봐요."

잠시 둘 다 아무 말이 없었기에 그가 자기 얘기에 별로 관심이 없는가 보다라고 에마가 생각하고 있을 무렵, 갑자기 그가 그녀의 팔을 자기 가슴으로 끌어당기는 것이었다. 그러더니 그는 감정을 억누르는 듯한 낮은 목소리로 이렇게 말했다.

"에마, 시간이 상처를 낫게 할 거요. 당신의 뛰어난 지각과 아버지를 위하는 마음⋯⋯지금으로서는 힘들겠지만, 나는 당신이 분명⋯⋯."

그는 다시 한번 그녀의 팔을 지그시 누르면서 더욱 힘주어 덧붙였다.

"가장 진실한 우정을⋯⋯ 괘씸한⋯⋯ 혐오스러운 악당 같으니!"

그리고 좀 더 크고 평정을 찾은 목소리로 이렇게 말을 맺었다.

"그는 곧 떠날 거요. 머지않아 요크셔에 머물게 되겠지요. 제인에게는 안된 일이에요. 그보다는 더 나은 사람을 만났어야 했는데."

에마는 이제 그가 무슨 말을 하는지 이해했다. 그런 따뜻한 배려에 벅차오르는 기쁨을 진정시키면서 에마는 대답했다.

"너무 친절한 말씀이네요. 하지만 당신이 잘못 생각하고 있는 것 같으니까 바로잡아 드려야겠네요. 절 불쌍하게 여기실 필요는 없어요. 상황을 전혀 파악하지 못한 상태에서 나중에까지도 부끄럽게 여길 만한 행동을 했고 사람들이 저에 대해 반갑지 않은 추측들을 하도록 만들긴 했지만, 그 비밀을 좀 더 일찍 알지 못했던 걸 후회할 이유는 전혀 없답니다."

"에마!"

진심 어린 눈빛으로 그녀를 바라보며 그가 외쳤다.

"정말이오?"

그러더니 곧 자신을 추스르며 덧붙였다.

"아니, 아니오. 무슨 말인지 이해해요. 날 용서해요. 그렇게 말할 수 있다니 기쁘군요. 그는 전혀 아까워할 만한 상대가 아니니까요. 머지않아 자기 스스로 그걸 깨닫게 될 때가 올 거예요. 당신의 감정이 더 이상 진전되지 않아 다행이오! 고백하자면, 겉으로 드러난 행동으로 봐서는 당신의 감정이 어느 정도인지 도저히 알 수가 없었거든요. 내가 확신할 수 있었던 건 당신이 그에게 호감을 느끼고 있다는 것이었어요. 그럴 만한 가치가 전혀 없는 사람인데. 그 친구는 남자라는 이름을 수치스럽게 했다고 할 수 있어요. 그런 자에게 그렇게 사랑스러운 아가씨가 허락되다니? 제인, 제인, 당신은 불행하게 될 거요."

에마는 최대한 밝은 표정을 지으려 했지만 마음속은 혼란스러웠다.

"나이틀리 씨, 저는 아주 특별한 상황에 처해 있어요. 당신이 계속 잘못 생각하시도록 그냥 놔둘 수가 없군요. 여자 입장에서는 반대의 상황을 고백하는 걸 부끄러워하는 게 자연스러울지 몰라도, 저는 제 행동이 그런 인상을 주었다는 게 부끄럽군요. 아무튼 지금 우리가 얘기하고 있는 그 사람에게 한 번도 끌린 적이 없었다는 건 확실하게 말씀드릴 수 있어요. 저는 한 번도 그를 좋아한 적이 없어요."

그는 아무 말 없이 듣고만 있었다. 에마는 그가 뭐라고 말을 해주길 바랐지만 그는 침묵을 지켰다. 그래서 그에게 용서를 얻기 위해서는 뭔가 더 얘기를 해야 한다는 생각이 들었다. 그건 그녀에 대해 부정적인 생각을 갖게 할지 모른다는 점에서 쉽지 않은 일이었다. 하지만 에마는 마음을 다잡고 말을 이어갔다.

"제 행동에 대해서는 정말 저도 할 말이 없어요. 그가 제게 보내는 관심이 좋아서 그걸 기뻐하는 듯 행동했을 뿐이에요. 이런 일은 아마 옛날부터 늘 일어났고 저 말고도 여자들이 수백 번은 더 겪은 일일 테지만, 제 경우는 좀 더 이해할 수 있는 여지가 있지 않을까 싶어요. 주변의 많은 상황이 저를 부추겼거든요. 그는 웨스턴 씨의 아들이었고, 늘상 여기 있었던 데다 함께 있으면 늘 즐거운 사람이었으니까요. 그리고 간단히 말해 (한숨을 쉬며) 그 원인들을 제가 부풀린 셈인데, 그건 모두 이 한 가지로 귀결되죠. 결국 제 허영심 때문에 그가 관심을 보이도록 내버려두었던 거예요. 하지만 처음 얼마간은 정말로 그의 행동에 무슨 뜻이 있다고는 생각하지 않았어요. 그냥 습관이나 장난이라고 여기고 심각하게 받아들이지 않았죠.

그가 저를 속이긴 했지만 상처를 입힌 건 아니에요. 제가 그를 진심으로 좋아했던 적이 한 번도 없었으니까요. 이제는 그의 행동을 어느 정도 이해할 수 있어요. 그는 저와 잘해보려는 생각은 전혀 없었던 거예요. 모두가 다른 여자와의 진짜 관계를 숨기기 위한 위장일 뿐이었죠. 자신에 대한 모든 걸 속이는 게 그의 목적이었어요. 그중에서도 저만큼 눈이 멀어 있었던 사람은 없었죠. 물론 그에게 눈이 멀어 있었던 건 아니고, 그게 제 행운, 그러니까 어찌어찌해서 그에게 마음을 주지 않았던 게 그나마 제 행운이었던 셈이지만요."

에마는 이쯤에서 뭔가 반응이 있기를 바랐다. 그녀가 적어도 지각 있게 행동했다는 몇 마디 말쯤은 해주길 기대했으나, 그는 아무 말이 없었고 그녀가 보기에 깊은 생각에 잠겨 있는 듯했다. 그는 마침내 어느 정도 평상시의 어조를 되찾은 채 입을 열었다.

"나는 프랭크 처칠을 단 한 번도 좋게 본 적이 없어요. 어쩌면 그를 지나치게 무시해왔는지도 모른다는 생각이 드는군요. 그와 얘기를 나눈 것도 몇 번 안 되니 말이오. 설령 지금까지 그를 낮게 평가한 게 아니라 해도 앞으로는 나아질 수 있겠죠. 그런 여성을 만났으니 그에게도 기회가 있을 거예요. 나도 그 친구가 불행하기를 바랄 이유는 없고, 그의 성품과 행동에 행복이 좌우될 페어팩스 양을 위해서도 그가 잘되기를 바랄 뿐이에요."

"저는 둘이 분명 행복하게 지낼 거라고 믿어요."

에마가 말했다.

"서로 깊이 사랑하고 있는 게 분명하니까요."

"그는 엄청난 행운아요!"

나이틀리 씨는 힘 있게 외쳤다.

"23세라는 어린 나이의 남자가 아내를 고르면 보통은 잘못된 선택을 하기 마련이지요. 그럼에도 23세에 그렇게 훌륭한 여성과 맺어지다니! 그의 앞에 얼마나 행복한 인생이 놓여 있는지! 제인 페어팩스의 성격으로 보건대, 모든 걸 그를 위해 헌신하는 이타적인 사랑을 할 게 분명한, 그런 여성의 사랑을 확증받게 되다니! 계층과 환경, 모든 중요한 습관과 방식에 있어 한 가지를 제외하고 둘은 모든 게 서로 평등해요. 그 한 가지가 바로 의심할 수 없는 그녀 마음의 순수성인데, 그것으로 인해 그는 더욱 행복할 것이고, 그녀가 원하는 것들을 선사하는 데에서 기쁨을 느낄 거요. 대개의 남자들에게는 여자가 결혼 전에 살던 집보다 더 좋은 집을 마련해 주고 싶어하는 마음이 있죠. 내 생각에 여자의 존경심을 확신하면서 그렇게 할 수 있는 사람은 세상에서 가장 행복한 남자일 거요. 프랭크 처칠은 진정 행운의 여신에게서 특별한 총애를 받고 있는 게 분명해요. 모든 게 그에게 좋은 방식으로 돌아가고 있으니 말이요. 파티에서 어린 숙녀를 만나 그녀의 애정을 받았고, 한동안 무시하는 듯한 태도를 취했어도 그녀의 마음은 사그라지지 않았죠. 그와 가족 전체가 나서서 완벽한 신부감을 찾아 전 세계를 돌았다 해도 그보다 훌륭한 여성은 아마 찾지 못했을 거요. 유일하게 외숙모가 방해되는 존재였는데 마침 세상을 떠났죠. 그는 자기가 원하는 건 뭐든 입을 열어 말하기만 하면 돼요. 그러면 친구들이 나서서 그의 행복을 위해 애쓰죠. 그는 모든 사람들을 이용했는데도, 그들은 기꺼이 그를 용서해주니, 그는 대단한 행운아요!"

"당신은 그를 부러워하는 것처럼 말씀하시네요."

"나는 그가 부럽소, 에마. 한 가지 면에서 나는 그 친구를 부러워하고 있어요."

에마는 더 이상 말을 할 수 없었다. 조금 있으면 해리엇 얘기가 튀어나올 것만 같았다. 그 순간 에마는 가능하면 화제를 바꾸고 싶었다. 그녀는 머릿속으로 재빨리 계획을 세웠다. 완전히 다른 이야기, 그래, 브런즈윅의 조카들 이야기를 하는 거다. 막 입을 열려는 찰나, 나이틀리 씨가 다음과 같은 말로 그녀를 깜짝 놀라게 했다.

"어떤 종류의 부러움인지 물어보지 않는군요. 이제 더 이상 나에게 호기심을 갖지 않기로 결심한 거요? 당신은 역시 현명해요. 하지만 나는 현명한 사람이 아니오. 에마, 당신이 물어보지 않는 것에 대해 말해야겠어요. 다음 순간에는 말한 것을 후회할지 모르지만 말이요."

"오! 그럼 말씀하지 마세요, 말하지 말아요."

그녀는 간절하게 외쳤다.

"좀 더 시간을 갖고 생각해보세요. 아직은 마음을 정하지 말고요."

"알겠소."

그는 자존심에 깊이 상처를 받은 어조로 말했고, 더 이상 한 마디도 내뱉지 않았다.

에마는 그에게 고통을 주는 걸 견딜 수 없었다. 그는 어쩌면 그녀에게 마음을 털어놓고 상의하고 싶은 것인지도 모르는데 말이다. 아무리 힘들더라도 그의 얘기를 들어주어야만 한다. 결단을 내리도록 돕고 힘을 실어주면서 해리엇을 칭찬하거나, 그가 결단을 촉구한다면 우유부단한 상태에서 그를 구해 주어야 한다. 나이틀리 씨 같은 사람에게는 그런 마음의 짐이야말로 어떤 것보다 견디기 힘들 게 분명했다. 어느새 그들은 집 앞에 도착했다.

"안으로 들어갈 거요?"

그가 물었다.

"아니에요."

그의 목소리에 우울한 기색이 남아 있는 걸 느끼며 에마는 자기 생각에 확신을 갖고 고개를 저었다.

"아무래도 한 바퀴 더 돌아야겠어요. 페리 씨가 아직 안 가셨거든요."

몇 발자국 더 걷고 나서 그녀는 덧붙였다.

"나이틀리 씨, 방금 전 제가 무정하게 당신의 말을 가로막아 상처를 준 것 같아요. 친구로서 제게 뭔가 터놓고 싶으시다거나, 고민하는 문제에 관해 제게 의논하고 싶으시면 말씀하셔도 돼요. 어떤 것이든 귀 기울여 듣고 제 생각을 정확히 말씀드릴게요."

"친구로서 말이죠!"

나이틀리 씨는 그녀의 말을 반복했다.

"에마, 그게 바로 내가 가장 두려워하던 말이오. 아니, 괜찮아요. 잠깐만, 좋아요, 내가 주저할 이유가 뭐 있겠소? 숨기기에는 어차피 너무 멀리 와버렸는데. 에마, 당신의 제안을 받아들이겠소. 이상하게 들릴지 모르지만, 당신의 말대로 친구로서 묻겠어요. 내게는 성공할 가능성이 전혀 없는 거요?"

그는 진지한 어조로 질문을 던지고는 잠시 말을 멈췄다. 그의 강렬한 눈빛에 에마는 압도될 지경이었다.

"에마, 지금 이 시간 어떤 이야기가 나오더라도 당신은 내게 가장 소중한 존재로 남을 거요. 사랑하는 에마, 지금 말해줘요. 만약 아니라면 '아니오'라고 말해요."

그녀는 아무 말도 할 수 없었다.

"아무 말도 하지 않는군요."

그는 격앙된 어조로 말했다.

"침묵을 지키는군요! 더 이상 묻지 않겠소."

에마는 지금 이 순간의 흥분으로 당장이라도 자리에 주저앉을 듯했다. 이 행복한 꿈에서 깨면 어떡하나 하는 두려움이 지금으로서는 가장 뚜렷하게 느껴지는 감정이었다.

"장황하게 내 마음을 다 풀어 얘기할 수는 없어요, 에마."

다시금 말을 시작한 그의 어조는 진지하고 단호하면서도 부드럽고 사람의 마음을 움직이는 힘이 있었다.

"내가 당신을 덜 사랑한다면 오히려 좀 더 쉽게 얘기할 수 있었을 거요. 하지만 내가 어떤 사람인지 당신은 알겠지. 내가 오직 진실만을 얘기한다는 걸. 당신을 그렇게 호되게 비난하고 훈계했는데 어떤 여성도 견디질 못했을 그 모든 걸 당신은 다 받아들여줬지요. 사랑하는 에마, 지금까지 그랬던 것처럼 지금 내가 얘기하는 진실도 받아들여줘요. 아마 내 태도로 보아서는 거의 알 수 없었을 거요. 사랑에 빠진 사람치고는 당신에게 너무나 무심하게 굴었지만 이해해줘요. 그래요, 이런 내 마음을 이해해주고, 할 수 있다면 거기에 답해줘요. 지금으로서는 단지 당신의 목소리를 한 번 더 듣기 위해 묻는 거라오."

그가 말하는 동안 에마의 마음속에는 수많은 생각들이 오갔고, 놀랄 만한 사고의 속도로 그의 말을 한 마디도 놓치지 않고 정확한 진실을 파악하고 이해할 수 있었다. 그녀는 해리엇의 추측이 아무런 근거 없는 착각과 환상이었으며 해리엇은 그에게 아무 존재도 아니었고, 실은 에마가 그의 모든 것이었다는 사실을 알 수 있었다. 해리엇에 대해 생각했던 모든 것들은 사실 그녀 자신의 마음을 표현한 데 지나지 않았다. 그동안의 초조함과 의심, 주저, 낙담은 전부 그녀가 희망을 잃고 있었기 때문에 생겨난 것이었다. 이렇게 빛나는 행복감에 젖은 확신에 이어 에마는 해리엇의 비밀을 그에게 털어놓지 않은 것에 대해 다행스러운 한숨을 내쉬었고, 이제 그 얘기는 할 필요도 없고 해서도 안 된다고 결심했다. 그게 지금 가엾은 친구를 위해 할 수 있는 최선이었다. 괜한 영웅심에 휘둘려 그의 사랑을 그녀보다 훨씬 훌륭한 해리엇에게로 옮겨 달라고 부탁하거나, 그가 둘 다와 결혼을 할 수는 없는 만큼 좀 더 단순하고도 숭고한 결단을 내려 아무런 이유도 대지 않은 채 그를 이 자리에서 영원히 거절하는 일은 할 수 없었다.

에마는 고통과 뉘우치는 마음으로 해리엇을 가엾게 여겼다. 하지만 그런 동정심 때문에 에마의 생각이 방향을 잃고 개연성 있고 타당한 방향과는 정반대로 달음질쳐가는 일은 일어나지 않았다. 에마는 친구를 그릇된 길로 이끌었고 그것 때문에 평생 자책하겠지만, 그녀는 확고한 감정만큼이나 흔들림 없고 어느 때보다 견고한 판단력으로 나이틀리 씨에게 그렇게 걸맞지 않고 손해를 끼치는 결합을 제안해서는 안 된다고 다짐했다. 그녀가 취해야 할 행동은 쉽지는 않지만 명확했다. 그러고 나서 그녀는 그의 간청에 따라 말을 시작했다. 무슨 말을 했더라? 물론, 해야 할 말을 했다. 숙녀가 항상 그렇듯이 말이다. 낙심할 필요가 없다는 확신을 주기에 충분할 정도로 말했고, 그에게 좀 더 얘기해보라고 청했다. 그는 한때 절망했었다고 털어놓았다. 시간이 지나면서 모든 희망이 사그라졌기 때문에 조심하고 침묵을 지킬 수밖에 없었다고 했다. 그건 그녀가 그의 얘기를 듣기를 거부하면서 시작된 것이다. 그런 가운데 다소 뜻밖의 변화가 있었던 것이다. 한 바퀴 더 산책하자는 그녀는 끝내 버린 대화를 그녀 편에서 다시 하기 시작했다. 그녀도 일관성 없는 자신의 태도를 느끼고 있었지만, 나이틀리 씨는 잠자코 거기에 따르며 더 이상의 설명을 요구하지 않았다.

대화를 통해 완전한 진실이 밝혀지는 경우는 매우 드물며, 거기에는 어느 정도의 왜곡이나 오해가 덧입혀지기도 한다. 하지만 이 경우처럼 행동에 대해서는 서로 오해가 있었더라도 감정은 그렇지 않은 경우, 그 간극은 대수로운 것이 아니다. 나이틀리 씨는 그녀가 좀 더 부드럽고 예민한 마음으로 그의 마음을 눈치채고 받아들이지 못한 것에 대해 비난할 수는 없었다.

사실 그는 자신의 영향력에 대해 전혀 인식하지 못하고 있었다. 좀 전에 그녀를 찾으러 정원에 들어설 때까지만 해도 이런 이야기를 할 생각 따위는 전혀 없었다. 그저 프랭크 처칠의 약혼 소식에 그녀가 얼마나 힘들어 하고 있을지 그게 걱정이 되어서 온 것이었다. 이기적인 생각이나 계획 없이 그녀가 받아들일 준비가 되어 있다면, 위로나 조언의 말을 할 생각으로 말이다. 나머지는 그녀의 말이 그의 감정에 곧바로 영향을 미치면서 자연스레 벌어진 일이었다.

그녀가 프랭크 처칠에게 아무런 관심이 없었다는 확고한 고백을 들으면서 시간이 지나면 자신이 그녀의 애정을 얻을 수 있지 않을까 하는 희망이 생겨난 것이다. 하지만 그건 현재에 대한 기대가 아니었다. 단지 절박한 감정이 잠시 그의 판단력을 흐트러뜨려, 그녀에게서 자신의 애정을 막지는 않겠다는 얘기 정도만이라도 듣고 싶었던 것이었다. 하지만 차츰 그의 눈앞에 열리기 시작한 보다 발전된 희망은 훨씬 더 매혹적이었다. 허락을 구하려던 애정은 이미 그의 것이 되었다! 반 시간 만에 그는 절망의 나락에서 어느 순간 완벽에 가까운 행복이라고밖에 표현할 수 없는 상태로 끌어올려졌다.

그녀가 겪은 변화 역시 마찬가지였다. 이 반 시간 동안 두 사람에게는 서로 사랑받고 있다는 소중한 확신이 생겼고, 각자가 동일한 정도로 느끼고 있던 무지와 질투, 불신을 깨끗이 씻어버리는 계기가 되었다. 그는 프랭크 처칠이 오면서부터 아니, 그가 올 거라는 얘기가 나왔을 때부터 오랜 시간 질투를 쌓아갔다. 그는 에마를 사랑하는 한편 프랭크 처칠을 시기하고 있었고, 아마 거의 비슷한 시기부터 그녀에 대한 사랑 때문에 프랭크 처칠에 대한 시기심을 갖게 되었던 것이다. 그가 집을 떠난 것은 프랭크 처칠에 대한 질투 때문이었다. 박스 힐에서의 피크닉 파티 후에 그는 잠시 떠나 있기로 결정한 것이었다. 그렇게 공공연하게 두 사람 사이에 오가는 애정의 현장을 눈으로 보지 않기 위해서 그는 두 사람에게 무관심해질 방책으로 집을 떠났다. 하지만 그는 장소를 잘못 선택했다. 동생의 집에서 그를 맞이한 것은 흘러넘치는 가정의 행복이었고, 그 집 안주인의 너무나 사랑스러운 모습이었다.

이사벨라는 여러 가지 점에서 에마와 많이 닮아있었고, 눈에 띄는 몇몇 뒤처지는 점들은 오히려 언니에 비해 뛰어난 동생의 장점들이 그의 앞에 자꾸 떠오르게 했다. 그러니 오래 머물렀다고 해도 그의 괴로움을 잠재우는 데는 별 소용이 없었을 것이었다. 하지만 그는 계속 머물렀고, 오늘 아침 제인 페어팩스의 소식을 담은 편지를 받게 된 것이다. 프랭크 처칠이 에마의 상대가 되기에는 턱없이 부족하다고 여겨왔던 터라 편지를 읽자마자 반가움이 밀려 왔고, 한편으로는 에마가 걱정돼서 더 이상 거기 머물러 있을 수가 없었다. 그리하여 빗속을 말을 달려 집에 왔고, 이 세상에서 가장 사랑스럽고 가장 훌륭하며 모든 결점에도 불구하고 완벽한 그녀가 그 소식을 어떻게 견디고 있는지 보기 위해 저녁 식사를 마치자마자 곧장 이곳으로 온 것이었다.

그렇게 해서 마주친 에마는 불안하고 우울한 모습이었다. 프랭크 처칠은 나쁜 작자였다. 그러다가 에마에게서 프랭크 처칠을 단 한 번도 사랑한 적이 없었다는 얘기를 듣게 된 것이다. 이제 보니, 프랭크 처칠은 그렇게까지 속물은 아니었다. 두 사람이 집에 들어섰을 때 그의 손을 꼭 잡고 있는 그녀는 그만의 에마였다. 이 순간에 만약 그에게 프랭크 처칠을 어떻게 생각하느냐고 물어보았다면, 아주 좋은 사람이라고 대답했을지도 모른다.

50

아까 집을 나설 때와는 완전 달라진 기분으로 에마는 집에 들어섰다. 그때는 고통에서 잠시라도 한숨을 돌렸으면 하는 바람이었다면, 지금은 가슴 떨리는 벅찬 행복을 느끼고 있었고 진정된 후에도 그러한 행복감은 더욱 커질 것이라고 믿었다.

그들은 자리에 앉아 차를 마셨다. 여느 때와 같은 테이블에 다 같이 둘러앉았다. 그녀의 시선이 늘상 그 자리에 있던 똑같은 창밖의 관목으로 향하고, 서쪽으로 지는 아름다운 석양을 바라보곤 한 나날이 얼마나 많았던가! 하지만 지금과 같은 기분을 느낀 적은 단 한 번도 없었다. 이런 상태에서 감정을 추스르고 평소처럼 자상한 안주인이나 상냥한 딸 노릇을 하기란 쉽지 않은 일이었다.

가엾은 우드하우스 씨는 나이틀리 씨를 진심을 다해 환대하면서 말을 타고 오느라 행여 감기에는 걸리지 않았는지 걱정해주었다. 하지만 정작 그 남자의 가슴속에서 지금 우드하우스 씨의 뜻에 반대되는 어떤 일이 벌어지고 있을 거라고는 전혀 의심하지 않고 있었다. 우드하우스 씨가 그의 심장을 들여다볼 수 있었다면, 그의 폐에 대한 걱정은 더 이상 하지 않았을 것이다. 우드하우스 씨는 그의 표정이나 행동에서 평소와 다른 점은 전혀 눈치채지 못한 채, 페리 씨에게서 들은 새로운 소식들을 느긋한 태도로 하나하나 전하면서 두 사람에게서 어떤 말을 듣게 될지 전혀 생각도 못하고 만족스런 모습으로 말을 이어갔다.

나이틀리 씨가 그들과 함께 있는 동안 에마의 열은 가시지 않았지만, 그가 떠나자 그녀는 비로소 좀 진정이 되면서 마음의 평온을 되찾았다. 저녁에 그런 사건이 있었기에 당연한 일이었지만 밤새 잠을 못 이루던 그녀는 한두 가지 아주 심각하게 고민해야 할 점을 발견하면서, 자신의 행복에도 약간의 장애물이 있을 게 분명하다는 생각을 하게 되었다. 그것은 바로 아버지와 해리엇에 관한 문제였다. 에마는 그들 각각의 문제가 안겨주는 부담감의 무게를 느끼지 않을 수가 없었다. 그 두 사람의 행복을 최대한 어떻게 지키느냐가 문제였다.

아버지에 대해서는 곧 답을 찾을 수 있었다. 아직 나이틀리 씨가 뭐라 할지 알 수 없었지만 자신의 마음을 잠깐 점검해본 뒤, 그녀는 아버지 곁을 절대 떠나지 않겠다는 결심을 굳혔다. 그녀는 그 가능성을 떠올리는 것만으로도 죄책감에 눈물을 흘렸다. 아버지가 살아 계신 동안에는 약혼 상태에 머물러야 했다. 그렇게 해서 그녀가 곁을 떠날 위험이 사라지면 아버지도 차츰 마음을 놓으실 것이라는 생각이 들자 그녀의 마음도 다소 편해졌다. 해리엇에 대해서는 어떻게 하는 게 좋을까? 이건 좀 더 어려운 문제였다. 어떻게 하면 해리엇이 불필요한 고통을 느끼지 않을 수 있을까, 어떻게 하면 그녀에게 조금이나마 속죄를 할 수 있을까, 그녀에게 적처럼 보이지 않으려면 어떻게 하면 좋을까? 이러한 문제들을 생각하면서 그녀는 매우 당혹스럽고 우울했고, 마음속으로 이 일로 인해 느꼈던 신랄한 질책이나 서글픈 후회를 몇 번이나 거듭했다.

마침내 그녀가 내린 결론은 당분간 해리엇을 만나는 걸 피하면서 필요한 얘기는 편지로 전달하자는 것이었고, 이와 함께 해리엇이 당분간은 하이버리를 떠나 있는 게 낫겠다는 생각이 들었다. 이 계획을 좀 더 구상하다 보니, 브런즈윅 스퀘어에서 해리엇을 초대해주면 좋을 것 같았다. 이사벨라는 해리엇을 무척 마음에 들어 했고, 런던에서 몇 주를 보내다 보면 해리엇에게도 기분 전환이 될 것이었다. 해리엇이라면 새롭고 다양한 환경, 거리와 상점, 아이들을 보면서 기분이 나아질 게 분명했다. 아무튼 에마로서는 배려와 친절을 보일 수 있는 기회인 셈이었고, 해리엇은 현재에서 벗어나 언젠가 모두가 다시 모여야만 할 때 마주할 불행에서 잠시 몸을 피할 수 있을 것이다.

에마는 아침 일찍 일어나 해리엇에게 편지를 썼다. 그러다 보니 마음이 너무 심각하고 울적해져 아침 식사를 하러 하트필드에 오기로 한 나이틀리 씨가 더욱 기다려졌다. 그가 도착하고 반 시간 동안 어제와 동일한 이야기들을 직간접적으로 하고 나서야 그녀는 어제 저녁에 느꼈던 행복감을 다시 회복할 수 있었다.

그가 가고 나서 아직 그 여운이 채 가시기도 전에 랜덜스에서 한 통의 편지
—매우 두툼한 편지—가 도착했다. 에마는 그 안에 뭐가 들어 있을지 짐작할
수 있었지만, 굳이 편지를 읽어야 할 필요성을 느끼지 못했다. 프랭크 처칠과
는 아무런 감정이 남아 있지 않았고, 아무런 설명도 들을 필요가 없었다. 그
저 자기를 내버려두길 바랐고, 그가 쓴 내용에 관해서라면 어차피 이해할 수
없을 게 분명했다. 그럼에도 해야 할 일이었다. 에마는 봉투를 열었다. 예상한
대로 웨스턴 부인이 그녀 앞으로 보낸 쪽지와 프랭크가 웨스턴 부인에게 보
낸 편지가 함께 들어 있었다.

사랑하는 에마, 이렇게 동봉한 편지를 에마에게 전달하게 된 것을 매우
기쁘게 생각한다. 에마가 이 편지를 읽고 나면 기뻐하리라 믿고 있어. 그리
고 앞으로는 이 편지를 쓴 사람에 대해 우리 사이에 다른 의견은 없을 거
라고 생각해. 긴 설명으로 더 이상 에마를 귀찮게 하지는 않을게. 아, 우리
는 모두 잘 지내고 있단다. 이 편지를 받고 내 안에 다소 남아 있던 불안감
이 모두 치유되었단다. 지난 화요일에 만났을 때 에마의 안색이 안 좋았지
만, 아무래도 그날은 안 좋은 소식을 들었던 아침이니까 당연히 그랬을 거라
고 생각해. 에마는 절대로 날씨에 영향을 받지 않는다고 하겠지만, 내 생각
에는 모두가 찬 북동풍의 영향을 받는 것 같거든. 화요일 오후부터 어제 아
침까지 이어졌던 폭풍에 우드하우스 씨가 어떻게 지내고 계시는지 걱정했는
데, 어젯밤 페리 씨를 통해 건강하게 잘 계신다는 얘기를 듣고 걱정이 사라
졌단다.

에마의 벗,
A. W.

새어머니께,
어제 제가 뜻을 잘 전달했다면 아마 이 편지를 기다리고 계셨겠지만, 만

약 기대하지 않고 계셨다 해도 공정하고 관대하게 읽어주시리라 믿습니다. 어머니, 당신은 너무나 선한 분이시고, 제 지난 행동의 어떤 부분에 대해서는 어머니의 그러한 선량함을 다 풀어낸다 해도 용서하기 힘들 거라는 것을 잘 알고 있습니다. 하지만 저는 제게 분노를 품어야 할 사람에게 용서를 받았습니다. 이 편지를 쓰면서 저는 용기가 더해지는 것을 느낍니다. 계속 성공을 거두면서 겸손한 태도를 갖기란 쉽지 않은 일이죠. 저는 운이 좋아서 이미 두 번에 걸쳐 무사히 용서를 받았습니다만, 저를 비난할 만한 위치에 있는 어머니 친구분들에게도 용서를 받을 것이라 너무 낙관하고 있는지도 모르겠습니다. 제가 처음 랜덜스에 도착했을 때의 정확한 상황을 이해해주셨으면 좋겠습니다. 제게는 어떤 경우에도 지켰어야 하는 비밀이 있었다는 걸 이해해주십시오. 제가 애초부터 그런 비밀스러운 상황을 만들 권리가 있었느냐는 또 다른 문제입니다. 그에 대해서는 여기서 말씀드리지 않겠습니다. 저로서는 그것이 옳은 선택이라고 믿고 싶었고 트집 잡기 좋아하는 누군가가 그에 대해 이견을 제기했다면 저는 페어팩스 양이 있는 하이버리의 벽돌집, 닫힌 창문과 창틀을 말없이 가리켰을 겁니다. 당시 엔스컴에서 제가 처한 어려움이 너무 잘 알려져 있었기 때문이죠. 그녀에게 공개적으로 구애할 수는 없었지만, 운명의 도움으로 웨이머스에서 헤어지기 전, 그녀의 마음을 움직여 세상에서 가장 올바른 여성으로 하여금 비밀 약혼을 승락하게 만들 수 있었습니다. 만일 그녀가 거절했다면 저는 아마 미쳐버렸을 겁니다. 하지만 이쯤에서 어머니는 제가 무슨 기대를 가지고 그런 일을 벌였는지 묻고 싶으시겠지요? 뭘 바라고 있었느냐고요? 어떤 것이라도 좋았고, 모든 것을 바라기도 했죠. 시간, 기회, 환경, 서서히 일어나는 변화, 급작스러운 사건, 인내, 경계심, 건강과 병 그 모든 것들 말입니다. 좋은 쪽으로 일어날 수 있는 모든 가능성들을 생각했고, 그녀의 믿음과 함께 서로 연락을 주고받을 수 있는 축복을 누리고 싶었습니다.

더 자세한 설명이 필요하시다면, 어머니, 저는 자랑스럽게도 제가 어머니의 남편의 아들이며, 언제나 좋은 방향으로만 생각하는 기질을 물려받았다는 사실을 일깨워드리고 싶습니다. 어떤 집이나 땅으로도 그 가치를 따라올 수 없는 낙천적인 성격 말입니다. 이런 상황에서 랜덜스에 처음 도착하게 된 것입니다. 이 시점에 제 잘못에 대해 다시금 인식하게 됩니다. 사실 이 방문은 좀 더 일찍 이루어져야 했으니까요. 그때를 돌이켜보시면 페어팩스 양이 하이버리에 오고 나서야 제가 왔다는 걸 알 수 있으시겠지요. 그건 어머니에 대한 무례를 범한 행동이었기에 이 자리에서 어머니께 용서를 구합니다. 하지만 찾아뵙는 걸 늦춘 기간만큼 어머니를 알고 지내는 축복을 놓친 셈이라는 걸 말씀드려 아버지에게도 용서를 구해야 하겠습니다. 아버지 댁에서 함께 지낸 행복했던 2주 동안 제 행동에 대해 한 가지를 제외하고는 실망하지 않으셨기를 바랍니다. 이제는 그 한 가지, 지금도 저에게 근심을 불러일으키는 그 중대한 문제로 넘어가야겠군요. 우드하우스 양에 대해서는 더할 수 없는 존경과 진실한 우정을 갖고 있다고 말씀드릴 수 있습니다.

아마 아버지는 여기에 저의 부끄러움을 더해야 한다고 말씀하실지 모르겠군요. 어제 아버지가 보내신 편지에서 말씀하신 몇 마디를 유추해보면, 제게 어떤 책임을 물으시는 것 같았습니다. 우드하우스 양에 대한 제 행동이 의도한 것 이상으로 전달된 것 같습니다. 비밀을 지켜야 한다는 생각이 너무 강했던 나머지 저는 우드하우스 양과 제게 주어진 친분을 과도하게 이용했습니다. 우드하우스 양이 표면상 제 관심의 대상이었다는 사실을 부인하지는 않겠습니다. 하지만 확실히 말씀드릴 수 있는 건 그녀가 제게 관심이 없다는 사실을 확신할 수 없었더라면, 제 이기적인 목적만으로 그 관계를 이어가지는 않았을 거라는 것입니다. 우드하우스 양은 사랑스럽고 유쾌하긴 하지만 쉽게 남자에게 마음을 주는 성격이 아니라는 걸 알 수 있었고, 제게도 애정을 품고 있지 않다는 것을 확실히 알 수 있었습니다. 그녀는 저의 관심을 거리낌 없고 친구 같은 유쾌함으로 받아넘겼는데, 그것이야말로 제가 바라던 바였습니다. 우리는 마치 서로의 상황을 이해하고 있는 것 같았습니다. 제가 보내는 정도의 관심은 그녀가 받아 마땅한 것이었고 그녀도 그렇게 느끼는 것 같았지요. 2주간의 방문이 끝나기 전에 우드하우스 양이 제 상황을 정말로 이해하기 시작했는지는 잘 모르겠습니다. 작별 인사를 하러 들렀을 때 진실을 털어놓을 뻔 했는데, 당시 저는 그녀가 알고 있다고 생각했습니다. 그 이후에는 그녀도 최소한 어느 정도 제 상황을 눈치챘다고 생각했고요. 모든 걸 추측하지는 못했더라도 워낙 명민한 분이니 부분적으로는 상황을 꿰뚫어 봤을 겁니다. 거기에 대해서는 확신하고 있습니다. 지금처럼 비밀스러운 상태에서 벗어나 이번 일이 자유롭게 거론되는 시점에 이르면, 우드하우스 양이 어느 정도 짐작하고 있었다는 것을 아시게 될 겁니다. 그녀는 제게 몇 번이나 그런 암시를 줬었지요. 무도회에서는 저더러 엘턴 부인이 페어팩스 양을 챙기는 것에 대해 고맙게 여겨야 한다고도 했었습니다. 우드하우스 양에 대한 저의 지난 행동에 대해서는 저의 불찰 가운데 하나로 여기시고 너그럽게 이해해주시길 기대해봅니다.

제가 에마 우드하우스 양에게 몹쓸 짓을 했다고 여기셨겠지만 사실은 그렇지 않다고 다시 한번 말씀드립니다. 부디 저를 이해해주시고, 혹시 기회가 있다면 제가 오누이와도 같은 애정을 갖고 있으며, 저 자신만큼이나 행복한 사람을 찾길 간절히 염원하고 있는 에마 우드하우스 양에게도 용서를 구하는 마음과 진심 어린 안부를 전해주시기 바랍니다. 제가 머무는 동안 혹시 이해할 수 없는 말이나 행동을 했다면, 이젠 이해가 되시겠지요. 제 마음은 하이버리에 있었고, 제 목적은 누구의 의심도 사지 않고 그곳에 가능하면 자주 가는 것이었습니다. 제게 뭔가 이상한 면이 있었다면 모두 그때문이었지요. 이런저런 말이 많았던 피아노에 대해서는, 제가 피아노를 보내는 걸 알았더라면 절대로 동의하지 않았을 F양이 그 일에 대해 아무것도 모르고 있었다는 점만은 말씀드리고 싶습니다.

약혼 기간 동안 내보인 그녀의 섬세한 심성에 대해서는 제가 어떻게 해서도 제대로 표현할 길이 없습니다. 제 바람은 어머니도 이제 그녀와 가까워져 제대로 알게 될 기회가 생기는 것입니다. 어떤 말로도 그녀를 다 표현할 수는 없습니다. 그녀 자신이 직접 설명해야 하겠지만, 그건 말로는 할 일이 아닐 겁니다. 그녀만큼 자신이 지닌 장점을 드러내고 싶어하지 않는 사람도 아마 없을 테니까요. 처음 생각한 것보다 길어지고 있는 이 편지를 쓰는 도중에 그녀가 소식을 전해왔습니다. 건강이 많이 좋아졌다고는 하지만, 워낙 불평할 줄 모르는 사람이라 그 말을 믿을 수가 없군요. 그녀의 안색이 어떤지 알려주시면 고맙겠습니다. 어머니께서 곧 그녀를 방문하실 거라는 걸 알고 있습니다. 그녀는 지금 누가 방문할까봐 두려움에 떨며 지내고 있을 것 같네요. 어쩌면 이미 다녀오셨는지도 모르겠습니다. 가능하면 지체 없이 소식을 전해주십시오. 자세한 이야기들을 빨리 듣고 싶습니다. 제가 랜덜스에 들렀던 그 짧은 시간 동안 얼마나 불안해 하고 정신없는 상태였는지 기억하시겠지요. 지금도 많이 나아진 건 아닙니다. 행복인지 불행인지 모를 감정 때문에 정신없는 상태에 있습니다. 제가 받은 친절과 배려나 그녀의 장점과 인내심, 그리고 외삼촌의 아량을 생각할 때면 기뻐 어쩔 줄 모르다가도 저 때문에 그녀가 얼마나 불안해 하는지, 또 제가 얼마나 용서받기 힘든 행동을 했는지 생각하다 보면 화가 나서 미쳐버릴 것만 같습니다. 그녀를 자주 볼 수만 있다면! 하지만 아직은 그래서는 안 되겠지요.

편지가 너무 길어졌지만, 외삼촌이 제게 너무 잘해주셨다는 얘기는 꼭 해야 하겠습니다. 아직 모든 얘기를 다 들으신 건 아닙니다. 어제는 자세한 얘기를 드릴 수 없었지만, 이 일이 이렇게 적절치 않은 시기에 급작스럽게 밝혀진 데 대해서는 설명을 드려야 할 것 같습니다. 어머니도 짐작하실 수 있듯 지난 달 26일 있었던 사건이 제게 행복한 기대를 갖게 했지만, 그렇게 빨리 행동할 생각은 없었습니다. 하지만 아주 특별한 상황이 전개되면서 더 이상 한시도 지체할 수 없었죠. 제가 뭔가에서 그렇게 급박하게 물러서면 그녀는 저의 주저하는 마음을 더 강하고 민감하게 느끼곤 했습니다. 그렇지만 제게는 다른 선택지가 없었습니다. 그녀가 엘턴 부인과 급작스러운 약속을 하면서—죄송합니다, 이걸 쓰다 보니 북받치는 감정을 자제할 수 없어 잠시 바깥을 거닐다 왔습니다. 이제는 남은 편지를 제대로 쓸 수 있을 만큼 이성을 되찾은 것 같군요. 아무튼 그건 제게 가장 끔찍한 기억이었어요. 제 행동은 부끄러운 것이었습니다. 이제 W양에 대한 제 태도가 F양에게는 불쾌한 것이었으며, 비난받아 마땅했다고 인정할 수 있을 것 같습니다. 그녀는 제 행동에 반대했고, 그것만으로도 저는 상황을 돌이켜야 마땅했지요. 진실을 숨기기 위해서라는 제 변명을 그녀는 인정하지 않았습니다. 불쾌해 하는 그녀를 저는 이성적이지 못하다고 비난했습니다. 오히려 그녀가 매사에 필요 이상으로 걱정이 많고 신중하며 심지어 차갑다고까지 생각했지요. 하지만 언제나처럼 그녀가 옳았어요. 제가 그녀의 판단대로 제 기질을 그녀가 적절하다고 생각하는 선까지 억제했더라면, 제 일생에 가장 불행한 일은 생기지 않았겠지요. 우리는 언쟁을 벌였습니다.

　요전 날 아침 던웰을 방문했던 일이 생각나시지요? 그 이전에 사소한 불만이 쌓여오던 게 결국 위기를 불러오기에 이르렀습니다. 저는 그날 늦게 도착했고, 그녀 혼자 집에 걸어가는 걸 보게 됐죠. 그래서 그녀를 바래다주겠다고 하니 완강하게 거부하더군요. 단호하게 제 제안을 거절했는데 당시에는 그런 그녀를 도무지 이해할 수 없었습니다. 하지만 이제는 그 안에 지극히 자연스럽고 한결같은 분별력이 자리 잡고 있는 것을 보게 됩니다. 제가 우리의 약혼을 세상 사람들에게 숨기기 위해 한 시간 동안 다른 여성에게 특별한 관심을 보이고 있었는데, 다음 순간 예전의 모든 조심스러운 행동을 무산시킬 수 있는 그 제안에 그녀가 동의를 했겠습니까? 우리가 던웰에서 하이버리까지 함께 가는 것을 누가 보았더라면 의심을 샀을 겁니다. 하지만 그날 저는 화가 나서 제정신이 아니었어요. 그녀의 사랑을 의심했으니까요. 다음 날 박스 힐에서 제가 부끄럽고 오만하게도 그녀를 무시하는 행동을 했고, 지각 있는 여성이라면 누구도 견딜 수 없을 정도로 W양에게 눈에 띄는 관심을 기울이면서 그런 의심이 더해지는 상황이 벌어졌습니다. 그녀는 제가 완벽히 이해할 수 있는 언어로 자신의 분노를 표현했습니다. 간단히 말씀드려, 그녀 쪽에는 잘못이 없고, 다만 제 혐오스러운 행동 때문에 빚어진 다툼이었던 겁니다.

　저는 다음 날 아침까지 머무를 수 있는 상황이었지만, 그녀에게 잔뜩 화가 난 채 서둘러 그날 저녁 리치먼드로 돌아가 버렸습니다. 그때까지도 시간이 좀 지나면 화해해야겠다는 생각을 갖고 있었지만 저는 그녀의 차가운 반응에 상처를 입은 상태였고, 그녀가 먼저 내게 용서를 구해야 한다고 생각하면서 돌아섰습니다. 어머니가 그날 박스 힐 파티에 오시지 않은 것은 정말 다행이라고 생각합니다. 거기서 제 행동을 보셨더라면 아마도 저를 두 번 다시 좋게 보시지 않았을 테니까요. 그날 일로 그녀는 즉각적인 결단을 내렸습니다. 제가 랜덜스를 떠난 것을 알자마자 주제넘은 엘턴 부인의 제안을 수락한 것이었어요. 그건 그렇고 엘턴 부인이 그녀를 대하는 태도를 볼 때마다 저는 가슴 깊이 적개심과 분노를 느끼게 됩니다. 하지만 제게 과분할 만큼 넘치게 주어진 용서의 정신을 생각한다면 누군가에게 미움을 품어서는 안 되겠지요. 그렇지 않았더라면 엘턴 부인의 몰상식한 행동에 대해 가차 없이 비난을 퍼부었을 겁니다.

'제인'이라니요! 어머니 앞에서조차 제가 그녀를 그 이름으로 부른 적이 없다는 걸 아실 겁니다. 엘턴 부부가 자기들이 우월하다는 착각 속에 빠져서 굳이 여기에 다시 옮길 필요조차 없는 그 무례함으로 서로 주거니 받거니 그녀의 이름을 불러대는 걸 들으며, 제가 얼마나 괴로웠을지 생각해보십시오. 제가 이러는 걸 조금만 참아주십시오, 거의 끝나가니까요. 아무튼 그녀는 저와 완전히 헤어질 결심으로 엘턴 부인의 제안을 받아들였고, 다음 날 제게 이제 다시는 만나지 말자고 편지를 보냈습니다. 그녀는 우리의 약혼이 서로에게 괴로움과 후회의 원천이 되고 있다면서 파혼하자고 하더군요. 이 편지는 가엾은 외숙모가 돌아가시던 날 아침에 제게 도착했습니다. 저는 한 시간 내에 답장을 썼지만 워낙 마음이 혼란스러웠던 데다 그날 위급한 일들이 연달아 생기는 바람에 다른 편지들과 함께 그 답장을 부치지 않고 책상서랍에 넣어두고는 잊어버린 겁니다. 그리고 몇 줄 안 되긴 하지만 그녀를 만족시킬 만한 충분한 답변을 했다고 생각한 채 마음을 놓고 있었습니다. 그러고는 그녀에게서 답장이 빨리 안 와서 다소 실망스러웠지만 그것은 그럴 만한 이유가 있거나, 아니면 너무 바쁜 거라고 생각했습니다. 사실 트집을 잡기에는 제가 너무 들떠 있었다고 말해도 될 것 같습니다. 그때 저희는 윈저로 옮겨 갔고 그로부터 이틀 뒤에 그녀에게서 한 통의 소포가 왔습니다. 그 안에는 제가 지금까지 보냈던 편지들이 모두 다 들어 있더군요! 그리고 그녀가 마지막으로 보낸 편지에 대해 단 한 줄의 답도 보내지 않은 데대해 대단히 놀랐다는 얘기와 함께, 이런 일에 있어 침묵이 뭘 의미하는지는 명백하며 관련된 일은 가능한 한 빨리 처리하는 게 좋다고 판단되니, 이제 안전한 전달 수단을 통해 제가 보낸 모든 편지들을 돌려보낸다는 말이 적혀 있었습니다. 그러면서 자신의 편지를 곧바로, 그러니까 일주일 안으로 하이버리로 보내줄 수 없다면 그 이후에는 브리스톨 근처에 있는 스몰리지 부인 댁으로 부쳐달라고 부탁하면서 아래에 그곳의 주소를 써놓았더군요. 제가 아는 이름과 장소였습니다.

엘턴 부인의 제안에 대해 이미 알고 있었기에 저는 즉시 그녀가 무슨 일을 벌이고 있는지 깨달았습니다. 제가 파악하고 있는 그녀의 성격과 결단력, 그리고 비밀스러움에 정확히 들어맞는 행동이었죠. 이전의 편지에서 그런 계획을 암시했다 해도 그건 그녀의 섬세한 성격에 걸맞게 아주 미묘하게만 설명되어 있었습니다. 그 어떤 일이 있어도 그녀가 저를 위협할 수 있다고는 생각하지 못했던 겁니다. 그때 제가 얼마나 큰 충격을 받았을 지 상상해보십시오. 마침내 제가 저지른 실수를 깨닫게 되기까지 우편배달부의 실수라고만 여기고 얼마나 격분했을지 생각해보세요. 이제 어떻게 해야 하나? 답은 한 가지였습니다. 외삼촌에게 말씀을 드리는 것이었죠. 저는 외삼촌의 허락 없이는 그녀가 제 말에 다시 귀를 기울이지 않을 거라는 걸 잘 알고 있었습니다. 그래서 말씀드리게 된 겁니다. 다행히 상황은 제게 유리한 편이었습니다. 최근에 있었던 일 때문에 외삼촌의 자존심이 많이 누그러져 있었고, 제 예상보다 저의 상황을 빨리 받아들이고 승낙해주셨습니다. 그러고는 가엾게도 깊은 한숨을 내쉬면서 자신이 그랬던 것만큼 결혼 생활에서 많은 행복을 누리길 바란다고 하셨습니다. 전 그 말을 들으면서 행복에는 여러 종류가 있다는 걸 새삼 느끼게 되었습니다. 지금 혹시 모든 게 위험에 내몰린 가운데 외삼촌에게 말을 꺼내기까지 제가 얼마나 마음고생을 했을지 가엾게 여기시는 건 아니겠지요? 아니, 하이버리에 가서 제가 그녀를 얼마나 아프게 만들었는지 눈으로 보기 전까지는 절 불쌍히 여기실 필요가 없습니다. 병색이 완연한 그녀의 수척한 얼굴을 보기 전까지 전 동정을 받을 수가 없었으니까요.

하이버리에 도착했을 때는 제가 알기로, 그 집 식구들이 늦은 아침 식사를 하는 시각이었습니다. 그녀가 혼자 있을 가능성이 높다고 생각했는데 예상했던 그대로였습니다. 그리고 마침내 거기 간 목적을 달성할 수 있었지요. 그러기 위해서는 저에 대한 지극히 당연하고도 이성적인 강한 불신을 씻어내야 했지만 저는 그녀를 설득했고, 이제 화해해 어느 때보다 서로를 더 깊이 사랑하게 되었습니다. 이제 우리 사이에는 더 이상 불화가 생기지 않을 것입니다. 이제 편지를 마쳐야겠군요. 하지만 그 전에 어머니가 제게 보여주신 친절에 대해 수천 가지 감사를, 그리고 그녀에게 보여주실 따뜻한 배려에 대해서는 그보다 몇 곱절의 감사를 드린다는 말씀을 드리고 싶습니다. 제가 어떤 면에서 분에 넘치게 행복하다고 생각하신다면 그 생각에 동의합니다. 언젠가 W양은 저를 행운아라고 하더군요. 그녀의 말이 맞기를 바랍니다. 한 가지 점에서 제가 행운아라는 사실은 의심할 여지가 없는 것 같습니다. 바로 제 이름을 아래와 같이 서명할 수 있다는 점에서 그렇습니다.

> 7월에 윈저에서
> 사랑과 감사를 담아 당신의 아들,
> F. C. 웨스턴 처칠

51

이 편지는 확실히 에마의 감정에 큰 영향을 주었다. 이전에 단호하게 결심하고 있었던 적개심은 어느새 사라지고, 웨스턴 부인이 예상한 대로 다른 평가를 내리게 된 것이다. 에마 자신의 이름이 나오는 대목부터는 도저히 억누를 수 없을 정도였다. 그녀에 관련된 문장 하나하나가 흥미로웠고 거의 모든 내용에 고개가 끄덕여졌으며, 이러한 영향력이 가신 뒤에도 내용은 여전히 머릿속에 남아 편지를 쓴 사람에 대한 호감이 자연스레 되살아났다. 편지를 단숨에 끝까지 읽은 그녀는 그의 잘못이 아니라고 할 수는 없지만, 그래도 생각처럼 그가 나쁘지만은 않다는 생각이 들었다. 게다가 그도 고통을 겪었고 미안한 마음을 갖고 있었으며 웨스턴 부인에게 고마워하고 페어팩스 양을 깊이 사랑하고 있는 게 보였으며, 에마 자신도 지금 너무 행복한 상태라 냉정한 마음을 가질 수가 없었다. 지금 이 순간 그가 방에 들어선다면 따뜻한 악수도 나눌 수 있을 것 같았다.

에마는 그 편지에 대해 너무 흡족하게 생각한 나머지 나이틀리 씨가 다시 들렀을 때 그 편지를 한번 읽어보기를 바랐다. 웨스턴 부인도 나이틀리 씨같이 프랭크 처칠의 비난할 만한 점을 많이 본 사람에게라면 더욱더 그 편지를 보여주고 싶어할 거라는 생각이 들었다.

"기꺼이 읽어보지요."

그가 말했다.

"하지만 꽤 길어 보이니 집에 가져가서 밤에 읽겠소."

하지만 그렇게 할 수는 없었다. 웨스턴 씨가 저녁 때 들르기로 했는데, 그때 그 편에 편지를 돌려보내야 했기 때문이었다.

"당신과 이야기를 나누고 싶은 마음이 더 크지만, 꼭 읽어야 한다면 그렇게 하지요."

그는 읽기 시작했으나 곧바로 고개를 들어 이렇게 말했다.

"에마, 몇 달 전에 이 친구가 그의 새어머니에게 쓴 편지를 읽어볼 기회가 있었다면 내가 이렇게 무관심한 반응을 보이지는 않았을 거요."

그는 좀 더 읽다가 빙그레 웃음을 지었다.

"흠! 세련된 찬사의 말로 시작하는군. 하지만 이게 그 친구의 방식이고 다들 나름의 기준이 있는 법이니까 비난할 필요는 없지."

그러더니 이렇게 덧붙였다.

"읽으면서 떠오르는 생각을 바로바로 말로 하는 게 자연스러울 것 같은데 어떻소? 그렇게 하면 당신이 내 옆에 있다는 것도 느낄 수 있으니까. 낭비하는 시간도 줄어들 거고요. 하지만 당신이 원하지 않는다면……."

"아니, 저도 좋아요."

나이틀리 씨는 좀 더 빠른 속도로 편지를 읽어 내려가기 시작했다.

"이 부분은 어물쩍 넘어가려 하고 있군. 바라는 걸 위해 잘못이라는 걸 알면서도 유혹에 넘어가 놓고, 그 행동에 대한 정당한 이유는 들지 않고 있어…… 좋지 않아…… 애초 약혼을 하지 말았어야지…… '아버지의 기질'을 물려받았다는 얘기를 하고 있는데 그의 아버지는 엄연히 그와는 다르지. 웨스턴 씨의 낙천적인 성품은 그의 올바르고 명예로운 행동에 축복과도 같은 것이라 그분이 누리는 현재의 모든 안락함은 받아 마땅한 거지……. 이건 맞는 말이야. 페어팩스 양이 올 때까지 그는 여기 오는 걸 미뤘지."

여기서 에마가 덧붙였다.

"그에게 그럴 마음만 있다면 빨리 왔을 거라고, 당신이 그때 얼마나 확신 있게 얘기했는지 잊지 않고 있어요. 그 부분에 대해 아무 말 없이 넘어가셨지만 당신 말이 전적으로 옳았어요."

"내 판단력이 그렇게 공정했다고는 볼 수 없어요, 에마. 하지만 당신이 나서지 않았다면 나는 지금까지도 그에 대한 불신을 거두지 않고 있었을 거요."

그는 우드하우스 양에 관한 이야기가 나오는 곳부터는 자신도 모르게 소리 내어 읽기 시작했다. 그녀에 관한 대목마다 내용에 따라 미소를 짓거나 얼굴을 찡그리거나 고개를 흔들거나 혹은 한두 마디의 동의나 거부감을 드러냈고, 어떤 경우에는 그저 단순한 애정의 말을 덧붙이기도 했지만, 잠시 생각하더니 심각한 표정으로 이렇게 결론지었다.

"아주 안 좋군요. 물론 이보다 더 심할 수도 있었지만 말이요. 아주 위험한 게임을 벌인 셈이에요. 자기가 용서를 받는 데에만 집중하면서 자기 행동을 당신이 어떻게 받아들였는가에 대해서는 아무런 말이 없어요. 자기가 원하는 것에 속아 현실을 제대로 바라보지 못하고, 자신의 이익 외에 다른 것에는 신경 쓰지 않는군요. 당신이 자기 비밀을 눈치챘을 거라고 착각하면서 말이오.

생각하면 당연한 일이지! 자기 마음이 책략으로 가득하니 다른 사람들도 그럴 거라 생각하는 거죠. 비밀, 모략…… 이런 것들이 사람들의 마음을 얼마나 혼미하게 만드는지! 에마, 이걸 읽으면서 나는 우리 둘 사이의 진실과 정직이 얼마나 아름다운지 새삼 깨닫게 되네요!"

에마는 고개를 끄덕였지만, 그에게 솔직하게 털어놓을 수 없는 해리엇의 일 때문에 얼굴이 붉어졌다.

"계속 읽어보세요."

그녀는 말했다.

다시 읽기 시작한 그는 곧 이렇게 말했다.

"피아노라니! 아! 정말 그로 인한 기쁨보다는 문제가 훨씬 더 클 거라는 걸 생각하지 못한 철없는 젊은이의 행동이었지. 참으로 생각 없는 계획이었어! 여자가 원하지 않는 걸 알면서도 굳이 애정의 증거를 주고 싶어하는 남자의 마음이 나로서는 이해가 안 되는군. 게다가 그녀가 미리 알았더라면 악기를 거절했을 거라는 걸 이미 알고 있었으면서 말이야."

이어 그는 얼마간 중단하지 않고 죽 읽어나갔다. 프랭크 처칠이 자신의 행동이 부끄러운 것이었음을 고백하는 대목에 이르자, 나이틀리는 다시 말했다.

"진심으로 동감하는 바요, 젊은이. 자네는 아주 부끄러운 행동을 했지. 오랜만에 맞는 이야기를 하는군."

그다음 둘 사이에 어떻게 이견이 생겼는지, 그가 제인 페어팩스의 신념과는 정반대로 행동했던 부분에 이르러서는 좀 더 길게 평했다.

"아주 형편없군. 자기를 위해서 그녀를 아주 어렵고 불안한 상황에 몰아넣은 만큼, 그녀가 더 이상 불필요한 고통을 느끼지 않도록 보호하는 걸 가장 중요한 목표로 삼았어야 하지 않았나? 서로 그렇게 연락을 주고받으면서 자기보다는 그녀가 훨씬 더 큰 어려움을 겪었을 게 틀림없는데. 이성적이지 않은 염려라 해도 존중하는 게 마땅했는데, 그녀가 하는 걱정은 모두 합리적인 것이었잖아. 그녀가 약혼에 동의한 건 잘못이었지만, 그 때문에 형벌과도 같은 고통을 참고 있었던 거로군."

에마는 이제 박스 힐에서의 파티에 대한 대목이 가까워지고 있다는 걸 깨 닫고는 불안해지기 시작했다. 거기서 그녀가 얼마나 부적절하게 행동했던가! 그녀는 이내 수치심을 느꼈고 그가 어떤 표정을 지을지 두렵기도 했다. 하지 만 그는 침착하고 주의 깊게 읽어내려 갔고, 그녀를 잠깐 처다봤다가 마음을 아프게 할까 봐 두렵다는 듯 곧바로 시선을 돌린 걸 빼고는 아무런 말도 하지 않았다. 마치 박스 힐에서의 일은 다 잊은 것 같았다.

"우리의 친구 엘턴 부부의 무례함에 대해서는 아무리 말해도 지나치지 않 지."

그가 다음으로 한 말은 이것이었다.

"그가 화내는 것도 당연하다니. 뭐라고! 그와 완전히 헤어질 결심을 했었다! 그녀로서는 약혼이 서로에게 괴로움과 후회의 원천이 된다고 느꼈다는 거군. 파혼을 얘기했다니. 그녀가 그의 행동을 어떻게 보고 있었는지를 알 수 있게 해주는 대목이야! 흠, 그로서는 꽤나……."

"아니, 계속 읽어보세요. 그가 얼마나 고통스러워했는지 알 수 있을 거예요."

"그러길 바라오."

나이틀리 씨는 냉정하게 답하면서 편지로 다시 눈을 돌렸다.

"스몰리지라니! 이게 무슨 말이지? 아니, 이게 대체 무슨 말이오?"

"그녀는 엘턴 부인의 가까운 친구인 스몰리지 부인의 아이들 가정교사로 가 기로 했어요. 메이플 그로브에서 알게 된 이웃이라더군요. 그건 그렇고, 엘턴 부인은 이 소식을 듣고 얼마나 실망할까요?"

"지금은 아무 말 말아요, 에마. 내게 이걸 읽으라고 한 동안에는 엘턴 부인 얘기는 잠깐 참아줘요. 이제 한 장 남았으니 곧 끝날 거요. 이 친구, 참 대단 한 편지를 썼군!"

"당신이 그에 대해 좀 더 친절한 마음을 갖고 읽는다면 좋을 텐데."

"흠, 여기서는 그의 감정이 좀 제대로 표현되었군. 그녀가 앓아누운 걸 보고 는 마음이 아팠던 게지. 그러고 보니 그녀를 좋아하는 건 확실하군. '어느 때 보다 서로를 더 깊이 사랑하게 되었습니다' 라니, 그런 화해의 가치를 앞으로도 오래 기억하기를 바랄 뿐이야. 워낙 수천, 수만 갈래로 뻗어나가는 자유로운 사고방식을 가진 사람이니까. '분에 넘치게 행복하다'고? 자기도 그건 아는 모양이야. 여기엔 '우드하우스 양은 저를 행운아라고 불렀습니다' 라고 썼군. 당신이 정말 그렇게 말했소? 마무리가 훌륭해. 이렇게 해서 끝났군. 행운아라고! 당신이 그를 그렇게 불렀다고?"

"저만큼 이 편지에 만족스러워하시는 것 같지는 않네요. 하지만 그에 대한 생각이 조금은 나아지셨을 거라 생각해요. 이걸 읽고 당신도 그를 조금은 이해하게 됐을 거라고 보는데요."

"맞아요. 확실히 그렇긴 해요. 그에게는 많은 결점, 그러니까 자기중심적이고 경솔한 면이 있고 분에 넘치게 행복하다는 말에도 전적으로 동감하지만, 무엇보다 그가 진심으로 페어팩스 양을 좋아한다는 사실만큼은 의심의 여지가 없군요. 바라건대, 머지않아 그녀 옆에서 지속적으로 좋은 영향을 받아 그의 성품이 나아질 거라고 생각해요. 그러면서 자신에게 부족한 원칙에 충실한 자세와 안정감을 그녀에게서 배워나가겠지. 자 이제, 우리 다른 이야기를 하도록 하죠. 다른 일을 궁리하느라 더 이상은 프랭크 처칠을 생각할 수 없거든요. 에마, 오늘 아침 여길 나선 후로 나는 줄곧 이 한 가지 문제를 고민하고 있으니까."

이어 사랑하는 사람 앞에서조차 변함없는 나이틀리 씨 특유의 간결하고 감정이 배제된 신사다운 어조로 털어놓은 이야기는, 어떻게 우드하우스 씨의 행복에 위협을 가하지 않고 그녀와 결혼할 수 있는가에 관한 것이었다. 에마의 답은 이미 정해져 있었다. 소중한 아버지가 살아 계신 동안에는 어떤 환경의 변화도 불가능하며, 절대로 아버지 곁을 떠날 수 없다는 것이었다. 그러나 이 대답에 대해 나이틀리 씨는 일부분만을 수긍했다. 그녀가 아버지를 떠나는 게 불가능하다는 데 대해서는 나이틀리 씨도 그녀만큼이나 강한 확신을 갖고 있었지만, 그 밖에 어떤 변화도 있어서는 안 된다는 얘기에는 전적으로 동의하지 않았다. 그는 이 문제에 대해 여러모로 신중히 생각해봤다. 처음에는 우드하우스 씨가 그녀와 함께 던웰로 이사 오시게 하는 건 어떨까 생각했었다. 어느 정도 가능성이 있는 얘기라고 믿고 싶었으나, 우드하우스 씨를 잘 아는 그로서는 이 생각을 오래할 것도 없었다. 그렇게 했다가는 우드하우스 씨의 안위, 심지어는 생명까지 위험에 빠뜨릴 수 있다는 사실을 인정할 수밖에 없었다. 우드하우스 씨가 하트필드를 떠난다니! 아니, 그것은 아예 시도조차 해서는 안 될 일이었다. 하지만 그 대안으로 떠오른 계획에 대해서는 에마도 반대하지 않을 듯했다. 그것은 바로 그가 하트필드에 들어와서 우드하우스 씨가 살아 계시는 동안 함께 사는 것이었다.

그들이 함께 던웰로 옮길 가능성에 대해서는 에마도 이미 생각해 본 일이었다. 그와 마찬가지로 그 계획을 떠올렸다가 지워버렸으나, 두 번째의 대안까지는 떠오르지 않았다. 그녀는 이 대안에서 그의 애정이 얼마나 깊은지를 실감했다. 던웰을 떠남으로써 그는 지금까지 누리던 상당한 자유와 습관을 포기하게 될 것이며, 자기 집이 아닌 곳에서 그녀 아버지와 계속 산다는 건 대단한 인내가 필요할 게 분명했다. 그녀는 생각해보겠노라고 약속하면서 그에게도 다시 한번 생각해보라고 권했지만, 그는 결심이 확고하게 서 있어서 생각을 더 해도 이 문제에 대한 그의 바람이나 의견을 바꿀 수가 없다고 했다. 이미 오래 고심해 본 일이니 걱정 말라고 안심시키고, 그것을 혼자 생각해보느라 아침 내내 윌리엄 라킨스와 떨어져 산책을 했다는 것이었다.

"이런! 미처 생각하지 못한 어려움이 하나 있군요!"

에마가 외쳤다.

"윌리엄 라킨스는 이 계획을 분명 좋아하지 않을 거예요. 제 의견을 구하기 전에 먼저 그의 동의를 얻어야겠는데요."

하지만 그녀는 생각해보겠다고 아주 좋은 계획이라고 거의 승낙하듯이 말했다.

에마가 한때 그렇게 완강하게 보호하려 들었던 조카 헨리의 던웰 애비 상속권에 대해 어떤 피해가 갈지 생각하고 있지 않다는 것은 여러 가지 면에서 놀라운 일이었다. 가엾은 어린 조카에게 어떤 변화가 생길지 걱정하는 게 마땅했으나 그녀는 스스로에 대해 민망한 웃음만 지었고, 당시에는 동생이자 이모로서 당연한 걱정이라고 믿었다. 하지만 이젠 나이틀리 씨가 제인 페어팩스나 다른 누군가와 결혼하는 것에 대해 자신이 그렇게 격분했던 진짜 이유를 즐거운 마음으로 깨닫게 되었다.

결혼한 뒤에 계속 하트필드에서 살자는 그의 제안은 생각할수록 괜찮게 느껴졌다. 그가 느낄 불편에 대한 걱정은 조금씩 사그라지는 대신 그녀가 누리게 될 이점은 점점 부각되었으며, 서로에게 미칠 긍정적인 측면들이 이 계획이 가진 모든 단점들을 능가하는 것 같았다. 그녀 앞에 놓인 불안하고 무미건조한 나날을 그와 같은 동반자와 함께할 수 있다니! 날이 갈수록 우울하게 느껴졌을 그녀의 의무와 보살핌의 길을 그와 함께 걸을 수 있다면!

가엾은 해리엇이 아니었다면 에마는 지금쯤 억누를 수 없는 기쁨을 느끼고 있을 터였다. 하지만 해리엇은 이제 하트필드에조차 발길을 끊어야 했으니, 에마가 누리는 축복 하나하나에 해리엇의 고통이 맞물려 악화되는 것처럼 느껴졌다. 앞으로 에마가 열게 될 즐거운 가족 파티에도 불쌍한 해리엇은 단순히 배려하고 조심하는 차원에서라도 초대하지 않는 게 현명했다. 그녀는 모든 면에서 패자가 될 것이었다. 에마 입장에서야 앞으로 그녀가 없다고 해서 자신이 느낄 즐거움이 줄어들 것 같지는 않았다. 자기로서는 그런 모임에 해리엇이 함께하는 게 오히려 부담스럽게 느껴지겠지만, 가엾은 해리엇에게는 그런 부당하고 고통스러운 상황에 놓여야 한다는 사실이 잔인한 형벌처럼 느껴질 것이었다.

물론 시간이 지나 다른 사람에게 애정이 옮아간다면 나이틀리 씨는 분명 잊혀지겠지만, 빠른 시일 안에 그런 일이 생기리라고 기대할 수는 없었다. 또한 엘턴 씨처럼 나이틀리 씨가 나서서 그를 빨리 잊게 하는 행동을 하는 일은 절대로 없을 것이다. 항상 모두에게 친절하고 사려 깊은 나이틀리 씨에 대해 해리엇이 품고 있는 존경심이 갑자기 줄어들 리는 만무했고, 아무리 해리엇이라 해도 일 년에 세 명 이상의 남자와 사랑에 빠지기를 기대하는 것은 아무래도 지나친 일이 아닐 수 없다.

52

매우 다행스럽게 여겨지는 것은 해리엇도 에마만큼이나 서로 만나길 꺼린다는 것이었다. 편지를 주고받는 것만으로도 너무 괴로운 일인데 직접 얼굴을 마주 대해야 했다면 얼마나 더 고통스럽겠는가!

해리엇은 비난이나 겉으로 보이는 악의 없이 자신의 생각을 표현했지만, 에마는 그녀의 태도에 나름대로 원망에 가까운 감정이 자리 잡고 있다고 느꼈고, 그렇기 때문에 둘이 떨어져 있는 게 좋겠다는 생각이 더 강해졌다. 그것은 혼자만의 생각일 수도 있었지만, 그런 충격을 받고도 분개하지 않을 사람은 천사 외에는 없을 것 같았다.

이사벨라가 해리엇을 초대하도록 설득하는 데에는 아무런 어려움이 없었다. 다행히 핑곗거리를 만들어내지 않고도 초대를 부탁할 만한 충분한 이유가 있었다. 치아에 문제가 있었던 해리엇은 얼마 전부터 치과 의사에게 치료를 받고 싶어했다. 존 나이틀리 부인은 기꺼이 도움을 주고 싶어했고 건강상의 문제라면 더 말할 것도 없었다. 치과 의사와는 윙필드 씨만큼 가까운 친분 관계는 아니었지만, 그녀는 해리엇을 가까이에 두고 보살피고 싶어했다. 이렇게 언니의 승낙을 받은 뒤 에마는 해리엇에게 그렇게 제안했고, 그녀는 그 제안을 기뻐하며 받아들였다. 해리엇은 최소 2주 동안 가 있게 되었고, 거기까지는 우드하우스 씨의 마차를 타고 이동하기로 했다. 모든 이야기가 마무리되고 계획대로 이루어졌으며 해리엇은 브런즈윅 스퀘어에서 안전히 지내게 되었다.

이제야 에마는 나이틀리 씨의 방문을 제대로 즐길 수 있었다. 낙심한 친구가 매순간 가까운 거리에서 자신이 불러일으킨 고통을 견디고 있는 것을 생각하던 때에는 좀처럼 벗어나기 힘들던 죄책감에서 벗어나, 진정 자유롭고 행복하게 이야기를 하고 그의 말에 귀 기울일 수 있었다.

해리엇이 고더드 부인 댁에서 지내는 것과 런던에 가 있는 것에 대해 에마가 느끼는 차이가 비이성적인지는 몰라도, 에마는 해리엇이 런던에 머무르면서 호기심과 변화 때문에 과거를 잊고 마음을 추스르게 될 것으로 기대하지 않을 수 없었다.

에마는 해리엇으로 인한 걱정이 잠시 없어졌다고 해서 곧바로 다른 걱정거리를 만들지는 않을 셈이었다. 지금 그녀 앞에는 직접 고백해야 할 이야기, 즉 약혼 사실을 아버지에게 고백해야 하는 과제가 남아 있었다. 그렇더라도 당장은 말씀드리지 않을 작정이었다. 에마는 웨스턴 부인이 마음의 안정을 되찾을 때까지는 아직 밝히지 않기로 했다.

지금은 사랑하는 사람들에게 더 이상의 충격을 줄 때가 아니었고, 적당한 시기가 올 때까지는 조급한 마음에 휘둘리지 않을 작정이었으니, 최소한 2주간 여유롭고 평화로운 시간을 보낸 다음에 더 따뜻하고 고조된 기쁨을 자신의 것으로 마음껏 누리고 싶었다.

그녀는 30분의 여유를 이용해 페어팩스 양을 방문하는 것을 의무이자 기쁨으로 생각하기로 마음을 굳혔다. 그곳에 가야 할 뿐 아니라 그녀를 무척이나 보고 싶기도 했다. 지금 비슷한 상황에 처해 있다는 사실이 선한 동기에 더 힘을 불어넣어 주고 있었다. 혼자만 간직해야 하는 만족이겠지만, 둘의 앞에 비슷한 미래가 펼쳐져 있다는 사실 때문에, 제인이 어떤 이야기를 해도 분명 좀 더 공감하며 들을 수 있을 것 같았다.

에마는 얼마 전 박스 힐에 다녀온 후 그녀 집 앞까지 찾아갔다가 가엾은 제인이 너무 힘든 상태에 있어 만나지 못하고 돌아서면서, 고통의 원인에 대해서는 알지 못했지만 그녀를 동정했던 일이 생각났다. 이번에도 환영받지 못할지 모른다는 두려움 때문에 에마는 그들이 집에 있을 거라는 걸 확신하면서도 복도에서 기다리면서 그녀가 왔다는 걸 알리게 했다. 패티가 그 사실을 알리는 말소리가 들렸지만, 지난번처럼 베이츠 양의 수선스러운 소란이 이어지지는 않았다. 아니, 오히려 부디 올라오시라는 즉각적인 답변이 있었다. 이어 무엇으로도 에마의 방문에 대한 기쁨을 표현할 길이 없는 듯 제인이 계단으로 서둘러 나와 그녀를 직접 맞이했다. 그녀는 에마가 본 어느 때보다도 건강하고 사랑스러우며 매력적인 모습이었다. 상대에 대한 배려, 활기, 따스함까지 그녀의 얼굴이나 태도에서 부족했던 모든 것들이 지금은 다 갖춰져 있었다.

그녀는 손을 내밀며 다가와서는 나지막하지만 진심 어린 어조로 말했다.

"우드하우스 양, 이렇게 와주시다니요! 얼마나 감사한지 말로 다 표현할 수가 없네요. 진심으로 말씀드리지만, 제가 그렇게 말 한 마디 없이 지냈던 것을 부디 용서해주세요."

감격한 에마가 그 마음을 터져 나오려는 말로 전달하려는 순간 응접실에서 엘턴 부인의 목소리가 들려와 그녀는 멈칫했고, 페어팩스 양을 향한 우정과 축하를 진심 어린 악수로 표현하는 데 만족할 수밖에 없었다.

엘턴 부인은 베이츠 부인과 함께 있었다. 그러고 보니 좀 전의 평화로운 분위기는 베이츠 양이 집에 없었기 때문이었다. 엘턴 부인이 그 자리에 없었다면 더 좋았겠지만 지금 에마의 기분 같아서는 누구든 참아낼 수 있을 것 같았고, 엘턴 부인도 평상시와는 달리 그녀를 환영한 만큼 이번 만남이 별 탈없이 끝나기를 바랐다.

에마는 얼마 안 가 엘턴 부인의 심중을 꿰뚫어볼 수 있을 것 같았고, 왜 그녀가 에마와 마찬가지로 기분이 좋은지 짐작할 수 있었다. 그건 페어팩스 양의 측근이 되어 남들이 모르는 비밀을 알고 있다는 데서 오는 희열 때문이었다. 에마는 곧바로 그녀의 얼굴에서 그런 표정을 읽을 수 있었다. 에마는 베이츠 부인에게 안부를 묻고 이에 대한 대답을 듣는 척하면서, 엘턴 부인이 비밀스럽고도 뿌듯한 태도로 페어팩스 양에게 읽어주고 있던 것으로 보이는 편지를 접어 자기 주머니에 넣으면서 의미심장하게 고개를 끄덕이며 말하는 것을 지켜보았다.

"편지는 다음 기회에 마저 읽도록 하죠. 앞으로도 기회는 많으니까요. 게다가 중요한 얘기는 이미 다 들었으니까요. 저는 S부인이 사과를 받아들였고 괜찮다고 했다는 걸 알려주고 싶었을 뿐이에요. 그녀가 얼마나 편지를 잘 썼는지 봤죠. 아! 정말 얼마나 사랑스러운 분인지! 거기 갔더라면 그녀를 아주 좋아하게 됐을 텐데. 하지만 더 이상은 말하지 않기로 해요. 조심하고 신중히 처신하자고요. 쉿! 그 구절 기억나죠? 지금 갑자기 생각이 안 나네요.

숙녀에 관한 일에서는

다른 모든 것들은 자리를 양보해야 하나니

우리 경우에 숙녀라는 단어가 적용될 수 있다는 걸 현명한 사람이라면 이해할 수 있었을 거예요. 제가 꽤 들떴나 봐요. 그렇지 않나요? 하지만 S부인에 대해서라면 마음을 놓아도 돼요. 보시다시피 제 설명이 그녀의 마음을 누그러뜨렸으니까요."

그러고는 에마가 뜨개질을 하고 있는 베이츠 부인 쪽으로 고개만 돌렸을 뿐인데, 다시 거의 속삭이듯 덧붙였다.

"저는 아무 이름도 얘기하지 않았어요. 그럼요! 한 나라의 장관처럼 아주 신중히 행동했죠. 완벽하게 잘 처신했답니다."

그러자 에마는 확신할 수 있었다. 기회가 있을 때마다 반복해서 뻔히 보이게 드러내고 있었으니 눈치를 못 채려야 못 챌 수가 없었다. 모두가 함께 날씨와 웨스턴 부인에 대해 이야기를 하던 중, 엘턴 부인은 갑자기 이렇게 말했다.

"우드하우스 양, 여기 앉아 있는 우리의 멋진 친구가 많이 회복된 것 같지 않으세요? 이렇게 회복된 걸 보니 페리 선생님의 솜씨가 기막힌 것 같지 않나요? (제인을 아주 의미심장한 곁눈질로 쳐다보며) 정말이지 페리 선생님은 그녀를 놀랍도록 빨리 회복시켰지요. 오! 당신이 제가 본 것처럼 제인의 상태가 그야말로 최악이었을 때 봤더라면!"

그리고 베이츠 부인이 에마에게 뭔가 얘기하기 시작하자 다시금 이렇게 속삭였다.

"페리 선생님 외에 다른 도움에 대해서는 한마디도 하지 않았어요. 윈저에서 온 젊은 의사 선생 얘기는 한마디도 하지 말아요. 모든 건 페리 선생님의 공으로 돌려야죠."

"요사이 당신을 만나는 즐거움을 거의 갖지 못했네요, 우드하우스 양."

잠시 후 엘턴 부인은 말을 이었다.

"특히 박스 힐에서의 피크닉 이후로 말이에요. 아주 즐거운 파티였지만 뭔가 부족하다는 생각이 들었어요. 그러니까 어떤 사람들의 마음에 작은 구름이 낀 것 같다고 할까요. 적어도 제게는 그렇게 보였답니다. 제가 잘못 생각한 것일 수도 있지만요. 그래서 저는 한 번 더 시도해보고 싶다는 생각이 들었어요. 날씨가 이렇게 좋은 동안 박스 힐에 다시 한번 가는 것에 대해 두 분은 어떻게 생각하세요? 한 분도 빠짐없이 그때와 같은 사람들을 모아서 말이죠."

에마는 그때 베이츠 양이 돌아와 그녀의 인사에 화답을 하면서 신중히 말을 가려야 한다는 생각과, 모든 걸 털어놓고 싶어하는 조급함 사이에 끼어 어쩔 줄 몰라 하는 모습에 신경이 쏠렸다.

"고맙습니다, 우드하우스 양, 이렇게 친절하시다니 말로 다 표현할 수가 없어요 네, 맞아요. 우리 제인의 미래 말이죠. 어쨌든 몸은 거의 회복되었답니다. 우드하우스 씨는 어떻게 지내시나요? 정말 다행이네요. 제가 어쩔 수 없는 일이죠. 우리 주변에는 다들 좋은 분들뿐이세요. 정말 그래요. 훌륭한 청년이에요. 얼마나 다정한지. 그러니까 제 말은 친절한 페리 씨 말이에요. 제인을 얼마나 정성껏 보살펴주던지."

그리고 나서 엘턴 부인이 와 있는 데 대해 베이츠 양이 평소보다 반색하며 감사와 기쁨을 나타내는 걸 보고, 에마는 엘턴 부인이 제인에게 약간 화가 났다가 이제는 풀린 상태라는 것을 미루어 짐작할 수 있었다. 몇 마디 더 속삭이더니 엘턴 부인은 목소리를 높여 말했다.

"네, 제가 이렇게 와 있답니다. 그것도 다른 곳이었다면 사과해야 했을 정도로 오래 머물러 있었네요. 하지만 실은 제 바깥주인을 기다리는 중이에요. 인사를 하러 들르겠다고 했거든요."

"어머나! 엘턴 씨가 저희를 방문하신다고요? 정말 영광이에요! 제가 알기로 신사분들은 아침나절에 방문하는 것을 좋아하지 않는 데다, 엘턴 씨는 아주 바쁜 분이시잖아요."

"그 말은 맞는 말씀이에요, 베이츠 양. 맹세컨대 그이는 정말 아침부터 저녁까지 눈코 뜰 새 없이 바쁘답니다. 사람들이 이런저런 핑계를 대면서 그를 보기 위해 끊임없이 찾아오거든요. 시장님부터 관리인, 교구 위원들까지 항상 그의 의견을 필요로 한답니다. 그이 없이는 아무것도 할 수 없는 것 같다니까요. 저는 종종 이렇게 말하곤 해요. '정말이지, 여보, 맹세컨대 저였다면 그렇게 못했을 거예요. 제게 당신의 반만큼만 되는 방문객이 찾아왔더라도 제 붓과 악기는 벌써 다 망가졌을걸요.' 못된 일인 줄 알지만 사실 저는 그 둘을 다 용서받을 수 없을 정도로 내팽겨쳐 두고 있거든요. 최근 2주 동안은 건반 하나도 눌러본 적이 없는 것 같아요. 아무튼 그이가 오겠다고 분명히 말했어요. 네, 여러분 모두를 방문하러 일부러 말이죠."

그러더니 에마가 자기 얘기를 듣지 못하도록 손으로 입을 가리며 덧붙였다.

"아시겠지만 축하하기 위해서 말이에요. 오! 그럼요, 꼭 필요한 일이죠."

베이츠 양은 행복감에 가슴이 벅찬 듯 주위를 둘러보았다.

"그이는 나이틀리와의 볼일이 끝나는 대로 제게 오겠다고 했어요. 하지만 나이틀리와 함께 심각한 이야기를 하는 중이라서요. E씨는 나이틀리의 오른팔 같은 사람이잖아요."

에마는 억지로라도 웃어주고 싶지 않아 이렇게 물었다.

"엘턴 씨가 던웰까지 걸어서 가셨나요? 날이 꽤 무더웠을 텐데요."

"오! 아니에요. 크라운에서 정기적으로 가지는 회의예요. 웨스턴 씨와 콜 씨도 거기 있을 테지만 중요한 분들만 얘기한 거죠. E씨와 나이틀리가 거의 주도적인 역할을 하는 것으로 알고 있어요."

"날짜를 잘못 아신 것 아닌가요?"

에마가 물었다.

"크라운에서의 모임은 분명히 내일일 텐데요. 나이틀리 씨가 어제 하트필드에 오셔서 토요일에 회의가 있다고 했거든요."

"오! 아니에요. 회의는 오늘이 확실해요."

엘턴 부인은 자신이 실수한다는 게 있을 수 없는 일이라는 듯 곧바로 답했다.

"여기처럼 문제가 많은 교구는 없을 거라고 생각해요. 메이플 그로브에서는 그런 일은 들어보지도 못했었는데 말이에요."

"거기 교구는 작았으니까 그랬을 거예요."

제인이 지적했다.

"정말이지 맹세컨대, 저는 그런 얘기를 한 번도 들어본 적이 없으니 뭐라고 답할 수가 없군요."

"하지만 당신의 언니와 브래그 부인이 후원한다는 그 지역에서 유일한 학교의 학생 수가 25명도 안 된다는 걸로 보아 짐작할 수 있는 사실이죠."

"아! 똑똑하기도 하셔라, 맞는 말씀이에요. 정말 머리가 좋네요. 제인, 우리를 한데 합친다면 얼마나 완벽한 성격이 만들어질까요? 제 활기찬 성격에 당신의 신중함을 더한다면 정말 완벽할 거예요. 그렇다고 당신을 이미 완벽하게 여기는 사람이 없다는 말은 결코 아니에요. 하지만 쉿! 이제 더는 한 마디도 하지 말자고요."

하지만 그건 불필요한 주의로 보였다. 제인은 엘턴 부인이 아니라 우드하우스 양에게 뭔가 말하고 싶어하는 눈치였다. 대개는 표정으로만 그쳤지만, 그녀에게서는 예의에서 벗어나지 않는 선에서 에마를 남다르게 대하고 싶은 기색이 완연했다.

마침내 엘턴 씨가 모습을 드러냈다. 그의 부인은 활기 있는 표정으로 그를 맞이했다.

"정말이지, 저를 여기에 보내셔서 친구들에게 폐를 끼치게 하고 이제야 나타나시다니요! 하지만 당신은 제가 얼마나 순종적인 사람인지 알고 있었죠. 그래서 바깥주인이 올 때까지 꼼짝 안 하고 기다릴 거라는 걸 알고 있었던 거죠? 저는 어린 숙녀분들에게 남편에 대한 진정한 순종의 본보기로서 이렇게 앉아 당신을 기다리고 있었답니다. 이 중에 나처럼 순종을 곧 실천해야 할 사람이 있을지 누가 알겠어요."

하지만 엘턴 씨는 더위에 너무 지쳤는지 이 모든 농담을 받아들이지 못했다. 다른 숙녀들에게 간신히 예의를 차려 인사를 건네자마자, 그는 더운 날씨와 자신의 헛수고에 대해 한탄을 늘어놓았다.

"던웰에 갔더니 나이틀리가 없더군요. 정말 이상한 일이에요. 설명할 수 없는 일이죠. 오늘 아침 그에게 보낸 쪽지에 대한 답장에 따르면 1시까지는 분명 집에 있었어야 하는데."

"던웰이라고요!"

그의 부인이 소리쳤다.

"E씨, 던웰에 갔다는 얘기는 아니겠죠. 크라운을 말씀하시는 것 아닌가요. 크라운에서 모임이 있다고 했잖아요."

"아니, 아니요. 그건 내일이에요. 바로 그 일 때문에 나이틀리를 오늘 꼭 만날 일이 있었던 겁니다. 그런데 하필 이렇게 무더운 날 아침 내내 허탕을 치다니! 들에도 나가봤고 (불평 섞인 목소리로) 그것 때문에 더 힘들었던 거요. 그러고 나서 집에도 다시 가봤는데 여전히 없더군요. 기분이 몹시 안 좋았죠. 사과나 전하는 말 한 마디 없이 말이에요. 가정부는 내가 오기로 되어 있었던 것도 전혀 모르고 있더라구. 정말 알 수 없는 일이야. 그가 어디에 갔는지 아무도 모르다니. 어쩌면 하트필드나 애비 밀, 아니면 숲에 갔을 수도 있고. 우드하우스 양, 이건 정말 우리 친구 나이틀리답지 않은 일 아닙니까! 어찌된 영문인지 설명할 수 있겠어요?"

에마는 웃음을 억누르면서 정말 이상한 일이며 자신도 도무지 어떤 말을 해야 할지 모르겠다는 말만 되풀이했다.

엘턴 부인은 (남편이 겪은 일에 대해 아내로서 마땅한 분노를 표하며) 분개한 어조로 입을 열었다.

"정말 상상할 수도 없는 일이군요. 다른 사람도 아닌 당신에게 어떻게 그럴 수 있죠! 절대 소홀히 대해서는 안 될 사람에게 말이에요! E씨, 그분은 분명 뭔가 메모를 남겼을 거예요, 그렇고말고요. 아무리 나이틀리가 그렇게까지 비상식적으로 행동했을 리는 없을 텐데…… 하인들이 잊어버린 거겠죠. 분명 제 말이 맞을 거예요. 제가 몇 번 보기로도 던웰 하인들처럼 부주의하고 굼뜬 사람들이라면 충분히 그러고도 남아요. 저라면 해리 같은 하인은 절대 쓰지 않을 거예요. 호지스 부인은 또 어떻고요. 저희 집의 라이트 말에 따르면 아주 개념 없는 사람이라더군요. 라이트에게 영수증을 보내주기로 해놓고는 아직까지 감감무소식이래요."

"거기서 윌리엄 라킨스를 만났지요."

엘턴 씨가 말을 이었다.

"집 근처에서 만났는데 주인이 집에 안 계시다고 하더군요. 하지만 나는 그 말을 믿지 않았어요. 윌리엄은 어쩐 일인지 기분이 안 좋아 보였어요. 자기 주인에게 요즘 무슨 일이 생긴 건지 알 수가 없는데, 이야기도 거의 못 나눠봤다더군요. 윌리엄의 불평이야 저와는 상관없는 일이었지만 내가 오늘 꼭 나이틀리를 만나야만 할 중요한 일이 있었건만, 결국 이렇게 더운 날씨에 아무 소득 없이 먼 길을 걸었던 셈이에요."

에마는 바로 집에 가 보는 게 좋겠다는 생각이 들었다. 아무래도 그가 집에서 그녀를 기다리고 있을 가능성이 높았기 때문에, 윌리엄 라킨스는 아니더라도 엘턴 씨의 비난에서 나이틀리 씨를 구하려면 그렇게 해야만 했다.

그곳을 나서던 에마는 페어팩스 양이 자신을 아래층까지 바래다주겠다며 방을 나서는 것을 보고 몹시 기뻤다. 이 기회를 놓치지 않고 에마는 이렇게 말했다.

"그럴 기회가 없었던 게 오히려 잘된 일인지 모르겠네요. 당신이 다른 친구들에게 둘러싸여 있지 않았더라면, 저는 먼저 이야기를 꺼내 질문을 던지고 적절한 선을 넘어서는 대화를 하고 싶어졌을 거예요. 그러면 분명 무례하다고 느꼈을 거예요."

"어머!"

볼을 붉히면서 다소 주저하는 태도로 말하는 제인을 보면서 에마는 그런 모습이 평소의 침착하고 우아한 모습보다 훨씬 더 잘 어울린다고 생각했다.

"그럴 리가요. 오히려 제가 당신을 지치게 만들었을 거예요. 제게 관심을 보여주시는 것만으로도 얼마나 감사한지 몰라요. 정말이지, 우드하우스 양, (좀 더 차분한 어조로) 저 스스로 그동안 얼마나 큰 잘못을 저질러왔는지를 아는데 제가 소중히 여기는 주변 분들이 절 그 정도로 혐오스럽게 여기지 않으신다는 사실이 얼마나 큰 위안이 되는지 몰라요. 아까는 제가 말씀드리고 싶은 것의 반도 얘기할 시간이 없었어요. 제 행동에 대해 사과하고 변명하고 간절히 용서를 구하고 싶었어요. 그게 제 의무라고 생각해요. 하지만 불행하게도, 한마디로, 그럴 마음이 드시지 않는다면……."

"아! 당신은 너무나 양심적인 사람이에요."

에마는 따뜻한 말과 함께 그녀의 손을 부여잡았다.

"제게 미안해 할 필요는 조금도 없어요. 그리고 당신이 미안하게 생각하는 모든 이들이 실은 흐뭇해하고 심지어 기뻐하고 있답니다."

"너무나 감사한 말씀이지만 당신에 대한 제 태도가 어땠는지를 제가 잘 아는걸요. 너무나도 차갑고 가식적이었죠! 언제나 저의 본모습은 숨기고 말이에요. 위선에 찬 삶이었어요! 저를 혐오스럽게 여길 수밖에 없도록 행동했던 걸 알고 있어요."

"더 이상 얘기하지 마세요. 사과는 오히려 제 편에서 해야 하는걸요. 이 자리에서 서로를 용서하자고요. 해야 할 일을 지금 여기서 하고 더 이상 시간을 낭비하지 않기로 해요. 윈저에서는 좋은 소식이 있는 거죠?"

"네, 무척이나요."

"그럼 다음 소식은, 당신을 여기서 떠나보내는 거겠네요. 이제서야 당신을 알게 됐는데 말이에요."

"오! 거기에 대해서는 아직 아무 생각도 할 수 없어요. 캠벨 대령님 부부가 오라고 하실 때까지는 여기 머무를 거니까요."

"아직 아무것도 결정할 수는 없겠죠."

에마는 미소를 지었다.

"하지만 그래도 생각은 했을 테니까요."

이 말에 답하는 제인의 입가에도 미소가 어렸다.

"맞는 말씀이에요. 생각은 해봤죠. 당신에게는 얘기하도록 할게요(당신에게는 말해도 괜찮을 거라고 생각해요). 처칠 씨와 엔스컴에서 살기로 결정되었답니다. 돌아가신 분에 대한 조의를 표하기 위해 적어도 3개월은 기다려야겠지만,

그런 후에는 더 이상 지체할 이유가 없을 거라고 생각해요."

"고마워요, 정말 고마워요. 이거야말로 제가 확인하고 싶었던 얘기예요. 오! 이렇게 결정된 모든 미래에 대해 제가 지금 얼마나 기쁜지 모를 거예요! 그럼 안녕히, 부디 안녕히 계세요."

53

웨스턴 부인의 주변 사람들은 그녀가 건강하다는 소식에 다들 기뻐했다. 게다가 그녀가 딸을 낳았다는 소식까지 전해져 에마를 더욱 기쁘게 했다. 그녀는 어린 웨스턴 양의 탄생을 확고히 바라고 있었다. 에마는 머릿속에서 벌써 그 아기를 장차 이사벨라의 아들 중 한 명과 짝지어줄 생각까지 하고 있다는 걸 인정하려들지는 않았지만, 아기 아빠와 엄마에게는 확실히 딸이 더 좋을 거라고 생각했다. 웨스턴 씨가 나이를 먹어 앞으로 십 년 뒤에도 난롯가에서 아이가 가져다주는 활기와 끊임없는 공상이 넘쳐흐른다는 사실이 큰 즐거움이 될 것이었다. 웨스턴 부인으로 말하면 딸이 그녀에게 무엇보다 소중한 존재가 될 거라는 건 명백한 사실이었고, 그녀처럼 누군가를 가르치는 데 탁월한 사람이 그 재능을 썩힌다는 건 안타까운 일이었다.

"그녀는 저를 가르쳐봤다는 이점을 가지고 있어요."

에마는 말을 이었다.

"《애델과 테오도르》[7]에서 알만 부인이 오스탈리스 백작 부인을 가르쳤던 것처럼 말이지요. 이제 우리는 그녀의 어린 애들레이드가 저보다 완벽한 계획 아래 교육받는 걸 보게 될 거예요."

"그러니까 웨스턴 부인이 자기 딸에게는 에마 당신에게 했던 것보다 더 응석을 받아주면서 단지 자신이 그러는 줄 전혀 모를 거라는 얘기군요. 그게 유일한 차이겠네요."

나이틀리 씨가 답했다.

---

7) 프랑스의 소설가이자 교육가인 장리스 부인의 소설.

"가엾어라!"

에마가 외쳤다.

"그랬다가 그 어린아이가 자라서 어떻게 되겠어요?"

"그리 심각한 일은 아니죠. 수많은 사람들이 겪는 과정이에요. 어린 시절에는 좀 문제가 있더라도 자라면서 스스로 바로잡아 나갈 거예요. 에마, 버릇없이 자란 아이들에 대해 내가 갖고 있던 비판적인 생각들이 요즘에는 모두 사라지고 있어요. 모든 행복의 근원을 당신에게 두고 있는 내가, 그런 아이들에게 무정하게 군다면 그야말로 배은망덕한 행동이 아니겠소?"

에마는 웃으면서 답했다.

"하지만 남들이 제 버릇을 망치는 걸 막으려고 하신 당신의 노력에 저도 도움을 받았는걸요. 그런 도움이 없었다면 저 혼자서 행동을 바로잡을 수 있었을지 의문이에요."

"그런가? 하지만 나는 그랬을 거라고 확신하고 있소. 당신의 타고난 이해력에 테일러 양이 여러 가지 원칙을 가르쳐주었으니까, 혼자서도 분명히 잘해냈을 거요. 내가 끼어들어서 아마 도움보다는 피해를 주었을 확률이 높아요. 당신이 '무슨 권리로 절 가르치려 드세요?' 그러면서 반기를 드는 것도 당연했지. 그것도 내 생각으로는 그리 현명하지 못한 방법으로 훈계하려 들었으니까. 나는 아무래도 당신에게 어떤 도움도 되어주지 못한 것 같아요. 도움을 받은 사람은 당신을 남모르게 애정의 대상으로 삼은 내 자신이었으니까. 이런저런 결점과 실수가 눈에 보이는데도 당신을 떠올릴 때마다 흠모하는 감정을 누를 수 없었고, 당신이 열세 살 되던 무렵부터는 아마 사랑에 빠졌던 것 같으니까."

"당신은 분명히 제게 큰 도움을 주셨어요!"

에마는 외쳤다.

"당시에는 그걸 인정하려고 하지 않았지만 당신에게서 올바른 영향을 받았던 적이 꽤 자주 있었는걸요. 당신이 제게 큰 도움을 주셨다는 데에는 의심의 여지가 없어요. 그리고 만일 어린 애나 웨스턴이 버릇없이 자라게 된다면 제게 하셨듯이, 그 아이에게도 훈계를 하시는 게 당신이 해야 할 고귀한 역할이라 생각해요. 물론 그 아이가 열세 살이 되었을 때 사랑에 빠지는 것만 빼고요."

"당신은 어린 소녀였을 때부터 얼마나 자주 도전적인 눈길로 내가 안 된다고 하는 어떤 일에 대해 '나이틀리 씨, 저는 이러이러한 일을 할 거예요. 아빠가 해도 된다고 하셨어요.' 아니면 '테일러 양이 허락하셨어요.'라고 말했는지 알아요? 그럴 때마다 내가 끼어 드는 것이 당신에게는 한 번이 아니라 두 번의 죄책감을 느끼게 했을 거요."

"제가 생각해도 저는 정말 깜찍한 아이였네요! 제가 했던 말 한 마디 한 마디를 나이틀리 씨가 그렇게 상세하게 기억하시는 것도 무리는 아니에요."

"당신은 항상 나를 '나이틀리 씨'라고 불렀어요. 습관이 되어서 이제 그렇게 딱딱하게 들리지는 않았지만, 어쨌든 그건 격식을 차린 호칭이잖아요. 이젠 나를 뭔가 다른 이름으로 불렀으면 좋겠는데, 뭐가 좋을지는 모르겠군."

"한번은 10년 전쯤에 화가 나서 당신을 '조지'라고 호칭한 적이 있었죠. 기분을 상하게 만들려고 한 거였는데, 별로 기분 나빠 하시지 않는 것 같아서 다시는 그 이름으로 부르지 않았죠."

"이제부터 나를 '조지'라고 부를 수는 없을까?"

"어머, 그럴 수는 없어요! '나이틀리 씨' 외에 다른 이름으로는 절대 부를 수 없을 것 같아요. 엘턴 부인이 하는 우아한 약칭을 흉내 내서 K씨라고 부를 수도 없는걸요. 하지만 이건 약속할게요."

그녀는 수줍은 웃음을 지으며 곧바로 덧붙였다.

"한번은 이름으로 부른다고 약속드릴게요. 언제라고는 말하지 못하겠지만 아마 언제가 될지는 짐작할 수 있을 거예요. N씨가 M양을 영원히 맞아들이는[8] 그 건물 안에서 말이에요."

에마는 한 가지 중요한 일, 바로 해리엇 스미스와의 사이에 대해서 그에게

---

8) 〈성공회 공통 기도서〉의 결혼 예식에 관한 장에 나온 표현을 암시한 것으로, 신랑과 신부를 각각 알파벳 N과 M으로 지칭한다.

털어놓고 얘기할 수 없다는 게 마음이 아팠다. 그에게 조언을 구한다면 그의 뛰어난 지각에 도움을 받아 더 이상의 어리석은 짓을 저지르지 않을 수 있을 것이었다. 하지만 그건 너무 민감한 문제였다. 그녀는 도저히 그 이야기를 꺼낼 수 없었다. 두 사람 사이에 해리엇 이야기는 거의 언급되지 않았다. 나이틀리 씨 입장에서는 어쩌면 단순히 해리엇 생각을 안 하기 때문이었을지 모르지만, 에마는 나이틀리 씨가 둘의 애정이 예전 같지 않다는 걸 눈치채서 일부러 그 얘기를 피하는 것이라는 생각이 들었다. 확실히 여느 때 같았으면 두 사람은 이런 상황에서 좀 더 자주 연락을 주고받고, 지금처럼 이사벨라 언니의 편지만으로 소식을 접하는 데에 만족하지는 않았을 것이었다. 나이틀리 씨도 그런 점을 이미 눈치챘을지 모를 일이었다. 그에게 뭔가를 숨겨야 한다는 고통은 해리엇을 불행하게 만들었다는 죄책감 못지않게 견디기 힘든 것이었다.

이사벨라는 그녀 집에 묵고 있는 손님의 근황을 매우 충실히 전해 주었다. 해리엇이 처음 도착하던 날은 뭔가 우울해 보였는데, 그건 치과에 가기 전에 느낄 수 있는 걱정 때문으로 생각할 수 있었다. 하지만 치료가 끝난 뒤에는 그녀가 알던 예전의 해리엇과 다름없는 모습이 된 것 같다고 했다. 물론 이사벨라 언니의 관찰력이 그다지 뛰어나지는 않지만, 해리엇이 아이들과 예전만큼 활기차게 놀아주지 않았다면 그걸 눈치 못 챌 정도는 아니었다. 에마의 마음은 한결 가벼워졌고, 해리엇이 거기 더 오래 머무르지 않을까 하는 희망을 가지게 되었다. 다행히 처음에 예상했던 2주가 한 달까지는 연장될 수 있는 상황이 되었다. 존 나이틀리 부부가 8월에 하트필드를 방문할 계획이라 그때까지 머물다가 함께 오자고 제안했다는 것이었다.

"존은 당신 친구 얘기는 한 마디도 쓰지 않았네요."

나이틀리 씨가 말했다.

"여기 그의 답장이 있으니 원한다면 읽어봐요."

그건 나이틀리 씨가 동생에게 자신의 결혼 계획을 알린 편지에 대한 답변이었다. 에마는 해리엇 얘기가 없다는 말에는 아랑곳하지 않고 형부가 뭐라고 썼는지 보고 싶은 마음에 다급하게 편지를 받아 들었다.

"존은 형제로서 내 행복을 기원해줬어요."

나이틀리 씨가 말을 이었다.

"당신에게도 가족으로서 깊은 정을 갖고 있지만 그는 워낙 칭찬을 할 줄 모르는 성격이라 거창한 축하 인사를 생략했으니, 아마 다른 젊은 여성이었다면 그를 냉정하다고 생각했을 거요. 하지만 당신이 존의 편지를 보는 데 대해서는 걱정할 필요가 없다고 생각해요."

"분별력 있는 사람답게 편지를 썼네요."

편지를 다 읽은 에마가 입을 열었다.

"저는 형부의 이런 솔직함을 존중해요. 형부는 이번 약혼이 제게 행운이라고 생각하면서도, 시간이 지나면서 제가 당신의 애정을 받을 만하게 성장해 갈 것이라는 기대를 감추지 않았네요. 사실 형부가 이것과 전혀 다르게 이야기를 했다면 저는 그 말을 믿지 않았을 거예요."

"에마, 그런 뜻으로 한 이야기는 아니었어요. 존은 단지……."

"우리 둘의 격차에 대한 형부와 제 생각에는 별 차이가 없어요."

진지한 미소를 지으며 그녀가 가로막았다.

"우리가 이 문제에 대해 예의를 차리지 않고 허심탄회하게 털어놓을 수 있게 된다면, 아마 형부가 알고 있는 것보다 그 격차가 훨씬 더 작다는 걸 알게 될 거예요."

"오, 에마."

"하지만 말이죠!"

그녀는 활기차게 외쳤다.

"당신 동생이 제게 너무 심하게 말했다고 생각하신다면, 저희 아버지가 우리의 비밀을 듣고 어떤 말씀을 하실지 한번 기다려보세요. 확신하건대, 아버지는 당신에게 훨씬 더 심하게 말씀하실걸요. 아버지는 제가 훨씬 더 뛰어나기 때문에 당신이 모든 행복과 이득을 누리게 될 거라고 생각하실 거예요. 아버지가 당장 저를 '가엾은 에마'라고 부르지 않으셨으면 좋겠는데, 아버지는 워낙 마음이 약해서 동정심도 그 정도로밖에 표출하지 못하세요."

"아!"

그는 외쳤다.

"당신 아버지가 존의 반만큼이라도 쉽게 납득하셨으면 좋겠소. 누가 더 낫다고 할 것 없이 우리 둘이 함께 있는 게 행복하다는 사실을 말이에요. 존이 보낸 편지의 한 구절이 특히 흥미로웠는데, 그 부분을 당신도 느꼈나요? 내 편지를 받고 그렇게 놀라지는 않았다는, 내게서 이 소식을 곧 듣게 될 거라고 예상했었다는 대목 말이요."

"제가 이해하기로는 당신이 결혼할 생각을 하고 있었다는 걸 얘기한 것 같은데요. 저에 대해서는 전혀 예상치 못하고 있었던 것 같았어요."

"그건 그래요. 하지만 존이 내 감정을 눈치챘다는 게 놀랍다는 거요. 뭘 보고 알았을까? 최근 내가 결혼 생각을 하고 있다고 내비칠 만한 기색이나 말을 한 적은 없는데 말이오. 아무튼 그렇게 예상을 하고 있었다는 거로군. 아마 이번에 동생 집에서 지내면서 내가 평소와는 다르다고 생각할 수 있었을 것 같아요. 내 생각으로도 조카들과 여느 때처럼 많이 놀아주지 않았거든요. 어느 날 저녁인가는 조카들이 나더러 '큰아빠는 요즘 매일 피곤해 보여요' 라고 했던 게 생각이 나는군."

다른 사람들에게 비밀을 알려야 할 시기가 점점 다가오고 있었다. 웨스턴 부인이 우드하우스 씨의 방문을 받아들일 수 있을 만큼 몸이 회복되자, 에마는 이 일을 아버지에게 먼저 얘기하고 그다음 랜들스에 알리기로 결심했다. 하지만 아버지에게 이 일을 어떻게 말씀드려야 할까! 나이틀리 씨가 없는 동안 에마가 직접 말씀드려야만 했다. 그렇지만 혹시 일단 말을 꺼내려다가 도저히 더 이상 말을 이을 수 없어 주저하다가 미룰 수도 있었다. 그렇게 되면 나이틀리 씨가 와서 이야기를 마무리지어 주기로 했다. 그녀는 말을 해야 했고 그것도 가능하면 밝은 표정으로 얘기해야만 했다. 그녀가 감상적인 어조를 사용한다면 아버지에게는 마치 비극이 결정된 것처럼 들릴 것이기 때문이다. 불행인 것처럼 느끼시지 않도록 신경을 써야만 했다. 최선을 다해 유쾌한 표정으로 그녀는 아버지에게 뭔가 특별한 일이 일어났다고 말문을 연 다음, 아버지가 동의하고 허락하신다면—모두가 더 행복해질 수 있는 계획이기 때문에 아버지가 분명 그렇게 해주실 것으로 확신하지만—그녀와 나이틀리 씨가 결혼할 생각이며, 그 경우 하트필드에 아버지가 딸들과 웨스턴 부인 다음으로 사랑하는 식구가 한 사람 더 늘어나는 거라고 말씀드렸다.

불쌍한 우드하우스 씨! 처음에는 그 소식에 엄청난 충격을 받은 우드하우스 씨는 딸을 설득하기 위해 노력했다. 그는 절대 결혼하지 않겠다던 에마의 결심을 거듭 돌이키려고 애썼고 독신으로 지내는 게 그녀에게 훨씬 행복할 것이라고 하면서, 가엾은 이사벨라와 가엾은 테일러 양의 이야기를 꺼내기도 했다. 하지만 소용이 없었다. 에마는 다정하게 그에게 매달리면서 미소 띤 얼굴로 어쩔 수 없는 일이라고 하면서, 결혼한 뒤 정말 안타깝게도 하트필드를 떠나야 했던 이사벨라 언니나 웨스턴 부인과 자신의 경우는 다르다는 점을 강조했다. 그러면서 자기는 하트필드를 떠나지 않고 여기에서 살 것이며, 식구 수라든지 생활의 편안함을 놓고 봐도 변화는 좋은 쪽으로만 생길 것이라는 점, 이 변화에 일단 익숙해지고 나면 아버지도 나이틀리 씨를 곁에 두는 게 얼마나 더 좋을지를 말씀드렸다. "아버지도 나이틀리 씨를 좋아하시잖아요?" 에마는 아버지가 그 점을 부인하시지는 않을 거라고 확신했다. "나이틀리 씨만큼 사업상의 이야기를 상의하기에 좋은 분이 어디 있겠어요? 아버지에게 많은 도움을 주고 편지를 기꺼이 써주는 분이 또 누가 있겠어요? 그분만큼 항상 쾌활하고 아버지를 잘 챙기면서 각별하게 대해주는 사람이 또 누가 있을까요? 그런 분을 항상 곁에 두고 싶지 않으세요?" 우드하우스 씨는 다 맞는 말이라면서 고개를 끄덕였다. 나이틀리 씨는 언제 찾아와도 반가운 사람이었고, 더욱이 매일 본다면 아주 좋을 것이었다. 하지만 이미 매일 보고 있는데, 지금까지처럼 그렇게 지내면 안 되냐며 우드하우스 씨는 반문했다.

우드하우스 씨는 바로 받아들이려 하지 않았지만, 최악의 순간은 지나갔다. 일단 말을 했으니 나머지는 시간과 계속되는 설득이 해결해줄 문제였다. 에마의 간청과 설득에 이어 나이틀리 씨가 에마에 대한 애정이 담긴 찬사를 하면서 그 문제에 대해 우호적인 분위기가 형성되었다. 우드하우스 씨는 적당한 기회가 생길 때마다 두 사람으로부터 이 문제에 대한 이야기를 듣는 것에 곧 익숙해졌다. 그뿐만 아니라 이사벨라도 강력한 찬성의 뜻을 담은 편지를 보내 가능한 모든 지원을 아끼지 않았고, 웨스턴 부인도 처음 이 일을 들었을 때부터 몹시 이상적인 반응을 보였다. 처음에는 이미 정해진 사실로서, 그리고 두 번째로는 환영할 만한 사건으로 받아들였을 뿐 아니라, 이 두 가지 사항을 우드하우스 씨에게도 각인시켜야 한다는 점을 잘 인식해주었다. 이 문제는 장차 일어날 일로 받아들여졌고, 우드하우스 씨가 신뢰하는 모두가 이번 일로 그가 더 행복해질 것이라고 확신시켜준 데다, 그 자신도 다소 그런 생각이 들고 사람들의 얘기에 거의 고개를 끄덕일 정도가 되었다. 그러면서 언젠가 1, 2년 정도 지난 뒤에 둘이 결혼한다고 해도 그렇게까지 나쁜 일은 아닐지 모르겠다는 생각을 하기 시작했다.

이번 사건에 대해 웨스턴 부인은 우드하우스 씨에게 조금도 꾸밈없이 자기 생각을 있는 그대로 전했다. 에마에게서 처음 그 얘기를 듣고는 처음에는 크게 놀랐으나, 차츰 모두에게 잘된 일이라는 걸 깨닫게 되어 우드하우스 씨에게도 조금도 주저 없이 이번 일을 허락하시라고 말씀드릴 수 있다고 했다. 그녀는 더없이 소중한 에마의 짝이 될 만하다고까지 생각할 정도로 나이틀리 씨를 높이 평가하고 있으며, 모든 면에서 매우 적절하고 이상적이며 보기 드문 결합이고, 가장 중요한 것은 서로 더없이 잘 어울리는 남녀가 만났다는 점에서 최고의 행운이라고 했다. 그렇기 때문에 지금 생각해보니 에마에게 가장 이상적인 상대를 만난 것이고, 웨스턴 부인은 자신이 이런 결합을 미리 생각해 오래전부터 바라지 않았던 게 너무 어리석게 느껴진다고 털어놓았다.

에마에게 청혼할 수 있을 정도의 삶을 누리고 있는 남자 중에 자기 집을 버리고 하트필드로 옮겨 오겠다는 사람이 과연 몇이나 되겠는가! 나이틀리 씨처럼 우드하우스 씨를 잘 알고 견디면서 한집에서 편안하게 지낼 수 있는 사람이 또 어디에 있겠는가. 사실 웨스턴 부부가 아들 프랭크와 에마의 결혼을 계획하던 때에도 가엾은 우드하우스 씨를 어떻게 보살필 것인지가 가장 어려운 문제였다. 엔스컴과 하트필드, 그 각각의 필요를 조정하는 게 쉽지 않은 장애물이었던 것이다. 이에 대해서는 남편보다 웨스턴 부인이 그 심각성을 절감했지만, 웨스턴 씨조차도 이 말 외에는 달리 뾰족한 방법을 생각해 내지 못했다.

"이런 일은 자연히 해결되는 법이에요. 젊은이들이 그 방법을 찾아내겠죠."

하지만 이번 경우에는 앞으로의 일을 대략 점쳐봤을 때 문제될 게 아무것도 없었다. 모든 게 적절했고 낙관적이었으며 동등했다. 어느 편에서도 희생이라는 이름을 붙일 만한 대가를 치르지 않아도 됐다. 실로 최고의 행복을 약속해주는 결합이라 할 만했고, 그걸 반대하거나 지연시킬 만한 어떤 실질적이거나 합리적인 어려움도 존재하지 않았다.

아기를 안은 채 이런 생각에 잠겨 있는 웨스턴 부인은 지금 세상 누구보다도 행복한 여성이었다. 앞으로 그녀의 이런 기쁨을 더해 줄 것이 있다면, 아기가 태어나서 처음 썼던 모자가 금세 작아지고 이렇게 하루하루 커가는 모습을 보는 것이었다.

그 소식은 퍼지는 곳마다 놀라움을 불러일으켰다. 웨스턴 씨 역시 처음 5분 정도는 놀라움을 감추지 못했지만, 곧 놀라운 적응력을 발휘해 그 변화에 익숙해졌다. 그는 이 결합의 장점을 금세 파악했고 부인과 함께 기뻐했다. 하지만 그 일이 주는 놀라움은 곧 아무것도 아닌 것인 양 사라졌고, 한 시간쯤 지났을 무렵에는 마치 자신은 이미 오래전부터 이 일을 예상하고 있었던 것처럼 생각하게 되었다.

"그러니까 아직 비밀을 지켜야 하는 상황이군요."

그는 말했다.

"이런 일은 모든 사람에게 알려졌다는 게 분명해질 때까지는 항상 비밀을 유지해야 하죠. 언제든 마음 놓고 얘기해도 좋은지만 알려줘요. 그건 그렇고 제인이 눈치를 채고 있었는지 궁금하군요."

그는 다음 날 아침 하이버리에 갔고 그 문제에 있어 꽤 만족스러운 결과를 얻었다. 그녀에게 소식을 전한 것이다. 그에게는 맏딸 같은 존재가 아니던가?

그녀에게는 말할 수밖에 없었다. 게다가 마침 베이츠 양이 옆에 있었기 때문에 그 이야기가 곧바로 콜 부인과 페리 부인, 엘턴 부인에게까지 다 알려지게 된 건 당연했다. 사실 이 일의 당사자들은 이미 그런 상황에 대해 마음의 준비를 하고 있었다. 그들은 랜덜스에 처음 이 일을 알리고 나서, 그 소식이 하이버리 전체에 얼마나 빠르게 퍼져 각 가정의 저녁 식탁에서 자기들 이야기가 화제에 오를지 미리 예상하고 있었다.

그 두 사람의 결합에 대해서는 잘 어울린다고 받아들이는 경우가 대부분이었다. 어떤 사람은 나이틀리 씨에게, 다른 이들은 에마에게 행운이라고 했다. 어떤 이는 그들 모두가 던웰로 이사하고 하트필드는 존 나이틀리 가족에게 물려주는 게 어떻겠느냐는 의견을 내놓았고, 또 어떤 사람은 두 집의 하인들 사이에 갈등이 있을 거라고 예견하기도 했다. 하지만 전반적으로는 한 가정, 바로 교구 목사관을 제외하고는 별다른 이견이 없었다. 그 집 부부는 그 결혼 소식에 대한 놀라움을 누그러뜨릴 만한 어떠한 기쁨도 느끼지 못했다. 부인에 비해 이번 일에 별 관심을 보이지 않은 엘턴 씨는 단지 "그 젊은 숙녀의 대단한 자존심이 이제는 채워졌겠군" 그러면서, 그녀가 예전부터 할 수만 있다면 나이틀리를 잡고 싶어했다고 덧붙였다. 또 하트필드에서 다 같이 산다는 말을 듣고는 "내가 아닌 그래서 다행이네!"라고 대담하게 내뱉기도 했다. 하지만 엘턴 부인은 큰 충격에 빠진 모습이었다.

"불쌍한 나이틀리! 가엾어라. 그에겐 정말 안된 일이야. 정말 걱정스러워. 그가 좀 특이하긴 하지만 얼마나 많은 장점을 가진 사람인데, 어떻게 그런 관계에 휘말렸을까? 전혀 사랑에 빠진 것처럼 보이지 않았는데 말이야. 불쌍한 나이틀리, 그와의 즐거운 교류는 이제 모두 끝났군. 우리 부부가 초대할 때마다 집에 와서 저녁 식사를 하며 그가 얼마나 기뻐했는데! 하지만 이 모든 것을 이제는 기대할 수 없게 되었네. 가엾은 사람! 나를 위해 던웰로 피크닉을 가자고 제안하는 일도 더 이상은 불가능할 거야. 아, 이제는 나이틀리 부인이 그 모든 일에 찬물을 끼얹을 게 분명해. 정말 말도 안 되는 일이야. 하지만 지난번에 가정부를 욕한 건 조금도 후회하지 않아. 함께 살다니 충격적인 계획이지 뭐야. 절대 잘될 리 없어. 메이플 그로브 근처에 살던 한 가족이 그렇게 시도했다가 3개월도 못 가서 갈라섰거든."

54

시간이 흘렀다. 며칠만 더 있으면 런던의 식구들이 도착할 것이었다. 그건 두려운 변화였고, 어느 날 아침 에마는 그들이 도착하고 나면 자신에게 얼마나 많은 슬픔과 혼란이 닥칠지에 대해 생각하고 있었다. 그때 나이틀리 씨가 들어섰기 때문에 우울한 생각은 잠시 접어두기로 했다. 처음 얼마간 즐거운 담소를 나눈 뒤 그가 조용해졌다. 그러더니 그는 심각해진 목소리로 입을 열었다.

"알려줄 소식이 하나 있어요, 에마."

"좋은 소식인가요. 나쁜 소식인가요?"

그의 얼굴을 쳐다보며 에마는 재빨리 물었다.

"뭐라고 해야 할지 모르겠군."

"오, 틀림없이 좋은 소식일 거예요. 당신 얼굴을 보면 알아요. 지금 웃음을 참으려 애쓰고 있잖아요."

나이틀리는 다시 진지한 표정을 지으며 말했다.

"내가 걱정하는 건 이 이야기를 듣고 당신이 웃지 않을 것 같아서요."

"정말요? 어째서죠? 당신이 기뻐하거나 즐거워하는 일이라면 분명히 저도 기쁘고 즐거울 것 같은데요."

"우리가 서로 동의하지 않는 문제가 한 가지, 딱 한 가지가 있지요. 부디 그것 말고는 더 없기를 바라는데."

나이틀리는 잠시 말을 멈추고 다시 에마를 쳐다보며 빙그레 미소를 지었다.

"아직 모르겠어요? 기억나지 않나요? 해리엇 스미스 말이오."

해리엇의 이름을 듣는 순간 그녀의 얼굴이 발갛게 상기되었고, 뭔지 모를 두려움이 느껴졌다.

"혹시 오늘 아침 해리엇에게서 소식을 들은 거요?"

그가 외쳤다.

"분명 그런 거군요. 이미 모든 걸 다 알고 있는 거로군."

"아니요, 아무 말도 듣지 못했는데요. 저는 전혀 모르는 일이에요. 어서 얘기해주세요."

"최악의 경우를 예상해야 해요. 아주 나쁜 소식이오. 해리엇 스미스가 로버트 마틴과 결혼한답니다."

에마는 전혀 예상치 못한 얘기에 소스라치게 놀랐고 눈을 커다랗게 뜨며 외쳤다.

"설마, 그건 불가능한 일이에요."

하지만 그녀는 곧 입을 다물었다.

"정말이오."

나이틀리 씨는 말을 이었다.

"로버트 마틴에게서 직접 들은 얘기요. 30분쯤 전에 그가 다녀갔어요."

에마는 아직도 놀라움이 가시지 않은 얼굴로 그를 멍하니 쳐다보고 있었다.

"내가 두려워했던 것처럼 당신은 전혀 반기는 기색이 아니로군, 에마. 우리 의견이 같기를 바랐는데, 하지만 시간이 지나면 그렇게 될 거요. 시간이 흐르면 우리 중 하나가 생각을 바꾸게 될 테고, 그 동안에는 이 문제에 대해 굳이 많은 이야기를 나눌 필요가 없을 거요."

"잘못 생각하셨어요, 그런 게 아니에요."

그녀는 진정하려고 애쓰며 말했다.

"지금 그 상황에 대해 제가 슬퍼하는 건 아니에요. 하지만 믿을 수가 없네요. 어떻게 그런 일이 생길 수가 있죠! 설마 해리엇 스미스가 로버트 마틴을 받아들였다고 말씀하시는 건 아니겠죠? 게다가 그가 또다시 청혼을 했다는 말씀은 아니죠? 그가 그렇게 할까 생각 중이라는 말씀이신 거죠?"

"마틴은 또다시 해리엇 스미스에게 청혼을 했어요."

나이틀리 씨는 미소를 지으면서도 확고하게 대답했다.

"그리고 승락을 받았다더군."

"세상에나!"

그녀는 외쳤다.

"그랬군요."

그러고는 지금쯤 얼굴에 떠올랐을 게 분명한 기쁨과 즐거움이 뒤섞인 표정을 감추기 위해, 손에 들고 있던 반짇고리로 시선을 내리깔면서 이렇게 덧붙였다.

"자, 이제 모든 걸 얘기해주세요. 제가 이해할 수 있도록 말이에요. 도대체 언제, 어디서, 어떻게 그런 일이 일어난 거예요? 전부 다 말씀해주세요. 너무 놀라긴 했지만 슬픈 건 아니라고 분명히 말씀드릴 수 있어요. 어떻게, 도대체 어떻게 그런 일이 가능했던 거죠?"

"아주 간단한 이야기라오. 그가 3일 전에 볼일이 있어 런던에 간다고 하기에 내가 존에게 보내야 하는 서류를 그에게 대신 전해 달라고 부탁했소. 그래서 로버트 마틴은 그 서류를 존의 집까지 갖다 준 거고, 그날 저녁 애스틀리 극장에 같이 가자고 존에게 초대를 받은 거지요. 아들 둘도 함께 데려가려던 참이었기 때문에 존과 이사벨라, 헨리, 존, 그리고 스미스 양이 가게 되어 있었고, 로버트는 거절할 수가 없었던 거겠지요. 그렇게 해서 다들 아주 즐거운 시간을 보냈고, 존이 그에게 다음 날도 함께 저녁 식사를 하자고 청해 그 초대에 응한 거요. 그리고 내가 이해하기로는 거기 머무는 동안 해리엇과 이야기를 나눌 기회가 있었고, 그러다 보니 그에 따른 결실도 있었던 거요. 그녀는 마틴의 청혼을 승낙해서 그가 마땅히 누려야 할 행복을 안겨주게 된 거라오.

마틴은 어제 마차를 타고 돌아와서 오늘 아침 식사를 마치자마자 나를 찾아와 그동안 벌어진 일, 그러니까 우선 내가 부탁한 일에 대해 이야기를 마친 다음 자신에게 어떤 일이 생겼는지를 들려주었다오. 이게 당신의 질문에 대해 내가 알고 있는 전부예요. 당신 친구 해리엇을 만나면 훨씬 자세한 내막을 들을 수 있을 거요. 그녀는 오직 여자들만이 흥미롭게 만들 수 있는 언어로 이 이야기를 들려줄 테니까. 우리야 큰 줄거리만 얘기할 뿐이지. 하지만 내가 보기에도 로버트 마틴이 지금 가슴 벅찬 상태에 있다는 것만큼은 말할 수 있어요. 애스틀리 극장을 나서면서 어떻게 하다 보니 존이 이사벨라와 어린 존을 데려가게 되었고, 그는 스미스 양, 헨리와 같이 가게 되었다고 하더군요. 그런데 사람들이 몰려들어 너무 비좁아지는 바람에 자기가 스미스 양을 좀 불편하게 한 것 같다고 했어요."

그는 말을 멈췄다. 에마는 곧바로 뭐라 말할 엄두가 나지 않았다. 지금 입을 열면 자기가 느끼고 있는 비이성적일 정도의 기쁨이 드러날 게 분명했다. 잠시 기다리면서 진정하지 않으면 그가 그녀를 미쳤다고 생각할 것이다. 이런 그녀의 침묵이 그를 불편하게 했다. 얼마 동안 그녀를 관찰하던 그는 이렇게 덧붙였다.

"에마, 내 사랑, 당신은 이 상황에 대해 슬퍼하지 않는다고 말했지만, 아무래도 당신은 스스로 생각하는 것보다 큰 충격을 받은 것 같군요. 그가 처한 상황이 좋은 조건은 아니지만, 당신 친구가 만족스러워 한다는 점을 잊지 말아야 해요. 앞으로 마틴을 좀 더 알게 되면 분명히 당신 생각도 바뀔 거라고 장담하오. 그의 판단력과 원칙에 충실한 면이 당신을 만족시킬 거요. 당신 친구를 믿고 맡기기에 그보다 더 나은 남자는 없다고 봐도 좋아요. 그의 신분에 대해서는 내가 바꿔줄 수만 있다면 지금이라도 그러고 싶은 심정이라오. 이 정도면 내가 그를 얼마나 높이 평가하는지 알겠지요. 당신은 내가 윌리엄 라킨스를 너무 신임한다고 우스워했지만, 로버트 마틴에 대해서도 거의 같은 마음이라오."

그는 그녀가 고개를 들고 미소를 지어주길 바랐다. 그녀는 너무 활짝 웃지 않으려고 노력하면서 쾌활하게 대답했다.

"그 결합에 대해 절 회유하려고 애쓰실 필요는 없어요. 저는 해리엇이 아주 잘했다고 생각하는걸요. 어떻게 보면 그녀의 인맥이 그보다 더 나을 게 없다고도 할 수 있죠. 성품으로 보자면 더 말할 것도 없고요. 아까 침묵했던 건 단지 너무 놀라서였어요. 생각도 못했던 일이거든요! 전혀 예상도 하지 못하고 있었어요! 제가 보기에는 그녀가 예전보다도 그에 대해 나쁜 쪽으로 단호히 생각을 굳힌 것 같았거든요."

"당신 친구니까 당신이 제일 잘 알겠죠."

나이틀리 씨가 답했다.

"하지만 그녀처럼 온순하고 마음이 여린 아가씨가 자기한테 사랑을 고백해 오는 젊은이에게 끝까지 단호하게 행동할 수는 없을 것 같은데."

에마는 대답하면서 웃음을 참을 수 없었다.

"확실히 저 못지않게 해리엇을 잘 파악하고 있으시네요. 하지만 나이틀리 씨, 해리엇이 그의 청혼을 **받아들였다**고 정말로 확신하세요? 글쎄요, 시간이 지나면 그렇게 될 수도 있겠지만, 해리엇이 벌써 받아들였을까요? 혹시 그의 말을 잘못 이해하신 건 아닌가요? 사업부터 가축, 새로운 연장까지, 두 분이 워낙 여러 가지 이야기를 나누다 보면 그의 말을 잘못 알아들었을 수도 있잖아요. 그가 잡았다고 생각한 게 어쩌면 해리엇의 손이 아니라 암소의 앞발이지 않았을까요?"

에마는 나이틀리 씨와 로버트 마틴의 외모나 분위기가 얼마나 대조적인지 지금 이 순간 새삼스럽게 느꼈다. 게다가 해리엇이 바로 얼마 전 그녀에게 했던 말이 너무도 생생히 떠올랐다.

"아니요, 지금의 저는 마틴 씨를 마음에 품을 만큼 어리석지는 않아요."라고 힘주어 얘기하지 않았던가. 에마는 아무래도 이런 이야기가 나오기에는 아직 시기상조가 아닌가 하는 생각이 들었다. 다른 쪽으로는 도무지 생각할 수 없었다.

그러자 나이틀리 씨가 흥분한 어조로 외쳤다.

"그렇다면 내가 사람 말도 못 알아듣는 바보라는 말인가? 당신은 뭘 원하는 거요?"

"오, 저야 항상 최고의 대접을 원하죠. 그외의 것은 받아들이지 않으니까요. 그러니까 제게 직접적이고 솔직한 답을 주셔야 한다고요. 마틴 씨와 해리엇이 지금 어떤 관계인지 제대로 알고 있다고 확신하시는 거예요?"

"확실히 그렇소."

그는 힘주어 말했다.

"그가 분명히 해리엇이 자기를 승낙했다고 말했다니까요. 그의 말에는 모호하다거나 의심스러운 부분이 전혀 없었다오. 내 말이 맞다는 증거도 댈 수 있을 것 같군요. 그가 내게 이제 어떻게 하면 좋을지 의견을 구했으니까요. 그는 고더드 부인 외에는 그녀의 친척이나 친구들에 관한 이야기를 알고 있을 만한 사람이 없다고 했어요. 내 생각에도 고더드 부인을 뵙는 게 가장 좋을 것 같다고 했더니, 그가 오늘 중으로 가보겠다고 하더군요."

"대만족이에요."

비로소 에마의 얼굴이 환해졌다.

"두 사람이 행복하기를 진심으로 바라요."

"우리가 예전에 이 문제에 대해 이야기를 나눴을 때와는 당신 생각이 크게 달라졌군."

"그랬길 바라요. 그때는 제가 너무 어리석었죠."

"내 생각도 바뀌었다오. 이제는 해리엇이 가진 많은 장점들을 인정할 수 있게 되었어요. 나는 당신과 로버트 마틴을 위해 (그가 오래전부터 해리엇을 깊이 사랑하는 것으로 보였기 때문에) 그녀를 좀 더 알아가려는 노력을 기울였거든. 그동안 해리엇과 대화도 꽤 자주 나누었소. 당신도 몇 번 봤을 거요. 사실 가끔은 당신이 내가 그녀에게 불쌍한 마틴 얘기를 하며 간청이라도 하는 건가 의심하는 듯한 기색을 느꼈어요. 한 번도 그런 적은 없었는데 말이오. 아무튼 내가 관찰한 바에 따르면, 해리엇은 꾸밈없고 사랑스러운 아가씨인 게 분명했어요. 생각이 건전한 데다 가정생활의 애정과 유익함에서 자신의 행복을 찾아야 한다는 생각이 아주 진지했으니까. 그녀는 이번 일에 대해 아마 당신에게 크게 고마워하고 있을 거요."

"저에게요!"

에마는 고개를 가로저었다.

"아, 가엾은 해리엇."

하지만 그녀는 곧 말을 멈추고 자신이 받기에는 다소 과분하다 싶은 칭찬을 잠자코 들었다.

얼마 안 있어 에마의 아버지가 등장해 두 사람의 대화가 중단되었다. 그녀는 내심 반가웠다. 혼자 있을 시간이 필요하던 참이었다. 그녀의 마음은 흥분과 놀라움으로 온통 흔들리고 있어 좀처럼 집중을 할 수가 없었다. 당장이라도 춤추고 노래하며 소리치고 싶은 기분이었고, 집 안을 거닐며 혼잣말을 하고 웃음을 짓고 곰곰이 생각해 보기 전까지는 진정할 수 없을 것 같았다.

그녀의 아버지가 나타난 것은 이제는 매일 빼놓지 않는 습관이 된 랜덜스 방문을 위해 제임스가 말을 준비하러 갔다는 걸 알리기 위해서였고, 따라서 에마는 아버지와 같이 갈 준비를 해야 한다는 핑계를 대고 즉시 빠져나올 수 있었다.

지금 에마가 얼마나 큰 기쁨과 감사, 행복을 느끼고 있을지는 가히 상상할 수 있을 것이다. 해리엇이 행복을 찾음으로써 에마가 느끼고 있던 유일한 슬픔과 결함이 사라지게 되어, 에마는 너무 행복해 도리어 두려울 지경이었다. 더 이상 바랄 게 뭐가 있겠는가? 그녀보다 월등한 품성과 판단력을 지닌 나이틀리 씨에게 맞는 상대로 성장해가는 것, 그리고 과거의 실수가 앞으로 자신에게 겸손과 신중함에 대한 교훈이 되는 것 외에는 더 이상 바랄 게 없었다.

그녀가 느끼는 감사와 결심은 매우 진지한 것이었지만, 그런 가운데서도 가끔씩 속에서 배어 나오는 웃음을 막을 수는 없었다. 얼마나 순식간에 상황이 뒤바뀌었는지를 생각하자 웃음이 터져 나왔다. 불과 5주 전에 겪었던 비통한 실망감이 이렇게 다 사라지다니! 해리엇의 마음은 참으로 변화무쌍하지 않은가! 정말 못 말리는 해리엇이었다.

이제는 해리엇이 돌아오는 게 기다려졌다. 모든 것들이 기쁨을 안겨줄 것이다. 그리고 로버트 마틴을 알아가는 것도 또 하나의 기쁨이 될 것이다.

에마의 가장 크고도 진정한 행복은 나이틀리 씨에게 더 이상 뭔가를 숨기지 않아도 된다는 데 있었다. 그녀가 그토록 꺼림직하게 여겼던 모든 가면과 허위, 비밀을 이제는 모조리 벗어던질 수 있었다. 에마는 이제 자신의 기질에 맞는 온전하고 완벽한 솔직함으로 나이틀리 씨에게 다가설 것이라 기대할 수 있었다.

에마는 유쾌하고 행복한 기분으로 아버지와 길을 나서 간혹 다른 생각을 하는 가운데서도 아버지의 말에 일일이 동의했고, 랜덜스에 매일 가보지 않으면 웨스턴 부인이 실망할 거라는 아버지의 주장에도 맞장구를 쳤다.

그들이 도착했을 때 웨스턴 부인은 응접실에 혼자 앉아 있었다. 하지만 우드하우스 씨가 방문해주어 고맙다는 인사에 화답하고 아기 이야기를 채 마치기도 전에, 가까이에 있는 창문 커튼 사이로 두 사람의 모습이 언뜻 스쳐 지나갔다.

"프랭크와 페어팩스 양이랍니다."

웨스턴 부인의 말이었다.

"프랭크가 오늘 아침 도착했다는 즐거운 소식을 막 말씀드리려던 참이었어요. 내일까지 머물 예정이라서 페어팩스 양더러 오늘 우리와 함께 지내자고 했지요. 이제 곧 들어올 거예요."

30초도 지나지 않아 그들은 응접실로 들어왔다. 에마는 프랭크를 보게 되어 무척 반가웠지만, 저마다 불편한 기억들을 몇 가지 떠올리면서 약간의 어색한 기운이 감돌았다. 서로 미소를 지으며 인사를 나눈 뒤 처음 얼마간은 별달리 할 말을 찾지 못했고, 다들 자리에 앉고 나서도 뭔가 뻥 뚫린 듯 허전한 느낌이 가시지 않았다. 에마는 그녀가 오래전부터 생각해 온 프랭크 처칠을 한 번 더 만나고 싶었고, 특히 그가 제인과 함께 있는 모습을 보고 싶다는 바람이 이루어진 셈인데도 이 정도의 기쁨이 다였나 하고 의문을 갖기 시작했다. 그러나 웨스턴 씨가 그 자리에 합석하고 아기를 데려오면서 궁색한 대화나 맥 빠진 느낌은 순식간에 사라졌고, 프랭크 처칠 역시 에마에게 다가올 용기와 기회를 되찾아 말을 하기 시작했다.

"우드하우스 양, 정말 감사하다는 인사를 드리고 싶습니다. 어머니의 편지를 통해 저를 용서한다고 말씀해주신 데 대해서 말입니다. 시간이 지나면서 용서의 마음이 줄어든 건 아니길 바랍니다. 그때 말씀하신 것을 취소하는 건 아니시겠죠."

"아니, 그럴 리가요."

에마는 마침내 대화가 시작된 게 반가울 따름이었다.

"전혀 그렇지 않아요. 당신을 만나 이렇게 악수를 나누게 된 게 너무 기쁜 걸요. 이렇게 직접 축하 인사도 드리고 말이죠."

그는 그녀에게 다시 진심 어린 감사를 전한 다음, 그가 얼마나 행복하고 감사한지를 진지한 어조로 말했다.

"아주 좋아 보이지 않습니까?"

그는 제인 쪽으로 시선을 돌리며 물었다.

"예전보다 한결 나아 보이죠? 저희 아버지와 어머니가 제인을 얼마나 좋아하는지 아실 수 있을 거예요."

곧이어 그의 기분은 다시금 고조되었는데 캠벨 부부가 곧 돌아올 거라는 얘기를 마친 뒤, 그는 눈가에 웃음을 머금은 채 딕슨의 이름을 언급했다. 에마는 볼을 붉혔고 더 이상 그 이름을 얘기하지 못하게 막았다.

"그 일을 생각할 때마다 너무나도 부끄러울 따름이에요."

그녀는 털어놓았다.

"부끄러움은 전부 다 제 몫이죠."

그가 답했다.

"하지만 전혀 의심하지 못하셨나요? 그러니까 최근 들어 말입니다. 처음에는 전혀 모르셨다는 걸 알고 있지만요."

"전혀, 조금도 의심하지 못했어요."

"그것 참 놀랍군요. 한번은 거의 말할 뻔했는데, 그때 말씀드렸다면 더 나을 뻔했습니다. 제가 언제나 잘못을 하긴 하지만 이번에는 더 나쁜 잘못이었고, 제게도 아무런 이득이 되지 못했죠. 비밀을 깨고 당신에게 모든 걸 털어놓았더라면 훨씬 더 나았을 텐데."

"지금 후회할 만한 일은 아니에요."

에마는 따뜻하게 말했다.

"제 외삼촌이 랜덜스를 한번 방문해주셨으면 하는 바람이 있어요."

그가 다시 말을 이었다.

"제인을 보고 싶어하시거든요. 캠벨 부부가 돌아오시면 함께 런던에 가서 뵙고 북쪽으로 옮겨가기 전까지는 아마 그곳에 머물게 될 것 같습니다. 하지만 지금으로서는 그녀에게서 이렇게 멀리 떨어져 있으니 정말 힘든 일 아닙니까? 우드하우스 양, 화해한 날 이후로 오늘 아침 전까지 단 한 번도 못 만났으니 말이에요. 정말 제가 불쌍하지 않습니까?"

에마가 부드러운 위로의 말을 건네는 사이, 그가 갑자기 즐거운 생각이 떠오른 듯 외쳤다.

"아! 그건 그렇고 말이죠."

그러더니 갑자기 목소리를 낮춰 조심스러운 표정을 짓는 것이었다.

"나이틀리 씨는 잘 지내시죠?"

그는 대답을 기다리는 듯 말을 멈췄다. 그녀는 얼굴을 붉히며 웃었다.

"제 편지를 읽으셨다고 들었는데, 그럼 제가 당신의 행복을 기원했던 것도 기억하실 거라 생각해요. 이제 저도 축하 인사를 드려야겠습니다. 그 소식을 들었을 때 얼마나 기쁘고 흡족했는지 모릅니다. 나이틀리 씨는 제가 말로 다 칭찬할 수 없는 분이죠."

에마는 이내 마음이 흐뭇해졌고 나이틀리 씨에 대한 칭찬을 계속 듣고 싶었지만, 다음 순간 그의 마음은 그와 그의 제인에게로 향했다.

"저런 피부를 보신 적이 있습니까? 저렇게 부드럽고 투명할 수가. 그러면서도 창백하지는 않죠. 그녀를 창백하다고 할 수는 없어요. 보기 드문 피부에 짙은 속눈썹과 머리카락까지…… 어디서나 눈에 띄죠. 그야말로 타고난 숙녀예요. 혈색도 아름답다는 단어에 딱 어울리는 색깔이에요."

"저도 그녀의 피부에는 항상 감탄해왔어요."

에마는 짓궂은 어조로 대답했다.

"하지만 당신이 그녀의 피부가 너무 창백하다고 트집을 잡았던 걸로 기억하는데요? 우리가 처음으로 그녀 이야기를 했을 때 말이에요. 그때의 일은 잊으신 건가요?"

"오! 아닙니다. 제가 얼마나 파렴치한 행동을 했는지…… 제가 어떻게 감히……."

하지만 그때의 일을 떠올리며 그가 너무 즐겁게 웃는 걸 보고, 에마는 이렇게 말하지 않을 수 없었다.

"제 생각으로는 당시 그렇게 혼란스러운 가운데서도 당신은 우리를 속이는 데서 큰 즐거움을 느끼신 것 같은데요. 분명 그러셨다는 생각이 드네요. 확실히 당신은 그걸 하나의 위안으로 삼으신 게 분명해요."

"오! 아니, 아닙니다. 어떻게 그런 생각을 하실 수 있지요? 제가 그때는 얼마나 비참하고 가엾은 상태였는데요."

"즐거움을 못 느낄 정도로 비참하지는 않으셨던 것 같은데요. 우리 모두를 감쪽같이 속였다고 생각하면서 거기서 상당한 즐거움을 느끼신 게 분명해요. 솔직히 말씀드려 제가 이런 생각을 하게 된 건 만약 제가 당신과 똑같은 상황에 있었다면, 거기서 어느 정도 즐거움을 느꼈을 것이기 때문이죠. 그런 면에서 우리 두 사람은 닮은 구석이 있다는 생각이 드네요."

그는 말없이 고개를 숙여 보였다.

이에 에마는 그녀의 섬세한 감수성을 드러내며 재빨리 덧붙였다.

"만약 닮은 점이 우리 기질에 있는 게 아니라면, 우리 운명에 있다고 할 수 있을 것 같아요. 각자 자기보다 훨씬 뛰어난 사람을 만나게 되었다는 운명 말이에요."

"맞아요, 맞는 말입니다."

그의 어조는 진심이 담겨 있는 듯 느껴졌다.

"아니, 당신에게는 적용되지 않는 말이에요. 당신은 어느 누구 못지않게 뛰어나니까요. 하지만 제게는 정말 맞는 말이죠. 그녀는 정말 천사 같아요. 그녀를 좀 보세요. 몸짓 하나까지도 마치 천사 같지 않습니까? 우아하게 목을 돌리는 걸 좀 보세요. 저희 아버지를 바라보는 눈은 또 어떻고요. 반가운 소식이 하나 있는데 (고개를 기울여 심각한 표정으로 속삭이며) 저희 외삼촌이 외숙모가 지니셨던 보석을 전부 다 그녀에게 준다고 하셨어요. 새로 세팅을 해야겠지만 말이죠. 그중 몇 개는 머리 장식용으로 만들려고 해요. 그녀의 짙은 머리색과 어우러져 정말 아름다울 것 같지 않습니까?"

"정말 아름다울 것 같네요."

에마는 고개를 끄덕였다. 그녀의 말투가 너무 친절했기 때문에 그는 새삼 감격에 겨워 외쳤다.

"이렇게 당신을 다시 보게 되어 얼마나 기쁜지 모릅니다. 게다가 당신이 이렇게 행복해 보이니 말이에요! 어떤 일이 있어도 이 만남을 포기할 수는 없었지요. 만약 당신이 여기 오지 않았다면 제가 분명 하트필드에 들렀을 거예요."

다른 사람들은 웨스턴 부인이 전날 밤 아이 상태가 좀 안 좋아 잠시 놀랐던 일에 관해 이야기하는 것을 듣고 있었다. 지금 생각하니 너무 과민한 걱정이었지만 그때는 깜짝 놀랐기 때문에 채 1분도 안 되어 페리 씨를 부르려고 했었다고 했다. 어쩌면 부끄러워할 일인지 모르겠지만, 웨스턴 씨도 그녀만큼 불안해 했던 것이다. 하지만 10분 만에 아이는 언제 그랬냐는 듯이 괜찮아졌다. 이게 그녀가 들려준 이야기였고, 특히 우드하우스 씨가 그 일에 흥미롭게 귀 기울이면서 웨스턴 부인이 바로 페리 씨를 부르지 않았다는 사실을 애석하게 여겼다. 우드하우스 씨는 아이가 조금이라도 이상한 것 같았으면 바로 페리 씨를 불렀어야 했다고 말했다. 그의 의견에 따르면 이런 일은 조금이라도 지체해서는 안 되고 페리 씨를 부르는 걸 망설이면 안 된다는 것이었다. 그러면서 어쩌면 어젯밤에 페리 씨를 부르지 않은 게 잘못인지 모른다면서, 아기가 지금은 괜찮아 보이지만 페리 씨가 왔더라면 더 나은 상태가 되지 않았겠느냐고 말했다.

프랭크 처칠은 그 이름을 듣고 반색했다.

"페리 씨라고요?"

그는 에마에게 말하면서 동시에 페어팩스 양과 시선을 맞추려고 애썼다.

"내 친구 페리 씨 말이군요. 그에 대해 무슨 얘기를 하고 있는 거죠? 그가 오늘 아침에 여기 왔었나요? 요즘은 어떻게 다니신답니까? 마차를 구하셨나요?"

에마는 곧 기억을 더듬었고 그가 무슨 말을 하는 건지 깨달았다. 에마는 그와 함께 웃기 시작했고, 제인도 겉으로는 못 들은 척하고 있었지만 표정을 보니 그 얘기를 듣고 있었던 게 분명했다.

"정말 기막힌 꿈 아닙니까!"

그의 웃음은 끊이지 않았다.

"그걸 생각할 때마다 웃음이 터져 나온답니다. 제인도 지금 우리 얘기를 들었어요, 우드하우스 양. 저 볼과 미소, 애써 찡그리려고 하는 표정을 보면 알 수 있어요. 제인을 좀 봐요. 다른 사람들 얘기를 듣고 있는 것 같지만, 실은 그 소식을 제게 알려줬던 자신의 편지 구절이 지금 다시 눈앞을 스쳐가면서, 그 때의 당혹스러웠던 기억이 되살아나 다른 데 정신을 쏟을 수 없을 거예요."

제인은 그의 말에 마침내 웃음을 터뜨릴 수밖에 없었고, 얼마 뒤 여전히 입가에 미소가 남아 있는 채로 그에게 고개를 돌려 낮고 조심스럽지만 차분한 목소리로 말했다.

"어쩌면 그런 일을 그렇게 재미있다고 생각하실 수 있는지 저로서는 놀라울 따름이에요! 가끔 생각이야 나겠지만 그 얘기를 일부러 끄집어내다니요!"

이에 대해 그는 많은 이야기를 했는데, 그 말솜씨는 무척이나 유쾌한 것이었다. 하지만 에마는 이 문제에 있어 제인과 거의 같은 의견이었고 랜들스를 나서면서는 자연스레 두 남자를 비교하게 되었다. 프랭크 처칠을 만나서 그를 친구로 다시 대할 수 있게 된 것이 기쁘긴 했지만, 지금처럼 나이틀리 씨의 훌륭한 성품이 확실하게 부각된 적은 없었던 것 같았다. 이런 비교를 통해 그의 가치를 새삼 느끼게 되면서, 행복으로 가득 찬 하루가 완벽하게 마무리되고 있었다.

55

해리엇이 정말로 나이틀리 씨에 대한 감정을 완전히 극복하고 다른 남자의 청혼을 순수하게 받아들일 수 있을지에 대해 에마가 가끔 느끼던 불안과 걱정은 오래 지나지 않아 풀리게 되었다. 며칠 후 런던의 식구들이 도착해 곧 해리엇과 단둘이 한 시간 정도를 보낼 기회를 갖게 되었는데, 설명할 수 없는 일이었지만 나이틀리 씨가 있던 자리를 로버트 마틴이 완전히 차지하고 있었다. 그리고 그녀는 그의 생각만으로 더할 수 없는 행복감을 느꼈다.

해리엇은 처음에는 좀 고통스러웠고 자기가 바보가 된 것 같다고 여겼지만, 자신이 그때는 주제넘었고 어리석었으며 자기 자신을 속인 것이라는 사실을 일단 인정하고 나자 충격과 혼란의 감정이 사라지고, 현재와 미래에 대한 충만한 행복 때문에 지난 일에 대해서는 더 이상 신경 쓰지 않게 되었다는 것이다. 해리엇이 이렇게 받아들여 주자, 에마는 즉시 모든 걱정을 덜고 그녀에게 거리낌 없는 축하 인사를 할 수 있었다. 해리엇은 애스틀리 극장에 갔던 날과 그다음 날 저녁 식사를 하면서 있었던 일을 하나도 빠짐없이 즐거운 마음으로 들려주었고, 그 이야기를 하면서도 그녀는 더할 수 없이 행복해 했다. 이러한 것들이 무엇을 말해주는가? 에마는 해리엇이 그동안 내내 로버트 마틴을 좋아했으며 그녀에 대한 그의 변함없는 사랑을 거부할 수 없었다는 사실을 이제야 깨달을 수 있었다. 이 외에는 에마에게 영원한 수수께끼로 남을 일이었다.

하지만 그 사건은 매우 즐거운 일이 아닐 수 없었고 날이 갈수록 즐거워할 만한 이유가 새롭게 생겨났다. 해리엇의 부모가 누구인지 밝혀졌다. 해리엇의 아버지는 상인이었는데, 딸에게 지금까지와 같이 무난한 삶을 지원해줄 수 있을 정도의 형편이었다. 그는 자신이 앞에 드러나는 것을 바라지 않을 정도로 신중한 사람이었다. 이 정도가 에마가 한때 그렇게 자신만만하게 여기던 해리엇의 혈통이었다! 많은 신사들에게 적합할 정도로 흠이 없다고도 볼 수 있지만, 그녀를 나이틀리 씨나 처칠가, 심지어 엘턴 씨와 연결시켜주려 했다니! 사생아라는 오점은 높은 신분이나 많은 유산이 덧칠되지 않는 이상, 도저히 숨길 수 없는 흠이었다.

해리엇의 아버지 쪽에서는 어떤 반대도 없이 사윗감을 후하게 대접했고 그게 당연한 것이기도 했다. 한편 로버트 마틴이 마침내 하트필드에 소개되면서 에마는 그와 좀 더 가까워졌고, 그러면서 그가 해리엇에게 가장 적합한 분별력과 장점을 지닌 남자라는 것을 전적으로 인정할 수 있었다. 어떤 착한 남자와도 행복하게 살 수 있을 해리엇이었지만, 로버트 마틴과 함께 그가 마련한 집에서 살게 된다면 더욱 안정적이고 안전하며 발전적인 삶을 기대할 수 있을 것이었다. 해리엇은 이제 그녀보다 분별력 있는, 그녀를 사랑하는 사람들 틈에서 적당할 정도로 안전하고 유쾌할 정도로 분주한 생활을 꾸려가게 될 것이었다. 이제 다시는 다른 사람이 이끄는 대로 유혹에 빠져들거나, 자신을 찾겠다고 위험한 길로 접어드는 일은 없을 것이다. 해리엇 앞에 놓인 행복하고 훌륭한 인생을 그려보며 에마는, 그렇게 훌륭한 남자에게서 한결같고 헌신적인 애정을 이끌어낸 해리엇이 세상에서 가장 운 좋은 사람이라는 생각이 들었다. 혹은 가장 운이 좋은 것까지는 아니더라도 에마 자신에게 버금가는 행운을 누리게 되었다고 생각했다.

해리엇은 마틴 씨와의 이런저런 약속 때문에 하트필드에서 보내는 시간이 점점 줄어들었지만 아쉬워할 일은 아니었다. 그녀와 에마 사이의 친밀감은 줄어들어야 할 필요가 있었다. 둘의 우정은 서로에 대해 좀 더 성숙한 선의로 바뀌어야 했으며, 다행스럽게도 이미 그런 변화는 매우 점진적이고도 자연스럽게 시작되었다.

9월 말을 앞둔 어느 날 에마는 교회에서 해리엇을 보았다. 로버트 마틴에게 손을 맡긴 그녀의 얼굴에서 느껴지는 충만한 행복은 앞에 서 있는 엘턴 씨에 관련된 어떤 기억으로도 손상될 수 없는 것으로 보였다. 이날 해리엇은 엘턴 씨를 결혼 제단에서 그녀에게 축복을 해줄 목사 이상으로는 보고 있지 않았다. 세 쌍 중 가장 늦게 약혼한 로버트 마틴과 해리엇 스미스가 제일 먼저 결혼식을 올리게 되었다.

제인 페어팩스는 이미 하이버리를 떠나 그녀가 사랑하는 캠벨 부부와 안락하게 지내고 있었다. 처칠가 역시 런던 시내에 머물면서 11월이 오기를 손꼽아 기다리고 있었다.

에마와 나이틀리 씨는 가능하면 그 사이의 적당한 달에 결혼식을 올리기로 했다. 존 나이틀리 가족이 당초 계획대로 바닷가에서 2주간의 휴가를 보낼 수 있도록 둘의 결혼식은 존과 이사벨라가 하트필드에 있는 동안 이루어져야 한다고 합의한 것이다. 존과 이사벨라, 그리고 다른 가까운 지인들도 모두 그 계획에 동의했다. 하지만 우드하우스 씨를 어떻게 설득할 것인가? 그들의 결혼식을 항상 먼 장래의 일로만 생각하고 있는 우드하우스 씨를 말이다.

그 계획을 처음 들은 우드하우스 씨가 너무나 비통해 하는 바람에 두 사람은 그 생각을 거의 접어야만 할 것처럼 느껴졌다. 하지만 두 번째로 이야기를 꺼냈을 때에는 한결 나아진 모습이었다. 이미 정해진 일을 자신이 막을 수는 없다고 생각하면서 우드하우스 씨가 체념을 하기 시작한 것이다. 하지만 여전히 행복해 하는 것은 아니었다. 이렇게 기운 없어 보이는 아버지를 보고 에마는 마음이 약해졌다. 아버지가 자기가 소홀히 취급받는다고 생각하면서 고통스러워하도록 그대로 놔둘 수는 없었다. 막상 결혼식이 끝나고 나면 아버지도 곧 괜찮아질 거라고 나이틀리 형제는 확신했지만, 그녀는 머리로는 그 말에 수긍하면서도 망설였고 더 이상 결혼식 준비를 진행시킬 수가 없었다.

그들이 이렇게 계속되는 기다림에서 해방된 것은 우드하우스 씨가 갑자기 마음을 돌이켰다거나 그의 신경 계통이 놀랍게 호전되어서가 아니라, 도리어 그것에 다른 방식으로 영향을 미친 사건 때문이었다. 어느 날 밤 웨스턴 부인의 양계장에 도둑이 들어 칠면조를 한 마리도 남김없이 다 훔쳐간 것이다. 어떤 이가 교묘한 술수를 부린 게 분명했다. 근처의 다른 사육장 역시 피해를 입었다. 이런 좀도둑 얘기를 듣더니, 우드하우스 씨는 혹시 집에 도둑이 드는 건 아닐지 두려운 생각이 들었다. 그는 몹시 불안해 했다. 사위의 보호가 없었다면 매일 밤을 두려움 속에서 지새워야만 했을 것이다. 우드하우스 씨는 나이틀리 형제의 힘과 결단력, 존재감에 온전히 의지하게 되었다. 둘 중 하나가 그와 그의 집을 지켜준다면 하트필드는 안전했다. 하지만 존 나이틀리는 11월 첫 주에 다시 런던으로 돌아가야만 했다.

이런 불안감의 결과로 우드하우스 씨가 에마의 기대보다 훨씬 자발적이고 기쁘게 동의하는 가운데 에마는 결혼식 날짜를 잡았고, 로버트 마틴 부부의 결혼식이 있은 지 한 달도 되지 않아 엘턴 씨는 나이틀리 씨와 우드하우스 양으로부터 주례를 맡아 달라는 요청을 받게 되었다.

그들의 결혼식은 여느 결혼식과 크게 다르지 않았다. 남편에게서 화려한 옷이나 행진은 찾아볼 수 없었던 예식에 대해 전해들은 엘턴 부인은, 자기 결혼식에 한참 못 미친다고 생각했다.

"흰 새틴이나 레이스 베일도 거의 없었다니, 정말 불쌍하지 뭐예요. 셀리나 언니가 이 얘기를 들었다면 정말 놀라 자빠졌을걸요."

그러나 이런 부족함에도 불구하고 식에 참석한 적지만 진정한 친구들의 소망과 기대, 확신과 기원이 이 결혼식의 완벽한 행복을 조금의 부족함도 없게 채워 주었다.

제인 오스틴 생애와 작품세계

출간 이래 단 한 번도 절판된 적 없는 작가

윈체스터에서 발행되어 잉글랜드 남부에 폭넓은 독자를 확보하고 있는 〈더 햄프셔 크로니클 앤 쿠리어〉 1817년 7월 21일 월요일자 기사에 이런 소식이 실렸다. '어제 윈체스터 칼리지 거리 8번지에서, 햄프셔주 스티븐턴 교구목사였던 조지 오스틴 목사의 막내딸 제인 오스틴 양이 사망했다.'

신문은 이 짧막한 한 줄의 기사 말고는 그 어떤 말도 더 하지 않았다. 담당 신문기자의 눈에 비친 오스틴 양은, 위티커 양이나 에젤 양과 마찬가지로 평범한 존재로서 그다지 주목할 만한 가치가 없는 사람이었다. 그는 그녀의 이름과 죽음이 독자들 머릿속에서 금세 사라질 것이라고 생각했다. 그러나 1817년 9월호 〈뉴 먼슬리 매거진〉 부고 기사에는 짧막한 글이 덧붙었다.

"그녀는 소설 《이성과 감성》, 《오만과 편견》, 《맨스필드 파크》, 《에마》를 쓴 본격적인 여성작가였다."

제인 오스틴은 오늘날 영어권에서는 가장 인기 있는 소설가에 속하지만, 언뜻 보기에 그런 빛나는 평가와는 가장 거리가 먼 사람이기도 했다. 그다지 유복하지 않은 시골 목사의 막내딸로 태어나 한 번도 결혼하지 않았고, 한 번도 가족과 떨어져 지낸 적도 없었으며, 외국은커녕 잉글랜드 남부를 벗어난 적도 없이 모두 6편의 소설을 남기고 42세 나이로 세상을 떠났다. 그러나 그녀의 작품은 출판 이래 단 한 번도 절판되지 않았으며, 특히 1970년대부터 제인 오스틴의 소설은 연극·영화·TV를 위해 매년 새로이 번안되었다. 그녀는 조용하고 짧은 삶을 살았고, 그 삶을 밝힐 자료는 매우 적다. 그런데도 이제까지 방대한 수의 전기가 나왔고, 지금도 집필되고 있다. 그녀는 자서전이나 회상록,

일기도 쓰지 않았다. 또한 그녀의 말과 행동을 기록해 줄 보즈웰 같은 인물도 없었다. 상류사회에서 활약하지 않았으므로 그 시대 귀족의 편지나 회상록에도 그녀의 이름은 등장하지 않는다. 그녀는 자기 소설을 익명으로 출판했다. 맨 처음 출판한 《이성과 감성》은 '어느 여성의 작품'으로 발표했고, 그 뒤의 작품에는 '(이미 작품을 출판하고 있는) 저자'라고만 밝혔다. 소설의 평판이 높아지면서 저자에 대해서도 점점 알려져 독자들 사이에선 호기심을 불러일으키기는 했지만, 그 시대 사람들은 그녀의 평전(評傳)을 원하지 않았으므로 그것이 쓰일 일도 없었다. 그녀가 세상을 떠난 뒤인 1818년, 마지막 소설 2편 《노생거 사원》과 《설득》의 출판을 맡은 오빠 헨리는 이 작품들을 합본한 책의 서문에 매우 간결하고 짧은 전기를 덧붙였다. 그 뒤 사람들은 오랫동안 이 매우 적은 정보에만 만족해야 했다.

마찬가지로 아쉬운 점은 시각적 정보도 부족하다는 사실이다. 전문 초상화가가 그린 제인의 초상화는 하나도 없다. 유일하게 믿을 수 있는 제인의 초상은, 1810년 무렵 언니 카산드라가 그린 수채화로 현재 런던의 '내셔널 포트레이트 갤러리'에 전시되어 있다. 이 그림은 화가의 손으로 그려진 제인의 아버지 및 형제들의 초상화와 공통되는 가족적 특징을 보여 준다는 점에서는 정확하지만, 결코 전문화가의 솜씨라고는 할 수 없다. 카산드라가 그린 이 수채 스케치의 에칭판이 1869년에 제작됐고, 많은 전기들이 그것을 복사해서 실었다. 어떤 전기에서는 무단으로 가구나 옷을 덧붙여 그려서 초상을 반신상으로 바꾸기도 했다. 1804년 여름휴가 때, 조카딸 애나가 뒷날 기록했듯이 '카산드라는 "어느 무더운 날 끈도 묶지 않은 보닛을 쓰고 문 밖에 앉아 있는" 제인을 스케치한 수채화도 그렸다.' 하지만 이것은 뒷모습이라 제인의 얼굴은 볼 수 없다. 내셔널 포트레이트 갤러리에는 젊은 시절의 제인을 그렸다고 추정되는 실루엣도 전시돼 있지만, 이것이 제인의 실루엣이라고 확실히 증명되지는 않을 것이다.

따라서 제인의 생애는 다음과 같은 몇 가지 단서들로 재구성될 수밖에 없다. 즉 그녀가 쓴 소설을 면밀히 연구해서 얻은 다양한 그녀 개인에 관한 정보, 현재 남아 있는 그녀의 편지(약 160통 가운데 대부분은 언니 카산드라에게 보낸 것이다), 오스틴 집안의 누군가가 쓴 편지나 일기, 제인을 가장 잘 알고 있었던 조카와 조카딸의 이야기에 등장하는 제인의 모습 등이다. 어쩌면 뒷날 제인의 편지나 그녀를 잘 알던 사람의 일기가 발견될지도 모르지만, 현재의 전기 작가들에겐 이러한 현존 자료 말고는 연구 및 해석의 기반이 될 만한 자료가 전혀 없다. 그러나 다행히도 제인 오스틴이 소설을 위해 그 시대의 풍경을 완벽하게 묘사하는 절묘한 솜씨를 가지고 있었으므로, 어쨌든 그녀의 작품에서 그녀가 살던 세계의 명확한 이미지를 파악할 수는 있다. 그러므로 그녀의 어둠으로 감싸인 부분에 이 또렷한 정경을 겹쳐 본다면, 우리는 그녀의 수수께끼 같은 삶의 비밀을 푸는 방법을 알게 될 것이다.

제인의 탄생에서 창작까지

제인 오스틴은 1775년 12월 16일 토요일 서리 내리던 밤에 스티븐턴의 목사관에서 태어났다. 그녀는 햄프셔 북서쪽에 서로 붙어 있는 스티븐턴과 딘이란 두 교구에서 일하던 조지 오스틴 목사와 그의 아내 카산드라 리의 일곱 번째 자녀이자 둘째 딸이었다.

18세기 말 무렵 신사계급 가정에서는, 아들은 기숙학교에 보내고, 딸은 집에서 어머니나 가정교사의 가르침을 받도록 하는 것이 일반적이었다. 그러나 오스틴 집안은 이 관례를 뒤집어 버렸다. 아마도 오스틴은 다섯 아들을 기숙학교에 보낼 경제적인 여유가 없다는 것을 알고 있었을 것이다. 그래서 오스틴은 과거 대학 시절 친구들의 자녀들을 1773년부터 1796년까지 계속 학생으로 받아들여 직접 자택에서 자기 아들들과 함께 가르쳤다.

한편 카산드라와 어린 제인과 그녀들의 사촌 언니 제인 쿠퍼는, 콜리 부인이 경영하는 기숙학교에 입학하기 위해서 1783년 봄 옥스퍼드로 보내졌다. 1783년 콜리 부인은 사우샘프턴으로 이사하면서 소녀들도 같이 데려갔는데, 그곳에서 제인 오스틴은 하마터면 목숨을 잃을 뻔했다. 1783년 8월 지브롤터에서 온 귀환병들이 티푸스를 마을에 옮겨 왔기 때문이다. 딸들이 티푸스에 걸렸다는 것을 알게 된 오스틴 부인과 쿠퍼 부인은 바로 아이들을 간병하기 위해 달려왔다. 오스틴 가족의 말에 따르면 제인 오스틴은 그때 중태여서 거의 죽기 직전이었다고 한다. 게다가 쿠퍼 부인도 티푸스에 걸렸는데, 그녀는 몇 주일 뒤 안타깝게도 숨을 거두었다.

1785년 봄까지 오스틴 부부는 다시 딸들을 학교에 보내지 않았다. 그런 뒤 이번에는 버크셔의 레딩에 위치한, 학생이 40명 이상 다니는 라 투르네르 부인의 여자 기숙학교가 선택됐다. 신사계급이나 지식층의 자녀들에게 현명하고 실용적인 교육을 하는 학교로 유명했던 이 기숙학교는 애비 하우스 스쿨 (Abbey House School)이라고도 불렸다.

그녀들은 노부인 라 투르네르 부인이 훌륭하게 운영하는 학교에서 가정적이고 행복한 생활을 보냈다. 수업 내용과 시간은 그리 엄격하지 않아서, 담쟁이덩굴로 뒤덮인 수도원의 폐허가 보이는 넓은 정원에서 다른 학생들과 어울릴 시간이 많았다. 학생들은 10대가 훨씬 지나서까지 애비 하우스 스쿨에 머물 수 있었다. 그러나 곧 오스틴 부부는 두 딸을 몇 년씩이나 이 학교에 다니게 할 정도로 경제적인 여유가 없다는 사실을 깨달았다. 라 투르네르 부인은 한 사람당 1년에 35파운드를 청구했던 것이다. 1786년 크리스마스를 앞두고 딸들은 스티븐턴으로 돌아오게 되었다. 제인은 두 번에 걸친 이 짧은 학교 교육 시기에만 가정을 떠났을 뿐, 그 뒤에는 내내 가족의 울타리 안에 머물렀다.

제인이 글을 쓰기 시작한 것은 기숙학교에서 자택으로 돌아온 직후부터였다. 그녀는 처음에 다양한 익살스런 단편 소설이나 수필 등을 썼는데, 이 작품들을 모두 합쳐서 《초기 작품집 (Juvenilia)》으로 일컫는다. 그녀는 나중에 이 작품들을 단순히 《제1권》, 《제2권》, 《제3권》이라 불리는 수기로 작성한 책 3권으로 정리했다. 모든 작품에 날짜가 있는 건 아니지만 1786년부터 1793년 사이에 창작된 것으로 추정된다. 그녀는 분명 이 작품들을 난롯가에서 낭독하며 가족끼리 즐기려고 썼을 것이다. 아니, 어쩌면 짤막한 〈방문〉, 〈비밀〉, 미완성인 〈희극 제1막〉이란 세 편의 희곡이 남아 있는 것으로 보아, 연극으로 상연하려고 썼을지도 모른다.

제인은 어른이 되어서도 문학작품 창작에 힘을 쏟았으나, 여전히 가족의 오락을 위해서만 글을 쓰고 출판을 염두에 두지는 않았다. 하지만 이제는 완전히 전문가 수준에 이른 소설을 쓰기 시작했다. 이 소설들에는 당시 수년간 제인이 알게 된 장소나 사건 정보가 들어 있다. 예를 들면, 1795년 《이성과 감성》의 원형인 《엘리너와 메리앤》의 어떤 장면에서는 런던, 또 다른 장면에서는 데번이 배경으로 설정되어 있다.

1796년 제인은 《오만과 편견》의 원형 《첫인상》을 썼다. 오스틴 집안은 《첫인상》을 아주 유쾌한 작품이라 생각했고, 오스틴 자신도 이 작품이 출판할 가치가 있다고 생각했다. 1797년 11월, 그는 런던의 유명한 출판업자 토머스 카델에게 편지를 쓰고, 출판 검토를 위해 원고를 보냈다. 그러나 공교롭게도 오스틴이 딸의 원고의 위트와 희극성에 대해 전혀 말하지 않아서, 이것이 카델의 비서로부터 '반환'이 된 것은 당연한 일인지도 모른다. 제인 자신도 자신의 작품 평가에 대해 겸허하고, 아무래도 자신의 원고가 출판사에 받아들여지리라고는 생각하지 않아서, 다행히 냉담한 첫 거절에도 실망하지 않았다고 생각된다. 대신 《엘리너와 메리앤》을 퇴고하는 작업으로 돌아가, 《이성과 감성》으로 제목을 고쳤다.

1805년 아버지의 죽음으로 사회적으로도 경제적으로도 상황이 달라지고, 오빠들의 결혼으로 원래 살던 집에서 나와 몇 차례의 여행과 이사를 반복하던 제인은 1809년 오빠 에드워드가 빌려준 초턴 영지의 그레이트 하우스라는 코티지에 어머니와 언니 카산드라와 함께 정착을 하게 되었다. 다시 마음이 맞는 사람들과 함께 평화로이 지낼 수 있게 된 이곳은 8년 뒤 제인이 세상을 떠날 때까지 그녀가 머문 곳이다.

그녀의 일상은 매우 차분하고 규칙적이었다. 아침에는 피아노 연습용으로 단순한 곡과 컨트리 댄스를 몇 곡 치고, 옷을 꿰매거나 자수를 했으며, 장을 보러 올턴까지 걸어갔다 오거나, 그레이트 하우스에 딸린 멋진 너도밤나무 숲에서 산책했다. 또한 세월이 지남에 따라 코티지에 놀러 오거나 머무는 조카들이 점점 많아졌는데, 이러한 어린 손님들과 놀아 주기도 했다. 그러나 그녀가 가장 많은 시간을 투자한 것은 집필이었다.

이 시기 동안 제인과 카산드라가 떨어져 있던 적이 없던 터라 언니에게 쓴 제인의 편지가 없기 때문에 제인이 가족에게 설득당해서 다시 원고를 출판하게 된 정확한 경위는 알 수 없다. 하지만 1810년 가을, 《이성과 감성》의 출판을 화이트홀의 토머스 에저턴에게 요청하게 된다. 그 원고는 저자 측이 출판 비용을 내는 위탁출판으로 맡겨졌다. 제인은 확신을 갖고 '책의 판매만으로는 출판 비용을 충당할 수 없을 것이니 실제 손실을 짐작하여 사소한 수입마저도 저축했다'고 한다.

헨리는 매우 열정적인 대리인이자 조수로, 여동생을 대신해 에저턴 출판사의 인쇄업자를 재촉하여 5월에 출판할 수 있게 했다. 그러나 이유는 알 수 없지만 《이성과 감성》은 1811년 10월 말이 되어서야 출판되었다. 이 무렵에는 양갓집 처녀가 돈이나 출판 목적으로 글 쓰는 것을 천하게 여겼으므로, 표지 제목 밑에 '어느 부인 지음'이라고만 적었다. 이 작품은 매우 좋은 평가를 받아 1813년 7월에 초판이 모두 판매되고, 출판 비용을 낸 뒤에도 제인에게는 140파운드가 고스란히 남았다. 이것이 그녀의 검소한 생활에 큰 도움이 되었음은 분명하지만, 더 중요한 점은 작품에 대한 호의적인 평가였다. 만약 실패했더라면 제인은 두 번째 출판에 발을 내딛지 못했을 것이다. 《이성과 감성》이 성공하여 《오만과 편견》이 세상에 나온 셈이다.

1811년 봄 《이성과 감성》이 에저턴 사에서 인쇄되는 동안, 제인은 경제적 여유가 생기면 출판할 생각으로 《첫인상》 완성에 전념했다. 그런데 1800년 런던에서 《첫인상》이라는 제목을 가진 다른 소설이 출판되었으므로 제목 또한 바꾸어야 했다. 제인은 좋아하던 여류작가 버니[1]의 소설 《세실리아》에서 '오만과 편견'이라는 멋진 표현을 발견한다. 마침 《이성과 감성》과도 호응이 좋았다. 1812년 어느 가을, 제인이 에저턴 사에 원고를 보내자 이번에는 순조롭게 110파운드에 원고가 팔렸다. 이 책은 1813년 1월 바로 출판되어, 그해 가을에는

---

1) Frances Burney, 1752~1840.

재판을 찍는 인기를 누렸다. 표지에는 《이성과 감성》 저자의 작품'이라고 밝혔다. 이 말은 그 무렵 문학을 좋아하는 독자들에게 작가가 어떤 사람인지 호기심을 갖게 했다.

1813년 첫 무렵 제인은 처음으로 깊이 있는 소설 《맨스필드 파크》를 중반까지 집필하고, 수정 없이 바로 출판했다. 그리고 《맨스필드 파크》가 출판되기 전에 제인은, 다음 작품인 《에마》를 집필하기 시작했다. 그녀는 1814년 1월 21일 가족에게 편지를 보냈다.

'나 말고 누구도 좋아하지 않을 주인공을 만들어 낼 생각이에요.'

서리(Surrey)가 무대라는 점과 박스 힐에 외출하는 일화는 그녀의 대부였던 사무엘 쿡이 교구목사로 근무하는 그레이트 부컴에서 나왔을 것이다. 그녀가 그 지역에 사는 쿡 집안을 찾아간 것이 편지에 여러 번 나오기 때문이다. 오스틴 집안사람의 말에 따르면, 《에마》의 하이버리는 그레이트 부컴과 가까운 작은 마을인 서리의 레더헤드를 모델로 한다. 또한 하이버리에 있는 고더드 부인의 여자 기숙학교는 레딩의 애비 하우스 스쿨과 매우 닮았다.

그녀는 창작에 아무 방해도 받지 않고 1815년 3월 29일 작품을 완성하고, 그해 끝 무렵 런던으로 가서 헨리의 집에 머문다. 그동안 헨리는 그녀 대신 출판 교섭을 했는데, 이번에는 앨버말 거리에 있는 존 머레이에게 출판을 의뢰했다. 그는 위탁출판 2천 부에 동의했으며, 에저턴 출판사가 거절했던 《맨스필드 파크》 재판도 수락했다.

제인이 런던에 머물 때 헨리가 병으로 쓰러진다. 그의 부인 일라이자는 1813년에 죽었으므로, 제인은 예정보다 몇 주 더 런던에 머무르며 오빠를 간호한다. 헨리의 의사 중 한 사람인 매튜 베일리 박사는 섭정황태자의 주치의였다. 제인이 작가라는 사실은 이제 런던에서 공공연한 비밀이 되었는데, 사교계에서 그녀의 작품이 화제가 되자 허영심에 빠진 헨리가 자신의 여동생 작품이라고 말했기 때문이다. 어느 날 베일리 박사는 제인에게 말한다.

"……황태자께서 아가씨 소설을 매우 칭찬하셨습니다. 자주 읽으셔서, 궁전마다 아가씨 소설을 놔둘 정도입니다. 그래서 제가 전하께 오스틴 양이 지금 런던에 있다는 말씀을 드렸더니 전하께서 칼튼 하우스 도서관장 클라크 씨에게, 서둘러 아가씨를 왕실 마차로 모시라고 하셨습니다."

제임스 스테니어 클라크 도서관장은 헨리의 집을 찾아와 칭찬을 아끼지 않았다. "황태자께서 아가씨의 소설을 읽고 기뻐하신 데 대해 감사의 말씀을 드립니다." 그러고는 작지만 호화로운 황태자의 런던 궁전 칼튼 하우스의 도서관으로 제인을 초대했다. 11월 13일, 그녀는 황태자 궁전을 방문한다.

'클라크 씨는 제인의 작품에 대한 전하의 칭찬을 되풀이하며, 만약 오스틴 양이 머지않아 새 작품을 낸다면 그것을 전하께 헌정해도 실례가 되지 않는다는 말씀을 하였다.'

사실 제인은, 황태자가 너무 사치스러우며 타락한 생활을 하는 것에 대해 매우 비판적이었다. 하지만 그가 헌정해 주기를 바랐으므로, 헌사가 추가되어 빨간 모로코가죽에 금박으로 인쇄된 《에마》 특장본이 일반 판매 며칠 전인 12월 중순, 칼튼 하우스에 보내졌다.

출판 이듬해인 1816년, 《에마》는 여러 달 동안 호평을 받아 순조롭게 판매되었다. 하지만 재판된 《맨스필드 파크》가 잘 팔리지 않아 머레이 사는 그 손해를 《에마》의 수익으로 메웠다. 제인이 받은 순수익은 40파운드에 그쳤으며, 그것도 1817년이 되어서야 받았다. 《맨스필드 파크》 때처럼 그녀는 자신만의 《'에마' 감상집》을 만들어, 이전 작품에 비해 《에마》가 얼마나 재미있는지 가족의 말을 귀담아듣고 감상을 기록했다.

제인은 1815년 8월, 이미 《설득》 집필에 들어갔다. 그녀는 이 작품 속에 바스에서의 생활, 1803~1804년 항구도시 라임 리지스에서 보낸 휴가, 제인의 형제들처럼 퇴역한 영국 해군장교들—클로프트 제독이나 웬트워스 대령—이 포상금으로 부동산을 구입하려 하거나 민간인 생활로 돌아가려는 것 등, 제1차 나폴레옹 전쟁 뒤인 1814년 전후 상황을 담았다. 이 무렵 소설 분량은 보통 3권 이상이었는데, 이 소설은 2권이 채 되지 않았다. 결말에 문제가 있어서 내용에 설득력이 생길 때까지 몇 장을 다시 고쳐 써야만 했다.

제인이 절필한 것은 장편 희극소설을 쓰려던 무렵이었다. 그녀는 불치병에 걸리기 전에 12장밖에 쓰지 못했는데, 이것이 《샌디턴》이었다. 1817년 1월 27일 그녀는 《샌디턴》을 집필하지만 같은 해 3월 18일, 완성하지 못한 채 펜을 놓고 만다.

매우 섬세한 필치

제인의 창작 기법, 그녀가 소설 플롯이나 인물이나 배경을 계획하고 다듬을 때 신경 썼던 점이 무엇인지 우리가 파악하는 데는 스티븐턴에 살았던 조카들의 도움이 컸다. 1814년에 애나는 소설을 쓰기 시작하여, 작품에 대한 검토와 평가를 바라고 고모에게 1장(章)씩 보여 준다. 애나는 답장으로 받은 5통의 편지를 보관하고 있는데, 이 편지들은 제인 자신이 소설을 쓸 때 정확하고 설득력 있는 작품을 만들기 위해 세심한 주의를 기울여 적은 기준이었다. 또한 개인적인 경험을 여과하여 소설의 배경으로 삼는 구체적인 방법을 적었다.

'나는 네가 소설에서 다울리쉬 묘사에 실패한 것에 신경 쓰지 않는다. 그 도서관은 12년 전에는 매우 빈약하고 끔찍했고, 어떤 출판물도 가져다 놓지 않았다…… 라임도 가져다 놓지 않았겠지. 라임은 다울리쉬에서 40마일(64㎞)이나 떨어져 있으니, 다울리쉬에서 일어난 일이 화제에 오르지는 않을 게다…… 다울리쉬에서 바스까지 가려면 100마일(160㎞)이나 되니 이틀은 걸릴 게 분명해…… 게다가 우리는 네가 잉글랜드를 떠나지 않는 편이 낫다고 생각한단다. 포트만 집안을 아일랜드에 보낼 수는 없잖니. 너는 아일랜드의 관습에 대해 아무것도 모르니 그들과 같이 가지 않는 게 낫다. 그렇지 않으면 거짓된 묘사를 할 위험에 빠지게 되겠지. 바스와 포레스터 집안을 끝까지 고수하거라. 거기라면 네 독무대잖니…… 우리는 F부인이 T.H. 경 같은 남성의 집을 빌려 이웃에 정착하는 것이 잘 납득되지 않는단다…… 나이가 찬 두 딸이 있는 여성이 별로 칭찬받지도 못하는 남자 혼자 사는 곳으로 이사 가는 것은, F부인 같은 고상한 여성에게는 있을 수 없는 일이다. F부인은 신중한 사람이라는 것을 새겨 두어라. 그녀에게 그 성격과 모순된 행동을 시켜서는 안 된다…… 너는 지금 즐겁게 네 작품의 등장인물을 모으고, 내가 인생에서 기쁘게 여기는 곳에 그들을 배치하고 있어. 한 시골 마을에 서너 가족이면 소설을 쓰기에는 충분하단다. …… 에저턴에 대한 흥미를 좀더 돋울 만한 방법은 무엇이 있을까? 네가 그에게서 좀더 훌륭한 성격을 이끌어 내기 위해 집안에서 일어나는 일을 궁리한다면 좋겠다만. ……진심으로 충고하는데 있을 수 없는 일을 쓰지 않도록 하고, 가능하다면 그에게 힘을 줄 만한 사건을 생각해 내길 바란다. 그러면 분명 좋은 결과가 나올 거야.'

2년 뒤 큰조카 제임스 에드워드는 윈체스터 칼리지 마지막 학기를 맞이하여, 몇 달 뒤 옥스퍼드 대학에 진학하기를 기대하고 있었다. 그도 소설을 쓰기 시작하여, 초턴 코티지에 올 때마다 할머니나 고모들 앞에서 자신의 작품을 낭독했다. 메리 로이드에게서 온 편지 때문에 제인은 제임스 에드워드에게 답장을 쓰게 된다.

'……네 어머니가 편지에 썼던 행방불명 사건이 무척 신경 쓰이는구나. 원고 2장 반을 잃어버리다니 대체 어찌 된 일이냐! 내가 요즈음 스티븐턴에 가지 못해 원고를 슬쩍했다는 의심을 받지 않아 다행이다. 2권 반을 내게 주었다면 매우 보탬이 되었겠지만, 그런 도둑질이 내게 정말 도움이 된다고는 생각하지 않는단다. 다양하고 빛나는 내용으로 가득 찬, 힘차며 남성적이고 생기 넘치는 네 초고를 내가 어떻게 다뤄야 할까? 섬세한 붓을 사용하여 무척 애를 쓴 데 비해 그다지 성과 없는 2인치짜리 조그만 상아에, 어떻게 네 작품을 이어 붙일 수 있을까?'

제인이 조지 4세의 도서관장 제임스 스테니어 클라크에게 다시 연락을 받은 것은 1816년이었다. 1815년 제인이 칼튼 하우스에 방문한 뒤, 클라크 관장은 목사를 주인공으로 한 소설을 꼭 써 달라고 부탁했다. 즉, 주인공의 경력이 클라크 관장과 비슷한 소설 구성을 제시한 것이다. 그리고 이번에는 조지 4세의 딸인 샬롯 공주가 작센 코부르크 집안의 레오폴드 공과 약혼했다는 것을 적으며 다음과 같이 제안했다.

'……외람되지만, 코부르크 가문의 계통을 구체적으로 나타내는 역사소설

이 흥미롭지 않을까 생각합니다.'

친절하긴 하지만 엉뚱한 이 요청에, 제인은 신중한 자기분석을 덧붙여 답장한다.

'이렇게 제 창작에 조언을 해 주시니 매우 감사할 따름입니다. 작센 코부르크 가문을 다루는 역사소설은, 제가 다루는 시골 마을의 가정생활 묘사 이상으로 유익하고 인기를 얻기에 알맞은 내용이라고 사료됩니다. 하지만 저는 서사시나 역사소설을 쓰지 못합니다. 이것에 목숨이 달렸다면 무리해서라도 써야겠지만, 본디 엄숙한 역사소설을 진지하게 쓰진 못합니다. 만약 그러한 긴장상태를 유지하느라 저 자신이나 다른 이들이 편하게 웃을 수 없다면, 제1장을 완성하기도 전에 목을 매고 싶어질 것이 분명합니다. 저는 제 집필방법을 지켜나가면서 자신의 길을 걷고 싶습니다. 저의 집필방법으로 두 번 다시 성공하지 못한다 하더라도, 다른 방법은 전부 실패로 끝날 것이 분명하기 때문입니다.'

불치병과 유고

1816년 첫 무렵, 병마가 제인을 덮쳤다. 그 무렵에는 병명을 알지 못했지만 그녀 자신이 쓴 병세에 의하면, 신장병 중 하나인 에디슨 병이었던 듯하다. 때로는 부신 결핵 감염이 원인으로, 이 병에 걸리면 끝내 죽음에 이른다. 소강기간이 몇 번 있어서 환자는 낫는다고 생각하지만, 정신적인 스트레스로 위험에 빠지게 된다.

1816년 봄, 카산드라는 온천수를 마시게 하려고 제인을 첼튼엄에 데려간다. 그 온천수는 '모든 담즙병에 뛰어난 효과가 있다'고 여겼기 때문이다. 하지만 그 뒤 몇 달 동안 그녀는 눈에 띄게 쇠약해진다. 다음과 같이 가족이 회상하듯이, 그녀는 그 무렵 집필하던 《설득》을 가까스로 완성했다. 이 작품의 뒷부분은 처음에 '지루하고 단조로웠으므로, 좀더 멋지게 완성할 수 있기를 간절히 바랐다. 이것이 그녀의 마음을 짓눌러 이미 쇠약해진 몸에 더 큰 부담을 주었다. 어느 밤, 그녀는 매우 의기소침한 채 자리에 누웠다. 하지만 그녀는 천성에 맞지 않는 걱정을 금세 떨쳐 버렸다. 다음 날 눈을 떴을 때는 쾌활함과 밝은 영감을 되찾고 힘 있는 모습으로 되돌아왔다. 상상력이 다시 궤도에 오른 것이다……'

제인은 1817년 새해에는 약간 건강을 되찾아서 《샌디턴》 집필을 시작했다. 하지만 곧 병세가 악화되어서 몇 주 뒤에는 고열에 시달리고, 이 때문에 집필을 중단하게 된다. 올턴의 커티스라는 지역 약제사가 더 이상 제인에게 가망이 없다며 포기하자, 가족은 제인을 윈체스터 주립병원의 유명한 라이포드 선생에게 데려간다.

카산드라와 제인은 제임스가 보내 준 마차에 타고, 그 곁에 헨리와 대학생이 된 에드워드의 아들 윌리엄이 말을 타고 따라왔다. 5월 24일 비 내리는 오후, 슬픔에 찬 이들은 윈체스터 칼리지 거리 8번지에 도착했다. 제인은 큰 조카 제임스 에드워드에게 결연하게, 빈정거리는 농담이 가득 찬 낙천적인 편지를 보낸다.

'여기는 무척 쾌적하구나. 작고 깨끗한 거실이 있고, 아치 모양의 밖으로 난 창에는 게이블 박사 댁의 정원이 멀리 보인단다…… 라이포드 선생님은 나를 치료해 주신다고 하셨어. 만약 회복되지 않는다면, 나는 고소장을 적어서 수석 사제님과 주교좌성당 사목회에 제출할 생각이야. 그러면 선생님은 경건하고 박식하며 사사로운 이익을 따지지도 않는 분이라 틀림없이 얼굴이 빨개지겠지.'

하지만 라이포드 선생은 가족들에게 이 환자는 회복의 조짐이 없으며 얼마 남지 않았다고 알린다. 제인은 몇 주 뒤 마지막 기력을 회복했지만 7월 17일 저녁 무렵에 다시 위독해진다. 뒷날 카산드라는 파니 나이트에게 이렇게 편지한다.

'그녀는 조용해졌어. 의식이 없어지기 30분 전에는 자신의 최후가 다가왔음을 느꼈단다…… 그녀는 어디가 아픈지 말을 못하겠다고 했어. 본디 분명하게 어디가 아프다고 말하지 않는 사람이었지만. 내가 그녀에게 어떻게 해 주면 좋겠냐고 묻자, 그녀는 죽는 것 말고는 바라는 게 없다고 대답했어. 그리고 나서 그녀는 이렇게 말했어. "하느님, 제가 인내하게 하소서, 저를 위해 기도해 주소서, 아아, 저를 위하여 기도하소서.'"

그녀는 1817년 7월 18일 이른 새벽, 카산드라의 품에 안겨 평온하게 숨을 거두었다. 1817년 7월 24일, 제인은 윈체스터 대성당 북쪽 회랑에 묻혔다. 검소한 검은 대리석으로 된 그녀의 무덤에는 헨리 오스틴이 고안한 묘비명이 새겨졌다. 그 뒤 19세기가 되어 조카 에드워드 오스틴 리 목사가 무덤 바로 곁 벽에 놋쇠로 만든 기념비를 설치했다.

1817년 가을, 헨리 오스틴은 동생 제인의 유작이 된 원고 두 작품을 넘겨받아 4권으로 출판할 계획을 하고, 1818년 첫 무렵 존 머레이와 발행한다. 제각각 원고에는 헨리가 《노생거 사원》, 《설득》이라는 제목을 붙였다. 제인은 원고를 먼저 쓰고 완성된 원고에 만족한 뒤에야 제목을 붙이는 습관이 있었기 때문이다.

'나는 명예를 위해 씁니다'

제인은 작품을 출판하려고 마음먹기 훨씬 전인 1796년 1월 14일, 카산드라에게 농담삼아 이렇게 편지한다.

'언니가 편지로 칭찬해 주어서 매우 기분이 좋았어. 돈이나 보수를 생각하지 않고 명예를 위해서만 쓰려고 해.'

그녀는 보수를 생각지 않고 글을 쓴다고 했지만, 그녀의 작품은 초판 이후 한 번도 절판된 적이 없다. 그래서 돈보다 명예를 택한 것이 도리어 독자들의 사랑을 받게 한 것은 아닐까. 그녀의 소설을 처음 읽으면 평범한 젊은 남녀가 갑자기 사랑에 빠지는 특별할 것 없는 이야기에 지나지 않는다고 생각하지만, 누구에게나 일어날 수 있는 사건의 소중함이 그녀 소설의 영원한 인기 비결이다. 제인의 소설을 두 번 세 번 읽다 보면 그 문학적 기법의 깊이를 느낄 수 있다. 또한 인물들의 대사나 작가의 생각이 교묘하게 섞여 인물들이 마치 작품 속에서 살아 있는 듯 움직이고, 이러한 기법에서 변덕스러운 인간성에 대한 그녀의 본능적인 깊은 이해가 분명히 나타난다. 그녀의 천재적인 독창성에 대해, 첫 독자 중 한 사람인 조카딸 파니 나이트가 보낸 편지에 쓴 것보다 더 정확한 표현은 없을 것이다.

'《에마》를 빌려 주어 정말 고마워요. 재미있게 읽었어요. 저는 다른 작품보다 마음에 들어요. 등장인물 모두가 훌륭하게 자기 역할을 다 하고 있어요…… 베이츠 양은 비교할 데 없이 훌륭하게 완성되어서, 전 이런 귀한 보물을 만나 기뻐서 죽을 것만 같아요! 등장인물은 독특하고, 더구나 글과 말로 다하지 못할 만큼 재미있어요. 저는 온종일 하이버리에서 새로운 친구들을 만난 것 같아요. 다른 어느 누구도 이만큼 명쾌하고 기분 좋게 쓰지는 못할 거예요.'

제인 오스틴 문학과 《에마》

일반 독자들에게 제인 오스틴 문학을 해설하는 것은 어떤 의미에서 쉬운 편이다. 제인 오스틴 문학의 평가는 오로지 그녀의 대표작인 《오만과 편견》(1813), 《이성과 감성》(1811), 《맨스필드 파크》(1814), 《에마》(1815), 《노생거 사원》(1817), 《설득》(1817) 등 6편으로 끝내고, 다른 작품은 논할 필요가 없기 때문이다. 또 그 중에서도 첫 두 작품에 의해 그녀의 작풍이 거의 결정되었다 해도 무리가 없다. 상황 설정부터, 등장인물의 사회적 조건, 작품 세계, 소설의 의도나 목적까지 거의 동일한 패턴에 의한 것이라 해도 괜찮기 때문이다.

이 6편의 우열에 대해서도, 그녀만큼 작품성의 격차가 적은 작가도 드물다. 세계문학적 기준에서 《오만과 편견》이 그녀의 작품 가운데 가장 우수한 작품으로서 선택되는 것은 거의 결정된 평가로 봐도 좋지만, 《이성과 감성》도 알아차리기 힘들 정도로 미세한 구성상의 무리를 빼면 우열을 가리기 어렵다. 또 《맨스필드 파크》를 그녀의 대표작으로 여기는 사람이 있는가 하면, 반대로 가볍고 밝은 것을 고르는 사람은 확실히 《에마》를 최고의 작품이라 생각하는 듯하다. 동시에 차분히 가라앉은 정서의 물결을 느끼고 싶은 독자는 마지막 작품 《설득》을 고른다. 이렇게 되다 보니 어느 작품이 훌륭한가에 대한 평가는 이미 그 사람들의 취미에 달린 것이 되어 버린다. 이렇게 우열을 가리기 힘들 만큼 고른 작품의 질도 제인 오스틴 문학의 특징이라 해도 좋을 것이다.

《에마》의 주인공은 혼자 남은 아버지와 함께 살아가는 지방 상류층 우드하우스 집안의 두 딸 가운데 막내딸 에마이다. 에마의 언니는 일찌감치 결혼해서 런던에 살고 있고, 어머니이자 친구와 같았던 가정교사 테일러 양마저 결혼을 하면서 동성의 친구가 없었던 에마에게 해리엇 스미스라는 어린 여성이 새로운 친구로서 등장하게 된다. 본인은 결혼할 생각이 없다면서도 다른 사람들의 연애사에는 참견을 잘하는 에마는, 해리엇의 짝으로 그 교구의 목사인 엘턴 씨를 골라 그들의 결혼을 성사시키려 하지만, 그 과정에서 엉뚱하게도 그의 마음이 자신에게 향한 것을 알고 그런 일로부터 거리를 두기로 한다. 그런 와중에 테일러 양이 결혼한 웨스턴 씨의 전처에게서 태어난 프랭크 처칠이 부모님을 방문한다는 이유로 에마가 살고 있는 하이버리에 등장해 에마의 흥미의 대상으로 부상한다. 그러나 결국 그와 얽힌 복잡한 연애사가 밝혀지고, 에마는 결혼할 생각이 없다던 자신의 마음이 실은 줄곧 자기의 충실한 친구이자 이웃으로 곁에 있었던 조지 나이틀리 씨를 향하고 있었다는 것을 깨닫는다. 그리하여 마침내 둘은 서로를 향한 사랑을 확인하고 결혼하게 된다는 줄거리이다.

이 소설은 오스틴의 다른 작품과 마찬가지로 일종의 결혼 희극이다. 소설 속 여러 남녀가 이런저런 오해로 인한 우여곡절을 거쳐 결국 결혼이 이루어진다는 이야기의 구조는 제인 오스틴 문학의 전형을 따른다. 장면도 거의 영국 시골 마을로 한정되어 있어서 기껏해야 몇몇 가족 간의 인적 교섭을 중심으로 사건이라 하면 프랭크 처칠과 제인 페어팩스 사이의 비밀 약혼 정도가 고작이다.

그러나 제인 오스틴에게는 이것으로 충분하며, 또 그것으로 좋은 문학작품이 탄생할 수 없다는 논리는 절대로 없다. 작가 자신이 그녀의 편지 속에서도 썼듯이, "시골에 서너 가족이 모이면, 그것으로도 이미 소설에는 안성맞춤인 재료"라는 것이다. 사실 작가가 그려내는 여주인공들은 황량한 "미국의 강을 혼자서 배로 표류하는 일이 결코 없다"고, 당시에 소설가 월터 스콧이 이미 격찬했듯이, "그녀는 일상생활에 얼마든지 있는 복잡한 사태, 감정, 인물을 그려 낸다는 점에서 놀랄 만한 재능을 가졌다"는 것이다.

그러면 오스틴 문학의 매력은 어디에 있는 것인가. 그녀의 집필에 대한 유명한 이야기가 있다. 그것은 제인이 결코 서재에서 글을 쓰는 직업작가가 아니라는 것이다. 그녀는 항상 작은 종이를 가지고 다니다가, 집안일이나 바느질을 하면서 뭔가 떠오르면 부지런히 쓴다. 그리고 사람이 기척이라도 내고 나타나면 당황하여 숨긴다. 종이가 작은 것도 숨기기에 편하기 때문이라고까지 한다. 말하자면 이 방법으로 제인은 그녀 자신의 눈으로 예리하게 관찰할 수 있었던 만큼 남김없이 볼 수 있었다. 이로부터 태어난 것이 사실적 기법이었다.

다음으로 또 하나의 매력은, 작가가 등장인물을 대하는 태도이다. 제인 오스틴의 작품에 등장하는 인물은 우선 한 사람도 빼놓지 않고 약점이나 결점을 가지고 있다. 그래서 그 결점으로 인해 수많은 착각과 희비극이 일어나고, 또 등장인물 대부분이 실로 이기적이고, 경박하고, 지레짐작하거나 하는 일로 어리석은 짓을 저지른다. 게다가 이러한 인간의 약점을 그녀는 결코 화내거나 슬퍼하지 않고, 오히려 인간 본래의 모습으로서 관용의 마음으로 품는다. 작자가 한 발자국 멀리 떨어져 가벼운 풍자의 웃음으로 이러한 장면들을 그려내고 있는 점에서 쾌활한 유머가 넘친다. 물론 결점은 결점이므로 비난하지만, 그 풍자에는 자연히 유머가 깃들어 있다.

그 대상은 우선 허영심과 자만심이다. 여기서 놓쳐서 안 되는 것은 작가 자신이 호의와 애정을 쏟고 있는 인물조차 그녀는 결코 완벽하게 그리지 않는다는 것이다. 인간다운 결점을 가지고 있는 좋은 예가 에마 우드하우스이다. 특히 에마는 작가 자신이, 자기 빼고는 아무도 좋아하지 않을 인물을 그려보겠다면서 만들어낸 인물인 만큼, 그 인간적 결점이 두드러진다. 사회적 지위나 재력, 지성과 미모 면에서는 결점이 없어 보이지만, 자신의 판단력을 과신한 탓에 자기를 둘러싼 사람들의 감정은 물론 자신의 본심조차 제대로 헤아리지 못하는 인물로 그려진다. 그리하여 그런 자신의 허영심과 자만심을 극복하기까지 시련을 맞아야 했다. 전체로서의 인간을 비추고, 마지막에는 모든 것을 용서하는 유머가 있다. 이것이 제인 오스틴 문학의 가장 큰 매력이다.

그렇다고 해서 제인 오스틴 문학을 완전무결하다고 말하는 것은 아니다. 그녀의 소설은 사람을 즐겁게 하는 문학이지만, 인생이 얼마나 살 만한 가치가 있느냐 없느냐 고찰하며 인간 심리의 심연을 파고드는 심각한 문제와 대립하는 문학이 아니다. 그러한 의미에서는 '위대한' 문학은 아닐지도 모른다. 그러나 그런 문학만이 위대한 것이라고 보는 것은 편협한 시각임을 알아야 한다. 또한 잊으면 안 되는 것은 제인이 작품을 쓴 시점은 근대소설이라는 것이 생겨나 기껏해야 반세기가 지났을 때로, 이 소설은 달콤한 오락문학이었다. 소설이 이른바 인생탐구의 문학이 된 것은 19세기 후반 이후이다. 그녀의 소설이 거의 모두 결혼으로 끝나는 것도 아직은 소설문학이 인생 전반에 걸쳐 성찰하던 시대가 아니었기 때문이다. 소설을 결혼으로 시작하는 것은 소설가의 눈이 현실에 대해 더욱 날카로워지기 시작한 뒤의 일이다.

제인 오스틴의 문학을 오늘의 눈으로 보면 꽤 이해하기 어려운 시대적 사상의 제약이 있는 것도 사실이다. 예를 들면 이 소설에서 이른바 에마를 비롯해, 누구나 생각하는 어떤 엄중한 사회적 신분 차이의 관념도 조금은 낯설다. 변호사나 농부라는 직업이 업신여겨지는 것도 이상하게 보인다. 그러나 이것도 18세기 영국사회에서는 엄연히 존재했던 것으로, 가타부타하는 것 자체가 무리이다. 다만 그 안에서도, 소위 비슷한 상류 계급에 속한 사람들보다도 오히려 진심이 통하는 사람들과 비록 제한적이나마 어떤 종류의 믿음과 우정의 가능성을 시사하고 있다는 것이 이 작품이 지닌 나름의 장점이라고 하겠다.

마지막으로 유명한 영국 작가 서머싯 몸(1874~1965)의 말로 끝내고자 한다. "어느 작품에도 이것과 같은 커다란 사건은 일어나지 않는다. 한 페이지를 다 읽자, 다음에 어떤 일이 일어나겠지 하고 서둘러 페이지를 넘긴다. 그러나 페이지를 넘겨도 역시 아무 일도 일어나지 않는다. 그러나 그렇게 페이지를 넘기게 되는 것이다. 독자가 이렇게 하도록 만드는 힘을 가진 것은 소설가로서 가질 수 있는 가장 귀중한 재능이다."

최순영

연세대학교 영어영문학과·국어국문학과 졸업. 옮긴 책으로 데이비드 그레이버 《가능성들》(공역), 이철수 판화집 《네가 그 봄꽃 소식 해라》, Prime Dharma Master Kyongsan 《The Shore of Freedom》, 《The Path to Awaken to and Cultivate the Mind》, 메리 E. 윌킨스 프리먼 《뉴잉글랜드 수녀》(공역) 등이 있다.

세계문학전집101

Jane Austen

EMMA

에마

제인 오스틴/최순영 옮김

1판 1쇄 발행/2023. 7. 1

발행인 고윤주

발행처 동서문화사

창업 1956. 12. 12. 등록 16-3799

서울 중구 마른내로 144(쌍림동)

☎ 546-0331~2 Fax. 545-0331

www.dongsuhbook.com

＊

사업자등록번호 211-87-75330

ISBN 978-89-497-1842-2 04800

ISBN 978-89-497-1841-5 (세트)